해부하다 생긴 일

해부하다 생긴 일

1판 1쇄 발행 2015. 1. 27.
1판 8쇄 발행 2021. 3. 26.

지은이 정민석

발행인 고세규
편집 강지혜
디자인 조명이 객원 디자인 김희경

발행처 김영사
등록 1979년 5월 17일 (제406-2003-036호)
주소 경기도 파주시 문발로 197(문발동) 우편번호 10881
전화 마케팅부 031)955-3100, 편집부 031)955-3200
팩스 031)955-3111

값은 뒤표지에 있습니다.
ISBN 978-89-349-6980-8 03810

홈페이지 www.gimmyoung.com 블로그 blog.naver.com/gybook
인스타그램 instagram.com/gimmyoung 이메일 bestbook@gimmyoung.com

좋은 독자가 좋은 책을 만듭니다.
김영사는 독자 여러분의 의견에 항상 귀 기울이고 있습니다.

이 도서의 국립중앙도서관 출판시도서목록(CIP)은 서지정보유통지원시스템 홈페이지
(http://seoji.nl.go.kr)와 국가자료공동목록시스템(http://www.nl.go.kr/kolisnet)에서
이용하실 수 있습니다.(CIP제어번호 : CIP2015001053)

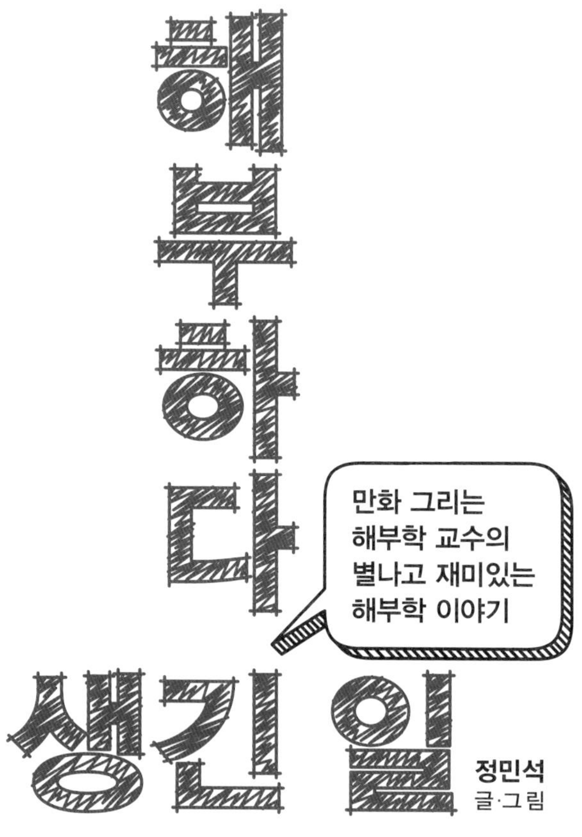
해부하다 생긴 일
만화 그리는
해부학 교수의
별나고 재미있는
해부학 이야기
정민석
글·그림

김영사

머리말

나는 1987년에 연세대학교 의과대학을 졸업하였고, 그때부터 지금까지 연세대학교와 아주대학교에서 해부학을 가르쳐 왔다. 의과대학 학생한테 해부학을 가르치면서, 보통 사람한테도 해부학을 대충이라도 알리고 싶었다. 해부학은 보통 사람이 자기 몸의 호기심을 푸는 데도 도움이 되고, 자기 몸의 건강을 지키는 데도 도움이 되기 때문이다. 또한 해부학을 가르치는 선생과 해부학을 배우는 학생의 실제 모습도 알리고 싶었다. 보통 사람이 의과대학에 관한 궁금증을 푸는 데 도움이 되기 때문이다. 그래서 2000년부터 해부학 학습만화(해랑이와 말랑이)와 해부학 명랑만화(해랑 선생의 일기)를 꾸준히 그렸고, 이 만화를 누리집(anatomy.co.kr)으로 퍼뜨렸다.

2013년에 한겨레신문의 토요판에 몸 지면이 생겼고, 몸 지면을 채울 사람으로 내가 뽑혔다. '정민석의 해부하다 생긴 일'이란 제목으로 2주에 1번씩 실을 테니까, 해부학 명랑만화를 글로 옮겨 달라고 부탁받았다. 다행히 독자의 반응이 좋아서, 2013년 6월부터 2014년 8월까지 29편의 글을 실을 수 있었다.

4칸짜리 명랑만화와 달리, 신문에 연재한 글에는 호흡이 긴 이야기를 담을 수 있었다. 각 편마다 해부학에 관한 주제를 하나 내세웠고, 주제에 관한 여러 상황을 넣어서 주제를 이해하게 하였다. 내친김에 명랑만화에 담은 재미있는 상황도 넣어서 주제를 즐기게 하였다.

글을 연재하면서 언젠가 책을 펴내기로 다짐하였다. 고맙게도 김영사 출판사에서 내 글에 관심을 가졌으며, 덕분에 이 책을 펴낼 수 있었다. 신문에 연재하지 않은 글을 포함해서 모두 44편의 글을 책에 담았다. 연재할 때에는 신문 지면의 한계 때문에 명랑만화를 넣지 못했는데, 책에는 글에 들어맞는 만화를 넣었다. 책을 산 사람은 눈에 띄는 만화를 먼저 볼 것이고, 그러면 주제가 뭔지 눈치챌 것이다. 이어서 만화 밑에 있는 글을 알맞게 골라 읽을 것으로 기대한다. 44편 뒤에는 글로 옮기지 못한 명랑만화와 학습만화를 부록으로 덧붙였다. 마음껏 즐기기 바란다. 이 책을 통해서 해부학과 의과대학을 조금이라도 이해하게 된다면, 나는 큰 보람을 느낄 것이다.

만화는 손이 많이 간다. 만화 그리는 것을 도와 준 사람은 아주대학교 의과대학 해부학교실에서 함께 일하는 황윤익, 장해권, 이가은, 정범선 선생, 그리고 아주대학교 의과대학, 간호대학의 학생들이다. 이 책을 영화라고 치면 나는 배우이고, 김영사의 고세규 이사와 강지혜 팀장은 감독이다. 배우를 뽑아 준 감독이 고맙기도 하고, 배우를 끝까지 빨아먹은 감독이 밉기도 하다.

2015년 1월

정민석

목차

1. 사람 = 몸 + 넋

이 책의 첫 글에서는 해부학이 어떤 과목인지, 해부학이 사람 몸과 어떤 관계인지 이야기하겠다.

'인체 해부학'이라는 말을 따졌다.
인체 해부학
내가 의과대학 학생일 때에는 이 말을 많이 썼다.

의과대학
수의과대학
인체를 해부한다.
견체를 해부한다.
그런데 체를 쓸 필요가 없다.

해부학에 몸의 뜻이 담겨 있기 때문이다.
인체 해부학
인체 운동
인체 운동에서 체를 쓸 필요가 없는 것과 같다.
'인 해부학'이라고 부르면 된다.

토박이말로 '사람 해부학'이라고 부르는 것이 낫다.
수의과대학
우리는 개 해부학!

내가 의과대학 학생일 때에는 '인체 해부학'이라는 말을 많이 썼다. 제목이 '인체 해부학'인 책도 많았다. 의과대학에서는 인체를 해부하고, 수의과대학에서는 모든 짐승을 해부할 수 없으니까 대표로 견체를 해부한다고 말했다.

그런데 '인체 해부학'에서 체 즉 몸을 쓸 필요가 없다. '인체 운동'에서 체를 쓸 필요가 없는 것도 마찬가지이다. 해부학과 운동에 이미 몸의 뜻이 담겨 있기 때문이다. 따라서 '체'를 빼고 '인 해부학'이라고 부르면 되는데, '인 해부학'은 낯선 한자어 조합이라 거북하다. 토박이말로 바꿔서 '사람 해부학'이라고 부르면 되고, 실제로 요즘에는 이렇게 많이 부른다.

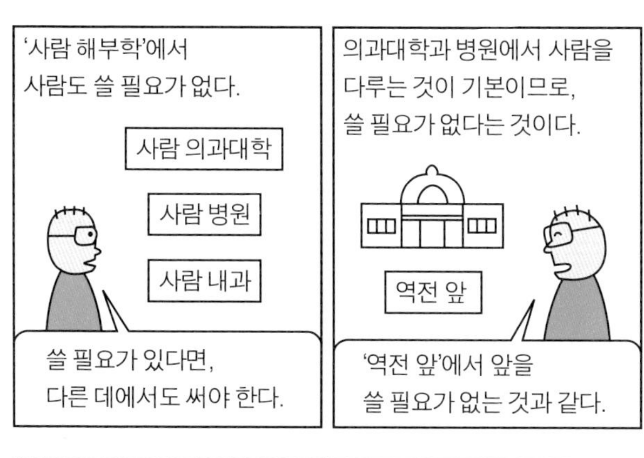
'사람 해부학'에서
사람도 쓸 필요가 없다.
사람 의과대학
사람 병원
사람 내과
쓸 필요가 있다면,
다른 데에서도 써야 한다.
의과대학과 병원에서 사람을
다루는 것이 기본이므로,
쓸 필요가 없다는 것이다.
역전 앞
'역전 앞'에서 앞을
쓸 필요가 없는 것과 같다.

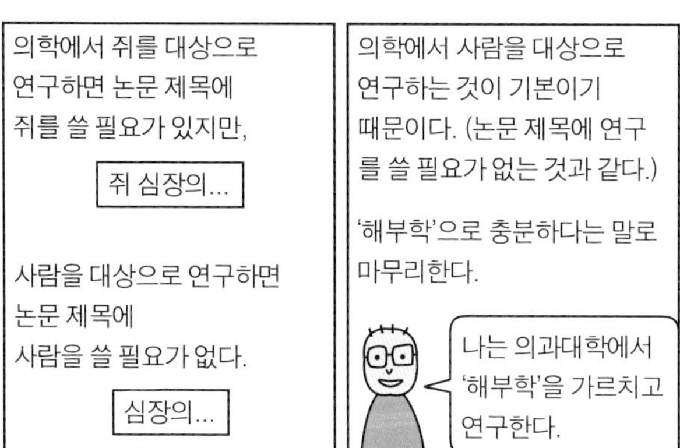
의학에서 쥐를 대상으로
연구하면 논문 제목에
쥐를 쓸 필요가 있지만,
쥐 심장의...
사람을 대상으로 연구하면
논문 제목에
사람을 쓸 필요가 없다.
심장의...
의학에서 사람을 대상으로
연구하는 것이 기본이기
때문이다. (논문 제목에 연구
를 쓸 필요가 없는 것과 같다.)
'해부학'으로 충분하다는 말로
마무리한다.
나는 의과대학에서
'해부학'을 가르치고
연구한다.

그런데 '사람 해부학'에서 사람도 쓸 필요가 없다. 내가 수의과대학 선생을 만나면, 의과대학과 수의과대학의 다른 점을 이야기하려고 '사람 해부학' '개 해부학'이라고 나누어 말한다. 그러나 의과대학에서는 사람을 쓸 필요가 없다. 사람을 쓸 필요가 있다면, '사람 의과대학' '사람 병원' '사람 내과'라고 써야 할 것이다. 의과대학과 병원에서는 사람을 다루는 것이 기본이므로, 사람을 쓸 필요가 없다는 뜻이다. 의학 논문에서도 마찬가지이다. 실험용 쥐를 대상으로 연구하면 논문 제목에 쥐를 넣지만, 사람을 대상으로 연구하면 논문 제목에 사람을 넣지 않는다. 의학 연구에서도 사람을 대상으로 하는 것이 기본이기 때문이다. 따라서 사람을 뺀 '해부학'으로 충분하며, 이제부터는 그저 '해부학'이라고 부르겠다.

'해부학'은 사람 몸의 정상 생김새를 다룬다. 의과대학에는 몸이 아닌 넋을 다루는 과목(정신과학 등)도 있고, 정상이 아닌 비정상을 다루는 과목(병리학 등)도 있고, 생김새가 아닌 쓰임새를 다루는 과목(생리학 등)도 있다. 그런데 기본부터 알아야 하므로 넋보다 몸을 먼저, 비정상보다 정상을 먼저, 쓰임새보다 생김새를 먼저, 즉 해부학을 먼저 익히는 것이 맞다.

해부학자가
몸을 어떻게 생각하는지
적어서 신문에 실었다.
정민석의
해부하다
생긴 일
사람은 몸과 넋으로
이루어져 있다.

몸만 있으면 시신이고,
넋만 있으면 귀신이다.

시신 귀신
॥ ॥
사람 = 몸 + 넋

둘 중 하나가 없는 시신과
귀신은 사람이 아니다.

해부학 실습실에서 시신을
소중하게 다루지만, 그렇다고
시신이 사람은 아니다.
사람이라고 생각할
틈도 없이 바쁘다.

심심풀이로 지어낸 귀신은
이야기할 값어치도 없다.
바쁘니까 나중에 와.
처녀 귀신도 아니면서.
해부학자가 보기에 몸은
사람에서 넋을 뺀 것이다.

해부학을 가르치는 해부학 선생(교수와 조교를 일컫는 말)이 몸을 어떻게 생각하는지 말하고자 한다. 사람은 몸과 넋으로 이루어져 있다. 몸이 없고 넋만 있으면 귀신이고, 몸만 있고 넋이 없으면 시신이다. 둘 중 하나가 없는 귀신과 시신은 사람이 아니다. 귀신은 심심풀이로 지어낸 것이라서 더 다루지 않겠다.

해부학 실습을 하니까 육체와
영혼에 관한 남다른 생각이
있겠네요. 삶과 죽음에 관한
본인의 철학을
말씀해 주겠습니까?
인문계열
학생
철학? 금속공학을
묻나? 해부 도구가
어떤 금속이지?
해부학 실습을 하기 전에는
개똥철학이 있었는데,
지금은 살아남을 궁리만
합니다.
실망이다. 생각이
초등학생 수준인데.
생각이 고급스럽지 않다.

의과대학 학생이 해부학 실습을 할 때에는 마땅히 시신을 소중하게 다룬다. 그렇다고 시신이 사람은 아니다. 시신을 사람이라고 생각할 틈도 없다. 해부하느라고 바쁜 학생한테 죽음과 삶에 관한 철학을 물으면, 학생은 거북해한다. 철학이 금속공학을 뜻하냐고, 그렇다면 해부 도구가 어떤 금속인지 알고 싶냐고 되묻는다.

나중에 의사가 되어서 환자를 따뜻하게 볼 필요도 있지만, 차갑게 볼 필요도 있다. 의사가 환자를 과학적이고 객관적인 눈으로 차갑게 볼 필요도 있다는 뜻이다. 보기를 들어 의사는 '환자가 얼마나 아플까?'보다 '환자가 어째서 아플까?'를 생각해야 한다. 따라서 넋이 없는 시신을 차갑게 보는 것은 의사가 되는 과정 중 하나라고 말할 수 있다.

시신을 본 적이 없는 사람한테 삶과 죽음에 대해서 이야기하였다.
본래 사람의 몸은 아름답습니다.
그래서 벌거벗은 사람의 몸을 그리거나 사진 찍는 것입니다.
특히 여자의 맨몸은 예술 작품의 중요한 밑감입니다.
그러나 시신은 아름답지 않습니다. 해부학 사진책을 보면 이해할 것입니다.
사진
손으로 그린 해부학 그림책을 보면 오해할 수도 있지만.
이처럼 죽음을 보면 삶이 아름답고 값지다는 것을 깨닫습니다.
살아 있을 때 자기 몸과 남의 몸을 값지게 다루십시오. 더 값진 것이 있겠습니까?

사람은 아름답다. 그러므로 벗은 사람은 예술 작품의 중요한 밑감이다. 그러나 넋이 없는 몸, 즉 사람이 아닌 시신은 아름답지 않다. 이것은 해부한 시신을 사진 찍어서 만든 책으로 확인할 수 있다. 이처럼 죽음을 보면 삶이 얼마나 아름답고 값진지 깨닫게 된다. 삶보다 값진 것이 있겠는가?

해부학 선생이 보기에 몸은 사람에서 넋을 뺀 것이다. 다른 말로 몸 더하기 넋이 사람이다.

2. 선후배의 사랑, 동료의 사랑

의과대학에는 1년 선배가 후배한테 뼈의 생김새를 가르치는 전통이 있다. 해부학 학기가 시작하기 직전 방학에 모여서 뼈를 가르친다. 내가 일하는 의과대학에서는 1주일 동안 가르치며, 학생은 해부학 실습실과 뼈를 쓸 수 있다.

해부학 학기가 시작하기 직전 방학이라서, 1년 선배가 후배한테 뼈를 가르쳤다.
다 외울 때까지 집에 못 간다.
방학에 뼈를 미리 외워야, 학기 중에 해부를 빨리 올바르게 할 수 있다.
선배가 시키는 대로 해야, 선생이 시키는 공부도 견딜 수 있다.

1주일 동안 선배는 호되게 가르친다. 날마다 밤새워서 뼈의 구조물을 외우게 한다. 방학에 미리 뼈의 구조물을 외우면, 학기 중에 시신 해부를 잘할 수 있기 때문이다. 또한 선배가 시키는 대로 하면, 해부학 선생이 시키는 공부도 이겨 낼 수 있기 때문이다. 따라서 뼈를 가르칠 때에는 여느 때 무섭지 않던 선배도 악마가 된다. 실제로 의과대학에서 1년 차이는 하늘과 땅 차이만큼 크다. 꼴등인 선배도 1등인 후배를 얼마든지 꾸짖으면서 가르칠 수 있다.

선배의 보람은
후배와 친해지는 것이다.
가르칠 때에는 어려워하고,
가르친 다음에는 고마워해라.
뒤풀이
그것이 바람직한
후배의 태도이다.
1년이 지나면, 그 후배가
선배로서 뼈를 가르친다.
내가 겪었던 것을
후배도 겪게 해야지.
후배가
모인 곳 →
악마의 탈을 쓸 시간이다.

가르치는 선배가 얻는 것은 무엇일까? 후배와 친해지는 것이다. "가르칠 때에는 후배가 선배한테 어려워하고, 가르친 다음에는 고마워한다. 그것이 바람직한 선후배 관계이다." 1년이 지나면, 그 후배가 선배로서 뼈를 가르친다. "1년 전에 내가 겪었던 것을 내 후배도 겪게 해야지. 선배의 사랑을 맛보게 해야지. 악마의 탈을 쓸 시간이다. 흐흐."

의과대학 선후배는 졸업한 다음에 부속병원에서 전공의(레지던트) 선후배가 되기 쉽다. 전문의가 된 다음에도 동업자로서 평생 본다. 따라서 학생 때 좋은 선후배 사이를 만들어 놓으면 든든하다.

학기가 시작되면 해부학 실습실에서 동료 사이가 가까워진다. 시신을 꼼꼼하게 해부하는 것은 엄청난 육체노동과 정신노동이며, 따라서 학생끼리 보살펴야 한다. 때로는 힘들어하는 동료를 위해서 대신 해부하고, 공부가 모자란 동료를 위해서 개인 교사가 된다. 이렇게 서로 아끼고 돌보면 친해질 수밖에 없다.

친구와 함께 산에 갔다고 치자. 계곡에서 편하게 놀면 심심해져서 심술궂은 장난을 치게 되고, 그러다가 싸우기도 한다. 그러나 꼭대기까지 힘들게 오르면 서로 아끼고 돌보게 되고, 그러다가 더 친해진다. 마찬가지로 함께 힘들게 해부하는 학생끼리는 친해지기 마련이다.

학생끼리 친해지는 데 크게 이바지하는 사람이 나 같은 해부학 선생이다. 나는 학생을 칭찬하지 않고 꾸짖기만 한다. "학생이 중요한 구조물을 찾지 않으면, 소중한 시신을 헛되게 만든다. 따라서 꾸짖어야 한다. 꾸짖을 시간도 모자란데, 칭찬할 여유가 있겠는가?" 꾸짖는 까닭이 맞든 틀리든, 나는 모든 학생의 적이다. 내가 없으면 학생은 입을 모아서 나를 욕하고, 그러다가 더 친해진다. 공동의 적이 있으면 뭉치는 법이다.

해부학 실습실에서 축복받은 조와 저주받은 조를 보았다. 내가 연대 책임을 지게 하면...
네가 엉망으로 해부했으니까 너희 조의 실습 점수를 깎겠다.
축복받은 조에서는 서로 위로했지만,
미안해.
괜찮아. 이 바닥이 다 이렇지 뭐.
시험 끝나고, 조 단합대회를 하면서 해랑 선생을 씹자. 안주 값이 덜 들겠다.
저주받은 조에서는 서로 싸웠다.
네 탓으로 내가 밑져야 되겠니?
내가 해부할 때 너는 뭐했니?
싸움 구경은 불 구경 다음으로 재미있어.
축복받은 조의 학생은 의사가 된 다음에도 참살이(wellbeing)를 할 수 있다.
의사끼리 서로 위로하고 도와야
의사도 행복해지고 환자도 행복해진다.
해부학 실습을 제대로 했네.

의과대학 학생은 졸업할 때 히포크라테스 선서를 하는데, 선서에 이런 내용이 있다. "나는 동료를 형제처럼 생각하겠노라." 실제로 의사는 힘을 모아서 환자를 치료한다. 외과 의사가 수술하려면, 마취과 의사뿐 아니라 영상의학과 의사, 진단검사의학과 의사의 도움을 받아야 한다. 따라서 의사가 동료를 형제 또는 자매처럼 생각하고 도우면, 의사뿐 아니라 환자도 행복해진다. 이런 동료 사이, 그리고 선후배 사이가 싹트는 곳이 바로 해부학 실습실이다.

해부 도구를 잘 쓰면
이 자식아! 네 탓에 우리 조의 해부 실습이 엉망이잖아. 너 같은 놈은...
동료를 서로 존중하는 의사의 예절을 배울 수 있다.
너 지금 뭐라고 말했어?
꽥! 진정하십시오. 앞으로는 말조심하겠습니다.

실습실에서 같은 조의 학생끼리 언제나 사이가 좋을 수는 없다. 다음처럼 꾸짖기도 한다. "이 자식아! 네 탓에 우리 조의 해부가 엉망이잖아. 너 같은 놈은..." 꾸지람을 들은 동료도 거칠게 대꾸한다. "너 지금 뭐라고 말했어? 씩씩..." 꾸짖은 학생은 동료의 손에 들려 있는 해부 도구(칼)에 눈길이 간다. "진정해라. 이제부터 말조심하겠다." 해부 도구 덕분에 학생은 동료를 존중하는 예절을 배우며, 이 예절은 의사가 된 다음에도 필요하다. 해부 도구가 널려 있는 실습실은 좋은 배움터이다.

3. 뼈 채워 놔!

어느 나라, 어느 의과대학이든지, 학생은 시신을 해부하기에 앞서 뼈를 보고 만지면서 뼈의 구조물을 외운다. 건물을 지을 때 철근을 먼저 세우듯이, 해부학을 배울 때 뼈를 먼저 익히는 것이다. 그리고 철근에 시멘트 따위를 입혀서 건물을 완성하듯이, 학생의 머릿속에서 뼈에 근육 따위를 입혀서 해부학 지식을 완성한다.

뼈를 알면 사람 몸의 많은 것을 깨달을 수 있다. 뼈에서 근육이 붙는 곳은 튀어나왔거나 거친데, 이것은 근육이 뼈를 끊임없이 당겼기 때문이다. 이런 뼈의 구조물을 익히면 나중에 해부하면서 근육의 작용을 쉽게 풀이할 수 있다.

관절을 이루는 두 뼈의 관절면을 보면 관절의 움직임을 짐작할 수 있다. 보기를 들자면, 어깨뼈와 위팔뼈는 어깨관절을 이루는 곳에서 각각 절구와 공이처럼 생겼기 때문에 어깨를 자유롭게 움직일 수 있다.

머리뼈의 경우, 수많은 구멍과 그 구멍을 지나는 신경, 혈관을 외워야 한다. 뇌로 드나드는 중요한 신경, 혈관인데, 외우지 않고 어떻게 의사가 되겠는가?

해부한 시신을
물에 넣고 삶아서 뼈를 추린다.
해부학 실습실
갈비탕, 삼계탕에서
뼈를 추리는 것처럼.

시신을 흙에 묻으면,
땅속의 벌레와 미생물이
살을 갉아먹어서 뼈만 남는다.
박물관
이 뼈는 멀쩡하지 않다.

흙의 산성이
뼈를 약하게 만들고,
마침내 부수기 때문이다.
시신을 묻지 않고,
벌레가 살을 갉아먹게 하는
자연 친화 방법을 쓰기도 한다.

해부학 기사는 이미 해부한 시신에서 뼈를 추린다. 뼈를 깨끗하게 추리기 위해서 끓는 물에 넣고 삶는다. 갈비탕이나 삼계탕에서 뼈를 추리는 것과 비슷하다. 관습에 따라서 시신을 땅에 묻으면, 땅속의 벌레와 미생물이 살을 갉아먹어서 뼈만 남는다. 박물관에 가면 무덤에서 꺼낸 뼈를 흔히 볼 수 있다. 그런데 이 뼈는 해부학 실습실에 있는 뼈만큼 멀쩡하지 않다. 흙의 산성이 뼈를 약하게 만들고 마침내 부수기 때문이다. 어떤 나라에서는 시신을 묻지 않고, 벌레가 뼈에 붙어 있는 살을 갉아먹게 하는 자연 친화 방법을 쓰기도 한다.

학생은 온몸의 뼈를
익힌 다음에는
가지런히 놔야 한다.
변사체가 옆으로
누워 있는 것처럼
놨음.
'범죄 현장,
접근 금지'
띠를 붙이고 싶다.

해부학 실습실에는 온몸의 뼈를 조립한 표본이 있다. 그러나 조립하지 않은

낱개의 뼈가 더 쓸모 있다. 학생이 뼈를 하나씩 들고 이모저모를 살필 수 있어서 그렇다. 뼈 실습이 끝나면 각 조의 학생은 실습한 뼈를 탁자에 가지런히 놔야 한다. 머리뼈 아래에 척추뼈, 갈비뼈, 복장뼈를 놓고 그 옆에 팔뼈와 다리뼈를 잇달아 놓는다. 마치 사람이 누워 있는 것처럼 만든다. 장난을 좋아하는 학생은 변사체가 옆으로 누워 있는 것처럼 만들기도 한다. '범죄 현장, 접근 금지'라고 쓴 띠를 붙이고 싶을 만큼 실감난다.

해부학 실습실에서
뼈가 없어져서,
뼈가
모자라네.
없어진 뼈를 빨리
찾으라고 점잖게 말했다.
꽥!
너희 몸에
있는 뼈를
뽑아서라도
채워 놔.

가지런히 놓은 뼈를 살펴보니까, 어느 조에 뼈 하나가 없어졌다. 나는 그 조의 학생한테 무서운 목소리로 말했다. "너희 몸에 있는 뼈를 뽑아서라도 채워 놔!" 학생들은 웅성거리기 시작했다. "농담이야? 진담이야?" 마침내 한 학생이 없어진 뼈를 찾아서 제자리에 놓았고, 그 조는 탈 없이 집에 갈 수 있었다. 그 뼈를 다른 조의 학생한테 빌려 줘서 생긴 일이었다.

시체해부보존법에 따르면, 시신 해부는 해부학 실습실에서만 할 수 있으며, 이를 어기면 1년 이하의 징역 또는 300만 원 이하의 벌금에 처해진다. 따라서 뼈를 실습실 밖으로 가져가는 것은 법으로 문제가 된다. 다행히 요즘에는 실제 뼈만큼 좋은 모형 뼈를 살 수 있기 때문에 가져가려는 사람도 없다.

내가 해부학을 배울 때에는 동료 학생과 함께 감자탕을 자주 먹었다. 그때 감자탕은 적은 돈으로 많은 고기를 먹게 해 주는 고마운 요리였다. 의과대학 학생끼리 감자탕을 먹으면 시끄러웠다. 감자탕에 들어 있는 돼지의 척추뼈가 사람의 척추뼈와 비슷하게 생겼기 때문이다. 학생은 자기가 익힌 척추뼈 구조물을 악착같이 확인하고 토론하였다.

의학에서 가장 먼저 배우는 것이 해부학이고, 해부학에서 가장 먼저 익히는 것이 뼈이다. 해부학 선생이 보기에 의학은 뼈에서 출발한다.

4. 머리뼈의 영어는 스쿨

사람 몸에 골은 두 가지가 있다. 두개골, 쇄골의 골은 뼈이고, 큰골, 작은골의 골은 뇌이다. 해부학 용어에서는 헷갈리는 것을 막고자, 골을 쓰지 않고 뼈와 뇌를 쓴다. 즉 두개골, 쇄골 대신 머리뼈, 빗장뼈라는 용어를 쓰고, 큰골, 작은골 대신 대뇌, 소뇌라는 용어를 쓴다. 해부학 선생은 토박이말을 좋아하지만 고집하지 않는다. 토박이말인 큰골, 작은골 대신 한자어인 대뇌, 소뇌를 쓰는 것을 보면 그렇다.

이 글의 주제는 머리뼈이다. 아직도 어려운 옛 용어인 두개골을 쓰는 사람이 있는데, 유치원 어린이도 알아듣는 머리뼈를 권한다. 해골바가지를 쓰는 사람도 있는데, 해골은 어려운 한자어이고 바가지는 속된 말이라 권하지 않는다.

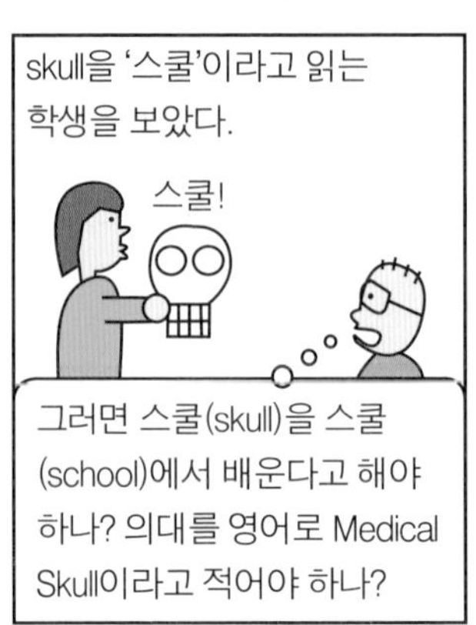
skull을 '스쿨'이라고 읽는
학생을 보았다.
스쿨!
그러면 스쿨(skull)을 스쿨(school)에서 배운다고 해야 하나? 의대를 영어로 Medical Skull이라고 적어야 하나?

머리뼈는 영어로 스컬(skull)인데, 철자에 따라서 스쿨이라고 읽는 학생이 간혹 있다. 대학교의 단과대학은 영어로 칼리지(college)이지만, 의과대학은 스쿨(school)인 경우가 많다. 법학전문대학원(로 스쿨)처럼 오래 배운다고 남다르게(메디컬 스쿨) 부르는 것이다. 머리뼈를 스쿨이라고 읽는 학생한테는 "스쿨에서 스쿨을 배운다."고 놀릴 수 있다.

스웨덴에서는 skull을
스콜(skoal)이라고 읽으며,
축배를 들 때 그렇게 외친다.
스콜!
바이킹이 머리뼈에
술을 따라서 마신 것이
전통으로 남아 있기 때문이다.

스웨덴 사람은 머리뼈를 스콜(skoal)이라고 부르고, 스콜이 영어에서 스컬로 바뀌었다. 스웨덴 사람은 축배를 들 때 "스콜"이라고 외친다. 그들의 조상인 바이킹이 머리뼈에 술을 부어 축배를 든 것이 전통으로 남았기 때문이다. 한국 사람이 그들과 축배를 들 때, 스콜을 잊어서 스컬이라고 외쳐도 알아듣는다. 스쿨이라고 외쳐도 알아듣는지 모르겠는데, 못 알아들으면 그때 발음을 바로잡아도 괜찮다. 스웨덴 문화를 따라 하려는 것만으로도 그들은 고마워한다.

바이킹은 머리뼈에 따른 술을 마시고 즐겼지만,
원효대사는 머리뼈에 담긴 물을 마시고 구역질하였다.
머리뼈를 안 봤을 때는 괜찮았는데... 모든 것은 마음먹기에 달렸다.

원효대사는 이런 생각을 바탕으로 크게 활동하였다.
이것을 네 글자로 줄이면?
대사(metabolism) 활동!
원효대사가 아니라 신진대사 같아.

바이킹은 머리뼈에 부은 술을 마시고 즐겼지만, 원효대사는 머리뼈에 담긴 물을 달게 마시고 나서, 나중에 머리뼈였다는 걸 알고 구역질하였다. 원효대사는 이렇게 생각했다. "머리뼈인 것을 몰랐을 때는 괜찮았다. 모든 것은 마음먹기에 달렸다." 원효대사는 이런 생각을 바탕으로 활동하였는데, 이것을 네 글자로 줄이면 대사활동이다. 원효대사가 아닌 신진대사라고 이름 지었으면 딱 들어맞을 뻔했다. 해부학 실습실에서 머리뼈 때문에 구역질하는 학생은 없다. 머리뼈는 외울 구조물이 많아서 오래 보고 만져야 하며, 따라서 그때 군것질하는 학생이 있을 뿐이다. 의과대학 학생은 원효대사와 달리 머리뼈를 보고 만지면서도 잘 먹고 잘 마신다.

키가 똑같은 남녀한테 헐렁한 옷을 입히고 가발을 씌우고 두꺼운 분장을 해서 남녀 차이를 없앴다고 치자. 그래도 남녀를 구별할 수 있는데, 이것은 남녀의 머리뼈가 다르게 생겼기 때문이다. 다른 점의 하나로, 남자는 여자에 비해 눈썹 부위의 머리뼈가 더 앞으로 튀어나왔다. 곁에 있는 사람을 봐도 눈썹 부위는 남녀 차이가 뚜렷하다. 덕분에 남자는 박치기로 적을 쳐부수기 좋다. 원시인은 그 부위의 머리뼈가 훨씬 튀어나와서 마치 무기처럼 보인다. 한편 원시인은 현대인보다 뇌가 작기 때문에 머리뼈 안도 작다. 원시인과 현대인이 싸우면 둘 다 머리를 쓸 것이다. 원시인이 쓰는 머리는 뼈이고, 현대인이 쓰는 머리는 뇌이다. 말장난을 하면, 둘 다 골을 쓸 것이다.

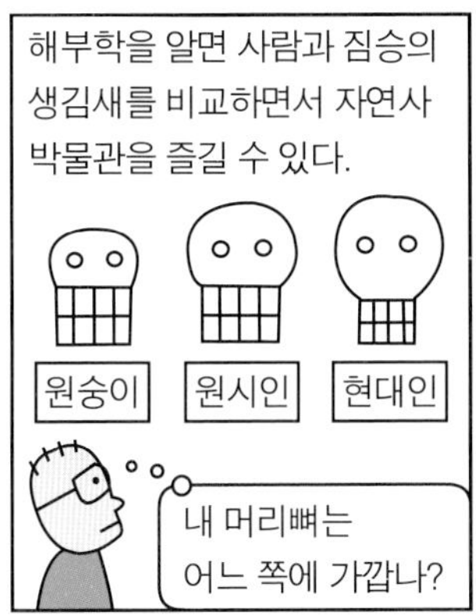
해부학을 알면 사람과 짐승의 생김새를 비교하면서 자연사 박물관을 즐길 수 있다.
원숭이
원시인
현대인
내 머리뼈는 어느 쪽에 가깝나?

다른 뼈보다 머리뼈는 환경에 따라 쉽게 바뀐다. 그래서 머리뼈는 남녀마다, 진화 단계마다 많이 다르다. 자연사 박물관에 가면 원시인과 현대인의 머리뼈를 견주어 보길 바란다. 이어서 사람의 머리뼈가 원숭이를 비롯한 짐승의 머리뼈와 어떻게 다른지 눈여겨보길 바란다. 사람은 진화하면서 머리뼈 안과 뇌가 커졌으며, 그 덕분에 지구를 다스렸다는 것을 느끼게 될 것이다. 물론 몸집에 비해 머리뼈 안과 뇌가 얼마나 큰지 따져야 한다. 그렇게 따지지 않으면 공룡 또는 고래가 지구를 다스렸을 것이다.

*뼈대계통의 해부학을 더 알고 싶으면
〈해랑이와 말랑이의 몸 이야기〉(232쪽)를 보세요.

5. 허리 피라우

태아는 엄마의 자궁 안에서 자란다. 시간이 지나면서 자궁 안이 차츰 넓어지는데, 그보다 태아가 더 빨리 자란다. 따라서 상대적으로 좁아지는 자궁 안에서 태아는 온몸을 굽혀야 한다. 팔다리뿐 아니라 몸통과 머리도 앞으로 굽혀야 하며, 따라서 몸의 기둥인 척주가 뒤로 볼록해진다.

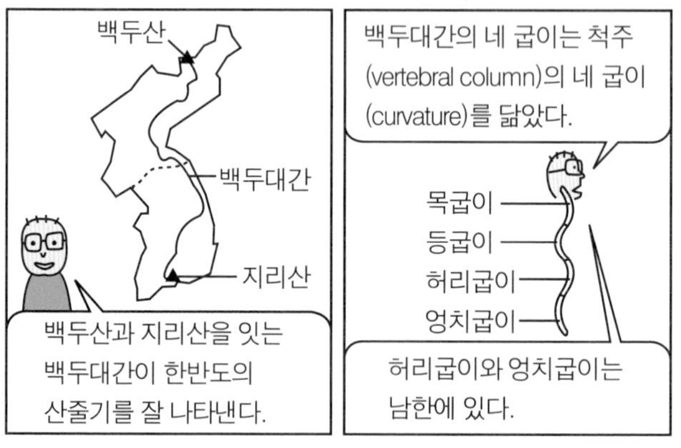
백두산
백두대간
지리산
백두산과 지리산을 잇는 백두대간이 한반도의 산줄기를 잘 나타낸다.
백두대간의 네 굽이는 척주 (vertebral column)의 네 굽이 (curvature)를 닮았다.
목굽이
등굽이
허리굽이
엉치굽이
허리굽이와 엉치굽이는 남한에 있다.

태어나면 척주에 큰 변화가 생긴다. 아기가 머리를 들면서 목에 있는 척주가 앞으로 볼록해진다. 아기가 두 다리로 일어서면서 허리에 있는 척주가 역시 앞으로 볼록해진다. 결과를 간추리면 다음과 같다. 척주를 이루는 척추뼈 중에서 목뼈 7개는 앞으로 볼록하고, 등뼈 12개는 뒤로 볼록하고, 허리뼈 5개는 앞으로 볼록하고, 엉치뼈 1개는 뒤로 볼록하다.

한반도를 오른쪽에서 본 사람이라고 치면, 백두산에서 지리산까지 잇는 산줄기, 즉 백두대간이 척주를 닮았다. 북한에 있는 백두대간은 목뼈처럼 앞으로 볼록했다가, 등뼈처럼 뒤로 볼록해진다. 이어서 남한에 있는 백두대간은 허리뼈처럼 앞으로 볼록했다가, 엉치뼈처럼 뒤로 볼록해진다.

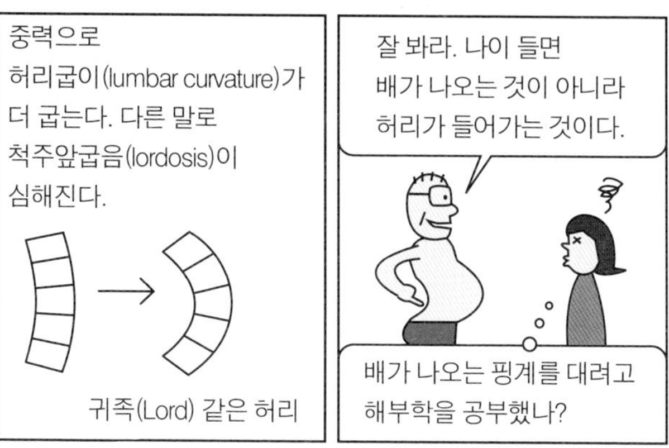
중력으로
허리굽이(lumbar curvature)가
더 굽는다. 다른 말로
척주앞굽음(lordosis)이
심해진다.
귀족(Lord) 같은 허리
잘 봐라. 나이 들면
배가 나오는 것이 아니라
허리가 들어가는 것이다.
배가 나오는 핑계를 대려고
해부학을 공부했나?

살쪄서 배가 나온 해부학 선생은 허리뼈를 갖고 핑계 댄다. "배가 나온 것이 아니라 허리가 들어간 것이다. 나이가 들면 중력 때문에 허리뼈가 조금씩 더 볼록해져서 나처럼 된다." 마땅히 거짓말이다.

이야기한 대로 척주는 여러 척추뼈로 이루어져 있고, 이웃한 척추뼈 사이에는 척추원반이 있다. 척추원반은 물렁한 연골이라서 조금씩 움직일 수 있고, 여러 척추원반이 잇달아 있으므로 척주를 꽤 움직일 수 있다. 그런데 등뼈 12개는 갈비뼈 12쌍이 붙잡고 있어서 많이 움직일 수 없다. 엉치뼈는 1개뿐이라서 아예 움직일 수 없다. 대신에 목뼈와 허리뼈를 많이 움직일 수 있으며, 상모 돌리는 사람과 배꼽춤 추는 사람을 보면 그렇다는 것을 알 수 있다. 움직이다 보면 척추원반이 탈출해서 목신경, 허리신경을 누를 수 있다. 보통 사람은 이 병을 디스크(원반)라고 부르는데, '척추원반탈출'이라고 부르는 것이 맞다.

허리뼈(lumbar vertebra)를
굽혀서 인사하는 사람은
예절이 바른 사람이고,
안녕하십니까?
존경하지
않아도 인사는
제대로 한다.
목뼈(cervical vertebra)만
굽혀서 인사하는 사람은
고얀 놈이다.
한국에서 목으로 인사하는
것은 친구 또는 아랫사람한테
하는 목(目)례이다. 이놈아.

한국에서는 목뼈를 굽히는 인사와 허리뼈를 굽히는 인사가 다르며, 나는 이렇게 말한다. "목례는 목뼈를 굽히는 것이다." 본래 목(目)례는 눈짓으로 하는 인사인데, 목뼈를 굽혀서 하는 인사라고 보면 대충 맞다. 게다가 둘 다 목으로 시작하니까 외우기 쉽다. "위에 있는 목뼈는 윗사람이 굽히고, 아래에 있는 허리뼈는 아랫사람이 굽힌다." 역시 외우기 쉽다.

인사에 관한 가벼운 이야기이다. "직장에서 누구를 승진시킬지 따지는 부서가 인사부이다. 인사부는 여느 때 아랫사람이 목뼈를 굽혀 대충 인사하는지, 허리뼈를 굽혀 제대로 인사하는지 살핀다. 그래서 인사부라고 부르는 것이다." 이 이야기를 믿든 말든, 윗사람을 존경하든 말든, 아랫사람이 자기를 지키려면 허리뼈를 굽혀 인사해야 한다. 하루에 같은 윗사람을 여러 번 만날 수 있는데, 3번까지는 허리뼈를 굽혀 인사하는 것이 안전하다.

앉는 자세가 바르지 않은
학생한테 잔소리하였다.
허리를 굽히면(flex)
건강에도 안 좋고,
보기에도 안 좋다.
허리 펴라(extend)
허리굽이를 일차(primary)굽이
에서 이차(secondary)굽이로
바꿔라.

이 잔소리와 관련된
우스갯소리를 이어서 하였다.
허리 피라우
'허리 펴라'를
평안도 사투리로
이렇게 말한다.
이 사투리는
뒤집어 봐도 똑같다.
어떤 자세이든지
허리를 펴라는 뜻입니까?

인사할 때와 달리 서 있거나 앉아 있을 때에는 허리를 굽히지 말고 펴야 한다. 그래야 허리가 아프지 않고, 척추원반이 탈출하지 않는다. '허리 펴라'가 평안도 사투리로 '허리 피라우'이다. '허리 피라우'는 뒤집어 봐도 '허리 피라우'이다. 이 평안도 사투리는 몸이 뒤집어지든 세상이 뒤집어지든, 꿋꿋하게 허리를 펴라는 가르침을 담고 있다.

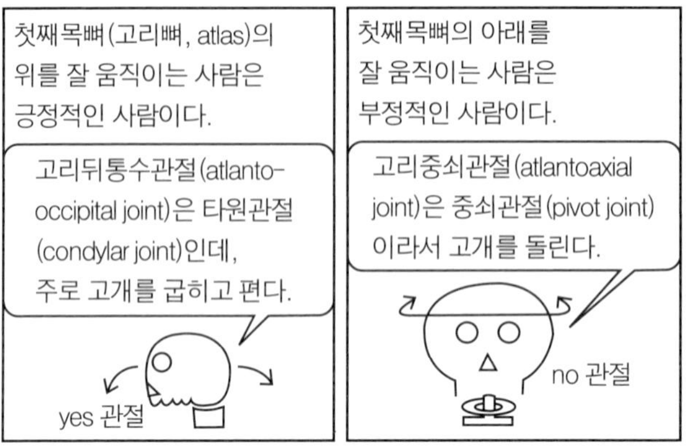
첫째목뼈(고리뼈, atlas)의
위를 잘 움직이는 사람은
긍정적인 사람이다.
고리뒤통수관절(atlanto-
occipital joint)은 타원관절
(condylar joint)인데,
주로 고개를 굽히고 편다.
yes 관절
첫째목뼈의 아래를
잘 움직이는 사람은
부정적인 사람이다.
고리중쇠관절(atlantoaxial
joint)은 중쇠관절(pivot joint)
이라서 고개를 돌린다.
no 관절

목뼈와 허리뼈에서는 앞뒤로 굽히고 펴는 움직임뿐 아니라 양 옆으로 돌리는 움직임도 일어난다. 이 중에서 목뼈의 움직임이 재미있다. 첫째목뼈 위에 있는 관절은 고개를 앞뒤로 굽히고 펴게 한다. 즉 고개를 끄덕이는 긍정의 관절이다. 첫째목뼈 아래에 있는 관절은 고개를 양 옆으로 돌리게 한다. 즉 고개를 젓는 부정의 관절이다.

대학원 학생한테 안 된다는
말을 하지 말라고 가르쳤다.
뭐든지 된다는 생각을 갖고
살아야 된다.
안 된다.
시간이 걸릴 뿐, 뭐든지 된다.
며칠 뒤, 그 학생한테 소매치기
당한 이야기를 하였다.
지갑이 없어져서 골치 아프다.
안됐다는 말은 할 수 없고,
잘됐습니다.

나는 학생한테 첫째목뼈의 위아래 관절을 보여 주며 이렇게 말한 적이 있다. "긍정의 관절이 부정의 관절보다 높게 자리 잡았다. 긍정이 부정보다 고상하기 때문이다. 너희도 뭐든지 된다는 생각을 갖고 고개를 끄덕여라. 안 된다는 말을 하지 말고, 고개를 젓지도 마라." 며칠 뒤 나는 지갑이 없어져서 애를 먹고 있는데, 그것을 본 학생이 속삭였다. "안됐다는 말은 할 수 없고, 참 잘됐습니다. 쌤통입니다." 학생은 웃으면서 고개를 끄덕였다.

*관절계통의 해부학을 더 알고 싶으면
〈해랑이와 말랑이의 몸 이야기〉(237쪽)를 보세요.

6. 시신 기증 선진국

두 운동 행사를
이야기하였다.
1988년 서울 올림픽
잘살게 되었음.
1988년부터 한국의 보통 사람
이 자동차를 갖게 되었고,
외국 나들이를 즐기게 되었다.
2002년부터 한국의 대기업이
세계에 이름을 날렸다.
2002년 한일 월드컵
자신이 생겼음.
한국이
망할 수 없는 나라가 되었다.
내 생각을 간추리면 이와 같다.
후진국
1988년
중진국
2002년
선진국
한국 사람은 국제 운동 행사를
경제 발전의 전환점으로
써 먹었다.

한국이 언제부터 잘살게 되었냐고 물으면, 나는 서울 올림픽이 열린 1988년부터라고 대답한다. "1988년부터 한국의 중산층이 자기 자동차를 갖게 되었고, 외국 나들이를 즐기게 되었습니다. 일본은 도쿄 올림픽이 열린 1964년부터, 중국은 베이징 올림픽이 열린 2008년부터 잘살았다고 봅니다." 이어서 한일 월드컵이 열린 2002년부터 한국은 자신감을 갖게 되었다고 덧붙인다. "1990년대의 경제 위기를 이겨 낸 한국은 2002년부터 망할 수 없는 나라가 되었고, 한국의 대기업이 세계에 이름을 날리게 되었습니다." 간추리자면 한국은 올림픽이 열린 1988년까지 후진국이었고, 월드컵이 열린 2002년부터 선진국이 되었다. 그 사이인 1990년대에는 중진국이었다.

해부용 시신(cadaver)이
모자랐던 1990년대가
생각났다.
안 보여.
어느 의과대학에서는
학생 50명이
시신 한 구를 해부하였다.

해부는 못 하고
관찰만 할 수 있었다.
좋은 의사가
되는 데
문제 없었을까?
그때에는 많은 해부용 시신이
좋은 의과대학의
필요조건이었다.

옛날에 많았던 무연고 시신이
1990년대에 갑자기 없어졌기
때문이다.
무연고 시신
기증 시신
1980
1990
2000
2010
다행히 21세기에는
기증 시신이 많아졌다.

무연고 시신은 후진국형이고,
기증 시신은 선진국형이다.
한국의 해부학 실습은
1990년대에
중진국 병을 앓았다.

우연인지 필연인지, 한국의 해부학 실습은 1990년대에 중진국 병을 앓았다. 후진국에서는 무연고 시신을 해부하고, 선진국에서는 기증 시신을 해부한다. 1990년대에 한국은 무연고 시신도 기증 시신도 없었기에 중진국 병을 앓았다고 본 것이다. 1구의 시신을 4명 내지 8명의 학생이 해부하면 바람직한데, 1990년대에는 1구의 시신을 50명의 학생이 해부하는 지경에 이르렀다. 학생이 직접 해부할 수 없었고, 해부한 시신을 볼 수만 있었다.

1990년대 이전에는 무연고 시신이 많았다. 무연고 시신은 유가족이 없는 시신을 뜻하며, 유가족 대신 공무원이 시신을 처리하였다. 처리하는 방법의 하나는 시신을 의과대학으로 보내서 해부용으로 쓰게 하는 것이었다. 그런데 나중에 유가족이 나타나서 공무원한테 거칠게 따지는 일이 생겼고, 따라서 시신을 의과대학으로 보내지 않게 되었다.

의과대학 학생은 시신을 해부하면서 해부학만 배우는 것이 아니다. 의학을 눈과 손으로 익히는 방법, 말을 짜임새 있게 하는 요령, 동료를 아끼는 우정, 삶을 소중하게 여기는 인간성도 배운다. 모두 의사한테 필요한 것이다. 따라서 해부용 시신이 없으면 좋은 의사를 만들 수 없고, 이것은 국민의 건강과 생명을 해치는 사회 문제이다.

그래서 1990년대에 해부학 선생은 중진국 병을 치료하려고 애썼다. 시신 기증이 왜 필요한지 말과 글로 부지런히 알렸다. 애쓴 덕분에 이름난 분이 돌아가시면서 시신 기증을 하게 되었고, 이것이 언론으로 알려졌다. 장기 기증뿐 아니라 시신 기증도 있다는 것이 알려진 것이다. 한편 1990년대에는 돌아가신 분을 그대로 땅에 묻지 않고 화장하는 집안이 부쩍 늘었다. 화장할 것이라면 기증한 다음에 하는 것이 낫다고 생각하게 되었다. 그리고 의과대학에서 해부한 시신을 화장하고, 원하는 유가족한테 유골을 드린다는 것도 알려졌다.

한국은 뭐든지 빨리 바뀌는 나라이다. 21세기에 들어서 선진국이 된 덕분인지, 각 의과대학에 시신 기증이 갑자기 많아졌다. 바람직하게도 1구의 시신을 4명 내지 8명의 학생이 해부하게 되었다. 내가 속한 의과대학은 시신 기증이 많아서 고민이다. 시신을 보관하는 냉장고보다 많은 시신을 기증받을 수 없어서, 살아 있을 때 의과대학에 와서 유언하고 등록한 분만 기증받고 있다. 시신 기증도 무턱대고 할 수 없는 세상이 되었다.

시신 기증을 유언한
해부학자를 보았다.
유언서
나는 다른 사람한테
시신 기증을 권하기 때문에
나 또한 시신 기증하는 것이
마땅합니다.
내가 시신 기증하지 않는
것은 대머리 치료를 하는
피부과 의사가
대머리인 것과 비슷하고,
대머리 치료
각막저밈성형술
(keratomileusis)을 하는
안과 의사가 안경 쓴 것과
비슷합니다.
근시 치료
그러나 다른 해부학자한테는
유언을 권하지 않습니다.
다른 해부학자의 사정과
뜻을 존중하기 때문입니다.
자신의
사정과 뜻이
담긴 유언서
해부용 시신이 너무 많아서,
또는 해부학교실의
다른 선생님이 불편할까 봐
유언하지 않을 수도 있습니다.

그렇다면 해부학 선생도 죽은 다음에 자기 몸을 기증하는가? 옛날에 나는 기증해야 된다고 말했다. "다른 사람한테 기증을 권하면서 정작 해부학 선생이 기증하지 않으면, 앞뒤가 맞지 않습니다. 대머리를 치료하는 의사가 대머리인 것과 뭐가 다릅니까? 또는 자동차를 파는 사람이 다른 회사 자동차를 사는 것과 뭐가 다릅니까?"

그러나 요즘 나는 꼭 기증해야 되는 것이 아니라고 말한다. "해부학 선생이 기증하면, 잘 아는 동료가 그 선생의 몸을 1년 넘게 고정, 보관, 해부, 화장을 하면서 잇달아 보고 만져야 합니다. 굳이 동료를 괴롭혀야 되겠습니까? 다른 의과대학에 기증해도 서로 잘 알기 때문에 마찬가지입니다."

누구한테나 시신 기증을 억지로 시키면 안 된다. 가족, 동료와 상의한 다음에 스스로 결정하게 내버려 두어야 한다. 시신 기증에 관해서는 이제 한국도 선진국이 되었으니까, 느긋하게 생각해도 괜찮을 것이다.

나는 궁금하다. "평창 올림픽이 열리는 2018년부터 한국의 경제와 해부학 실습은 또 어떻게 바뀔까? 더 좋은 선진국으로 바뀌겠지? 아니면 그때부터 진짜 선진국이 되겠지?"

*시신 기증에 대해 더 알고 싶으면
〈해랑이와 말랑이의 몸 이야기〉(310쪽)를 보세요.

7. 건배 대신 고정

법의학과 의사가 시신 1구를 부검하는 데에는 몇 시간이 걸릴 뿐이지만, 의과대학 학생이 시신 1구를 해부하는 데에는 몇 달이 걸린다. 오늘 해부가 끝났다고 시신을 다 쓴 것이 아니다. 시신을 덮개로 덮었다가, 다음 실습 시간에 덮개를 열고 이어서 해부한다. 이것을 몇 달 동안 되풀이하는 까닭은 시신의 작은 구조물도 꼼꼼하게 찾아서 확인하기 위함이다. 시신이 몇 달 동안 썩으면 안 되므로, 해부학 실습실에 들어올 때 방부 처리를 한다.

방부 처리를 전문 용어로 고정(fixation)이라고 부른다. 살아 있을 때 모습으로 고정한다는 뜻이다. 시신에 넣는 방부제를 고정액이라고 부른다. 고정액의 주된 성분은 포르말린이다. 포르말린은 살아 있는 사람한테 해롭기 때문에, 아주 묽게 만들어서 쓴다. 수백 년 동안 이 고정액을 써 왔고 별 문제가 없었다. 만일 문제가 있다면 고정한 시신을 많이 만지는 해부학 선생부터 일찍 죽어야 할 텐데, 그렇지 않다.

해부학 선생이 젊어
보이는 비결을 알려 주었다.
나이보다 젊어 보이지?
(그렇지 않은데...)
예, 비결이 뭡니까?
비결은 언제나
고정액(fixative)과
함께 있는 것이다.
고정액 덕분에 늙지 않는다.
해부학 선생은
죽은 다음에도 썩지 않아서
화장해야 된다.

어른끼리 만나면 서로 젊어 보인다고 말한다. 진짜 젊어 보여서 그렇게 말할 때도 있고, 듣기 좋으라고 말할 때도 있다. 누가 나한테 젊어 보인다고 말하면 이렇게 대답한다. "나는 늘 고정액에 닿아 있기 때문입니다. 고정액 덕분에 내 몸이 썩지 않으며, 따라서 젊음을 오래 간직할 수 있습니다." 상대가 웃으면 마지막 우스갯소리를 던진다. "해부학 선생은 죽은 다음에도 썩지 않아서 반드시 화장해야 됩니다."

시신을 고정하는 방법은 학교마다 다른데, 내가 속한 학교에서는 다음 방법을 쓴다. 먼저 넓적다리 앞을 해부해서 넙다리동맥을 드러낸다. 넙다리동맥은 살아 있을 때 맥박을 만질 수 있는데, 이것은 피부에서 가깝다는 뜻이다. 따라서 많이 해부하지 않아도 넙다리동맥을 드러낼 수 있다.

드러낸 넙다리동맥에 주삿바늘을 꽂은 다음에 양수기로 고정액을 넣는다. 동맥과 정맥은 온몸에 퍼져 있으며, 모두 심장을 중심으로 이어져 있다. 따라서 넙다리동맥으로 넣은 고정액은 온몸 구석구석으로 퍼진다. 이때 넙다리정맥을 열어서 동맥과 정맥에 있던 혈액을 뺀다. 그 결과로 혈액이 있던 자리를 고정액이 차지한다.

고정액이 온몸에 퍼지지 않을 때에는 시신의 일부가 썩는다. 그러면 소중한 시신을 제대로 해부하지 못해서 안타깝다. 잘 고정한 줄 알고 학생한테 해부를 시켰는데, 해부하다 썩은 것을 발견할 때도 있다. 학생은 시신을 바꿔 달라고 요구할 수 있다. 그런데 시신을 바꾸면 피부부터 다시 해부해야 되므로, 그 조의 학생들은 서로 다른 의견을 낸다. 시간이 오래 걸려도 바꾸자는 의견도 내고, 대충 해부한 다음에 다른 조 시신을 살피자는 의견도 낸다.

고정액이 온몸에 퍼지지 않는 첫째 까닭은 시신의 혈관 상태가 나쁘기 때문이다. 대표적인 보기는 동맥경화이다. 뚱뚱하거나 담배를 피우면 동맥경화가 생긴다. 동맥경화가 심하면 동맥이 막히고, 마침내 터져서 출혈을 일으킨다. 이처럼 혈관 상태가 나쁘면, 살아 있을 때 혈액이 온몸에 퍼지지 않아서 문제이고, 돌아가신 다음에는 고정액이 온몸에 퍼지지 않아서 문제이다. 나뿐 아니라 다른 사람을 위해서라도 살을 빼고 담배를 끊어야 할 것이다.

둘째 까닭은 잘 고정하지 못했기 때문이다. 병원에 방사선사, 임상병리사, 물리치료사를 비롯한 의료 기사가 있듯이, 의과대학에 해부학 기사가 있다. 시신 고정을 맡은 해부학 기사는 관련 기술을 갖추려고 언제나 애쓰며, 시신이 들어올 때마다 긴장하고 정성껏 고정한다. 하지만 마음대로 안 되는 경우도 있다.

해부학자가 모이면
술을 많이 마실 뿐 아니라,
해부의 시작은 고정(fixation)이고,
최초의 고정액은 알코올이죠.
건배를 제안하는 말도
남다르다.
우리의 몸부터 고정합시다.
Fix ourselves.

포르말린을 고정액으로 쓰기 전에는 알코올을 고정액으로 썼다. 초등학교 때 여름방학 숙제로 벌레를 채집한 다음에 벌레 몸에 알코올을 넣은 까닭도 마찬가지이다. 알코올 중에서 에틸알코올(술)을 즐겨 마시는 해부학 선생이 꽤 많다. 그들은 술집에서 '건배' 대신에 '고정'이라고 외친다. 해부의 시작은 '고정'이고, 해부학 선생인 자신부터 '고정'해야 된다는 논리이다. 살신성인의 정신일까? 아니다, 술 마시고 싶어서 지껄이는, 말도 안 되는 핑계다. 해부학 선생은 포르말린 때문이 아니라 에틸알코올 때문에 일찍 죽기 쉽다.

8. 방귀 뀌어도 모를걸?

술을 마시고 실습실에 들어
가도 학생이 눈치채지 못한다.
술 기운으로
화를 냄.
방귀를 뀌어도 학생이 모르네.

전날 밤 술을 많이 마시고 출근하면 술 냄새가 난다. 옆에서 일하는 사람한테 미안하고 움추러든다. 다행히 해부학 실습실에서는 그럴 걱정이 없다. 술 냄새가 실습실 본래의 냄새에 가려지기 때문이다. 나는 실습하는 학생한테 미안하지도 않고 움추러들지도 않는다. 오히려 술 기운으로 힘차게 가르친다. 음주 운전이 아닌 음주 교육을 하는 셈이다. 나는 흐뭇한 마음으로 이렇게 생각한다. '학교에서 음주 교육을 단속하지 않아서 다행이야. 내가 갑자기 검문받아서 들키면 교육 정지 또는 교육 취소의 명령을 받을 텐데.'

이처럼 해부학 선생의 죄를 숨겨 주는 실습실 냄새는 무엇일까? 시신 냄새 더하기 고정액 냄새이다. 나의 글솜씨로는 도저히 이 냄새를 나타낼 수가 없다. 딱히 어느 냄새와 비슷하지도 않다. 그저 실습실 냄새라고 일컫겠다. 환기 시설을 잘 갖추어도 실습실 안팎에서 이 냄새가 난다. 의과대학의 남다른 냄새라고 할 수 있다.

처음이라서 그런지
냄새가 역겹네요.
시신 냄새와
고정액 냄새인데
곧 익숙해진다.

시신을 해부하는 선생과 학생은 이 냄새를 잘 견딘다. 처음에는 역겨워도 곧 익숙해진다. 문제는 의과대학에 다니면서 해부해 본 적이 없는 교직원이다. 실습실 앞을 지나다가 냄새를 맡으면 괴로워한다. 해부하는 사람보다 냄새를 덜 맡는데 왜 괴로워할까? 정보가 적기 때문이다. 어두운 길에서 낯선 소리를 들으면, 정보가 적은 탓에 온갖 상상을 하게 되고, 따라서 무섭다. 마찬가지로 시신을 안 본 채 냄새를 맡으면, 정보가 적은 탓에 온갖 상상을 하게 되고, 따라서 괴롭다.

나는 퇴직할 때까지 실습실 냄새를 피할 수 없으니까 차라리 좋은 것으로 여긴다. 밥 먹고 실습실에 들어갈 때에는 양치질하지 않아도 된다. 고맙게도 실습실 냄새에 가려져서 입 냄새가 나지 않는다. 실습실에서는 방귀를 뀌어도 아무도 모른다. 소리가 나지 않으면 굳이 참을 까닭이 없다.

실습실에 귀찮은 사람이
들어오지 않아서
편하게 해부할 수 있다.
냄새 때문에
잡상인, 빚쟁이,
좀도둑이
들어오지
않아서
집중하기가
좋다.

조교로 일할 적, 실습실에서 학생과 해부하고 있는데 잡상인이 들어왔다. 나와 학생은 잡상인을 내보내지 않고 멀뚱히 쳐다봤다. 어떻게 할지 궁금했기 때문이다. 그는 역한 냄새 때문에 얼굴을 찌푸렸고, 실습실 안을 제대로 볼 만한 상태도 아닌 듯했다. 그러더니 나가는 것을 허락해 달라는 표정을 짓고는 금방 나갔다. 이처럼 잡상인, 빚쟁이, 좀도둑은 견디지 못하고 스스로 나가기 때문에, 선생과 학생은 집중해서 실습하기가 좋다.

실습실에서 입는 흰 덧옷은 시신과 직접 닿기 때문에 냄새가 많이 배며, 아무리 빨아도 냄새가 없어지지 않는다. 학생은 실습이 끝났을 때 흰 덧옷을 태워 버리거나, 대충 빨아서 후배한테 물려준다.

삼돌아. 치사하게 너만 열심히 해부하냐? 그래도 사랑해.
해랑 선생과 뒷모습이 똑같은 삼돌이 학생
이런 실수는 꼭 남학생이 한단 말이야. 하긴 내가 학생일 때에는 선생님의 뒤통수를 때릴 뻔했지.
삼돌이가 또 있네. 얘는 누구?
(귀찮은 목소리로) 나 지금 바쁘니까 장난치지 마.
애인 구함.
흰 덧옷을 다른 데에서 쓰지 않기 때문에 마음놓고 예쁘게 꾸민 삼돌이 학생

어떤 학생은 다른 데에서 쓸 수 없는 흰 덧옷에 각종 낙서를 한다. 해부학 용어를 적어서 외우는 학생도 있고, 몸 속 구조물을 그려서 표면해부학을 익히는 학생도 있다. 이를테면 흰 덧옷의 소매에 팔 근육을 그리는 식이다. 더구나 공부와 관계없이 가슴에 슈퍼맨 상징물을 그리는 학생도 있고, 자기 전화번호와 함께 '애인 구함'이라고 적는 학생도 있다.

실습실에서 나가면 대중교통을 호젓하게 쓸 수 있다.
가까이 하기엔
냄새가 안 좋아.

실습을 마친 다음에는, 손을 깨끗하게 씻고 겉옷을 갈아 입어도 몸에서 냄새가 난다. 지하철, 버스를 타면 다른 손님들이 나를 피한다. '저 사람한테 냄새가 나는데, 무슨 냄새일까? 처음 맡는 냄새인데, 좋은 냄새는 아니다. 시궁창에서 일하는 사람인지도 모르는데, 가까이 가지 말자.' 덕분에 나는 대중교통을 호젓하게 쓴다.

집에 가서 목욕하고 속옷을 갈아 입어도 냄새가 난다. 물론 가족은 어떤 냄새인지 아는데, 그렇다고 나를 멀리하지는 않는다. 어려운 일을 마치고 갔는데, 가족이 팽개치면 불쌍하지 않겠는가? 게다가 취미가 아닌 직업으로 해부한 것을, 즉 돈 벌려고 해부한 것을 가족은 알고 있다. 돈 앞에서는 냄새도 별 힘을 쓰지 못한다. 실습실 냄새와 그에 따라 생기는 어려 일은 해부학 문화라고 볼 수 있다.

9. 플라스틱화 표본

시신을 해부해서 만든 표본을 오래 보관하는 것은 해부학의 큰 숙제였다. 표본이 말라비틀어지거나 썩지 않게 하면서 그 모습이 남아 있게 하려고 애썼다. 표본을 방부액과 함께 투명한 통에 담기도 하였고, 표본을 틀에 넣고 투명한 액체 플라스틱을 부어서 굳히기도 하였다.

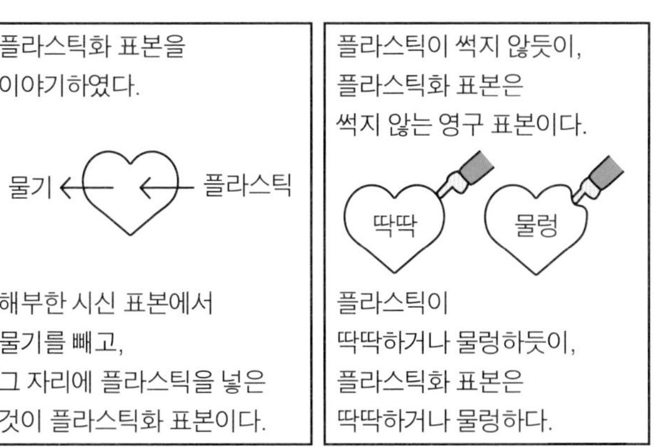

플라스틱화 표본을
이야기하였다.
물기
플라스틱
해부한 시신 표본에서
물기를 빼고,
그 자리에 플라스틱을 넣은
것이 플라스틱화 표본이다.
플라스틱이 썩지 않듯이,
플라스틱화 표본은
썩지 않는 영구 표본이다.
딱딱
물렁
플라스틱이
딱딱하거나 물렁하듯이,
플라스틱화 표본은
딱딱하거나 물렁하다.

그러다가 1977년에 독일의 어느 해부학 선생이 기막힌 방법을 개발하였다. 해부한 표본에서 물을 빼고, 그 자리에 액체 플라스틱을 스며들게 해서 굳힌 것이다. 이 방법의 결과로 물 대신에 플라스틱이 차 있는 표본을 플라스틱화 표본이라고 부른다. 플라스틱과 마찬가지로 플라스틱화 표본은 썩지 않고 냄새가 나지 않는다. 표본이 보존액 통 속에 있거나 플라스틱 속에 있으면 직접 만질 수 없지만, 플라스틱화 표본은 직접 만질 수 있다. 젖지 않아서 장갑을 안 끼고 만져도 괜찮다. 플라스틱화 표본은 언제나 냄새나고 젖어 있던 해부학 표본실을 산뜻하게 바꾸었다.

플라스틱화 표본은 일반인한테 전시해서 충격을 주었는데, 일반인은 해부 시신을 볼 기회가 없었기 때문이다. 게다가 해부한 시신이 어떤 자세(이를테면 운동하는 자세, 밥 먹는 자세)를 취해서, 좋게 말하면 예술 작품을 만들었고 나쁘게 말하면 엽기 작품을 만들었기 때문이다. 한국에서도 '인체 신비전'이라는 이름으로 전시해서 충격을 주었다. 처음에는 독일에서 만든 표본이 전세계를 휩쓸었고, 나중에는 중국에서 만든 표본이 그 시장을 차지하였다.

아주 옛날에 플라스틱이 있었고 이 방법을 알았다면 어떠했을까? 아마 시신을 미라가 아니라 플라스틱화 표본으로 만들었을 것이다. 그랬으면 지금 우리는 옛날 사람이 어떻게 생겼는지 실감나게 볼 수 있을 것이다. 고대 이집트 사람이 만든 플라스틱화 표본을 전시한다면 보고 싶지 않겠는가?

플라스틱화 표본을
일반인한테 전시하는 것을
어떻게 생각합니까?
박물관
인체
신비전
교육 목적이라면 좋고,
상업 목적이라면 나쁘다.
보기를 들어서
야한 자세로 만들거나,
개인한테 파는 것은
상업 목적이라서 나쁘다.
교육과
상업의
경계가
모호합니다.
맞다.
그래서
옥신각신하고
있다.

시신을 해부해서 만든 플라스틱화 표본은 물건이 아닌 시신이며, 따라서 윤리 문제가 뒤따른다. 해부학 선생은 일반인한테 전시하는 것을 찬성도 하고 반대도 한다. "자기 몸을 기증한 분이 살아 있을 때 그런 전시에 동의했으면 찬성이고, 그렇지 않았으면 반대입니다." "전시가 교육 목적이면 찬성이고, 상업 목적이면 반대입니다. 상업 목적의 보기를 들면, 시신이 야한 자세를 취하는 것과 표본을 개인한테 파는 것입니다." 그런데 실제로는 교육 목적인지 상업 목적인지 모호해서 옥신각신한다.

다른 나라의 의과대학에는 해부학 박물관이 많으며, 이곳에서는 학생이 실습하고 일반인이 견학한다. 요즘 해부학 박물관에서는 온몸 또는 여러 부위의 플라스틱화 표본을 만들어 전시하며, 과학관과 자연사 박물관에 기증하기도 한다. 더 좋은 플라스틱화 표본을 만들려고 애쓰고 있으며, 이것을 위한 학술대회와 학술지도 생겼다.

그러나 한국에는 해부학 박물관이 없고, 플라스틱화 표본을 거의 만들지 않았다. 의과대학 또는 나라의 뒷받침이 없었기 때문이다. 해부학 선생이 아무리 관심을 가져도, 뒷받침이 없으면 만들기 어렵다. 한국에서는 전시에 관한 윤리도 거의 이야기하지 않았다. 나는 자신있게 말한다. "한국의 해부학 선생은 재주가 좋아서 플라스틱화 표본을 금방 잘 만들 수 있습니다. 어떻게 지원할지 어떻게 전시할지만 결정하면 됩니다."

이야기를 하나 보탠다. 미국에서 물건을 살 때, 비닐 백(봉투)에 넣어 달라고 말하면 못 알아듣는다. 플라스틱 백에 넣어 달라고 말해야 알아듣는다. 한국과 달리 미국에서 플라스틱 백은 대개 공짜이다. 하지만 이 글에서 알린 플라스틱화 표본은 공짜가 아니다. 만드는 데 돈이 든다. 환경 문제 때문에 플라스틱 백을 가볍게 여기면 안 되는 것처럼, 윤리 문제 때문에 플라스틱화 표본을 가볍게 여기면 안 된다. 플라스틱화 표본은 시신이다.

10. 간판 교수

짐승의 머리는 머리도 맞고 대가리도 맞다. 어떤 사람은 짐승한테 머리카락이 있으면 머리라고 부르고, 머리카락이 없으면 대가리라고 부른다. 이를테면 소 머리, 뱀 대가리라고 부르는 것이다. 사람은 머리가 맞고 대가리가 틀리다. 그런데 짐승과 마찬가지로, 사람도 머리카락이 없으면 대가리라고 부르는 경우가 있다. 대머리와 글자가 비슷해서 그런 것 같다. 대머리인 것도 서러운데, 짐승을 다루듯이 대가리라고 부르면 참 서럽다.

대머리를 완전히 치료하는 약을 만들면 노벨상을 받을 수 있을까?
빛나리
끝나리
받을 필요가 없다.
엄청난 돈을 벌 테고, 그 돈으로 노벨상보다 좋은 상을 만드는 것이 낫기 때문이다.
돈
돈
상
대머리 약이 다이너마이트보다 파격적이다.

남자의 절반은 대머리 때문에 괴로워한다. 대머리를 제대로 치료하는 약을 만들면 노벨상을 받을 수 있을까? 받을 필요가 없다. 엄청난 돈을 벌 테고, 그 돈으로 노벨상보다 좋은 상을 만드는 것이 낫기 때문이다. 대머리 약이 다이너마이트보다 파격적인 셈이다.

남성이 사냥하는 원시 시대에
머리카락은 거치적거리는
것이었다.
따라서 대머리 남성이
적자생존하였다.
즉 대머리는 능력 있는
남성의 상징이었다.
그런데 요즘 남성은
대머리 때문에 고민한다.
나는 고민하기 싫어서
아예 머리를 박박 깎았다.

왜 남자는 여자와 달리 대머리가 많을까? 남자는 대머리인 것이 유리했기 때문이다. 원시 시대에 남자는 사냥을 했는데, 머리카락이 눈 앞에 거치적거리면 사냥감을 많이 잡을 수 없었다. 따라서 대머리가 그 남자의 능력을 나타내는 것이었고, 인기를 끌었다. 그런데 요즘에는 사냥을 하지 않아서 그런지, 대머리가 놀림감일 뿐이다. 주변머리 또는 소갈머리가 없다는 말을 듣는다. 아버지 집안이 대머리이냐, 어머니 집안이 대머리이냐는 질문, 즉 집안 유전자에 관한 발칙한 질문을 받는다.

나도 30대에 머리카락이 빠지면서 괴로워하였다. 아들이 흰 머리카락을 뽑으면 화냈다. "염색해서 쓰면 될 것을 굳이 왜 뽑아!" 40세에 독하게 마음먹고, 머리카락을 박박 깎았다. 중이 제 머리카락을 못 깎는다고 말하는데, 나는 내 머리카락을 이발 기계로 잘 깎았다. 깎은 다음부터는 아들이 족집게로 흰 머리카락을 뽑아도 화내지 않았다. "막 뽑아라. 그러면 깎기가 더 쉬워진다."

시위에서 삭발하는 것을
보았다. 보통 사람은
왜 삭발하는지 눈여겨본다.
투쟁
시위 내용이 뭐지?
나는 어떻게 삭발하는지
눈여겨본다.
삭발 기계가
뭐지?
나도 삭발하기 때문이다.

시위 때 머리카락을 박박 깎는 사람이 방송에 나오면, 보통 사람은 왜 깎는지 눈여겨본다. "시위 내용이 뭐지?" 나는 어떻게 깎는지 눈여겨본다. "이발 기계가 뭐지?" 나도 비슷하게 깎기 때문이다.

박박 깎은 다음에 생각하지 못한 즐거움이 생겼다. 첫째, 내 머리가 눈에 잘 띄기 때문에, 대학교의 간판 교수가 되었다. "간판은 눈에 잘 띄는 것이고, 따라서 나는 실력이 없어도 간판 교수가 될 자격이 있다." 머리카락을 면도로 빡빡 밀어서 네온사인 교수가 될 생각도 하였다.

택시에서 갈 곳만 이야기하고
가만히 있으면 운전사가
합승 없이 정중하게 모신다.
비장한
표정
택시를 잡기는
어렵지만.
깡패인가?
아니면 변태?

둘째, 택시를 탄 다음에 갈 곳만 이야기하고 가만히 있으면, 운전사가 합승 없이 조심스럽게 나를 모신다. 머리가 흉한 손님이 깡패인지 변태인지 모르겠지만, 괜히 건드려서 좋을 것이 없다고 생각하기 때문이다.

아들이 말을 듣지 않으면
쉽게 겁줄 수 있다.
네 학교에 가서 내가 네 아빠인 것을 밝히겠다.
너는 대처승의 아들이 되는거야.
아빠, 그것만은 안 돼요.

셋째, 내 아들이 초등학교, 중학교 학생일 때 쉽게 겁줄 수 있었다. "네 학교에 가서 내가 네 아빠인 것을 밝히겠다." "아빠, 그것만은 안 돼요. 말을 잘 들을게요." 재미를 본 나는 다른 학부모한테 권한다. "자식이 말을 잘 듣지 않으면, 아빠와 엄마가 가위바위보를 하십시오. 둘 다 박박 깎을 필요는 없지 않습니까? 엄마가 가위바위보에서 지면 효과가 훨씬 큽니다."

내 머리를 해부학
시청각 교재로 쓸 수 있다.
시신의 머리카락을 나처럼 깎아라.

마지막은 해부학 선생으로서의 즐거움이다. 의과대학 학생은 해부하기에 앞서 시신의 머리카락을 깎는다. 깎지 않으면 해부할 때 머리카락이 시신의 몸 속으로 들어가서 지저분해지기 때문이다. 의사가 머리를 수술하기에 앞서 환자의 머리카락을 깎는 것과 비슷하다. 해마다 학생과 내가 나누는 이야기이다. "시신의 머리카락을 얼마나 깎아야 하나요?" "나만큼 깎아라." 나는 내 머리를 시청각 교재로 잘 쓰고 있다.

대머리 때문에 괴로워하는 남자가 너무 많다. 괴로움을 없애려고 여러 방법으로 돈과 시간을 쓰는데, 쉬운 방법은 나처럼 괴로움의 싹수를 아예 없애는 것이다. 박박 깎으면 괴로움이 즐거움으로 바뀐다. 즐거움을 하나씩 찾다 보면, 누가 대가리라고 불러도 서럽지 않다.

11. 시신 앞의 웃음

너희는 머리를 해부하니까 머리에 관해서 토론하자. 머리를 감을 때 가장 먼저 감는 것은?
몰라.
눈이다. 너희는 눈을 뜬 채로 머리를 감니?
킬킬.
우리 조에 와라.
밤낮없이 해부하느라 애쓴다. 손을 해부하는구나. 한식과 양식의 다른 점은?
몰라.
한식은 한 손으로 먹고, 양식은 양 손으로 먹는다.
우리 조에도 와서 위문 공연을 해라.

사람이 모이면 그중에 웃긴 사람이 꼭 있다. 의과대학 학생 중에도 웃긴 학생이 있다. 그 학생은 해부학 실습실에서 틈틈이 위문 공연을 한다. 즉 해부에 지친 동료 학생을 위해서 다음처럼 우스갯소리를 한다. "머리를 해부하니까 머리에 관해서 묻겠다. 머리 감을 때 가장 먼저 감는 것은? 눈이다. 너희는 눈을 뜬 채로 머리 감니?" 다른 조에 가서도 위문 공연을 한다. "밤낮없이 해부하느라 애쓴다. 손을 해부하는구나. 한식과 양식의 다른 점은? 한식은 한 손으로 먹고, 양식은 양 손으로 먹는다." 위문 공연은 꽤 인기가 있고, 따라서 그 학생은 여러 조에 초대받는다. 그 웃긴 학생이 바로 나였다.

생식계통을 잘 알아야
지성인이 된다.
여느 때 성교육을
잘 받은 학생한테는
생식계통이 상식계통이다.
생식계통을 실습하는 것을
성지순례라고 한다.
유흥가에 가는 것도
성지순례라고 하는데.

내가 다닌 의과대학에서는 그 웃긴 학생을 쾌락부장이라고 불렀다. 오락부장이 어린이를 위한 것이라면, 쾌락부장은 어른을 위한 것이다. 따라서 쾌락부장은 야한 이야기도 잘한다. "너희는 골반, 샅의 생식계통을 해부하는구나. 생식계통을 부지런히 익혀라. 생식계통을 알아야 지성인, 즉 성을 아는 사람이 된다." "여느 때에 성교육을 잘 받은 학생한테는 생식계통이 상식계통이다. 이미 아는 것을 또 배우니까 쉽지?" "생식계통 실습을 네 글자로 줄이면 성지순례이다." 이처럼 공부 이야기와 야한 이야기가 뒤섞이는 해부학 실습실은 쾌락부장한테 좋은 일터다.

쾌락부장은 여학생한테도 야한 이야기를 하는데, 그때에는 야한 정도를 조절해서 성희롱 문제를 일으키지 않는다. 더 야한 이야기를 해 달라고 짓궂게 조르는 여학생도 있다. "해부학 실습실에서 듣기에는 좀 약하다. 더 센 것 없어?" 약삭빠른 쾌락부장은 그 꼬임에 넘어가지 않는다. "내가 너의 쾌락을 위해서 성희롱의 구렁텅이에 빠질 수는 없잖니? 나는 구렁텅이에서 잃을 것이 많은 사람이니까, 더 꼬이지 마라."

해부학 실습실에서
웃어도 된다고 하였다.
시신 곁에서
우스갯소리를 해도 됩니까?
시신을 모욕하지 않는
범위에서 해도 된다.

해부학 선생은 학생끼리의 우스갯소리를 알면서도 막지 않는다. 실습실에서 많은 시간을 보내는 학생은 공부 이야기뿐 아니라 우스갯소리도 하는 것이 자연스럽다. 실습실에 시신이 있는데, 시신 앞에서 우스갯소리를 해도 되는가? 해도 된다. 시신을 모욕하지 않는 범위에서 그렇다.

유가족도 장례를 치른 다음에
곧 슬픔을 잊는다.
3일장
한 학기
실습
그런데 해부하는 학생이
몇 달 내내 슬퍼할 수
있겠는가?
나 같은 해부학자가 평생
우울하게 지낼 수 있겠는가?
40년
실습
자기 몸을 기증한 분도,
유가족도 학생이
슬퍼하기를 바라지 않는다.
많이 배우기를 바란다.
많이 배우려면 긴장을
조일 줄도 알고, 우스갯소리로
긴장을 풀 줄도 알아야 한다.
♪
슬퍼하는 것보다
웃는 것이 차라리 낫다.

학생은 자기 몸을 기증한 분께 고마움을 잊지 않고 해부한다. 그렇다고 시신을 볼 때마다 슬퍼하지는 않는다. 유가족도 장례를 치른 다음에는, 슬픔을 잊고 일상 생활로 돌아간다. 그런데 학생이 실습실에서 몇 달 동안 슬퍼할 수는 없지 않은가? 해부학 선생은 평생 시신을 봐야 하는데, 그렇다고 평생 우울하게 지낼 수는 없지 않은가?

자기 몸을 기증한 분도, 유가족도 학생이 슬퍼하기를 바라지 않는다. 뛰어난 의사가 되기를 바란다. 학생은 시신 앞에서 슬퍼하기보다 시신으로부터 어떻게 많이 배울지 따져야 한다. 많이 배우려면 긴장을 조일 줄도 알고, 우스갯소리로 긴장을 풀 줄도 알아야 한다. 실습실에서 슬퍼하기보다는 웃는 것이 낫다.

나는 미국의 해부학 실습에 참여할 기회가 있었다. 추수감사절이 되자 실습실에서 잔치를 하였다. 학생이 무대를 꾸미고 노래를 부르고 장기 자랑을 하면서 놀았다. 나는 시신 앞에서 노는 것이 낯설었고, 이래도 되는 것인지 의심하였다. 그러나 곧 문제 없다는 것을 깨달았다. 시신에 관한 문화는 나라마다 지역마다 다르며, 이것을 존중해야 된다. 미국의 학생도 긴장을 풀어야 시신으로부터 많이 배울 수 있다. 시신을 모욕하지 않는 범위에서 즐겁게 해부할 수 있고, 쾌락부장이 나서서 우스갯소리를 할 수도 있다. 전세계에서 그렇게 해부하고 있다.

12. 카대바

중동으로 여행 가서
양탄자 가게에 들렀다.
아라비안 나이트에서
양탄자를 날게 하는 마법의
주문은 abracadabra였습니다.
요즘에는 그 주문이
VISA card로 바뀌었습니다.
하하.
신용 카드를 긁으면, 양탄자가
비행기를 타고 날아서 한국
으로 배달되기 때문입니다.

몇 년 전에 여자 가수들이 '아브라카다브라(abracadabra)'라는 노래를 불렀다. '아브라카다브라'는 마법 주문으로 남자한테 마법을 걸겠다는 뜻을 담고 있었다. 아라비안 나이트에서 '아브라카다브라'는 양탄자를 날게 하는 주문이었다. 나는 중동으로 여행 갔을 때, 양탄자가 나는지 보려고 가게에 들렀다. 그랬더니 가게 주인이 재미있는 이야기를 해 주었다. "요즘에도 양탄자가 납니다. 양탄자를 날게 하는 주문이 옛날에는 '아브라카다브라'였는데, 요즘에는 '비자 카드(VISA card)'입니다. 신용 카드를 외치고 긁으면, 양탄자가 비행기를 타고 날아서 한국까지 배달되기 때문입니다. 신용 카드가 마법 카드입니다."

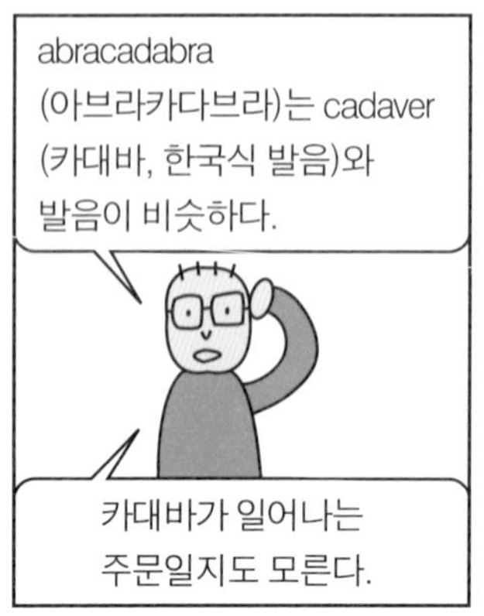
abracadabra
(아브라카다브라)는 cadaver
(카대바, 한국식 발음)와
발음이 비슷하다.
카대바가 일어나는
주문일지도 모른다.

해부학 선생이 듣기에 '아브라카다브라'는 카대바와 발음이 비슷하다. 카대바는 해부용 시신의 영어인 커대버(cadaver)를 엉터리로 읽은 것이다. 엉터리이지만, 많은 학생과 의사가 그렇게 읽기 때문에 모른 체할 수 없다.

카대바의 어원을 아는가? 우리 나라에서 해부용 시신이 가장 많은 학교는 가톨릭대학교이며, 가톨릭대학교를 줄여서 '카대'라고 부른다. 해부용 시신이 적은 학교에서 카대를 부러워하며 이렇게 말했다. "그 학교는 해부용 시신이 많아서 좋겠다." "어느 학교?" "카대! 카대를 봐라. 카대 봐." 이것이 카대바의 어원이라는 믿거나 말거나 한 이야기이다.

시신에 대한 예의가
지나친 학생을 보았다.
해부학 실습을
할 때마다
묵념한다.
날마다
묵념?
시신이 우리한테
큰 가르침을 주니까,
시신 선생님이라고 부른다.
카 선생님
나한테는
해랑 선생이라고
부르면서.

해부 도구에 시신의 자취가
묻었으니까 경건하게 만진다.
마른뼈도 시신의
일부이니까 경건하게...
힘껏 해부하고 공부
하는 것도 예의를
지키는 방법인데.
조직학 슬라이드도 시신의
일부이니까 경건하게...
시신에 대한 예의를
안 지키는 학생도 밉지만,
지나치게 지키는 학생도 밉다.

의과대학 학생은 나 같은 해부학 선생보다 해부용 시신한테 더 많은 것을 배운다. 참되게 가르치는 해부용 시신을 카 선생님이라고 부르는 학생도 있다. 한국에 카 씨가 있었으면 크게 오해받을 뻔했다. 카 선생님이라고 부르는 학생은 카 선생님의 자취가 묻은 해부 도구도 경건하게 다룬다. 또한 카 선생님의 일부로 만든 조직학 표본에도 예의를 갖춘다. 누구든지 시체해부보존법에 따라서 시신과 시신의 일부를 소중하게 다루는데, 그 학생은 법보다 까다로운 도덕을 지키는 것이다.

카대바에 관한 이야기는 더 있다. 내가 해부학을 배울 때 정말 무서운 해부학 선생님이 있었다. 그 선생님은 카대바처럼 얼굴 표정이 굳어 있었고, 피도 눈물도 없어 보였다. 그 선생님은 박씨라서 별명이 '카대 박'이었다.

카대바가 일어나면
어떡하지? 공포영화에
출연시켜서 돈이나 벌까?
명함
해랑 카대바
연예 기획사

다시 말하는데 '아브라카다브라'는 카대바와 발음이 비슷하다. 따라서 카대바가 일어나게 하는 마법의 주문일지도 모른다. 주문을 읽어 카대바가 일어나면 어떻게 할지 미리 계획을 세웠다. 카대바를 공포 영화 또는 공포 게임에 출연시키는 것이다. 그러면 실감나는 생김새와 연기 덕분에 돈을 꽤 벌 것이다. 나는 연예 기획사를 차린 첫 해부학 선생이 될 것이다.

내가 의대 학생일 때
되살아난 카대바가 생각났다.
해부학 실습실에서
혼자 해부하는데, 옆의
카대바가 갑자기 일어났다.

그 카대바는 나를 쫓아와서
도와 주려고 하였다.
내 팔을 떼어 줄게,
내 팔을 해부하고
공부해.
다리를 먼저 해부했으면,
쫓아오지 못했을 텐데.

나를 구석으로 몬 카대바는
말했다.
내 머리를 떼어 줄게,
내 머리를 해부하고
공부해.
!
그때 나는 덤덤하게 말했다.
머리는 시험 범위가 아닌데요.
젠장! 의대
학생한테
시험 범위가
중요하다고
들었지만.
멋쩍은 카대바는 물러갔다.

옛날에 해부학 실습실에 있던 카대바가 일어나 한 학생한테 쫓아가서 말을 걸었다. "내 팔을 줄게, 해부하고 공부해." 학생의 실습과 공부를 북돋는 카 선생님이었다. 학생이 가만히 있자, 카대바가 또 말을 걸었다. "그러면 내 머리를 줄게, 해부하고 공부해." 학생이 다음과 같이 대꾸하자, 멋쩍은 카대바가 물러갔다. "머리는 시험 범위가 아닌데요." 학생이 마음 쓰는 것은 일어난 카대바가 아니라 곧 치를 시험이었다.

카대바와 관련된 우스갯소리를 늘어놓았는데, 그렇다고 의과대학에서 해부용 시신을 소홀히 다루는 것은 결코 아니다. 기증하신 분과 유가족한테 고마움을 잊지 않으며, 부지런히 공부하고 연구한다. 의과대학 학생과 선생을 믿기 바란다.

13. 버팀질을 얕보면 안 된다

실질(parenchyma)과
버팀질(stroma)을
이야기하였다.

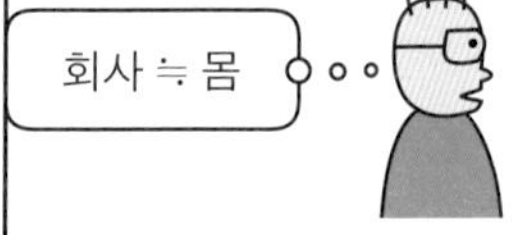

회사 ≒ 몸

회사가 사람 몸이라면,
회사를 이루는 부서를
실질과 버팀질로 나눌 수 있다.

실질은 회사가 실적을 올리게
하는 부서이고,

	실질	버팀질
회사	생산부 영업부	인사부 경리부

버팀질은 회사가 버티게 하는
부서로서 실질을 받쳐 준다.

회사에 따라서
실질은 많이 다르지만,

	실질	버팀질
전자 회사	생산부 영업부	인사부 경리부
자동차 회사	생산부 영업부	

버팀질은 별로 다르지 않다.

실질은 주연이고,
버팀질은 주연을 받쳐 주는
조연이라고 볼 수 있다.

영화에서 조연을 얕보면
안 되듯이, 회사에서
버팀질을 얕보면 안 된다.

회사가 사람 몸이라면, 회사를 이루는 부서는 실질과 버팀질로 나눌 수 있다. 실질은 실적을 올리는 부서로서 물건을 만들고 파는 일을 맡는다. 보기를 들면 생산부, 영업부이다. 버팀질은 회사를 버티게 하는 부서로서 실질을 돕는다. 보기를 들면 인사부, 경리부이다. 실질은 회사에 따라서 많이 다르다. 전자 회사의 생산부, 영업부와 자동차 회사의 생산부, 영업부는 많이 다를 수밖에 없다. 그러나 버팀질은 회사에 따라서 별로 다르지 않다. 전자 회사와 자동차 회사의 인사부, 경리부는 그다지 다르지 않다.

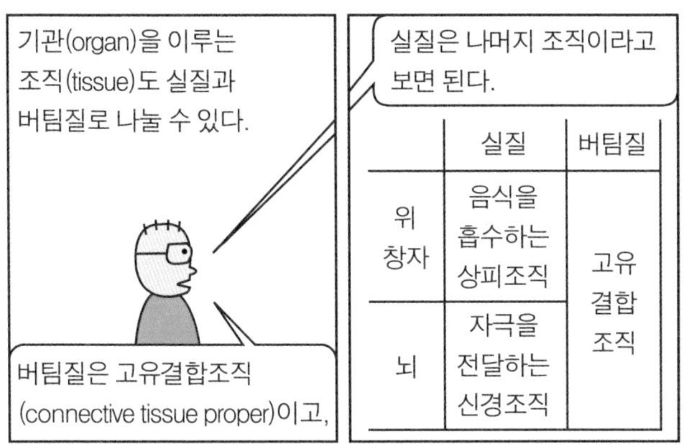
기관(organ)을 이루는
조직(tissue)도 실질과
버팀질로 나눌 수 있다.
버팀질은 고유결합조직
(connective tissue proper)이고,
실질은 나머지 조직이라고
보면 된다.
실질
버팀질
위
창자
음식을
흡수하는
상피조직
고유
결합
조직
뇌
자극을
전달하는
신경조직

위, 창자, 뇌와 같은 장기를 해부학에서 기관이라고 부른다. 기관을 이루는 조직도 실질과 버팀질로 나눌 수 있다. 실질은 실적을 올리는 조직이다. 보기를 들어 위창자의 실질은 소화액을 분비하고 소화한 음식을 흡수하는 상피조직이며, 뇌의 실질은 자극을 전달하는 신경조직이다. 버팀질은 기관을 버티게 하는 조직이다. 위창자의 버팀질은 상피조직을 붙잡아 제자리에 있게 하고, 뇌의 버팀질은 역시 신경조직을 붙잡아 제자리에 있게 한다. 실질은 기관에 따라서 많이 다르나, 버팀질은 기관에 따라서 별로 다르지 않다.

기관에 따라서
실질이 많이 다르지만,
버팀질은 별로 다르지 않다.
실질과 버팀질을
현미경이 아닌 맨눈으로
가려내는 경우도 있다.
몸을 움직이는 근육이
실질이고, 근육을 받쳐 주는
피부밑조직, 근막이
버팀질이다.
피부밑조직
근막
근육
버팀질을 떼어내면서
사람 몸을 손으로 느끼는 것이
진짜 해부이다.

실질과 버팀질은 대개 현미경으로 가려내는데, 다음처럼 맨눈으로 가려내는 경우도 있다. 사람 몸을 움직이는 근육이 실질이고, 근육을 둘러싸는 피부밑조직과 근막이 버팀질이다. 의과대학 학생이 실질을 해부하는 시간보다 버팀질을 해부하는 시간이 훨씬 길다. 즉 근육을 자르는 것은 금방이지만, 피부밑조직을 떼어 내고 근막을 벗기는 것은 시간이 오래 걸린다.

(특히 여성 시신의)
두꺼운 피부밑조직을 보면서
살을 빼려고 한다.
중노동이다. 나는
양심적으로 살을 뺀 다음에
몸을 기증해야지.

시신의 피부밑조직을 떼어 내는 것은 힘든 막일이다. 더구나 피부밑조직이 두꺼워서 애먹는 학생은 이렇게 다짐한다. "나는 양심적으로 살을 뺀 다음에 몸을 기증해야지." 다짐한 대로 밥을 덜 먹으면 해부학 실습이 학생 건강에 이로운 셈이다. 그러나 실제로는 해부학 실습이 학생 건강에 해롭다. 육체 부담, 정신 부담을 견디려고 밥을 오히려 더 먹기 때문이다.

적어도 지방조직(adipose tissue)인 피부밑조직(subcutaneous tissue)을 녹이는 약이 있으면...
!
가까운 데에서 찾자.
소화할 때 쓸개즙(bile juice)은 지방용해(adipolysis)를 맡고 있다.
쓸개
쓸개(gallbladder)에서 쓸개즙을 꺼내 피부밑조직에 발라 보자.

피부밑조직을 떼어 내면서 그럴듯한 이야기를 나누는 학생도 있다. "지방을 녹이는 약이 있으면 피부밑조직을 금방 해부할 텐데." "가까운 데에서 찾자. 소화할 때 쓸개즙은 먹은 음식의 지방을 녹인다. 따라서 시신의 쓸개에서 쓸개즙을 꺼내 피부밑조직에 발라 보자." 그럴듯하지만 터무니없는 이야기이다.

근육을 덮고 있는 반투명한 근막을 벗겨야 각 근육의 범위와 방향을 깨끗하게 볼 수 있다. 근육의 바깥 근막뿐 아니라 속 근막도 벗겨야 한다. 속 근막을 벗길 때에는 근육으로 들어가는 신경, 동맥을 다치지 않아야 하므로 조심스럽다. 식당에서 소고기, 돼지고기를 요리할 때에는 굳이 근막을 벗기지 않는다. 따라서 의과대학 학생은 어느 요리사보다도 꼼꼼한 셈이다.

근막을 깨끗하게 벗기는 달인
근육다발 (muscle fascicle)을 꽃다발처럼 만듭니다.
근육으로 들어가는 신경과 동맥을 못마땅하게 여긴다.

근막을 벗기는 해부는 각 조에서 여러 학생이 나누어서 한다. 그런데 어떤 조에서는 한 학생이 도맡아서 한다. 공부를 하다가 근육이 나타나면 달려들어 근막을 벗긴다. 그 학생은 근육의 아름다움을 느끼려고 해부하는 것 같다. 작품을 만들면서 마음의 평화를 찾는 예술가처럼 보이기도 한다.

실질은 눈부신 주연이고, 버팀질은 주연을 받쳐 주는 조연이다. 영화관에서 주연만 눈여겨보는 것처럼, 실습실에서 실질만 해부하는 학생이 있다. 약삭빠르게 근육의 해부만 맡고, 피부밑조직과 근막의 해부를 다른 학생한테 맡기는 것이다. 진짜 해부는 우직하게 피부밑조직과 근막을 해부하면서 사람 몸을 손으로 실컷 느끼는 것이다. 우직하게 해부한 학생은 나중에 의사, 특히 외과 의사가 되었을 때 보상을 받는다. 영화를 볼 때 조연을 얕보면 안 되는 것처럼, 해부를 할 때 버팀질을 얕보면 안 된다.

*세포와 조직을 더 알고 싶으면
〈해랑이와 말랑이의 몸 이야기〉(307쪽)를 보세요.

14. 식인종이 아니다

의과대학 학생은 해부학 실습실에서 근육을 찾아서 보느라고 많은 시간을 쓴다. 사람 몸에는 수백 개의 근육이 있으며, 거의 다 맨눈으로 볼 수 있다. 따라서 근육은 해부학에서 중요하다. 거꾸로 맨눈으로 볼 것이 별로 없는 기관은 해부학에서 덜 중요하다. 보기를 들면 혈당 조절, 음식 소화와 관계 있는 이자(췌장)이다. 대신에 이자는 생화학, 내과를 비롯한 다른 과목에서 중요하다. 이처럼 사람 몸의 기관은 의과대학의 각 과목에서 차지하는 비중이 다르다.

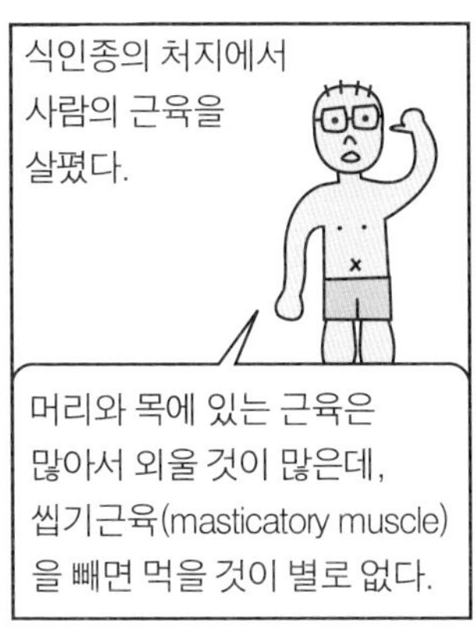
식인종의 처지에서
사람의 근육을
살폈다.
머리와 목에 있는 근육은
많아서 외울 것이 많은데,
씹기근육(masticatory muscle)
을 빼면 먹을 것이 별로 없다.

대개의 시신은 돌아가시기 전에 병을 앓으면서 운동하지 않았고, 따라서 근육이 작다. 운동을 많이 해도 작은 근육이 있는데, 바로 머리, 목의 근육이다. 닭에서 머리, 목의 근육이 작은 것과 마찬가지이다. 그러나 머리, 목의 근육은 많아서 학생이 외우느라 고생한다. 식인종은 이렇게 말할 것이다. "머리, 목의 근육은 가짓수가 많은데, 먹을 것이 없다."

가슴, 배, 골반, 샅에 있는 근육도 심장근육과 민무늬 근육을 빼면 먹을 것이 적고,
등과 팔에 있는 근육도 생각보다는 먹을 것이 적다.
그러나 사람이 일어서서 다닌 덕분에 다리에 있는 근육은 먹을 것이 많다.
식인종
꿀꺽!
많이 걷고 뛰면 다리의 근육이 커질 뿐 아니라 맛있어지죠.

몸통, 팔의 근육은 머리, 목의 근육보다 큰데, 그래도 식인종이 기대한 것만큼 크지 않다. 그러나 다리의 근육은 크다. 사람은 기어다니는 짐승과 달리 일어서서 걷고 뛴 덕분이다. 이것을 아는 식인종은 다리를 볼 때마다 흐뭇할 것이다. 게다가 많이 걷고 뛰면, 다리의 근육이 더 커질 뿐 아니라 맛있어진다. 닭 다리가 맛있고, 물고기 지느러미가 맛있는 것처럼 그렇다.

해부학을 익히는 학생은 근육을 오감으로 느껴야 한다. 근육을 보고 만지는 것은 기본이다. 근육을 자를 때 어떤 소리가 나는지 들어야 하고(별 소리가 나지 않지만), 근육에서 나는 냄새를 맡아야 한다(고정액 냄새가 대부분이지만). 오감 중에서 나머지 감각인 맛은 실습실에서 느낄 수 없다. 시신에 고정액을 넣었기 때문에 먹으면 큰 탈이 난다. 고정액이 없어도 법과 도덕 때문에 먹지 않는다. 학생은 식인종이 아니다.

근육을 맛보려면 실습실에서 나와 식당으로 가면 된다. 사람과 같은 포유류인 소, 돼지를 먹으면 된다. 나는 사람과 소, 돼지의 맛을 견주지 않았지만, 비슷할 것으로 짐작한다. 모유와 우유의 맛이 비슷하듯이 그럴 것이다. 식당에서 순댓국을 시키면 이제까지 이야기한 뼈대근육뿐 아니라 위창자에 있는 민무늬근육도 맛볼 수 있고, 심장에 있는 심장근육도 맛볼 수 있다. 뼈대근육, 민무늬근육, 심장근육은 맛이 뚜렷하게 다르다.

나는 학생과 함께 소고기, 돼지고기를 먹을 때 이렇게 말한다. "몸을 오감으로 느껴야 해부학 실습을 마무리하는 것이다. 오감 중에서 맛은 식당에서 느낄 수 있다. 따라서 식당은 해부학 실습을 마무리하는 곳이다. 육회를 시켜서 더 실감나게 맛볼까?" 내가 이렇게 고기 맛을 떨어뜨려도, 학생은 끄떡없이 잘 먹는다.

서양 해부학의 시작을
소개하였다.
문예부흥(Renaissance)
이탈리아 인본주의자는 신이
아닌 사람을 중심으로 생각하
며, 시신 해부를 시작하였다.
채식주의자는 vegetable(채소)
을 먹으니까 vegetarian이다.
식인종은 human(사람)을
먹으니까 humanitarian일까?
아니다, 해부를 시작한 인본
주의자가 humanitarian이다.

영어 우스갯소리이다. 채식주의자는 채소(vegetable)를 먹기 때문에 베지테리언(vegetarian)이다. 식인종은 사람(human)을 먹기 때문에 휴머니테리언(humanitarian)일까? 아니다. 식인종은 캐니블(cannibal)이고, 인본주의자가 휴머니테리언이다. 문예부흥 때 인본주의자는 신이 아닌 사람을 중심으로 생각하였고, 따라서 시신 해부를 시작하였다. 요즘에는 의과대학 학생이 시신 해부를 한다. 학생이 인본주의자이지, 식인종은 인본주의자가 아니다. 다른 말로 학생은 결코 식인종이 아니다.

*근육계통의 해부학을 더 알고 싶으면
〈해랑이와 말랑이의 몸 이야기〉(241쪽)를 보세요.

15. 손의 진화

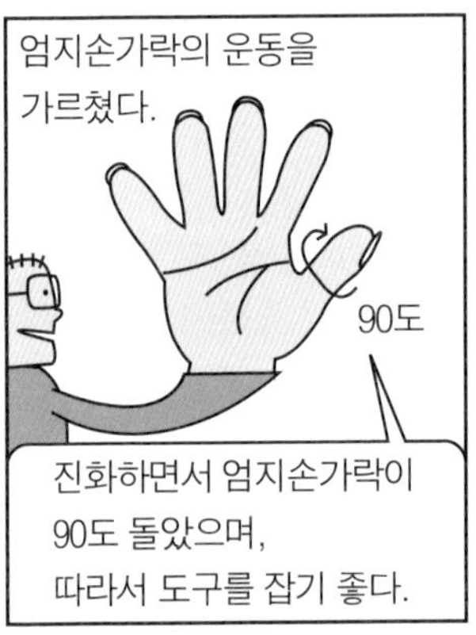
엄지손가락의 운동을
가르쳤다.
90도
진화하면서 엄지손가락이
90도 돌았으며,
따라서 도구를 잡기 좋다.

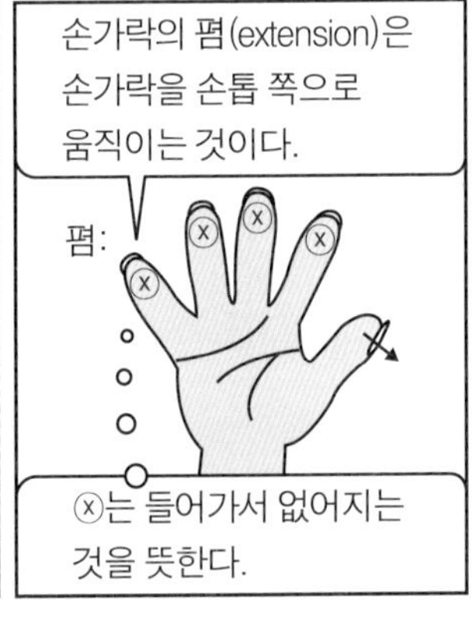
손가락의 폄(extension)은
손가락을 손톱 쪽으로
움직이는 것이다.
폄:
ⓧ는 들어가서 없어지는
것을 뜻한다.

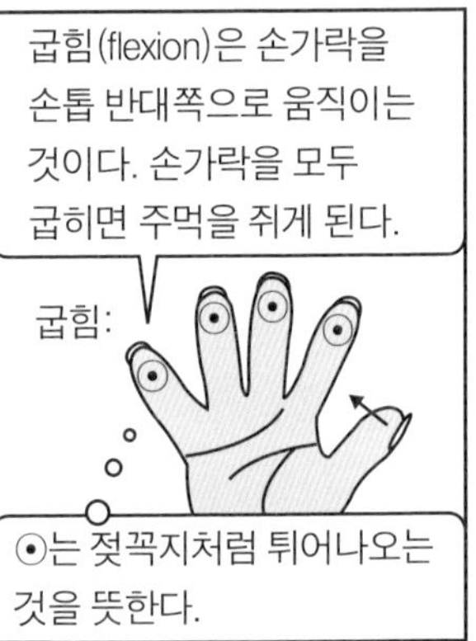
굽힘(flexion)은 손가락을
손톱 반대쪽으로 움직이는
것이다. 손가락을 모두
굽히면 주먹을 쥐게 된다.
굽힘:
⊙는 젖꼭지처럼 튀어나오는
것을 뜻한다.

기어다니는 짐승은 앞다리에 있는 발과 뒷다리에 있는 발이 비슷하다. 그러나 사람은 손과 발이 많이 다르다. 손가락이 발가락보다 길고, 엄지손가락이 90도 돌아가서 도구를 잡기 좋다. 엄지손가락이 90도 돌아간 것은 주먹을 쥘 때 뚜렷하다. 거꾸로 발가락은 짧고 엄지발가락이 돌아가지 않아서 도구를 잡기 나쁘다. 문단 내용을 간추리면 다음과 같다. "손과 발을 견주면, 사람의 손이 어떻게 진화했는지 알 수 있다."

손바닥, 발바닥의 피부는 사람 몸에서 가장 두껍다. 그리고 손바닥, 발바닥의 피부 속에는 두꺼운 널힘줄이 있다. 두꺼운 피부와 널힘줄은 손바닥, 발바닥 속에 있는 근육, 신경, 혈관을 지킨다. 사람의 먼 조상이 기어다닌 것을 생각하면 마땅한 구조물이다. "이 두꺼운 피부와 널힘줄 때문에 손바닥, 발바닥의 가운데를 꼬집기 어려우며, 이것을 자기 몸으로 금방 확인할 수 있다."

손금
피부
피부밑조직
손바닥널힘줄
손금에는 피부밑 조직이 없어서 바깥에서 보면 움푹 파여 있다.
내가 손금을 볼 줄 아는데, 여자의 손금은 덜 뚜렷해서 꼭 만져야 한다. 히히.

첫째손목손허리관절과 둘째-다섯째손허리손가락 관절을 굽힐 때, 손금은 손바닥의 두꺼운 피부를 잘 접는다.
발가락은 자유롭게 움직일 수 없으므로, 발금은 손금만큼 뚜렷하지 않다.

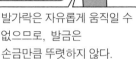

그런데 의사의 손금은 뚜렷하지 않다.
왜요?
의대 학생일 때부터 선생과 선배한테 끊임없이 아부하기 때문이다. 손을 비비면서 아부해야 살아남거든.

손바닥의 피부와 널힘줄 사이에는 지방으로 이루어진 피부밑조직이 있는데, 이 피부밑조직이 없는 곳도 있다. 이곳에서는 피부가 널힘줄에 직접 닿으므로 움푹 파여 있으며, 이곳이 바로 손금이다. 손금 덕분에 손바닥의 두꺼운 피부를 쉽게 접을 수 있고, 따라서 손가락을 쉽게 굽힌다. 구체적으로 세로 손금(생명선) 덕분에 엄지손가락을 쉽게 굽히고, 두 가로 손금(지능선, 감정선) 덕분에 나머지 네 손가락을 쉽게 굽힌다. 발바닥에도 발금이 있으나 손금만큼 뚜렷하지 않다. 발가락은 손가락만큼 자유롭지 못하기 때문이다. "사람은 진화하면서 자유로워진 손가락과 함께 손금이 뚜렷해졌다."

나는 한국 사람의 체질인류학 특성을 밝히려고 손금을 연구한 적이 있다. 대학생의 손금을 살폈고, 따라서 문과 대학생과 이과 대학생의 손금을 견줄 수 있었다. 많은 사람은 손금이 운명과 관계 있다고 믿는다. 그래서 나는 문과 대학생과 이과 대학생의 손금이 다를 것으로 기대하고 견주었는데, 실망스럽게도 다르지 않았다. "손금이 운명과 관계 없다고 잘라 말할 수는 없지만, 관계 없다고 짐작한다. 나는 손금을 봐 준다는 핑계로 여자의 손을 잡을 뿐이다. 남자의 손금은 크고 뚜렷해서 손을 잡지 않고도 봐 줄 수 있다.

10%
10%
20%
20%
40%
손의 운동에서 각 손가락이
차지하는 비중은 그림과 같다.

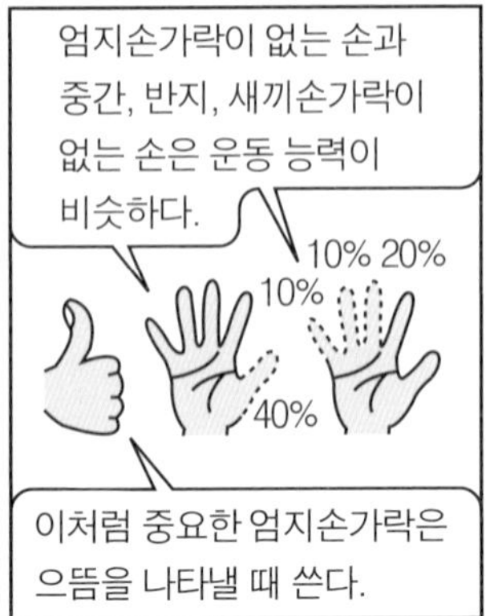
엄지손가락이 없는 손과
중간, 반지, 새끼손가락이
없는 손은 운동 능력이
비슷하다.
10% 20%
10%
40%
이처럼 중요한 엄지손가락은
으뜸을 나타낼 때 쓴다.

원숭이는 손과 발을 함께 써서 나무를 타며, 따라서 발가락이 손가락만큼 길다. 동물원에 가면 원숭이의 긴 발가락을 꼭 보기 바란다. 원숭이가 사람보다 더 진화한 짐승일까? 그렇지는 않다. 손에서 중요한 것은 엄지손가락이다. 다섯 손가락 중에서 엄지손가락이 손 기능의 40%를 맡는다. 즉 엄지손가락이 없어지면 손 기능의 40%가 없어지는 것이다. 원숭이는 엄지손가락이 짧고, 제대로 돌아가지 않아서 사람처럼 도구를 잡지 못한다. "원숭이가 글씨를 못 쓰는 까닭의 하나는 사람처럼 필기도구를 잡지 못하기 때문이다."

맞섬(opposition)이
굽힘(flexion)과 어떻게 다른지
가르쳤다.
엄지손가락이 새끼손가락과
맞서려면 마디뼈(phalanx)뿐
아니라
손허리뼈(metacarpal bone)도
움직여야 한다.

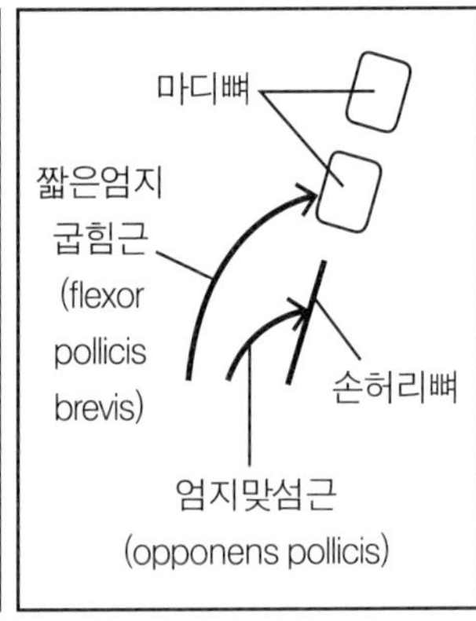
마디뼈
짧은엄지
굽힘근
(flexor
pollicis
brevis)
손허리뼈
엄지맞섬근
(opponens pollicis)

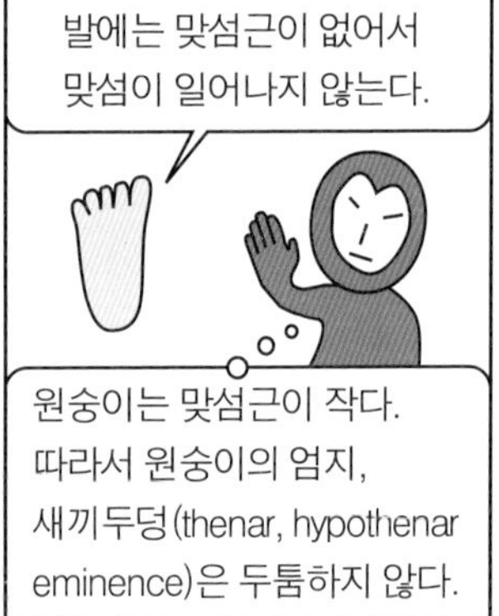
발에는 맞섬근이 없어서
맞섬이 일어나지 않는다.
원숭이는 맞섬근이 작다.
따라서 원숭이의 엄지,
새끼두덩(thenar, hypothenar
eminence)은 두툼하지 않다.

사람과 원숭이의 손은 다른 점이 또 있다. 사람의 손바닥에는 엄지손가락, 새끼손가락과 이어진 엄지두덩, 새끼두덩이 있다. 원숭이는 엄지손가락, 새끼손가락을 움직이는 근육이 충분하지 않아서, 엄지두덩, 새끼두덩이 사람만큼 두툼하지 않다. 그 결과로 원숭이는 사람처럼 엄지손가락과 새끼손가락을 맞닿게 즉 맞서게 할 수 없다. "사람은 원숭이처럼 나무를 못 타지만, 손가락이 자유로워서 타자를 칠 수 있는 하나뿐인 짐승이다."

시험 공부를 할 때 왜 종이에 적으면서 외울까? 손을 움직여야 대뇌도 움직이기 때문이다. 손은 다리보다 훨씬 작다. 그런데 대뇌에서 손이 차지한 운동 영역과 감각 영역은 다리가 차지한 영역만큼 넓다. 이 영역은 손이 진화하면서 커진 것이다. 즉 사람의 조상은 일어선 다음에 자유로운 손으로 도구를 잡으면서 똑똑해졌다. 이처럼 손은 대뇌와 관계가 많다. 어린아이가 장난감, 인형을 잡고 노는 것도 똑똑해지기 위한 것이다. "요즘에는 어린아이든 어른이든 휴대전화, 컴퓨터만 잡고 있는데, 다른 것도 잡아야 한다. 필기도구도 좋고, 악기도 좋고, 흙도 좋고, 다른 사람의 손도 좋다. 그래야 더 똑똑해진다."

*피부의 해부학을 더 알고 싶으면
〈해랑이와 말랑이의 몸 이야기〉(304쪽)를 보세요.

16. 대뇌에 신경 써라

의과대학 학생은 머리가 좋아서 자만하고 게을러지기 쉽다. 머리가 나빠서 낙제하는 학생은 없고, 게을러서 낙제하는 학생이 있을 뿐이다. 게을러지는 것을 막으려고, 나는 학생한테 머리가 나쁘다고 말한다. 진짜 머리가 나쁜 학생한테는 할 수 없는 말이다. 의과대학 선생은 학생한테 머리가 나쁘다는 말을 마음껏 할 수 있어서 편하다. 아마 연극영화학과 선생은 학생한테 못생겼다는 말을 마음껏 할 것이다.

신경해부학에서
옛 것과 새 것을 가르쳤다.
대뇌
뇌줄기
뇌줄기(brainstem)는 사람이 진화하기 전부터 발달했으니까 옛 것이고, 옛 것은 사는 데 꼭 필요한 일을 한다.
대뇌(cerebrum)는 진화하면서 발달했으니까 새 것이고,
새 것은 사람답게 사는 데 필요한 일을 한다.

나는 해부학 선생답게 해부학 지식을 바탕으로 머리가 나쁘다고 말한다. 뇌는 대뇌, 소뇌, 뇌줄기로 나뉜다. 이 중에서 소뇌는 대뇌의 운동 명령을 돕는다. 즉 소뇌에 있는 운동 정보 덕분에 우리가 똑바로 걷고 운전할 수 있는 것이다. 뇌줄기는 목숨을 지켜 준다. 즉 뇌줄기에 있는 심장혈관중추와 호흡중추 덕분에 우리가 살 수 있는 것이다. 머리가 좋고 나쁜 것을 결정하는 것은 대뇌이다. 그러므로 머리가 나쁘다고 말할 때 소뇌, 뇌줄기가 아닌 대뇌를 들먹이면 된다. 다음 네 가지의 비꼬는 말 가운데 마음에 드는 것을 골라 쓰면 된다.

쉽게 풀이한 것을
깨닫지 못함.
?
너는 대뇌가 해맑아서
걱정이 없겠다.
대뇌에 회색질(gray matter)이
없고, 백색질(white matter)만
있다는 뜻인 줄 모른다.
♪
정말 대뇌겉질
(cerebral cortex)이 없고,
대뇌속질(cerebral medulla)만
있어 보인다.

첫째, "너는 대뇌가 해맑아서 좋겠다." 대뇌는 대뇌겉질과 대뇌속질로 이루어져 있다. 중요한 것은 대뇌겉질이다. 대뇌겉질에서 신경세포끼리 만나 자극이 전달되면, 감각과 운동, 그리고 생각을 처리하기 때문이다. 대뇌겉질이 다치면 감각을 느끼지 못하거나 운동을 명령하지 못하거나 생각을 못 한다. 대뇌를 잘라서 보면 대뇌겉질이 회색이고 대뇌속질이 흰색이다. 대뇌가 해맑다는 말은 회색의 대뇌겉질이 없다는 뜻이고, 따라서 생각을 못 한다는 뜻이다. 마음이 해맑다는 말은 칭찬이지만, 대뇌가 해맑다는 말은 머리가 나쁘다고 비꼬는 것이다.

호두를 먹으면서
대뇌의 해부학을 복습하였다.
호두의 단단한 껍데기인
머리덮개뼈(calvaria)를 깨면,

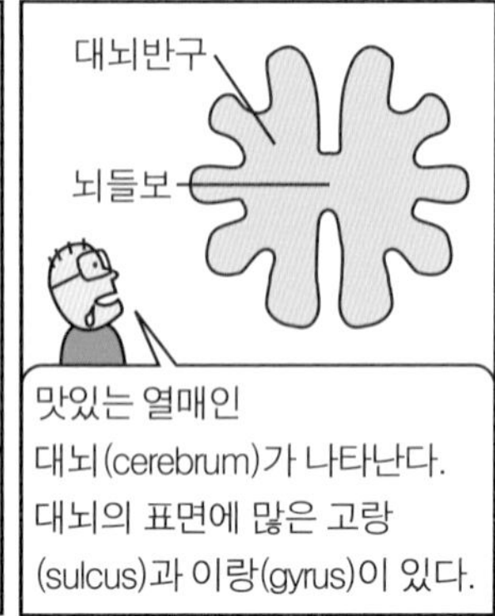
대뇌반구
뇌들보
맛있는 열매인
대뇌(cerebrum)가 나타난다.
대뇌의 표면에 많은 고랑
(sulcus)과 이랑(gyrus)이 있다.

방금 말한 것을
외우지 못함.
?
머리가 나쁘다고 꾸짖으면
기분 나쁘겠지?

너는 대뇌에
구김살이 없어서 좋겠다.
대뇌의 고랑과 이랑이
없다는 뜻인 줄 모른다.

둘째, "너는 대뇌에 주름살이 없어서 좋겠다." 사람은 다른 짐승에 비해서 대뇌가 클 뿐 아니라, 주름이 많고 깊다. 대뇌의 주름에서 들어간 곳을 고랑, 나온 곳을 이랑이라고 부른다. 본래 고랑과 이랑은 밭에서 쓰는 말인데, 대뇌에서도 잘 쓰고 있다. 대뇌의 주름은 호두 열매를 닮기도 하였다. 대뇌가 2개의 대뇌반구로 이루어졌고, 2개의 대뇌반구가 서로 이어져 있는데, 이것도 호두 열매를 닮았다. 하여튼 대뇌는 주름 덕분에 표면적이 넓고, 그만큼 대뇌겉질이 커서 생각을 많이 할 수 있다. 얼굴에 주름살이 없다는 말은 칭찬이지만, 대뇌에 주름살이 없다는 말은 머리가 나쁘다고 비꼬는 것이다.

셋째, "너는 쓰지 않은 새 대뇌를 갖고 있어서 좋겠다." 대뇌겉질을 많이 쓰면, 신경세포끼리 자극이 더 전달된다. 머리가 좋아지는 과정이고, 치매를 막는 과정이기도 하다. 대뇌겉질을 아껴 쓸 까닭이 없다. 심장을 아껴 쓰려고 운동하지 않으면, 심장이 오히려 나빠진다. 콩팥을 아껴 쓰려고 물을 마시지 않으면, 혈액에서 해로운 것의 농도가 높아진다. 이처럼 우리 몸의 대부분 기관은 아껴 쓸 까닭이 없다. 쓰지 않은 새 명품을 갖고 있다는 말은 칭찬이지만, 쓰지 않은 새 대뇌를 갖고 있다는 말은 머리가 나쁘다고 비꼬는 것이다.

내가 말하는 머리를
오해하는 사람을 보았다.
나는 머리(brain)가 나쁩니다.
대머리인 것을 보면
머리(hair)가 얼마나
나쁜지 알 수 있습니다.
내 몸에서 가장 자랑스러운
것은 머리(hair)입니다.
똑똑한 머리(brain)가
자랑스럽겠죠.
(그런데 잘난 체하니까
재수 없다.)
머리(hair)가 몇 가닥뿐이지만
돌머리(stone head)를
뚫고 나왔기 때문입니다.
?
치아(tooth)가
위턱뼈(maxilla),
아래턱뼈(mandible)를 뚫고
이돋이(eruption)하는 것처럼.
나는 주변머리가 없고,
소갈머리가 나쁘다는
말을 듣습니다.
끄트머리까지 brain인지
hair인지 헷갈리게 하니까,
골머리가 아프고
진절머리와 넌덜머리가 난다.
거머리 같은 놈.

넷째, "너는 머리카락이 힘세서 좋겠다." 해부학 지식과 관계 없이 비꼬는 말이다. 머리카락이 돌머리를 뚫고 나왔다는 뜻이다. 치아가 위턱뼈와 아래턱뼈를 뚫고 이돋이하는 것처럼, 머리카락이 돌머리를 뚫고 털돋이했다고 말할 수 있다. 근육이 힘세다는 말은 칭찬이지만, 머리카락이 힘세다는 말은 머리가 나쁘다고 비꼬는 것이다.

마지막 말에 이것을 보탤 수 있다. "너는 머리가 좋은 대신에 머리가 나쁘다." 이것을 들을 만한 학생은 눈치가 느려서, 무슨 뜻인지 풀이해 줘야 한다. "너는 머리카락이 좋은 대신에 대뇌가 나쁘다는 뜻이다. 머리카락에 신경 쓸 시간에 대뇌에 신경 써라. 공부하라고."

*신경계통의 해부학을 더 알고 싶으면
〈해랑이와 말랑이의 몸 이야기〉(291쪽)를 보세요.

17. 뇌와 심장을 해부하면

중요한 세 가지로
무엇을 인정하는지 살폈다.
3대 체육 행사로
둘은 모두 인정하는데,
나머지 하나는
사람마다 다르다.
여름올림픽
축구월드컵
겨울올림픽 육상선수권대회
포뮬라1 엑스포
엑스포는 체육이 아니지만
3대 박물관으로
둘은 모두 인정하는데...
대영박물관(런던)
루브르(파리)
메트로폴리탄미술관(뉴욕)
바티칸박물관(로마)
에르미타쥐박물관
(상트페테르부르크)
고궁박물원(타이베이)
3대 기관으로
둘은 모두 인정하는데,
뇌
심장
둘 때문에 많이 죽음.
허파 간
이자 내분비샘
콩팥 골수
나머지 하나는
의사마다 다르다.
서로 자기가 다루는
생명기관(vital organ)
이 나머지 하나라고
우긴다.

세계의 3대 체육 행사를 꼽으라면, 여름올림픽과 축구월드컵을 먼저 꼽는다. 나머지 하나는 사람마다 다르다. 겨울올림픽, 육상선수권대회, 포뮬라1, 엑스포

(성격이 다른 행사이지만)... 세계의 3대 박물관을 꼽으라면, 대영박물관(런던)과 루브르(파리)를 먼저 꼽는다. 나머지 하나는 사람마다 다르다. 메트로폴리탄미술관(뉴욕), 바티칸박물관(로마), 에르미타쥐박물관(상트페테르부르크), 고궁박물원(타이베이)...

의사한테 사람 몸의 3대 기관을 꼽으라면, 뇌와 심장을 먼저 꼽는다. 나머지 하나는 의사마다 다르다. 허파, 간, 이자, 내분비샘, 콩팥, 골수... 의사마다 자기가 다루는 기관을 꼽으려고 한다. 하여튼 이 기관을 모두 생명기관이라고 부른다. 크게 다치면 생명을 잃기 때문이다. 생명기관이 아닌 기관도 있는데, 보기를 들면 위이다. 수술로 위를 다 떼어 내면, 밥을 조금씩 먹어야 하므로 힘들지만 생명을 잃지는 않는다.

생명기관의 대표는 역시 뇌와 심장이다. 뇌와 심장이 다쳐서 생명을 잃는 사람이 워낙 많기 때문이다. 특히 뇌와 심장에 분포하는 동맥 탓에 죽는 사람이 많다. 암 다음으로 흔한 사망 원인이다.

뇌가 1.5 kg인 사람은
몸무게가 75 kg이다.
2%
따라서 뇌는 몸무게의 2%
(= 1.5 kg / 75 kg)를 차지한다.
그런데 뇌는 심장에서 뿜어낸
혈액의 15%를 차지한다.
15%
욕심쟁이 뇌는 혈액을
이렇게 많이 처먹으면서,
굶으면 금방 죽는다.

뇌는 몸무게의 2%뿐인데, 심장이 뿜어낸 혈액의 15%나 차지하는 욕심쟁이다. 숨을 안 쉬면 산소 없는 혈액이 온몸으로 퍼진다. 다른 기관은 웬만큼 견디는데, 뇌는 견디지 못해서 금방 다치고 따라서 생명을 잃는다. 숨을 안 쉬고 3분 동안 참을 수 있다고 치자. 뇌가 산소 없이 3분 동안 참을 수 있다는 뜻이다. 나는 물고기 회를 먹으면서 이런 생각을 한다. "바다에서 잡으면 금방 죽는 물고기, 즉 뭍에서 활어 회로 먹기 어려운 물고기가 뇌와 비슷하구나."

뇌에 분포하는 뇌동맥은 잘 막히거나 터진다. 막히거나 터지면 그 뇌동맥이 퍼져 있는 뇌 부분이 다친다. 이런 병을 뇌졸중 또는 중풍이라고 부른다. 뇌졸중은 '뇌에 졸지에 생긴 중풍'을 뜻한다. '증'으로 끝나는 병이 많아서 뇌졸증이라고 틀리게 적는 사람이 많다.

관상동맥(심장동맥, coronary artery)은 오른관상동맥과 왼관상동맥의 휘돌이가지 (circumflex branch)가 왕관처럼 생겼기 때문에 지은 이름이다.
관상동맥의 관은 대롱(tube)이 아니다.

심장에 분포하는 심장동맥의 다른 이름은 관상동맥이다. 나는 옛날에 관상을 '대롱(管)처럼 생긴'이라고 잘못 알았다. "이상하다. 모든 동맥이 대롱처럼 생겼는데, 왜 이것만 관상동맥일까?" 알고 보니까 관상은 '왕관(冠)처럼 생긴'이었다. 나는 심장을 해부할 때마다 되새긴다. "아! 관상동맥의 줄기가 심장을 감싸는구나. 왕이 왕관을 쓴 것처럼 심장이 관상동맥을 썼구나."

관상동맥은 심장에서 일어난 대동맥의 첫째 가지이다. "심장이 자기한테 필요한 혈액을 챙기고 나서, 나머지 혈액을 다른 기관한테 나누어 주는구나. 사람이 자기한테 필요한 돈을 챙기고 나서, 나머지 돈을 다른 사람한테 나누어 주듯이 그렇구나."

관상동맥은 터지지 않는 대신에 잘 막힌다. 막히면 그 관상동맥이 퍼져 있는 심장근육이 죽었다가 살아나거나, 완전히 죽는다. 죽었다가 살아나는 병이 협심증이고, 완전히 죽는 병이 심근경색증이다.

뇌졸중과 심근경색증은 주로 고혈압 때문에 일어난다. 고혈압 환자한테 혼날 각오로 하는 말이다. "고혈압은 죽을 때가 되었으니까 준비하라는 고마운 신호이다. 교통사고처럼 준비하지 못한 채로 갑자기 죽는 것보다 낫지 않은가?" 죽기 싫으면 의사가 처방한 약을 먹고 혈압을 떨어뜨려야 한다. 더 좋은 방법은 살을 빼고 담배를 끊어서 혈압을 떨어뜨리는 것이다. 많이 먹거나 담배를 피우면 즐겁다. 그런데 즐거운 만큼 일찍 죽는다는 것을 잊어서는 안 된다.

해부학 실습실에서 뇌를 해부하면 뇌졸중이 가끔 나타난다. 뇌동맥이 터져서 뇌가 피범벅인 시신도 있다. 심장을 해부하면 관상동맥에 넣은 내관(스텐트)이 때때로 나타난다. 그 시신의 사망 원인을 찾아 보면 역시 심근경색증이다.

해부학 실습실 밖에 나와서 뚱뚱하거나 담배 피우는 사람을 보면, 뇌와 심장의 끔찍한 모습이 떠오른다. 안타까운 마음으로 혼잣말을 한다. "요즘에는 젊은 사람도 뇌졸중과 심근경색증으로 많이 죽는데, 저 사람은 죽을 것을 준비해 놨나? 저 사람의 가족도 이것저것을 준비해야 될 텐데."

18. 후두는 악기

노래방에서
'희망 사항'이라는 노래를
불렀다.
웃을 때
목젖이
보이는
여자
♬
실제로 웃을 때 목젖(uvula)을
보기는 어렵다.
입천장
목젖
입을 크게 벌리고
구토하는 척해야 보입니다.
목젖은 입천장(palate)의
뒤끝에 달려 있는 것인데,
목에서 앞으로 튀어나온
것으로 잘못 아는 사람이 많다.
목젖
입천장
후두
식도
기관
목에서 앞으로 튀어나온 것은
후두(larynx)이고,
후두의 별명은
'아담의 사과'이다.
후두
아담의
목에 걸린
사과라는
것을
믿습니까?

목에서 앞으로 튀어나온 것이 후두이다. 방송에서는 아직도 이것을 목젖이라고 틀리게 부른다. 목젖은 입천장의 뒤끝에 달려 있는 것이다. '희망 사항'의 노랫말인 '웃을 때 목젖이 보이는 여자'가 맞는 말이다. 실제로는 구토하는 척하면서 웃어야 목젖이 보인다.

이 글의 주인공인 후두의 속을 보면, 오른쪽 성대와 왼쪽 성대가 각각 앞뒤에 붙어 있고, 양쪽 성대 사이가 좁다. 삼킨 음식은 식도로 내려가야 하는데, 후두로 내려갈 때가 있고, 이때 사레들었다고 말한다. 후두로 내려간 음식은 대개 성대에 걸리고, 기침하면 바깥으로 나온다. 음식이 바깥으로 나오지 않고 허파로 내려가면, 허파를 해친다. 따라서 성대와 기침은 허파를 지키는 것이라고 볼 수 있다.

그러나 양쪽 성대 사이가 좁은 것은 해로울 수도 있다. 양쪽 성대 사이에 사탕 따위가 꽉 껴서 숨길을 막는 경우이다. 실제로 숨 못 쉬는 환자가 있으면, 의사는 후두가 막힌 경우를 의심한다. 막힌 후두를 뚫지 못하면, 후두 아래에 있는 피부와 기관을 잘라서 숨길을 만든다. 응급 치료 중에서 가장 먼저 하는 것이다.

여느 때 양쪽 성대가 가깝지만 붙어 있지는 않다. 그러므로 숨을 쉬어도 목소리를 내지 않는다. 그런데 후두의 근육이 수축해서 양쪽 성대가 붙으면, 내쉰 숨이 성대를 떨게 만들고, 따라서 목소리를 낸다. "목소리를 내는 곳은 입이잖아요?" 나는 오해를 바로잡는다. "아닙니다. 목소리를 내는 곳은 후두이고, 그 목소리로 말을 만드는 곳이 입입니다." "휘파람은 입에서 내는 소리잖아요?" 그것은 맞다고 대답한다. "그렇습니다. 그래서 휘파람은 목소리가 아닙니다."

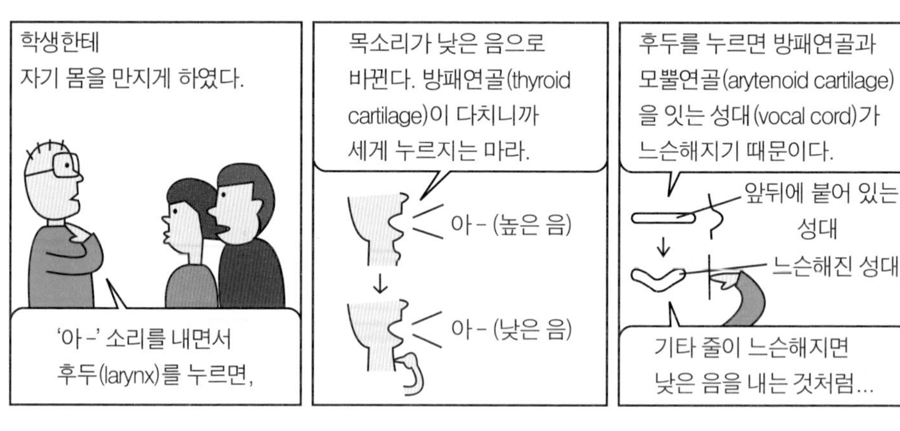
학생한테
자기 몸을 만지게 하였다.
'아-' 소리를 내면서
후두(larynx)를 누르면,
목소리가 낮은 음으로
바뀐다. 방패연골(thyroid
cartilage)이 다치니까
세게 누르지는 마라.
아-(높은 음)
아-(낮은 음)
후두를 누르면 방패연골과
모뿔연골(arytenoid cartilage)
을 잇는 성대(vocal cord)가
느슨해지기 때문이다.
앞뒤에 붙어 있는
성대
느슨해진 성대
기타 줄이 느슨해지면
낮은 음을 내는 것처럼...

성대가 앞뒤에 붙어 있는 것을 자기 몸으로 증명할 수 있다. “아-” 목소리를 내면서 자기 후두를 누른다. 그러면 앞뒤에 붙어 있는 성대가 느슨해지고, 목소리 음이 낮아진다. 기타 줄이 느슨해지면 낮은 음을 내는 것과 같다. 후두는 뼈가 아닌 연골로 이루어졌으므로 자주 누르면 다친다. 증명하는 것이 재미있다고 후두를 자주 누르면 바보이다.

누구나 알다시피 남성은 여성보다 후두가 더 튀어나왔다. 아담이 먹은 사과가 목에 걸린 것이라며, 아담의 사과라고 일컫는다. 남성은 후두가 더 튀어나온 만큼 앞뒤에 붙어 있는 성대가 길고, 긴 성대를 움직이기 힘들다. 그 탓에 남성은 여성보다 말을 적게 한다고 알려져 있다. 그런 점에서 아담의 사과보다 과묵의 사과라고 일컫는 것이 알맞다. 또한 남성은 성대가 길기 때문에 여성보다 목소리 음이 낮다. 피아노와 하프에서 줄이 길면 낮은 음을 내는 것과 같다.

후두를 해부하면 목소리를 내는 근육과 목소리를 안 내는 근육, 목소리 음을 낮추는 근육과 목소리 음을 높이는 근육을 볼 수 있다. 해부학 실습실에서 후두는 악기라고 생각하게 된다. 좋은 악기, 나쁜 악기가 있듯이 좋은 후두, 나쁜 후두가 있다. 이것은 해부학 실습실이 아닌 노래방에서 생각하게 된다.

이비인후과에서 ‘이’가 귀이고 ‘비’가 코이고 ‘인’이 인두이고 ‘후’가 후두이다. 구토하는 척하면서 웃어야 목젖이 보인다고 했다. 이 목젖 뒤에 위아래 통로가 있는데, 이 통로를 인두라고 한다. 인두의 공기는 후두로 내려가고, 인두의 음식은 식도로 내려간다. 인두와 후두는 이비인후과 의사가 차지한 땅이다. 인두나 후두가 다치면 이비인후과 의사한테 간다는 뜻이다.

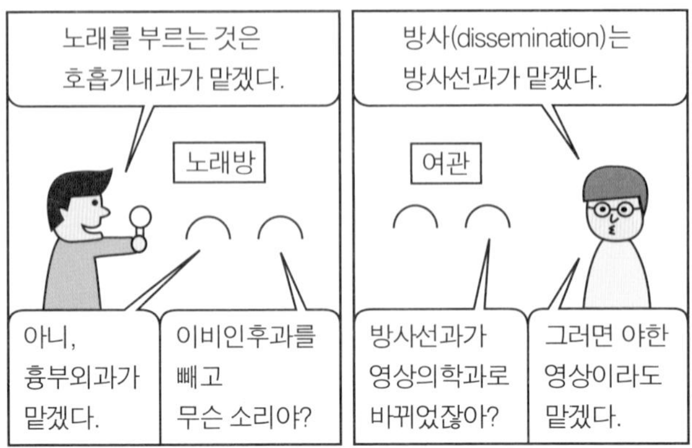
노래를 부르는 것은
호흡기내과가 맡겠다.
노래방
아니,
흉부외과가
맡겠다.
이비인후과를
빼고
무슨 소리야?
방사(dissemination)는
방사선과가 맡겠다.
여관
방사선과가
영상의학과로
바뀌었잖아?
그러면 야한
영상이라도
맡겠다.

"이비인후과 의사는 후두를 잘 아니까 목소리가 좋고 노래를 잘 부르죠?" 나는 이렇게 대꾸한다. "만약에 그렇다면 소화기내과 의사는 밥을 잘 먹고, 비뇨기과 의사는 정력이 좋고, 영상의학과 의사는 야한 영상을 즐겨 볼 것입니다. 그럴 수도 있고, 의사가 재미 삼아 그런 척할 수도 있습니다. 그러나 직업과 특기가 딱 들어맞지는 않습니다. 해부학 선생도 마찬가지이니까, 고깃집에서 고기를 썰라고 시키지 마십시오."

19. 허파와 담배

나의 담배
개인력(personal history)을
돌이켜보았다.
의과대학
80학번
의과대학 남학생의 2/3가
담배를 피웠고,
나도 거기에 속했다.

나는 1980년에 대학교에 들어가자마자 담배를 피웠다. 핑계를 대면 그때 남자 어른의 셋 중 둘이 담배를 피웠다. 술자리 또는 군대에서 담배를 안 피우면 이런 질문을 받았다. "다 피우는데, 너는 왜 안 피우니?" 안 피우는 명분이 뚜렷하지 않아서, 또는 안 피우는 까닭을 이야기하기 귀찮아서 피우기도 하였다. 그리고 남자끼리 사귀려면 술을 마시고 담배를 피워야 한다는 말이 있었다.

그때에는 의사도 담배를 많이 피웠다. 병원 구석구석에 의사가 담배 피울 만한 곳이 있었다. 믿기 힘들겠지만, 환자가 있는 진료실에서 담배 피우는 의사도 있었다. 이것을 막으려고 병원에서 담배를 팔지 않았는데, 그 탓에 부작용이 생겼다. 병원에 갇힌 전공의가 담배를 사지 못해 쩔쩔맸고, 마침내 임상 실습을 하는 의과대학 학생의 담배를 빼앗아 피웠다. 안 피우는 학생도 당직이 많은 과에서 임상 실습을 할 때에는 담배를 갖고 다녀야 했다. 이름 그대로 접대용 담배였다. 그때 나온 말이 '선공후사'였다. 선배는 공짜로 피우고, 후배는 사서 피운다는 뜻이었다.

남자 시신은 담배 탓에
허파먼지증(pneumo-
coniosis)이 심했는데,
해부학 실습실
나는 그것을 보고 속이 타서
오히려 더 피웠다.

1980년대에 나는 시신의 허파를 처음 봤다. 가슴우리를 열고 허파를 꺼내서 보니까 검은 점이 찍혀 있었다. 살아 있을 때 먼지를 들이마셨기 때문이었고, 별 문제가 없었다. 그런데 검은 점이 절반 넘게 차지한 허파도 있었는데, 대충 봐도 허파 쓰임새에 문제가 있었다. 이런 허파는 남성 시신에서만 볼 수 있었으며, 마땅히 담배 때문이었다. 끔찍한 허파를 본 나는 담배를 끊기로 마음먹었다. 그런데 곧 쉬는 시간이 되자 이렇게 말했다. "담배 한 개비 줘라. 그 허파 때문에 속이 탔더니, 담배가 더 생각난다." 안타깝게도 해부학 실습은 담배 끊은 데 도움되지 않았다.

박사학위를 받으려고
100개가 넘는 허파를
해부하였다.
해부학 실험실
담배를 피운 허파는 딱딱해서
해부하기 힘들었다.
내 허파 때문에
누가 고생할까 봐 미안하다.
그래도 박사학위 때문에
속이 탄다는 핑계로 더 피웠다.

1990년대에 나는 박사학위를 받으려고 100개가 넘는 허파를 해부하였다. 담배를 피운 사람의 허파가 많았고, 그 허파는 딱딱해서 해부하기 힘들었다. 그래서 이렇게 말했다. “담배를 끊어야겠다. 혹시 내 허파 때문에 누가 고생할까 봐 벌써 미안하다.” 그런데 그 말이 끝나자마자 담배를 피웠다. 박사학위 때문에 속이 타는 것을 달랜다는 명분이었다.

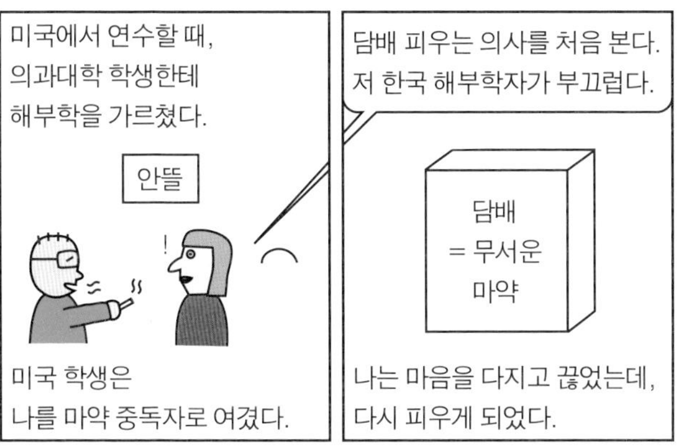
미국에서 연수할 때,
의과대학 학생한테
해부학을 가르쳤다.
안뜰
!
미국 학생은
나를 마약 중독자로 여겼다.
담배 피우는 의사를 처음 본다.
저 한국 해부학자가 부끄럽다.
담배
= 무서운
마약
나는 마음을 다지고 끊었는데,
다시 피우게 되었다.

2000년대에 나는 미국의 의과대학에서 연수하였다. 주로 한 일은 해부학 실습실에서 학생을 가르치는 것이었다. 그때 나는 가르치면서 꾸짖지 않았는데, 첫째 까닭은 한국과 달리 미국에서는 나한테 책임이 없었기 때문이다. 둘째 까닭은 나한테 꾸짖을 만한 영어 실력이 없었기 때문이다. 지금도 칭찬하는 영어만 알지, 꾸짖는 영어를 잘 모른다. 꾸짖지 않은 덕분에 미국 학생이 나를 좋아하였다. 그런데 내가 담배 피우는 것을 보고 싫어하는 학생이 생겼으며, 그 학생은 마치 마약 중독자를 쳐다보는 눈을 하고 말했다. "담배 피우는 의사를 처음 봅니다." 나는 마음을 다지고 담배를 끊었는데, 다시 피우게 되었다. 담배는 무서운 마약이었다.

내 아들이 대학교에 들어갈 때
나한테 엄포를 놓았다.
집
08학번
!
나도 피울래요.
그 말을 듣고
마침내 담배를 끊었다.

2008년에 내 아들이 대학교에 들어가면서, 나한테 엄포를 놓았다. "나도 어른이 되었으니까 담배를 피울게요." 나를 괴롭힌 담배가 내 아들도 괴롭힐 것을 걱정해서, 드디어 끊었다. 다행히 아들도 담배를 피우지 않았다.

의과대학 학생과 의사가
담배를 피우지 않는 것은
해부학 실습 때문이 아니다.
무려 28년 동안
담배에 시달렸다.
환자와 가족의 눈총 때문이다.

2010년대인 요즘, 많은 의사가 나처럼 담배를 끊었다. 담배 피우는 의사가 간혹 있는데, 마약 중독자처럼 몰래 피우는 형편이다. 요즘 담배 피우는 의과대학 학생은 거의 없다. 한 세대가 지나니까 한국이 미국처럼 바뀐 것이다. 의사와 의과대학 학생은 해부학 실습 때문에 안 피운다고 생각할 수 있는데, 그렇지 않다. 다른 사람의 눈총 때문에 안 피우는 것이 맞다. 지금 또는 나중의 환자와 가족한테 잘못 보이면 견디기가 어려워서 안 피우는 것이다.

미국 사회에서 담배는 덜 배우고 덜 가진 사람이 피우는 것으로 낙인 찍혔다. 내가 보기에 요즘 한국 사회에서도 그렇다. 덜 배우고 덜 가진 사람이라는 손가락질을 받으면서 피우겠는가? 옛날에는 사람을 사귀려고 피웠지만, 요즘에는 사람을 사귀려고 끊는다. 더 배우고 더 가진 사람과 사귀려면 끊어야 할 만큼 한국 사회가 바뀌었다. 이 글을 읽고 속이 타서 담배 피우는 사람이 있을까 봐 걱정이다. 그리고 나처럼 28년 동안 피우고 끊겠다는 젊은이가 있을까 봐 걱정이다.

*호흡계통의 해부학을 더 알고 싶으면
〈해랑이와 말랑이의 몸 이야기〉(252쪽)를 보세요.

20. 동맥, 정맥의 연애학

사람 몸에서 산소가 많은 혈액은 동맥으로 흐르고, 이산화탄소가 많은 혈액은 정맥으로 흐른다. 동맥은 상수도, 정맥은 하수도라고 보면 된다. 어느 동네를 위한 상수도와 하수도는 나란히 있다. 마찬가지로 어느 기관을 위한 동맥과 정맥은 나란히 있고, 이름이 같다. 보기를 들어 콩팥을 위한 동맥과 정맥은 나란히 있고, 이름이 콩팥동맥과 콩팥정맥이다.

해부할 때에는 동맥만 남기고, 나란히 있는 정맥을 뗀다. 동맥만 봐도 충분하기 때문이다. 그리고 정맥을 떼어야 동맥을 말끔히 볼 수 있기 때문이다. 이처럼 해부학 실습실에서는 중요한 것을 돋보이게 하려고 덜 중요한 것을 희생시킨다. 뭔가를 얻으려고 다른 뭔가를 잃는 것은 어디에서나 마찬가지일 것이다.

해부하다가 실수로
동맥을 자른 학생이 있어서,
누가 동맥을 잘랐냐?
제가 잘라 먹었습니다.
작은 실수는 이해한다고
점잖게 말했다.
꽥!
자른 것은 그렇다고 치고 동맥을 먹으면 어떡하냐?

학생이 정맥을 떼다가 실수로 동맥을 자르기도 한다. 해부학 선생은 자른 동맥을 보고 묻는다. “누가 잘랐어?” “제가 동맥을 잘라 먹었습니다.” 그날 선생은 다른 일 때문에 기분이 좋다. 따라서 실수한 학생을 꾸짖지 않고, 대신에 우스갯소리를 한다. “자른 것은 그렇다고 치고, 동맥을 먹으면 어떡하냐?”

상수도는 하수도보다 수압이 높다. 먼 동네와 높은 동네까지 수돗물을 보내야 하기 때문이다. 마찬가지로 동맥은 정맥보다 혈압이 높다. 온몸으로 혈액을 보내야 하기 때문이다. 특히 중력을 거슬러 심장에서 뇌까지 혈액을 보내는 것은 쉬운 일이 아니다. 이처럼 혈압이 높은 동맥이 찢어지면 큰 출혈이 일어난다. 정맥이 찢어지면 혈액이 줄줄 새지만, 동맥이 찢어지면 혈액이 분수처럼 솟는다. 따라서 동맥은 다치지 않도록 정맥보다 깊은 곳에 있다.

병원에 가면 정맥주사를 놓는다. 팔에 있는 피부정맥에 주삿바늘을 꽂아서 혈액을 빼기도 하고, 약을 넣기도 한다. 누구든지 자기 팔에서 피부정맥을 볼 수 있다. 그러나 피부정맥과 나란히 있는 피부동맥은 볼 수 없다. 얇은 피부밑조직에 피부동맥이 있으면 위험하기 때문이다.

운동을 많이 한 남자의
피부정맥(cutaneous vein)이
잘 보이는 까닭을 말했다.
커진 근육으로 드나드는
혈액이 많기 때문이고,

얇아진 피부밑조직이
피부정맥을 덜 가리기
때문이다.
솜씨 좋은 간호사,
임상병리사는 아기의 보일까
말까 하는 피부정맥에도
주삿바늘을 꽂는다.

운동을 많이 한 남자가 병원에 오면, 이렇게 말한다.
달인
주삿바늘을 던져도 피부정맥에 꽂겠다.

군대에서 사격 연습을 할 때 과녁이 가까우면, 비슷하게 말한다.
명사수
총알을 던져도 과녁에 맞추겠다.

운동을 많이 한 남자에게서 피부정맥을 더 잘 볼 수 있다. 커진 근육으로 드나드는 혈액이 많기 때문이다. 또한 얇아진 피부밑조직이 피부정맥을 덜 가리기 때문이다. 솜씨 좋은 간호사 또는 임상병리사는 아기의 가는 피부정맥, 즉 보일까 말까 하는 피부정맥도 찾아서 주삿바늘을 꽂는다. 이런 달인이 운동을 많이 한 남자의 피부정맥을 보면 이렇게 말한다. "주삿바늘을 던져도 피부정맥에 꽂겠다." 가까운 과녁을 본 명사수가 말하는 것과 비슷하다. "총알을 던져도 과녁에 맞추겠다."

동맥은 근육으로 안전하게 덮여 있다. 그러나 근육으로 덮여 있지 않은 동맥도 간혹 있으며, 그 동맥에서는 맥박을 만질 수 있다. 맥박이 만져지는 것은 그 동맥의 혈압이 높기 때문이 아니라, 그 동맥이 근육으로 덮여 있지 않기 때문이다.

학생 때 했던 짓이 생각났다.
내가 맥박을 만져 줄게.
대개는 손목에서 노동맥(radial artery)의 맥박을 만지는데,

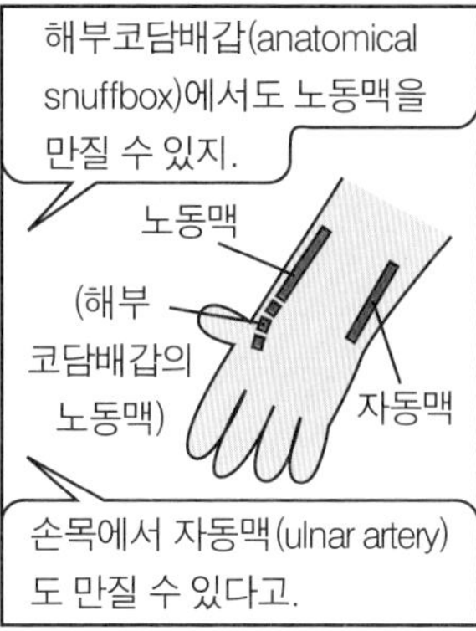
해부코담배갑(anatomical snuffbox)에서도 노동맥을 만질 수 있지.
노동맥
(해부 코담배갑의 노동맥)
자동맥
손목에서 자동맥(ulnar artery)도 만질 수 있다고.

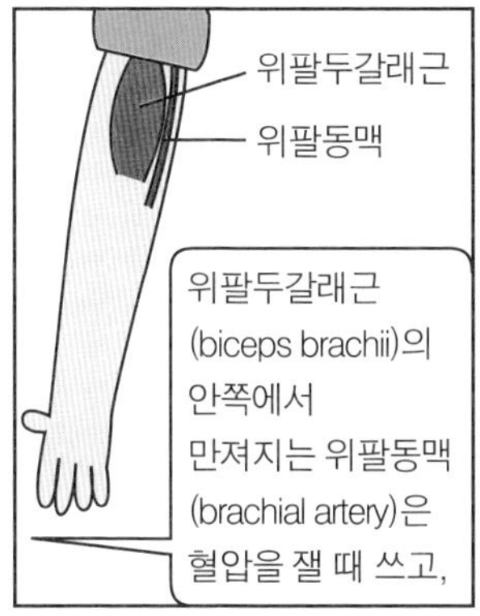
위팔두갈래근
위팔동맥
위팔두갈래근(biceps brachii)의 안쪽에서 만져지는 위팔동맥(brachial artery)은 혈압을 잴 때 쓰고,

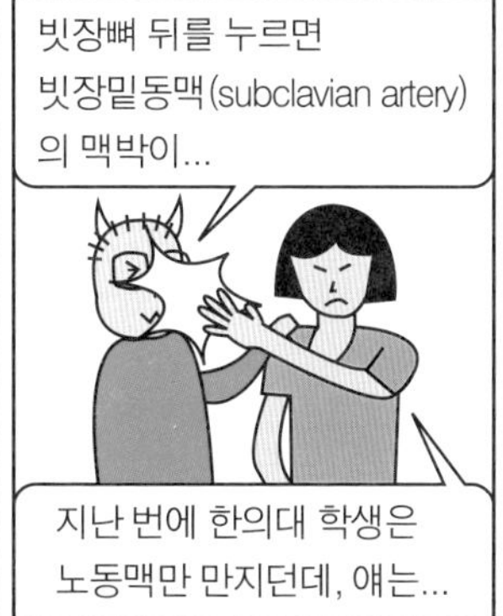
빗장뼈 뒤를 누르면 빗장밑동맥(subclavian artery)의 맥박이...
지난 번에 한의대 학생은 노동맥만 만지던데, 얘는...

나는 의과대학 학생일 때 여자 친구를 만나면 이 지식을 써먹었다. “맥박을 잴 때, 대개는 엄지손가락 쪽에 있는 노동맥의 맥박을 만진다. 그런데 새끼손가락 쪽에 있는 자동맥의 맥박도 만질 수 있다.” 여자 친구의 손목을 만지다가 위팔로 간다. “위팔두갈래근의 안쪽에서 위팔동맥의 맥박을 만질 수 있다. 덕분에 위팔동맥은 혈압을 잴 때 쓴다.” 마침내 수위를 더 높인다. “빗장뼈 뒤에서 빗장밑동맥의 맥박도 만질 수 있다. 집중해야 만질 수 있으니까 가만히 있어라.”

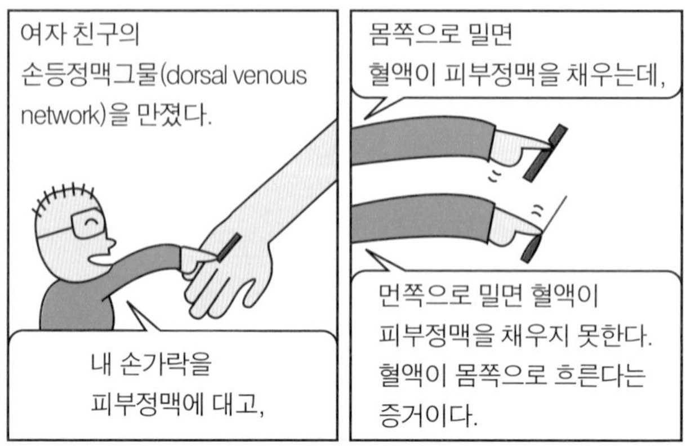
여자 친구의
손등정맥그물(dorsal venous
network)을 만졌다.
내 손가락을
피부정맥에 대고,
몸쪽으로 밀면
혈액이 피부정맥을 채우는데,
먼쪽으로 밀면 혈액이
피부정맥을 채우지 못한다.
혈액이 몸쪽으로 흐른다는
증거이다.

나는 피부정맥도 만지지 않고 못 배겼다. 내 손가락을 여자 친구의 손등에 있는 피부정맥에 대고, 몸쪽과 먼쪽으로 번갈아 민다. "몸쪽 즉 위로 밀면, 혈액이 피부정맥을 금방 채운다. 그러나 먼쪽 즉 아래로 밀면, 혈액이 피부정맥을 채우지 못한다. 혈액이 몸쪽으로 흐른다는 증거이다." 나는 여자 친구의 손을 더듬으면서, 해부학이 얼마나 쓸모 있는 과목인지 깨닫는다. "해부학을 이렇게 써먹을 줄 몰랐다. 뭐든지 배워 두면 써먹을 데가 있구나."

21. 업신여기지 마라

여학생을 약올렸다.
너는 왜 남자 친구가 없는지 아니? 네가 엉뚱이, 뚱딴지이기 때문이다.
엉뚱이, 뚱딴지를 남자가 싫어 합니까?
그럼. 엉덩뼈(ilium)가 뚱뚱한 엉뚱이와 뚱뚱한 장딴지근(gastrocnemius)을 갖은 뚱딴지를 남자가 좋아하겠냐?
앞으로는 치마를 입지 않겠습니다.

여자가 짧은 치마를 못 입는 경우는 두 가지이다. 첫째는 장딴지가 뚱뚱한 경우이다. 이것을 줄여서 뚱딴지라고 하는데, 정말 뚱딴지 같은 말이다. 요즘엔 장딴지 근육으로 가는 신경을 끊어서 장딴지를 날씬하게 만들기도 하는데, 마찬가지로 뚱딴지 같은 수술이다.

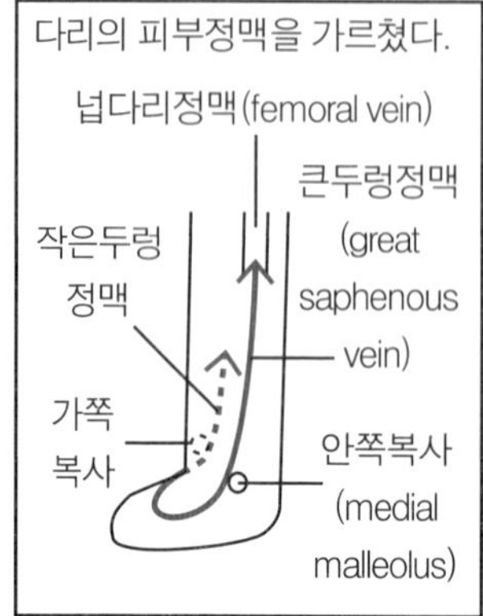
다리의 피부정맥을 가르쳤다.
넙다리정맥(femoral vein)
큰두렁정맥
(great
saphenous
vein)
작은두렁
정맥
가쪽
복사
안쪽복사
(medial
malleolus)

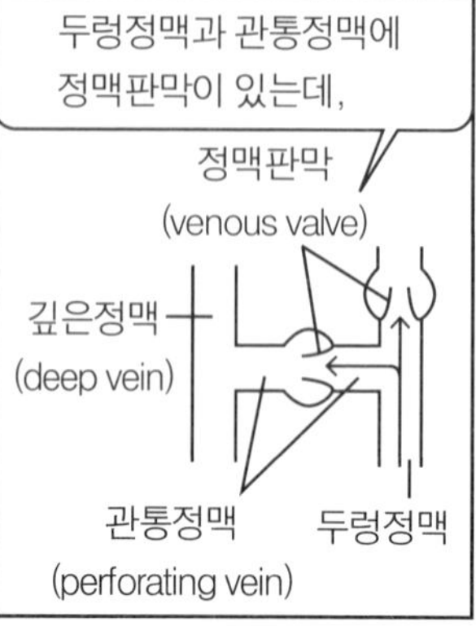
두렁정맥과 관통정맥에
정맥판막이 있는데,
정맥판막
(venous valve)
깊은정맥
(deep vein)
관통정맥
(perforating vein)
두렁정맥

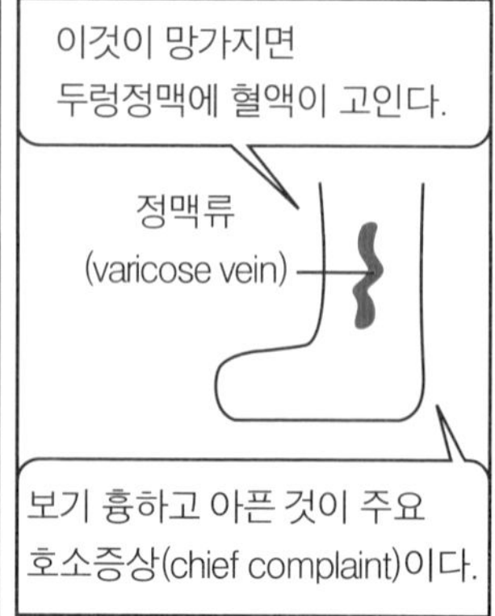
이것이 망가지면
두렁정맥에 혈액이 고인다.
정맥류
(varicose vein)
보기 흉하고 아픈 것이 주요
호소증상(chief complaint)이다.

둘째는 정맥류가 생긴 경우이다. 정맥류는 다리의 피부정맥(두렁정맥)에 혈액이 고이는 병이다. 서 있을 때 다리의 피부정맥은 심장보다 훨씬 아래에 있어서, 중력을 이기지 못한 혈액이 고일 수 있다. 그러면 피부정맥이 지렁이처럼 튀어나와서 보기 흉하고, 아프기도 하다.

정맥류를 어떻게 치료합니까?
간단하게도 두렁정맥을 떼면
된다. 깊은정맥의 혈액은 둘레
근육 덕분에 잘 올라간다.

정맥류를 수술로 치료하는 방법은 간단하게도 튀어나온 피부정맥을 떼어 내는 것이다. 다른 피부정맥과 깊은정맥이 넉넉하게 있어서, 혈액의 흐름에 별 탈이 없다. 다른 말로 피부정맥은 없어도 되는 구조물이다.

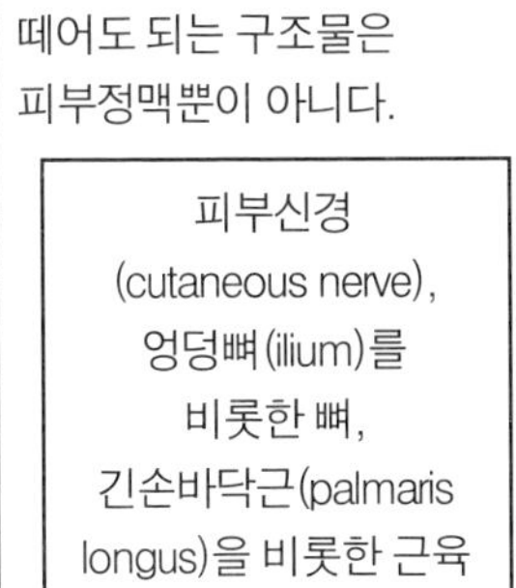
사람 몸에서
떼어도 되는 구조물은
피부정맥뿐이 아니다.
피부신경
(cutaneous nerve),
엉덩뼈(ilium)를
비롯한 뼈,
긴손바닥근(palmaris
longus)을 비롯한 근육

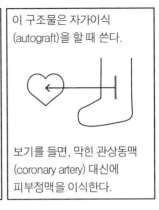

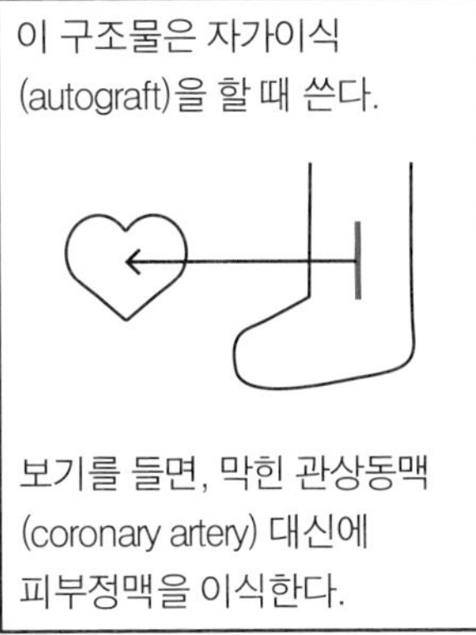
이 구조물은 자가이식
(autograft)을 할 때 쓴다.
보기를 들면, 막힌 관상동맥
(coronary artery) 대신에
피부정맥을 이식한다.

그런데 요즘 병원에서는 없어도 되는 구조물을 대수롭게 여긴다. 자가이식할 때 쓰기 때문이다. 자가이식은 자기 몸의 구조물을 자기 몸으로 옮기는 것을 뜻한다. 심장에 있는 관상동맥이 막혔다고 치자. 막힌 관상동맥을 떼어 내고, 그 자리에 자기 다리의 피부정맥을 자가이식해서 심장을 살린다. 없어도 되는 피부정맥이 있어서 다행인 것이다.

사람 몸에는 없어도 되는 구조물이 또 있다. 피부정맥과 함께 피부밑조직에 있는 피부신경이다. 피부신경이 끊어지면 그곳의 피부 감각이 없어지는데, 사는 데 별로 불편하지 않다. 얼굴의 운동신경이 끊어져서 근육이 마비되는 것, 즉 얼굴이 돌아가는 것보다 얼굴의 피부신경이 끊어져서 감각이 없어지는 것이 낫지 않은가? 실제로 얼굴의 운동신경이 끊어지면, 장딴지에 있는 피부신경을 자가이식해서 마비되는 것을 막는다.

학생이 시신을 해부하다가 실수로 신경을 끊으면, 나는 신경을 이식하라고 시킨다. 실로 신경을 이으라는 뜻이다. 그래야 신경이 어떻게 지나는지 볼 수 있기 때문이다. 실을 이식하는 것은 자가이식이 아니라 무생물재료이식이다.

지금은 해부학 연구 결과를
조작하고 있다.
논문에 넣을 사진인데
해부하다가 끊은
신경이 눈에 거슬리네.
해부학 연구 결과는 숫
자가 아닌 사진이라서
조작하기 어려울 텐데.
컴퓨터를 써서
다른 사진에 있는
신경을 이식하니까
말끔하구나. 의사도
어려워하는 신경이식
수술에 성공했다.
논문 사진 조작은 순,
진짜, 참 농담입니다.

나는 다른 방법으로 신경을 이식한 적이 있다. 어느 날 내가 해부한 시신을 사진 찍어서 보니까, 신경이 끊어져 있었다. 학생처럼 실수로 신경을 끊은 것이다. 그래서 컴퓨터로 다른 시신의 신경 사진을 오려서 붙였다. 신경외과 의사도 어려워하는 신경이식 수술에 성공한 것이다. 다른 시신의 신경을 이식했으니까 동종이식이다. 이 이야기는 우스갯소리일 뿐이다. 해부학 사진을 이렇게 꾸미면 큰일 난다.

없어도 되는 구조물로 뼈와 근육도 있다. 허리띠가 양 옆에 닿는 뼈가 엉덩뼈이고, 엉덩뼈는 일부 없어도 괜찮다. 따라서 인공치아를 턱뼈에 삽입할 때, 다른 말로 임플란트할 때, 턱뼈가 모자라면 엉덩뼈 일부를 떼어 내어 자가이식한다.

사고로 망가진 조직 대신에
긴손바닥근피판(palmaris
longus flap)을 이식한다.
구조물
팔자는
알 수 없다.
중요하지 않아서
중요해진 구조물이다.
업신여기지 마라.

근육과 근육 바깥에 있는 피부, 피부밑조직, 그리고 근육에 분포하는 혈관을 묶어서 근육피부판, 줄여서 근피판이라고 부른다. 이 근피판도 자가이식할 때가 많다. 보기를 들어 화상 때문에 얼굴을 많이 다치면, 팔에 있는 근피판을 떼어서 얼굴에 자가이식한다.

자연은 의학의 발전을 예측하고, 없어도 되는 구조물 즉 자가이식할 구조물을 사람 몸에 넉넉하게 넣어 놨다. 나는 해부학 실습실에서 학생한테 이렇게 말한다. "이 구조물은 대수롭지 않아서 대수로워졌다. 앞으로 의학이 더 발전하면, 대수롭지 않은 구조물이 또 어떻게 바뀔지 모른다. 구조물의 팔자는 알 수 없으니까, 해부해서 찾은 구조물을 업신여기지 마라."

나는 어릴 때 산이 쓸모 없는 땅이라고 생각하였다. "산에서는 농사를 지어 먹기도 나쁘고, 집을 지어 살기도 나쁘다." 그런데 그 생각은 바뀌었다. "산에 나무를 심어 가뭄, 홍수를 막을 수 있고, 등산을 하여 몸을 튼튼하게 만들 수 있다." 이처럼 쓸모 있는 것을 쓸모 없는 것으로 잘못 생각할 때가 있다. 그리고 지금 쓸모 없는 것이 나중에 어떻게 바뀔지 모른다. 모든 것의 팔자는 알 수 없고, 따라서 함부로 업신여기지 말아야 한다.

*심장혈관계통의 해부학을 더 알고 싶으면
〈해랑이와 말랑이의 몸 이야기〉(276쪽)를 보세요.

22. 아는 만큼 보인다

의과대학 과목은 서로 관계가 있으므로 나중에 가르치는 선생이 편하다. 정형외과 선생이 척추뼈, 척수를 먼저 가르치면 신경외과 선생이 나중에 편하게 가르치고, 신경외과 선생이 같은 것을 먼저 가르치면 정형외과 선생이 나중에 편하게 가르친다. 두 과목의 선생이 가르치는 척추뼈, 척수가 겹치기 때문이다. 의과대학에서 가장 먼저 가르치는 과목은 해부학이며, 따라서 해부학 선생은 편하지 않다. 게다가 해부학 선생은 다른 과목을 미리 이야기해야 한다.

보기를 들어 콩팥은 중요한 생명기관이지만, 해부하면 볼거리가 적다. 콩팥겉질과 콩팥속질, 콩팥동맥과 콩팥정맥, 그리고 요관으로 이어지는 소변 통로만 볼 수 있다. 이때 해부학 선생은 다른 과목을 이야기해서, 안 보이는 것도 학생이 생각하게 만든다.

첫째는 콩팥 생김새와 얽혀 있는 콩팥 쓰임새이다. "콩팥으로 들어간 일부 혈액은 소변이 되어서 요관으로 나가고, 나머지 혈액은 콩팥정맥으로 나간다. 즉 콩팥동맥의 혈액에서 콩팥정맥의 혈액을 뺀 것이 소변이다." 콩팥 쓰임새를 생리학에서 가르칠 텐데, 미리 이야기하는 것이다. 둘째는 맨눈으로 보이지 않고 현미경으로 보이는 구조물이다. "소변을 만들려면 먼저 혈액에서 소변을 걸러야 한다. 이것을 위한 모세혈관은 실뭉당이처럼 꼬여서 '토리'라고 부른다. 토리는 콩팥겉질에 있다." 현미경 구조물을 조직학에서 가르칠 텐데, 미리 이야기하는 것이다. 셋째는 콩팥 이식에 관한 내용이다. "콩팥 주는이에서는 콩팥동맥, 콩팥 정맥, 요관을 자르고, 콩팥 받는이에서는 이 세 관을 이어야 한다." 관련 수술을 외과에서 가르칠 텐데, 미리 이야기하는 것이다. 이처럼 다른 과목을 대충이라도 이야기하면, 콩팥을 보는 학생의 눈이 달라진다. 아는 만큼 보이기 때문이다.

낯선 도시에 가서
전망대에 올랐다. 그런데
그 도시를 몰라서 재미없었다.
그저 건물이 많을 뿐이다.

다행히 전망대 길잡이가
풀이해 준 덕분에
재미있어졌다.
저 건물에서
무슨 일이 있었고…
아는 만큼 보이는 법이다.

해부학도 마찬가지이다.
시신을 잘 해부하는 것만큼
해부한 시신을 뜻있게
풀이하는 것이 중요하다.
해부학을 잘 아는 선생이
있어야 볼 것이 많다.

해부학을 높게 세운 도시 전망대와 견줄 수 있다. 해부학은 사람 몸을 맨눈으로 보고, 전망대는 도시를 멀리서 본다. 해부학 선생이 맨눈으로 안 보이는 것도 이야기하듯이, 전망대 길잡이는 멀리서 안 보이는 것도 이야기한다. "저 건물은 어떤 보물이 보관된 곳이고, 저 광장은 어떤 사건이 일어난 곳입니다." 구경꾼이 건물과 광장에 가서 볼 것을 미리 이야기하는 것이다. 해부학 선생이 없으면, 학생은 해부해서 본 몸에 어떤 이야기가 담겨 있는지 알 수 없다. 해부학 책을 보고 스스로 깨닫는 데 한계가 있다. 마찬가지로 전망대 길잡이가 없으면, 구경꾼은 전망대에서 본 도시에 어떤 이야기가 담겨 있는지 알 수 없다. 여행 책을 보고 스스로 깨닫는 데 한계가 있다. 해부학이든 전망대이든 남의 도움을 받아서라도 알아야 하며, 그래야 제대로 볼 수 있다.

해부학 실습실에
어떤 학생이 있는지 보았다.
공부를 잘 하는 브레인(brain)
책
머리로 때우는
학생이다.

해부를 잘 하는 크레인(crane)
칼
몸으로 때우는 학생이다.
책을 가까이하는 브레인이
문관이라면, 칼을 가까이하는
크레인은 무관이다.

해부학 선생이 가르친 것을 잘 아는 학생을 브레인이라고 부르고, 그저 해부만 하는 학생을 크레인이라고 부른다. 즉 머리로 때우는 학생을 브레인이라고 부르고, 몸으로 때우는 학생을 크레인이라고 부른다. 크레인은 브레인의 도움을 받아서라도 알아야 하며, 그래야 제대로 해부하고 제대로 볼 수 있다.

영상의학과에서도 그렇다.
영상을 잘 찍는 것만큼
영상을 알차게 풀이하는 것이
중요하다.
영상의학을 잘 아는 의사가
있어야 진단할 수 있다.

의료영상 이야기를 덧붙이면서 마무리한다. 환자가 병원에 가면 방사선사진을 비롯한 의료영상을 찍는다. 의료영상을 찍는 사람은 영상의학과 기사이고, 찍은 의료영상을 판독하는 사람은 영상의학과 의사이다. 영상의학과 의사가 의료영상을 올바르게 판독하려면, 관련된 해부학, 병리학, 임상의학을 꿰뚫고 있어야 한다. 환자는 영상의학과 의사를 직접 못 봐서 모르지만, 다른 과 의사는 영상의학과 의사의 실력을 알아준다. 해부학이 아닌 다른 형태학에서도 아는 만큼 보인다.

*비뇨계통의 해부학을 더 알고 싶으면
〈해랑이와 말랑이의 몸 이야기〉(257쪽)를 보세요.

23. 실습실 실훈

옛날에 웃기는 영화를 봤더니, 포로를 고문하는 고문실이 나왔고, 고문실에 다음과 같은 실훈이 붙어 있었다. '아픔이 없으면, 얻는 것도 없다(No pain, no gain).' 뜻은 나쁘지만, 고문실에 잘 어울리는 실훈이다. 이 글에서는 해부학 실습실에 어울리는 실훈 4개를 소개한다. 그런데 이 실훈은 여행지에도 어울린다. 해부학 실습이 여행과 비슷하기 때문이다.

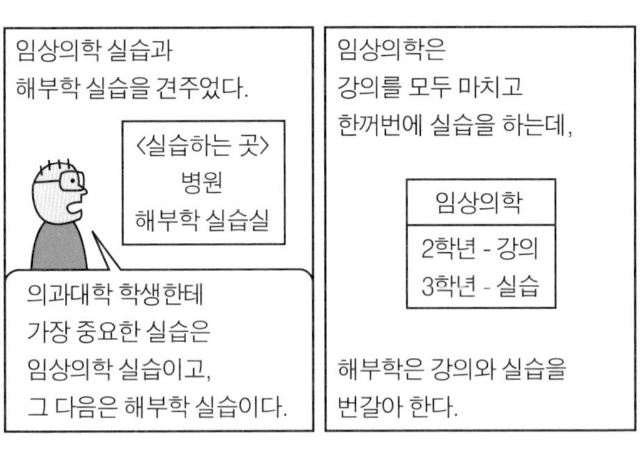
임상의학 실습과
해부학 실습을 견주었다.
<실습하는 곳>
병원
해부학 실습실
의과대학 학생한테
가장 중요한 실습은
임상의학 실습이고,
그 다음은 해부학 실습이다.
임상의학은
강의를 모두 마치고
한꺼번에 실습을 하는데,
임상의학
2학년 - 강의
3학년 - 실습
해부학은 강의와 실습을
번갈아 한다.

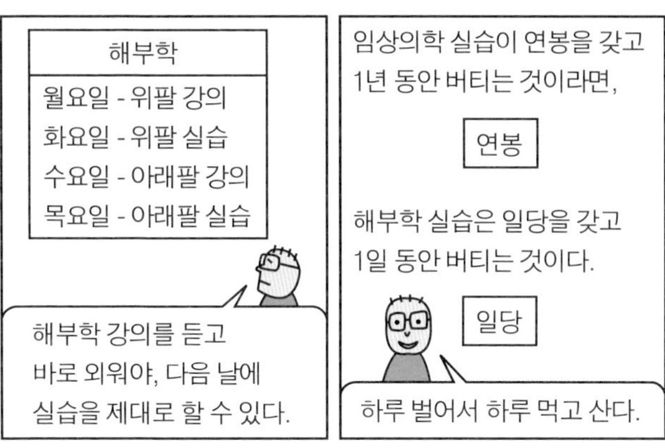
해부학
월요일 - 위팔 강의
화요일 - 위팔 실습
수요일 - 아래팔 강의
목요일 - 아래팔 실습
해부학 강의를 듣고
바로 외워야, 다음 날에
실습을 제대로 할 수 있다.
임상의학 실습이 연봉을 갖고
1년 동안 버티는 것이라면,
연봉
해부학 실습은 일당을 갖고
1일 동안 버티는 것이다.
일당
하루 벌어서 하루 먹고 산다.

'첫째 실훈: 하루 벌어서 하루 먹고 산다.' 의과대학 학생한테 가장 중요한 실습은 병원에서 환자를 대상으로 하는 실습이다. 그 다음은 해부학 실습실에서 시신을 대상으로 하는 실습이다. 임상의학은 강의를 모두 마치고 한꺼번에 실습을 하지만, 해부학은 강의와 실습을 번갈아 한다. 월요일에 위팔을 강의하면 화요일에 위팔을 실습하고, 수요일에 아래팔을 강의하면 목요일에 아래팔을 실습한다. 학생은 강의를 듣자마자 외워야 한다. 그래야 다음 날에 시신을 빨리 올바르게 해부할 수 있다. 강의를 모두 마치고 하는 임상의학 실습이 연봉을 갖고 1년 버티는 것이라면, 강의를 조금 마칠 때마다 하는 해부학 실습은 일당을 갖고 하루 버티는 것이다.

여행지에서도 마찬가지이다. 놀러 가기에 앞서 엄청나게 공부하는 사람은 없다. 대개는 당일치기로 여행 책을 본다. 그러면 별 탈 없이 여행지를 빨리 올바르게 찾아갈 수 있다. 역시 일당을 갖고 하루 버티는 것과 같다.

해부학 실습실에서
실훈을 만들었다.
해부학 강의 내용을 외운
다음에 해부하라고 했잖니?
조교
아는 만큼 보인다.

더 샅샅이 해부해서 봐야
너의 참 지식이 되지 않겠니?
보이지 않으면
믿지도 마라.

'둘째 실훈: 보이지 않으면 믿지 마라.' 해부학 책에 있는 그림과 해부해서 본 구조물은 다른 것이 마땅하다. 해부학 책이 사람마다 다른 변이를 모두 나타낼 수 없다. 게다가 해부학 책이 틀릴 수도 있다. 해부학 선생은 해부학 책의 틀린 것을 바로잡으려고 연구하기도 한다. 해부학 책을 믿기보다는 해부해서 본 것을 믿어야 한다.

여행지에서도 마찬가지이다. 여행 책이 본래 틀렸거나, 오래되어서 틀릴 수 있다. 여행 책의 틀린 내용을 찾는 것이 재미있기도 하다. 이를테면 여행 책에 나온 물가가 요즘 얼마나 올랐는지 살피는 것이다. 보이는 것을 믿어야 한다. 보이지 않는 것을 믿으려면 굳이 먼 여행지로 가지 말고, 가까운 교회, 절, 성당으로 가는 것이 낫다.

외국 여행과 해부학 실습이
비슷하다고 말했다.
한국 여행할 때에는
악착같지 않다.
한국
힘드니까 그만 가자.
나중에 또 온다고 치고.

그러나 외국 여행할 때에는
악착같다.
외국
힘들어도 끝까지 가자.
나중에 또 못 온다고 치고.
(마침내 부지런해진
자신을 즐긴다.)

해부학 실습도 마찬가지이다.
〈실훈〉
우리에게 내일은 없다.
해부학자가 되지 않으면,
학생 때 하는 해부가
마지막이다.

의사가 된 다음에
해부하는 것이
실제로 어렵기 때문이다.
학생 때 악착같이 해부하고
찾아봐야 한다.
(마침내 부지런해진
자신을 즐길 것이다.)

'셋째 실훈: 우리에게 내일은 없다.' 해부학 책은 아무 때나 아무 데서나 볼 수 있지만, 해부 시신은 그렇지 않다. 임상 의사가 가끔 해부학 실습실에 와서 해부하는데, 이 과정은 번거롭고 꼭 한다는 보장이 없다. 의과대학을 졸업하고 해부학에 몸담지 않으면, 학생 때 하는 해부가 마지막이라고 보는 것이 맞다. 내일이 없다는 기분으로 악착같이 해부하고 찾아봐야 한다.

여행지에서도 마찬가지이다. 제주도 사람은 한라산 꼭대기까지 잘 올라가지 않는다. 올라가다가 힘들면 나중에 다시 올라가겠다고 생각하면서 그만두기 때문이다. 그러나 제주도에 모처럼 온 사람은 한라산 꼭대기까지 올라간다. 게다가 외국에서 여행할 때에는 다시 오기 어렵다고 생각하면서 악착같이 돌아다닌다. 여행지에서 즐기는 것 하나는 부지런해진 자신이다.

해부하는 것이 지겹지만
어쩔 수 없이 한다.
기왕에 하는 것,
즐겁게 해라.
이런 경우에 알맞은
실훈도 있습니까?
그럼.
피할 수 없으면 즐겨라.
지겨운 것과 즐거운 것은
한 끗 차이라고.

'넷째 실훈: 피할 수 없으면 즐겨라.' 해부학 실습은 육체 일과 정신 일을 함께 하는 것이라서 힘들고 지겹다. 그래도 어쩔 수 없이 해야 한다. 어차피 할 것이라면, 지겨운 것과 즐거운 것은 한 끗 차이라는 생각으로 즐겨야 한다. 자기가 원해서 의과대학에 들어오지 않았는가?

여행지에서도 마찬가지이다. 집을 떠난 여행은 입는 것, 먹는 것, 자는 것이 모두 불편하다. 내가 왜 돈과 시간을 들여서 고생하는지 어리둥절할 때도 있다. 그래도 즐겨야 한다. 자기가 원해서 여행지에 오지 않았는가?

실훈을 통해서 해부학 실습이 여행과 어떻게 같은지 따졌다. 다른 사람도 자기 일(또는 공부)이 여행과 어떻게 같은지 따지기 바란다. 그러면 일하는 것인지 노는 것인지 헷갈릴 것이고, 따라서 조금이라도 더 즐겁게 일할 수 있다. 덧붙이는 실훈이다. '일하는 것처럼 놀고, 노는 것처럼 일하라.'

24. 논리를 부탁해

이 글의 결론을 먼저 이야기하면, 해부학 실습실에서 논리를 배운다는 것이다.

해부학 실습실은 시끄럽다. 학생끼리 쉬지 않고 말한다. 어떻게 해부했는지, 어떤 구조물을 찾았는지 따위를 쉬지 않고 말한다. 말할 때 중요한 것은 논리이다. 논리 없이 말하면 해부와 공부가 늦어지고, 따라서 미친 듯이 나가는 진도를 쫓아갈 수 없다.

미친 듯이 나가는 진도는 의과대학 공부의 한 특징이다. 의과대학 공부가 어려운 까닭은 깊기 때문이 아니라 넓기 때문이다. 의과대학을 졸업하고 전공의가 되면, 자기가 전공하는 과만 좁고 깊게 공부한다. 그러나 졸업하기 전에는 26개 임상 과를 넓고 얕게 공부한다. 의과대학 선생이 50분 강의 시간에 100장 넘는 슬라이드를 보여 주면서 수많은 병을 가르치는 것은 예삿일이다. 이처럼 넓고 얕게 공부할 때 더욱 필요한 것이 논리이다. 선생도 학생도 논리 있게 말해야 된다.

학생한테 거짓말을 하였다.
왜 오른쪽 허파는 엽이 3개이고, 왼쪽 허파는 엽이 2개입니까?

오른쪽은 3글자이고 왼쪽은 2글자이기 때문이다.
3개
2개

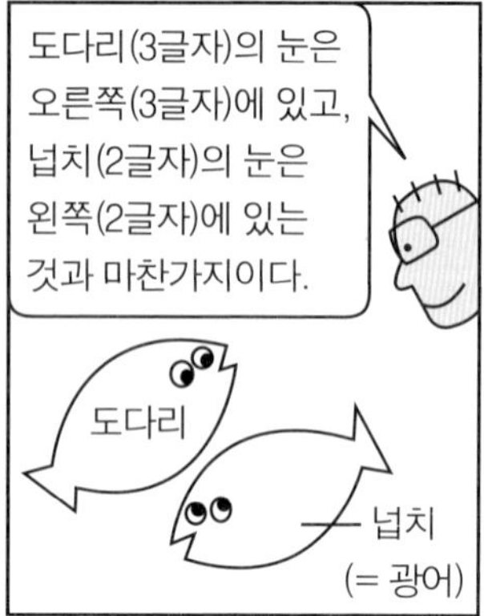
도다리(3글자)의 눈은 오른쪽(3글자)에 있고, 넙치(2글자)의 눈은 왼쪽(2글자)에 있는 것과 마찬가지이다.
도다리
넙치
(= 광어)

해부학 실습실에서도 미친 듯이 진도가 나가는데, 학생은 동료 학생한테 논리 있게 말해야 한다. 논리 있게 말하는 것은 별것이 아니다. 앞뒤 말이 이어지면 된다. 보기를 들면 다음과 같다. "오른쪽 허파는 3개 엽으로 나뉘어 있고, 왼쪽 허파는 2개 엽으로 나뉘어 있다. 왜 그렇지?" "심장이 왼쪽으로 치우쳐 있고, 따라서 오른쪽 허파보다 왼쪽 허파가 작아서 그렇다." 논리 있는 정답이다. 정답이 아니지만 이렇게 대답할 수 있다. "오른쪽은 3글자이니까 3엽이고, 왼쪽은 2글자이니까 2엽이다. 도다리와 넙치(광어)를 구별할 때 도다리(3글자) 눈은 오른쪽(3글자)에 있고, 넙치(2글자) 눈은 왼쪽(2글자)에 있다는 것과 비슷하다." 어처구니없지만 앞뒤 말이 이어지고, 허파엽의 개수를 외우는 데 도움 되니까 동료 학생이 좋아한다. 이런 식으로 끊임없이 말하기 때문에, 해부학 실습실은 논리를 배우기 알맞은 곳이다.

논리를 배워 두면, 의사가 된 다음에 동료 의사한테뿐 아니라 환자한테도 잘 써먹을 수 있다. 논리 있게 말해야 환자가 의사를 잘 따르므로 논리는 중요하다. 그리고 논리는 논문을 써서 먹고살 때에도 쓸모 있고, 나처럼 글을 써서 책을 펴낼 때에도 쓸모 있다.

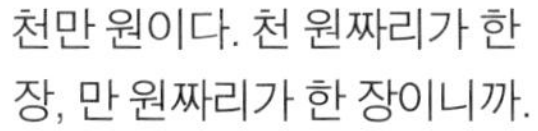

천만 원이다. 천 원짜리가 한 장, 만 원짜리가 한 장이니까.
10,000
1,000
다른 사람이 주는 세뱃돈과는 차원이 다르지?

너는 예쁜 한복을 입었으니까 오천만 원이다.
10,000
5,000
식당에서도 봉사료로 천만 원 아니면 오천만 원을 준다.

진짜 천만 원은 파란만장입니다. 파란색의 천 원짜리가 만 장이기 때문입니다.
1,000
헉! 학생이지만 고수이다.

게다가 논리는 사람과 어울릴 때에도 써먹을 수 있다. “나는 세뱃돈을 줄 때 천만 원 또는 오천만 원을 준다. 천 원과 만 원을 함께 주면 천만 원이고, 오천 원과 만 원을 함께 주면 오천만 원이다.” “진짜 천만 원은 파란만장이다. 파란색 천 원짜리가 만 장이기 때문이다.” 두 이야기는 논리가 있으니까 그럴 듯하고, 함께 웃어 넘기기 좋다.

이처럼 논리는 좋은 도구이다. 그러나 사기꾼은 논리를 흉기처럼 나쁘게 쓴다. 의사인 경우에는 논리로 환자를 속이고 해칠 수 있다. 따라서 의과대학 학생은 논리와 함께 인간성을 배워야 한다. 다른 말로 논리는 필요조건이지 충분조건이 아니다. 해부학 실습실에서 배우는 인간성은 다른 글에서 틈틈이 다루었다.

군대에 가면 먼저 훈련소에서 훈련받듯이, 의과대학에 가면 먼저 해부학 실습실에서 훈련받는다. 훈련소에서 싸우는 방법뿐 아니라 군인한테 필요한 것을 배우듯이, 해부학 실습실에서 해부학뿐 아니라 의사한테 필요한 것을 배운다. 그 중 하나가 짜임새 있는 논리이다.

25. 우파도 좌파도 옳다

해부학 실습을 시작할 때 선생은 조를 짜서 학생한테 알린다. 각 조는 1구의 시신과 4명 내지 8명의 학생으로 이루어진다. 학생 수가 다른 것은 의과대학마다, 그리고 해마다 시신 기증의 상황이 다르기 때문이다. 학생은 자기 조의 시신을 머리끝에서 발끝까지 해부한다.

해부학 실습 조가 짝수이면,
절반은 시신의 오른쪽을
해부하고(우파),
나머지 절반은 왼쪽을 해부
해서(좌파), 파벌이 생긴다.

각 조에서는 학생끼리 스스로 해부 역할을 나눈다. 제비뽑기로 우파와 좌파를 나누기도 한다. 우파는 시신의 오른쪽을 해부하는 학생이고, 좌파는 시신의 왼쪽을 해부하는 학생이다. 엉뚱한 이야기를 할 때도 있다. "왜 우익과 좌익이라고 부르지 않지?" "우리가 날개를 해부하지 않잖아? 사람은 천사가 아니잖아?"

학생이 서로 오른쪽을
해부하겠다고 다투었다.
너만
오른쪽을
해부하냐?
내가 언제?
오른쪽과 왼쪽이
똑같은데 왜 다투니?

이것은 해부학 책과 공책에
주로 오른쪽 그림이 있기
때문이었다.
위팔두갈래근
오른쪽 그림을 보면서
왼쪽을 해부하면 헷갈려요.

사람 몸이 대칭이니까 우파와 좌파는 똑같은 것을 해부하고, 따라서 공평하다. 그런데 나한테 해부학을 배우는 학생은 우파가 되고 싶어한다. 제비뽑기로 우파가 되면 기뻐한다. "야호! 나는 오른쪽을 해부한다."

오른쪽을 해부하고 싶은 것은 내가 강의하면서 칠판에 사람의 오른쪽을 그리기 때문이다. 팔도 오른쪽을, 다리도 오른쪽을, 몸통도 오른쪽을 그린다. 오른쪽과 왼쪽을 번갈아 그리면 헷갈리므로 한쪽만 그려야 한다. 그런데 왜 하필 오른쪽을 그릴까? 내가 진짜 우파, 다른 말로 보수적이기 때문일까? 거꾸로 진보적인 해부학 선생은 왼쪽을 그릴까? 아니다, 해부학 선생한테 보수와 진보는 아무 뜻이 없다.

오른쪽을 그리는 첫째 까닭은 병원에서 환자의 오른쪽을 먼저 보는 관습이 있기 때문이다. 책을 읽을 때 왼쪽부터 본다. 가로쓰기가 아닌 세로쓰기로 펴낸 옛날 책은 거꾸로지만. 의사는 대개 환자를 마주보는데, 책을 읽는 버릇대로 왼쪽부터 보면, 환자의 오른쪽부터 보게 된다.

주로 오른쪽을 그린 까닭을
설명했다.
오른쪽(right)은
옳은(right) 쪽이라고 생각해서
악수하거나 제사 지낼 때
주로 써 왔다.
그래서 해부학 그림도
주로 오른쪽을 그린 것이다.

둘째 까닭은 서양과 동양에서 오른쪽을 존중하는 관습이 있기 때문이다. 악수할 때에도 오른손을 쓰고, 제사 지낼 때에도 오른손을 쓴다. 오른손잡이가 왼손잡이보다 많아서 생긴 관습으로 짐작된다. 왼손잡이는 억울해도 따를 수밖에 없다. 오른쪽을 존중하는 관습은 낱말에도 나타난다. 영어에서 '오른'도 right이고, '옳은'도 right이다. 우리말에서 '오른'과 '옳은'의 발음이 비슷한데, 이것은 우연이 아니라 필연이라고 생각한다. 역시 왼손잡이는 억울해도 어쩔 수 없다. 하여튼 이런 관습 때문에 나는 사람의 오른쪽을 그려야 마음이 놓인다.

내가 옳은
쪽을
해부할래.
그러면 나는 그른
쪽을 하란 말이야?
그래, 너는 글러 먹었잖아.
시신을 거울에 비춰서 해부해!
저러다가 정들겠다.

제비뽑기로 좌파가 된 학생은 한숨을 내쉰다. “공책 그림은 사람의 오른쪽인데, 내가 해부하는 것은 시신의 왼쪽이다. 함께 보면 헷갈린다.” 마침내 엉뚱한 생각도 한다. “공책과 시신 중 하나를 거울에 비춰서 보자. 그러면 서로 들어맞으니까 헷갈리지 않을 것이다.” 이 글에서는 좌파가 해부할 때 헷갈리는 것을 부풀려서 썼다. 실제로 의과대학 학생은 좌우가 헷갈리는 것을 쉽게 이겨 낸다. 이겨 내지 못하면, 나중에 환자의 왼쪽을 어떻게 진료하겠는가?

내가 해부학을 배울 때
생긴 일이 생각났다.
교수는 엉덩관절(hip joint)을
열라고 말했고,
넙다리뼈머리인대
(ligament of head of femur)
따위를 볼 수 있기 때문이다.
조교는 엉덩관절을
열지 말라고 말했다.
주변의 근육을 보기
어렵기 때문이다.
한쪽은 열고,
다른 한쪽은 열지
않으면 되겠네.

우파와 좌파는 서로 다르게 해부해야 된다. 그래야 한 시신에서 많은 구조물을 한꺼번에 볼 수 있다. 보기를 들어서 한쪽 다리는 엉덩관절을 열어서 관절 속의 구조물을 보게 만들고, 다른 쪽 다리는 관절을 열지 않아서 관절 밖의 근육을 보게 만든다. 그런데 우파도 좌파도 관절을 열고 싶어하지 않는다. 그만큼 더 시간을 들여야 하기 때문이다. 어느 쪽에서 관절을 열까? 좌파가 왼쪽 근육을 잘 해부했다고 치자. 그런데 왼쪽 관절을 열면 잘 해부한 왼쪽 근육을 망가뜨려야 하므로 아깝다. 따라서 우파가 오른쪽 관절을 연다. 공들여 해부한 좌파는 관절을 열지 않고 쉬니까 보상을 받는 셈이다.

이처럼 해부학 실습실에서는 우파와 좌파가 올바르게 겨루고, 그 결과를 받아들인다. 그리고 우파와 좌파가 다른 것을 마땅하게 여기고 서로를 인정한다. 유치하게 파벌 싸움을 하지 않는다. 우파도 옳고 좌파도 옳다.

26. 펜이 칼보다 강하다

아스클레피우스의 지팡이와 뱀이 의학의 상징물이다.
지팡이는 사명감을, 뱀은 슬기를 뜻한다. 의대 학생은 둘 다 갖추어야 한다.
땅꾼
나도 둘 다 갖추었는데.

해부학의 상징물은 무엇입니까?
글쎄. 지팡이 대신에 칼을 넣어서 상징물로 쓸까?

칼과 뱀은 외과로 오해하기 쉽습니다. 진짜 칼잡이는 외과 의사이니까요.
그러면 뱀을 해부해서 만든 표본을 상징물로 쓸까?
슬기를 해부하다니.

외과 의사끼리 모여서 하는 말이다. “그 환자는 칼맛을 봐야 합니다.” 그 환자는 수술받아야 한다는 뜻이다. 외과 의사는 수술할 때 칼을 많이 쓰므로, 칼이 들어간 말을 종종 한다. 수술을 칼질이라고 부르고, 스스로를 칼잡이라고 부른다. 외과 의사를 낮추는 말 같은데, 실제로는 외과 의사의 자부심을 세우는 말이다. 약으로 치료하는 내과 의사와 달리, 칼로 치료하는 외과 의사는 화끈하다는 뜻을 담고 있다.

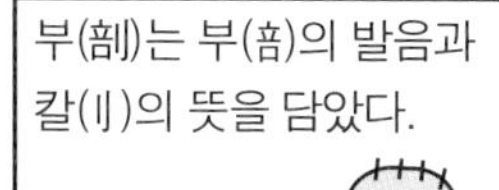

해부의 한자를 따져 보았다.
풀 해(解)
쪼갤 부(剖)
해(解)는 소(牛)에서 뿔(角)을
칼(刀)로 풀어 헤친다는
뜻을 담았고,
부(剖)는 부(咅)의 발음과
칼(刂)의 뜻을 담았다.

두 한자에 다 칼이 있다.
풀어 헤치고 쪼개려면
칼질해야 되니까.

그런데 이 한자는
꼭 알 필요가 없다고 본다.
해부의 한자가 뭐죠?
해부 해, 해부 부입니다.
내 이름의 한자는
해랑 해, 해랑 랑입니다.

해부학 선생도 칼을 많이 쓴다. 가위도 쓰고 집게도 쓰지만, 역시 으뜸 도구는 칼이다. 해부의 한자에서 '풀 해'는 소 뿔을 칼로 풀어 헤친다는 뜻을 담았고, '쪼갤 부'는 부의 발음과 칼의 뜻을 담았다. 두 한자에 모두 칼이 있는데, 풀어 헤치고 쪼개려면 칼질해야 되기 때문이다. 해부학의 영어인 아나토미(anatomy)에서도 '토미'는 칼로 자르는 것을 뜻한다.

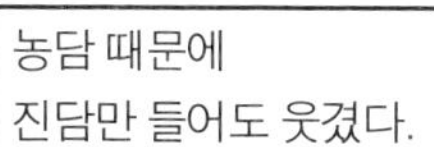

농담 때문에
진담만 들어도 웃겼다.

해부학 선생님한테 가장
어울리는 들온말(외래어)은
'카리스마(charisma)'입니다.

해부학 선생님은
무섭기 때문입니다.
(농담) 그리고 해부학 선생님
은 해부 칼이 있기 때문입니다.
칼 있으마.
그 다음부터는 '카리스마'라는
말만 들어도 웃겼다.

해부학 선생한테 칼이 있다고 해서 생긴 말장난이다. "해부학 선생은 '칼 있으마' 즉 카리스마(권위)를 갖추었고, 따라서 의과대학 학생이 해부학 선생한테 꼼짝 못한다." 칼이 있는 데에는 어디든지 카리스마가 있다. 따라서 식당 주인이 주방장한테 꼼짝 못하고, 남편이 살림하는 부인한테 꼼짝 못하는 것이다.

외과 의사는 칼을 써서 파괴도 하고 건설도 한다. 이를테면 암 조직을 떼어 내는 파괴도 하고, 기관을 이식하는 건설도 한다. 그러나 해부학 선생은 칼을 써서 파괴만 한다. 몸을 자르고 조직과 기관을 떼어 낼 뿐이다. 영화로 치면 파괴를 일삼는 악당이다.

해부학 선생님은 피부, 근육,
뼈 차례대로 해부하지만,
화가는 뼈, 근육, 피부
차례대로 그립니다.
나는 destructive하지만,
선생님은 constructive하고
creative하네요.

이런 해부학 선생과 달리 화가는 사람 몸을 건설한다. 해부학 선생은 팔다리를 해부할 때, 피부를 벗긴 다음에 근육을 잘라서 뼈까지 본다. 화가는 팔다리를 그릴 때, 뼈를 그린 다음에 그 위에 근육과 피부를 잇달아 그린다. 해부학이 파괴하는 과학이라면, 미술은 창조하는 예술이다.

외국 사람한테
내가 해부학자인 것을 밝혔다.
그랬더니 외국 사람이 물었다.
(영어로) 부처와
해부학자는
뭐가 다릅니까?
卍
불교의 부처가 영어로도
부처인가 보다.
(나중에 알고 보니까
Buddha였다.)
불교와 해부학의 다른 점을
이야기해야지.

부처는 종교를 위해서
일했지만, 해부학자는
과학을 위해서 일합니다.
?
부처는 해부학자와 달리
넋이 다른 몸으로 들어간다고
믿습니다.
알고 보니까 부처(butcher)
즉 푸줏간 주인과 해부학자의
다른 점을 물었던 것이다.
Buddha
butcher
맙소사! 해부학자의 수준이
부처에서 푸줏간 주인으로
갑자기 떨어졌다.

해부학에서 칼이 아무리 중요해도, 칼만 쓰면 안 된다는 이야기를 하겠다. 나는 어느 외국 사람한테 해부학 선생인 것을 밝힌 적이 있다. 그랬더니 외국 사람이 궁금한 것을 영어로 물었다. "부처와 해부학 선생은 뭐가 다릅니까?" 불교의 부처가 영어로 부다(Buddha)인데, 나는 영어로도 부처인 것으로 오해하였다. 그래서 불교와 해부학의 다른 점을 생각하면서 대답하였다. "부처는 종교를 위해서 일했지만, 해부학 선생은 과학을 위해서 일합니다. 부처는 해부학 선생과 달리, 넋이 다른 몸으로 들어간다고 믿습니다." 알고 보니까 부처(butcher) 즉 푸줏간 주인과 해부학 선생의 다른 점을 물었던 것이다. 둘 다 칼을 쓰기 때문에 뭐가 다른지 궁금했던 것이다. 오해를 푼 나는 다시 대답하였다. "푸줏간 주인도 고기를 잘 썰려고 공부하겠지만, 해부학 선생은 더 공부합니다. 실제로 해부학 선생은 칼로 해부하는 시간보다 펜으로 공부하는 시간이 더 많습니다. 칼은 강한 것이지만, 펜이 칼보다 강합니다."

해부학 시험의 비중에 대해서 학생이 나한테 따졌다.
해부학은 실습이 중요하다고 강조하면서
잘 따지는 학생이군.
네가 해부한 이 구조물이 뭐냐?
실습실에서 구술 시험을 자주 치르고,
땡 시험도 자주 치르는데,
땡!
왜 필기 시험이 실습 시험보다 비중이 큽니까?
그것은... 펜(필기 시험)이 칼(실습 시험)보다 강하기 때문이다.
억울하면 네가 해부학 선생을 하라고. 내가 학생을 할게. (진짜 바꾸자고 하면 어떡하지?)

의과대학 학생이 치르는 해부학 시험은 필기 시험과 실습 시험으로 나뉜다. 필기 시험이 실습 시험보다 큰 비중을 차지하는데, 이것을 따지는 학생이 있었다. "해부학 선생님은 실습이 중요하다고 힘주어 말하지 않습니까? 그리고 강의 시간보다 실습 시간이 많지 않습니까? 그런데 왜 필기 시험의 비중이 더 큽니까?" 나는 똑같이 대답하였다. "펜이 칼보다 강하다."

해부학과 관계 없이 분석할
때에도 해부한다고 말한다.
TV
사회 문제를
해부해
봤습니다.
사회 문제에 어떻게 칼질하지?

무엇을 분석할 때 해부한다고 말한다. 보기를 들면 언론에서 사회 문제를 해부한다고 말한다. 해부학 선생인 나는 이렇게 생각한다. '사회 문제에 어떻게 칼질하지? 기자가 진짜로 칼질하는 것이 아니라, 사회 문제를 알아보고 글 쓰는 것이다. 따라서 칼이 아닌 펜으로 해부한다고 생각한다. 기자의 글이 힘있는 것을 보면, 역시 펜이 칼보다 강하다.'

27. 영어보다 밥줄

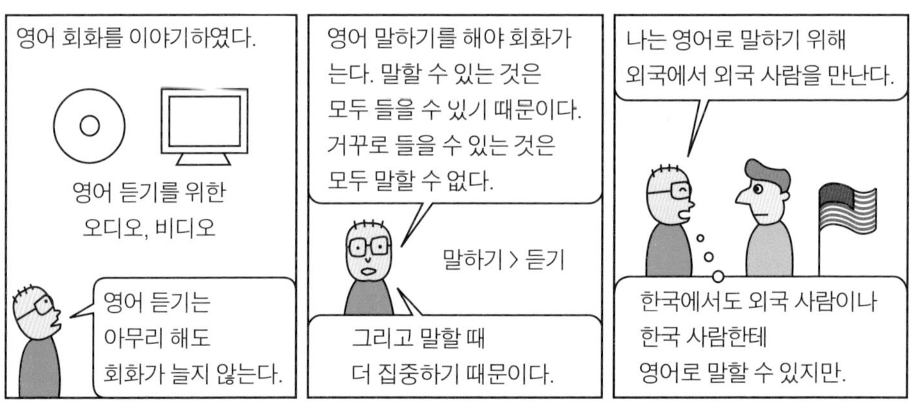

영어 회화를 이야기하였다.
영어 듣기를 위한 오디오, 비디오
영어 듣기는 아무리 해도 회화가 늘지 않는다.
영어 말하기를 해야 회화가 는다. 말할 수 있는 것은 모두 들을 수 있기 때문이다. 거꾸로 들을 수 있는 것은 모두 말할 수 없다.
말하기 > 듣기
그리고 말할 때 더 집중하기 때문이다.
나는 영어로 말하기 위해 외국에서 외국 사람을 만난다.
한국에서도 외국 사람이나 한국 사람한테 영어로 말할 수 있지만.

영어 회화를 잘하려면 듣기와 말하기 중에서 무엇을 익혀야 할까? 내가 겪은 바로는 말하기를 익혀야 한다. 옛날에 나는 영어 듣기를 위한 오디오, 비디오 교재로 공부하였는데, 실력이 늘지 않았다. 그러다가 외국 사람한테 서툰 영어로 말하니까 실력이 늘었다. 들을 때보다 말할 때 더 집중하기 때문이었다. 게다가 영어로 말하니까 영어로 듣는 실력도 늘었다. 들을 수 있는 것은 모두 말할 수 없지만, 말할 수 있는 것은 모두 들을 수 있기 때문이었다.

외국 사람한테 영어로 말하
려면 첫째, 돈이 있어야 한다.
$
외국 식당의 종업원은
돈을 벌려고 내 영어 주문을
골똘히 듣는다.

둘째, 지식이 있어야 한다.
국제 학술대회의 참가자는
지식을 얻으려고
내 영어 발표를 골똘히 듣는다.
Visible
Korean
내가 외국의 해부학 실습에
참가하면 학생이 내 영어
풀이를 골똘히 듣는다.

셋째, 재미가 있어야 한다.
국제 학술대회의 참가자는
즐거움을 얻으려고
내 영어 농담을 골똘히 듣는다.
Party
'해랑 선생의 일기'를
영어로 이야기하기 때문이다.

이처럼 중요한 영어 말하기를 하려면 셋 중 하나가 있어야 한다. 첫째는 돈이다. 내가 미국의 식당에 들어갔다고 치자. 식당 종업원은 내 영어 주문을 골똘히 듣는데, 내가 돈을 내기 때문이다. 그 돈은 내가 해부학을 가르치고 연구해서 번 것이다.

둘째는 지식이다. 나는 미국에 연수 가서 해부학 실습을 도왔다. 영어 어휘가 모자라고 영어 발음이 나빠도 해부학을 쉽게 외울 수 있게 풀이하니까, 미국 학생이 고마워하면서 들었다. 어떤 학생은 고맙다고 나의 서툰 영어를 다듬어 주었다. 나는 학생한테 해부학을 가르치고, 학생은 나한테 영어를 가르친 셈이었다.

나는 한국의 해부학 실습실에서 같은 이야기를 되풀이하지 않는다. 10개의 조가 있으면, 10명의 조 대표를 불러서 이야기한다. 그러면 조 대표가 내 이야기를 나머지 학생한테 전달한다. 그런 내가 미국에서는 친절하게도 각 조한테 같은 이야기를 되풀이하였다. 조마다 조금씩 다르게 표현하였고, 그러면서 영어로 말하는 실력이 부쩍 늘었다. 학생을 위해서가 아니라 나를 위해서 해부학을 가르쳤던 것이다.

셋째는 우스갯소리이다. 미국에서 해부학 실습을 마치면, 종종 학생과 밥을 먹거나 맥주를 마셨다. 그런 자리에서 공부 이야기를 할 수 없지 않은가? 점잖은 내용도 어울리지 않는다. 오래 이야기할 수 있는 것은 우스갯소리뿐이다.

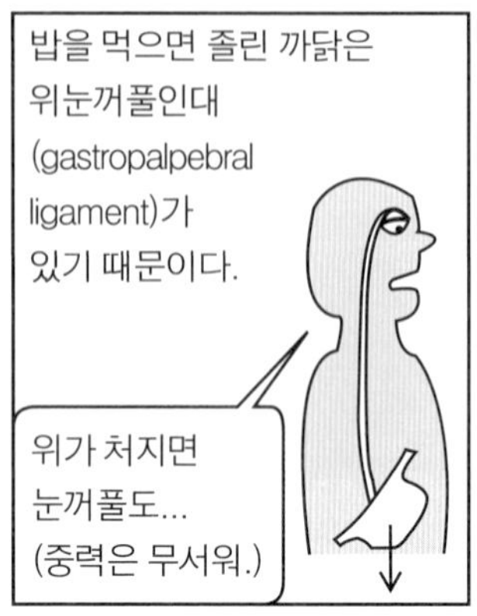
밥을 먹으면 졸린 까닭은
위눈꺼풀인대
(gastropalpebral
ligament)가
있기 때문이다.
위가 처지면
눈꺼풀도...
(중력은 무서워.)

나는 해부학과 관련된 우스갯소리를 이야기하였다. "밥을 먹으면 졸린 까닭은? 밥을 먹으면 중력 때문에 위가 내려가는데, 이때 위눈꺼풀도 함께 내려간다. 위와 위눈꺼풀을 잇는 인대가 있기 때문이다." 해부학을 아는 나한테는 어렵지 않은 영어이고, 미국 학생은 조금만 웃겨도 잘 웃어 준다.

우스갯소리가 아닌 진짜 까닭은 다음과 같다. "밥을 먹으면 혈액이 위창자로 쏠리고, 그만큼 혈액이 뇌로 가지 않아서 졸리다." 정말 졸리고 지루한 이야기이다. 미국에서 어떤 사람을 흉볼 때에는 지루하다고 말한다. 지루하니까 그 사람과 어울리지 말라는 뜻이다. 미국에서 잘 어울리고 영어로 실컷 말하려면, 우스갯소리를 지니고 있어야 한다.

돈, 지식, 재미는 영어뿐
아니라 한국말을 할 때에도
필요합니다.
특히 여자를 꼬일 때.
맞다. 결국 한국말을 잘하는
사람이 영어도 잘하는 법이다.

이제까지의 글을 읽고 이렇게 따질 수 있다. "돈, 지식, 우스갯소리는 한국말을 할 때에도 필요하지 않습니까? 특히 이성을 꼬일 때 필요하지 않습니까?" 나는 이렇게 대꾸한다. "맞습니다. 한국말을 잘하는 사람이 영어도 잘하는 법입니다. 이성을 꼬이는 것과 외국 사람을 사귀는 것은 다르지 않습니다."

영어 회화를 잘하려고 투자하는 것은 바람직하다. 그런데 나는 자기의 전공, 즉 자기의 밥줄에 더 투자하라고 권한다. "밥줄 덕분에 돈을 벌고, 밥줄에 관한 지식과 우스갯소리를 알면, 영어로 얼마든지 말할 수 있습니다."

그리고 영어 회화보다 밥줄에 관한 영어를 읽고 쓰는 데 투자하라고 권한다. "나는 해부학 만화를 영어로 번역해서 책을 펴냈습니다. 영어 회화를 잘하는 사람은 헤아릴 수 없이 많지만, 영어 해부학 만화책을 펴낸 사람은 전세계에서 나뿐입니다. 만화책이 별로 안 팔렸지만, 그래도 전세계에서 나뿐입니다." 간추려서 하고 싶은 말이다. "다른 사람의 영어를 부러워하지 말고, 다른 사람이 당신의 밥줄을 부러워하게 만드십시오. 영어보다 밥줄이 먼저입니다."

28. 사람과 숫자를 외워?

나는 중고등학교 학생일 때 국사, 세계사 과목이 싫었다. 사람과 숫자를 외우는 것이 싫었기 때문이다. 누가 몇 년에 무엇을 했고, 또 누가 몇 년에 무엇을 했고... 무엇을 했는지는 외울 만했지만, 사람과 숫자는 도저히 외울 수 없었다. 국사, 세계사가 얼마나 싫었는지 방송에 나오는 역사극도 보기 싫었다.

임상에서 쓰는 용어는
사람 이름이 많은데,
사람 이름은
알맞은 정보가 아니다.
방실다발(atrioventricular bundle) = His bundle
가쪽고랑(lateral sulcus) = Sylvian fissure
=3
아무리 훌륭한 사람이라도
이름을 용어로 쓰면,
욕이 나온다. (나는 친한
사람의 이름도 못 외우는데.)

의과대학 학생일 때에도 사람과 숫자를 외우느라 애먹었다. 병, 진단, 치료에 사람의 이름이 너무 많았다. 이를테면 히르슈슈프룽(Hirschsprung)이 발견한 병은 히르슈슈프룽병이었다. "나는 날마다 보는 사람의 이름도 못 외우는데, 본 적도 없는 사람의 이름을 어떻게 외우란 말인가? 그 사람을 존경하지만 좋아하지는 않는다." 그리고 이렇게 투덜거렸다. "히르슈슈프룽'씨'병이라고 읽는 사람도 있는데, 나는 좋아하지 않는 사람한테 '씨'를 붙일 생각이 전혀 없다."

의과대학에서는 외워야 할 숫자도 끊임없이 나왔다. 어느 약을 하루에 몇 그램씩 며칠 동안 먹어야 하고, 그러면 5년 생존율이 몇 퍼센트이고... "숫자를 억지로 외우기도 힘들지만, 시험 치르고 나면 외운 숫자를 금방 잊어서 맥이 빠진다. 의사가 된 다음에 외워도 늦지 않을 텐데."

해부학이 숫자를 외우는
과목이 아니라고 가르쳤다.
각 기관(organ)의 크기,
무게를 외워야 되겠지?
예.
나쁜 소식?
외우지 마라.
이해가 뒤따르지 않는 숫자는
외울 필요가 없다.
숫자는 빨리 잊잖아.
숫자를 묻는 문제는
내기도 좋고
채점하기도 좋지만...
좋은 소식!

의과대학을 졸업하고 해부학 선생이 되어서 알아챈 것이 있었다. 사람과 숫자는 시험 문제로 내기도 편하고 채점하기도 편하다는 것을. 적혈구에 관해서 쓰라고 문제 내면 정답이 여럿이지만, 적혈구의 지름을 쓰라고 문제 내면 정답이 하나뿐이었다. 특히 객관식 시험 문제는 사람과 숫자로 아주 편하게 낼 수 있었다. 나는 해부학 선생이 되었을 때 정의감이 가득하였기에 이렇게 다짐하였다. "나는 편하게 가르치려고 학생을 불편하게 만들지 않겠다."

다행히 공식 해부학 용어에는 사람의 이름이 없다. 유스타키오가 발견한 관을 유스타키오관이라고 하는데, 해부학 용어는 귀관, 다른 말로 귀인두관이다. 귀에 있는 관, 다른 말로 귀와 인두를 잇는 관이기 때문이다. 오랜만에 친구를 만났을 때, 이름을 잊어도 별명은 잊지 않는다. 이름과 달리 별명은 그 친구의 특징을 잘 담고 있기 때문이다. 마찬가지로 사람의 이름을 몰아낸 해부학 용어는 그 구조물의 특징을 잘 담고 있어서 외우기 쉽다.

해부학 선생이 나쁘게 마음 먹으면, 숫자를 얼마든지 가르칠 수 있다. 각 기관의 크기, 무게에서 각 근육의 길이, 너비, 두께까지 숫자가 끝없이 나온다. 나는 이런 숫자를 가르치지 않는다. 해부학 책에 나오는 숫자도 시험에 내지 않겠다고 말해서 학생을 안심시킨다.

허파꽈리는 작지만 아주 많기 때문에 모든 허파꽈리의 표면적은 70 m2이다.
안타깝게도 70 m2(=21평)보다 좁은 집에서 사는 사람이 많다.
사람의 혈관은 길이가 12만km이니까, 지구 세 바퀴를 도는 셈이다. 꽤 길지?
청개구리
해부학 내용이지만, 이 숫자는 외울 필요가 없다.
외우지 말라니까 외우고 싶네요.

그래도 숫자를 이야기할 때가 있다. “양쪽 허파의 허파꽈리 표면적을 더하면 70㎡(21평)이다. 자기의 허파꽈리보다 좁은 집에서 사는 사람이 많다.” “모세혈관을 포함한 혈관의 길이는 12만㎞다. 한 사람의 혈관이 지구를 세 바퀴 돌 수 있다.” 학생은 이 숫자를 보고, 사람 몸에 허파꽈리와 혈관이 많다고 이해하면 된다. 굳이 숫자를 외울 필요가 없다.

그러나 중요한 숫자는 외워야 한다고 가르쳤다.
간니(permanent teeth)의 개수는?
숫자는 무조건 몰라요. 약오르죠?

이해가 뒤따르는 숫자는 외워야 한다. 이놈아.
넓적다리로 치아를 누르다니.
치(齒)아에 8(八)이 4개 있으니까 32개라고 외워라.

그러나 외워야 할 숫자도 있다. "젖니는 20개이고, 간니는 32개이다." 이 숫자는 뜻있으며, 그래서 시험에 낸다. 그런데 뜻있는 숫자는 외우기 쉬워서 학생을 괴롭히지 않는다.

해부학을 비롯한 모든 과목에서 선생과 학생은 다르게 생각한다. 선생은 자기가 가르치는 과목을 깨닫는 과목으로 여기고, 학생은 자기가 배우는 과목을 외우는 과목으로 여긴다. 누구의 생각이 맞는지는 칼자루를 쥐고 있는 선생이 하기 나름이다. 즉 깨닫는 과목으로 만들려면, 무턱대고 외우게 하지 말아야 한다. 나는 나빴던 기억을 떠올리면서 감히 말한다. "국사, 세계사 선생님과 의과대학 선생님은 이 글을 읽었습니까? 요즘에도 사람과 숫자를 외우게 합니까?"

29. 영어 용어 외우기

의대 학생은 무슨 수를
써서라도 외우고 만다.
전화번호부를
주니까 버릇대로
외우려고 함.
외우는 방법이 무엇일까?

전화번호부를 모르면 젊은 세대이고, 알면 늙은 세대이다. 1980년대에는 집에도 직장에도 전화기 옆에 전화번호부가 있었다. 그때 의과대학의 동료 학생이 터무니없는 말을 하였다. "전화번호부 한 쪽을 외우는 데 며칠 걸릴까? 너 같으면 어떻게 외우겠니?" 외우는 데 워낙 길들여진 탓에 내던진 말이었다. 의과대학 학생이 수많은 의학 용어를 외우다 보면, 스스로를 외우는 기계로 여긴다. "컴퓨터에서 저장하고 지우기를 되풀이하는 것처럼, 머리에서 외우고 잊기를 되풀이한다." 의과대학에 들어오려는 학생은 이것을 견딜 수 있는지 생각하기 바란다.

의과대학 과목 중에서 해부학은 외우는 비중이 크다. 1,000개가 훨씬 넘는 해부학 용어를 외워야 한다. 그것도 영어를 외워야 하는데, 첫째 까닭은 의사가 되면 영어로 쓴 책과 논문을 읽어야 하기 때문이다. 둘째 까닭은 환자와 말할 때에는 우리말을 쓰지만, 동료 의사와 말하거나 의무 기록을 적을 때에는 영어를 쓰기 때문이다. 학생이 영어 용어를 먼저 외우면, 쉬운 우리말 용어는 나중에 별 부담 없이 외울 수 있다.

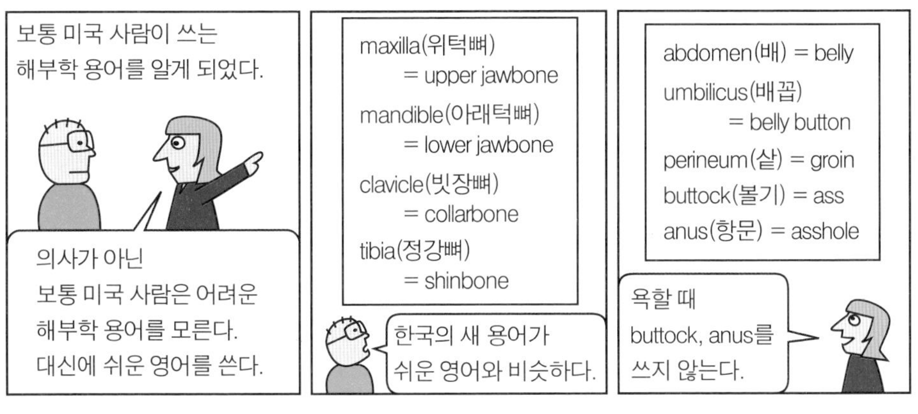
보통 미국 사람이 쓰는
해부학 용어를 알게 되었다.
의사가 아닌
보통 미국 사람은 어려운
해부학 용어를 모른다.
대신에 쉬운 영어를 쓴다.
maxilla(위턱뼈)
= upper jawbone
mandible(아래턱뼈)
= lower jawbone
clavicle(빗장뼈)
= collarbone
tibia(정강뼈)
= shinbone
한국의 새 용어가
쉬운 영어와 비슷하다.
abdomen(배) = belly
umbilicus(배꼽)
= belly button
perineum(샅) = groin
buttock(볼기) = ass
anus(항문) = asshole
욕할 때
buttock, anus를
쓰지 않는다.

또 다른 문제는 일상 용어가 아닌, 전문 용어를 외워야 한다는 것이다. 무릎뼈의 경우에는 쉬운 니캡(kneecap)이 아닌, 어려운 퍼텔러(patella)를 외워야 한다. 미국에서 오래 살다 온 학생한테도 전문 용어가 어렵다. 게다가 근육은 관습에 따라 라틴어를 외워야 한다. 알통 근육인 위팔두갈래근의 경우에는 바이셉스 브레이키아이(biceps brachii)를 외워야 한다. 생물학에서 영어인 휴먼(human)보다 라틴어인 호모 세이피언즈(Homo sapiens)가 어려운 것과 마찬가지이다.

해부학 시간에
학생의 발음을 듣고 놀랐다.
이게 뭐지?
톤구에(tongue)
입니다.

하긴 나도 해부학을
배울 때에는 영어를 철자대로
읽었다.
latissimus
dorsi
라티스시무스
도르시
깔깔.
이렇게 읽으면 창피하지만
철자를 외우기 쉽다.

외워야 할 영어 용어가 많아서 발음기호를 찾을 틈이 없다. 영어 발음은 나중에 바로잡아도 괜찮다고 생각하고, 철자대로 읽는 학생이 많다. 보기를 들면 쓸개의 영어를 '갈블래더(gallbladder)'라고 읽는 것이다. 나는 제대로 읽으라고 가르친다. "공의 영어를 '볼(ball)'이라고 읽는 것처럼 쓸개의 영어를 '골블래더'라고 읽어라." 학생은 비뚤게 대꾸한다. "차라리 공의 영어를 '발'이라고 읽겠습니다." "그러면 축구의 영어(football)는 '풋발' 즉 '발발'이냐?" 학생한테 중요한 것은 발음이 아니라 철자이다. 발음이 틀리면 창피할 뿐이지만, 철자가 틀리면 시험 성적이 나쁘기 때문이다.

학생이 해부학 책을 아무리 읽어도 용어를 잘 못 외우는데, 신기하게도 해부학 실습실에서 그 구조물을 만지면 곧잘 외운다. 아기가 만지면서 낱말을 외우는 것과 비슷하다. '코코코코!'라는 놀이를 떠올리면 된다. 게다가 동료 학생과 그 용어로 이야기하면 더 잘 외운다. 아기가 엄마와 이야기하면서 낱말을 외우는 것과 비슷하다. 따라서 해부학 용어는 머리로 외우지 않고, 아기처럼 손과 입으로 외운다고 한다.

영어 해부학 용어를
어떻게 외우는지 알려 주었다.
LA
미국 LA(Los Angeles)에는
범죄자(criminal)가 많아서
많은 피해자가 눈물을 흘린다.
따라서 LAcrimal gland가
눈물샘이다.
LAcrimal gland
LA가 미국의 LAteral에 있는
것처럼, LAcrimal gland는
눈확(orbit)의 LAteral에 있다.

또한 학생은 외우는 요령을 찾는데, 보기를 하나 들면 다음과 같다. 미국 영화를 보면 엘에이(LA)에 범죄자 즉 크리미널(criminal)이 많고, 따라서 많은 피해자가 눈물을 흘린다. 두 영어를 합쳐서 고친 래크리멀(LAcrimal)이 눈물의 형용사이고, 래크리멀 글랜드(LAcrimal gland)가 눈물샘이다. 이렇게 외우는 요령을 찾으면 동료 학생한테 알려 주고, 기록으로 남겨서 후배한테 물려주기도 한다.

해부학은 외우는 과목이다. 그런데 해부학에서 외우는 것은 이해가 뒤따른다. 나는 해부학이 구구단과 비슷하다고 본다. 둘 다 일찍 배워야 되고, 둘 다 외워야 되고, 둘 다 원리를 이해해야 되고, 둘 다 제대로 응용해야 된다. 처음에 말한 대로 전화번호부를 무턱대고 외우는 것은 나쁜 공부이지만, 사람 몸을 이해하면서 외우는 것은 좋은 공부이다.

30. 쉬운 우리말 용어

의사의 중요한 일 하나는 환자한테 병을 알려 주는 것이다. 첫째 의사가 이렇게 말한다고 치자. “제부에서 촉지되는 연종괴가 허니아로 의심됩니다. 감별진단 후 외과로 전과하겠습니다.” 둘째 의사는 같은 내용을 이렇게 말한다. “배꼽 부위에서 만져지는 것이 바깥으로 튀어나온 창자 같습니다. 더 검사한 다음에 외과로 옮기겠습니다.” 환자는 둘째 의사의 말을 잘 알아듣고 따를 것이다. 실제로 의사가 쉽게 풀이하면, 병을 치료하는 데 도움이 된다.

의사가 쉽게 풀이하려면 의학 용어가 쉬워야 하고, 의학 용어의 바탕인 해부학 용어부터 쉬워야 한다. 따라서 대한해부학회는 1990년부터 어려운 해부학 용어를 쉽게 바꾸었다. 이를테면 디음과 같다.

상완→위팔, 관골→광대뼈, 슬관절→무릎관절, 건→힘줄, 구개→입천장, 소장→작은창자, 담낭→쓸개, 신장→콩팥, 안검→눈꺼풀.

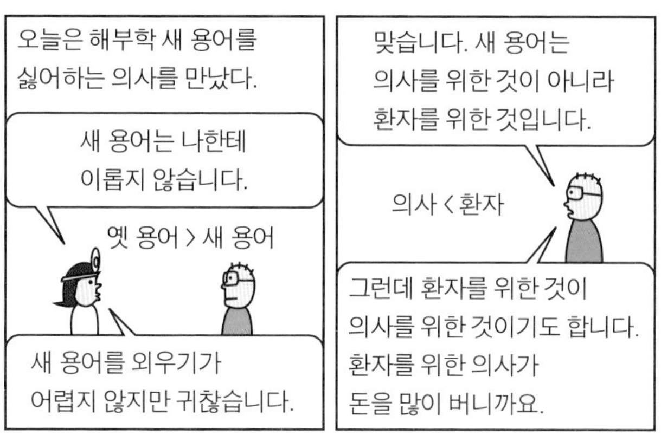
오늘은 해부학 새 용어를
싫어하는 의사를 만났다.
새 용어는 나한테
이롭지 않습니다.
옛 용어 > 새 용어
새 용어를 외우기가
어렵지 않지만 귀찮습니다.
맞습니다. 새 용어는
의사를 위한 것이 아니라
환자를 위한 것입니다.
의사 < 환자
그런데 환자를 위한 것이
의사를 위한 것이기도 합니다.
환자를 위한 의사가
돈을 많이 버니까요.

이렇게 쉬운 새 용어를 싫어하는 사람이 있을까? 있다, 일부 의사가 싫어한다. 어렵게 외운 옛 용어를 버리기가 아깝고, 새 용어를 익히기가 귀찮기 때문이다. "슬관절 대신에 무릎관절을 써서 의사한테 이로울 것이 없습니다." 나는 이렇게 대꾸한다. "세종대왕이 만든 한글은 양반이 아닌 평민을 위한 것이었습니다. 마찬가지로 새 용어는 의사가 아닌 환자를 위한 것입니다. 환자를 위해 조금만 양보하십시오. 그런데 환자를 위한 것이 의사를 위한 것이기도 합니다. 환자를 위한 의사한테 돈과 명예가 따르니까 그렇습니다."

의사는 어려운 의학 용어를
바꾸지 않으면서,
어려운 법률 용어를
바꾸기 바란다.
법률 용어
의사가 먼저 모범을
보여야 한다.

나는 말을 덧붙인다. "법률가는 법률 용어를 쉽게 바꾸고 있습니다. 도과한→

지난, 궐한→빠진, 개전의 정→뉘우치는 빛. 쉬운 법률 용어도 법률가를 위한 것이 아니라 비법률가를 위한 것입니다. 이처럼 어렵게 배운 전문 용어를 쉬운 말로 바꾸는 것이 기득권을 버리는 것입니다. 법률가보다 의사가 먼저 기득권을 버려서, 다른 사람의 존경과 사랑을 받아야 되지 않겠습니까?"

나는 강의실에서 영어 용어로 가르친 다음에, 실습실에서 우리말 새 용어로 가르친다. 새 용어를 이렇게 따지는 학생이 있다. "아직도 쓸개라고 말하는 의사보다 담낭이라고 말하는 의사가 많습니다." 나는 새 용어로 말하라고 구슬린다. "내가 어릴 때에는 기생충 없는 사람보다 기생충 있는 사람이 많았다. 그때에는 기생충 있는 것이 옳았겠냐? 많다고 꼭 옳은 것이 아니다. 많은 의사가 담낭이라고 말해도, 너는 쓸개라고 말해라."

subarachnoid space 문제를 우리말 옛 용어로 냈을 때가 생각났다.
(문제) 지주막하강에 대해서 쓰시오.
(대답) 거미처럼 생긴 막의 밑에 있는 공간이다.
이렇게만 써도 점수를 조금 주었다.
문제를 다시 썼을 뿐인데.

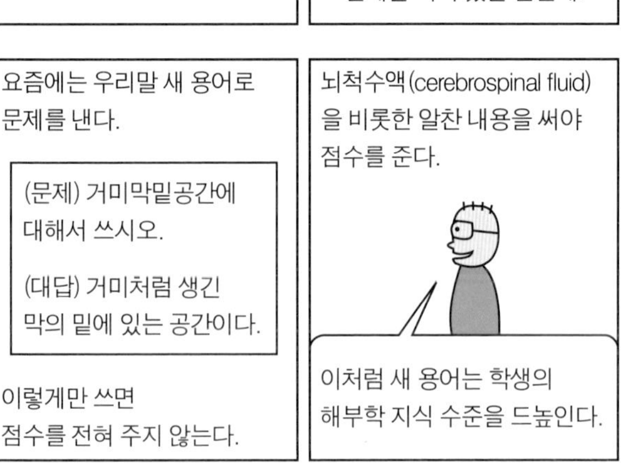
요즘에는 우리말 새 용어로 문제를 낸다.
(문제) 거미막밑공간에 대해서 쓰시오.
(대답) 거미처럼 생긴 막의 밑에 있는 공간이다.
이렇게만 쓰면 점수를 전혀 주지 않는다.
뇌척수액(cerebrospinal fluid)을 비롯한 알찬 내용을 써야 점수를 준다.
이처럼 새 용어는 학생의 해부학 지식 수준을 드높인다.

새 용어로 가르치면 학생이 더 똑똑해진다. 옛날 해부학 시험에 이런 문제가 있었다. “지주막하강에 대해서 쓰시오.” 학생이 이렇게 답을 써도 점수를 조금 주었다. “거미처럼 생긴 막의 밑에 있는 공간이다.” 그런데 요즘에는 새 용어로 문제를 낸다. “거미막밑공간에 대해서 쓰시오.” 옛날처럼 문제를 풀어서 쓰면 점수를 주지 않고, 뜻있는 내용을 써야 점수를 준다. 지주막하강처럼 어려운 일본 한자를 외울 시간에 뜻있는 내용을 외우는 것이 나중 환자를 위해서 훨씬 낫다.

요즘 전국의 해부학 선생은 새 용어로 가르치고, 따라서 의과대학 학생은 해부학 실습실에서 새 용어로 이야기를 주고받는다. 이 학생이 의사로 자리잡으면, 옛 의학 용어가 사라질 것이다. 그러므로 해부학 실습실은 새 의학 용어가 뿌리를 내리는 곳이라고 말할 수 있다.

세종대왕이 만든 한글도 양반을 위한 것이 아니라 평민을 위한 것이었습니다.
양반 < 평민
오래 걸렸지만, 한글이 한자를 이겼습니다. 이제는 신문에서도 한자가 없어졌습니다.
마찬가지로 마침내 새 용어가 옛 용어를 이길 것입니다.
옛 용어 < 새 용어
옛 용어, 새 용어 중 어느 것이 좋다고 우길 필요도 있지만, 세종대왕처럼 멀리 내다볼 필요도 있습니다.

1980년대까지만 해도 신문에 한자가 가득 있었기 때문에, 고등학교에서 한자를 많이 외워야 신문을 읽을 수 있었다. 조선 시대에 양반만 글을 읽은 것과 비슷하였다. 다행히 요즘에는 한자가 사라져서 어린이도 신문을 읽을 수 있다. 중국, 일본에서 우리를 부러워하는 것이다. 한자가 사라져서 잃은 것도 있지만 얻은 것이 훨씬 많다. 마찬가지로 새 의학 용어가 자리잡으면 얻을 것이 많다. 쉬운 말이 좋은 말이고, 좋은 말이 끝내 이긴다.

31. 못생겨도 괜찮아

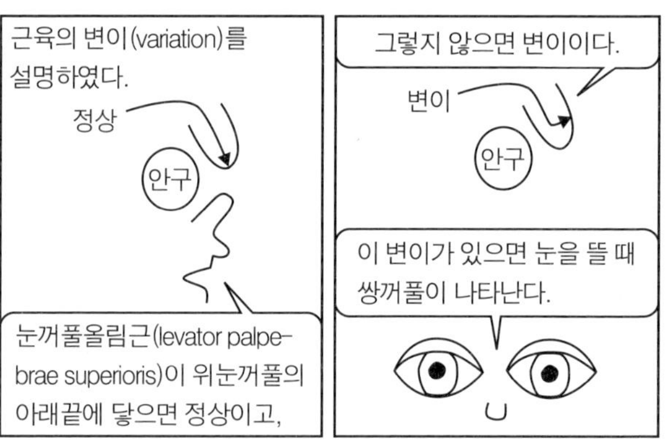
근육의 변이(variation)를 설명하였다.
정상
안구
눈꺼풀올림근(levator palpebrae superioris)이 위눈꺼풀의 아래끝에 닿으면 정상이고,
그렇지 않으면 변이이다.
변이
안구
이 변이가 있으면 눈을 뜰 때 쌍꺼풀이 나타난다.

사람마다 얼굴이 다르게 생겼고, 지문도 다르게 생겼다. 사람마다 다르게 생긴 것으로 눈의 조리개, 치아 따위도 있는데, 모두 개인을 식별하는 데 쓸 수 있다. 시신을 해부해서 보면, 속에 있는 구조물도 사람마다 다르게 생겼다. 예를 들자면, 어느 동맥이 둘로 갈라진 사람도 있고, 셋으로 갈라진 사람도 있다.

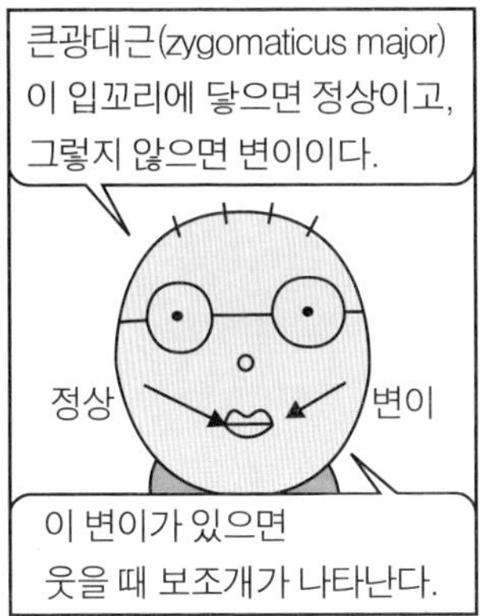
큰광대근(zygomaticus major)
이 입꼬리에 닿으면 정상이고,
그렇지 않으면 변이이다.
정상
변이
이 변이가 있으면
웃을 때 보조개가 나타난다.

선천기형(congenital
malformation)과 달리 변이는
쓰임새에 문제가 없다. 따라서
쌍꺼풀, 보조개가 있는 친구를
불쌍하게 보면 안 된다.
불쌍하다뇨? 우리는 부러워서
미용 수술을 받으려고 하는데.

이처럼 겉과 속에 있는 구조물이 사람마다 다르게 생긴 것을 변이라고 부른다. 변이는 생김새가 다를 뿐이지 쓰임새는 괜찮다. 쓰임새가 괜찮지 않으면 기형이라고 부른다. 동맥이 둘로 갈라져도 셋으로 갈라져도, 혈액을 내보내는 동맥의 쓰임새는 괜찮다. 지문이 다르게 생겨도, 손가락바닥을 미끄러지지 않게 하는 지문의 쓰임새는 괜찮다. 쌍꺼풀과 보조개도 쓰임새에 문제가 없다.

많은 사람은 자기 얼굴이 못생긴 것을 대수롭게 여기는데, 해부학 선생인 나는 대수롭지 않게 여긴다. "얼굴이 못생긴 것은 변이이지, 기형이 아니다. 따라서 나는 못생긴 얼굴을 아무 데서나 뻔뻔하게 내민다."

변이, 기형과 얽힌 의학 용어는 선천, 후천이다. 선천은 태어나기 전에 결정되는 것이고, 후천은 태어난 다음에 결정되는 것이다. 변이는 태어나기 전에 결정된다. 지문의 경우, 태어나기 전에 결정된 것이 죽을 때까지 바뀌지 않는다. 즉 변이는 '선천변이'만 있고 '후천변이'가 없다. 따라서 '선천변이'라고 부르지 않고 간단하게 '변이'라고 부른다.

그러나 기형은 '선천기형'도 있고 '후천기형'도 있다. '선천기형'은 부모의 유전자 때문에 또는 임신부가 잘못 먹은 약 때문에 생길 수 있다. 보기를 들면 입술갈림, 입천장갈림이며, 이것은 쓰임새가 괜찮지 않아서 수술로 치료해야 된다. '후천기형'은 살면서 겪는 사고와 병 때문에 생길 수 있다. 보기를 들면 교통 사고로 생긴 기형이며, 역시 쓰임새가 괜찮지 않다.

해부학 선생은 의과대학 학생한테 변이만 가르치고, 기형을 가르치지 않는다. 기형은 임상의학 선생의 몫이기 때문이다. 해부학 선생이 변이를 가르치는 방법은 간단하다. 학생한테 자기 조의 시신뿐 아니라 다른 조의 시신도 보게 하는 것이다. 그러면 학생은 시신이 서로 다르게 생긴 것을 스스로 깨닫는다. 의사가 된 다음에 환자의 변이를 봐도 어리둥절하지 않고, 차분하게 대처한다.

다른 조의 시신을 봐야 하는 까닭이 또 있다. 남성과 여성의 구조를 견주어야 하기 때문이다. 남성 시신을 해부한 학생이 나중에 산부인과를 전공할 수 있으며, 따라서 여성 시신의 생식계통을 봐야 한다. 학생이 다른 조의 시신을 보게 하는 방법은 모든 조의 시신을 실습 시험 문제로 내는 것이다.

해부학 실습실에서
연수란 말을 들었다.
연수를 다녀올게.
?
숨뇌(medulla oblongata)의
옛 용어인 연수를 다녀오나?
알고 보니까, 다른 조에 가서
해부를 배우는 것이었다.
!
어떻게 해부했는지
가르쳐 줘라.

학생이 다른 조의 시신을 보러 갈 때 연수 간다고 부풀려서 말한다. "다른 조에 연수 가서 해부한 것을 보고 올게." 별일도 아닌데 연수 간다고 말하니까, 의사인 것처럼 보인다. 어린이가 병원 놀이를 하면서 의사인 척하듯이, 의과대학 학생도 병원 놀이를 하면서 의사인 척한다.

시신의 변이를 조사하는 것은 해부학 선생의 연구 중에서 가장 전통 있는 것이다. 여러 시신을 해부해서 어느 구조물의 변이를 유형으로 나누고, 각 유형의 빈도를 구한다. 또는 어느 구조물의 길이를 재서 성별, 나이에 따른 차이를 살핀다.

변이 조사는 비싼 장비와 시약을 쓰지 않고, 해부학 선생의 손과 눈으로 해야 하므로 고달프다. 게다가 비싼 장비와 시약을 쓰지 않는다고 연구비를 넉넉하게 받지 못하므로 더 고달프다. 그래도 한국의 해부학 선생은 사명감을 갖고 부지런히 변이를 조사하고 있다. 아울러 국제 학술지 논문을 많이 만들어서 외국에서도 인정받고 있다. 변이는 해부학 선생의 연구 대상이며, 따라서 변이 덕분에 해부학 선생이 먹고 산다고 말할 수 있다.

32. 땡 시험

의과대학 학생에 대해서 오해하는 사람이 있으면, 나는 그 오해를 풀어 줘야 직성이 풀린다. "의과대학 학생은 부지런하니까 공부를 찾아서 하죠?" "아니요, 틈만 나면 놉니다. 억지로 시켜야 공부하는 것이 학생의 본성입니다. 의과대학 학생이라고 다를 리가 있겠습니까?"

해부학만 낙제했는데,
의대의 학년 낙제 제도 탓에
다른 기초 의학 과목도
다시 수강해야 됩니다.
의대 학생은 꼴찌로 졸업해도
의사가 된다. 따라서 공부하지
않은 학생은 낙제해야 된다.

억지로 시키는 방법은 누가 뭐래도 시험이다. 의과대학 학생은 시험을 몹시 두려워하는데, 시험 성적이 나쁘면 학년 낙제를 하기 때문이다. 과목 낙제는 다음 해에 낙제한 과목만 듣는데, 학년 낙제는 다음 해에 모든 과목을 듣는다. 그래서 과목 낙제는 웃으면서 하고, 학년 낙제는 울면서 한다는 말이 있다. 게다가 학년 낙제를 하면, 비싼 등록금을 또 내야 하고, 의사가 된 다음에 벌 1년 수입이 사라진다. 시험 성적은 돈이다.

바라는 임상 과에 남기 위해서
동료를 물리치고
좋은 내신성적을 얻어야 한다.
친구는 적
동료와
겨루는 것이
무척 괴롭다.
모르는 사람과
겨루고 싶다.

그리고 시험 성적이 나쁘면 졸업한 다음에 병원의 인기 과에 들어가지 못한다. 인기 과는 돈을 많이 버는 과를 뜻한다. 역시 시험 성적은 돈이다. 인기 과에서 면접을 비롯한 다른 방법으로도 평가하지만, 성적이 가장 중요하다. 성적만큼 객관적인 것이 없기 때문이다. 성적이 좋은 고등학교 학생이 일류 대학교의 인기 과에 들어가는 것과 같다. 다른 점이 있다면, 고등학교 학생은 모르는 사람과 겨루는데, 의과대학 학생은 아는 동료와 겨룬다는 것이다. 상대 평가를 중요하게 여기는 의과대학에서는 동료가 바로 적이다.

의과대학의 학년 낙제와 상대 평가가 비인간적이라고 따지는 사람이 있다. 그런데 내가 보기에 더 비인간적인 것은 게으르게 공부해서 나중에 환자를 해치거나 죽이는 것이다. 의과대학에서는 공부를 억지로 시키는 것이 마땅하다.

해부학 실습도 억지로 시키려면, 실습 시험을 치러야 한다. 실습 시험은 다음과 같이 치른다. 시신의 어느 구조물을 실로 묶어서 나타낸 다음에 그 구조물의 이름을 적으라고 문제를 낸다. 시신마다 4개 안팎의 문제를 내니까, 시신이 10구이면 40개 문제를 내게 된다. 더불어 뼈를 비롯한 여러 표본을 가지고 20개 문제를 낸다. 학생이 60명이라고 치면, 한 문제에 한 학생씩 세울 수 있다.

학생을 세우고 나서 실습 시험의 시작을 알리면, 학생은 자기 앞에 있는 문제를 푼다. 자기 문제를 잘 보려고 옆 학생과 몸 싸움도 한다. 사나운 여학생은 남학생한테 밀리지 않고, 오히려 남학생을 쓰러뜨린다. 30초 지나서 땡 소리가 울리면, 60명의 학생이 한꺼번에 다음 문제로 옮겨서 푼다. 학생이 한꺼번에 옮기는 모습은 마치 기계의 톱니가 돌아가는 것 같다. 60문제를 푸는 데 30분 걸리고, 땡 소리가 59번 울린다. 땡 소리 때문에 이 실습 시험을 땡 시험이라고 부른다.

실습 시험의 며칠 전부터 학생은 해부를 마무리하고, 다른 조에서 해부한 시신을 살핀다. 때로는 흉보기도 한다. "이 조는 지저분하게 해부했다. 이따위로 해부하면 다른 조한테 민폐 끼치는 것이라고. 새끼맞섬근(욕처럼 들리는 해부학 용어)!"

조교가 학생을 데리고 왔다.
모레 실습 시험을 치르기 때문에 학생이 실습실에서 공부하고 있었습니다.
그런데?
10분 전에...
이 구조물이 뭐냐?
몰라.
나도 몰라.
이 구조물을 실습 시험 문제로 내면 어떻게 하지?
좋은 수가 있다. 이 구조물을 뜯으면 문제로 내지 못한다.
잡았다!
이 학생한테 어떤 벌을 줄까요?
다음에는 그러지 마라.
별로 꾸짖지 않네.
내가 학생일 때 똑같은 짓을 했기 때문에 차마 벌을 줄 수 없다.

학생은 시신을 살피다가 나쁜 짓을 저지르기도 한다. "이 구조물은 도저히 모르겠다. 이 구조물을 문제로 내면 보나마나 틀릴 텐데." "좋은 수가 있다. 이 구조물을 뜯어서 망가뜨리자. 그러면 문제로 내지 못한다. 하하! 오늘은 마음 놓고 잘 수 있겠다." 이렇게 망가뜨리다가 들킬 때가 있다. 그런데 나는 학생한테 주의만 주고 벌을 주지 않는다. "다음에는 그러지 마라." 내가 학생일 때 똑같은 짓을 저질렀기 때문에 차마 벌을 주지 못하는 것이다.

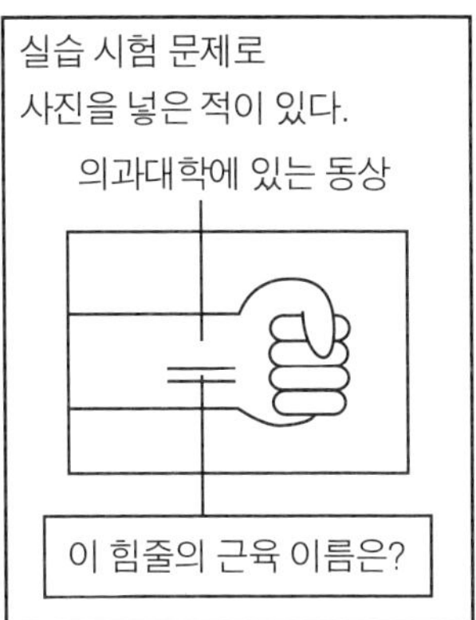

실습 시험 문제로
사진을 넣은 적이 있다.
의과대학에 있는 동상
이 힘줄의 근육 이름은?

해부하지 않아도
보이는 힘줄이니까,
표면해부학 문제였다.
학생은 짐작하지 못한
문제를 보고 당황하였다.

학생은 진급한 다음에도,
동상을 지날 때마다
표면해부학을 되새긴다.
긴손바닥근
(palmaris longus)
실습 시험에서 저 근육 이름을
왜 못 맞추었지? 꼴 보기 싫다.

실습 시험 문제로 사진을 넣을 수 있다. 나는 엉뚱하게 의과대학에 있는 동상의 사진을 넣는다. "동상에서 보이는 이 근육의 이름은?" 해부하지 않아도 보이는 근육이니까 표면해부학 문제이다. 학생은 짐작하지 못한 문제를 보고 당황한다. 나중에도 동상을 지나칠 때마다 실습 시험을 떠올린다. "내가 저 근육의 이름을 왜 못 맞추었을까? 동상이 꼴 보기 싫다." 해부학을 되새기니까 학습 효과가 있는 셈이다. 의과대학에서는 동상도 시험 문제, 시청각 교재로 쓸 수 있다.

33. 가장 끔찍한 꿈

의과대학 학생이
꿈꾼 것을 이야기하였다.
해부학 실습실
해부학 공부에 너무 시달려서,
잘 때 해부학 꿈을 꾼다.
나는 시신 옆에
누워 있는 꿈을 꾸었다.
3등
끔찍한 꿈
나는 시신이 되어서
해부되는 꿈을 꾸었다.
2등
더 끔찍한 꿈
나는 낙제해서 해부학을
다시 배우는 꿈을 꾸었다.
쯧쯧.
1등

의과대학 학생이 해부학 공부에 시달리다 보면, 잘 때 해부학 꿈을 꾼다. 세 학생이 모여서 자기의 끔찍한 꿈을 이야기한다. "나는 시신 옆에 누워 있는 꿈을 꾸었다.” “나는 아예 시신이 되어서 해부되는 꿈을 꾸었다.” “나는 낙제해서 다시 해부하는 꿈을 꾸었다.” 보통 사람한테는 둘째 꿈이 가장 끔찍하겠지만, 의과대학 학생한테는 마지막 꿈이 가장 끔찍하다.

좋게 생각해라. 기초의학 과목을 다시 수강하면 기초가 튼튼한 의사가 되지 않겠니?
교양 과목도 다시 수강해야 되는데요.
나중에 교양이 많은 의사가 될 것이다.
선생님은 쉽게 말하는데, 제가 얼마나 괴로운지 압니까?
잘 알지. 나도 의대 학생일 때 (의예과에서) 낙제했거든. 그때 부모님과의 관계, 친구와의 관계 때문에 무척 괴로웠다. 그러나...
의대에서 한두 번 낙제한 것은 아무것도 아니라고 위로하였다.
한 번 낙제한 놈이 감히 누구 앞에서
4낙
2낙
1낙
3낙
지금은 모두 훌륭한 의사가 되었다.

내가 의과대학 학생일 때에는 학년 낙제가 요즘보다 많았다. 의예과를 포함해서 6년 동안 다니게 되어 있는데, 이렇게 별 탈 없이 다니는 학생은 3명 중 2명뿐이었다. 나머지 학생은 적어도 한 번 낙제하였고, 두 번 이상 낙제한 원로 학생도 꽤 많았다. 의과대학에 다니는 햇수를 평균 내 보면, 6년이 아닌 7년이었다. 물론 원로 학생이 햇수를 늘리는 데 크게 이바지하였다.

임상의학 과목보다 의예과 과목과 기초의학 과목에서 많이 낙제하였기에, 이런 말이 나왔다. “교양을 많이 다루는 의예과 과목에서 낙제하면, 교양을 두 번 배우니까 교양이 많은 의사가 될 것이다. 기초의학 과목에서 낙제하면, 기초를 다시 익히니까 기초가 튼튼한 의사가 될 것이다.” 나는 앞의 경우에 속했으며, 덕분에 요즘 이렇게 교양이 넘치는 글을 쓰고 있다.

낙제를 많이 시키는 기초의학 과목은 물론 해부학이다. 해부학을 모르는 학생이 졸업해서 돌팔이 의사가 되면, 해부학 선생은 자기 탓이라고 생각한다. "돌팔이 의사를 만드는 것보다는 내 손에 피를 묻히는 것이 낫지."

지난해에
낙제를 많이 시킨 탓에,
올해 해부학을 재수강하는
학생이 많았다.
북적
나는 많은 학생을
가르쳐서 괴롭다.
실은 재수강하는 학생 덕분에
학생이 모두 긴장해서
학습 분위기가 좋다.
또한 재수강하는 학생이
조교 노릇을 하기 때문에
해부 진도가 잘 나가고,
나는 즐겁다.

낙제를 많이 시켜서 해부학 선생은 괴롭기도 즐겁기도 하다. 괴로운 것은 다음 해에 더 많은 학생을 가르쳐야 된다는 것이다. 몹시 괴로운 것은 더 많은 학생의 시험 답안지를 채점해야 된다는 것이다. 즐거운 것은 실리와 명분으로 나눌 수 있다.

즐거운 실리는 낙제한 학생 덕분에 다른 학생이 부지런히 공부한다는 것이다. 해부학을 소홀히 공부하면 얼마나 끔찍해지는지 낙제한 학생이 날마다 보여 준다. 실감나게 보여 주는 덕분에 학습 분위기가 좋다. 게다가 낙제한 학생은 지난해에 해부한 경험이 있어서 다른 학생의 해부 실습을 도와 준다. 조교 수준으로 도와 주는 덕분에 해부 진도가 잘 나간다.

낙제해서
다음 해에 등록금을
또 내는 학생
금
의과대학에 기부금을
내는 것과 같다.

즐거운 명분은 낙제한 학생이 등록금을 또 낸다는 것이다. 해부학 선생은 의과대학 학장한테 큰소리친다. “입학 정원보다 많은 학생이 해부학을 배우고, 덕분에 등록금 수입이 늘었습니다.” 돈 받고 가르치는 것을 장사로 여기면, 낙제한 학생은 고마운 단골 손님이다. 해부학 선생은 낙제한 학생한테 짓궂게 말한다. “올해에도 찾아와 줘서 고맙다. 단골이니까 잘해 줄게.”

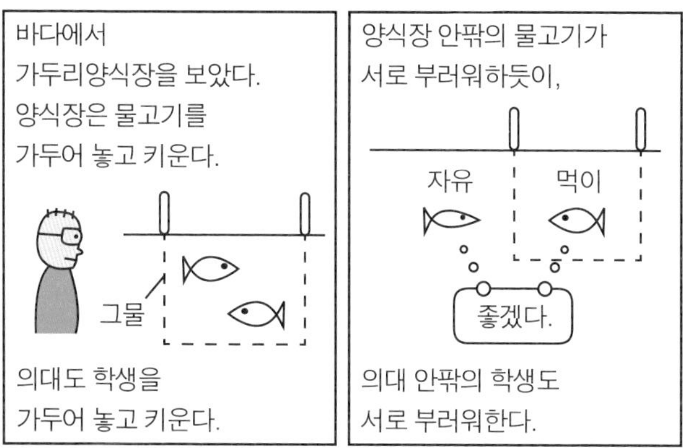
바다에서
가두리양식장을 보았다.
양식장은 물고기를
가두어 놓고 키운다.
그물
의대도 학생을
가두어 놓고 키운다.
양식장 안팎의 물고기가
서로 부러워하듯이,
자유
먹이
좋겠다.
의대 안팎의 학생도
서로 부러워한다.

바다의 가두리 양식장과 의과대학이 비슷하다. 양식장에서 물고기를 가두어 놓고 키우듯이, 의과대학에서 학생을 가두어 놓고 키운다. 양식장 안팎의 물고기가 서로 부러워하듯이, 의과대학 안팎의 학생이 서로 부러워한다. 안에서는 밖의 자유를 부러워하고, 밖에서는 안의 먹이를 부러워한다. 의과대학 학생은 이것을 잘 안다. "양식장과 마찬가지로 의과대학은 자유가 없지만 먹이가 알찹니다. 꼴찌로 졸업해도 엄청난 의학 지식을 갖추니까 그렇습니다."

양식장과 의대는
다른 점도 있다.
양식장은 당근(먹이)을
써서 키우는데, 의대는
채찍(꾸중)을 써서 키운다.
가장 매서운 해부학 채찍

양식장과 의과대학이 다르기도 한데, 학생은 이것을 또한 잘 안다. "양식장은 당근(먹이)만 써서 키우는데, 의과대학은 당근(먹이)과 채찍을 함께 써서 키웁니다. 조금 아픈 채찍은 꾸중이고, 끔찍하게 아픈 채찍은 역시 낙제입니다. 양식장보다 의과대학이 나쁜 셈입니다."

의대를 졸업하면 병원에서
수련의, 전공의를 하는데,
병원은 의대와 비슷하다.
임상 교수
당직
다른 점도 있다.
병원은 당직과 채찍을
써서 키운다.

학생이 낙제와의 전쟁 끝에 의과대학을 졸업하면, 병원에서 수련의(인턴), 전공의(레지던트)가 된다. 수련의, 전공의한테도 당근과 채찍을 쓸까? 아니다, 당직과 채찍을 쓴다. 갈수록 태산이다. 수련의, 전공의한테 날마다 당직을 시키는 전문의는 이렇게 말한다. "오늘도 병원에 남아!" 그 전문의가 품고 있는 사상은 '남아선호사상'이다. 그 반대말은 '여아선호사상'이 아니라 '집에가선호사상'이다. 병원은 당직, 즉 남아선호사상이 가득한 곳이다. 이처럼 의과대학과 병원은 버텨서 살아남기가 힘든 곳이다.

34. 만져서 확인하기

해부학을 익히고 나면, 산 사람을 보고 만지면서 속에 뭐가 있는지 짐작할 수 있다. 피부 속의 근육, 뼈, 동맥, 정맥이 어느 자리에 있고, 심장, 간을 비롯한 여러 기관이 어느 자리에 있는지 알 수 있다. 이것을 표면해부학이라고 부른다. 표면해부학은 임상에서 중요하다. 환자가 어디를 가리키면서 아프다고 말하면, 의사는 그 속에 뭐가 있는지 알아야 한다. 환자를 해부할 수 없지 않은가?

손가락을 펴는 근육을 가르쳤다.
뭐가 최고 라는 거야?
다른 손가락을 굽힌 채로 엄지손가락만 펼 수 있다.
이것은 긴, 짧은엄지폄근 (extensor pollicis longus, brevis)이 있기 때문이다.
짧은 엄지 폄근
긴 엄지 폄근
해부코담배갑
왜 하필 몸에 해로운 담배를 해부학 용어로 썼지?

보기를 들어서, 주먹 쥐는 것의 반대로 엄지손가락을 세게 펴면, 엄지손가락 쪽 손등에서 두 힘줄이 튀어나온다. 긴엄지폄근과 짧은엄지폄근의 힘줄이다. 두 힘줄 사이는 움푹 들어갔는데, 이 곳을 해부코담배갑이라고 부른다. 움푹 들어간 곳에 가루담배를 놓고 코로 들이마셨다고 부른 이름이다. 해부코담배갑으로 노동맥이 지나가는데, 손가락을 대면 노동맥의 맥박을 만질 수 있다. 손목 앞에서 만져지는 노동맥이 손등으로 꺾인 것이다. 어려운 표면해부학 같지만, 시신을 해부한 학생한테는 어렵지 않다.

보통 남자와 해부학을 익힌
남학생 둘을 견주었다.
보통 남자
해부학을 익힌 남학생
같은 점: 예쁜 여자를
보았을 때 집중하면,
벗은 몸이 보인다.
해부학 지식과
별로 관계 없다.
다른 점: 집중하지 않으면,
보통 남자한테는
아무것도 보이지 않고,
집중하지 않으면,
아무것도 상상하지 못한다.
해부학을 익힌 남학생한테는
근육과 뼈가 보인다.
집중하지 않으면,
쓸데없이 속 구조를
상상한다.
해부학을 익혔다고,
꼭 그만큼 즐겁지는 않다.

의과대학 남학생이 수영장에 가면, 여자의 수영복 속을 꿰뚫어보니까 즐겁지 않을까? 꼭 즐겁지는 않다. 보통 남자의 경우, 집중하면 수영복 속의 피부가 보이고, 집중하지 않으면 아무것도 안 보인다. 의과대학 남학생의 경우, 집중하면 역시 피부가 보이고, 집중하지 않으면 피부 속의 근육과 뼈가 보인다. 쓸데없이 너무 벗긴 결과이며, 배운 해부학을 마음의 눈에서 지울 수 없기 때문이다. 나는 이것을 직업병이 아닌 공부병으로 여긴다.

표면해부학을 가르치면서 나는 학생한테 자기 몸을 만지라고 힘주어 말한다. 자기 몸을 만져서 느낀 구조물은 나중에 환자 몸을 만져서도 느낄 수 있기 때문이다. 자기 몸이 뚱뚱해서 만지기 어려운 학생한테는 곁에 있는 마른 남학생을 만지라고 시킨다. 마른 남학생은 연예인처럼 인기가 좋아지고, 우쭐해서 이렇게 외친다. "줄을 서시오. 차례대로 만지시오." 간혹 이렇게 말하기도 한다. "천 원씩 내고 만지시오. 10번 만지면 1번 공짜이고, 다른 손님을 데리고 와도 1번 공짜이오."

표면해부학 실습을 숙제로 냈다.
정삭 (spermatic cord)
두덩뼈 (pubis)
두덩뼈결절 (pubic tubercle)
여자는 정삭 대신에 가는 자궁원인대(round ligament of uterus)가 지난다. 남녀 모두 만져라.
다음 주에 여학생은 모두 만졌다고 하였다.
남자 조카의 정삭을 만졌습니다.
남학생은 자궁원인대를 못 만졌다고 하면서 투덜댔다.
여자가 남자 몸을 만지는 것은 괜찮아도, 거꾸로는 성추행입니다. 성차별을 느꼈습니다.
여자 친구를 사귀어서 만지려고 했는데, 시간도 돈도 모자랐습니다.
그 돈은 실습비이니까 학교에서 대줘야 합니다.

표면해부학 실습에서 어려운 것은 남녀의 다른 구조물이다. 이를테면 남자는 속옷 속에 있는 두덩뼈의 양쪽에서 정관을 포함한 정삭을 만질 수 있고, 여자는 그곳에서 가느다란 자궁원인대를 만질 수 있다. 나는 짓궂게 둘 다 만지라고 시킨다. 1주일이 지난 다음에 이성의 것을 어떻게 만졌는지 묻는다. 여학생은 어린 남자 조카의 것을 만졌다고 대답한다. 남학생은 못 만졌다고 대답하면서 투덜댄다. "여자가 남자 몸을 만지는 것은 괜찮아도, 거꾸로는 성추행입니다. 성차별을 느꼈습니다." "여자 친구를 사귀어서 만지려고 했는데, 시간도 돈도 모자랐습니다. 그 돈은 실습비이니까 학교에서 대줘야 합니다."

안마를 받으러 갔다.
표면해부학 실습은 보거나 만지거나 만져지는 것이다.
안퇴폐 안마시술소
만져지는 것은 안마받는 것을 뜻한다.
<1시간 안마>
중국, 동남 아시아: 1-2만 원
한국: 4만 원
선진국: 8만 원
잘사는 나라일수록 표면해부학 실습비가 비싸다.
안마받을 때 다른 사람은 긴장을 풀지만, 해부학자는 긴장을 풀지 못한다.
아는 구조물이 끊임없이 나오기 때문이다.
어느 근육을 누르는구나. 관절을 꺾어서 어느 인대를 늘리는구나.
근육과 인대를 짜임새 있게 건드리는 것을 보니까, 해부학을 대충이라도 배웠구나.

표면해부학 실습을 위해서 내가 다른 사람을 만질 수도 있지만, 다른 사람이 나를 만지게 할 수도 있다. 안마받는 것을 뜻한다. 안마받으면 힘이 들지 않아서 좋은데, 대신에 돈 즉 표면해부학 실습비가 든다. 안마받을 때 다른 사람은 긴장을 풀지만, 나는 긴장을 풀지 못한다. 내가 아는 표면해부학이 끊임없이 나오기 때문이다. '어느 근육을 누르고 있구나. 관절을 꺾어서 어느 인대를 늘리고 있구나. 수많은 근육과 인대를 짜임새 있게 건드리는 것을 보니까, 해부학을 배웠구나.'

안마 동아리를 만들자고 제안하였다.
의대 안마 동아리
의대 학장
제가 지도교수를 맡겠습니다.
의대 학생이 안마를 배우면 근육과 관절의 해부학 공부에 도움이 됩니다.
근육은 두드리고 관절은 꺾는다.

나는 이런 교육 효과 때문에 의과대학 학생을 위한 안마 동아리를 만들자고 제안하였는데, 받아들여지지 않았다. 퇴폐 안마시술소 탓이었던 것 같다. 하여튼 표면해부학 실습은 보거나 만지거나 만져지는 것이며, 모두 즐겁다.

35. 장롱 의사면허증

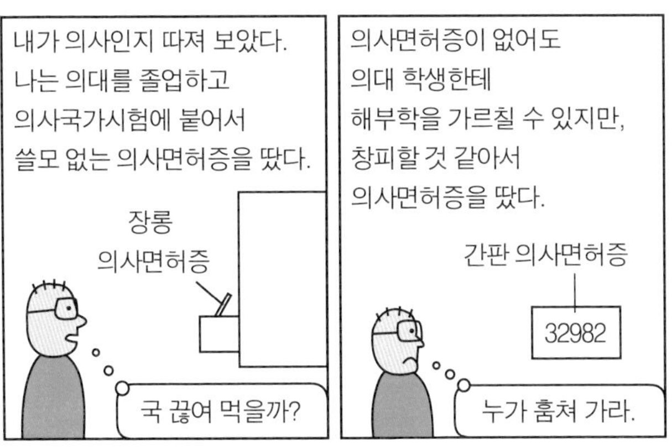
내가 의사인지 따져 보았다.
나는 의대를 졸업하고
의사국가시험에 붙어서
쓸모 없는 의사면허증을 땄다.
장롱
의사면허증
국 끓여 먹을까?
의사면허증이 없어도
의대 학생한테
해부학을 가르칠 수 있지만,
창피할 것 같아서
의사면허증을 땄다.
간판 의사면허증
32982
누가 훔쳐 가라.

나는 의과대학 졸업반 학생일 때 해부학에 몸담기로 마음먹었다. 의사국가시험에 떨어져서 의사가 못 되어도 해부학 선생이 될 수 있었다. 그런데 의사국가시험에 떨어지면 해부학을 가르치기가 어려울 것 같았다. 나한테 배울 학생이 "선생님이나 잘하세요."라고 말할 것 같았다. 그런 생각으로 꾸역꾸역 의사국가시험 공부를 하였고, 겨우겨우 의사면허증을 땄다.

내 의사면허증은 곧 장롱 면허증이 되었다. 운전면허증이 있는데 운전하지 않은 것처럼, 의사면허증이 있는데 진료하지 않았기 때문이다. 개업 의사가 진료실에 의사면허증을 걸어서 환자한테 보여 주듯이, 내가 해부학 실습실에 의사면허증을 걸어서 학생한테 보여 줄 순 없지 않은가?

의대를 졸업하자마자
해부학을 전공하였기 때문에
의사가 아니라고 봐야 한다.
학생 때 배운 의학은
다 까먹었고, 해부학과 관련된
의학을 조금 알 뿐이다.
내가 가장 두려워하는 것은
응급 환자이다.
의사가 있으면
도와 주세요!
나는 약사, 수의사보다
모르는데 도울 수 있을까?
응급 환자를 만나지 않기를
애타게 바랄 뿐이다.

장롱 면허증을 갖고 있는 나는 돌팔이 의사이다. 학생 때 배운 임상의학을 거의 까먹었고, 해부학과 관련된 임상의학을 조금 알 뿐이다. 학생 때 부지런히 공부했으면 많이 까먹어서 억울했을 텐데, 억울하지는 않았다. 내가 두려워한 것은 응급 환자였다. 비행기에서 이런 말을 들었다고 치자. "응급 환자가 있습니다. 의사가 와서 도와 주세요." 헷갈린다. '나는 법으로 의사이지만, 약사 또는 수의사보다 임상의학을 모른다. 도와야 할지 말아야 할지...' 나는 의사가 된 지 거의 30년인데, 이런 응급 환자가 없었다. 그래서 이제는 평생 한 번 있을까 말까 한 일을 두려워하지 않는다.

내가 해부학에 몸담은 1980년대에도 의과대학을 졸업한 해부학 선생, 즉 의사 해부학 선생이 적었는데, 요즘에는 더 적다. 갈수록 진료로 먹고 살기 어려워지는데, 졸업하면 다 의사의 길을 걷는다. 왜 그럴까? 옛날보다 의과대학 입학이 더 어려워졌기 때문이다. 더 어렵게 딴 의사면허증을 장롱에 넣는 것이 아깝다고 생각하기 때문이다. 비행기에서 응급 환자를 도우려고 의사의 길을 걷는 것이 아니다.

기초의학을 전공하는
의사에 대해서 이야기하였다.
기초의학 의사(MD)는
연구할 때 등신이고,
가르칠 때 귀신입니다.
나처럼 가르칠 때에도
등신인 의사가 있지만.
거꾸로 비의사(nonMD)는
가르칠 때 등신이고,
연구할 때 귀신입니다.
역시 예외가 있지만.
따라서 의사도 필요하고
비의사도 필요합니다.

의과대학에는 비의사 해부학 선생도 필요하고, 의사 해부학 선생도 필요하다. 비의사 해부학 선생은 가르칠 때 등신, 연구할 때 귀신이다. 거꾸로 의사 해부학 선생은 연구할 때 등신, 가르칠 때 귀신이다. 의사가 될 학생한테 해부학을 가르칠 때에는 의사 해부학 선생이 유리하다는 뜻이다. 나처럼 연구할 때도 등신, 가르칠 때도 등신인 의사 해부학 선생이 있기는 하지만.

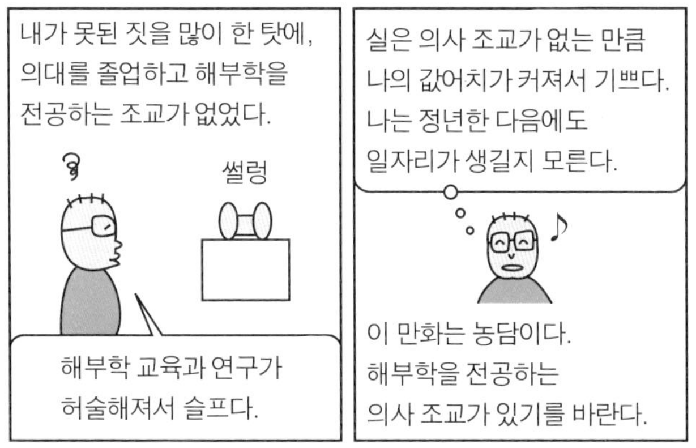
내가 못된 짓을 많이 한 탓에,
의대를 졸업하고 해부학을
전공하는 조교가 없었다.
썰렁
해부학 교육과 연구가
허술해져서 슬프다.
실은 의사 조교가 없는 만큼
나의 값어치가 커져서 기쁘다.
나는 정년한 다음에도
일자리가 생길지 모른다.
이 만화는 농담이다.
해부학을 전공하는
의사 조교가 있기를 바란다.

나는 웃으면서 말한다. “한국에 의사 해부학 선생이 모자라서 기쁩니다. 나는 정년한 다음에도 일자리가 있을 것이라서 그렇습니다. 죽을 때까지 해부학을 가르치면서 용돈을 벌 수 있습니다.” 우스갯소리일 뿐이다. 의사면허증을 장롱에 넣을 씩씩한 후배를 기다린다.

나는 의과대학의 많은 학생한테 해부학에 몸담으라고 권했는데, 실패하였다. 그래서 의과대학 학생이었던 내 아들한테도 권했는데, 뜻밖에 성공하였다. 지금 내 아들은 나와 함께 해부학을 가르치고 연구하고 있다. 이처럼 의사가 대를 이어서 해부학 선생이 된 것은 우리 나라에서 두번째이다. 내 아들은 생김새와 쓰임새가 나와 비슷하다. 생김새를 말하면 나보다 머리카락이 길 뿐이고, 쓰임새를 말하면 나만큼 놀기 좋아한다.

어느 의과대학 학생이 해부학에 몸담아도, 등신인 나와 내 아들보다는 잘할 것이다. 의사 해부학 선생이 아직 모자랄 때, 다른 말로 의사 해부학 선생이 아직 값어치 있을 때 몸담기 바란다. 수요와 공급의 원칙에 따라서 틀림없이 해부학 교수가 될 것이다. 모든 의과대학에서 그렇다.

개업 의사
개업 변호사
병원 의사
법률사무소 변호사
임상의학 교수
판사, 검사
기초의학 교수 (해부학 교수 포함)
법과대학 교수
의사를 팽개치고 해부학 교수가 되는 것은 변호사를 팽개치고 법과대학 교수가 되는 것과 맞먹는다.
!
의사보다 해부학 교수가 낫다. 변호사보다 법과대학 교수가 낫듯이.

그래도 망설이는 의과대학 학생한테 해 주는 이야기이다. "개업 의사는 개업 변호사와 맞먹고, 병원 의사는 법률사무소 변호사와 맞먹고, 임상의학 교수는 판사, 검사와 맞먹고, 해부학을 비롯한 기초의학 교수는 법과대학 교수와 맞먹는다. 의사를 팽개치고 해부학 교수가 되는 것은 변호사를 팽개치고 법과대학 교수가 되는 것과 마찬가지이다. 잘 생각하기 바란다."

36. 생리하는 남자

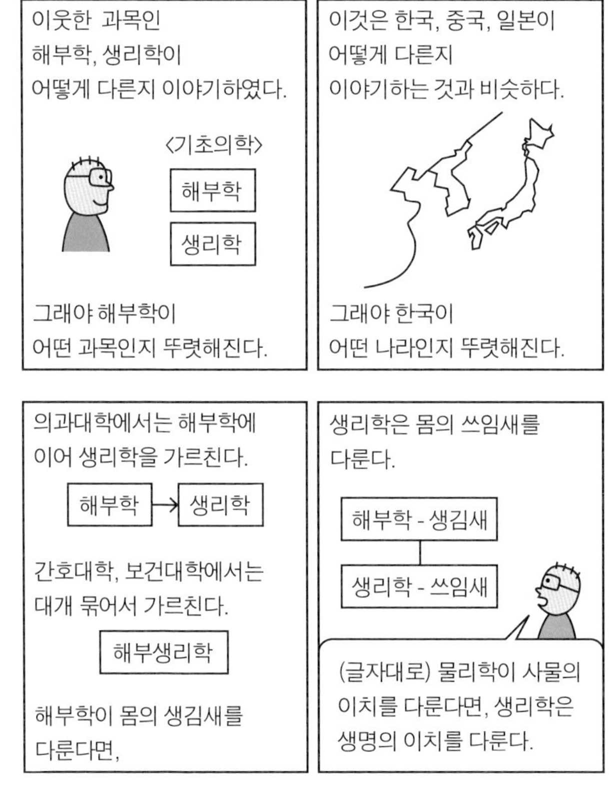

이웃한 과목인
해부학, 생리학이
어떻게 다른지 이야기하였다.
〈기초의학〉
해부학
생리학
그래야 해부학이
어떤 과목인지 뚜렷해진다.
이것은 한국, 중국, 일본이
어떻게 다른지
이야기하는 것과 비슷하다.
그래야 한국이
어떤 나라인지 뚜렷해진다.
의과대학에서는 해부학에
이어 생리학을 가르친다.
해부학
생리학
간호대학, 보건대학에서는
대개 묶어서 가르친다.
해부생리학
해부학이 몸의 생김새를
다룬다면,
생리학은 몸의 쓰임새를
다룬다.
해부학 - 생김새
생리학 - 쓰임새
(글자대로) 물리학이 사물의
이치를 다룬다면, 생리학은
생명의 이치를 다룬다.

의과대학에서는 해부학에 이어 생리학을 가르치고, 많은 간호대학, 보건대학에서는 두 과목을 묶어서 해부생리학을 가르친다. 이 글에서는 이웃한 과목인 해부학과 생리학이 어떻게 다른지 이야기하고자 한다. 그래야 해부학이 어떤 과목인지 뚜렷해지기 때문이다. 이것을 비유하면 다음과 같다. "나는 외국 사람을 만나면, 이웃한 나라인 한국, 중국, 일본이 어떻게 다른지 이야기한다. 그래야 한국이 어떤 나라인지 뚜렷해지기 때문이다."

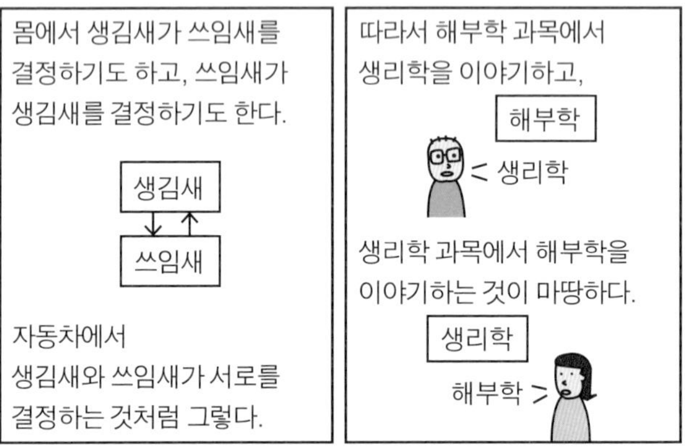
몸에서 생김새가 쓰임새를
결정하기도 하고, 쓰임새가
생김새를 결정하기도 한다.
생김새
쓰임새
자동차에서
생김새와 쓰임새가 서로를
결정하는 것처럼 그렇다.
따라서 해부학 과목에서
생리학을 이야기하고,
해부학
< 생리학
생리학 과목에서 해부학을
이야기하는 것이 마땅하다.
생리학
해부학 >

해부학이 몸의 생김새를 가르치는 과목이라면, 생리학은 몸의 쓰임새를 가르치는 과목이다. 몸에서 생김새가 쓰임새를 결정하기도 하고, 쓰임새가 생김새를 결정하기도 한다. 해부학과 생리학이 옛날에 한 과목이었다가, 의과대학에서 각각 발전하면서 두 과목으로 나뉘었다. 다시 한 과목으로 묶을 수 없지만, 해부학 과목에서 생리학을 이야기하고, 생리학 과목에서 해부학을 이야기하는 것이 마땅하다.

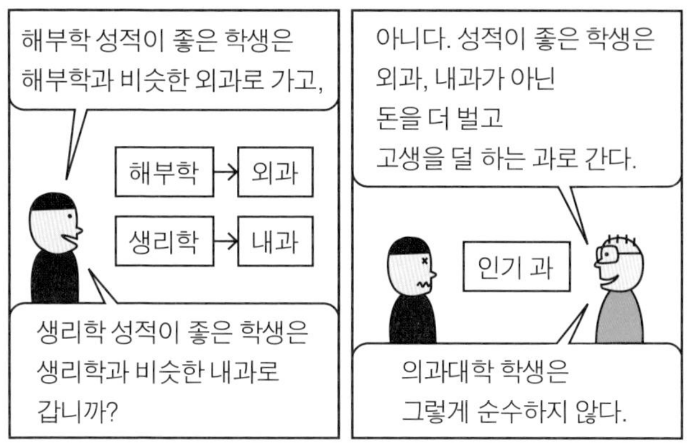
해부학 성적이 좋은 학생은
해부학과 비슷한 외과로 가고,
해부학
외과
생리학
내과
생리학 성적이 좋은 학생은
생리학과 비슷한 내과로
갑니까?
아니다. 성적이 좋은 학생은
외과, 내과가 아닌
돈을 더 벌고
고생을 덜 하는 과로 간다.
인기 과
의과대학 학생은
그렇게 순수하지 않다.

병원에서는 외과가 환자 몸의 생김새를 주로 다룬다. 그래서 외과 의사가 어떤 수술을 할지 결정할 때에는 해부학이 큰 자리를 차지한다. 한편 내과가 환자 몸의 쓰임새를 주로 다룬다. 그래서 내과 의사가 어떤 약을 쓸지 결정할 때에는 생리학이 큰 자리를 차지한다. 그렇다면 의과대학에서 해부학 성적이 좋은 학생은 외과로 가고, 생리학 성적이 좋은 학생은 내과로 갈까? 그렇지 않다. 성적이 좋은 학생은 외과, 내과가 아닌, 돈을 더 벌고 고생을 덜 하는 과로 간다. 의과대학 학생은 기대한 만큼 순수하지 않다.

내가 학생일 때 실험
결과를 조작한 것이 생각났다.
열심히 운동하고
혈압을 재는
좋은 학생
노루표
비디오가
뭐게?
porno 비디오!
그 동안에 노는 나쁜 학생
<보고서>
혈압
실험 결과
이론
운동량
실험을 하지 않아도
결과를 잘 만드네.
그럴 듯한 실험 결과를 창작
하려고 이론을 공부하니까,
학습 효과가 있다고.

내가 의과대학 학생일 때, 해부학에서는 시신을 대상으로 실습하였고, 생리학에서는 산 사람을 대상으로 실습하였다. 산 사람은 학생 자신을 뜻했는데, 다른 사람을 대상으로 실습할 수 없기 때문이었다. 보기를 들면, 학생이 부지런히 뛴 다음에 혈압이 얼마나 올랐는지 쟀다. 나는 뛰기 싫어서 뛴 척하였고, 혈압을 가짜로 적었다. 이것을 본 옆의 학생이 꾸짖었다. “결과를 꾸미면 공부가 되겠냐?” 나는 대꾸하였다. “이론과 엇비슷한 결과를 꾸미기 위해서 생리학 책을 읽으니까 공부가 된다고.” 나는 그때 한 짓을 뉘우치고 있다. 지금 학생은 생리학 실습 시간에 결과를 꾸미지 말기 바란다. 생리학 선생은 이 글을 읽고 화낼 것 같다. “꾸밀 명분을 알려 주고 꾸미지 말라는 것은 병 주고 약 주는 것이다.”

사물의 이치를 다루는 과목이 물리학인 것처럼, 생명의 이치를 다루는 과목이 생리학이다. 이처럼 생리학 글자는 뜻이 좋다. 문제는 월경을 뜻하는 생리와 글자가 같다는 것이다. 생리학의 작은 부분이 여자의 생리인데, 글자가 한자까지 같아서 때때로 오해를 일으킨다. 의과대학의 두 여학생이 생리학 시험 공부를 마치고 집에 가는 버스를 탔다. 두 여학생은 생리학 시험 공부를 줄여서 생리라고 말했다. “너 생리 많이 했니? “응, 이번 생리는 양이 많더라. 해도 해도 끝이 없더라.” 버스에 탄 다른 사람이 오해하고 몹시 당황하였다.

전공이 다른 선생과 함께 밥을 먹었다.
해랑 선생은 전공이 뭐지?
밥 먹는 데 죄송합니다만, 해부(학)를 한 지 20년 되었습니다.
욱! 메스꺼워.

나는 씩 웃었는데,
다음에 자기 전공을 소개할
사람이 생리학 선생과
생리
나는 별것
아냐.
나는
남자인데…

기생충학 선생이었기
때문이다.
기생충
밥맛 떨어
지지 않게
하려면
'기생'을
한다고
해야
하나…

나는 생리학 선생을 만나서 이렇게 약올린다. "해부학 선생은 해부학을 전공한다는 말 대신에 해부를 한다고 말합니다. 이를테면 해부를 한 지 몇 년 되었냐고 묻습니다. 마찬가지로 생리학 선생은 생리를 한다고 말할 수 있겠죠. 생리를 한 지 몇 년 되었습니까? 남자 선생도 생리를 한다면서요? 정치인 안철수 씨도 남자인데 생리를 했다면서요?"

37. 해부학은 살아 있다

언제 어디에서나 모르는 사람은 쳐들어오지 않는다. 아는 사람이 쳐들어온다. 의과대학의 다른 기초의학(생리학, 생화학, 미생물학, 약리학) 선생은 해부학을 잘 알기 때문에, 해부학을 깔보고 쳐들어오는 경우가 간혹 있다. "해부학은 죽은 학문입니다." 왜 죽은 학문인지 친절하게 알려 주기까지 한다. "해부학은 산 사람이 아닌, 죽은 사람을 대상으로 합니다. 산 사람과 죽은 사람은 뚜렷이 다르며, 해부학은 이 한계에서 벗어날 수 없습니다."

나는 이렇게 대꾸한다. 해부학이 한계를 갖고 있는 것은 맞지만, 죽은 학문은 아니다. 차를 고치는 사람은 차의 구조를 먼저 배운다. 기관 덮개를 연 다음에 기관을 꺼내서 하나씩 분해하는데, 이때 차의 시동을 걸 수 없다. 하지만 시동을 걸지 않은 차를 분해해서 얻은 지식은 쓸모 있다. 시동을 걸면 차에서 어떤 일이 생기는지 짐작할 수 있기 때문이다. 마찬가지로 죽은 사람을 해부해서 얻은 지식은 쓸모 있다. 살아 있으면 몸에서 어떤 일이 생기는지 짐작할 수 있기 때문이다.

같은 의과대학에 있는
생화학 교수와 다투었다.
생화학교실
해부학교실
해부학은 지난 100년 동안
별로 바뀌지 않았죠?
죽은 학문을 뭐 하러
학생한테 가르칩니까?
생화학이야말로 학생한테
가르치지 않아도 됩니다.

해부학이 죽은 학문이라고 우기는 까닭이 또 있다. “수백 년 전에 가르친 해부학과 요즘에 가르치는 해부학이 똑같지 않습니까? 머리뼈는 수백 년 전에도 요즘에도 머리뼈일 뿐입니다. 첨단 의학이 잇달아 나오는 요즘, 구닥다리 해부학을 가르칠 필요가 있습니까?”

해부학이 오래된 것은 맞지만, 죽은 학문은 아니다. 수학의 경우, 이미 수백 년 전에 밝혀진 것을 초등학교, 중학교, 고등학교에서 가르치고 있다. 오래된 수학은 짜임새와 논리를 잘 갖추었기 때문이다. 오래된 해부학도 짜임새와 논리를 잘 갖추었으므로, 의학에 입문하는 학생한테 꼭 가르쳐야 한다. 게다가 해부학은 강의실에서 가르친 내용을 거의 다 실습실에서 확인시킬 수 있다. 이처럼 강의와 실습이 잘 들어맞는 과목은 의학에서 해부학뿐이다. 따라서 해부학 강의와 실습을 통해서 과학다운 접근 방법을 익히게 해야 한다.

또 바뀔 것을
뭐 하러 가르칩니까?
A–T
C–G
학생한테는
오랜 세월 동안에 검증받은
학문을 가르쳐야 합니다.
다른 과학 분야에서도
비슷하게 다툰다.
고전물리학은 바뀌지 않으니까
가르치지 마세요.
물리학
현대물리학은 바뀌니까
가르치지 마세요.

그래도 해부학은 바뀌지 않으니까 가르치지 말라면, 나는 이렇게 받아친다. 자주 바뀌는 첨단 의학이야말로 가르치지 말아야 한다. 또 바뀔지도 모르는데 왜 가르치는가? 의과대학을 졸업한 전공의 또는 대학원 학생한테 가르쳐도 늦지 않다.

죽은 학문이라고 우기는 마지막 말이다. “해부학은 수백 년 전에 다 밝혀졌는데, 새롭게 연구할 것이 있습니까?”

해부학이 옛날에 많이 밝혀진 것은 맞지만, 죽은 학문은 아니다. 해부학 선생은 요즘에도 새로운 것을 밝히고 있다. 병원에서 새로운 진단, 치료 방법이 나올 때마다 사람 몸을 새로운 관점에서 봐야 한다. 예컨대 컴퓨터단층사진과 자기공명영상이 나온 다음부터 시신을 절단해서 보는 절단해부학 연구가 발전하였다. 해부학을 연구하면 노벨상을 받을 수 없지만, 의사의 진단, 치료에 도움 줄 수 있다. 실험 동물이 아닌 사람을 다루는 해부학 연구는 진단, 치료에 직접 도움 주는 것이 장점이다. 첨단 의학이 아니라고 업신여기면 안 된다.

오늘은 생명과학자가
나를 흉보기에
사람의 탈을 쓰고
어떻게 사람을 해부합니까?
나는 사림의 탈을 쓴
짐승인가?
나도 동물 실험하는
그 생명과학자를 흉봤다.
사람의 탈을 쓰고
어떻게 짐승을 죽입니까?
맞아.
없던 얘기로 해주세요. 네?

기초의학 선생 중에는 해부학 선생을 짓궂게 흉보는 사람도 있다. "어떻게 사람의 탈을 쓰고 죽은 사람을 다룹니까?" 나는 그 선생을 이렇게 흉본다. "어떻게 사람의 탈을 쓰고 산 동물을 죽입니까? 실험 동물에 관한 윤리를 지킨다고는 하지만." 그 선생이 보기에는 죽은 사람이 징그럽지만, 내가 보기에는 산 동물이 훨씬 징그럽다. 자기한테 익숙하지 않으면 징그러운 법이다. 사람이 보기에 벌레가 징그럽듯이, 벌레가 보기에는 사람이 징그러울 것이다. 하여튼 해부학은 죽은 학문이 아니다.

38. 눈여겨봐야 가려낸다

뭐든지 눈여겨봐야
가려낼 수 있다고 하였다.
사람이 보기에
돼지는 똑같이 생겼다.
돼지끼리는 어떻게 가려낼까?

돼지끼리는 잘 가려낸다.
거꾸로 돼지가 보기에
사람은 똑같이 생겼다.
사람은 같은 사람을,
돼지는 같은 돼지를
눈여겨봤기 때문이다.

사람이 보기에 돼지는 다 똑같이 생겼다. 그래서 쓸데없이 걱정하기도 한다. "돼지끼리는 서로를 어떻게 가려낼까?" 걱정할 필요가 없다. 돼지끼리는 잘 가려낸다. 거꾸로 돼지가 보기에 사람은 다 똑같이 생겼다. 사람끼리 서로를 어떻게 가려낼지 돼지가 걱정할지도 모른다. 사람은 사람을 눈여겨봤기 때문에 잘 가려내는 것이고, 돼지는 돼지를 눈여겨봤기 때문에 잘 가려내는 것이다. 이 글의 결론이다. 눈여겨봤으면 가려낼 수 있다.

의사는 얼굴이 아닌
방사선사진으로
환자를 기억한다.
!
방사선사진을 눈여겨봤기
때문이다.

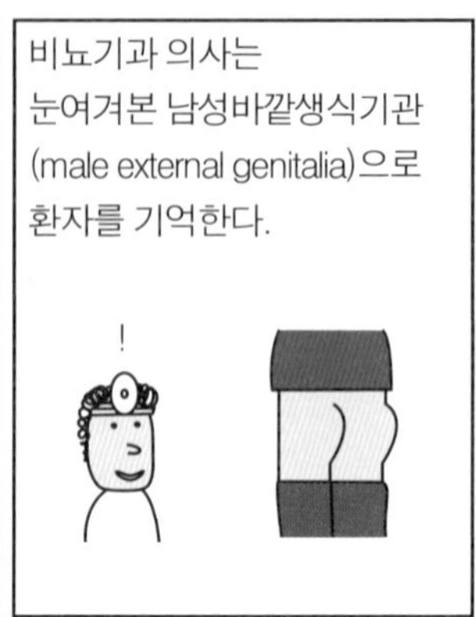
비뇨기과 의사는
눈여겨본 남성바깥생식기관
(male external genitalia)으로
환자를 기억한다.
!

병원에서 환자와 의사가 나누는 말이다. "한 달 전에 선생님한테 진료받았는데, 기억하겠습니까?" "글쎄요, 환자가 워낙 많아서." 그런 의사가 환자의 방사선사진을 보자마자 말한다. "아, 기억납니다. 무슨 병 때문에 왔었죠." 얼굴로 환자를 기억하지 못하고, 방사선사진으로 환자를 기억하는 것이다. 얼굴이 아닌 방사선사진을 눈여겨봤기 때문이다. 비뇨기과에서는 더 우스운 일이 일어난다. 의사가 남성바깥생식기관으로 환자를 기억하는 것이나. 남성바깥생식기관을 눈여겨봤기 때문이다.

사람마다 얼굴이 다르게
생긴 것처럼, 몸의 안팎이
모두 다르게 생겼다.
보통 사람은 개성이라고
부르며, 해부학자는
변이(variation)라고 부른다.

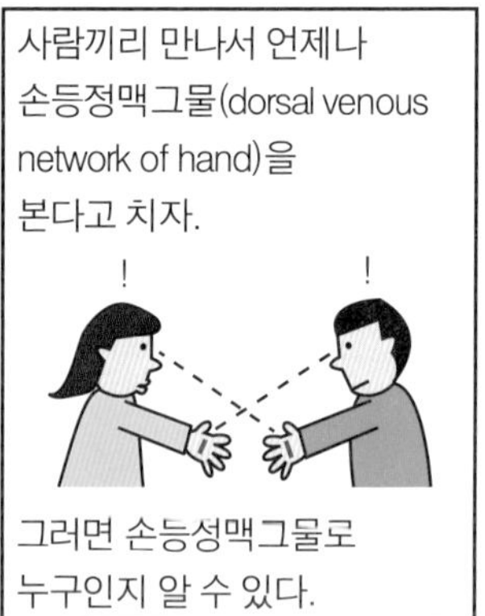
사람끼리 만나서 언제나
손등정맥그물(dorsal venous
network of hand)을
본다고 치자.
!
!
그러면 손등정맥그물로
누구인지 알 수 있다.

사람마다 얼굴이 다르게 생긴 것처럼 손등의 피부정맥도 다르게 생겼다. 사람끼리 만나서 얼굴을 안 보고 손등을 본다고 치자. 하루 종일 서로의 손등을 눈여겨보면서 이야기하고 어울린다고 치자. 그러면 다음에 만났을 때 손등만 보고 누구인지 가려낼 것이다. 게다가 이렇게 말할 것이다. "손등을 보니까 내가 아는 사람이 아니네."

가족, 민족, 인종끼리 얼굴이
닮은 것처럼 몸 속도 닮았다.
!
엄마 뼈
딸 뼈
평생 뼈를 눈여겨본
해부학자는
뼈로 한 가족인 것을 맞춘다.

가족끼리 얼굴이 닮았다는 뜻으로 붕어빵이라고 말한다. 그런데 가족끼리는 얼굴뿐 아니라 몸 속도 닮았다. 어느 해부학 선생이 평생 수많은 사람의 뼈를 눈여겨봤으면, 그 선생은 뼈만 보고 한 가족인 것을 맞출 것이다.

여러 나라의 심장을 해부하고
눈여겨본 해부학자는
심장으로 민족과 인종을
가려낸다.
!
백인
흑인
이렇게 눈여겨본 해부학자가
뛰어난 해부학자이다.

우리는 백인, 흑인, 동양인의 얼굴을 쉽게 가려낸다. 게다가 각 나라 사람의 얼굴도 대충 가려낸다. 재미있게도 서양 사람은 한국, 중국, 일본 사람을 가려내지 못하지만, 우리는 대충 가려낸다. 거꾸로 우리는 영국, 프랑스, 독일 사람을 가려내지 못하지만, 그들은 대충 가려낸다. 눈여겨볼 기회가 적었느냐 많았느냐에 따른 것이다. 어느 해부학 선생이 여러 나라 사람의 심장을 해부하고 눈여겨봤으면, 그 선생은 심장으로 인종을 쉽게 가려내고, 민족도 대충 가려낼 것이다. 인종과 민족에 따라서 몸 속이 다르게 생겼다는 뜻이다.

한국 의사는 한국 환자를 진료하기 때문에 한국 사람의 몸 속이 어떻게 생겼는지 알아야 한다. 한국 해부학 선생은 그 자료를 마련하려고, 오늘도 부지런히 시신을 해부하면서 눈여겨보고 있다.

모든 나라에 퍼져 있는
즉석 음식과 중국 음식에 대해
이야기하였다.
즉석 음식은 어느 나라에서
먹어도 맛이 똑같다.
거꾸로 중국 음식은
나라마다 맛이 다르다.
엉치반점
福
한국의 짜장면처럼
특이한 중국 음식도 있다.

햄버거는 대기업이 여러 나라에서 파는 즉석 음식의 하나이다. 대기업의 즉석 음식은 어느 나라에서 먹어도 맛이 똑같다. 나는 외국 여행을 할 때 즉석 음식을 먹으면서 고향의 맛을 느낀다. 거꾸로 중국 음식은 나라마다 맛이 다르다. 제대로 만든 짜장면을 한국에서만 먹을 수 있는 것처럼 그렇다. 한국 사람이 중국에서 중국 음식을 먹으면 너무 특이해서 좋아하기도 하고 싫어하기도 한다.

즉석 음식 같은 연구가 있고,
모든 나라에 어울리는 연구
자기 나라의 특징을 담은 연구
중국 음식 같은 연구가 있다. 자기 나라의 것을 재료, 대상으로 쓴 연구이다.
두 가지의 과학 연구는 모두 소중하다.
과학인은 연구의 국제화, 연구의 지역화 중에서 하나를 고르면 된다.

한국에서 하는 의학 연구의 대부분은 즉석 음식과 같다. 즉 한국 사람의 특징이 담겨 있지 않다. 특히 실험 동물을 다루는 연구가 그렇다. 그러나 의학 연구의 일부분은 중국 음식과 같다. 좋은 보기가 한국 사람 몸의 특징을 밝히는 해부학 연구이다. 즉석 음식도 먹고 중국 음식도 먹듯이, 한국 사람의 특징이 담기지 않은 연구도 하고, 담긴 연구도 하는 것이 바람직하다.

이제까지 이야기한 대로, 한국 사람을 눈여겨보면 한국 사람의 특징을 가려낼 수 있다. 한국 사람의 특징을 밝히고 써먹는 것은 좋지만, 다른 나라 사람과 한국의 다문화 가족을 업신여겨서는 결코 안 된다. 모든 인종과 민족은 다를 뿐이다. 틀린 인종, 틀린 민족은 없다.

39. 부러워하면 진다

백인은 키 크고 잘생겼다고 한국 사람이 부러워한다. 그런데 따지고 보면, 부러워할 까닭이 없다는 것이 이 글에서 하고 싶은 이야기이다.

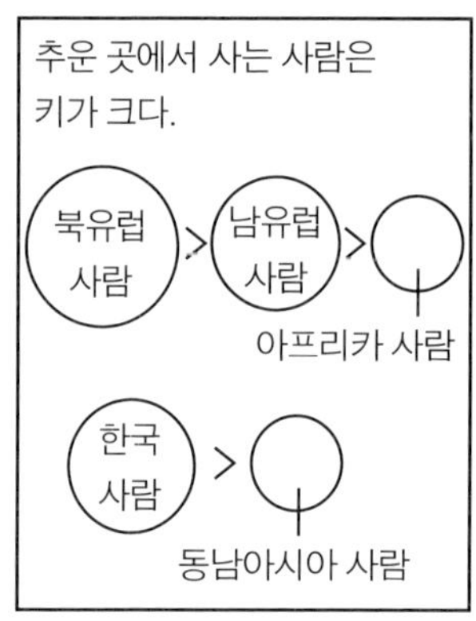

추운 곳에서 사는 사람은
키가 크다.
북유럽 사람
>
남유럽 사람
>
아프리카 사람
한국 사람
>
동남아시아 사람

키가 커야 열 효율이 높고,
따라서 추운 데에서
오래 버틸 수 있기 때문이다.
r
사람 몸이
공(반지름 r)이라고 치자.

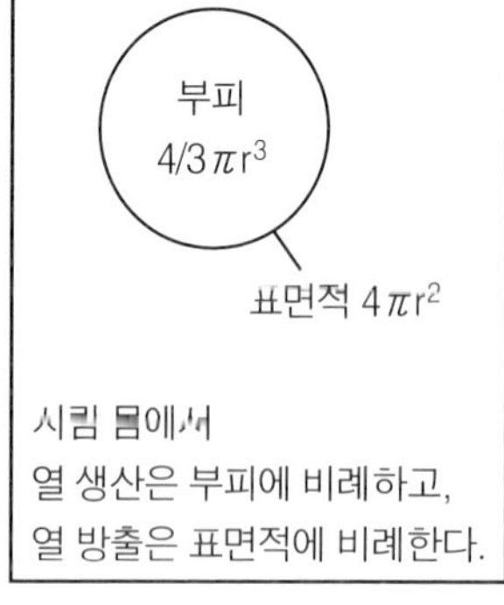

부피
4/3πr³
표면적 4πr²
사람 몸에서
열 생산은 부피에 비례하고,
열 방출은 표면적에 비례한다.

열 효율 = 열 생산 / 열 방출 = 4/3πr³ / 4πr²
= 1/3 r
즉 키(r)가 커야 열 효율이 높다.
그런데
난방이 발달한
요즘에는 키가
클 필요가 없잖아?
괜히 밥만 많이 먹지.

백인의 키가 큰 것은 조상이 추운 데에서 오래 살았기 때문이다. 백인 중에서도 북유럽 백인이 남유럽 백인보다 키가 큰 것을 보면 뚜렷하다. 왜 그럴까? 사람 몸이 공(반지름 r)이라고 치자. 사람 몸의 열 생산은 부피($4/3\pi \times r^3$)에 비례하고, 열 방출은 표면적($4\pi \times r^2$)에 비례한다. 열 효율은 열 생산을 열 방출로 나눈 값($1/3 \times r$)이다. 즉 키(r)가 커야 열 효율이 높고, 추운 데에서 잘 버틸 수 있다. 그래서 백인은 키가 큰 것인데, 난방이 발달한 요즘에는 굳이 키가 클 필요가 없다. 괜히 많이 먹을 뿐이다.

그래도 키가 크면 운동할 때 유리하고, 덕분에 백인은 운동 경기에서 금메달을 많이 딴다. 한국 사람은 키가 작은 대신에 손놀림이 좋다. 그래서 전자 제품과 자동차를 비롯한 물건을 만들 때 유리하고, 따라서 돈을 많이 번다. 금메달을 많이 따는 것보다 돈을 많이 버는 것이 좋지 않은가? 한국 사람이 백인의 큰 키를 부러워하기보다는, 백인이 한국 사람의 좋은 손놀림을 부러워해야 한다.

한국 사람끼리도 키 작은 사람이 키 큰 사람을 부러워하는데, 키 커서 돈을 많이 버는 일자리는 거의 없다. 키 큰 사람을 부러워하는 것은 키 큰 기린을 부러워하는 것과 같다. 쓸데없이 부러워하면 지는 것이다.

또한 한국 사람은 미국 영화에 나오는 잘생긴 백인을 부러워한다. 미국 영화를 보고 백인이 잘생겼다고 오해하면 안 된다. 백인이 한국 영화를 보고 한국 사람이 잘생겼다고 오해하는 것과 마찬가지이다. 미국이든 한국이든 배우는 남다르게 잘생겼고 남다르게 꾸민 사람이다.

나도 백인이 무턱대고 잘생겼다고 오해한 적이 있었는데, 이것은 자연과학 때문이 아니라 인문사회과학 때문이었다. 어릴 때 주로 본 동화의 왕자님과 공주님이 백인이었고, 따라서 백인처럼 생겨야 잘생긴 것이라는 생각이 내 머리에 박혀 있었다. 백인의 조상이 세계를 지배하면서 문화를 퍼뜨렸기 때문이다. 한국 사람의 조상이 세계를 지배하면서 문화를 퍼뜨렸으면, 상황이 거꾸로였을 것이다. 콩쥐, 팥쥐에 나오는 한국 사람이 잘생겼다고 생각해서, 백인이 한국 사람처럼 보이려고 애썼을 것이다.

한국 여자가 예쁘다는 말을 들었다.
백인 여자
한국 여자는 뚱뚱하지 않고 (특히 가슴과 엉덩이), 피부가 곱고, 팔다리의 털이 적습니다.

게다가 머리카락이 굵고 진해서 다듬기 편하고, 머리덮개(scalp)가 보이지 않습니다.
금발을 가까이서 보면 대머리처럼 머리덮개가 잘 보입니다.

백인 여자가 예쁘다는 한국 사람의 생각은 체질인류학(해부학이 바탕임.) 이 아닌,
백설 공주
문화인류학(서양 동화, 미국 영화가 바탕임.) 때문입니다.
내가 냉정하게 판가름했을 때, 멀리서 보거나 간접 (사진, 동영상)으로 보면 백인 여자가 예쁘고,
가까이서 직접 보면 한국 여자가 예쁩니다.

나는 미국에서 백인 여자를 가까이 볼 기회가 있었는데, 어릴 때 본 동화의 공주님이 아니었다. 햇빛이 닿은 피부는 주근깨투성이였고, 팔의 피부는 털투성이였다. 백인의 조상이 햇빛 없고 추운 데에서 오래 살았기 때문이다. 멀리서 보면 백인 여자가 예쁘고, 가까이서 보면 한국 여자가 예쁘다는 것을 깨달았다. 어느 인종, 어느 민족이 잘생겼다고 우기는 것은 옳지 않다.

나는 미국에서 어느 백인한테 내 얼굴이 잘생긴 것이라고 농담하였더니, 내 농담을 진담으로 받아들였다. 인종이 다르면 잘생긴 기준이 모호해서 속은 것이다. 그런데 한국에서는 같은 민족이라서 그런지, 잘생긴 기준이 뚜렷하고 내 농담이 먹히지 않는다. 백인처럼 생겨야 잘생긴 것으로 여긴다. 이를테면 백인처럼 코가 오뚝해야 한다. 백인 코가 오뚝한 것도 조상이 추운 데에서 오래 살았기 때문이

다. 추운 데에서는 코로 들이쉰 공기를 따뜻하게 만들어야 했으며, 따라서 코가 길고 좁아진 것이다. 환경에 적응하면서 진화했을 뿐이다.

한국 사람은 미용 수술을 지나치게 받는다. 해부학 선생인 내가 보기에 쓸데없는 짓이다. 어떤 얼굴이 잘생긴 것인지 해부학 책의 어디를 뒤져도 나오지 않는다. 백인처럼 생겨야 잘생긴 것이라고 생각하는 것은 옳지 않다. 쓸데없이 부러워하고 따라 하면 지는 것이다.

40. 몸 속의 화석

해부학은 사람 몸의 생김새를 가르치는 과목이다. 그런데 어떻게 생겼는지만 가르치면 재미없고, 왜 그렇게 생겼는지도 가르쳐야 재미있다. 재미있게 가르치는 데 도움 되는 것이 비교해부, 발생, 진화이다. 비교해부는 사람이 짐승과 어떻게 다른지 살피는 것이고, 발생은 사람이 태어나기 전에 엄마 자궁 안에서 어떻게 바뀌었는지(발생했는지) 살피는 것이고, 진화는 사람이 먼 조상으로부터 어떻게 바뀌었는지(진화했는지) 살피는 것이다.

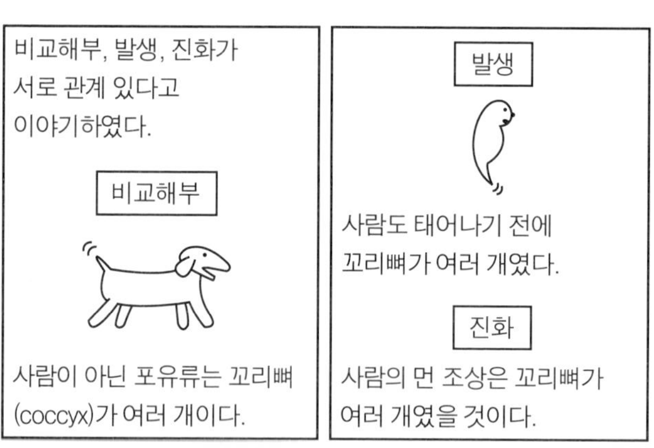
비교해부, 발생, 진화가
서로 관계 있다고
이야기하였다.
비교해부
사람이 아닌 포유류는 꼬리뼈
(coccyx)가 여러 개이다.
발생
사람도 태어나기 전에
꼬리뼈가 여러 개였다.
진화
사람의 먼 조상은 꼬리뼈가
여러 개였을 것이다.

꼬리뼈를 보기로 들면 다음과 같다.

〈해부학〉 사람은 엉치뼈 밑에 꼬리뼈가 한 개 있고, 이것을 자기 몸에서 만질 수 있다. 〈비교해부〉 다른 포유류와 파충류는 꼬리뼈가 여러 개 있다. 〈발생〉 사람도 엄마 자궁 안에 있을 때 꼬리뼈가 여러 개 있었다. 꼬리가 없어지면서 꼬리뼈가 한 개로 준 것이다. 〈진화〉 사람의 먼 조상은 원숭이처럼 꼬리뼈가 여러 개 있었을 것이다.

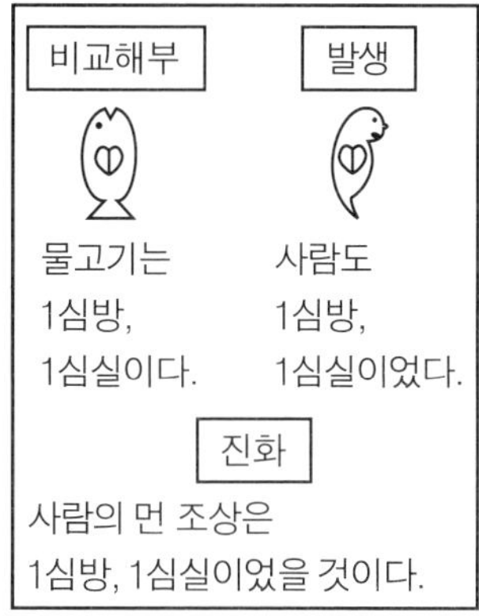
비교해부
발생
물고기는
1심방,
1심실이다.
사람도
1심방,
1심실이었다.
진화
사람의 먼 조상은
1심방, 1심실이었을 것이다.

심장을 또 다른 보기로 들면 다음과 같다.

〈해부학〉 사람의 심장에서 산소가 많은 혈액은 왼심방, 왼심실을 지나고, 이산화탄소가 많은 혈액은 오른심방, 오른심실을 지난다. 이처럼 사람의 심장은 2심방 2심실이라서 두 혈액이 섞이지 않는다. 〈비교해부〉 물고기의 심장은 1심방 1심실이라서 두 혈액이 섞인다. 〈발생〉 사람의 심장은 처음 발생할 때 1심방 1심실이었다가 2심방 2심실로 바뀐다. 바뀌지 않는 선천심장병의 경우, 수술을 해서 2심방 2심실로 바꿔야 한다. 〈진화〉 사람의 먼 조상은 물고기처럼 1심방 1심실이었을 것이다.

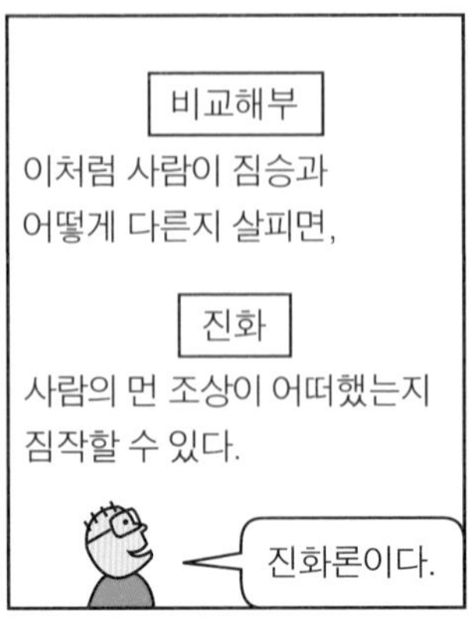
비교해부
이처럼 사람이 짐승과
어떻게 다른지 살피면,
진화
사람의 먼 조상이 어떠했는지
짐작할 수 있다.
진화론이다.

이제까지의 글을 읽고 눈치챈 사람이 있을 것이다. 비교해부, 발생, 진화는 서로 관계 있다는 것을. 비교해부와 진화는 다음처럼 관계 있다. "사람이 짐승과 어떻게 다른지 살피면, 사람이 어떻게 진화했는지 짐작할 수 있다." 사람의 먼 조상이 짐승이라는 이야기이다. 이것이 진화론이고, 창조론을 믿는 사람이 거북해하는 것이다.

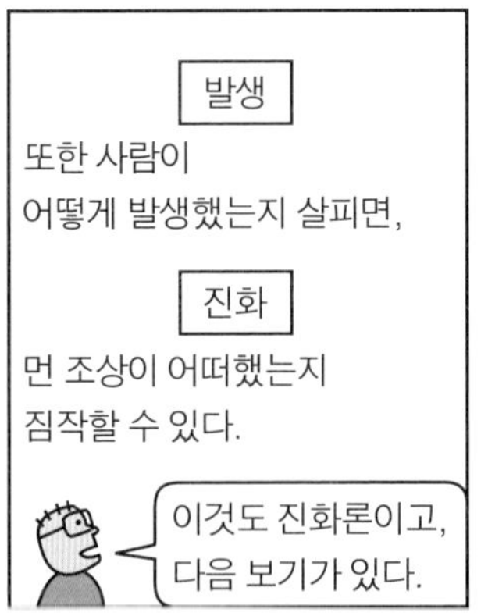
발생
또한 사람이
어떻게 발생했는지 살피면,
진화
먼 조상이 어떠했는지
짐작할 수 있다.
이것도 진화론이고,
다음 보기가 있다.

또한 발생과 진화는 다음처럼 관계 있다. "사람이 어떻게 발생했는지 살피면, 사람이 어떻게 진화했는지 짐작할 수 있다." 마찬가지로 진화론이고, 이것에 관한 보기는 다음처럼 많다.

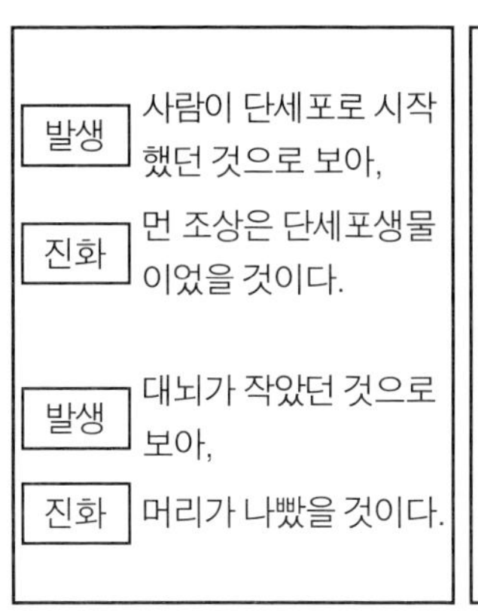
발생
사람이 단세포로 시작했던 것으로 보아,
진화
먼 조상은 단세포생물이었을 것이다.
발생
대뇌가 작았던 것으로 보아,
진화
머리가 나빴을 것이다.

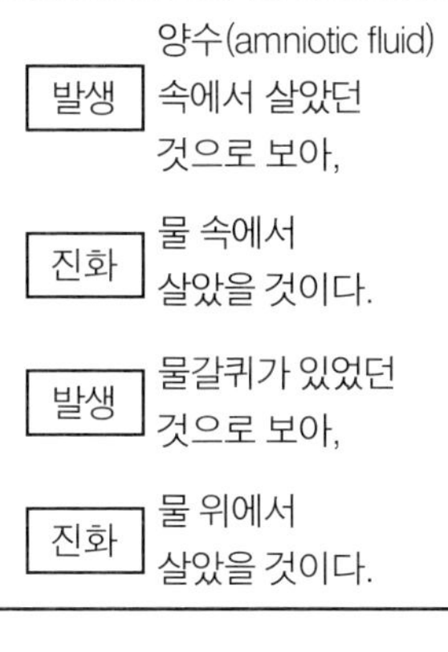
발생
양수(amniotic fluid) 속에서 살았던 것으로 보아,
진화
물 속에서 살았을 것이다.
발생
물갈퀴가 있었던 것으로 보아,
진화
물 위에서 살았을 것이다.

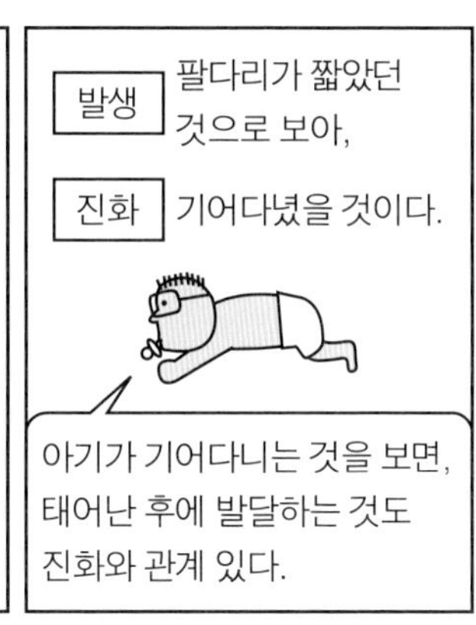
발생
팔다리가 짧았던 것으로 보아,
진화
기어다녔을 것이다.
아기가 기어다니는 것을 보면, 태어난 후에 발달하는 것도 진화와 관계 있다.

첫째, 사람은 정자와 난자가 만나서(수정해서) 이룬 단세포로 시작하였다. 따라서 사람의 아주 먼 조상은 단세포생물이었을 것이다. 둘째, 사람은 발생할 때 대뇌가 아주 작았다. 따라서 먼 조상은 머리가 나빴을 것이다. 셋째, 사람은 엄마 자궁 안의 양수 속에서 살았다. 따라서 먼 조상은 물고기처럼 물 속에서 살았을 것이다. 넷째, 사람은 발생할 때 손과 발에 물갈퀴가 있었다. 따라서 먼 조상은 개구리, 오리처럼 물 위에서 살았을 것이다. 다섯째, 사람은 발생할 때 팔다리가 짧았다. 따라서 먼 조상은 앞뒤 다리가 짧은 개처럼 기어다녔을 것이다. 아기도 팔다리가 짧아서 기어다니는데, 이것을 보면 태어난 다음에 발달하는 것도 진화와 관계 있다.

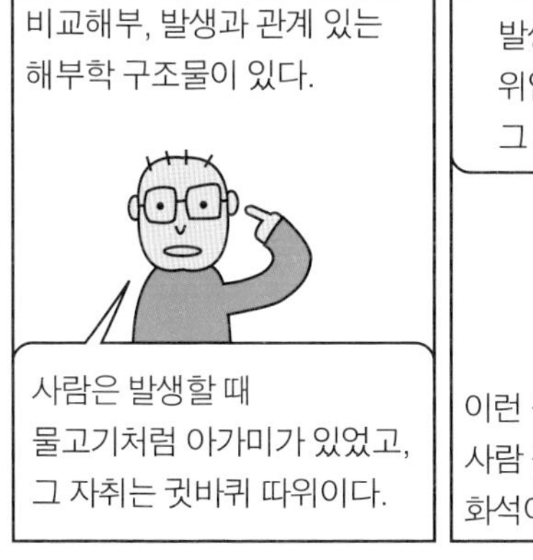
비교해부, 발생과 관계 있는 해부학 구조물이 있다.
사람은 발생할 때 물고기처럼 아가미가 있었고, 그 자취는 귓바퀴 따위이다.

발생할 때 토끼처럼 위입술이 갈라져 있었고, 그 자취는 인중이다.
이런 구조물은 사람 몸에 들어 있는 화석이라고 볼 수 있다.

해부학 실습실에서는 비교해부, 발생과 관계 있는 구조물을 보게 된다. 이를테면 막창자꼬리가 초식짐승에서는 크고 소화를 돕지만, 사람에서는 작고 소화를 돕지 않는다. 따라서 곪은(염증이 생긴) 막창자꼬리를 막 떼어 내도 괜찮으며, 이것을 막창자꼬리절제(충수절제, 맹장수술)라고 부른다. 발생할 때 사람의 머리와 목에는 물고기처럼 아가미가 있었고, 이 아가미의 자취가 귓바퀴, 바깥귀길이다. 발생할 때 사람의 위입술은 토끼, 고양이처럼 갈라져 있었고, 이것의 자취가 인중이다.

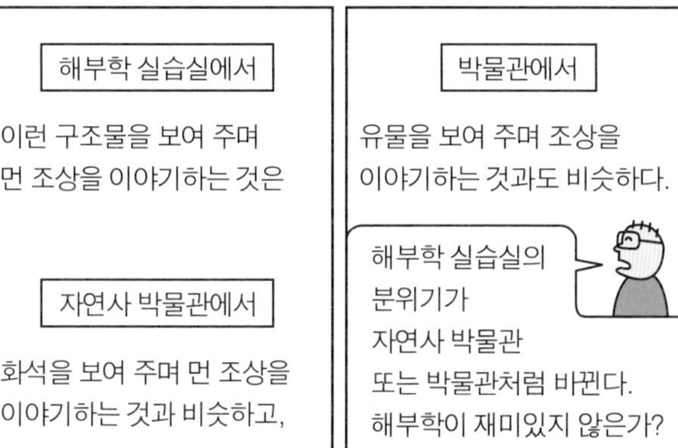
해부학 실습실에서
이런 구조물을 보여 주며
먼 조상을 이야기하는 것은
자연사 박물관에서
화석을 보여 주며 먼 조상을
이야기하는 것과 비슷하고,
박물관에서
유물을 보여 주며 조상을
이야기하는 것과도 비슷하다.
해부학 실습실의
분위기가
자연사 박물관
또는 박물관처럼 바뀐다.
해부학이 재미있지 않은가?

"비교해부, 발생과 관계 있는 구조물은 사람 몸에 들어 있는 화석이다." 해부학 실습실에서 나는 이것을 보여 주며 사람의 먼 조상을 이야기한다. 자연사 박물관에서 고생물학 선생이 진짜 화석을 보여 주며 사람의 먼 조상을 이야기하는 것과 같지 않은가? 박물관에서 역사학 선생이 유물을 보여 주며 우리의 조상을 이야기하는 것과도 같지 않은가? 해부학을 비교해부, 발생, 진화와 함께 가르치면, 해부학 실습실의 분위기가 자연사 박물관 또는 박물관처럼 바뀐다. 해부학은 재미있는 과목이다.

*발생을 더 알고 싶으면
〈해랑이와 말랑이의 몸 이야기〉(268쪽)를 보세요.

41. 일할 때, 쉴 때

책 읽어서 돈 버는 사람한테는 운동하는 것이 쉬는 것이고, 운동해서 돈 버는 사람한테는 책 읽는 것이 쉬는 것이다. 이처럼 일할 때 하는 것과 쉴 때 하는 것은 다르다. 즉 직업과 취미는 다르다.

의과대학에는 임상의학 선생과 기초의학 선생이 있다. 임상의학 선생의 일은 진료, 연구, 교육이며, 주로 하는 일은 진료이다. 기초의학 선생의 일은 진료를 뺀 연구, 교육이며, 주로 하는 일은 연구이다. 의과대학에서 쓸 돈을 벌려면 진료를 많이 해야 하고, 따라서 임상의학 선생이 기초의학 선생보다 10배쯤 많다. 두 무리의 선생이 환자를 위해 직접, 간접으로 애쓰는 것은 같지만, 실제로 하는 일은 거꾸로이다.

연구가 진료, 교육과
다른 점을 말했다.
진료할 때에는
환자를 만나야 하고,
가르칠 때에는
학생을 만나야 한다.
그러나 연구할 때에는
사람을 안 만나야 한다.
실험 감옥
글 감옥
외로워야 제대로 실험하고
논문 쓸 수 있기 때문이다.
따라서 연구한 다음에
놀 때에는
악착같이 사람을 만난다.
거꾸로 진료하거나 가르친
다음에는 혼자 잘 논다.

진료하는 임상의학 선생, 즉 의사는 의과대학에 딸린 병원에서 많은 환자를 만난다. 외래에서 한나절에 100명의 환자를 만나기도 하며, 따라서 안타까운 상황이 벌어진다. 환자는 한 마디라도 더 말하려고 애쓰고, 의사는 한 마디라도 덜 말하려고 애쓰는 것이다. 양쪽이 다 딱하다. 이처럼 의사가 많은 환자를 만나고 나면, 혼자 쉬고 싶어진다. 어떤 의사는 주말에 가족도 팽개치고 나 홀로 여행을 간다.

반사회적인 기초의학 선생을 보았다.
인터넷은 연구에 꼭 필요한 것만 하고, 전자편지는 하루에 한 번만 열어 보고 답장한다.
휴대전화도 없다.
나는 답답하지 않습니다. 나 때문에 다른 사람이 답답해서 조금 미안할 뿐입니다.
방의 전화도 받지 않는다.
울리지 않게 하였음.
방에 찾아온 사람은 만납니다.
같은 직장에서 중요한 일이 아니면 전화만 걸고, 중요한 일이면 찾아오기 때문입니다.
반사회적이라고 욕먹어도, 골똘히 연구할 수 있어서 좋습니다.

연구하는 기초의학 선생은 의과대학에서 사람을 잘 만나지 않는다. 하루 종일 혼자 실험을 하거나 논문을 쓴다. 일주일 내내 혼자일 때도 있다. 생각하는 시간을 가지려고 혼자 밥을 먹기도 한다. 어떤 선생은 일할 때 전화조차 안 받으려고,

유선전화와 휴대전화를 울리지 않게 하는 반사회적인 짓을 저지른다. 이처럼 기초의학 선생이 외롭게 일하고 나면, 사람을 만나고 싶어진다. 사람을 만나면 그동안 참았던 수다를 쉼없이 떤다. 역시 직업과 취미는 다르다.

의사는 쉴 때 병원 근처에서 벗어나려고 애쓴다. 병원 근처의 밥집에서 환자가 알아 보고 인사하면 편하지 않다. 게다가 환자가 합석한 다음에 병원에서 섭섭했다고 따지면 무척 괴롭다. 그래서 의사는 진료할 때 만난 환자를 쉴 때 만나지 않으려고 애쓴다.

기초의학 선생의 경우에는, 가르칠 때 만난 학생을 쉴 때 만나지 않으려고 애쓴다. 학생 앞에서 애써 점잖은 척했는데, 쉴 때에는 그러기 싫기 때문이다. 다행히 학생도 나처럼 고약한 기초의학 선생을 만나지 않으려고 애쓴다. 이 글의 주제대로, 일할 때와 쉴 때는 다르다.

해부학자는 일할 때
죽은 사람을 만나기 때문에,
놀 때 꼭 산 사람을 만난다.
놀 때 죽은 사람을 만나는
사람도 있나?

기초의학 선생 중에서 해부학 선생은 시신을 마주한다는 점이 남다르다. 가르치려고 학생을 마주하는 시간도 있지만, 연구하려고 시신을 마주하는 시간이 훨씬 많다. 함께 연구하는 동료와 이야기하는 시간도 있지만, 혼자 시신을 해부하는 시간이 대부분이다. 내 실험실에서는 시신을 컴퓨터에 입력해서 가상해부하는데, 컴퓨터에 입력한 시신도 시신이다. 해부학 선생은 일할 때 시신을 마주하니까, 쉴 때 산 사람을 마주해야 이 글의 주제에 들어맞는다. 정말 그렇다. 쉴 때 시신을 마주하는 사람이 설마 있겠는가?

나는 남다른 직업과 취미를 되풀이하면서 그럴싸하게 말한 적이 있다. "시신을 해부할 때에는 정교함을 느낍니다. 사람의 몸이 무엇보다도 잘 만든 것이라서 그렇습니다. 그리고 산 사람을 마주할 때에는 즐거움을 느낍니다. 사람의 삶이 무엇보다도 재미있는 것이라서 그렇습니다. 죽음을 마주할수록, 삶이 얼마나 소중한지 깨닫습니다."

글을 마무리하면서 독자에게 이렇게 해 보라고 권한다. "사람을 만나면 직업뿐 아니라 취미도 물어 보십시오. 그리고 일할 때 하는 것과 쉴 때 하는 것이 어떻게 다른지 물어 보십시오. 그러면 그 사람이 진짜 무슨 일을 하는지, 일하면서 무슨 생각을 하는지 짐작할 수 있습니다. 대개 직업과 취미는 거꾸로이니까요."

42. 동업자끼리 놀기

인구 100만 명마다 의과대학이 1개 있는 나라를 종종 볼 수 있다. 우리 나라도 이와 엇비슷하게 5000만 명에 가까운 인구와 41개 의과대학이 있다. 이 글에서는 41개 의과대학에 있는 해부학 선생의 동업자 관계를 이야기한다.

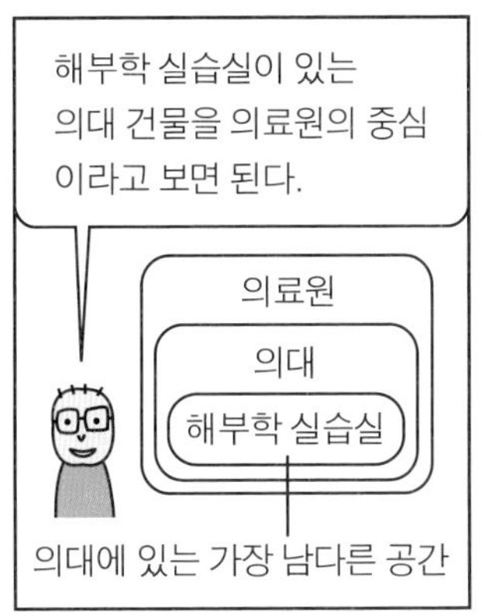
해부학 실습실이 있는
의대 건물을 의료원의 중심
이라고 보면 된다.
의료원
의대
해부학 실습실
의대에 있는 가장 남다른 공간

41개 의과대학에서만 볼 수 있는 것은 무엇일까? 임상의학 선생이 진료하는 부속병원이 아니다. 부속병원은 큰 것을 빼면 다른 병원과 마찬가지이다. 생리학, 생화학, 미생물학, 약리학 선생이 가르치는 실습실과 연구하는 실험실도 아니다. 이 실습실과 실험실은 자연과학대학, 약학대학에 있는 것과 마찬가지이다. 의과대학에서 가장 남다른 것은 해부학 실습실이다. 치과대학, 한의과대학에도 해부학 실습실이 있는데, 이것은 수가 적을 뿐 아니라, 의과대학의 해부학 실습실과 관계가 많기 때문에 빼고 이야기하겠다.

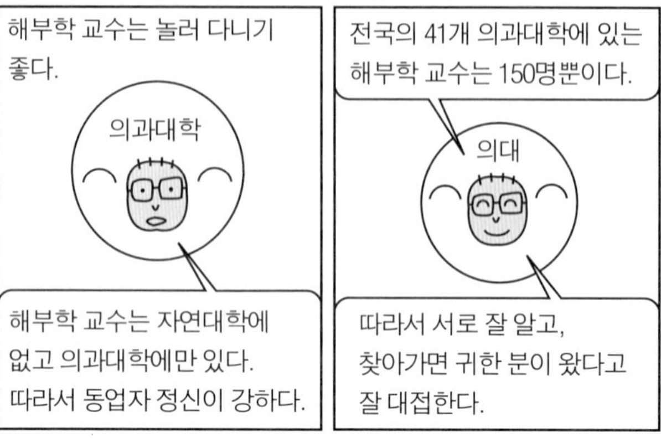
해부학 교수는 놀러 다니기 좋다.
의과대학
해부학 교수는 자연대학에 없고 의과대학에만 있다. 따라서 동업자 정신이 강하다.
전국의 41개 의과대학에 있는 해부학 교수는 150명뿐이다.
의대
따라서 서로 잘 알고, 찾아가면 귀한 분이 왔다고 잘 대접한다.

이 남다른 해부학 실습실을 맡고 있는 사람이 해부학 선생이며, 그래서 의과대학에서만 볼 수 있는 사람이 해부학 선생이라고 말할 수 있다. 해부학 선생을 해부학 교수, 해부학 조교로 나눌 수 있는데, 41개 의과대학에 있는 해부학 교수는 150명뿐이다. 많은 수가 아니라서 서로 잘 안다. 임상의학 또는 다른 기초의학 선생이 학술대회에 가면 의과대학에 있지 않은 개업 의사 또는 자연대학 선생도 만난다. 그런데 해부학 선생이 학술대회에 가면 의과대학에 있는 해부학 선생만 만난다. 따라서 해부학 선생끼리는 동업자 정신으로 똘똘 뭉쳐 있고, 처음 만나도 금방 친해진다.

의대는 전국의 큰 도시마다 있고, 그중 번화가에 있다.
밥집
의대
술집
따라서 의대에 있는 해부학 교수를 찾아가기 좋고, 의대 주변에서 놀기 좋다.

해부학 선생끼리는 서로 찾아가서 만나기도 한다. 부속병원과 함께 있는 의과대학은 큰 도시마다 있고, 큰 도시의 번화가에 자리 잡고 있다. 따라서 다른 의과대학의 해부학 선생을 찾아가기 좋고, 주변의 밥집, 술집에서 놀기도 좋다. 물론 동업자가 왔다고 잘 대접한다.

조교 때 교수님이
농담한 것을 생각했다.
심장의 무게는 네 근이다.
두근두근하니까.
하하
큰 관절이 이해되지 않으면
'대관절 어찌 된 일이냐?'
라고 말한다.
하하

해부학 선생끼리 만나면 남다른 이야기를 즐긴다. 보기를 들면 해부학 용어를 갖고 말장난을 한다. "심장의 무게는 네 근입니다. 두근두근하니까요." "무릎관절처럼 큰 관절이 이해되지 않으면, 대관절 어찌 된 일이냐고 묻습니다."

오른콩팥이 왼콩팥보다
아래에 있는 까닭은?
중력
오른콩팥의 글자 수가
왼콩팥보다 많기 때문이다.
영어에서도 right kidney의
글자 수가 left kidney보다
많기 때문이다.
그 말이 맞는다면,
몸 전체가 오른쪽(right)으로
기울어져 있겠군.

재미 삼아 해부학 지식을 엉터리로 알리기도 한다. “오른콩팥이 왼콩팥보다 아래에 있는 까닭은 오른콩팥의 글자 수가 하나 많기 때문입니다. 글자 수가 많으면 그만큼 무거울 수밖에 없죠.” 오른콩팥이 아래에 있는 진짜 까닭은 간이 누르기 때문인데, 해부학 선생끼리는 이것을 말할 필요가 없어서 편리하다.

Welcome to my stomach.
(내 위에 온 것을 환영합니다.)
먹는 것도 좋아하는군.
이처럼 해부학자끼리 해부학
용어로 말하면 편리하다.

국제 학술대회에 가면 다른 나라의 해부학 선생을 만나는데, 마찬가지로 금방 친해진다. 역시 해부학 선생다운 이야기를 즐긴다. 이를테면 맛있는 것을 먹을 때 해부학 용어를 이렇게 쓴다. “내 위(stomach)에 온 것을 환영합니다.”

영화를 본 사람이
한꺼번에 나온다.
출구
이 사람에 섞여서 뒷걸음질
치면 공짜로 들어갈 수 있다.
미리 집에서
충분히 익혀야 한다.
제자리
걷다가
뒤로 걷기
뻔뻔한
표정
짓기
달인이 되면 놀이공원,
역사관광지, 호젓한 박물관
에도 공짜로 들어갈 수 있다.
뒷걸음질은
용돈을 아낄 뿐 아니라,
큰볼기근(gluteus maximus)을
많이 수축해서
뒤태를 예쁘게 만든다.

우스갯소리와 해부학 지식을 알맞게 섞기도 한다. "영화관에서 영화를 본 사람들이 한꺼번에 나옵니다. 이 사람들에 섞여서 뒷걸음질 치면 영화관에 공짜로 들어갈 수 있습니다. 게다가 뒷걸음질 치면 큰볼기근을 많이 수축해서 뒤태가 예뻐집니다." 우스갯소리일 뿐이다. 영화관에 공짜로 들어가려는 해부학 선생은 국내외에 아무도 없다.

놀기만 하면 명분이 없기 때문에 살짝 토론한다.
해부학 교육 토론 모임
누구든지 교육에 관심이 있으니까.
토론 모임이 아니라 토할 때까지 마시는 모임이죠.

해부학 선생이 만나서 놀 수만은 없기 때문에 공통 관심을 토론하는데, 그것은 교육이다. 해부학 선생의 연구는 경계가 없고 제각각이어서, 서로 이해하지 못하는 경우가 많다. 그러나 해부학 선생의 교육은 비슷해서, 서로 잘 이해한다. 해부학 선생이 각자 하는 강의, 실습, 시험을 이야기하면 서로 도움을 받는다. 따라서 국내외 해부학 학술대회에서도 교육이 큰 비중을 차지한다. 교육이 해부학 선생을 묶는다고 볼 수 있다.

그런데 토론이 아무리 값지어도 재미없으면 꺼림칙하다. 이야기한 대로 해부학 선생답게 잘 놀아야 꾸준히 만날 수 있고, 꾸준히 만나야 값진 토론을 넉넉하게 할 수 있다. 해부학 선생끼리도 연구할 때에는 경쟁하고, 논문 심사를 할 때에는 살벌하다. 그래도 만나면 편한데, 동업자라서 서로를 잘 헤아려 주기 때문이다. 다른 분야에서도 동업자끼리 만나면 편할 것이다. 동업자가 있다는 것은 행복한 것이다.

43. 비저블 코리안

해부는 쉽게 할 수 있는 것이 아니다. 시신을 기증받는 것부터 시신을 화장하는 것까지 의과대학에서는 많은 노력과 돈을 쓰고 있다. 아무나 시신을 해부할 수 없고, 의과대학 학생도 아무 데서나 아무 때나 해부할 수 없다. 그리고 한 번 해부한 시신은 되풀이해서 해부할 수 없다.

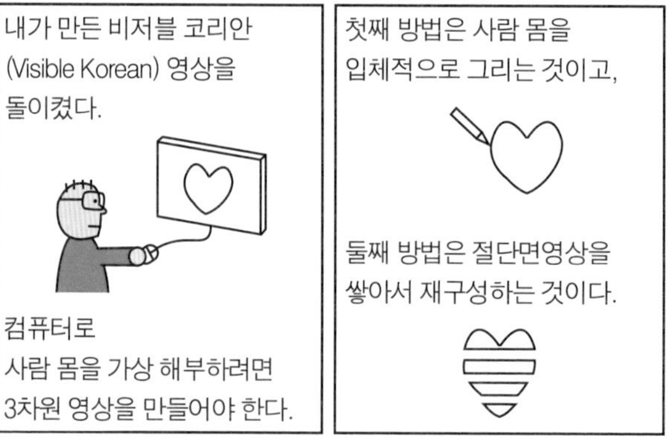
내가 만든 비저블 코리안 (Visible Korean) 영상을 돌이켰다.
컴퓨터로 사람 몸을 가상 해부하려면 3차원 영상을 만들어야 한다.
첫째 방법은 사람 몸을 입체적으로 그리는 것이고,
둘째 방법은 절단면영상을 쌓아서 재구성하는 것이다.

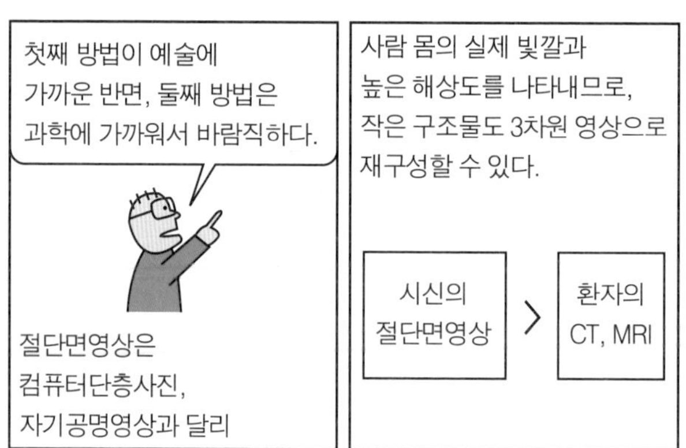
첫째 방법이 예술에 가까운 반면, 둘째 방법은 과학에 가까워서 바람직하다.
절단면영상은 컴퓨터단층사진, 자기공명영상과 달리
사람 몸의 실제 빛깔과 높은 해상도를 나타내므로, 작은 구조물도 3차원 영상으로 재구성할 수 있다.
시신의 절단면영상
>
환자의 CT, MRI

이런 한계를 이겨 내는 방법은 컴퓨터로 가상 해부하는 것이다. 가상 해부를 제대로 하려면 사람 몸의 3차원 영상이 있어야 한다. 그래야 각 구조물을 골라 보고 돌려 보고 잘라 볼 수 있다. 3차원 영상을 만드는 첫째 방법은 사람 몸을 입체적으로 그리는 것이다. 물론 해부학을 잘 아는 사람이 컴퓨터에서 그려야 한다. 둘째 방법은 사람 몸을 연속절단해서 2차원 영상을 만든 다음에 2차원 영상을 쌓아서 3차원 영상으로 재구성하는 것이다. 사람 몸을 연속절단하는 것이 미분이라면, 2차원 영상을 쌓는 것은 적분이라고 말할 수 있다. 첫째 방법이 예술에 가까운 반면, 둘째 방법 즉 미분과 적분은 과학에 가깝고 사람 몸을 오롯이 나타낸다.

병원에서는 환자를 연속절단할 수 없기 때문에 다른 방법으로 2차원 영상을 만드는데, 이것이 컴퓨터단층사진(CT), 자기공명영상(MRI)이다. 해부학 실습실에서는 시신을 연속절단해서 2차원 영상을 만들 수 있는데, 이것이 절단면영상이다. 절단면영상은 컴퓨터단층사진, 자기공명영상과 달리 사람 몸의 실제 빛깔을 나타내고 해상도가 아주 높으므로, 작은 구조물까지 3차원 영상으로 재구성할 수 있다.

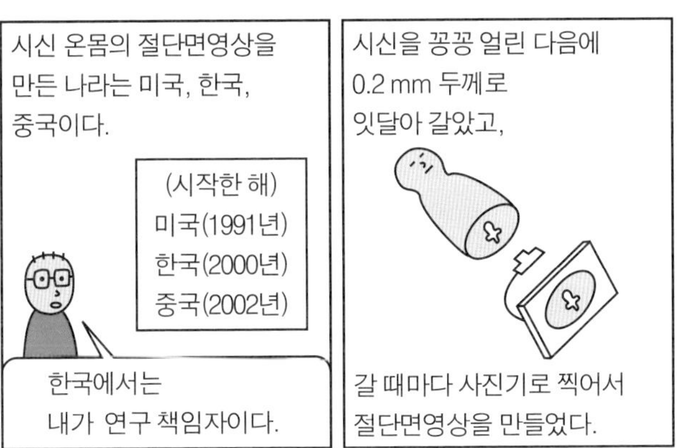
시신 온몸의 절단면영상을
만든 나라는 미국, 한국,
중국이다.
(시작한 해)
미국(1991년)
한국(2000년)
중국(2002년)
한국에서는
내가 연구 책임자이다.
시신을 꽁꽁 얼린 다음에
0.2 mm 두께로
잇달아 갈았고,
갈 때마다 사진기로 찍어서
절단면영상을 만들었다.

시신 온몸의 절단면영상을 만든 나라는 미국, 한국, 중국뿐이다. 한국의 연구 책임자는 바로 나이며, 2000년부터 한국과학기술정보연구원(KISTI)과 함께 남성과 여성의 절단면영상을 만들었다. 이것을 위해서 시신을 꽁꽁 얼린 다음에 0.2㎜ 두께로 잇달아 갈았고, 갈 때마다 절단면을 디지털 사진기로 찍었다. 시신을 가루로 만든 셈이며, 이 가루는 모아서 화장하였다. 끔찍한 일인데, 시신을 그대로 화장하는 것도, 시신을 그대로 땅에 묻어서 벌레와 미생물이 갉아먹게 하는 것도 끔찍하기는 마찬가지이다. 의학 교육과 연구를 위해서 자기 몸을 기증한 분께 고마울 뿐이다.

절단면영상 하나하나에서
구조물의 테두리를 그렸고,
덕분에 각 구조물을 3차원
영상으로 재구성할 수 있었다.

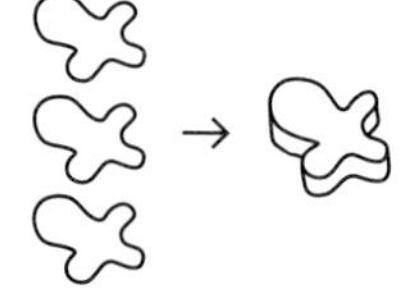

이 모두를 '비저블 코리안
영상'이라고 불렀다.

구조물 하나하나를 3차원 영상으로 재구성하려면, 절단면영상에서 구조물의 테두리를 손으로 그려서 구역화영상을 만들어야 한다. 온몸의 절단면영상을 만드는 데 4달이 걸렸는데, 구역화영상을 만드는 데에는 무려 8년이 걸렸다. 구역화영상을 위해서 해부학을 아는 고급 인력이 막일을 해야 했다. 나는 절단면영상을 낳은 자식으로 여기고, 구역화영상을 기른 자식으로 여긴다. 자식을 낳기도 힘들지만, 기르기가 더 힘들다는 뜻이다. 마침내 절단면영상과 구역화영상 덕분에 수백 개의 구조물을 3차원 영상으로 재구성할 수 있었다. 이 모두를 '비저블 코리안(Visible Korean) 영상'이라고 이름 지었다.

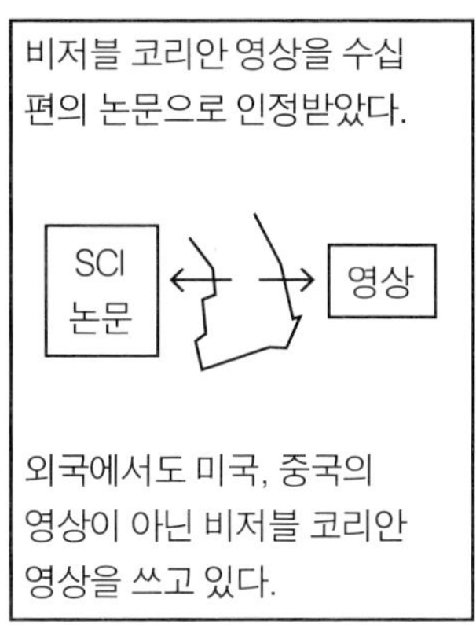
비저블 코리안 영상을 수십
편의 논문으로 인정받았다.
SCI
논문
영상
외국에서도 미국, 중국의
영상이 아닌 비저블 코리안
영상을 쓰고 있다.

비저블 코리안 영상은 미국, 중국의 영상보다 뛰어나며, 이것은 30편의 국제 학술지 논문으로 인정받았다. 미국의 이름난 회사에서는 상업용 가상 해부 탁자를 만들 때, 미국, 중국의 영상이 아닌 비저블 코리안 영상을 썼다.

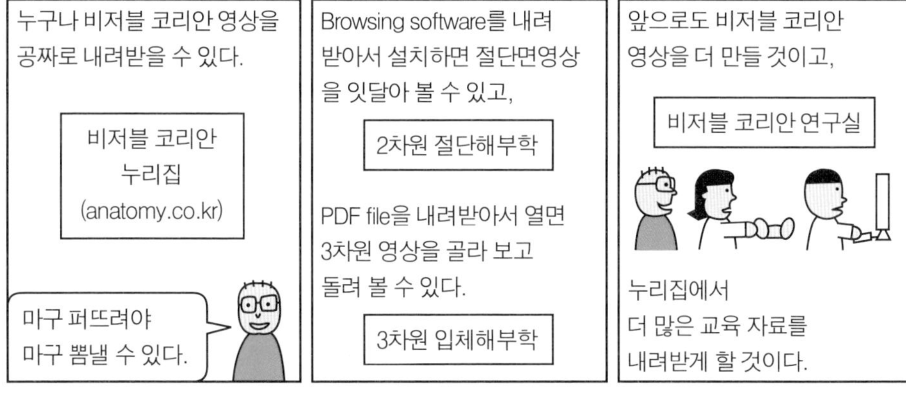
누구나 비저블 코리안 영상을
공짜로 내려받을 수 있다.
비저블 코리안
누리집
(anatomy.co.kr)
마구 퍼뜨려야
마구 뽐낼 수 있다.
Browsing software를 내려
받아서 설치하면 절단면영상
을 잇달아 볼 수 있고,
2차원 절단해부학
PDF file을 내려받아서 열면
3차원 영상을 골라 보고
돌려 볼 수 있다.
3차원 입체해부학
앞으로도 비저블 코리안
영상을 더 만들 것이고,
비저블 코리안 연구실
누리집에서
더 많은 교육 자료를
내려받게 할 것이다.

상업용만 있지는 않다. 나는 비저블 코리안 영상을 내 누리집(anatomy.co.kr)에서 공짜로 내려받게 하였다. 브라우징 소프트웨어(browsing software)를 내려받아서 설치하면, 절단면영상과 구역화영상을 잇달아 볼 수 있다. 피디에프(PDF) 파일을 내려받아서 열면, 3차원 영상을 마음껏 골라 보고 돌려 볼 수 있다. 비저블 코리안 영상을 외국에 퍼뜨리려고 이 교육 자료를 영어로 만들었으며, 그래서 한국 사람이 보기 불편하다. 그러나 좋게 말하면, 한국 사람이 영어 해부학 용어를 익히게 하는 교육 자료이다. 내 연구실에서는 앞으로도 비저블 코리안 영상을 잇달아 만들 것이고, 누리집에서 더 많은 교육 자료를 내려받게 할 것이다.

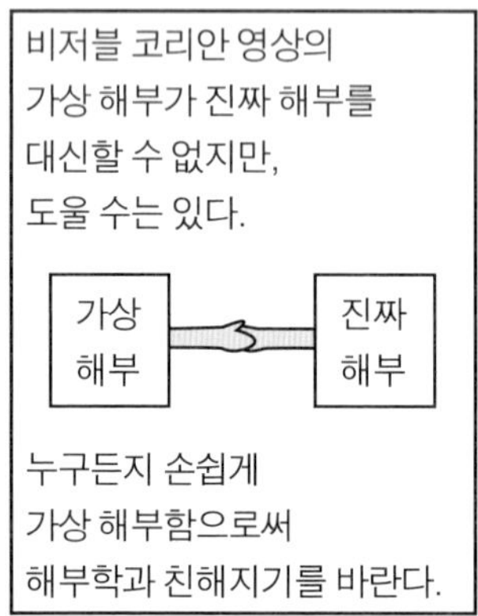
비저블 코리안 영상의
가상 해부가 진짜 해부를
대신할 수 없지만,
도울 수는 있다.
가상
해부
진짜
해부
누구든지 손쉽게
가상 해부함으로써
해부학과 친해지기를 바란다.

비저블 코리안 영상을 써서 하는 가상 해부가 의과대학 학생의 진짜 해부를 대신할 수 없지만 도울 수 있다. 그리고 진짜 해부를 못 하는 보통 사람한테는 딱 알맞다. 누구든지 가상 해부를 해 봄으로써, 그리고 내 누리집에 있는 해부학 만화, 해부학 강의 동영상을 함께 봄으로써 해부학과 더 가까워지기를 바란다.

44. 해랑 선생의 일기

나는 이 책을 통해서 해부학 농담과 지식을 알리려고 애썼다. 둘 중에 하나만 꼽으라면 해부학 농담이다. 해부학 농담을 즐기다 보면 해부학 지식을 저절로 갖추기 때문이다. 게다가 해부학 농담을 더 즐기기 위해서 해부학 지식을 더 갖추려는 사람도 생기기 때문이다. 즐기는 것이 아는 것이고, 끝내 이기는 것이다.

해부학 답안지를 채점하면서 엉뚱한 생각을 했다.
채점하는 것은 단순정신노동 이라서 몹시 지겹다. 쉽게 채점할 수 없을까?

학생이 공부하면 대뇌의 신경 전달물질(neurotransmitter)이 조금 바뀔 것이고, 이 신경전달물질이 뇌척수액 (cerebrospinal fluid)으로 조금 흘러 나갈 것이다.

허리천자(lumbar puncture)로 꺼낸 뇌척수액에서 신경전달물질을 분석하면 얼마나 공부했는지 알 수 있다.
학생
해부학을 공부하면 분자량이 큰 신경전달물질이 바뀌고, 조직학을 공부하면...

의학이 발전하면 언젠가 이 꿈이 이루어질 것이고, 그러면 나는 문제 내거나 채점하지 않아도 된다. 히히.
허리천자는 아프니까 뇌의 기능자기공명영상(functional magnetic resonance image)으로 채점하면 안 될까요?

해부학 농담과 지식을 어떻게 섞는지 보기를 들면 다음과 같다. 나는 의과대학 학생한테 해부학 시험 문제를 내고 채점한다. 이 일은 단순한 정신노동이라서 정말 하기 싫다. 그래서 다음과 같은 꿈을 꾼다. 학생이 공부를 하면 대뇌에서 신경전달물질이 조금 바뀌고, 이 신경전달물질의 일부가 뇌와 척수 곁에 있는 뇌척수액으로 빠져 나간다. 학생의 허리에 주삿바늘을 꽂으면 척수 밑에서 뇌척수액을 꺼낼 수 있고, 꺼낸 뇌척수액의 신경전달물질을 분석하면 공부를 얼마나 했는지 알 수 있다. 의학이 발전하면 이 꿈이 이루어질 것이고, 그러면 나는 시험 문제를 내거나 채점하지 않아도 된다. 학생은 주삿바늘 때문에 아플 텐데, 그것은 내가 알 바 아니다. 어차피 나는 학생한테 존경받을 만한 선생이 아니다.

나는 이런 해부학 농담과 지식을 퍼뜨리고 싶었고, 그래서 4칸짜리 명랑만화를 수백 편 그렸다. 명랑만화의 제목이 '해랑 선생의 일기'이며, 해랑 선생은 해부학을 사랑하는 선생, 바로 나를 뜻한다. 보다시피 나는 낙서처럼 그리는데, 만화에서 중요한 것은 그림이 아닌 글이라고 생각하면서 버틴다.

해부학 명랑만화를 모두 보고 싶은 사람은 내 누리집(anatomy.co.kr)으로 가면 된다. 그런데 보고 실망할 수도 있다. 어른을 위한 만화라서 미풍양속을 해치고 청소년한테 해롭기 때문이다. 그리고 의과대학 학생을 위한 만화라서 보통 사람한테 어렵기 때문이다. 그래서 이 책의 부록 1(해랑 선생의 일기)에는 덜 해롭고 덜 어려운 명랑만화를 골라 담았다. 보통 사람이 명랑만화를 조금이라도 더 깨닫고 웃으려면, 같은 누리집에 있는 해부학 학습만화(이 책의 부록 2(해랑이와 말랑이의 몸 이야기)에 넣었음)와 해부학 강의 동영상을 차례대로 봐야 한다. 이 교육 자료를 묶은 프로그램(쉬운 해부학)도 누리집에서 볼 수 있다.

직업 만화가와
취미 만화가를 견주었다.
직업 만화가는
재능과 열정이 있다.
직업
만화로 돈을 벌어야 된다.
박터지는 경쟁에서 이겨야
직업 만화가로 살아남는다.

취미 만화가는 여유가 있다.
나는 월급을 꼬박꼬박 받는,
자리 잡은 해부학자이다.
♪
취미
만화로
돈을 벌지 않아도 된다.

해부학 명랑만화, 학습만화, 강의 동영상은 내 누리집에서 모두 공짜이고, 회원 등록도 할 필요가 없다. 이렇게 퍼뜨리는 까닭은 내가 뽐내는 것을 좋아하기 때문이다. 나는 월급을 꾸준히 받는, 해부학으로 자리 잡은 사람이다. 그래서 그런지, 해부학 교육 자료를 팔아서 돈 버는 것보다 마구 퍼뜨려서 뽐내는 것이 좋다. 이 책(해부하다 생긴 일)을 돈 받고 파는 것이 미안할 뿐이다.

해부학 명랑만화를
다른 나라에도 알리려고
애쓴 것이 생각났다.
한영
사전
한글 말장난을 담은 만화를
빼고 모두 영어로 번역하였다.

제목은 Doctor Anatophil
(Anato 해부학 + phil 사랑)
으로 번역하였다.

해랑 선생의 일기
Dr. Anatophil

모든 한글, 영어 만화를
누리집(anatomy.co.kr)에서
보게 하였다.

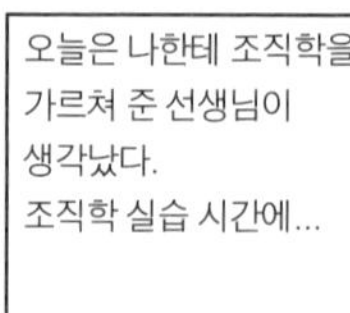

오늘은 나한테 조직학을
가르쳐 준 선생님이
생각났다.
조직학 실습 시간에...

단안현미경을 보면서 한쪽
눈을 감으면 뒤통수를 때렸다.
양쪽 눈을 다
뜨란 말이야.

그러면 뒤통수뿐 아니라
눈퉁이도 무척 아팠다.
아이구야.

그 선생님의 별명은
'조직폭력배'였다.
조직학 시간에
폭력을 휘둘렀으니까.

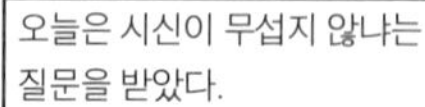

오늘은 시신이 무섭지 않냐는
질문을 받았다.
자주 듣는
질문입니다.
덤덤
궁금
무섭죠?

해부학을 배우는 학생일
때에는 이렇게 대답했고,
시신보다
시험이
무서워요.
시험을 못
보면 낙제
하거든요.
부들
족보

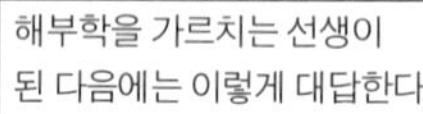

해부학을 가르치는 선생이
된 다음에는 이렇게 대답한다.
죽은 사람
보다
산 사람이
무서워요.
벌벌
강의

산 사람은 나를 괴롭힐 수
있지 않습니까?
돈 벌어와!
-마누라
열심히
일해!
-학장
술값 내!
-마담

오늘은 해부학 시간에
엉뚱한 것을 묻는 학생이
많았다.
아담의 갈비뼈로
이브를 만들었으니까,

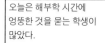

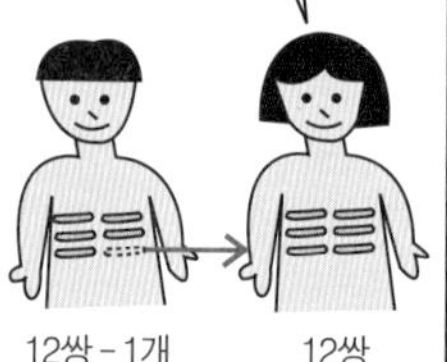
남자는 여자보다 갈비뼈가
1개 적어야 되지 않습니까?
12쌍 - 1개
= 23개
12쌍
= 24개

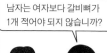

한의사가 놓는 침은
어느 해부 구조를
자극하는 것입니까?
해부학
선생님은
진화론을
믿습니까,
창조론을
믿습니까?

질문은 달라도 대답은 같았다.
교과서에
나오지 않는
것은 묻지 마!
모르니까 화내네.

오늘은 백일잔치에 가서
아기의 부모를 쑥스럽게
만들었다.
축하합니다.
축 백일

정자와 난자가 만난 지
265일쯤이 지나면
아기가 태어나고,
정자
난자
수정부터 분만까지 38주
걸리니까, 38 X 7 = 266일.

365일쯤이 지나면
백일잔치를 합니다.
265 + 100 = 365일
그래서요?

따라서 작년 이 날짜에 아기를
만든 셈입니다. 애썼습니다.
쑥스러워서
못 살겠네.
결혼한 지 딱 1년 지났으니까
신혼여행에서 만들었구나.

오늘은 소고기를 먹으면서
해부학을 가르쳤다.
숙달된 조교
어디에 있는 근육인지
알고 먹으면 더 맛있다.

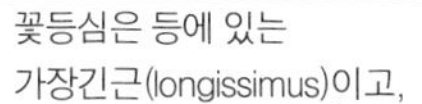

꽃등심은 등에 있는
가장긴근(longissimus)이고,
저도 압니다.
기름이 곳곳에
섞여 있어서
꽃처럼 곱습니다.

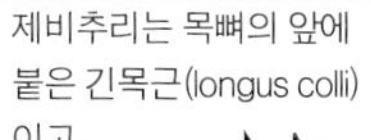

제비추리는 목뼈의 앞에
붙은 긴목근(longus colli)
이고,
목뼈
제비의
꼬리처럼
생겼습니다.

차돌박이는 큰가슴근
(pectoralis major)의
안쪽 부분이다.
기름이 희고
단단한 차돌처럼
박혀 있습니다.

오늘도 소고기를 먹으면서
해부학을 가르쳤다.
또 시작이군.
가로절단면이 아롱아롱하게
보이는 아롱사태는...

장딴지 속에 있는
긴엄지굽힘근(flexor hallucis
longus)과 긴발가락굽힘근
(flexor digitorum longus)이고,
이런 공부를 하면
고기가 더 맛있나?

소고기 국물을 만들 때 끓이는
사골은 위팔뼈(humerus),
노뼈(radius), 자뼈(ulnar),
넙다리뼈(femur),
정강뼈(tibia), 종아리뼈(fibula)
이고,
네 다리에
있는 뼈라서
4골이라
합니다.

양은 첫째 위(stomach)
이고, 천엽은 셋째 위이고,
곱창은 작은창자(small
intestine)이고, 막창은
큰창자(large intestine)이다.
나는 위가 4개입니다.

오늘은 아킬레스가 나오는
영화를 보았다.
트로이
전쟁
걸을 수
없어요.

아킬레스힘줄(발꿈치힘줄)이
다치면 발꿈치를 들 수 없고,
따라서 걸을 수
없다.
장딴지근,
가자미근
아킬레스
힘줄
발꿈치뼈

이처럼 다치면 치명적인 것을
아킬레스힘줄이라고 한다.
게 다리의 힘줄을 가지고
놀아 봤는가?

소고기의 힘줄을 먹어
봤는가? 쫄깃해서 맛있다.
힘줄(떡심)
고래의 힘줄은 매우 질겨서
고집 센 사람을 부를 때 쓴다.

오늘은 갈매기살과 안창살을
먹었다.
조교
돼지의 가로막살은
발음이 비슷한
갈매기살이라고 하고,

소의 가로막살은
신발의 안창처럼
넓고 얇아서
안창살이라고
한다.
너는
떠들어라.
우리는
먹는다.

돼지와 소는 숨쉬기 위해서
가로막을 쉬지 않고 수축하기
때문에 갈매기살과 인칭실은
맛있다.
닭 다리와 물고기
지느러미처럼...

대신에 양이 적어서
비싼 것이 흠이다.
너는 돈이 아까워서
못 먹지?
조교는 자기 돈을
내지 않으니까
상관없다고.

오늘은 독자한테 직접 이야기 하겠습니다. 목에 있는 비스듬한 두 근육이 목빗근(sternocleidomastoid muscle)입니다.

복장뼈(sternum), 빗장뼈(clavicle)와 꼭지돌기(mastoid process)를 잇는 근육이죠.

오른쪽 목빗근을 수축하면 머리가 왼쪽으로 돌아갑니다.

근육이 수축하면 굵어지고 단단해 집니다.

머리를 왼쪽으로 돌릴 때 오른쪽 목빗근이 단단해지는 것을 만져 보세요.

한국에서는 차가 왼쪽에서 오기 때문에 주로 오른쪽 목빗근을 수축합니다.

일본은 반대라서 주로 왼쪽 목빗근을 수축합니다.

여성 여러분, 목 운동을 골고루 해서 양쪽 목빗근이 뚜렷한 미녀가 되십시오.

목빗근이 뚜렷하면 미녀라고요? 그렇다면 두리번거리면서 살래요.

오늘은 '흥부와 놀부'에 나오는 제비 이야기를 하였다.

놀부. 두고 보자.

놀부가 제비의 무릎관절을 부러뜨렸네요.

아니.

물 좋은 강남에서 춤 약속이 있는데 괜찮으려나?

뒤로 볼록한 것을 보면 발목관절이다.

무릎관절

발목관절

새는 가벼워서 발꿈치를 들고 있기 때문이다.

무릎관절
발목관절

그래서 이런 자세를 '까치발'이라고 한다.

선생님이 새 됐네!

개처럼 기어다니는 짐승도 발꿈치를 들고 있다.

무릎관절
발목관절

쳇! 나는 까치발을 해도 다리가 짧군.

오늘은 지난 시간에 휴강한 것을 보강하였는데,

지난 시간에 가르치지 않은 심장의 해부학을...

꼭 가르쳐야 합니까?

의대 학생이 불만을 보이지 않았다.

심장을 가르치지 않으면 심장병이 없어지냐? 그러면 안 가르칠게.

할 말 없습니다.

오늘은 비가 와서 나들이를 가지 않으려고 했는데,

비가 오네.

내가 지도교수를 맡은 나들이를 다음으로 미루겠다.

의대 학생이 불만을 보였다.

비가 오면 의사가 왕진을 가지 않습니까? 그러면 나들이를 가지 않겠습니다.

할 말 없다.

오늘은 발생학 강의를 하면서 사람 관계를 비유하였다.

각 기관(organ)이 발생하면서 자리를 옮길 때

신경
동맥
정맥

기관에 분포하는 신경은 끝까지 쫓아온다. 부모님처럼.

신경

부모님은 바꿀 수 없다.

그러나 동맥은 쫓아오지 않는다. 배우자처럼.

이혼이다!

동맥

정맥은 더 그렇다. 애인처럼.

보이지도 않네.

그러나 끝까지 쫓아오는 애인도 있으니까 조심해라.

나쁜 놈아. 책임져라.

신경 같은 거머리 애인

이 만화는 비교육적이란 말이야.

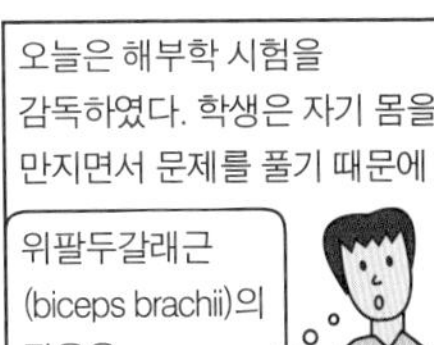
오늘은 해부학 시험을
감독하였다. 학생은 자기 몸을
만지면서 문제를 풀기 때문에
위팔두갈래근
(biceps brachii)의
작용은…

학생만 봐도 시험 범위를
알 수 있다.
아래팔의
굽힘(flexion)과
뒤침(supination)
이구나.
시험 범위가 팔이군.

이처럼 시험을 볼 때 자기의
몸을 만지는 것은
부정행위가
아니지만,
주물럭
시험 범위가 샅(perineum)
인가? 이런, 시험과 관계
없이 만지는 학생이군.

자기 몸에 적어 놓는 것은
부정행위이다.
자기 피부를 부정행위
종이로 만들다니.
해부학 용어로
문신한 학생은
봐 주시죠. 네?
어깨
세모근

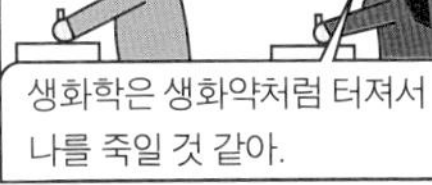
오늘은 의대 학생이 하는
이야기를 엿들었다.
해부학을 공부
하기 힘들다.
생화학은 생화약처럼 터져서
나를 죽일 것 같아.

나한테 못된 자식이 생기면,
그리고 그 자식이
공부를 잘하면

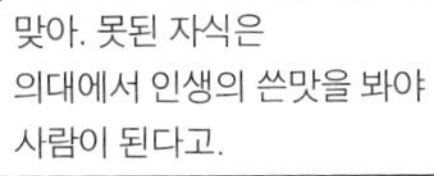
잘 꼬여서 의대로 보내겠다.
맞아. 못된 자식은
의대에서 인생의 쓴맛을 봐야
사람이 된다고.

혹시 우리 부모님도
같은 생각을?
학부모
설마 우리가 못된 자식?

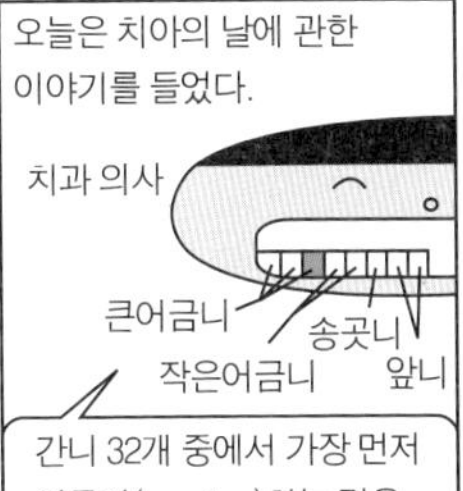
오늘은 치아의 날에 관한
이야기를 들었다.
치과 의사
큰어금니
송곳니
작은어금니
앞니
간니 32개 중에서 가장 먼저
이돋이(eruption)하는 것은
첫째큰어금니입니다.

6세에 대구(9)치(큰어금니의
옛 용어)가 이돋이하기 때문에
6월 9일을 치아의 날로
정했습니다. 치사(齒事)한
날이죠.
69! 야한 숫자입니다.
그런데 왜 큰어금니가
먼저 이돋이합니까?

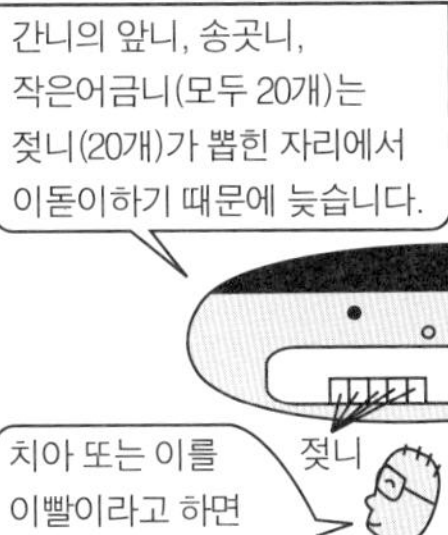
간니의 앞니, 송곳니,
작은어금니(모두 20개)는
젖니(20개)가 뽑힌 자리에서
이돋이하기 때문에 늦습니다.
젖니
치아 또는 이를
이빨이라고 하면
치과 의사가 화내죠?

화내지 않습니다. 이빨이
아파서 왔다고 하면 아가리를
벌리라고 할 뿐입니다.
이빨, 아가리는 짐승한테 쓰는
용어이다. 짐승 같은 놈아.

오늘은 해부학을 배운 학생이
졸업해서 의사가 되었다.
선생님께서 가르쳐 준
덕분입니다.
축하합니다. 드디어
고졸에서 대졸로 바뀌었네요.

졸업한 학생한테
알맞은 덕담을 한 다음에,
우리는 선생과 제자의
관계에서 동업자의
관계로 바뀌었습니다.
이 인간이 왜 나한테
높임말을 쓰지?

병원에서 의사와 환자의
관계로 만나면
저를 잘 보살펴 주십시오.
내가 해부학을
가르칠 때 한 못된
짓은 빨리 잊어라.
꿍꿍이 수작이 있었네.

본래의 모습을 되찾았다.
해부학 실습실은 의대의 논산
훈련소입니다. 이 따위로
공부해서 의사가
될 수 있겠습니까?
자기 골목에서만 힘을
쓰는 골목대장이네.

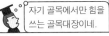

오늘은 해부학을 공부하는 의대 학생의 몸 특징을 찾아 냈다. 첫째, 햇볕을 쬐지 않아서 얼굴이 하얗고,
슬라이드 강의를 하니까 창문에 장막을 쳐라.
날마다 암실에서 사니까 피부의 광합성은 엄두를 못 낸다.

둘째, 스트레스를 먹는 것으로 풀어서 배가 볼록하고,
임신한 것이 아님.
용돈에서 엥겔계수가 70 이상이다. 내가 그렇게 가난한가?

셋째, 책상에 오래 앉아 있어서 궁둥이가 크다.
방석이 필요 없음.
궁둥뼈결절(ischial tuberosity) 겉 피부에 욕창(pressure sore) 또는 굳은살(callus)이 생긴다.

넷째, 간(liver)은 작은 학생도 있고 큰 학생도 있다.
오그라든 간을 못 만짐.
부은 간을 쉽게 만짐.

왼쪽 학생은 휴학하기 쉽고, 오른쪽 학생은 낙제하기 쉽다.

오늘은 내가 해부학을 배울 때 부모님한테 혼난 것이 기억났다. 그때 나는 등록금과 책 값에 대해서
의대 등록금과 책 값이 얼마인데...

할 말이 많았으나,
제가 얼마나 많이 배우는데 등록금을 따집니까? 등록금을 두 번 내고 두 번 배우는 학생도 있습니다. 색깔 그림이 있는 해부학 책이 비싸 보이지 않습니까? (책값 떼어먹은 것을 눈치챘나?)

성적에 대해서는
1XX 명 중 1XX 등
석차를 알린 가정통신문
내 성격이 네 성적만큼 나빠지는 것을 알지?

할 말이 없었다.
해부학 중간 성적을 집으로 보내다니. 그것도 석차를.
가정통신문이 아니라 가정파괴범을 보냈군.

오늘은 과학 전시장에 가서
이것이 아래팔에 있는 두 뼈인데, 맞춰 보면...
뼈 모형
행사 도우미

해부학 지식을 뽐낸 다음에,
오른팔의 노뼈(radius)와 왼팔의 자뼈(ulna)를 어떻게 맞춰?
잘못 걸렸다.

영화관에 가서
투명인간이 쫓아 온다.
사람이 보기 위해서는 먼저 망막(retina)에 상을 맺어야 하는데,

역시 해부학 지식을 뽐냈다.
투명인간은 망막도 투명해서 상을 맺을 수 없다고. 따라서 투명인간은 아무것도 볼 수 없다고.
더 떠들면 네 망막을 뜯어...
잘못 걸렸다.

오늘은 해부학교실이 4층에 있는 까닭을 생각해 보았다.
해부학교실이 4층에 있는 의대가 많습니다.
의대
해부학은 죽을 사. 외우기 쉽다.
엉치반점

해부학 선생은 4층을 꺼림칙하게 생각하지 않기 때문이다.
4층은 왠지...
다른 교실의 선생
저희는 시신을 관리하기 때문에 4층이 마땅합니다. 13층도 좋고요.

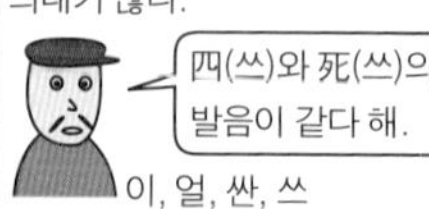

마찬가지로 중국과 일본에도 해부학교실이 4층에 있는 의대가 많다.
四(쓰)와 死(쓰)의 발음이 같다 해.
이, 얼, 싼, 쓰
四(시)와 死(시)의 발음이 같스므니다.
이치, 니, 산, 시

그런데 4층 해부학교실에는 꿈틀 움직이는 시신이 한밤에 나타난다는 무서운 이야기가 있다.
시신 같아.
꿈틀
또 술 마시고 학교에 와서 뻗었네.

오늘은 사람이 태어나기 전의 발생 과정을 보니까

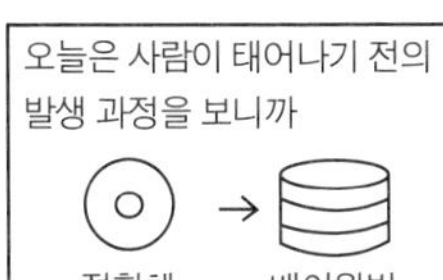
접합체
(zygote)
배아원반
(embryonic disc)
배아
(embryo)
태아
(fetus)

벌레의 변태(탈바꿈, metamorphosis)가 생각났고,

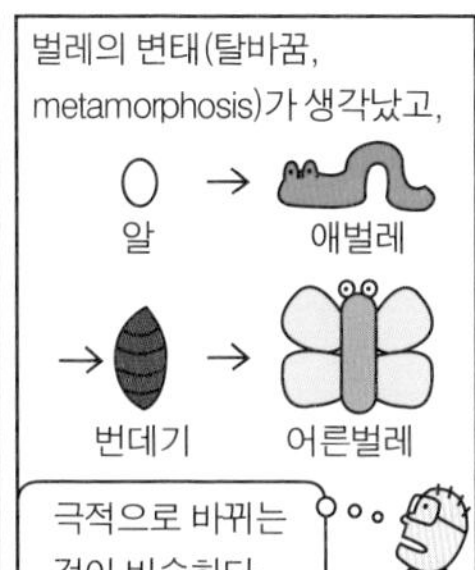
알
애벌레
번데기
어른벌레
극적으로 바뀌는 것이 비슷하다.

변태란 글자를 보니까 나의 변태(sexual deviation) 생활이 생각났고,

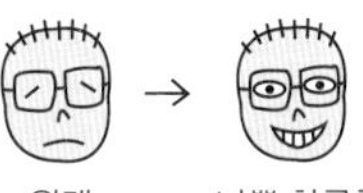
원래
착한
얼굴
나쁜 친구를
사귀면서
변태스러워진
얼굴

변태 생활을 돌이켜 보니까 내가 어른이 된 다음의 발생 과정이 생각났다.

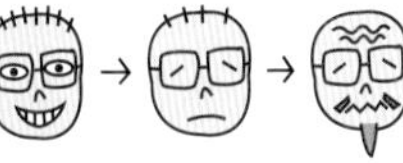
변태기
권태기
영감태기

삼태기 같은 내 인생

오늘은 병원에서 치료받은 의대 학생의 이야기를 들었다.

interphalangeal joint
(손가락뼈사이관절)의
인대가 늘어나서, 즉 손가락이
삐어서 병원에 갔습니다.

그 학생은 자기가 의대 학생인 것을 나타내기 위해서

어디가 아파서 왔습니까?
내가 의대 학생인 것을
알면 잘 해 주겠지. 히히.

의사한테 영어 용어를 썼는데,

interpharyngeal joint
(인두사이관절)가
아파서 왔습니다.
해부학을 배우니까
이렇게 쓸모가
있구나. 히히.
인두
사이
관절?

결국 그 학생은 본전도 찾지 못했다.

너 어느 의대에
다니냐?
내 후배면
넌 죽었어.
내가 기대한
분위기가 아니네.

오늘은 의대 학생끼리 X침 놓는 것을 보았다.

X침을 당했다.
처녀성을 잃었어.
X침, 성공!
너희, 이리 와 봐.

해부학을 배운 학생이 X침이라고 하면 되겠냐? 손가락이 항문(anus)에만 머물면 항문침이라고 하고,

항문관(anal canal)으로 들어가면 항문관침,

곧창자(rectum)까지 들어가면 곧창자침이라고 해야지.

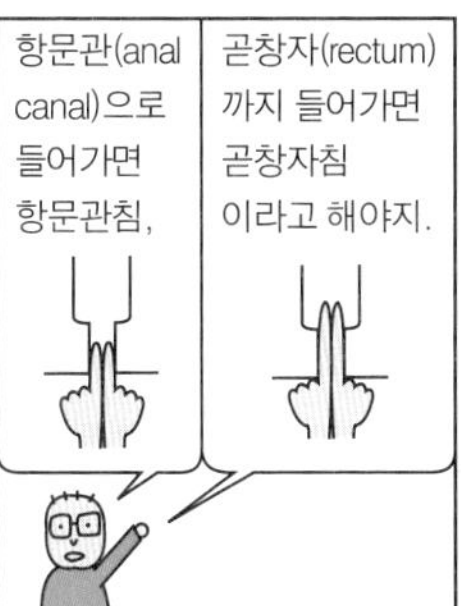

손가락이 항문관의 빗살선(pectinate line) 위로 들어가면 몸감각(somatic sensory)뿐 아니라 내장감각(visceral sensory)도 자극해서 느낌이 묘하다고.

어땠어?

빗살선

몰라, 잉.

오늘은 눈확(orbit)과 안구(eyeball)를 가르쳤다.

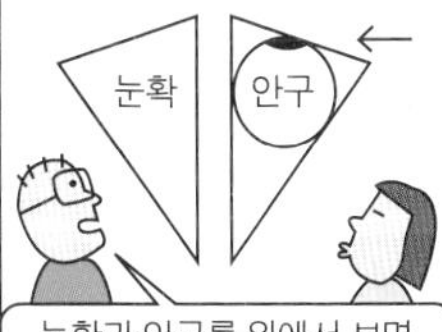
눈확
안구

눈확과 안구를 위에서 보면 그림과 같다. 따라서 화살처럼 옆에서 보아도

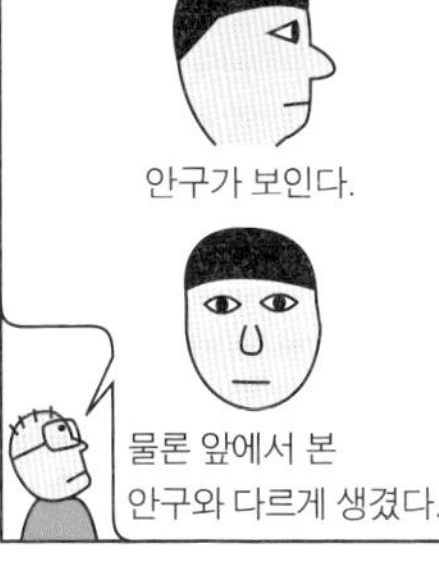
안구가 보인다.
물론 앞에서 본
안구와 다르게 생겼다.

그런데 이 만화에서는 왜 옆에서 본 안구와 앞에서 본 안구를 똑같이 그립니까? 이집트 벽화나 피카소 그림을 흉내냈을 리는 없고.

(억지 변명) 앞에서 본 안구가 옆 모습에도 나오면 그림이 친숙해지기 때문이다.

그러면 왜 눈썹을 그리지 않습니까? 해부학 교수 맞아요?

닥쳐! 이 만화를 안 보면 되잖아!

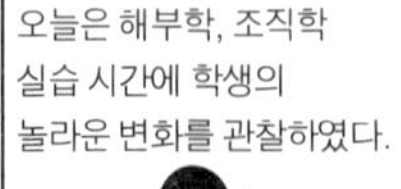

오늘은 해부학, 조직학
실습 시간에 학생의
놀라운 변화를 관찰하였다.
곱게 자란
양갓집
규수에요.
개강할 때에는
깔끔한 학생이었는데,

해부학 실습 시간에 추우면
실습복과 평상복을 함께
껴입고,
더러운 옷과 깨끗한 옷을
구별할 처지가
아니라고.
조금씩 더러워지더니

해부학 실습 시간에 배고프면
맨손으로 간식을 먹고,
내
오른손은
깨끗한
것으로
치자고.
몹시 더럽고 본능에
충실해지다가

조직학 실습 시간에 졸리면
현미경에 기대서 잔다.
ZZ
현미경은
나쁘지
않은
머리 받침
이라고.
본능에 충실한
짐승이 된다.

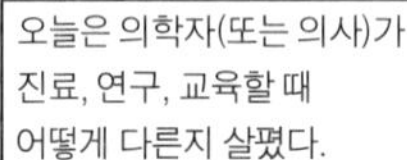
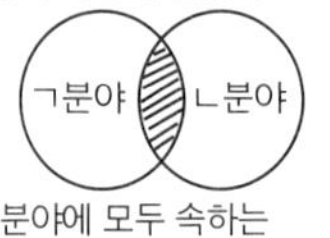
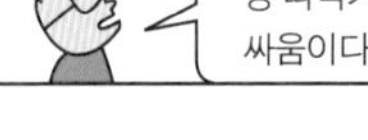

오늘은 의학자(또는 의사)가
진료, 연구, 교육할 때
어떻게 다른지 살폈다.
ㄱ분야
ㄴ분야
두 분야에 모두 속하는
땅이 생기면
땅 따먹기
싸움이다.

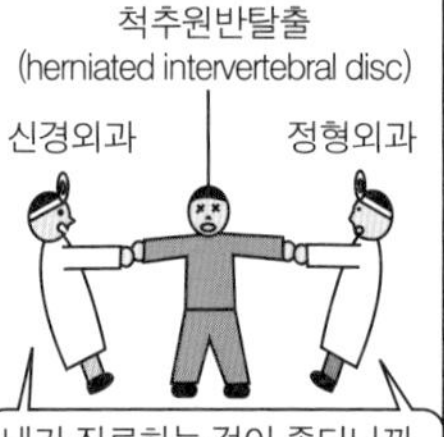

진료할 때에는 자기의
분야라고 까놓고 우기며,
척추원반탈출
(herniated intervertebral disc)
신경외과
정형외과
내가 진료하는 것이 좋다니까.

연구할 때에는 자기의
분야라고 은근히 우기며,
신경해부학
신경생리학
뇌
내가 연구하는 것이 좋은데.
(침이라도 묻혀 놓자.)

교육할 때에는
남의 분야라고 우긴다.
맨눈해부학
조직학
안구
네가 가르치는 것이 좋다니까.
(땅 내놓기 싸움이다.)

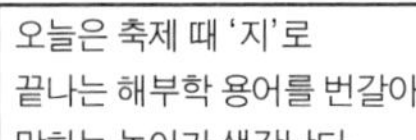

오늘은 축제 때 '지'로
끝나는 해부학 용어를 번갈아
말하는 놀이가 생각났다.
끊임없이 말하는 사람한테
상품을 줍니다. 여자부터 시작.
사회자
기관지
허벅지
장딴지

무지
(엄지손가락),
중지
(중간손가락),
소지
(새끼손가락),
코딱지,
모가지(목),
발모가지

검지
(집게손가락),
약지
(반지손가락),
해골바가지,
귀지,
손모가지,
젖꼭지

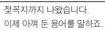

젖꼭지까지 나왔습니다.
이제 아껴 둔 용어를 말하죠.
…
차마 말할 수
없네요.
졌습니다.
이겼다! 해랑이
가 말하면
나도 말하려고
했는데.

그 놀이를 지금 하면
이길 자신이 있다.
'가지(branch)'로 끝나는
해부학 용어가 얼마나 많은데.
'카틸리지(cartilage)'로 끝나는
용어도 많고, '마크로파지
(macrophage)'도 있고.

오늘은 둘째 아들이
한자를 공부하면서
형한테 물어보니까
'볼 시(視)'가 들어가는
낱말을 알아?
시!
시각신경
(optic nerve).

형이 엉뚱하게 영어 낱말로
대답하면서
'시'가 무슨 낱말이야? 씨.
'시(see)'는 영어 낱말이라고.
'시(視)'와 '시(see)'는 뜻도
같고 발음도 같다고. 묘하지?

동생을 헷갈리게 했으며,
그러면 '귀 이(耳)'가
들어가는 낱말을 알아?
이어폰!
'이(耳)'와 '이어(ear)'는
조금 다르다고. 야릇하지?

게다가 아버지까지 헷갈리게
했다.
그러면 귀에 있는
cochlea는
'달팽耳'인가?
자식이 한자와 영어를
섞어서 쓰니까 나는
영문(English)도 모르겠어.

오늘은 말을 '같아요'로 끝내는 학생을 보았다.

이 기관은 뭐 같아요?

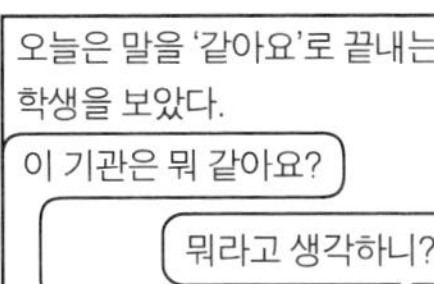

뭐라고 생각하니?

지라(spleen) 같아요.

의학을 익히는 자리에서 말을 '같아요'로 끝내면 알맞지 않다. 다시 대답해 봐라.

…
지라 아닌가요?

말장난을 잘하는 학생이군.

그리고 말을 '요'로 끝내면 어른스럽지 않다. 군대처럼 '다'나 '까'로 끝내는 것이 좋다.

정말 다나까로 끝내도 되나요?

'요'로 끝내지 말라고.

알았다니까.
나는 지라라고 보는데
해랑 선생은 어떻게 생각하나?

건방진
자세

꽥! 머리가 아주 나쁘거나 아주 좋은 학생이군.

오늘은 의사의 인간성을 지나치게 강조하는 학생을 봤다.

해부학 내용을 하나 더 외우는 것보다는 좋은 인간성을 갖추는 것이 훌륭한 의사가 되는 지름길이다.

네 부모님이 수술을 받을 때, 실력이 좋은 의사를 고를래, 인간성이 좋은 의사를 고를래?

둘 다 좋은 의사요.

하나만 고르라면?

실력이 좋은 의사요.

그런데 인간성이 나쁜 의사는 문제를 일으키지 않습니까?

맞다. 그런데 실력이 나쁜 의사는 환자를 죽이지 않니? 실력이 먼저이고, 인간성은 그 다음이다.

그러니까 까불지 말고 해부학 내용을 부지런히 외우라고.

다음에는
부지런히 외우지 않아도
돈 많이 버는 의사가 될 수
있다는 내용으로 덤벼야지.

오늘은 '해랑 선생의 일기'를 못마땅하게 생각하는 사람을 만났다. 아마추어 만화이고,

만화를
제대로 그려라.

그림도 엉망이고,
글도 엉망이고…

내가 직업 만화가였으면 큰일날 뻔했네.

명랑 만화이고,

교수와 의사의
체통을 지켜라.

이 만화 탓에 다른 교수와 의사의 점잖은 체면이 깎인다.

더 솔직하게 그렸으면 큰일날 뻔했네.

어른 만화인 것을 알아주지 않는 사람이었다.

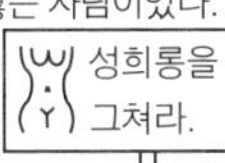
성희롱을
그쳐라.

민망한 성 이야기는 여성을 부끄럽게 만들고, 청소년을 탈선하게 만든다.

야한 이야기를 다 넣었으면 큰일날 뻔했네.

나는 예술가인 척하였다.

창작의 자유를
보장하라.

만화도 하나의 예술이다.

어디에서 본 것은 있어 가지고.

오늘은 채점을 하다가 학생이 자주 틀리는 관절 용어를 보았다.

팔굽관절
무릎관절

유치원에서 배운 팔꿉과 무릎을 틀리다니.

학생을 만나서 틀린 까닭을 들은 다음에

elbow joint는 팔을 굽히는 관절이라서 팔굽관절인 줄 알았고, knee joint는 '무릅쓰다'는 말과 헷갈려서 무릅관절인 줄 알았습니다.

틀리지 않는 비결을 알려 주었다.

'팔꿈치'를 생각하면 팔꿉관절을 틀리지 않을 것이다.
'팔굼치'를 생각할 리는 없고.

그리고 경상도 사투리인 '무릎팍'을 생각하면 무릎관절을 틀리지 않을 것이다.

옛 용어인 주관절과 슬관절은 어떻습니까?

의사가 되어서 어려운 옛 용어를 쓰면 환자가 좋아할까?

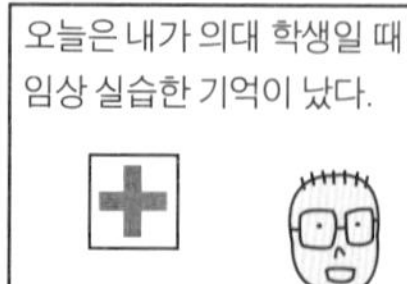

오늘은 내가 의대 학생일 때
임상 실습한 기억이 났다.
병원에서
임상 실습
하는 학생을
PK라고
한다.

PK는 poly-klinic(=clinic)의
줄임말이며,
이것은 학생이 여러 임상을
배우기 때문이다.
그런데 학생은
아는 것이
없어서 PK를
patient killer
라고도 한다.

임상 실습하면서 선생님한테
혼날 때마다 엉뚱한 생각을
했는데,
그것도 몰라?
환자는 좋겠다.
어려운 질문을 받지 않으니까.

지금은 해부 실습하는 학생이
엉뚱한 생각을 할까 봐 두렵다.
그것도 몰라?
몰라도 되니까
엉뚱한 생각을
하지 말아라.
시신은
좋겠다.

오늘은 의대 교수의 생김새를
따져 보았다. 의대 교수가
가르치거나
음.
해부학이란...
늙어 보이니까
점잖은 선생 같다.

진료할 때에는 늙어 보이려고
애쓴다.
나를
믿고
이 약을
먹어
보게나.
처방전
늙어 보이니까
경험이 많은 의사 같다.

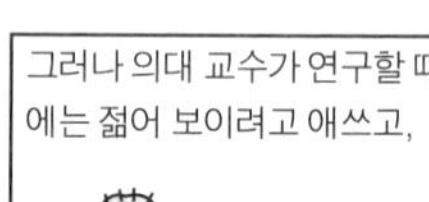

그러나 의대 교수가 연구할 때
에는 젊어 보이려고 애쓰고,
내 연구가
이제까지의
연구와
다른 점은...
젊어 보이니까
요즘 새로운 연구 내용을
많이 아는 의학자 같다.

놀 때에도 젊어 보이려고
애쓴다.
가발
꽃 피는
동백섬에
♪
젊어
보이니까
오빠 같지?
노는 것을
보면 늙었는지
금방 아는데.

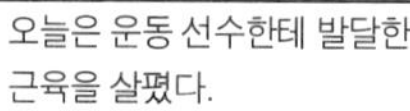

오늘은 운동 선수한테 발달한
근육을 살폈다.
퍽!
권투 선수는 어깨뼈를
내미는(protract) 앞톱니근
(serratus anterior)이 발달했고,

찰싹!
농구 선수는 아래팔을 펴는
(extend) 위팔세갈래근
(triceps brachii)이 발달했고,

쨍그랑!
축구 선수는 넓적다리를
굽히고(flex) 종아리를 펴는
넙다리네갈래근(quadriceps
femoris)이 발달했다.

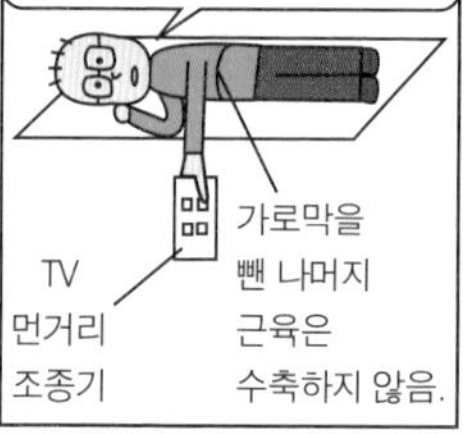

운동을 싫어하는 나는 긴, 짧은
엄지굽힘근(flexor pollicis
longus, brevis)이 발달했다.
TV
먼거리
조종기
가로막을
뺀 나머지
근육은
수축하지 않음.

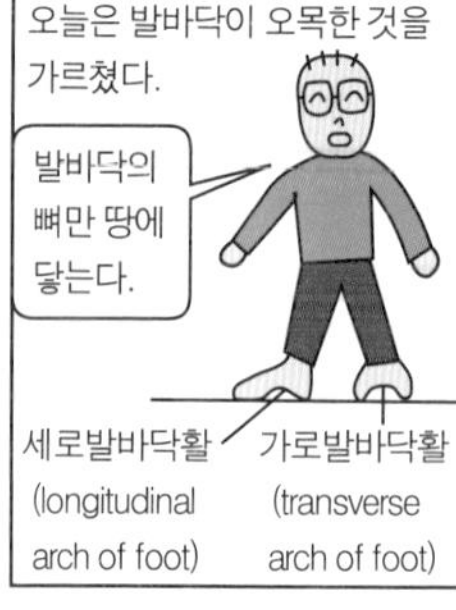

오늘은 발바닥이 오목한 것을
가르쳤다.
발바닥의
뼈만 땅에
닿는다.
세로발바닥활
(longitudinal
arch of foot)
가로발바닥활
(transverse
arch of foot)

발바닥이 오목하지 않은
평발은 발바닥의 근육, 신경,
혈관이 땅에 닿아서 아프다.
따라서
오래
걸을 수
없고,
군대에
갈 수도
없다.

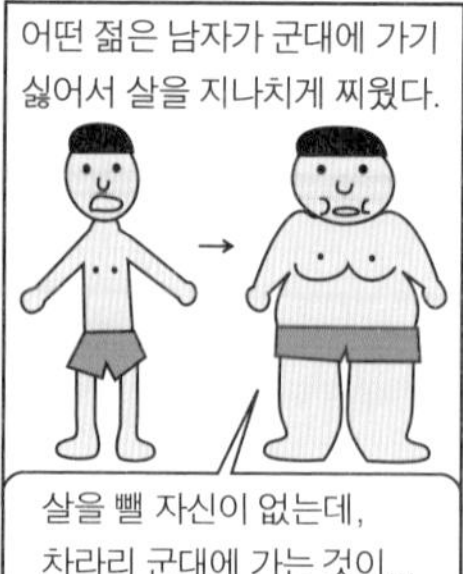

어떤 젊은 남자가 군대에 가기
싫어서 살을 지나치게 찌웠다.
→
살을 뺄 자신이 없는데,
차라리 군대에 가는 것이...

그 남자는 바라던 대로 군대에
가지 않게 되었다. 그런데...
군의관
군대 면제.
뚱뚱해서 면제이죠?
아니, 평발이라서 면제야.
망했다.

오늘은 팔 근육과 다리 근육을 견주었다.

사람의 먼 조상은 네 발로 기어서 다녔기 때문에 팔 근육과 다리 근육은 마땅히 비슷하다.

사람이 일어서서 다닌 다음부터 팔에서는 굽히는 근육이 발달하였고,

움켜쥐어야 살 수 있기 때문이다. 손가락도 굽히는 힘이 펴는 힘보다 강하다.

도명에

다리에서는 펴는 근육이 발달하였다.

뛰어야 살 수 있기 때문이다.

일어서는 것이 앉는 것보다 힘들기 때문이기도 하다.

그러나 팔, 다리에서 굽히는 근육만 발달하거나,

다리 오금

팔오금

소심해서 오금을 펴지 못한다.

펴는 근육만 발달한 사람도 있다.

너무 대범해서 툭하면 펼쳐 보인다.

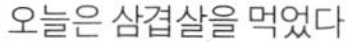

오늘은 삼겹살을 먹었다.

삼겹살을 돼지의 배바깥빗근, 배속빗근, 배가로근이라고 하는데,

피부
피부밑조직
근육

나는 삼겹살을 돼지의 피부, 피부밑조직, 근육이라고 한다.

실제로는 돼지 피부를 떼어서 따로 구워 먹고, 나머지 이겹살을 따로 구워 먹는다.

피부
피부밑조직
근육

돼지 피부는 껍데기가 아니라 껍질이다. 달걀 겉처럼 딱딱한 것이 껍데기이다.

피부를 움직이는 근육이 사람은 얼굴에만 있지만, 돼지는 온몸에 있다.

보기를 들어서 등에 붙은 벌레를 쫓아낼 때, 돼지는 팔, 다리를 쓸 수 없으므로 등 피부를 움직인다.

돼지 피부를 움직이는 근육을 피부밑조직에서 볼 수 있다. 그래서 피부밑조직이 더 맛있다.

피부
피부를 움직이는 얇은 근육
근육

오겹살이라고도 하죠.

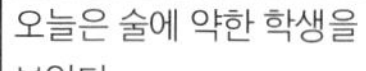

오늘은 술에 약한 학생을 보았다.

더 마셔.

취했어요.

너처럼 몸이 작으면 혈장(plasma)과 사이질액(interstitial fluid)을 포함한 세포바깥액(extracellular fluid)이 적다.

그러면 술을 제대로 희석하지 못하기 때문에 술에 약하다.

집에 가고 싶어.

위창자관에서 흡수한 술을 간에서 해독한다. 간이 나쁘면 술을 제대로 해독하지 못하기 때문에 역시 술에 약하다.

술을 제대로 해독하지 못하면 너처럼 얼굴이 빨개진다. 너 같은 인간을 뭐라고 하는지 알아?

홍익인간이라고 한다. 껄껄.

억지로 술 마시게 해 놓고 약올리네.

술 마시면 제가 홍익인간이 되는 것을 인정합니다. 해랑 선생님은 개가 되는 것을 인정하세요.

술이 나를 마신다. 술을 더 가져와.

오늘은 내 해부학 강의 공책을 학생한테 빌려 주었다.

복사해서 해부학을 공부할 때 써라.

공책

크게 인심 쓰는 것이다.

그런데 학생은 내 공책이 아닌 여학생의 공책을 복사하였다.

알뜰아. 해부학 공책을 빌려 줘라.

나는 헤픈이 공책이 좋더라.

내 공책보다 여학생의 공책이 잘 정리되었기 때문이다.

best seller

헛간

알뜰이 공책

헤픈이 공책

해랑 선생 공책

여학생이 잘 정리하는 것을 알고 있었지만 이럴 수가. 그런데 내가 작아진 것 같아.

두 여학생의 공책 때문에 학생이 두 학파로 갈렸다.

알뜰학파

헤픈학파

우리 학파는 알차게 공부했다고.

우리 학파는 성적이 좋다고.

해랑학파는 없구나.

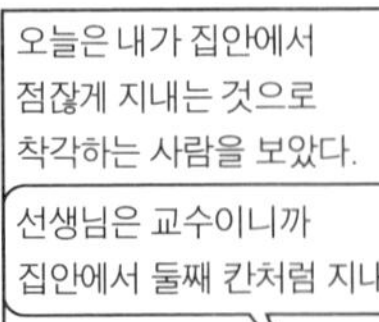

오늘은 내가 집안에서 점잖게 지내는 것으로 착각하는 사람을 보았다.
선생님은 교수이니까 집안에서 둘째 칸처럼 지내죠?
교육자 집안을 기대하는구나.

옷을 갖추어 입고 서재에서 해부학 책을 보는 나
밤새워 공부하는 아들
과일을 깎아서 나르는 조용한 아내

밤새워 컴퓨터 오락을 하는 아들
팬티만 입고 소파에 누워서 TV를 보는 나
잔소리하거나 전화로 수다떠는 아내

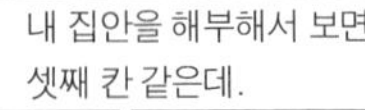

내 집안을 해부해서 보면 셋째 칸 같은데.
교수 자녀는 대개 공부를 안 하는데, 그 까닭은 부모처럼 공부해도 별 볼일 없다는 것을 잘 알기 때문이지.
교육자 집안이 꼴좋다.

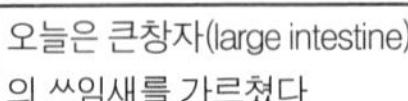
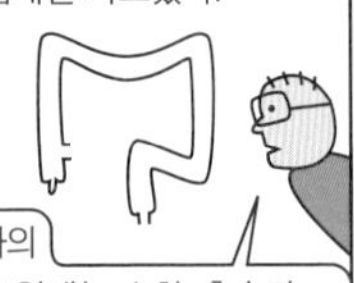
오늘은 큰창자(large intestine)의 쓰임새를 가르쳤다.
큰창자의 첫째 쓰임새는 소화, 흡수가 끝난 음식을 보관하는 것이다. 방광(urinary bladder)이 소변을 보관하는 것과 비슷하다.

큰창자의 둘째 쓰임새는 음식에서 물을 흡수하는 것이다.
설사 (diarrhea)
해로운 음식을 먹거나 너무 많은 음식을 먹으면 음식이 큰창자에 머무르지 않으며, 따라서 음식에서 물을 넉넉히 흡수하지 못한다.

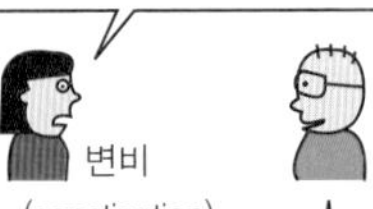
저는 음식이 큰창자에 오래 머무르는 것이 문제입니다. 어떻게 치료하죠?
변비 (constipation)
화장실에 안 가면 되잖아? 길이 하나인데 언젠가는 나오겠지. 걱정하지 말라고.

게다가 저는 잠이 오지 않는 것이 문제입니다. 어떻게 치료하죠?
불면증 (insomnia)
잠자지 않으면 되잖아? 언젠가는 자겠지. 걱정할수록 변비와 불면증이 심해진다고.
진담이야, 농담이야?

오늘은 통증(pain)을 가르쳤다.
척수시상로(spinothalamic tract)는 통증과 온도를 대뇌로 전달하기 때문에,
사람이 스스로를 보호하는 데 필요한 신경로이다.

다른 말로 스스로를 보호하기 위해서는 통증과 온도를 느껴야 한다.
누가 내 손을 칼로 찌르고 불로 태우니까 손을 빼자. 통증뿐 아니라 공포도 스스로를 보호하는 데 필요하다.

감기에 걸리면 통증이 생기는데, 이것도 스스로를 보호하는 데 도움 된다.
요즘 무리해서 일했더니
(실은 무리해서 놀았더니) 감기 바이러스에 대한 저항력이 떨어졌다. 큰 병에 걸리지 않으려면 푹 쉬라는 경고이다.

감기를 치료하는 데 걸리는 기간은? 감기약을 먹지 않으면 7일이고, 감기약을 먹으면 1주일이다.
푹 쉬는 것이 좋은 치료라는 뜻이다. 따라서 시험 또는 여행 때 감기에 걸리면 끔찍하다.

오늘은 잘못 해부한 학생을 꾸짖었다.
망가질 각오를 하자.
여기가 푸줏간이냐? 이처럼 잘못 해부한 것은 돌이킬 수 없다고.

실수로 끊은 동맥과 말초신경을 어떻게 되살릴 수 있겠냐?
다음에는 강력 접착제를 준비해야지.
살아 있는 사람은 동맥과 말초신경을 수술로 이어서 되살릴 수 있는데.

너희 조에서 누가 해부했는지 알아야 되겠다. 네가 했냐?
전 조금만 해부했는데요.
자기는 망가지지 않으려고 치사하게 대답하네.

전조금 학생만 해부했다고? (이름이 이상하네.)
전망 학생도 있는데.
잘 됐다. 해랑 선생이 오해한 것을 알면 쑥스러워서 더 망가뜨리지 못할걸.

오늘은 해부학 실습을 하는 학생을 네 무리로 나누었다.
!
아무것도 아니야.
팥쥐
자기가 해부한 것을 자기만 보는 이기적인 학생이 있고,

이것은 아무것이라고.
콩쥐
타인한테 보여 주는 이타적인 학생이 있다. 가르치는 것은 자기 공부에 도움 되기 때문에 사실은 이기적인 학생이다.

개수대에 가기 귀찮으니까 내 실습복으로 닦자. 어차피 실습복은 더러우니까.
신데렐라
해부 도구를 자기의 실습복으로 닦는 해기적인 학생이 있고,

친구야, 미안하다. 그래도 너는 우리 조의 실습에 이바지하는 것이다.
신데렐라의 언니
몰래 타인의 실습복으로 닦는 해타적인 학생이 있다. 저러다가 칼로 찌르겠다.

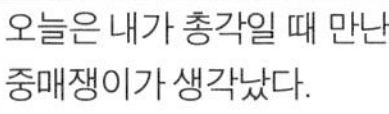

오늘은 내가 총각일 때 만난 중매쟁이가 생각났다.
사진을 보고 마음에 드는 색싯감을 고르세요.
내가 드디어 중매 시장에 나왔구나.

그 자리에서 4지선다형 시험을 치른 버릇이 나타났고,
셋 중에서 하나를 고르라고 하니까 어렵네요. 사진을 하나 더 보여주세요.
해부학 시험에도 3지 선다형은 없지.

(4지선다형을 보자마자 고름.) '3'이 저한테 맞는 것 같습니다.
5지선다형으로 할 것을…
1
2
3
4

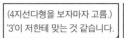

조합형 시험을 치른 버릇도 나타났다.

1, 2, 3 이 맞으면 '가'
1, 2 가 맞으면 '나'
3, 4 가 맞으면 '다'
4 가 맞으면 '라'
1, 2, 3, 4 가 맞으면 '마'

'마'라고 대답해서 모두 만나 볼 것을…

오늘은 육체미 운동에서 쓰는 근육의 용어를 간추렸다.
운동에 따른 근육의 새 용어(옛 용어)를 간추리면, 위팔두갈래근(상완이두근, 이두박근)
위팔세갈래근(상완삼두근, 삼두박근)

큰가슴근(대흉근)
어깨세모근(삼각근)
중력이 없으면 어떻게 운동하지?
등세모근(승모근)

넓은등근(광배근)
배곧은근(복직근)
엉덩관절을 펴는 큰볼기근(대둔근)과 무릎관절을 펴는 넙다리네갈래근(대퇴사두근)

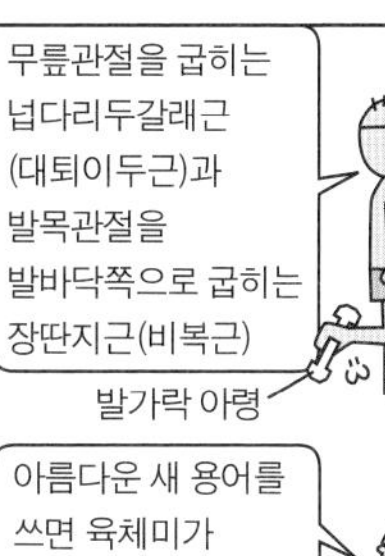

무릎관절을 굽히는 넙다리두갈래근(대퇴이두근)과 발목관절을 발바닥쪽으로 굽히는 장딴지근(비복근)
발가락 아령
아름다운 새 용어를 쓰면 육체미가 더 아름다울 것이다.

오늘은 조교한테 해부를 많이 하라고 잔소리했다.
해부학 책만 읽는 조교
해부학자가 책만 읽으면 안 된다.

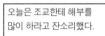

자기 손으로 직접 해부해야 해부학 실습과 해부학 연구를 제대로 진행할 수 있다.
많이 해부할수록 좋다. 날마다 손을 물로 적셔야 한다.

그런데 왜 선생님은 손을 물로 적시지 않습니까? 조교 때 해부한 것으로 너무 오래 버팁니다.
인문 해부학
다른 해부학자와 달리, 나는 이론해부학자이기 때문이다.

실험물리학자는 실험하면서 연구하지만, 아인슈타인 같은 이론물리학자는 종이와 연필만 가지고 연구하지.
마찬가지로 이론 해부학자는…
잘못했다는 말은 죽어도 안 하지.

오늘은 해부학 실습실에서 발을 해부하라고 시켰다.
발을 해부할 때에는 발바닥에 있는 네 층의 근육을 찾고...
이 만화에 자주 나오는 발을 드디어 해부하는구나.

요령껏 한쪽 발만 해부하면 안 된다. 양쪽 발을 다 해부했는지 다음 시간에 검사하겠다.
내 말을 다른 학생한테 전해라.

선생이 뭐래?
다음 시간에 두 발을 다 해부했는지 검사하겠대.
뭐래?
다음 시간에 두 발을 검사하겠대.
그렇다면 어서 이발소로 가자.

왜 두발 검사를 하는 거야? 의사가 되려면 지금부터 머리가 단정해야 된다는 뜻인가?
선생 맘대로이지 뭐. 그런데 빨간 띠(동맥)에 동반하는 파란 띠(정맥)를 떼어 내고 싶지 않니?

오늘은 해부학교실에서 끝이 없는 다툼이 생겼다.
너는 해부학교실의 조교이니까 알아 두는 것이 좋겠다.
사실은 우리 교실의 기사 선생이 변태란다. 비밀이다.

입이 비싸지 않음.
기사 선생님이 변태라면서요? 호호. 비밀이라니까 더 말하지 마세요.
교수님이 쓸데없는 말을 했죠?
교수답지 않게 왜 그러세요?

입이 싼 사람이 모이면
야! 기사 선생한테 그 말을 하면 내가 뭐가 되겠니?
교수님한테 그렇게 말하면 내가 난처하잖아요.
그렇다고 조교를 꾸짖으면
조교가 나를 어떻게 생각하겠어요?

정말로 끝이 없다.
야! 기사 선생한테 또 그 말을 하면 내가 뭐가 되겠니?
교수님한테 또 그렇게 말하면 내가 난처하잖아요.
그렇다고 조교를 또 꾸짖으면
∞
조교가 나를 어떻게 생각하겠어요?

오늘은 해부학 연구실의 실훈을 만들었다.
한 분야만 꾸준히 연구해야 된다.
조교
첫째 실훈: 오로지 한 우물만 판다.

오로지 한 우물만 파는 연구 덕분에 올로지 (-ology, 학문)가 생긴 것이다. histology, embryology...
anatomy는 anatomology로 바꿀까요? (해랑 선생은 능력이 모자라 한 우물만 파면서.)

남다른 분야를 연구해야 된다. 다른 사람과 비슷하게 연구하면 죽고, 다르게 연구하면 살아남는다.

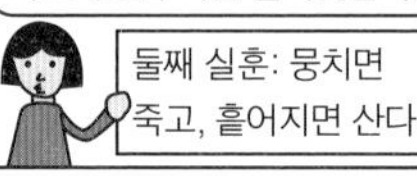
둘째 실훈: 뭉치면 죽고, 흩어지면 산다.

뭉치면 죽는다? 다른 사람과 도움을 주고 받지 않겠다는 것입니까? 조교는 연구를 돕지 말라는 것입니까?
삐딱하게 받아들이지 마.
해랑 선생은 술 마실 때에만 잘 뭉치면서.

오늘은 외과 의사와 생선회를 먹으러 갔다.
해부학 선생님은 죽은 지 오래된 생선을 먹어야 하지 않습니까? 하하.
외과 선생님은 병든 생선을 마취해서 먹으세요.

외과 의사는 생선회 써는 것을 눈여겨보더니,
주방장이 칼질하는 것과 자기가 칼질하는 것을 견주고 있다. 직업은 못 속여.

생선이 살고 있는 어항도 눈여겨보았다.
산소를 공급하고, 온도를 한결같게 하고, 물을 갈고... 먹이도 주나?

어항의 분위기가 병원의 집중치료실(intensive care unit)과 비슷합니다. 저 생선은 중환자라고 봐야 합니다. 게다가 바닷가에서 여기까지 오면서 차멀미를 앓았습니다.

생선회 맛을 떨어뜨리고 있다. 직업은 못 속인다니까.

오늘은 걸을 때
팔과 다리가 거꾸로
움직이는 것을 가르쳤다.

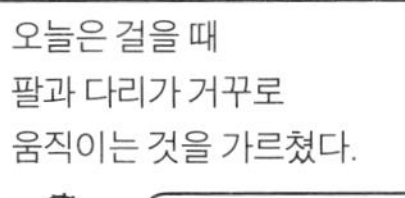

걸을 때 오른팔을
내밀면서 왼다리를
내민다.

왜 그렇죠?

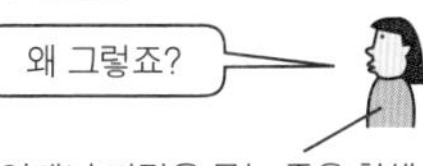

언제나 까닭을 묻는 좋은 학생

교차폄반사(crossed extension reflex)를 하지 않으면, 즉 오른팔과 오른다리를 함께 내밀면 우습기 때문이다.

또 거짓말한다.

실은 사람의 먼 조상이 기어다닐 때 오른앞다리를 들면서 왼뒷다리를 들었기 때문이다. 지금 기어다니는 짐승도 그렇다.

왜 그렇죠?

기는 자세에서
오른앞다리와 오른뒷다리를
함께 들어 봐라.

오른쪽으로 넘어지겠죠.

사람의 먼 조상이
기어다녔다는 증거이다.

오늘은 피부색을 가르쳤다.

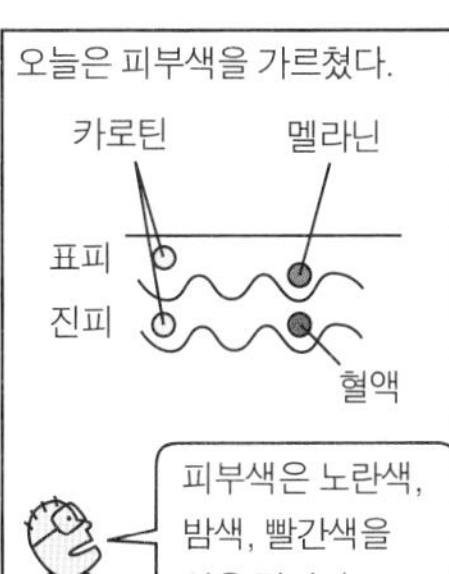

카로틴
멜라닌
표피
진피
혈액

피부색은 노란색,
밤색, 빨간색을
섞은 것이다.

노란색은 표피(epidermis)와 진피(dermis)에 있는 카로틴(carotene) 색소이고, 밤색은 표피의 바닥층(stratum basale)에 있는 멜라닌(melanin) 색소이고,

빨간색은 진피에 있는
혈액이다.

이 중에서 피부색을
가장 많이 결정하는 것은
멜라닌 색소의 양이다.

멜라닌 색소가 많은
동양인과 흑인을
유색인종(colored race)
이라고 부르는 것은 나쁘다.

거꾸로 생각하면, 동양인과
흑인의 피부에 흰색을 칠한
백인이 유색인종이지 않는가?

네 말이 맞다.

동양인의 피부색을
살색이라고 하는 것도
나쁘다. 살구색이라고
하는 것이 좋다.

오늘은 교수와 거지의
공통점을 정리하였다.

1. 자기의 전문 분야와
   영역이 뚜렷하다.
2. 깊은 사연이 있고,
   따라서 웬만한 사람은
   하기 어렵다.
3. (좋은 또는 나쁜)
   본보기이다.

4. 출퇴근 시간이
   한결같지 않다.
5. 무엇인가 들고 다닌다.

헌 강의
공책

6. 얻어먹으면서
   할 말은 다 한다.

7. 말로 먹고 사는데,
   작년에 한 말을
   올해 또 한다.

작년에 가르친
해부학 내용을
올해 똑같이
가르친다.

작년에 왔던
각설이가
올해 또
왔다.

그러나 거지는 속 끓는 일이
적어서 정력이 넘치는데,
교수는 속 끓는 일이
많아서 정력이 약하다.

반대 주장도 있다.
교수는 50분 하고 10분 쉰다.

교수가 바쁘면
조교가 대신 한다.

조교

오늘은 후배 선생한테
학생의 출석을
확인하지 말라고 권했다.

예!
예!
1번!
2번!

강의하기에 앞서
출석을 확인하면
학생의 집중력이 떨어집니다.

그리고 출석을 확인하면
선생이 못 가르쳐도
학생이 들어옵니다.

이 해부 구조물은...

너는
떠들어라.

우리는
딴짓한다.

거꾸로 출석을 확인하지
않으면 선생이 잘 가르쳐야
학생이 들어옵니다.

우리가 원해서 들어왔다.

따라서 선생은 강의를
더 열심히 준비하게 되고,
강의 분위기는 더 좋아집니다.

출석을 확인하지 않으면
학생이 출석하는 도리를
지키지 않습니다.

선생이 잘 가르치는 도리를
먼저 지켜야 합니다.

그리고 의대
가 학원처럼
됩니다.

학원처럼 되는
것이 무슨
문제입니까?

오늘은 의대 학생한테
의사와 열사를 가르쳤다.
안중근은 의대를 다니지
않았지만, 의로운 지사이기
때문에 의사(義士)라고 부른다.

우리는 나중에
의사가 될 것이다.
그런데 지금
선생님한테
대들면 안중근처럼
당장 의사가 될 수 있다.
화끈한걸.

선생님! 오늘 해부할
내용이 지나치게 많습니다.
줄여 주세요. 씩씩.
(벌써 의사가 된 기분이다.)
잘하는걸.
절대로 안 돼!

대들어서 뜻을 이루면
의사지만,
뜻을 이루지 못하면
유관순처럼 열사이다.
의대를 다녀도,
다니지 않아도
의사가 되기
어렵구나.
그래도
화끈한
열사가
되었잖니?

오늘은 해부학 실습실의
사면과 복권을 따져 보았다.
뇌를 꺼낼 때에는
뇌신경(cranial nerve)과
동맥이 뇌에 많이
붙어 있게 잘라야 한다.

너희 조는 뇌신경과 동맥이
뇌에 거의 붙어 있지 않다.
실습실에서 나가!
죄를 졌으니까
벌을 주는 것이다.

잘못했습니다.
뉘우쳤으면
됐다. 실습실에
다시 들어와라.
벌을 없앨 수
있는데, 이것이
사면이다.
사면되었다.
실리를
챙겼다.

실은 조교 선생님이 시킨 대로
뇌를 꺼냈을 뿐입니다.
너희의 잘못이
아니었구나.
게다가 죄를
없앨 수 있는데,
이것이
복권이다.
복권
되었다.
명분을
챙겼다.

오늘은 학생이 해부한 것을
같은 조의 학생한테
보여 줄 때 나타나는
반응을 살폈다.
내가 해부한
것을 봐라.
기대가
크다.

중요한 구조물을 찾았고,
곁의 구조물을 깨끗하게
정리했으면 양성 반응이
나타난다.
Oh, yes!
선생님의
해부 검사가
두렵지 않다.
기쁨 조가
따로 없다.

중요한 구조물을 찾았으나,
곁의 구조물을 망가뜨렸으면
음성 반응이 나타난다.
Oh, no!
망가뜨린
구조물
때문에
선생님이
트집 잡을
텐데.

중요한 구조물을 찾지
못했으면서,
곁의 구조물을 망가뜨렸으면
종교 반응이 나타난다.
Oh, my God!
선생님이 곧 우리를
망가뜨릴 것입니다.
덜 망가뜨리라고 기도합시다.

오늘은 어느 젊은이가
찾아와서 해부용 시신을
닦고 싶다고 하였다.
기대
돈을 많이
준다는
소문을
들었습니다.
나도 해부학을
배우기 전에
그런 소문을
들었지.

해부용 시신을 닦는
일자리는 없다고 하였다.
닦아야 하는 경우에는
해부학 기사와 의대 학생이
닦습니다.
실망
돈을 많이 주면 내가 하지.

해부학교실에 관한
다른 헛소문도 있다.
해부학교실 선생님은
시신 고정액(fixative) 때문에
암에 잘 걸린다면서요?
아뇨, 고정액은 묽게
만들기 때문에 안전합니다.
술, 담배가 문제이죠.

병원의 영상의학과에 관한
헛소문도 있다.
영상의학과 의사와 기사는
방사선 때문에
주로 딸을 낳는다면서요?
그렇지 않습니다.
주로 아들을 낳던데요.

오늘은 돌아가신 분을 부르는
말에 대해서 이야기하였다.

시체

돌아가신 분은 시체이고,
죽은 동물은 사체이다.

돌아가신 분을 사체라고
할 때가 있다.

사체

뜻밖의 사고로 돌아가신 분을
법의학에서 변사(unusual
death)시체라고 하며,
이 말을 줄인 것이 사체이다.

따라서 해부학 실습실에서는
시체라고 하는 것이 옳다.

시신

뜻이 같지만 시신이라고
하면 듣기 좋다.

의대에 자기 몸을 기증하신
분을 시신기증자(者, 놈 자)
라고 하면 안 된다.
시신기증인이라고 해야 된다.

시신기증인

의대 학생은 고마움을
잊지 말고, 경건한 마음으로,
부지런히 실습해야 된다.

오늘은 의대 학생한테
사기꾼 또는 바보가 되지
말라고 가르쳤다.

사기꾼 ↚ ↛ 바보

자기가 아는 것보다
많이 아는 척하면
사기꾼이다.

의사가 사기꾼이면,
치료할 수 없는 환자를
다른 의사에게 보내지
않아서 환자를 해칠 수 있다.

내가 치료할 수
있다니까요.

믿어도
되나?

거꾸로 자기가 아는 것보다
조금 아는 척하면 바보이다.
의사가 바보이면
즉 지나치게 겸손하면,
환자가 의사를 믿지 않아서
역시 환자를 해칠 수 있다.

글쎄요.

믿어도 되나?

해부학 시간에 사기꾼 또는
바보가 되지 않는 방법이
있습니다. 해부학을 전혀
공부하지 않고, 전혀
모른다고 하는 것입니다.

그것은 진짜
바보가 되는 지름길이지.

오늘은 높임말을 잘못
쓰는 학생을 보았다.

선생님은 짜증을 잘 냅니다.
선생님의 머리는
번쩍이십니다.

진짜 짜증나게 만드네.

높은 분한테 높임말을 쓰되,
높은 분의 해부 구조물한테는
높임말을 쓰지 말라고
가르쳤다.

(정답) 선생님께서는 짜증을
잘 내십니다. 선생님의
머리는 번쩍입니다.

또한 높은 분의 물건한테도
높임말을 쓰지 말라고
가르쳤다.

선생님의 옷은
값싸 보이십니다.

또 짜증.

(정답) 선생님의 옷은
값싸 보입니다.

그리고 말에 '십'을 지나치게
넣으면 쑥쓰러운
해부학 용어가 많이 들려서
안 좋다고 하였다.

높임말을 지나치게
쓰지 마라.

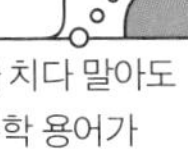

조직학을 타자 치다 말아도
쑥쓰러운 해부학 용어가
보인다.

오늘은 학년에 따른 의대
학부모의 특징을 찾아냈다.
해부학을 아직 배우지 않은
학생의 학부모는
해부학 선생을 가볍게 여긴다.

안녕하십니까?

내가 낸 등록금 덕분에
월급을 받는 선생이구나.

똑똑한 내 자식이 해부학
선생보다 낫다고 봐야지.
설마 해부학 때문에
문제가 생기겠어?

해부학을 배우고 있는
학생의 학부모는 해부학
선생을 무겁게 여긴다.

선생님!
가르치느라고 애쓰시죠?

제 자식놈이 해부학 때문에
무척 괴로워합니다.
진급할 수 있겠습니까?

해부학을 다 배운 학생의
학부모는 다시 해부학
선생을 가볍게 여긴다.

반갑습니다.

임상의사가 될 내 자식은
해부학 선생과
관계 없다고 봐야지.

오늘은 자식 공부 때문에
고민하는 선생님한테
도움말을 주었다.
자식한테 공부하라고 백 번 말하는 것보다 공부하는 모습을 한 번 보여 주는 것이 낫습니다.

그런데 집에서는 공부하지 않게 되던데요.
저도 집에서는 공부하지 않습니다. 대신에 공부하는 척합니다.
어떻게요?

집에서 채점합니다.
아버지가 의대 학생의 해부학 시험 답안지를 채점한다. 존경스럽다.

채점은 복잡정신노동(공부)처럼 보이지만, 실은 단순정신노동인 것을 알죠?
자식을 속이는 재미도 솔솔 납니다.
해랑 선생이 속이지 않는 사람도 있나요?

오늘은 전기놀이를 하였다. 먼저 손목을 세게 조여서 노동맥(radial artery)과 자동맥(ulnar artery)으로 혈액이 흐르지 않게 한다.

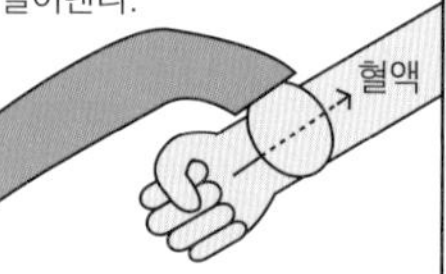
되풀이하여 주먹을 쥐게 해서 손에 있는 혈액을 정맥으로 몰아낸다.
혈액
노쪽피부정맥(cephalic vein)에 주사를 놓을 때 주먹을 쥐게 하는 것도 마찬가지이다.

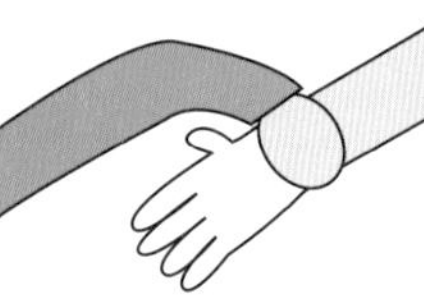
이 결과로 손은 혈액이 별로 남지 않아서 하얗다.
이 때 손목을 놓으면 손으로 혈액이 갑자기 흐른다.

손에 전기가 흐르는 것처럼 짜릿합니다.
모세혈관이 갑자기 팽창하면서 이웃한 신경을 누르기 때문이다.
(여자 손을 실컷 만졌다. 히히.)

오늘은 기관(organ)을 하나씩 맡아서 해부한 학생들의 말장난을 들었다.
나는 위(stomach)를 해부했으니까 위인이다.

그렇다면 너는 허파(lung)를 해부했으니까 폐인이고,
너는 간(liver)을 해부했으니까 간신이다.

너는 등에서 고리판절제(laminectomy)를 했으니까 등쳐먹고 사는 놈이다.
그런 말장난은 나도 얼마든지 할 수 있다.

나는 학생한테 정(情)을 주지 않고 정보(情報)만 주는 사람이다.
정
정보
나는 다이어트(diet)를 알맞게 못했으니까 일찍 다이(die)할 사람이다.

오늘은 의대 기숙사에서 사는 학생을 눈여겨보았다.
의대
기숙사
남자 기생
우리는 스스로를 사생이라고 하지 않고 기생이라고 합니다.

기생은 첫째, 지각을 많이 한다.
의대
기숙사
Z
가까운 곳에서 사니까 지각하지 않을 것 같죠? 긴장이 풀려서 그런지 많이 지각합니다.

둘째, 공부를 못 하지 않고,
다른 기생이 공부할 때 혼자 놀 수 없기 때문입니다.
특히 해부학은 타율적으로 공부하는 과목이라서.

셋째, 잘하지도 않는다.
다른 기생이 놀 때 혼자 공부할 수 없기 때문입니다.
술을 마시다 보면 언젠가 퇴기(기숙사를 떠난 학생)가 되겠죠.

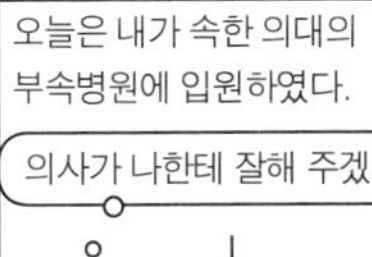
오늘은 내가 속한 의대의 부속병원에 입원하였다.
의사가 나한테 잘해 주겠지?
해랑 선생이 입원했다고?
잘 걸렸다.
몇 호실 이야?

나한테 해부학을 배운 의사와 의대 학생이 몰려 와서 나를 괴롭혔다.
의사이면서 자기 건강을 지킬 줄도 모릅니까?

제가 곧창자검사(rectal examination)하면서 만지는 구조물을 하나씩 대답해 보세요.
모, 모, 모르겠어.
그것도 모르면서 해부학을 가르쳤습니까?

의대 교수이니까 학생이 차례대로 곧창자검사하는 것을 이해하시죠?
내 차례라니까.
요도이끌관(Foley catheter)은 내가 아프게 꽂아 주마.

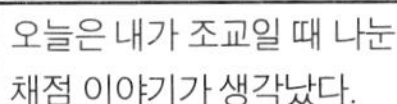
오늘은 내가 조교일 때 나눈 채점 이야기가 생각났다.
교수
조교

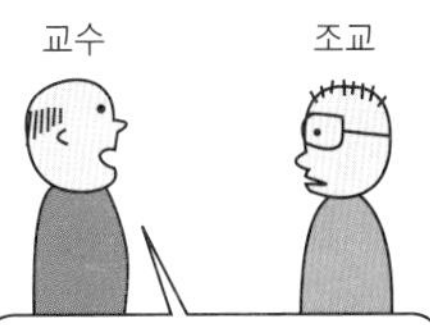
해부학은 시험을 자주 치르기 때문에 채점을 많이 해야 된다.

많은 채점을 누가 합니까?
중요한 교수가 하찮은 채점을 하면 되겠냐?
교수님 말씀이 맞는 것 같다. 조교가 채점해야지.

교수가 되면 채점하지 않아도 되는 줄 알았다.
교수
조교
채점을 누가 하지? (자기가 하겠다고 대답하겠지?)

하찮은 조교가 중요한 채점을 하면 되겠습니까?
조교 말이 맞는 것 같다. 교수가 채점해야지. 그런데 내 인생은 왜 이렇게 꼬이냐?

오늘은 초콜릿을 먹으면서 배곧은근(rectus abdominis)을 생각하였다.
초콜릿의 가로 오목
가로 오목이 나눔힘줄 (tendinous intersection)인데,

가로 오목을 부러뜨리면 위, 아래배벽동맥(superior, inferior epigastric artery)이 다친다.
따라서 가로 오목은 부러뜨리지 말자.

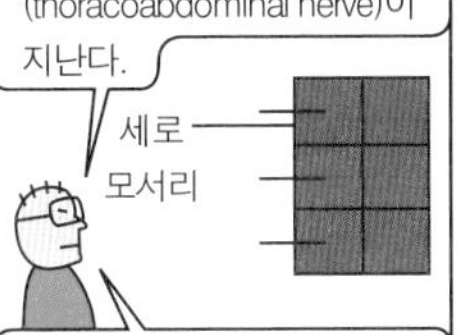
세로 모서리가 반달선 (linea semilunaris)인데, 이 곳으로 가슴배신경 (thoracoabdominal nerve)이 지난다.
세로 모서리
세로 모서리는 손대지도 말자.

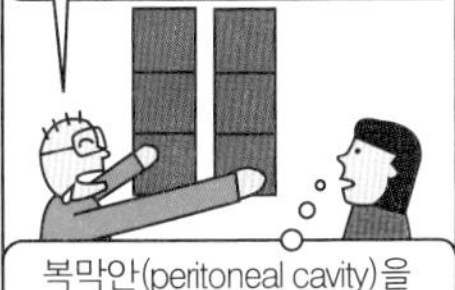
정중면에 있는 세로 오목, 즉 백색선(linea alba)은 안전하니까, 여기를 부러뜨린 다음에 먹자.
복막안(peritoneal cavity)을 열 때 칼질하는 곳이다.

오늘은 한글에 담긴 해부학을 살폈다.
위턱치아
혀
ㅅ을 읽으면 혀가 위턱치아에 닿는다. 그래서 잇소리라고 한다.

혀가 위턱치아에 닿는 모습을 보고 닿소리 ㅅ을 만들었다.
서양 해부학이 발전하기도 전에, 우리 나라에서 이런 해부학 지식으로 ㅅ을 만든 것이 놀랍다.

ㅅ뿐 아니라 ㅈ, ㅊ도 잇소리이다.
ㅈ의 ㅡ는 위턱치아를 덮는 위입술처럼 보이고, ㅊ의 ˉ는 위입술 위에 있는 코처럼 보인다.

이처럼 한글을 연구하고 가르친 세종대왕은 우리의 영원한 스승이다.
그래서 세종대왕의 생일(5월 15일)을 스승의 날로 정했다.

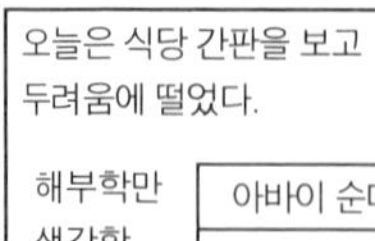

오늘은 식당 간판을 보고
두려움에 떨었다.
해부학만
생각함.
아바이 순대
할아버지 창자로 만든 것을
어떻게 먹어? 끔찍해.

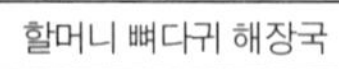

할머니 뼈다귀 해장국
할머니 뼈로 만든
해장국을? 잔인해.

어머니 손만두
처녀 횟집

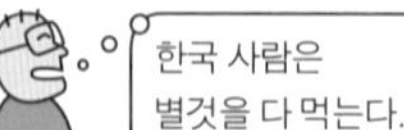

한국 사람은
별것을 다 먹는다.

식당에 관한 두려운 이야기가
또 있다.
어느 식당에서 라면과
참기름이 사이 좋게
지냈는데, 갑자기
라면이 감옥에 갔다.
그 까닭은?
참기름이 고소해서.

며칠 뒤에 참기름도 감옥에
갔다. 그 까닭은?
라면이
불어서.
사이 좋을수록
두려워하라는
교훈을
식당에서 찾는다.
맛있는
거나
식당에서
찾으세요.

오늘은 술을 너무 좋아하면
어떻게 되는지 이야기하였다.
첫째: 스터디 그룹이
술터디 그룹으로 바뀐다.
의대 술tudy group
해부학 공부는
언제 하냐?
둘째: 늦은 7시-9시는
술(戌)시라서
술 마시는 시간으로 여긴다.
멍멍
술(戌)의 뜻은
개라서 개가 되는
시간이기도 하다.

셋째: 술에 장사 없고, 매에
장사 없고, 세월에 장사 없다.
술 잘 마신다고
뽐내는 것은
맷집 세다고
뽐내는 것과 같다.

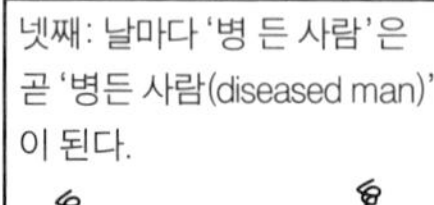

넷째: 날마다 '병 든 사람'은
곧 '병든 사람(diseased man)'
이 된다.

술병
병권을 쥐었음.

제발 살살 마셔라.

오늘은 코피(epistaxis)가 났을
때 목을 젖히지 말라고 하였다.
나비벌집오목
나비굴
혈액이
나비벌집오목
(sphenoethmoidal recess)을
거쳐서,

나비굴(sphenoidal sinus)로
들어갈 수 있기 때문이다.
목을 똑바로 하고
출혈된 혈액을 닦기만 해라.
언젠가 지혈될 것이다.

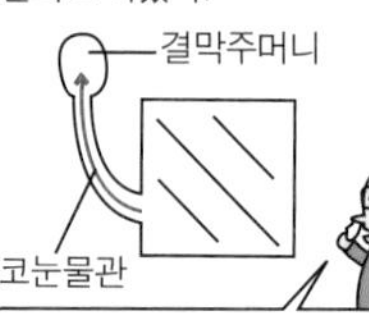

또한 콧구멍(nostril)을 막지
말라고 하였다.
결막주머니
코눈물관
매우 드물지만, 혈액이
코눈물관(nasolacrimal duct)
을 거쳐서,

결막주머니(conjunctival sac)
로 들어갈 수 있기 때문이다.
그러면 피눈물을 흘린다.
엄살은... 자기 때문에
학생이 흘린 피눈물은...

오늘은 신경과 근육이
흥분(들뜸, excitation)해야
일한다고 가르쳤다.
신경은 흥분해야
정보를 전달하고,
근육은 흥분해야 수축한다.

신경과 근육이 흥분하려면
문턱값(threshold)보다
센 자극을 주어야 한다.
야한 동영상
무덤덤
꾸준히 자극해서 문턱값이
높아지면 잘 흥분하지 않는다.

흥분 이야기를 하니까
흥부 이야기가 생각났다.
흥부가 쌀을 얻으려고,
밥 푸고 있는 형수한테 가서
귀엣말로 속삭였다.
형수님,
저 흥분
데요.

저 흥분돼요?
이놈이 형수를 성희롱해?
찰싹
형수님, 저 억울해요.
흥부는 형수한테
얻어맞을 만했다.

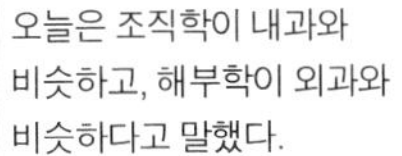

오늘은 조직학이 내과와 비슷하고, 해부학이 외과와 비슷하다고 말했다.

내과

조직학을 계통별로 나누듯이, 내과를 계통별로 나눈다.

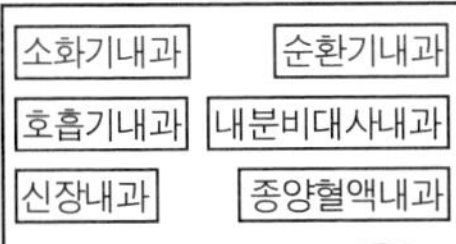
소화기내과
순환기내과
호흡기내과
내분비대사내과
신장내과
종양혈액내과

안(內)과도 내(內)과라고 오해하는 사람이 있지.

설마?

해부학을 부위별로 나누듯이, 외과를 부위별로 나눈다.

외과

일반외과

흉부외과

정형외과

신경외과

외과의 하나인 이비인후과도 포함해서.

조직학을 잘하면 내과에 남고, 해부학을 잘하면 외과에 남습니까?

꼭 그렇지는 않고, 아무거나 잘하면 해부학 교실에 남는다. 알았냐?

오늘은 해부학 교수가 나이에 따라 얼마나 가르치는지 들어 보았다.

저는 해부학 책에 나오는 모든 것을 가르칩니다.

30대

욕심이 있기 때문이다.

나는 중요한 것만 가르칩니다. 해부하면서 뚜렷하게 볼 수 있는 것을 중심으로...

40대

아는 것을 다 가르칠 필요가 없다고 깨달았기 때문이다.

나는 생각나는 것만 가르치는데요.

50대

중요한 것 중에서도 더 중요한 것만 가르치는 것이 좋다고 깨달았기 때문이다.

나는 기억할 수 있는 것만 가르친다. 최고의 명강은 역시 휴강이다.

60대

무엇을 깨달았기 때문이 아니라, 기억이 가물가물하기 때문이다.

오늘은 해부학 성적이 나쁜 학생한테 따끔한 말을 하였다.

Do

해부학 공부에 집중하려면 세 가지를 팽개쳐라.

첫째, 친구를 팽개쳐라. 학교 행사, 동아리 모임, 동문회 따위에 빠져라.

친구
가족

둘째, 가족을 팽개쳐라. 부모, 형제, 자매뿐 아니라 애인(미래 가족)도 만나지 말아라.

셋째, 건강을 팽개쳐라. 밤새워 공부하면서 몸을 녹초로 만들어라.

건강

공부하다가 죽는 학생은 없다. 놀다가 죽는 학생은 있어도.

그런데 기분 좋게도, 팽개쳤던 세 가지는 너를 다시 찾아온다.

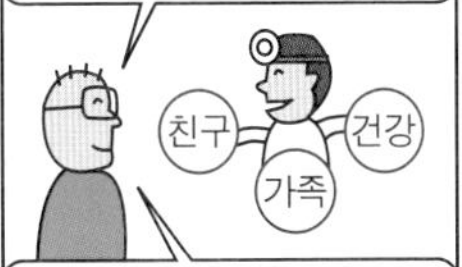
친구
건강
가족

자리 잡은 의사가 되면 좋은 친구, 좋은 가족, 좋은 건강을 마음껏 누린다는 말이다.

오늘은 해부학을 오해하는 사람이 있었다.

해부학 교수는 의과대학에만 있죠?

아뇨, 치과대학, 한의과대학, 간호대학, 보건대학에도 있습니다.

뛰어난 의과대학 학생을 가르치는 해부학 교수는 역시 뛰어나겠네요?

즐거운 오해 이다.

아뇨, 솔직히 학생 수준과 교수 수준은 비례하지 않습니다.

이야기하고 있는데 전화가 왔다.

중국식당이죠? 자장면 두 개...

아뇨, 여기는 해부학교실입니다.

전화를 잘못 걸었다고 하면 되지, 왜 기분 나쁘게 해부학교실이라고 합니까? 차라리 화장장이라고 하지 그러세요?

괴로운 오해 이다.

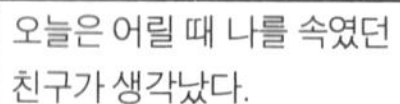
오늘은 어릴 때 나를 속였던
친구가 생각났다.

만져 봐.
자기 정강뼈(tibia)가
인공뼈라고 속였다.

사고로 정강뼈가 부러져서
인공뼈를 이식하였고,
불쌍한 친구
얇게 이식하였기 때문에
안쪽면(medial surface)이
만져진다.

나중에 내 정강뼈의 안쪽면도
만져지는 것을 알고
속은 것을 깨달았다.
나쁜 친구

지금 그 친구를 만나면
해부학 지식으로 무장한
내가 속일 차례이다.
힘줄에
달려있는
무릎뼈(patella)를
인공뼈라고 할까?

오늘은 잘난 척하는
귀 전공 의사를 만났다.
이(耳)비인후과에서
귀가 가장 먼저입니다.
ENT
나는 그 귀를 전공한 사람,
즉 귀한 사람입니다.

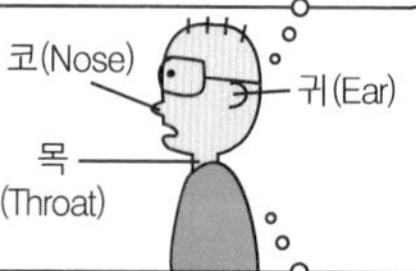
귀, 코, 목을 뒤위에서
앞아래까지 차례대로
늘어놨을 뿐인데.
코(Nose)
귀(Ear)
목
(Throat)
돈을 잘 벌면 잘난 척하는
의사가 있다니까.

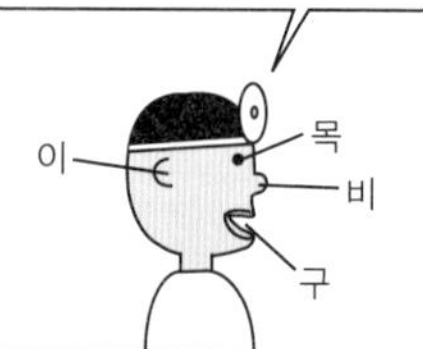
잘생긴 사람한테 이목구비가
뚜렷하다고 합니다.
즉 미남, 미녀가 되려면
귀부터 잘 생겨야 합니다.
이
목
비
구

이렇게 중요한 귀를
업신여기고, 귓바퀴(auricle)를
안 그리는 만화가가 있습니다.
뜨끔!
내 만화를 봤구나.

오늘은 관성(일관된 성질,
inertia)을 가르쳤다.
차에서 눈을 감아도
차가 출발하는 것을 안다.
평형(equilibrium)을 지키기
위한 중요한 감각이다.

이것은 타원주머니(utricle),
둥근주머니(saccule)에 있는
속림프(endolymph)가
관성 때문에 뒤로 흐르고
이 흐름을 털세포(hair cell)가
느끼기 때문이다.

그런데 관성을 모르는 학생이
있어서 관성을 가르쳐야 했다.
관성이 무엇입니까?
너는 튀어나온 눈이
들어가면 좋겠지?
예.

뒤통수를 쳐라. 그러면
관성 때문에 안구가 들어간다.
이마를 치면 안구가
더 튀어나오니까 조심해라.

오늘은 해부학 실습실에서
학생을 욕하고 때렸더니,
이 자식아,
너는 모르는 것이 죄다.

학생이 따졌다.
너무한 것 아닙니까?
학장님한테 이르겠습니다.
내 아들 같아서 그랬으니까
이해해라.
그래서 아들을 팔아먹었다.

그리고 해부학 실습실에서
예쁜 여학생을 뚫어지게
쳐다보았더니,
내가 남학생이면
노렸을 텐데.

또 학생이 따졌다.
눈빛이 너무 엉큼한 것
아닙니까?
대자보를 붙이겠습니다.
내 며느릿감으로 봤으니까
이해해라.
또 아들을 팔아먹었다.

오늘은 웃기는 방법을
가르쳐 주었다.
상대가 웃길 때
억지로 웃으십시오.
하하.
지금 내가 웃는 것은 다음에
상대가 웃으라는 신호입니다.

따라서 내가 웃기면
상대가 웃습니다.
하하.
진짜 웃겨서 웃는 경우는
거의 없습니다.
억지로 웃는 까닭도
가르쳐 주었다.

첫째는 오래 살기 위한
것입니다. 一笑一少
하하.
둘째는 아부하기 위한
것입니다. 웃어 주는 것이
아부의 으뜸입니다.

셋째는 예쁜 여자의 얼굴을
실컷 보기 위한 것입니다.
하하.
아무 이야기나
해라. 웃어 줄게.
여자가 웃기려면
꽃단장이라도
해야 되나?

서 있는 사람의 다리오금
(popliteal fossa)을 눌러서
무릎을 굽히면
바로 무릎이 펴질 때가 있다.

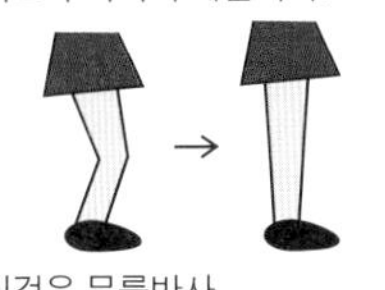
넙다리네갈래근
(quadriceps femoris)이
갑자기 이완하면
바로 수축하기 때문이다.
이것은 무릎반사
(knee jerk reflex)와 비슷하다.

마지막 장난으로,
걸상을 몰래 빼면 앉는 사람이
궁둥방아를 찧는다.
그런데 재수 없으면 허리뼈
(lumbar vertebra)가 다치고,

게다가 척수(spinal cord)도
다쳐서 하반신마비
(paraplegia)가 생길 수 있다.
책임져.
앉은뱅이를 막으려면 푹신한
걸상으로 장난쳐야 한다.

오늘은 의대 학생의
말과 행동이 달랐다.
의사는 환자를 보살피는
직업이니까,
의료
봉사
의대 학생일 때부터
남을 보살펴야 한다.

그런데 의대 학생은 홀로 있는
법대 학생을 따돌렸다.
우리
cadaver가
어떻고...
너희
dissection이
어떻고...
의대, 법대
학생 모임
홀로
법대
무슨
이야기인지?

오히려 법대 학생은 홀로 있는
의대 학생을 보살폈다.
홀로
의대
의대, 법대
학생 모임
법대
이야기를
쉽게 풀이함.
의대
이야기를
물어 봄.

의대 이야기를 쉽게 풀이할
자신이 없으면
차라리 우스갯소리를 해라.
전공이 다른 친구를
잘 보살펴야지 나중에
환자도 잘 보살필 것이다.

오늘은 의사한테
되로 받고 말로 주었다.
저보다 조금 일하는
해부학 선생이 부럽습니다.
저는 의사가 부럽습니다.

의사는 비슷한 환자를
잇달아 보고,
비슷한 진료를 되풀이하죠.
해부학 선생은 되풀이해서
가르치는 것을 아무리 많이
해도 힘들어하지 않습니다.

해부학 선생은 날마다
새로운 것을 만들어 내야
살아남습니다.
논문
논문을 써 봤습니까?
그러면 새로운 것이
뭔지 알 텐데...

의사는 환자를 기다리는 것도
일로 치죠? 부럽습니다.
해부학 선생은 기다리는 것을
노는 것으로 치는데.
충분하니까 그만 하죠.

오늘은 후배 교수한테 남다른 일을 하라고 이야기하였다.

보통 사람은 나 아니면 안 된다는 생각을 버려야 합니다.

그러나 교수는 그 생각을 간직해야 합니다.

교수는 예술가처럼 남다른 일을 해야 하기 때문입니다.

내가 해부학 영어책을 번역하지 않는 것은 아무나 할 수 있기 때문입니다.

Anatomy
해부학

나는 번역이 남다른 일이라고 생각하는데.

내가 해부학 만화를 그리는 것은 아무나 할 수 없기 때문입니다.

해랑
선생

개떡 같은 만화 갖고 잘난 척은. 해랑 선생은 잘난 척하는 것이 남다르다.

오늘은 유럽의 전통을 이야기하였다.
비가 올 때 야구는 멈추지만,

미국

축구는 멈추지 않는다.

유럽

야구는 미국의 맨땅에서, 축구는 유럽의 잔디밭에서 시작했기 때문이라고 한다.

축구의 전통

하여튼 유럽은 비가 와도 고집스럽게 축구의 전통을 지킨다.

유럽은 해부학 교육, 연구의 전통도 쉽게 버리지 않는다.

해부학의 전통

적어도 미국만큼 유행을 타지는 않는다.

보기를 들어서 아직도 많은 유럽 해부학자는 칠판 강의를 한다.

집에 칠판을 놓고 강의를 연습하는 선생도 봤다.

오늘은 피부밑조직 (subcutaneous tissue)을 해부하였다.

떼어 내기 어렵습니다.

피부밑조직은 살아 있을 때에도 떼어 내기 어렵다.

사람은 수백만 년 동안 굶었다. 따라서 먹을 수 있을 때 많이 먹어서 굶을 때를 대비해야 했다.

뚱뚱해야 살아남았다.

거꾸로 날씬하면 언제든지 죽을 수 있었고, 이것을 막으려고 굶는 괴로움이 생겼다.

그러나 요즘에는 굶을 때를 대비하지 않아도 된다. 오히려 날씬해야 살아남는다.

살을 빼려면, 굶는 괴로움을 무시해야 된다. 그러다 보면 굶는 즐거움이 생긴다.

여름에 입을 야한 수영복을 상상하면서 굶는 것을 즐겨라.

오늘은 간호대학의 남학생 이야기를 들었다.

저는 많은 여학생과 어울린 탓에 여성화되었습니다.

간호대학

술집보다 찻집에서 수다떨고,

축구보다 연속극을 이야기합니다.

여자 화장실에 따라 들어갈 뻔한 적도 있습니다. 나의 정체가 헷갈립니다.

부럽다고요? 공과대학의 여학생은 꽃이지만, 간호대학의 남학생은 머슴일 뿐입니다.

해부학 실습실에서도 힘쓰는 일을 도맡아 합니다.

내가 다시 학생이 되면 간호대학의 남학생과 친해지기로 마음먹었다.

여학생을 소개시켜 줘. 여학생의 속내를 알려 줘.

나를 카사노바로 만들어 줘.

오늘은 보건대학에
해부학 강의를 하러 갔다.
물리치료과
물리치료사가 될 학생이니까,
뼈대, 관절, 근육, 신경을
주로 가르쳐 주십시오.

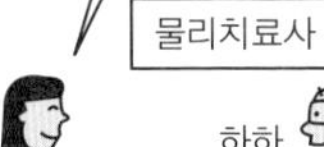
학생이 물리치료사가 되면,
오해받는 이야기를 들었다.
물리학을 전공했다고
오해받고,
물리치료사
하하.
물리적으로 해결하는
해결사라고 오해받습니다.

동료인 작업치료사는
연애 작업의 달인이라고
오해받습니다.
작업치료사
진짜 재미를 보는 달인은
언어와 심리에 막힘 없는
언어치료사와
심리치료사인데 말입니다.

이들이 일하는 재활의학과는
의학 쓰레기를 재활용하는
곳이라고 오해받습니다.
재활의학과
재미
있다.
재활의학과와 재활용은
다른데 말입니다.

오늘은 해부학으로
3행시를 지었다.
해부학
부학장
학장님
해부학을 전공한 사람이,
부학장을 거쳐서, 학장님이
되는 경우가 가끔 있다.

이 3행시는 재미도 없고
뜻도 없는데요.
가로로 읽어도
세로로 읽어도 똑같으니까
깨알만큼 재미있다고.

해부학 선생은
보직을 탐내는구나.
고유명사로
비슷한
3행시를
지을 수 있다.
서울역
울릉도
역도산

주고받는 대화로도
3행시를 지을 수 있다.
개ㄸ아
ㄸ쌌니
아니오
훌륭한 연구를 했습니다.
(비꼬는 말투)

오늘은 고등학교 동창을
고깃집에서 만났다.
고깃집
종업원
가위로 고기를 써는 종업원은
손님의 입을 살핀다.

입이 크면 고기를 크게 썰고,
입이 작으면 고기를 작게 썰기
위해서이다.
설마 그럴까?
해부학자의 말을 믿어라.

까부는 동창이 있어서
겁을 주었다.
얼굴이 못생긴 해랑이는
고등학생일 때 여자한테
인기가 없었다. 낄낄.
자꾸 까불면
긴 얼굴을 꺾어 버린다.

얼굴머리뼈(facial skeleton)의
어디를 꺾을까?
설마 꺾을 수 있을까?
해부학자의 말을 믿으라니까.

오늘은 어린 것을 부풀려서
말하는 사람을 보았다.
머리에 피도 안 마른 놈!

갓 태어난 신생아(neonate)의
머리에는 양수(amniotic fluid)
와 혈액이 묻어 있다.
응고된 혈액
이 혈액은
곧 응고(coagulation)된다.

'머리에 피도 안 마른 놈'은
이 혈액이 응고되지 않은,
아주 어린 놈을 뜻한다.
뇌동맥
응고된 혈액
그런데 의과대학 학생은
뇌동맥(cerebral artery)의
혈액이 응고되지 않은 놈으로
생각한다.

머리에 피도 안 마른 놈!
뇌동맥의 혈액이 응고되지
않아야, 뇌의 허혈괴사
(ischemic necrosis)가
일어나지 않습니다.
저를 튼튼하게 봐 주셔서
고맙습니다.

해랑이와 말랑이의 몸 이야기 ①

길잡이

해부학은 모든 의학의 기초이다.

저는 해부학을 사랑하는 '해랑이'이고,
저는 해랑이의 친구인 '말랑이' 입니다.

해부학을 알면 사람 몸의 생김새와 쓰임새를 깨달을 수 있으며,

손가락은 발가락보다 길기 때문에 물건을 쥐기 좋습니다.

사람 몸에 어떤 질병이 생기는지 깨달을 수 있다.

손가락은 발가락보다 많이 쓰기 때문에 관절염이 잘 생깁니다.
손가락이 아파요.

따라서 해부학을 알면 호기심을 채울 수 있을 뿐만 아니라,

배안에는 무엇이 있을까요?

자기 몸의 건강을 지키는 데에도 도움이 된다.

배안에 있는 위와 창자를 지키기 위해서 제때 밥을 먹어야 합니다.
위
창자

해부학은 만화로 배울 필요가 있는데, 이것은

만화! 그것 좋지.

말랑말랑한 만화가 쉽고 재미있으며,

나는 어려운 것이 싫어요.

사람 몸을 만화로 그려서 풀이할 수 있기 때문이다.

머리뼈
심장
그림으로 해부학을 깨달을 수 있습니다.

그러나 해부학 만화가
그저 쉽지만은 않으며,

배운다는 각오로
봐야 합니다.

단순한 만화로 사람 몸을
그대로 나타낼 수는 없다.

만화로 그린
심장
실제 심장
실제로 심장이
하트처럼 생기
진 않았습니다.

이 만화에서는 사람 몸을
계통으로 나누어서 다루었고,

뼈대계통
심장혈관계통
계통마다 쓰임새가
다릅니다.

사람 몸이 어떻게 생겼으며
어떻게 일하는지 다루었고,

콩팥은 콩
또는 팥처럼
생겼고,
소변을
만듭니다.

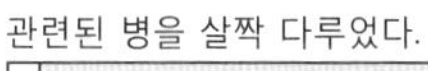

관련된 병을 살짝 다루었다.

왼쪽 눈이
잘 안 보여요.
수정체가
불투명해지는
백내장에
걸렸습니다.

이 만화를 보고
해부학을 쉽고
재미있게 익히기 바란다.

해부학 명랑만화(해랑
선생의 일기)를 더 보고
싶으면 anatomy.co.kr로
가십시오.

해랑이와 말랑이의 몸 이야기 ②

뼈대계통

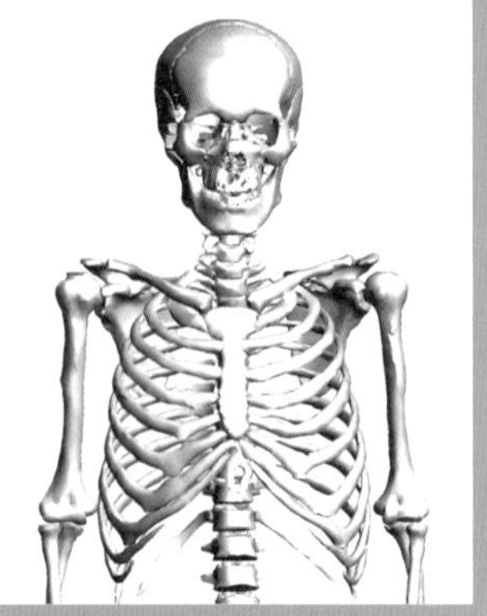
비저블 코리안으로 만든 뼈의 3차원 영상

사람 몸에서 가장 기본은 뼈대계통이다.

의과대학 학생이 처음에 배우는 것이 뼈입니다.
뼈에서 외울 것이 왜 이렇게 많냐?

뼈가 있기 때문에 사람은 몸의 생김새를 간직할 수 있고,

뼈가 없으면 문어처럼 될 것입니다.

뼈를 잘라서 보면 겉에 있는 치밀뼈가 단단하고, 속에 있는 해면뼈가 엉성한 것을 알 수 있다.

치밀뼈
해면뼈
소갈비를 먹을 때 잘라진 뼈를 본 적이 있습니까?

치밀뼈는 얇은 뼈막으로 덮여 있다.

뼈막
소갈비를 먹을 때 뼈막까지 악착같이 뜯어 먹어 본 적이 있습니까?

몸을 제대로 움직일 수 있고,

근육
뼈
뼈
근육이 뼈를 당김으로써 내키는 운동을 할 수 있습니다.

중요한 기관을 지킬 수 있다.

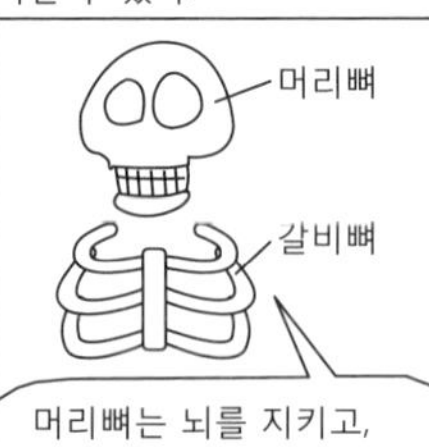
머리뼈
갈비뼈
머리뼈는 뇌를 지키고, 갈비뼈는 심장과 허파를 지킵니다.

해면뼈 사이의 공간에는 골수가 차 있고, 골수는 혈액세포인 적혈구, 백혈구, 혈소판을 만든다.

골수
적혈구
백혈구
혈소판
골수는 혈액 세포를 만들기 때문에 빨갛습니다.

부러진 뼈가 다시 붙는 것은 뼈에 살아 있는 세포가 있기 때문이다.

골절되었다고 너무 걱정하지 마십시오.

뼈를 제대로 붙이려면
부러진 뼈를
똑바로 맞추고
움직이지 않게 해야 한다.

뼈가 움직이지 않게 바깥에 석고를 굳힙니다.

부러진 뼈를 붙이는 것은
의사가 아니라
환자 자신인 셈이다.

병을 고친 사람
의사
환자
1
2
의사가 고치는 것보다 환자 자신이 고치는 것이 많습니다.

뼈는 생김새에 따라
긴뼈, 짧은뼈,

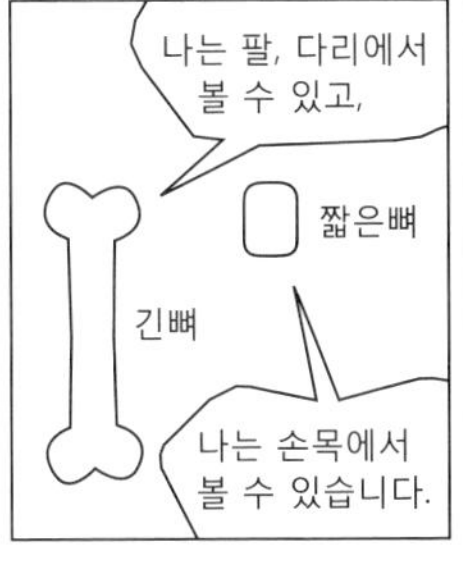
나는 팔, 다리에서 볼 수 있고,
짧은뼈
긴뼈
나는 손목에서 볼 수 있습니다.

납작뼈, 불규칙뼈로
나눌 수 있다.

뇌를 둘러싸는 머리뼈가 납작뼈의 하나입니다.
불규칙뼈
납작뼈
척추뼈가 불규칙뼈의 하나입니다.

힘줄에 매달린 뼈도 있는데,
이것을 종자뼈라고 한다.

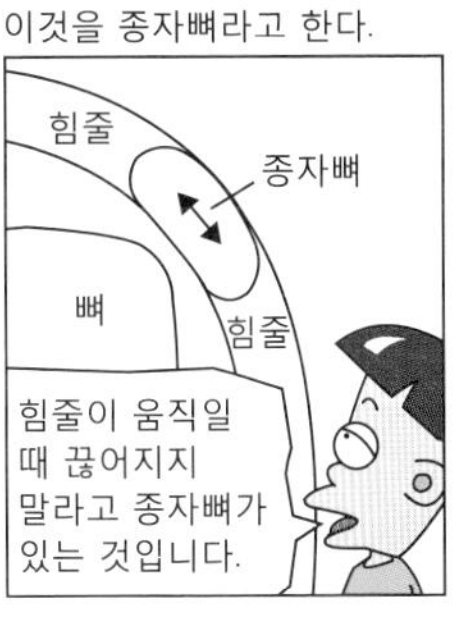
힘줄
종자뼈
뼈
힘줄
힘줄이 움직일 때 끊어지지 말라고 종자뼈가 있는 것입니다.

종자뼈의 보기를 들면
무릎뼈이다.

넙다리네갈래근
힘줄
무릎뼈
힘줄
무릎뼈는 힘줄에 매달려 있어서 좌우로 움직입니다.

뼈 중에는 넙다리뼈처럼
큰 것도 있고,

아주 옛날에는 이것을 무기로 썼습니다.

귓속뼈처럼 작은 것도 있다.

ooo
가운데귀에 있는 귓속뼈는 입김으로 날라갈 만큼 작습니다.

사람 몸에 206개의 뼈가
있다. 80개는 몸통에 있고,
64개는 팔에 있고,
62개는 다리에 있다.

80개의 뼈
64개의 뼈
62개의 뼈

머리뼈는 28개의 뼈로
이루어져 있으며,
이들은 서로 단단히 붙어
있어서 움직이지 못한다.

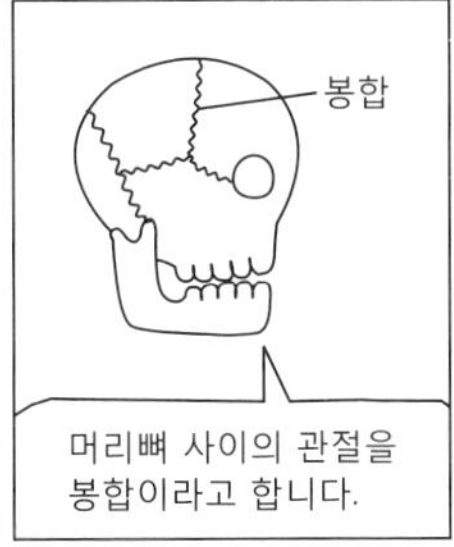
봉합
머리뼈 사이의 관절을 봉합이라고 합니다.

머리뼈에서 움직이는
뼈는 아래턱뼈뿐이다.

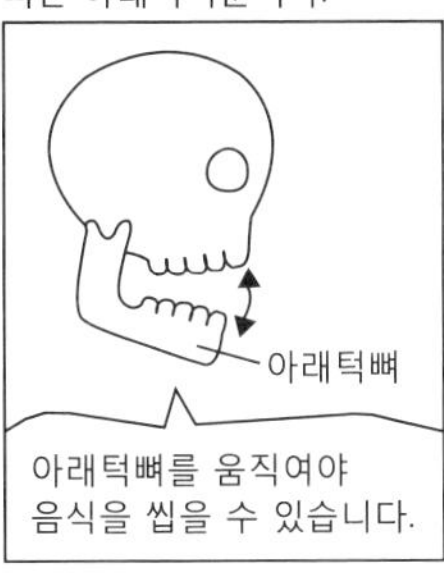
아래턱뼈
아래턱뼈를 움직여야 음식을 씹을 수 있습니다.

머리뼈는
뇌를 둘러싸는 부분과
코안과 입안을 둘러싸는
부분으로 나눌 수 있다.

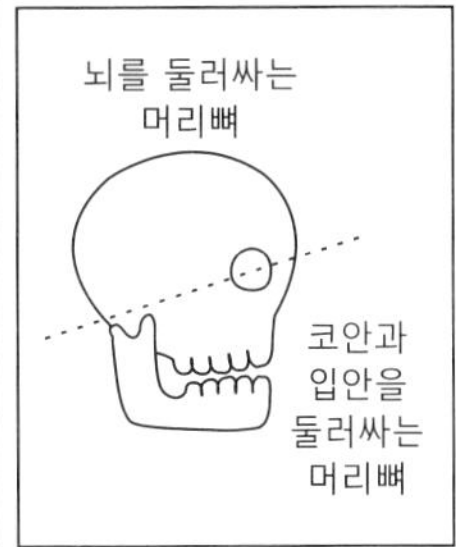
뇌를 둘러싸는 머리뼈
코안과 입안을 둘러싸는 머리뼈

코안을 둘러싸는 뼈에는 코곁굴이 있다.

코곁굴
코안
코안을 둘러싸는 뼈
코곁굴은 해면뼈가 없어져서 생긴 공간입니다.

입안을 둘러싸는 위턱뼈와 아래턱뼈에는 치아가 박혀 있다.

위턱뼈
입안
치아
아래턱뼈
입안을 둘러싸는 부위를 모두 턱이라고 합니다.

머리와 목 사이에는 목뿔뼈가 있다.

목뿔뼈
후두
후두 위에서 목뿔뼈를 만질 수 있습니다.

후두는 연골이라서 말랑말랑하지만 목뿔뼈는 딱딱하다.

연골
뼈
연골과 달리 뼈는 칼로 잘라지지 않습니다.

머리뼈와 이어진 척추뼈는 몸통을 받치고 척수를 지킨다.

척수
척추뼈
사람의 척추뼈와 비슷하게 생긴 돼지의 척추뼈를 보려면 식당에서 감자탕을 시키세요.

척추뼈 중에서 목뼈, 허리뼈는 앞으로 볼록하고, 등뼈, 엉치뼈, 꼬리뼈는 뒤로 볼록하다.

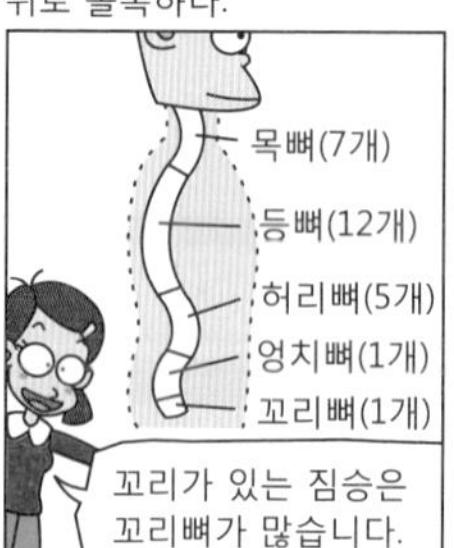
목뼈(7개)
등뼈(12개)
허리뼈(5개)
엉치뼈(1개)
꼬리뼈(1개)
꼬리가 있는 짐승은 꼬리뼈가 많습니다.

목뼈가 앞으로 볼록한 것은 고개를 세웠기 때문이고, 허리뼈가 앞으로 볼록한 것은 일어섰기 때문이다.

고개 세움.
일어섬.
이런 자세에서 척추뼈는 모두 뒤로 볼록합니다.

갈비뼈는 등뼈와 복장뼈를 잇는 뼈이다.

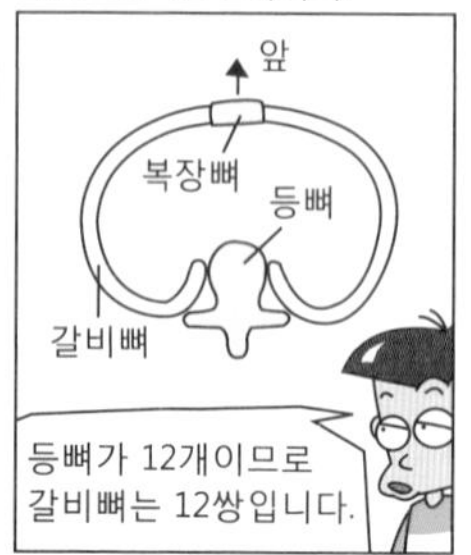
앞
복장뼈
등뼈
갈비뼈
등뼈가 12개이므로 갈비뼈는 12쌍입니다.

아담의 갈비뼈로 이브를 만들었기 때문에 남자의 갈비뼈는 여자보다 한 개 적다고 착각하는 사람이 있다.

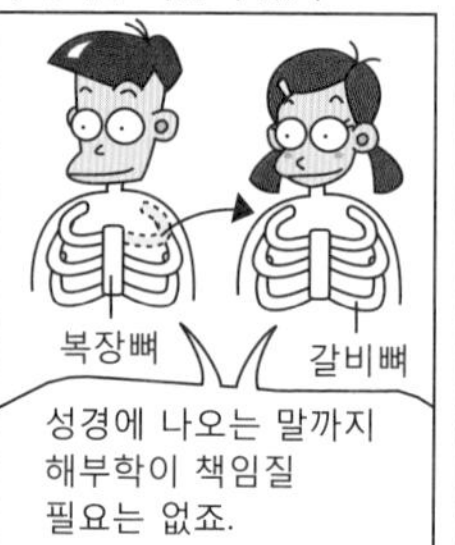
복장뼈
갈비뼈
성경에 나오는 말까지 해부학이 책임질 필요는 없죠.

팔뼈와 다리뼈는 비슷한 점이 많다. 몸통과 팔을 잇는 빗장뼈, 어깨뼈는 몸통과 다리를 잇는 볼기뼈에 들어맞는다.

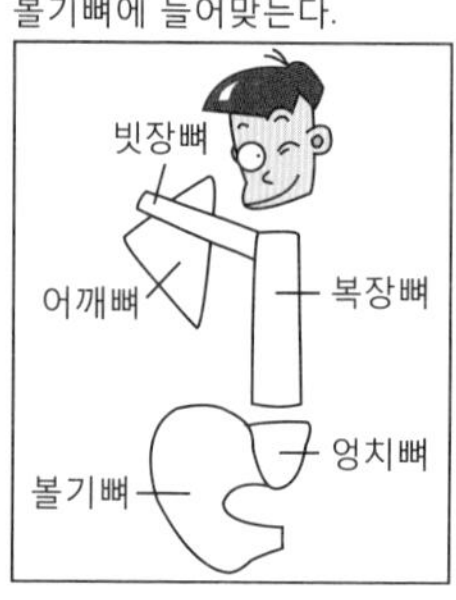
빗장뼈
어깨뼈
복장뼈
엉치뼈
볼기뼈

위팔뼈, 자뼈, 노뼈는 넙다리뼈, 정강뼈, 종아리뼈에 들어맞는다.

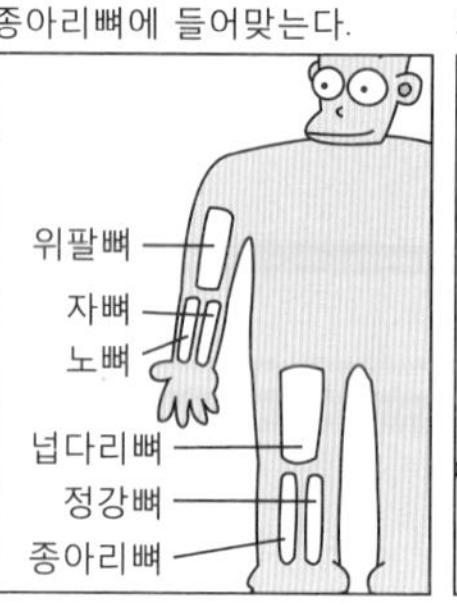
위팔뼈
자뼈
노뼈
넙다리뼈
정강뼈
종아리뼈

아주 먼 옛날에는 사람이 기어다녔으며, 그 때에는 팔뼈와 다리뼈가 거의 같았다.

사람의 진화를 얘기하고 있습니다.
나하고 똑같네.

사람이 서서 다니면서 팔뼈는 정교한 운동을 하기 좋게 바뀌었다.

사람은 팔을 자유롭게 썼기 때문에 문명을 발달시킬 수 있었습니다.

이를테면 손가락은 발가락보다 길고, 엄지손가락은 90도 꺾여 있어서 물건을 쥐기가 좋다.

나는 저렇게 할 수 없는데.
이 도구를 써서 무엇을 할까?

사람은 서서 다니면서 온몸을 지탱하는 다리뼈가 더 튼튼하게 되었다.

다리뼈가 팔뼈보다 훨씬 큽니다.
그래도 네 발로 뛰는 것만큼 빨리 뛸 수는 없지.

발바닥에 있는 뼈는 위로 볼록하게 배열되어서 발바닥이 오목하다.

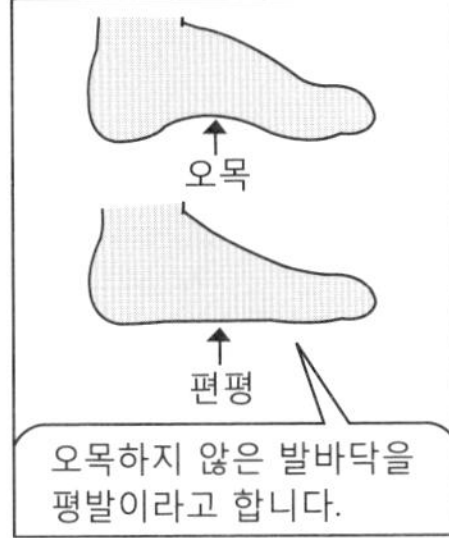
오목
편평
오목하지 않은 발바닥을 평발이라고 합니다.

발바닥이 오목하지 않으면 걸을 때마다 발바닥에 있는 근육, 신경, 혈관이 눌려서 아프다.

발바닥이 아파서 오래 걸을 수 없습니다. 군대에도 갈 수 없습니다.

뼈는 남녀에 따라서 조금씩 다른데, 가장 다른 것은 골반뼈이다.

골반뼈는 엉치뼈와 볼기뼈를 합친 것입니다.
엉치뼈
볼기뼈
골반안

여자는 골반뼈로 둘러싸인 골반안이 굵기 때문에 아기 낳기가 좋다.

골반안
골반안
골반뼈
골반안이 가늘면 제왕절개 수술을 해야 합니다.

골반뼈에서 걸상에 닿는 부분을 궁둥뼈결절이라고 하는데, 딱딱한 걸상에 오래 앉으면 궁둥뼈결절을 덮는 피부에 염증이 생길 수 있다.

궁둥뼈 결절
오래 앉기도 어렵구나.

잘 때 움직이지 않아도 이러한 염증이 생길 수 있다.

등에 염증이 생겼다.
따라서 잘 때도 조금씩 움직여야 합니다.
뒤척 뒤척

키가 커지는 것은 몸통의 뼈와 다리의 뼈가 길어지기 때문이다.

몸통의 뼈는 앉은키를 결정합니다.

뼈 사이에 있는 연골이 뼈로 바뀌면서 뼈는 길어진다.

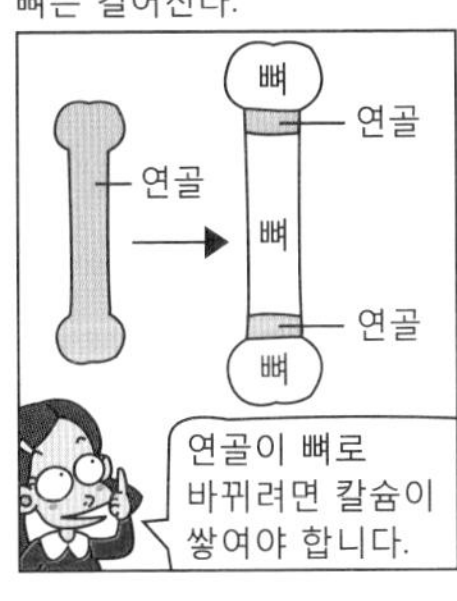
연골
뼈
연골
뼈
연골
뼈
연골이 뼈로 바뀌려면 칼슘이 쌓여야 합니다.

뼈 사이에 있는 연골이 없어지면 더 이상 키가 커지지 않는다.

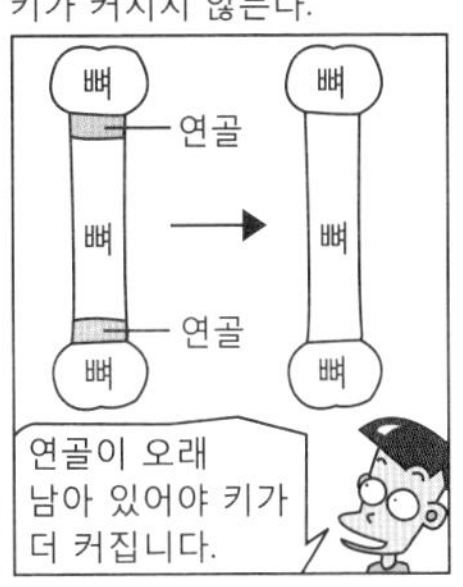
뼈
연골
뼈
연골
뼈
뼈
뼈
뼈
연골이 오래 남아 있어야 키가 더 커집니다.

어떤 뼈는 몸 바깥에서
쉽게 만질 수 있는데,
보기를 들면 빗장뼈이다.

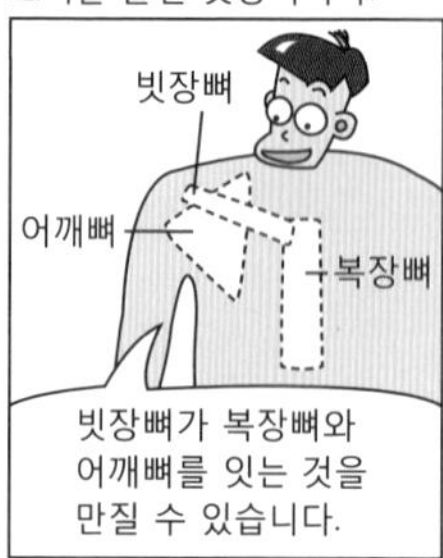
빗장뼈
어깨뼈
복장뼈
빗장뼈가 복장뼈와
어깨뼈를 잇는 것을
만질 수 있습니다.

뼈에는 근육, 인대가
붙어 있기 때문에
튀어나온 부분도 있고,

근육,인대
근육, 인대는
뼈를 끊임없이 당깁니다.

혈관, 신경이 지나가기
때문에 뚫린 구멍이나
눌린 자국도 있다.

혈관, 신경
의과대학 학생은
이런 뼈의 구조를
외워야 합니다.

이 책에 실린 해부학 학습만화와 명랑만화를 왜 그렸고 어떻게 그렸는지 논문으로 써서 알렸다.
(황성배, 정민석, 박진서 「일반인을 위한 해부학 만화」, 대한해부학회지 38: 433–441, 2005)

대한해부학회지 제38권 제5호 2005
The Korean J. Anat. 38(5), 433~441, 2005

일반인을 위한 해부학 만화

황 성 배, 정 민 석[1,*], 박 진 서[1]

경북전문대학 물리치료과, [1]아주대학교 의과대학 해부학교실

학습만화와 명랑만화를 비롯한 해부학 다중매체자료에 관해서 논문을 썼다.
(장해권, 정민석, 채균식, 이상태, 박형선, 이상호, 신동선 「일반인이 해부학을 쉽게 익힐 수 있는 다중매체자료」, J Lifestyle Med 2: 47–55, 2012)

Original Article Vol. 2, No. 1, 47-55

Journal of
Lifestyle
Medicine

Multimedia Data for Common People to Learn Anatomy Easily

일반인이 해부학을 쉽게 익힐 수 있는 다중매체자료

Hae Gwon Jang[1], Min Suk Chung[2], Kyun Shik Chae[3], Sang-Tae Lee[3], Hyung Seon Park[4], Sang-Ho Lee[4], Dong Sun Shin[2]

[1]Graduate School of Information and Communication, Ajou University, [2]Department of Anatomy, Ajou University School of Medicine, Suwon, [3]Korea Research Institute of Standards and Science, [4]Korea Institute of Science and Technology Information, Daejeon, Korea

해랑이와 말랑이의 몸 이야기 ③

관절계통

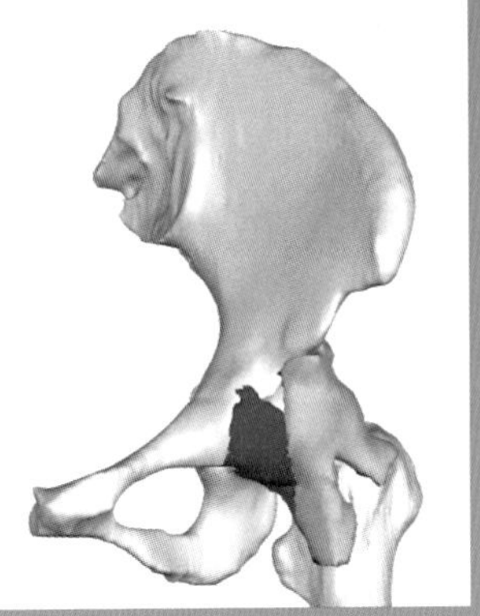

비저블 코리안으로 만든 엉덩관절의 3차원 영상

뼈와 뼈가 만나는 곳을
관절이라고 한다.

뼈
뼈
관절
관절을 뼈마디
라고도 합니다.

관절은 뼈 사이에 있는
조직에 따라서 섬유관절,
연골관절, 윤활관절로
나눌 수 있다.

섬유관절
연골관절
윤활관절
섬유관절보다
연골관절이
잘 움직이고,
연골관절보다
윤활관절이
잘 움직입니다.

머리에 있는 여러 뼈는
섬유관절로
붙어 있기 때문에
움직일 수 없다.

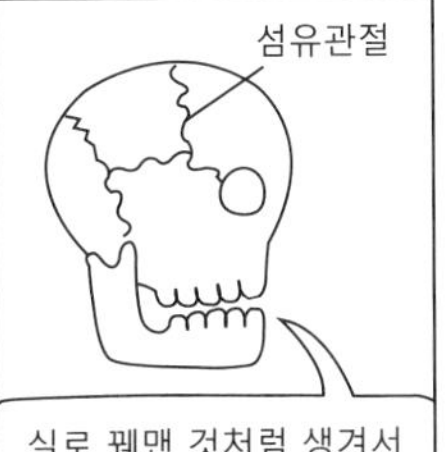

섬유관절
실로 꿰맨 것처럼 생겨서
봉합이라고 합니다.

치아가 위턱뼈와 아래턱뼈에
박혀 있는 것도
섬유관절이다.

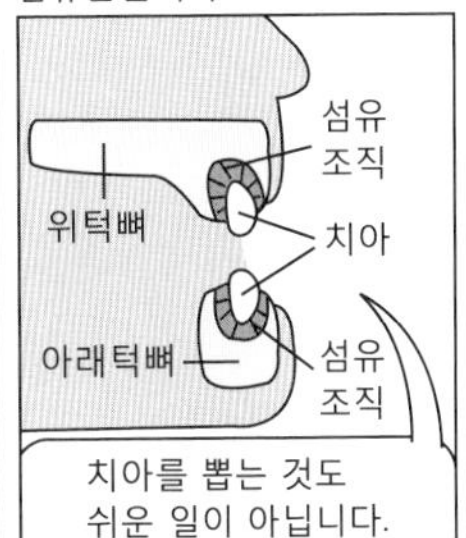

섬유
조직
위턱뼈
치아
아래턱뼈
섬유
조직
치아를 뽑는 것도
쉬운 일이 아닙니다.

섬유관절은 뼈 사이에
질긴 섬유조직이 있어서
움직이지 않는 관절이다.

뼈
뼈
섬유조직
해부학에서
섬유글자가
나오면 무조건
질긴 것이라고
보면 됩니다

나무토막을 아교로
붙였을 때,
나무토막이 뼈이고 아교가
섬유조직이라고 보면 된다.

안 떨어
집니다.
나무
토막
나무
토막
아교

연골관절은 뼈 사이에
연골이 있어서
조금 움직이는 관절이다.

뼈
연골
뼈
귓바퀴에 있는
연골이 움직이
듯이 연골관절
에 있는 연골도
움직입니다.

연골관절의 보기를 들면
척추뼈 사이에 있는
척추원반이다.

척추원반
척추뼈

척추뼈 사이가 조금씩
움직이기 때문에
고개를 돌릴 수 있고,
허리를 굽힐 수 있습니다.

저녁에 잰 키는 아침에 잰 키보다 조금 작은데, 이것은 척추원반이 하루 종일 눌려서 납작해지기 때문이다.

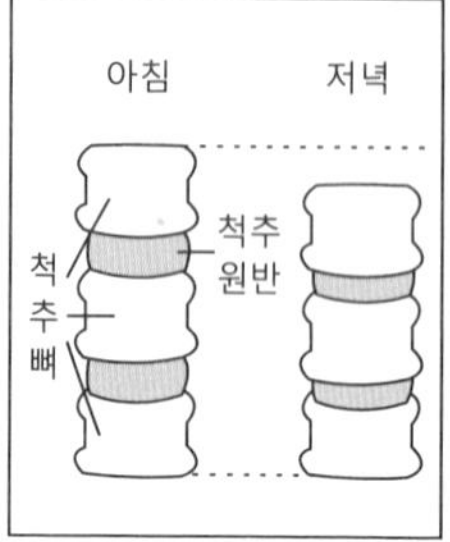
아침
저녁
척추뼈
척추원반

척추원반의 가운데에는 말랑말랑한 속질핵이 있고, 가장자리에는 질긴 섬유테가 있다.

속질핵
섬유테
섬유 글자가 나오면 무조건 질긴 것이라고 말했습니다.

척추원반의 속질핵이 탈출해서 척수신경을 누르는 병이 탈출척추원반이다.

눌린 척수신경 때문에 아프고, 그 척수신경이 맡은 운동을 못 합니다.
척수신경
속질핵

허리뼈에서 척추원반이 탈출하는 경우가 많다.

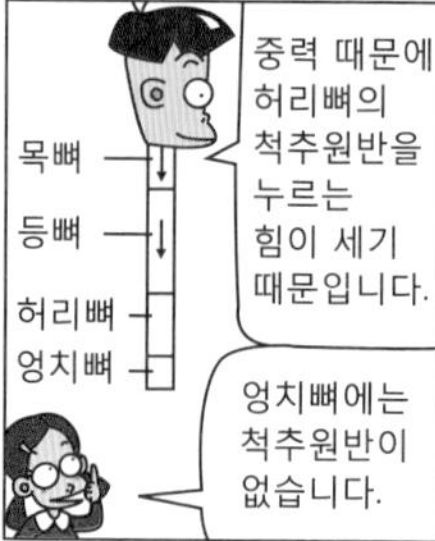
목뼈
등뼈
허리뼈
엉치뼈
중력 때문에 허리뼈의 척추원반을 누르는 힘이 세기 때문입니다.
엉치뼈에는 척추원반이 없습니다.

기어다니는 짐승은 척추원반을 누르는 힘이 약하기 때문에 척추원반이 탈출하지 않는다.

척추뼈
탈출척추원반은 사람한테만 생기는 병이에요.

윤활관절은 뼈 사이에 섬유막, 윤활막, 관절연골, 관절안이 있는 관절이다.

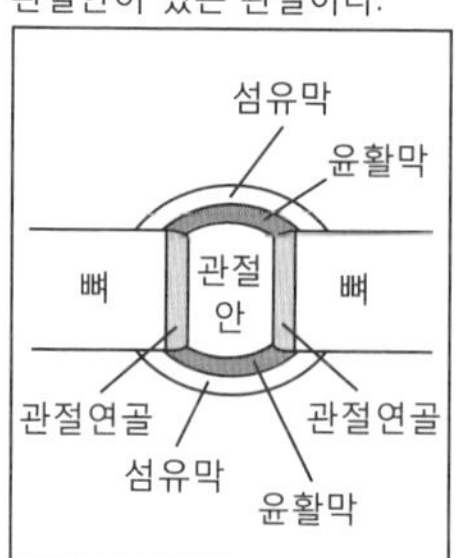
섬유막
윤활막
뼈
관절안
뼈
관절연골
관절연골
섬유막
윤활막

관절안에 윤활액이 있으며, 윤활액 덕분에 윤활관절은 잘 움직인다.

윤활액
자동차의 엔진 기름과 비슷합니다.

관절안이 관절원반으로 완전히 나뉘는 경우도 있고,

관절원반
관절안(2개)
관절원반은 척추원반과 다릅니다.

관절반달로 조금 나뉘는 경우도 있다.

관절반달
관절안(1개)
관절반달은 무릎관절에서 볼 수 있습니다.

관절원반과 관절반달이 있으면 윤활막이 더 많아서 윤활관절이 더 잘 움직인다.

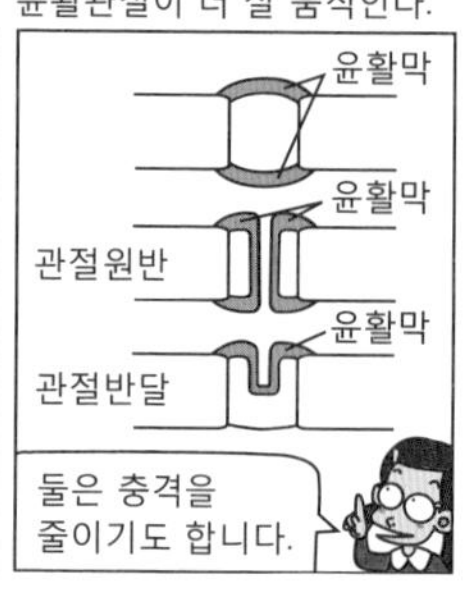
윤활막
윤활막
관절원반
윤활막
관절반달
둘은 충격을 줄이기도 합니다.

윤활관절은 잘 움직이기 때문에 관절염이 잘 생긴다.

아이구, 팔다리가 쑤신다. 비가 오면 더 쑤신단 말이야.

그 중 퇴행관절염은 관절을 많이 써서 생기는 병이기 때문에 나이 든 사람한테 잘 생긴다.

끙!
기계를 많이 써서 망가진 것과 비슷합니다.

윤활막과 섬유막을 합쳐서 관절주머니라고 하며,

윤활막
섬유막
뼈
뼈
관절주머니
나처럼 가진 것이 돈뿐인 사람은 돈주머니라고 하죠.

섬유막이 두꺼워진 구조물을 인대라고 한다.

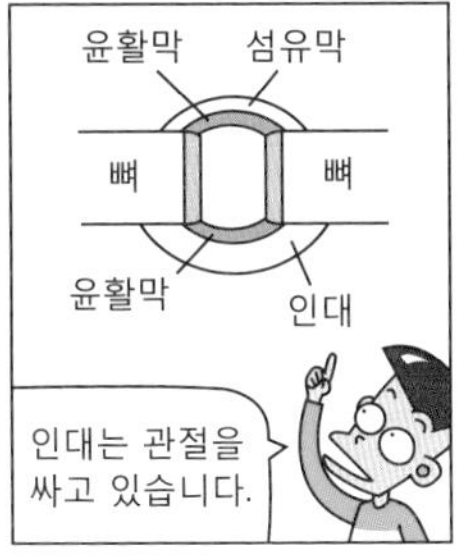
윤활막
섬유막
뼈
뼈
윤활막
인대
인대는 관절을 싸고 있습니다.

관절을 더 억지로 움직이면 인대가 끊어질 수 있고,

뼈
뼈
끊어진 인대
끊어진 인대는 꿰매야 합니다.

관절을 이루는 뼈가 서로 어긋나는 탈구가 생길 수도 있다.

탈구된 뼈
뼈
탈구된 뼈는 제자리로 옮겨야 합니다.

인대는 뼈와 뼈를 잇는 질긴 구조물이라서 관절이 지나치게 움직이지 못하게 한다.

뼈
뼈
인대
그만 움직여!
인대가 뼈를 붙잡습니다.

손가락을 옆으로 못 휘는 것은 손가락뼈사이관절의 인대 때문이다.

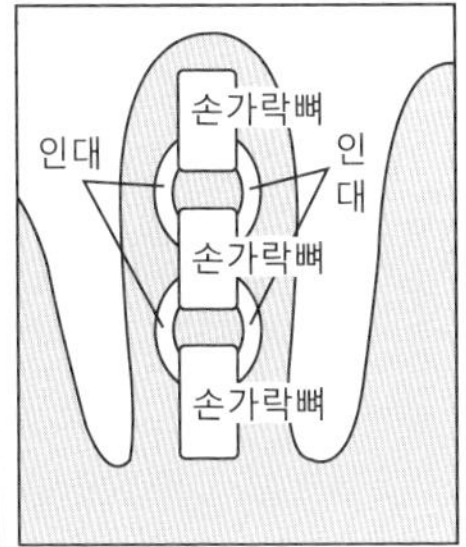
손가락뼈
인대
인대
손가락뼈
손가락뼈

입을 지나치게 벌리면 턱관절이 탈구될 수 있으므로 조심해야 한다.

턱이 빠져서 입을 다물지 못하면 치과로 가야 합니다.

윤활관절의 운동은 인대와 관절면의 생김새에 따라서 결정된다.

인대
뼈
뼈
관절면
관절마다 일어나는 운동이 다릅니다.

관절을 억지로 움직이면 인대가 늘어난다.

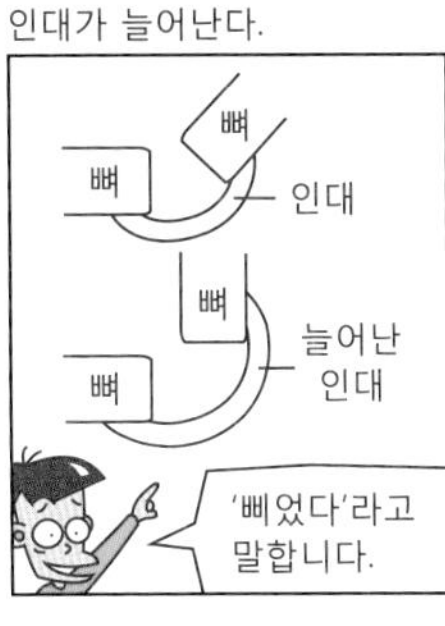
뼈
뼈
인대
뼈
뼈
늘어난 인대
'삐었다'라고 말합니다.

늘어난 인대는 저절로 줄어든다.

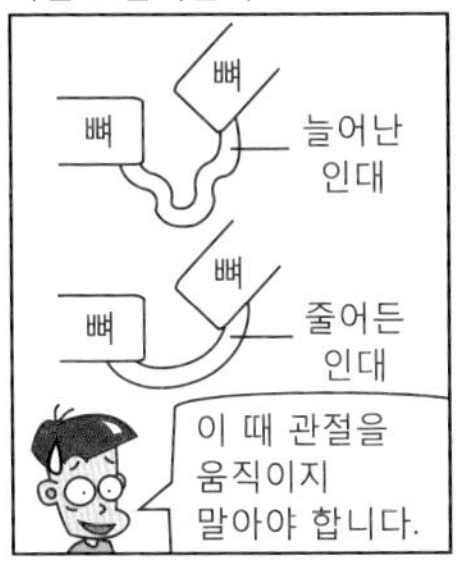
뼈
뼈
늘어난 인대
뼈
뼈
줄어든 인대
이 때 관절을 움직이지 말아야 합니다.

평면관절에서는 미끄러지는 운동이 일어난다.

뼈
뼈
미끄럼
관절면이 편평합니다.

중쇠관절에서는 돌리는 운동이 일어난다.

돌림
뼈
뼈
수나사와 암나사의 움직임과 같습니다.

경첩관절에서는
양쪽에 인대가 있기 때문에
굽히고 펴는 운동이
일어난다.

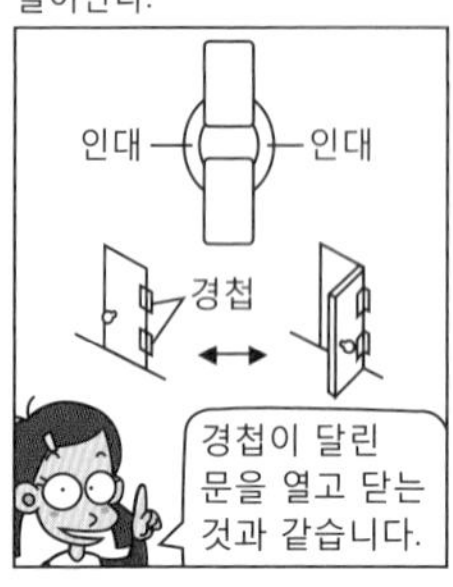
인대
인대
경첩
경첩이 달린
문을 열고 닫는
것과 같습니다.

타원관절에서는 한쪽
관절면이 오목한 타원이고,
다른 한쪽 관절면이 볼록한
타원이기 때문에 서로 직각인
방향의 운동이 일어난다.

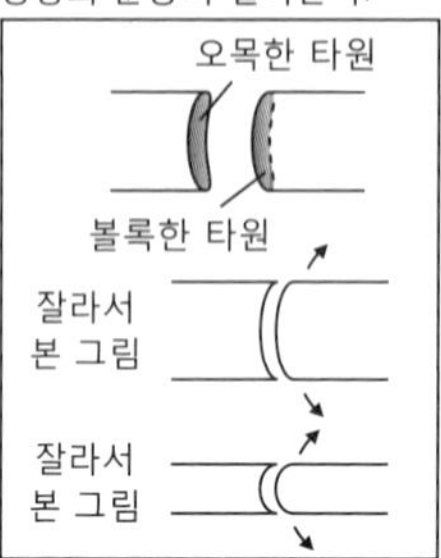
오목한 타원
볼록한 타원
잘라서
본 그림
잘라서
본 그림

타원관절은 달걀 껍데기를
길이로 잘라서 포갠 다음에
서로 직각인 방향으로
움직이는 것과 같다.

달걀 껍데기
굽힘/폄과
모음/벌림이
일어나는
손목관절이
타원관절의
하나입니다.

절구관절에서는 모든 종류의
운동이 일어난다.

어깨관절이
절구관절의
하나입니다.

윤활관절 중에서는 운동 축이
1개인 관절(평면관절,
중쇠관절, 경첩관절)보다는
운동 축이 2개인 관절
(타원관절)이 잘 움직이고,

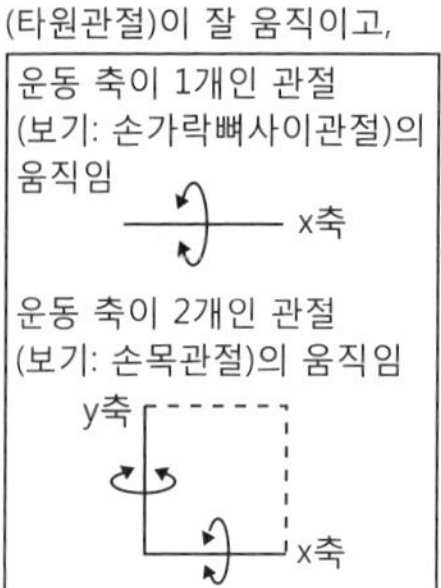
운동 축이 1개인 관절
(보기: 손가락뼈사이관절)의
움직임
x축
운동 축이 2개인 관절
(보기: 손목관절)의 움직임
y축
x축

운동 축이 3개인 관절
(절구관절)이 더 잘 움직인다.

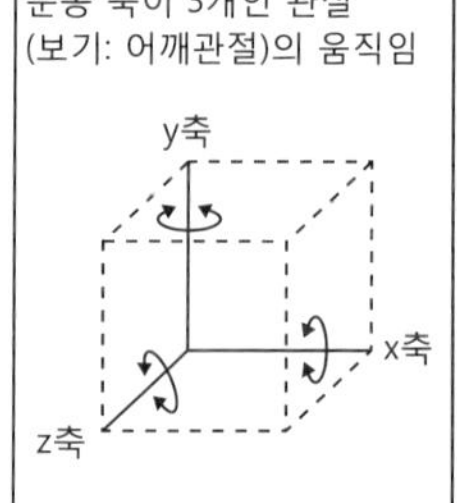
운동 축이 3개인 관절
(보기: 어깨관절)의 움직임
y축
x축
z축

해부학 학습만화와 명랑만화를 국립과천과학관에서 포스터와 전자책 형식으로 상설 전시하고 있다.

만화속에
과학이 보인다

해랑이와 말랑이의 몸 이야기 ④

근육계통

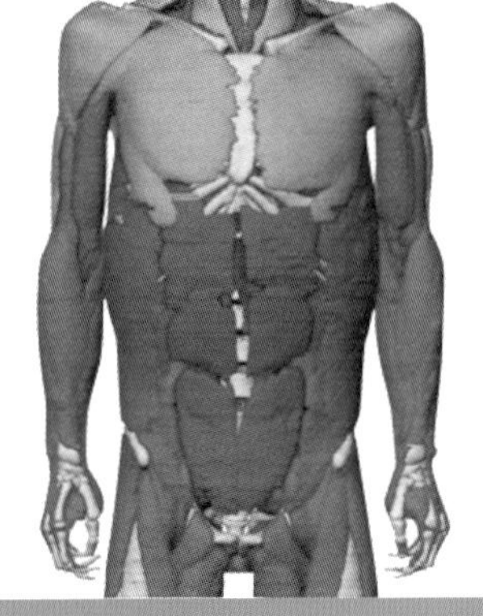

비저블 코리안으로 만든 근육의 3차원 영상

사람은 근육이 있기 때문에 움직일 수 있다.

근육은 맘대로 수축할 수 있는 뼈대근육과 맘대로 수축할 수 없는 민무늬근육, 심장근육으로 나눌 수 있다.

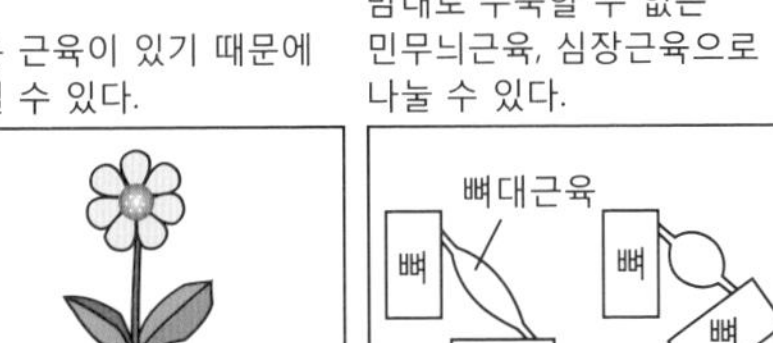

뼈대근육
뼈
뼈
뼈
뼈

식물이 움직이지 못하는 것은 근육이 없기 때문입니다.
뼈에 붙어 있는 뼈대근육만 내 맘대로 수축할 수 있습니다.

현미경으로 보면 뼈대근육세포와 심장근육세포에 가로무늬가 있고, 민무늬근육세포에 가로무늬가 없다.

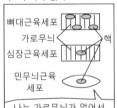

뼈대근육세포
가로무늬
핵
심장근육세포
민무늬근육 세포
나는 가로무늬가 없어서 민무늬라는 이름이 붙었습니다.

이 단원에서는 뼈대근육만 다룬다.

내가 이 단원의 주인공입니다.
뼈
뼈대근육
뼈
이제부터 뼈대 근육을 줄여서 근육이라고 하겠습니다.

민무늬근육의 보기를 들면 창자에서 음식을 통과시키는 민무늬근육이다.

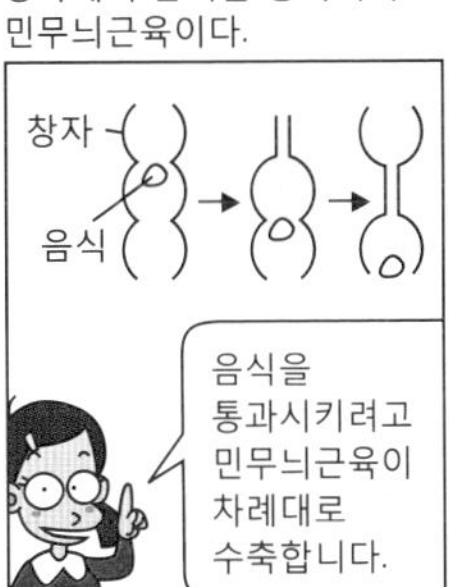

창자
음식
음식을 통과시키려고 민무늬근육이 차례대로 수축합니다.

심장근육은 심장에서 혈액을 뿜어내는 일을 한다.

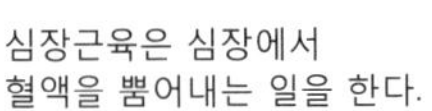

혈액
혈액
민무늬근육과 심장근육은 자율신경이 알아서 수축시킵니다.

사람 몸을 잘라보면

근육의 자리를 깨닫기 위해서 잘라보는 것입니다.
뼈
끔찍해.

가장 바깥에 피부가 있고, 이어서 피부밑조직, 근막, 근육, 뼈가 있다.

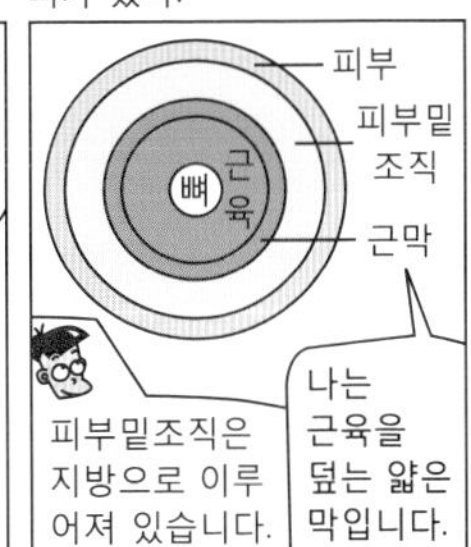

피부
피부밑 조직
근육
뼈
근막
피부밑조직은 지방으로 이루어져 있습니다.
나는 근육을 덮는 얇은 막입니다.

운동을 많이 하면
피부밑조직이 얇아지고,
근육이 두꺼워진다.

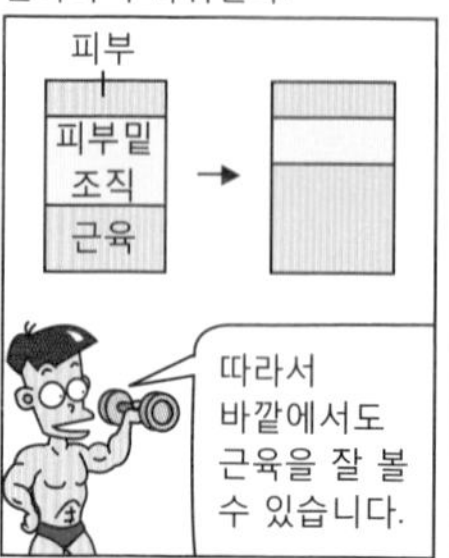
피부
피부밑
조직
근육
따라서
바깥에서도
근육을 잘 볼
수 있습니다.

근육이 수축하면
마땅히 두꺼워진다.

근육
이것은
부피 보존의
법칙이라고
할 수 있습니다.

근육은 두 뼈에
붙기 때문에
수축하면 관절이 움직인다.

근육
뼈
관절
뼈
뼈
뼈
두 뼈가 만나는
곳을 관절이라고
합니다.

이 때 움직이지 않는
뼈가 근육의 이는곳이고,
움직이는 뼈가
근육의 닿는곳이다.

이는곳
근육
뼈
뼈
뼈
뼈
닿는곳
근육의
닿는곳이
움직입니다.

근육의 이는곳과 닿는곳을
알면 근육이 수축할 때
몸이 어떻게 움직이는지
깨달을 수 있다.

의과대학
학생은
시신을
해부해서
근육의
이는곳과
닿는곳을
찾고
외워야
합니다.

대부분의 근육은 이는곳에서
관절까지의 거리보다
닿는곳에서 관절까지의
거리가 짧다.

이는곳
닿는
곳
관절
왼쪽 경우가
오른쪽 경우보다
많습니다.

보기를 들어 팔꿉관절을
굽히는 위팔두갈래근은
위팔에서 볼 수 있다.

위팔두갈래근
위팔
팔꿉관절
아래팔
굵어진 위팔
두갈래근이
알통입니다.

닿는곳에서
관절까지의 거리가 짧으면
근육이 조금만 수축해도
관절을 많이 굽힌다.

이는곳
닿는
곳
관절
운동 축에서
가까운 곳을
당기니까 많이
굽힐 수밖에
없죠.

관절을 2개 이상 건너뛰는
근육도 있다.

근육
뼈
뼈
뼈
관절
이 근육은
2개의 관절을
함께 움직입니다.

첫째 관절을
움직이지 않고, 둘째 관절만
움직이려면
가 근육과 나 근육이
함께 수축해야 한다.

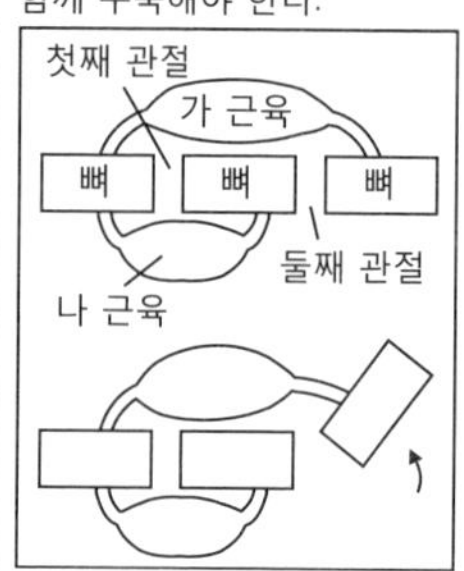
첫째 관절
가 근육
뼈
뼈
뼈
둘째 관절
나 근육

이처럼 바라는 운동을
하려면 여러 근육이 함께
수축해야 한다.

근육끼리 서로 도와야
합니다.

근육은 띠처럼 생긴
힘줄이 되어서 뼈에 붙는다.

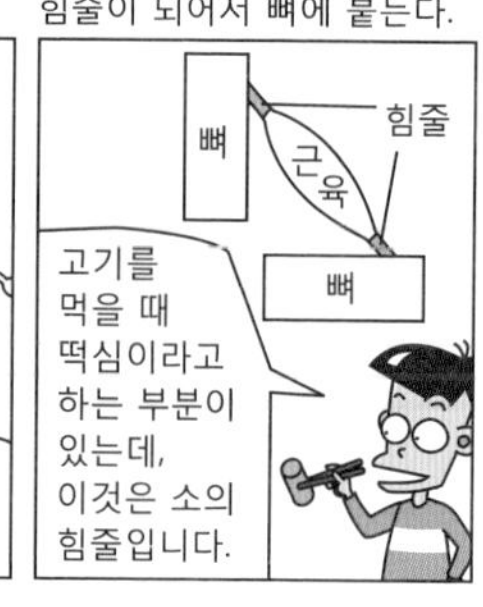
뼈
힘줄
근육
뼈
고기를
먹을 때
떡심이라고
하는 부분이
있는데,
이것은 소의
힘줄입니다.

엄지손가락과 새끼손가락을 맞서게 한 채로 손목관절을 굽히면 힘줄을 쉽게 볼 수 있다.

힘줄
손목관절을 굽히는 근육의 힘줄입니다.

사람 몸에서 가장 굵은 힘줄은 발꿈치힘줄이며, 쉽게 만질 수 있다.

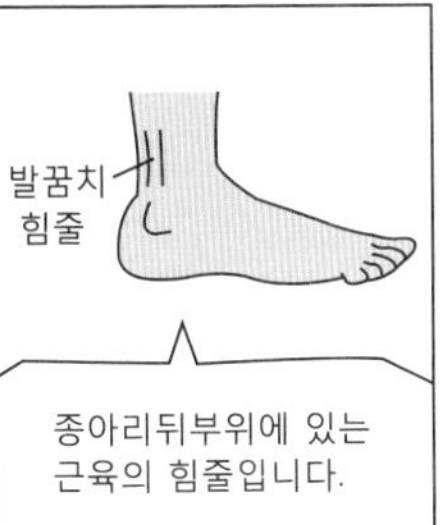
발꿈치 힘줄
종아리뒤부위에 있는 근육의 힘줄입니다.

팔에는 굽히는 근육이 발달했고,

돈
명예
움켜쥐어야 살 수 있기 때문입니다.

다리에는 펴는 근육이 발달했다.

뛰어야 살 수 있기 때문입니다.
일어서는 것이 앉는 것보다 힘들기 때문이기도 합니다.

발꿈치힘줄이 끊어지면 발꿈치를 들 수 없기 때문에 걸을 수 없다.

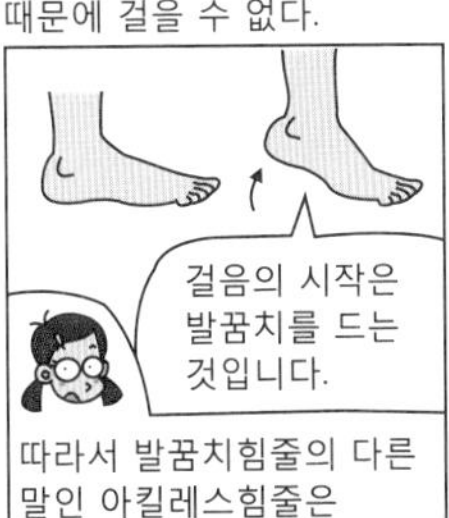
걸음의 시작은 발꿈치를 드는 것입니다.
따라서 발꿈치힘줄의 다른 말인 아킬레스힘줄은 약점을 뜻하는 말로 씁니다.

판처럼 생긴 근육은 널힘줄이 되어서 뼈에 붙는다.

뼈
근육
널힘줄
뼈
근육이 넓으니까 힘줄도 넓은 것입니다.

얼굴에 있는 근육은 뼈에 닿지 않고 피부에 닿는다.

얼굴근육
뼈
피부
얼굴근육은 닿는 곳이 피부이니까 수축하면 피부가 움직입니다.

따라서 얼굴근육이 수축하면 표정을 지을 수 있다.

얼굴근육
주름
뼈
웃는 표정, 화난 표정, 우는 표정을 지을 수 있습니다.

배의 앞벽에 있는 배곧은근은 중간에 널힘줄이 있다.

배곧은근
널힘줄
윗몸 일으키기를 할 때 쓰는 근육입니다.

배곧은근이 두꺼워지면 널힘줄이 상대적으로 움푹 들어가서 王 자가 나타난다.

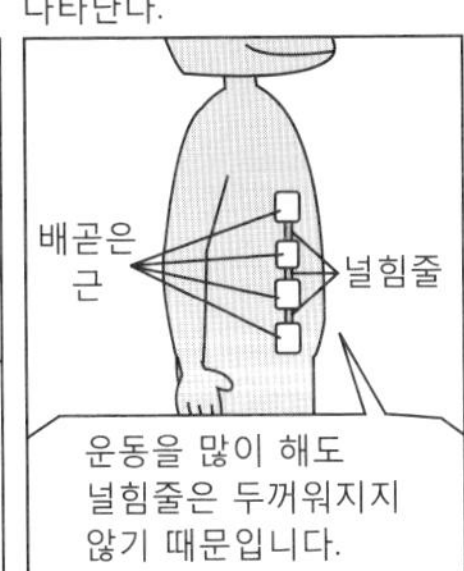
배곧은근
널힘줄
운동을 많이 해도 널힘줄은 두꺼워지지 않기 때문입니다.

얼굴근육 중에는 위눈꺼풀을 올리는 근육도, 내리는 근육도 있다.

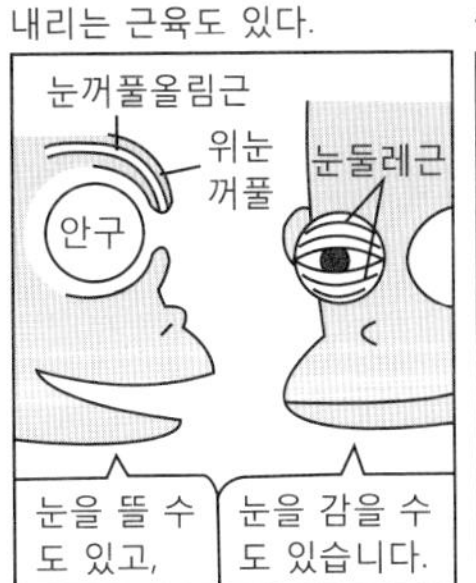
눈꺼풀올림근
위눈꺼풀
눈둘레근
안구
눈을 뜰 수도 있고,
눈을 감을 수도 있습니다.

눈꺼풀올림근이 위눈꺼풀의 아래 끝보다 위에 닿으면 쌍꺼풀이 생긴다.

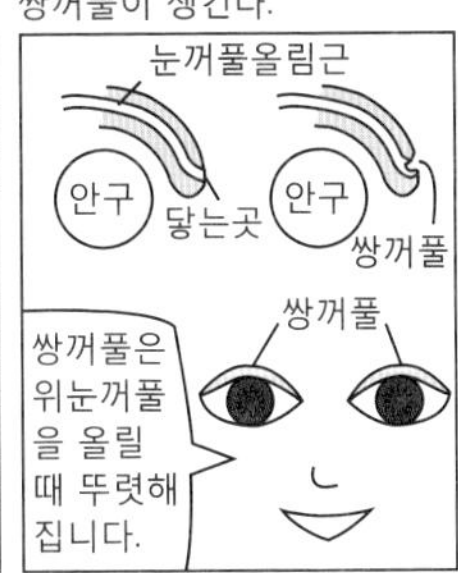
눈꺼풀올림근
안구
닿는곳
안구
쌍꺼풀
쌍꺼풀
쌍꺼풀은 위눈꺼풀을 올릴 때 뚜렷해집니다.

얼굴근육 중에는 입꼬리를
위, 가쪽으로 당기는 근육이
큰광대근이다.
이것이 입꼬리에 닿지
않으면 보조개가 생긴다.

큰광대근
보조개
큰광대근
보조개는 웃을 때 생깁니다.

얼굴근육을 지배하는 신경이
얼굴신경이므로, 얼굴신경이
끊어지면 얼굴근육을
수축하지 못한다.

얼굴신경
피부
뼈
얼굴근육
뇌졸중일 때 한쪽 얼굴 신경이 끊어져서 얼굴이 돌아가는 경우가 있습니다.

기어다니는 짐승은 피부에
닿는 근육이 온몸에 있으며,
피부가 가려울 때
이 근육이 수축한다.

도망가자.
벌레
피부가 꿈틀꿈틀함.
팔이 자유롭지 않아서 이 근육이 발달했죠.

삼겹살을 먹을 때
피부밑조직에서 얇은 근육을
볼 수 있는데, 이것이
피부에 닿는 근육이다.

피부
밑
조직
근육
피부에 닿는 근육
돼지도 팔이 자유롭지 않아서 이 근육이 발달했습니다.

모든 근육은
신경이 다스린다.

신경
끊어진 신경
근육
수축하지 못하는 근육
신경이 끊어지면 근육이 얇아집니다.

1개의 신경세포와 그것이
다스리는 근육세포를
운동단위라고 한다.

신경세포
근육세포
이 운동단위는 근육세포가 2개입니다.

운동단위가 적을수록
근육을 섬세하게
수축할 수 있다.

안구를 움직이는 근육은 운동단위가 적어서 안구를 섬세하게 움직일 수 있습니다.

근육이 굵으면
빨리 달릴 때 이롭고
(순발력),

100 m 달리기
단거리 선수는 몸집이 좋습니다.

심장혈관계통과 호흡계통이
튼튼하면 오래 달릴 때
이롭다(지구력).

마라톤
근육 굵기는 별로 중요하지 않습니다.

해랑이와 말랑이의 몸 이야기 ⑤

소화계통

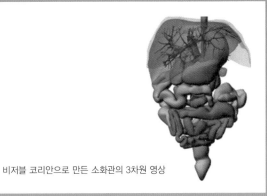

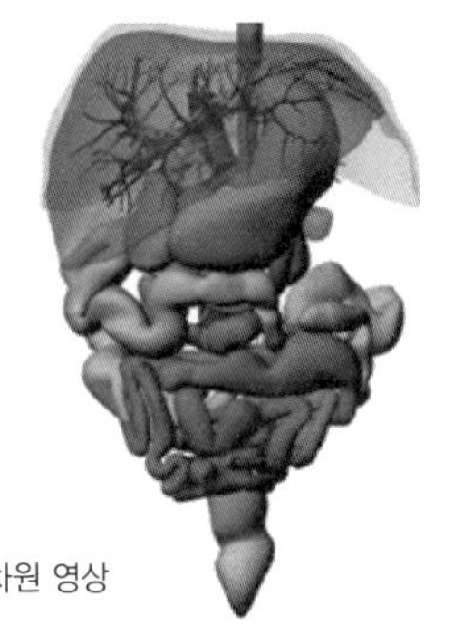

비저블 코리안으로 만든 소화관의 3차원 영상

사람은 음식을 소화해서 흡수해야 살 수 있다. 이 일을 맡고 있는 것이 소화계통이다.

살기 위해서 먹냐? 먹기 위해서 사냐?

소화계통은 음식이 지나가는 소화관과 소화액을 분비하는 소화샘으로 이루어져 있다.

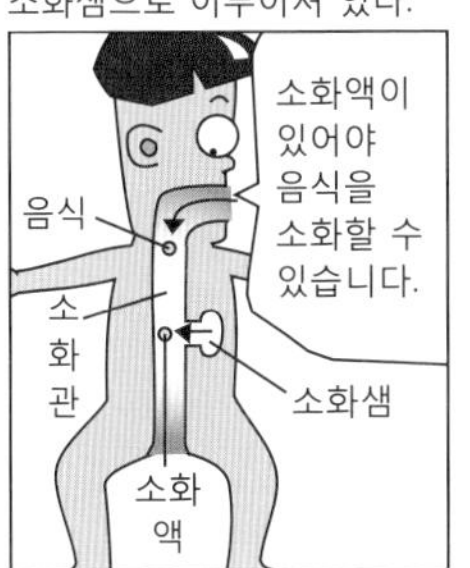

소화액이 있어야 음식을 소화할 수 있습니다.
음식
소화관
소화샘
소화액

입안에서는 치아, 혀, 입천장을 볼 수 있다.

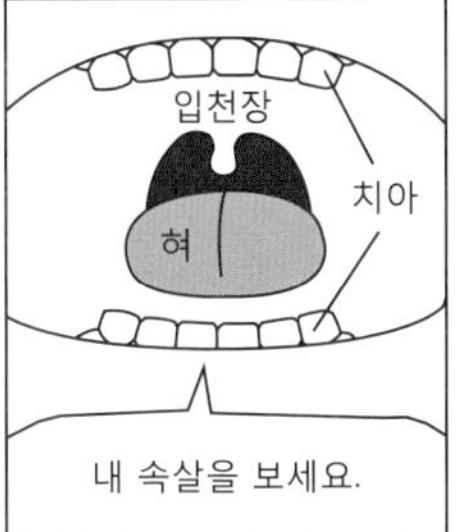

입천장
치아
혀
내 속살을 보세요.

치아는 단단해서 딱딱한 것도 씹을 수 있다.

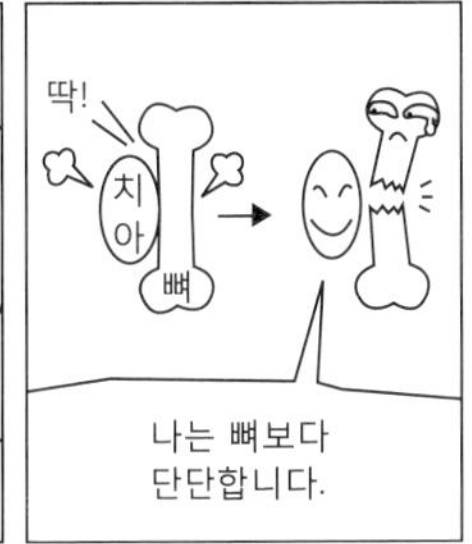

딱!
치아
뼈
나는 뼈보다 단단합니다.

소화관은 입안, 인두, 식도, 위, 작은창자, 큰창자로 이루어져 있고,

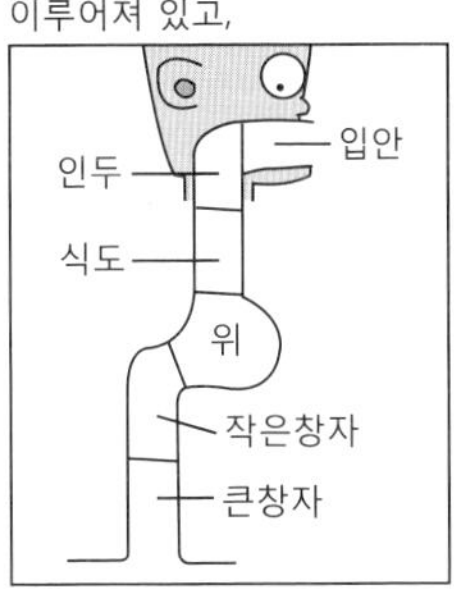

입안
인두
식도
위
작은창자
큰창자

소화샘은 침샘, 간, 이자로 이루어져 있다.

침샘은 입안으로, 간, 이자는 작은창자로 열립니다.
작은 소화샘이 더 있습니다.
간
침샘
이자

치아는 단단하지만 병원균 때문에 잘 상한다.

병원균
치아
이 상하면 치과에 가야 합니다.

어린이의 치아를 젖니라고 하고, 어른의 치아를 간니라고 한다. 젖니는 20개이고, 간니는 32개이다.

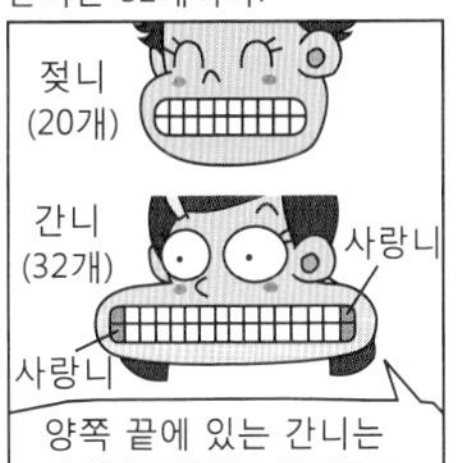

젖니 (20개)
간니 (32개)
사랑니
사랑니
양쪽 끝에 있는 간니는 사랑할 나이에 생기므로 사랑니라고 합니다.

32개의 간니 중에서
앞니가 8개, 송곳니가 4개,
작은어금니가 8개,
큰어금니가 12개이다.

3212 | 2123
3212 | 2123
송곳니
큰어금니
앞니
작은어금니

치아는 좌우가 대칭이고,
위아래가 대칭이다.

3212 | 2123
3212 | 2123
2123
그러므로
이렇게 간단히
써서 외웁니다.

이런 일을 하기 위해서
혀는 자유롭게 움직여야
하며, 따라서
혀에 많은 근육이 있다.

뒤로 당기는 근육
생김새를
바꾸는
근육
앞으로
당기는 근육
소의 혀로 만든
요리를 먹어
보았나요?

혀끝을 올리면
혀아래면에 붙어 있는
혀주름띠를 볼 수 있다.

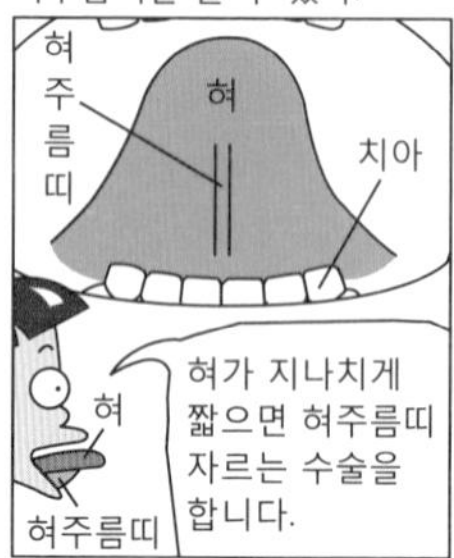

혀
주
름
띠
혀
치아
혀
혀가 지나치게
짧으면 혀주름띠
자르는 수술을
합니다.
혀주름띠

치아는 위턱뼈와 아래턱뼈에
박혀 있으며, 그 주변은
잇몸이 싸고 있다.

위턱뼈
잇몸
치아
아래턱뼈
잇몸에 염증이 생겨서
괴로운 사람이 많습니다.

혀가 하는 일은 맛을 보고,

혀에는 맛을 느끼는 수용기
(맛봉오리)가 있습니다.

혀주름띠의 양쪽 옆은
볼록한데, 이 볼록한 곳으로
턱밑샘과 혀밑샘에서
만든 침이 나온다.

혀
혀주름띠
턱밑샘과 혀밑샘
침이 나오는 곳
젖
원래 샘에서 만든
물질은 젖꼭지처럼
볼록한 데로 나오는
경우가 많습니다.

귀밑샘에서 만들어진 침은
위턱뼈에 박혀 있는
둘째 큰어금니의
가쪽 입점막으로 나온다.

둘째 큰어금니
귀밑샘 침이
나오는 곳
거울을 잘 쓰면
볼록한 이 곳을
볼 수
있습니다.

입안의 음식을
씹기 좋게 옮기고,

아얏!
먹을 때
혀가 잇달아 움직이기
때문에 실수로 혀를
씹을 수 있습니다.

후두에서 내는 목소리를
말로 만드는 데
이바지하는 것이다.

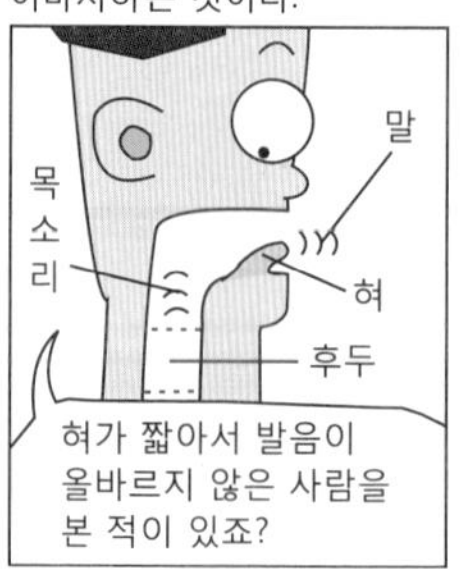

목
소
리
말
혀
후두
혀가 짧아서 발음이
올바르지 않은 사람을
본 적이 있죠?

입천장은
입안과 코안의 경계이다.

코안
입천장
목젖
입안
입천장
목
젖
입천장의 끝에
목젖이 달려
있습니다.

입천장의 앞 부분은 뼈로
이루어진 단단입천장이고,
뒤 부분은 근육으로 이루어진
물렁입천장이다.

물
렁
입
천
장
단단입천장
입안
코고는 소리는
물렁입천장이
떨려서 나는
소리입니다.

물렁입천장의 한쪽에서 2개의 활이 내려가며, 2개의 활 사이에 목구멍편도가 있다.

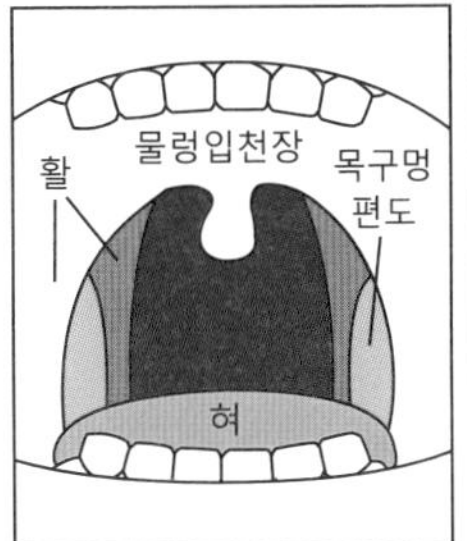
활
물렁입천장
목구멍
편도
혀

인두는 코인두, 입인두, 후두인두로 나눌 수 있다.

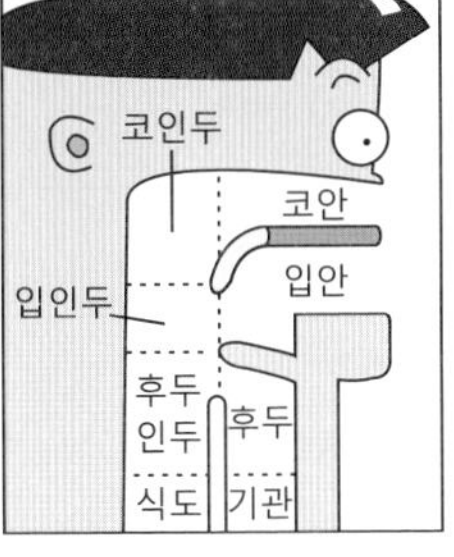
코인두
코안
입안
입인두
후두
인두
후두
식도
기관

입안에 있던 음식이 코안이나 후두로 들어가면 안 되기 때문에

음식이 코
안으로 들어
가면 재채기
가 나고,
엣취!
후두로
들어가면
기침이
납니다.
콜록!

음식을 삼킬 때에는 물렁입천장이 올라가서 코인두와 입인두의 사이를 막고,

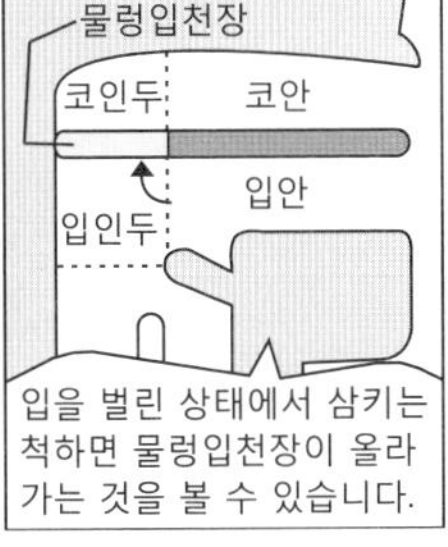
물렁입천장
코인두
코안
입안
입인두
입을 벌린 상태에서 삼키는
척하면 물렁입천장이 올라
가는 것을 볼 수 있습니다.

후두가 올라가서 후두덮개가 후두인두와 후두의 사이를 막는다.

후두덮개
후두
후두
인두
삼킬 때 후두가
올라가는 것을
볼 수 있습니다.
후
두

마침내 음식은 입안, 입인두, 후두인두, 식도를 거쳐서 내려간다.

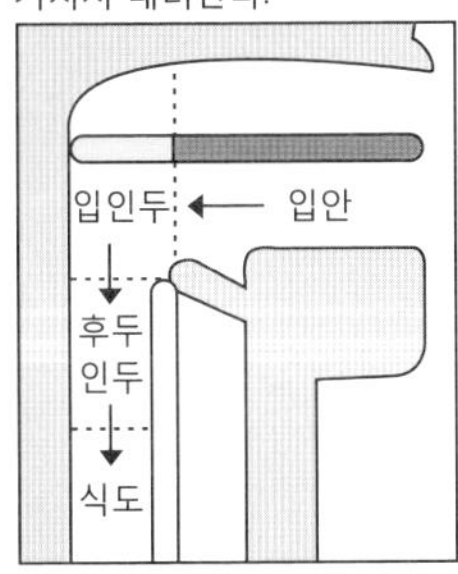
입인두
입안
후두
인두
식도

위는 소화관 중에서 가장 볼록한 부분이다.

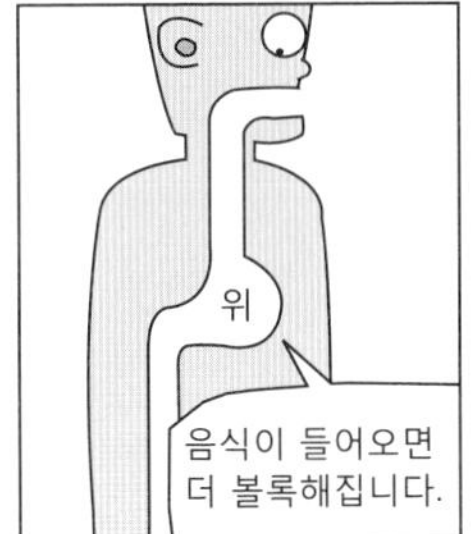
위
음식이 들어오면
더 볼록해집니다.

위로 들어온 음식은 위에서 만든 산성액, 소화액과 섞인다.

음식
산성액
소화액
잘 섞이라고
위는 꿈틀꿈틀
움직입니다.

위에서 산성액을 지나치게 만들면 위벽이 허물어진다.

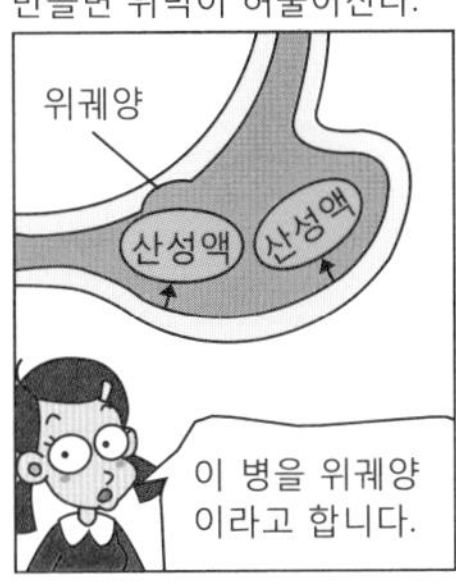
위궤양
산성액
산성액
이 병을 위궤양
이라고 합니다.

한국 사람은 위에 암이 잘 생긴다.

암
짜고 매운 음식을
많이 먹기 때문인
것으로 알려져
있습니다.

위암은 이르게 찾아서 치료해야 한다.

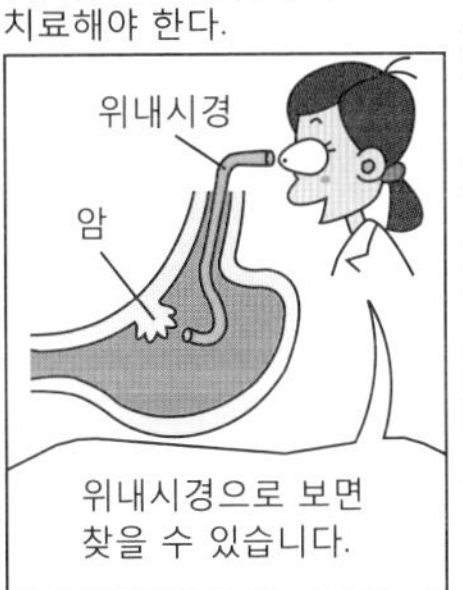
위내시경
암
위내시경으로 보면
찾을 수 있습니다.

위암이 심하면 위를 잘라 내는 수술을 한다.

식도
위
샘창자
샘창자
위가 없어도
살 수 있습니다.

위에 머물렀던 음식은 작은창자의 첫 부분인 샘창자로 간다.

조임근
위
음식
샘창자
이 때 위와 샘창자 사이에 있는 조임근이 이완합니다.

샘창자를 '십이지장'이라고도 한다.

펼친 샘창자
샘창자의 길이가 손가락 12개의 폭과 비슷해서 붙인 이름입니다.

간에서 만든 소화액을 쓸개즙이라고 한다. 쓸개로 들어가서 농축된 다음에 나오기 때문에 지은 이름이다.

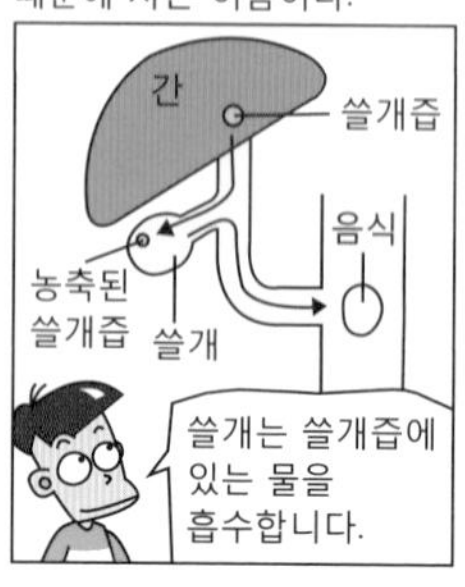
간
쓸개즙
음식
농축된 쓸개즙
쓸개
쓸개는 쓸개즙에 있는 물을 흡수합니다.

쓸개가 없어도 살 수 있다. 쓸개즙이 농축되지 않을 뿐이다.

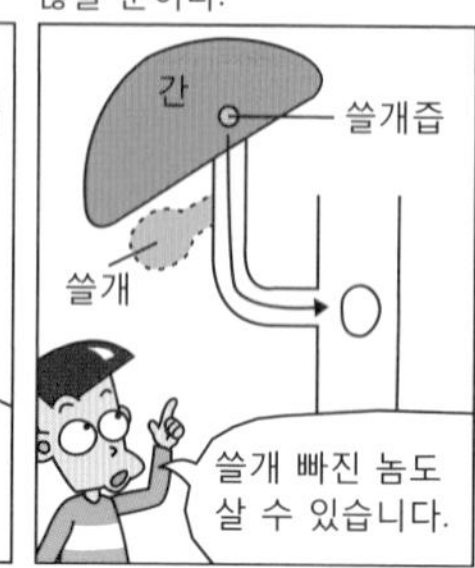
간
쓸개즙
쓸개
쓸개 빠진 놈도 살 수 있습니다.

간과 이자에서 만든 소화액은 샘창자로 나온다.

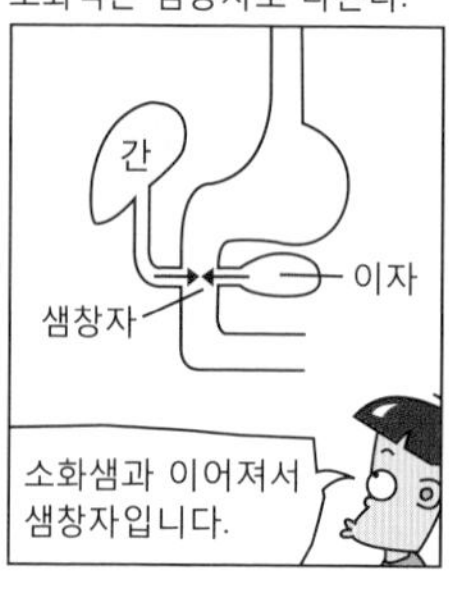
간
이자
샘창자
소화샘과 이어져서 샘창자입니다.

간은 오른쪽에 치우쳐 있고 갈비뼈에 덮여 있다.

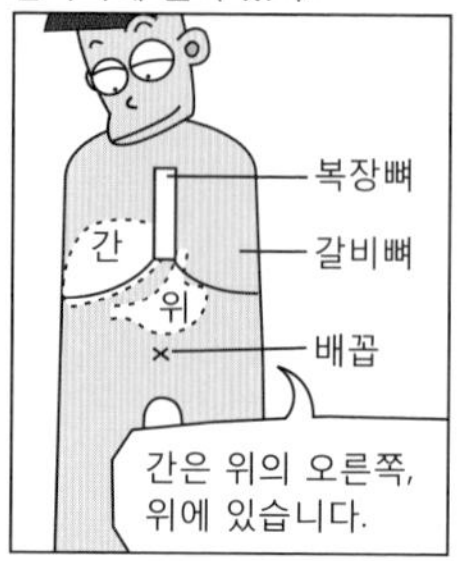
복장뼈
간
갈비뼈
위
배꼽
간은 위의 오른쪽, 위에 있습니다.

쓸개즙은 진한 노란색이며, 이 색은 대변에서 나타난다.

소화계통의 만화는 밥 먹을 때 안 볼래요.
쓸개즙이 없으면 대변의 색이 먹은 음식의 색과 비슷합니다.

쓸개에 돌이 생기는 병이 있으며, 이때에는 돌을 빼는 수술을 하거나 돌을 깨는 초음파 치료를 해야 한다.

간
쓸개에 생긴 돌
몹시 아픈 병입니다.

간에도 암이 잘 생긴다. 간염이 간암으로 바뀔 수 있으므로 간염에 걸리지 말아야 한다.

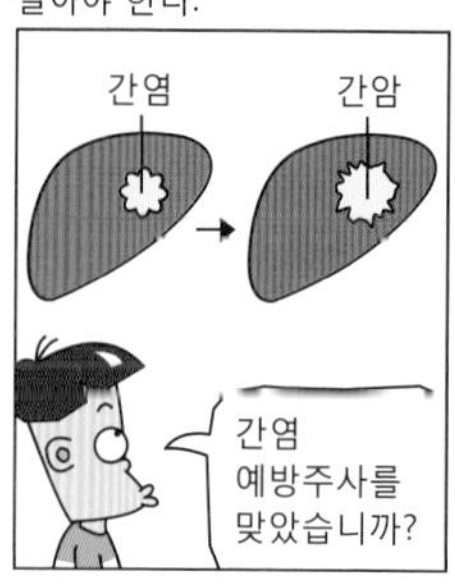
간염
간암
간염 예방주사를 맞았습니까?

간이 없으면 죽는다. 따라서 간암이 생기면 간의 일부만 잘라 내거나 간 이식수술을 해야 한다.

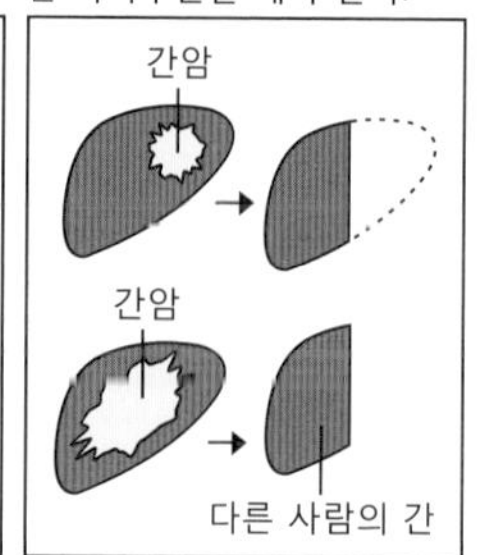
간암
간암
다른 사람의 간

이자는 소화액뿐 아니라 호르몬도 만든다.

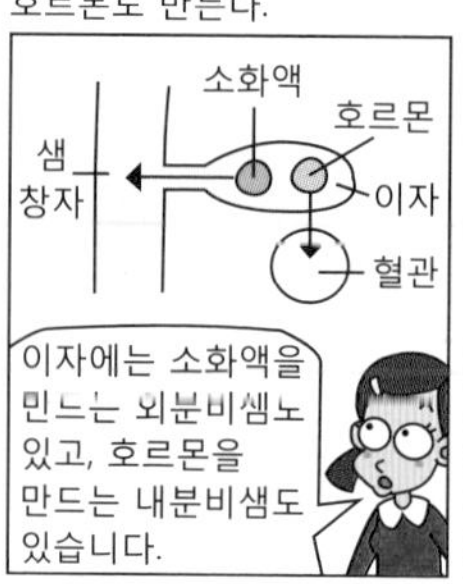
소화액
호르몬
샘창자
이자
혈관
이자에는 소화액을 만드는 외분비샘도 있고, 호르몬을 만드는 내분비샘도 있습니다.

이자에서 만드는 호르몬 중에서 인슐린은 혈액의 포도당 농도를 낮춘다.

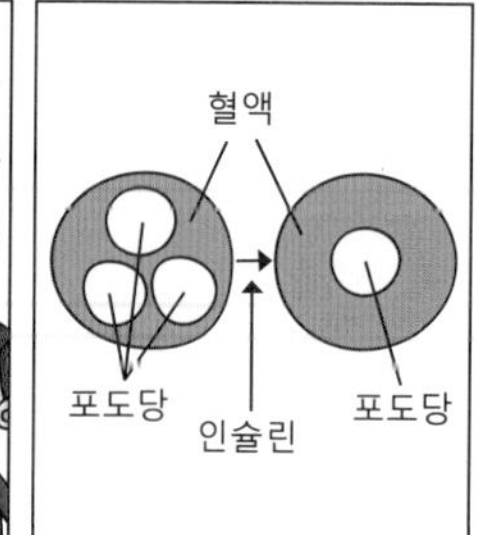
혈액
포도당
인슐린
포도당

작은창자는 샘창자뿐 아니라 빈창자와 돌창자도 포함한다.

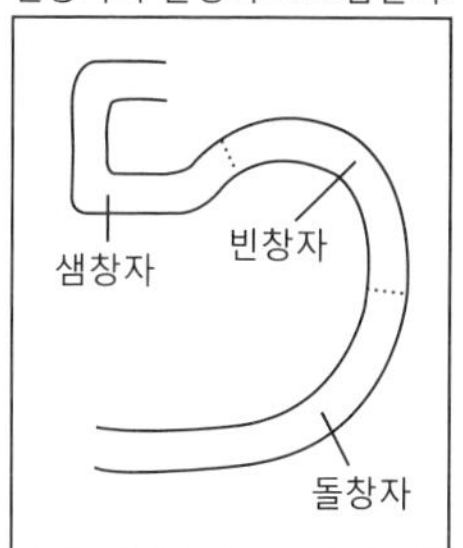
샘창자
빈창자
돌창자

빈창자는 돌창자보다 음식의 소화, 흡수를 많이 한다.

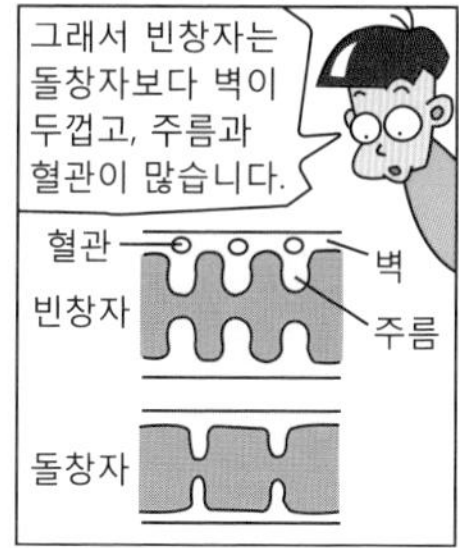
그래서 빈창자는 돌창자보다 벽이 두껍고, 주름과 혈관이 많습니다.
혈관
벽
빈창자
주름
돌창자

구부러면서 길어진다. 작은창자의 길이는 6 m이고, 큰창자의 길이는 1.5 m이다.

작은 창자
큰창자
작은창자는 이 그림보다 훨씬 구부러졌습니다.

큰창자는 작은창자보다 짧지만 굵다.

굵은 큰창자
가는 작은창자
절단면이 커서 큰창자라고 이름지었습니다.

그러나 음식이 빈창자에 오래 머물지 않기 때문에 빈창자는 비어 있을 때가 많다.

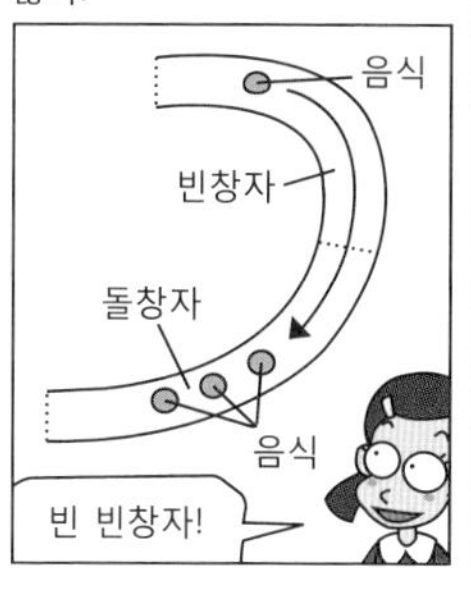
음식
빈창자
돌창자
음식
빈 빈창자!

큰창자는 막창자, 막창자꼬리, 오름창자, 가로창자,

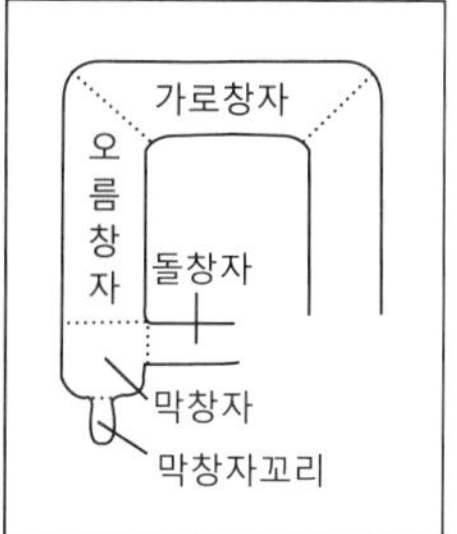
가로창자
오름창자
돌창자
막창자
막창자꼬리

큰창자는 음식의 소화, 흡수를 거의 하지 않기 때문에

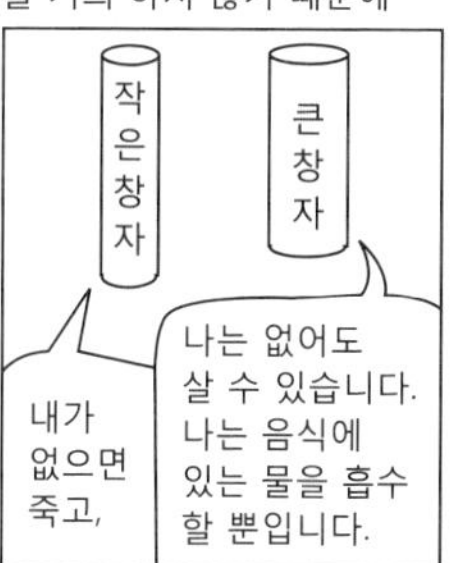
작은창자
큰창자
내가 없으면 죽고,
나는 없어도 살 수 있습니다. 나는 음식에 있는 물을 흡수할 뿐입니다.

큰창자 속에는 주름이 없다.

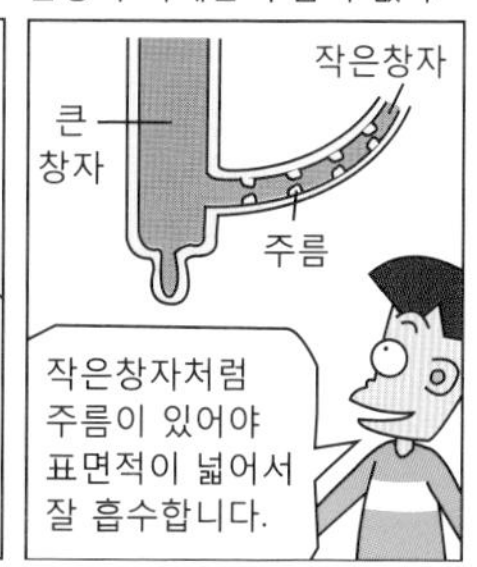
작은창자
큰창자
주름
작은창자처럼 주름이 있어야 표면적이 넓어서 잘 흡수합니다.

내림창자, 구불창자, 곧창자, 항문관으로 이루어져 있다.

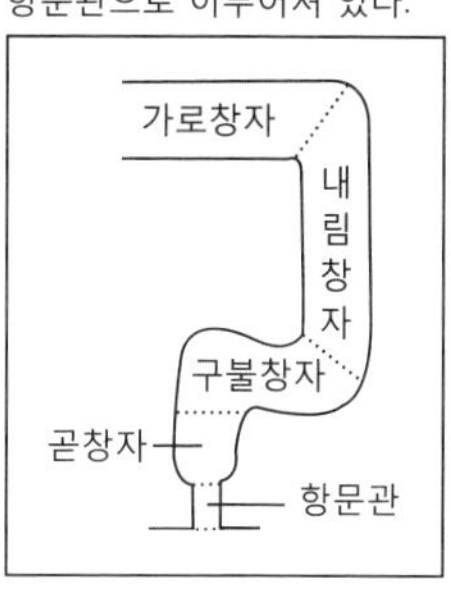
가로창자
내림창자
구불창자
곧창자
항문관

엄마 배안에 있을 때 창자는 직선이었다가,

위
창자
사람 몸이 처음 생길 때에는 단순합니다.

큰창자는 대변이 머무르는 곳이라고 봐도 된다.

대변
마찬가지로 방광은 소변이 머무르는 곳입니다.

맹장수술은 염증이 생긴 막창자꼬리를 잘라 내는 수술이다.

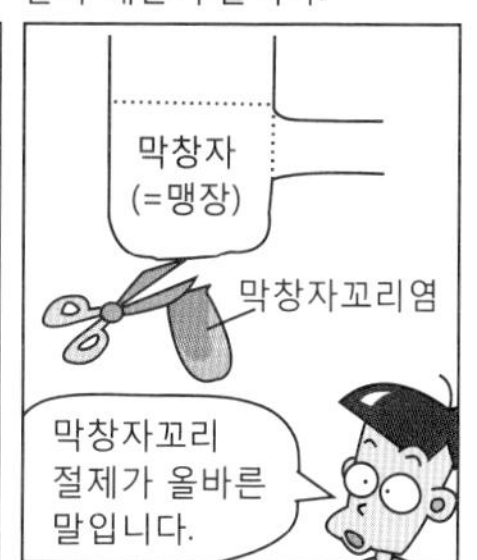
막창자
(=맹장)
막창자꼬리염
막창자꼬리 절제가 올바른 말입니다.

막창자꼬리는 없어도
아무 지장이 없다.

막창자
막창자
꼬리
사람의 막창자꼬리는
퇴화된 기관입니다.
사람의
꼬리가 퇴화
된 것처럼.

큰창자에 있던 대변이
구불창자로 내려가면
대변이 나갈 때가 된 것이다.

대변
내림
창자
곧창자
구불창자
항문관
화장실을
찾아라.

음식이 큰창자에서 너무
오래 머무는 것이 변비이고,
너무 조금 머무는 것이
설사이다.

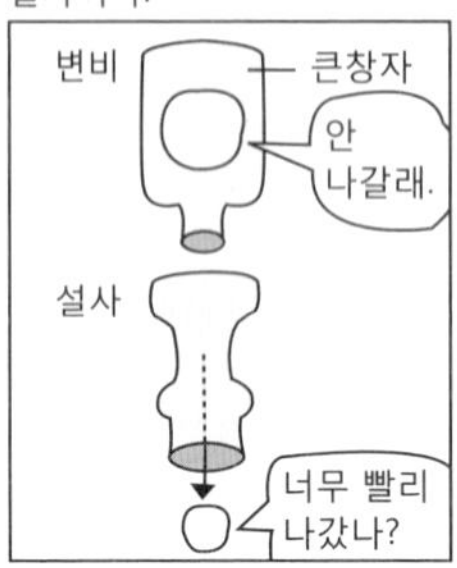
변비
큰창자
안
나갈래.
설사
너무 빨리
나갔나?

설사할 때에는 큰창자에서
음식에 있는 물을 넉넉히
흡수하지 못하므로
대변에 물이 많다.

해로운 음식을 먹거나
너무 많이 먹으면
빨리 내보내기 위해서
설사합니다.

대변은 곧창자와 항문관을
거쳐서 항문 바깥으로
나가는데,

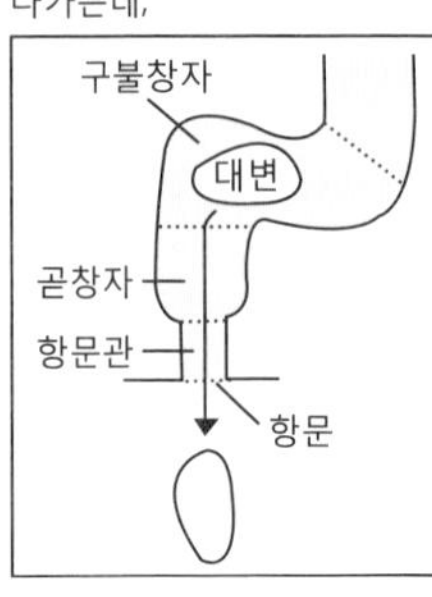
구불창자
대변
곧창자
항문관
항문

이 때 배벽의 뼈대근육이
배안의 압력을 높이고,
큰창자의 민무늬근육이
대변을 밀어야 하며,

짜자.
큰
창
자
항문관

항문관 속에는 항문기둥
이라는 세로주름이 있다.

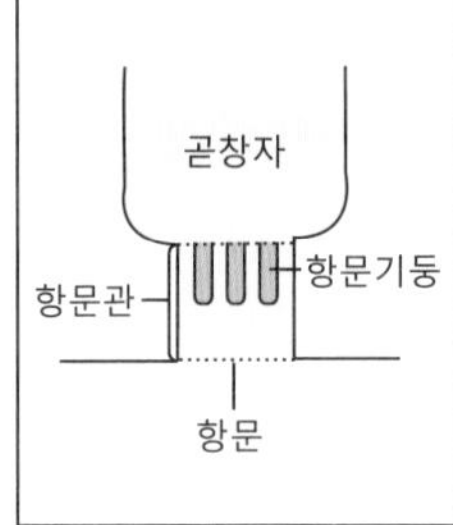
곧창자
항문기둥
항문관
항문

항문기둥이 커지는
병을 치질이라고 한다.

치질이 심하면 커진
항문기둥을 잘라 내는
수술을 합니다.

항문관에 있는 항문조임근
(뼈대근육, 민무늬근육)이
이완해서 대변이 나갈 길을
만들어야 한다.

큰
창
자
항문관
길을
트자.
대변

이처럼 뼈대근육과
민무늬근육이 어울려서
수축, 이완하는 경우가 많다.

뼈대근육
민무늬근육
소변을 참거나
내보낼 때도
마찬가지입니다.

소화관 중에서 위, 작은창자,
큰창자를 묶어서 위창자관
이라고 부른다.

위
작은창자
큰창자
창자를 또
직선으로
그렸습니다.

위창자관의 벽은 점막,
점막밑조직, 근육, 장막으로
이루어져 있다.

영양물질
점막
점막밑조직
근육
장막
이 구조는
현미경으로
볼 수
있습니다.

영양물질은 점막을 거쳐서
점막밑조직에 있는 혈관으로
흡수된 다음에,

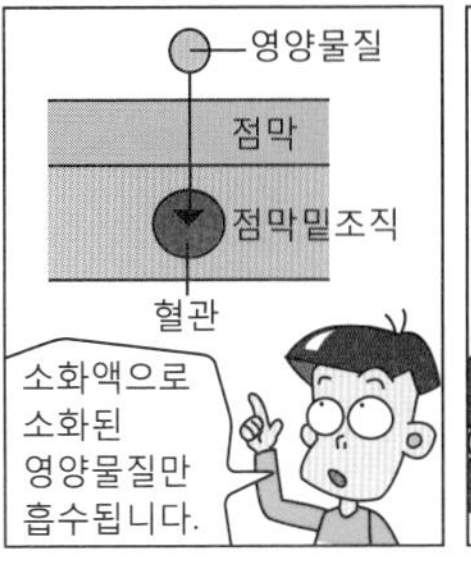
영양물질
점막
점막밑조직
혈관
소화액으로 소화된 영양물질만 흡수됩니다.

문맥을 거쳐서 간으로 간다.

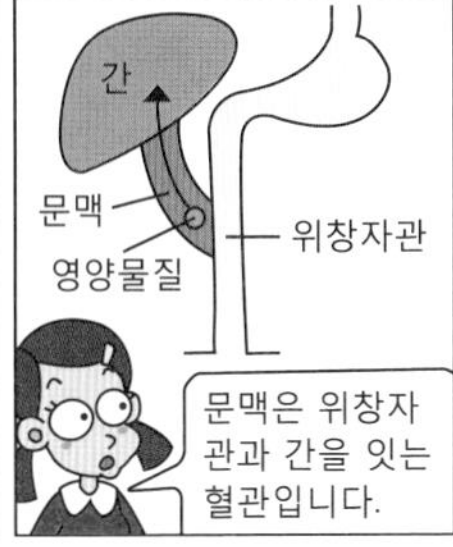
간
문맥
영양물질
위창자관
문맥은 위창자관과 간을 잇는 혈관입니다.

영양물질은
간에서 저장되었다가
필요한 곳으로 간다.

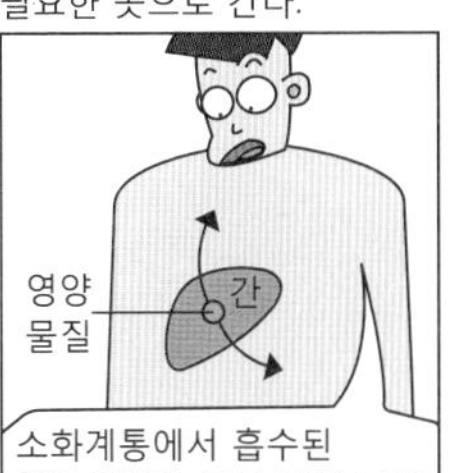
영양물질
간
소화계통에서 흡수된 영양물질은 모두 간을 거친 다음에 온몸으로 갑니다.

위창자관에서 흡수된
나쁜 물질은 간으로 가서
해독된다.

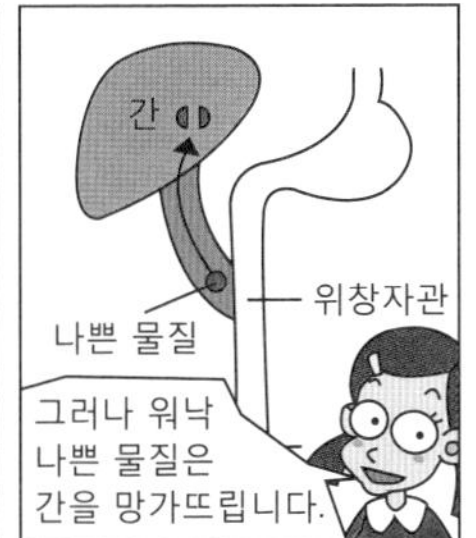
간
나쁜 물질
위창자관
그러나 워낙 나쁜 물질은 간을 망가뜨립니다.

술도 간으로 가서
해독되는데,

간에서 해독이 잘 되는 사람은 술이 센 사람입니다.
몸집이 큰 사람도 술이 센 사람입니다.

술을 워낙 많이 마시면
간이 망가진다.

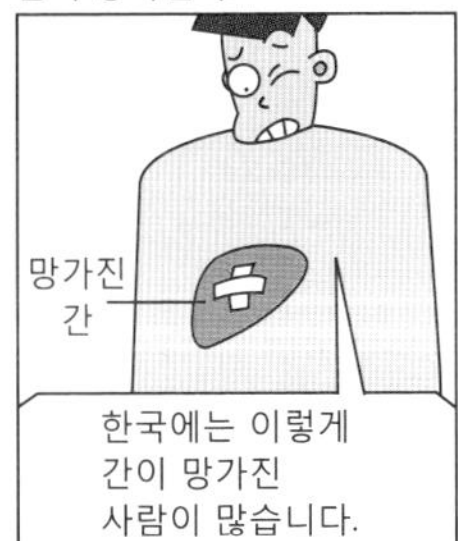
망가진 간
한국에는 이렇게 간이 망가진 사람이 많습니다.

위창자관의
민무늬근육은 연동운동을
해서 음식을 옮긴다.

위창자관
음식
민무늬근육이 차례대로 수축하면 음식이 내려갑니다.

장막은 복막의 일부이며,
복막은 배안의 기관을
둘러싸는 막이다.

위창자관
점막
점막밑조직
근육
장막≒복막

복막이 기관의 일부만
둘러싸는 경우도 있고,
기관의 전부를 둘러싸는
경우도 있다.

복막의 속에는 윤활액이 있어서 배안의 기관이 잘 움직입니다.
복막
기관
기관
윤활유

복막이 기관의 전부를
둘러싸면 기관은 창자간막
이라는 두 겹의 복막에
매달리게 된다.

복막
기관
창자간막
창자간막에 매달린 배안의 기관은 더 잘 움직입니다.

소화관 속에는 많은 세균이
살고 있다.

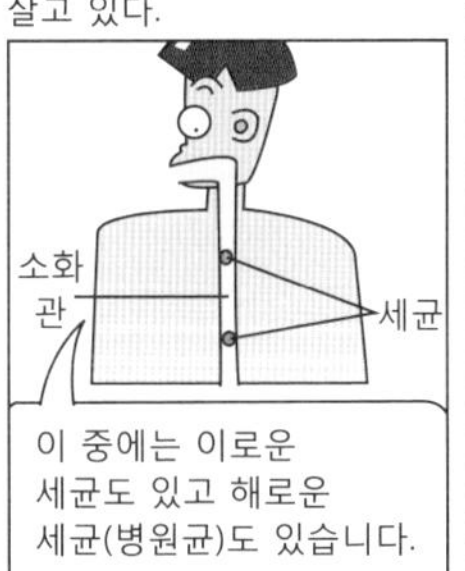
소화관
세균
이 중에는 이로운 세균도 있고 해로운 세균(병원균)도 있습니다.

세균이 사는 곳이 몸 바깥
이라고 치면 소화관 속도
몸의 바깥이다.

피부
소화관
세균
피부 바깥에도 많은 세균이 살고 있습니다.

해랑이와 말랑이의 몸 이야기 ⑥

호흡계통

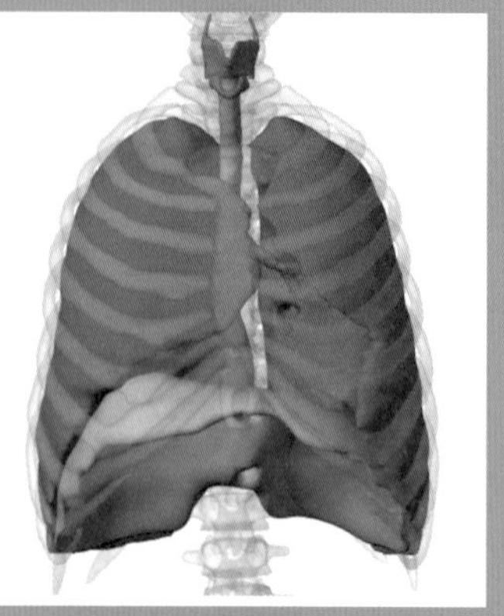

비저블 코리안으로 만든 허파와 가로막의 3차원 영상

호흡계통은 숨쉬는 일을 맡고 있다.

산소
이산화탄소
나는 숨쉰다.
고로 나는 존재한다.

들이쉰 공기는 코안, 인두, 후두를 거친 다음에,

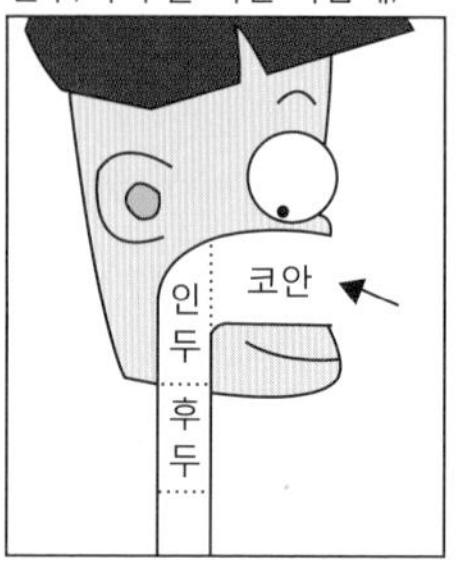

코안
인두
후두

기관, 기관지를 거쳐서 허파꽈리로 들어간다.

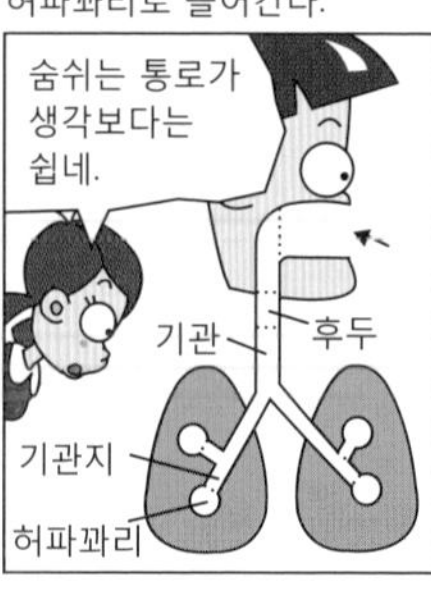

숨쉬는 통로가 생각보다는 쉽네.
기관
후두
기관지
허파꽈리

허파 밑에 있는 가로막이 수축하면 숨을 들이쉬고, 가로막이 이완하면 숨을 내쉬게 된다.

숨을 들이쉬고
내쉬고
수축한 가로막
이완한 가로막

딸꾹질은 가로막이 마음대로 수축해서 일어나는 것이다.

딸꾹! 딸꾹!

코안의 위에는 냄새를 맡는 수용기가 있다.

냄새를 맡는 수용기
나만큼 냄새를 잘 맡을 수는 없지.

코안에는 코중격과 코선반이 있어서 복잡하다.

코중격
코선반
해랑이 코는 작아도 있을 것은 다 있구나.

코안이 복잡한 덕분에 코로 들이쉰 공기는 따뜻하고 촉촉해진다.

코안은 따뜻하고 촉촉한 점막으로 덮여 있습니다.

입안은 코안만큼 복잡하지 않아서 입으로 들이쉰 공기는 따뜻해지거나 촉촉해지지 않으며, 따라서 허파에 부담을 준다.

헉헉!
오래 달리기를 할 때는 코로 숨쉬어야 합니다.

코안은 복잡하기 때문에 염증이 생기면 코가 잘 막힌다.

나는 개인데 왜 여름 감기에 잘 걸리지?
감기에 걸리면 코가 막혀서 불편합니다.

코안에서 동굴처럼 뻗어 나간 것을 코곁굴이라고 한다.

코안
코곁굴

전에는 코곁굴을 부비강이라고 하였다.

코곁굴처럼 쉬운 말이 좋은 말입니다.

이처럼 코안이 복잡한 것은 이롭기도 하고 해롭기도 하다.

원래 사람 몸의 모든 구조는 이롭기도 하고 해롭기도 합니다.
그래?

코중격의 앞 부분은 연골로 이루어져 있고, 뒤 부분은 뼈로 이루어져 있다.

앞 부분은 연골이라서 잘 움직입니다.

코곁굴은 머리를 가볍게 해 주고, 멋있는 콧소리를 내게 해 준다.

코곁굴이 없으면 머리가 무겁고, 코 막힌 소리가 납니다.

코곁굴 중에서 위턱굴에 염증이 잘 생기는데, 이것을 축농증이라고 한다.

위턱굴

눈물을 흘릴 때 콧물을 함께 흘리는 것은 코눈물관이 있기 때문이다.

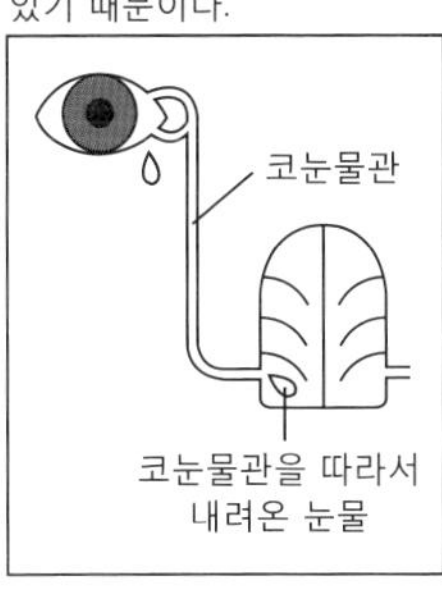
코눈물관
코눈물관을 따라서 내려온 눈물

눈꺼풀을 뒤집으면 코눈물관이 열리는 작은 구멍 2개를 볼 수 있다.

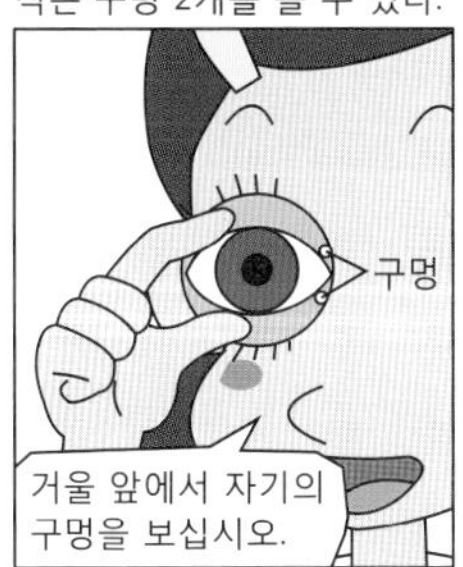
구멍
거울 앞에서 자기의 구멍을 보십시오.

위턱굴의 아래가 코안으로 이어졌으면 염증이 잘 고이지 않았을 것이다.

코안
위턱굴
염증
이것은 실제 상황이 아닙니다.

실제로는 위턱굴의 위가 코안으로 이어졌기 때문에 염증이 잘 고인다.

위턱굴
염증
고인 물은 썩기 마련입니다.

코안으로 들어온 먼지는 콧물(점액)에 붙으며, 이것은 침을 삼킬 때 소화관으로 들어간다.

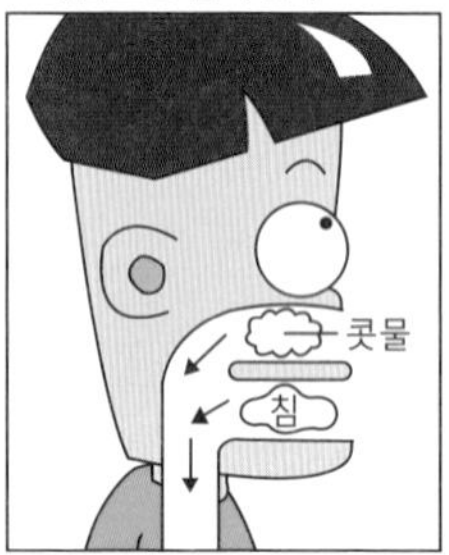
콧물
침

콧물과 먼지는 소화관에서 문제를 일으키지 않으니까 걱정할 필요가 없다.

쉽게 말해서, 콧물은 풀어도 되고 삼켜도 됩니다.
나한테는 문제가 없습니다.
위

편도가 커지는 까닭은 목구멍으로 쳐들어온 병원균을 편도가 잡아먹기 때문이다.

편도는 경찰이라고 보면 됩니다.

귀관은 코인두와 가운데귀를 잇는 관이다.

가운데귀
귀관
코인두
코인두의 염증이 귀관을 거쳐서 가운데귀로 퍼질 수 있습니다.

'이비인후과'에서 '이'는 귀를 뜻하고, '비'는 코를 뜻하고, '인후'는 인두와 후두를 뜻한다.

이비인후과에서 쓰는 거울인데, 의사의 상징물이기도 합니다.

인두는 코인두, 입인두, 후두인두로 나눌 수 있다.

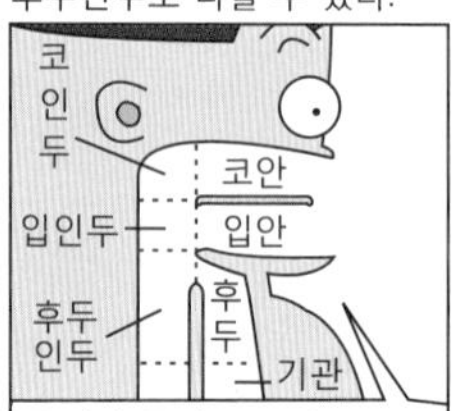
코인두
코안
입인두
입안
후두인두
후두
기관
들이쉰 공기는 코안, 코인두, 입인두, 후두, 기관을 거쳐서 내려갑니다.

비행기를 타고 올라가면 대기압이 떨어져서 고막이 바깥으로 볼록해진다.

대기압
고막
가운데귀
따라서 귀가 불편해집니다.

이 때에는 침을 삼키거나 하품을 해서 귀관을 열면 된다.

고마운 귀관.
하-품
꿀꺽
귀가 불편하다고 고막을 뚫는 사람은 없습니다.

입인두를 보려면 입을 크게 벌리면 되고, 코인두와 후두인두를 보려면 거울을 쓰면 된다.

아악!
입인두
후두인두가 보입니다.
거울

목구멍(입안과 입인두 사이) 둘레에는 편도가 있으며, 염증이 생기면 편도가 커진다.

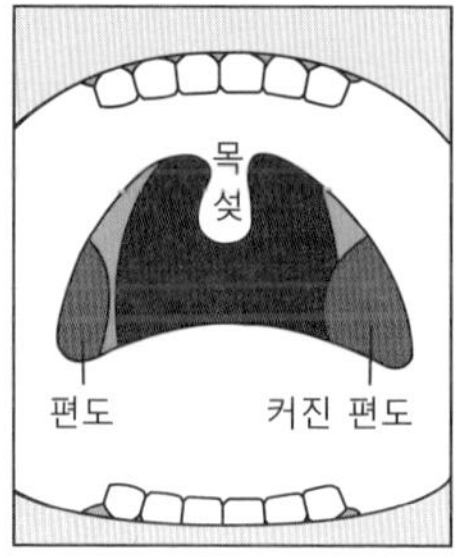
목젖
편도
커진 편도

목에서 앞으로 가장 튀어나온 것이 후두이다.

남자의 후두는 더 튀어 나왔는데, 이것은 아담이 먹은 사과가 목에 걸렸기 때문이라고 합니디.
믿거나 말거나.

후두의 위에서 딱딱한 목뿔뼈를 만질 수 있고, 후두의 아래에서 기관연골을 만질 수 있다.

목뿔뼈
후두
후두와 기관은 약한 연골이라서 살살 만져야 합니다.

후두를 잘라서 보면 양쪽 성대 사이가 좁은 것을 볼 수 있다.

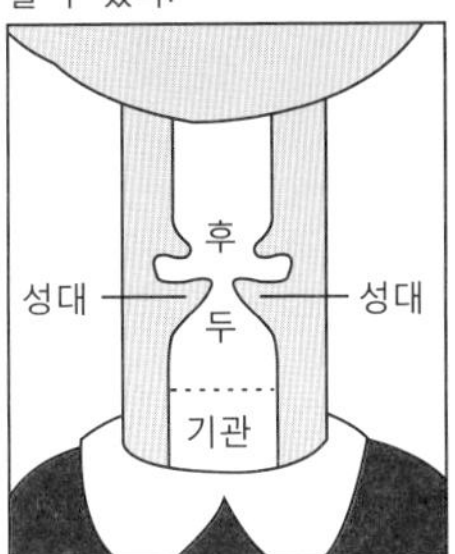

후
두
성대
성대
기관

성대 사이가 더욱 좁아지면 내쉬는 공기가 성대를 떨게 만들고, 따라서 목소리를 낸다.

아.
더욱
좁아짐

목소리를 내는 곳은 후두이고, 그 목소리로 말을 만드는 곳은 입이다.

목소리를 냈다. 이상.
입
후
두
목소리로 말을 만들었다. 이상.

성대 사이가 꽉 막히면 의사는 아래에 있는 기관을 뚫어서 숨길을 마련해야 한다.

끔찍한 방법이지만 살리기 위해서는 어쩔 수 없습니다.
막힌
후두
공기
기관

허파를 둘러싸는 가슴막은 숨쉴 때 허파가 움직이는 것을 돕는다.

기관지
허파동맥
허파정맥
허파
가슴막
(속에 윤활액
이 있음.)
가슴막에 염증이 생긴 것을 늑막염이라고 불렀습니다.

오른허파가 왼허파보다 큰데, 이것은 심장이 왼쪽으로 약간 치우쳤기 때문이다.

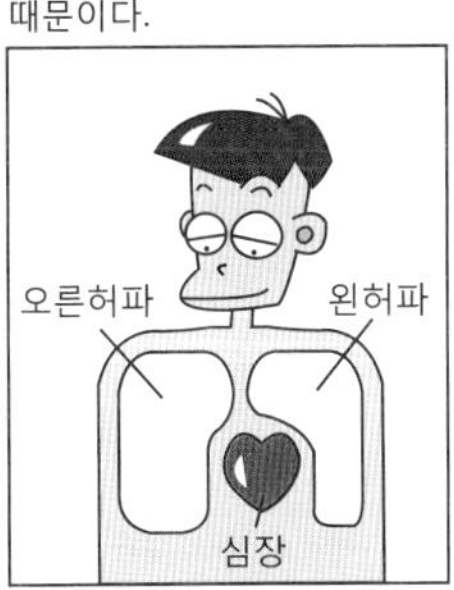

오른허파
왼허파
심장

큰 오른허파는 3개의 엽으로 나뉘고, 작은 왼허파는 2개의 엽으로 나뉜다.

중간엽
위엽
위엽
아래
엽
오른쪽(3글자) 허파의 엽이 3개이고, 왼쪽(2글자) 허파의 엽이 2개입니다.

허파의 엽 1개에 암이 생기면, 그 엽만 떼면 된다.

암
허파를 다 뗄 필요가 없습니다.

엽 사이에 있는 틈새는 허파가 움직이는 것을 돕고, 허파에 생긴 병이 퍼지는 것을 막는다.

가슴막
위엽
틈새
아래엽

허파의 엽은 각각 2개 내지 5개의 구역으로 나뉜다.

허파
엽
구역
의사는 의료영상을 보고 어느 구역에 병이 생겼는지 알아야 합니다.

남자 시신에서 꺼낸 허파에는 검은 점이 많은데, 이것은 담배를 피웠기 때문이다.

징그러워.
저것들이 담배 때문에 생긴 점이라고?

허파로 드나드는 구조물은 기관지말고도 허파동맥과 허파정맥이 있다.

허파
기관지
허파동맥
허파정맥

허파동맥으로는 산소가 적은 혈액이 흐른다.

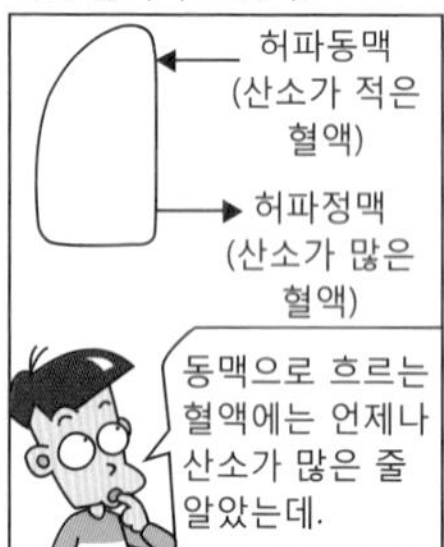

허파동맥
(산소가 적은 혈액)
허파정맥
(산소가 많은 혈액)
동맥으로 흐르는 혈액에는 언제나 산소가 많은 줄 알았는데.

동맥은 심장에서 나가는 혈관을 뜻한다.

허파동맥
허파정맥
허파
심장
따라서 허파동맥으로 산소가 적은 혈액이 흐릅니다.

기관지의 점액은 기침해서 뱉을 수 있는데, 이것이 가래이다.

가래
기침은 기관지가 가려울 때, 재채기는 코안이 가려울 때 합니다.

가래를 아무 데나 뱉어서 벌금을 내는 것보다는 차라리 삼키는 것이 낫다.

벌금을 내고 싶어도 돈이 없어요.
꿀꺽!
콧물과 가래는 삼켜도 문제가 안 됩니다.

허파에 있는 림프절은 검다. 이것은 들이쉰 매연 가루가 림프절로 모였기 때문이다.

림프절도 편도처럼 병원균 따위를 잡아먹습니다.

오른기관지는 왼기관지에 비해서 짧고, 굵고, 수직에 가깝다.

기관
오른기관지
왼기관지
왼쪽으로 치우친 심장 때문입니다.

기관지의 벽에 있는 민무늬근육이 지나치게 수축하는 병을 천식이라고 한다.

콜록
좁아진 기관지
천식의 주된 까닭은 과민 반응입니다.

기관지가 잇달아 갈라져서 허파꽈리가 되는 것처럼 허파동맥이 잇달아 갈라져서 모세혈관이 된다.

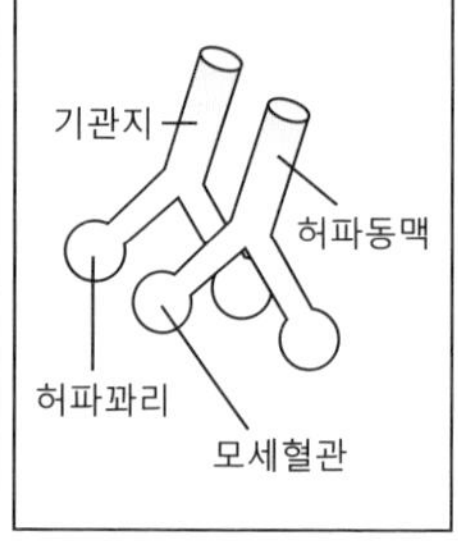

기관지
허파동맥
허파꽈리
모세혈관

기관지로 물이 들어가면 폐렴이 생기며, 이러한 폐렴은 오른허파에 잘 생기는 것이 마땅하다.

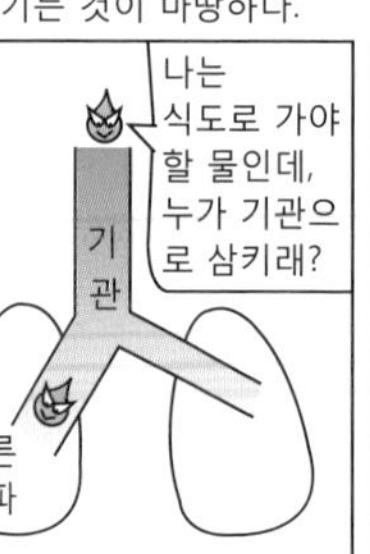

나는 식도로 가야 할 물인데, 누가 기관으로 삼키래?
기관
오른 허파

기관지에 있는 점액은 들이쉰 먼지를 붙잡으며, 기관지에 있는 섬모는 점액을 입쪽으로 몰아낸다.

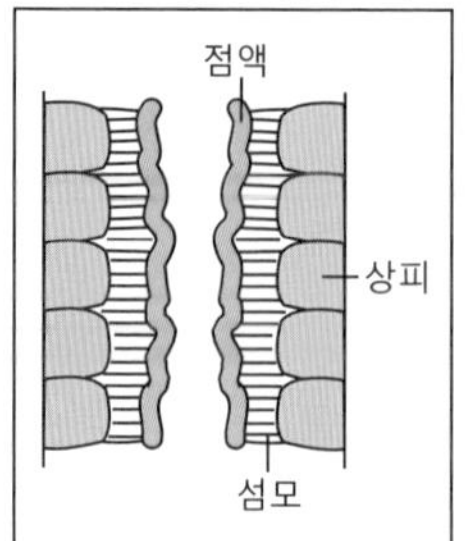

점액
상피
섬모

허파꽈리의 산소는 모세혈관으로 들어가고, 모세혈관의 이산화탄소는 허파꽈리로 들어간다.

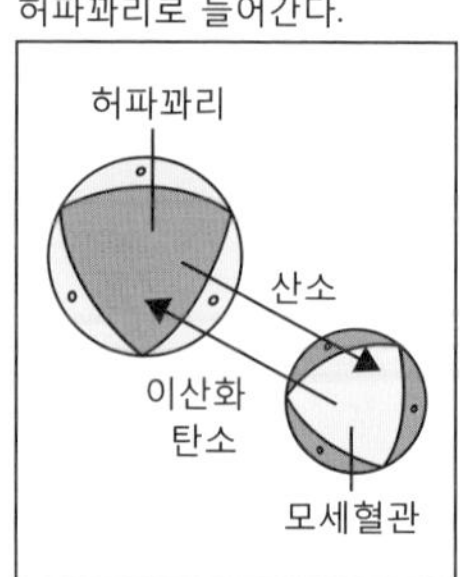

허파꽈리
산소
이산화탄소
모세혈관

호흡계통을 통해서 얻은 산소는 온몸에서 대사활동하는 데 쓰인다.

대사활동한 결과로 생긴 이산화탄소는 호흡계통을 통해서 나갑니다.

해랑이와 말랑이의 몸 이야기 ⑦

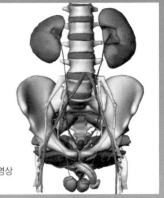

비뇨계통

비저블 코리안으로 만든 남성 비뇨계통의 3차원 영상

비뇨계통은 소변을 만들어서 내보내는 일을 한다.

비뇨계통은 하수도라고 할 수 있습니다.

소변은 사람 몸에 쓸모 없는 노폐물질과 물로 이루어져 있다.

온몸에서 대사활동한 결과로 생긴 노폐물질을 내보내야 살 수 있습니다.
노폐물질

사람이 마신 물은 위창자관에서 흡수된 다음에 비뇨계통을 거쳐서 소변이 된다.

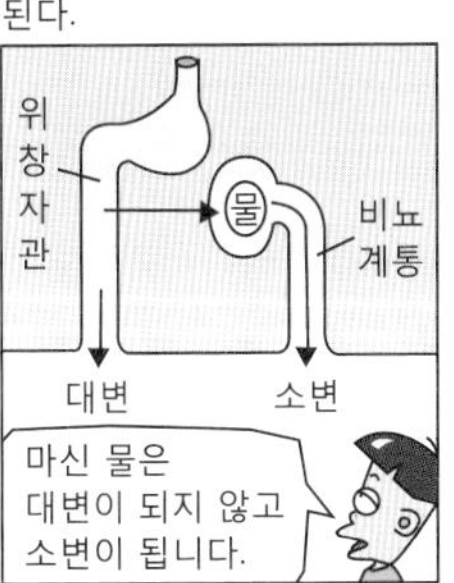

위창자관
물
비뇨계통
대변
소변
마신 물은 대변이 되지 않고 소변이 됩니다.

비뇨계통은 콩팥, 요관, 방광, 요도로 이루어져 있다.

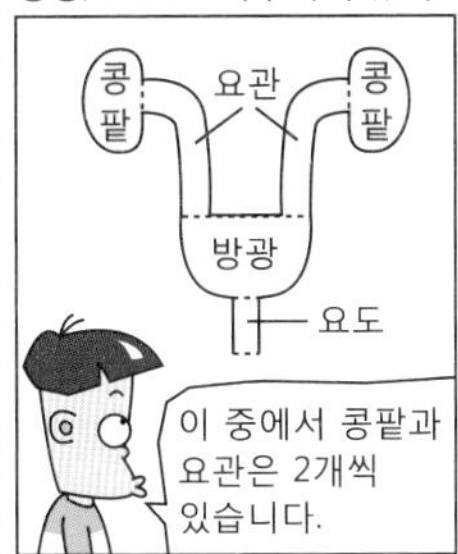

콩팥
요관
콩팥
방광
요도
이 중에서 콩팥과 요관은 2개씩 있습니다.

콩팥은 배의 뒤부분에 있다.

콩팥동맥으로 들어온 혈액 중에서 일부는 소변이 되어서 요관으로 나가고,

열두째 갈비뼈
척추뼈
콩팥
등에서 이 곳을 세게 때리면 콩팥이 다칩니다.
콩팥동맥
콩팥
혈액
요관
소변

나머지 혈액은 콩팥정맥으로 나간다.

콩팥
혈액
콩팥정맥
따라서,
콩팥으로 들어온 혈액
- 콩팥에서 나간 혈액
소변
입니다.

콩팥동맥은 잇달아 갈라진 다음에 뭉쳐 있는데, 이것을 토리라고 한다.

토리
콩팥
콩팥동맥
토리는 현미경이 있어야 볼 수 있는 모세혈관입니다.

토리에 있는 혈액 중에서 소변이 토리주머니로 들어간다.

토리
소변
토리주머니
토리주머니는
토리를 싸는
주머니입니다.

토리주머니의 소변은 세관을 지난다.

토리주머니
소변
세관
세관은 2번 휘어
있습니다.

세관은 토리에서 이어진 혈관에 감겨 있다.

토리
토리주머니
혈관
세관
세관을 직선으로
그렸습니다.

세관에 있는 소변의 99%는 혈관으로 재흡수되고,

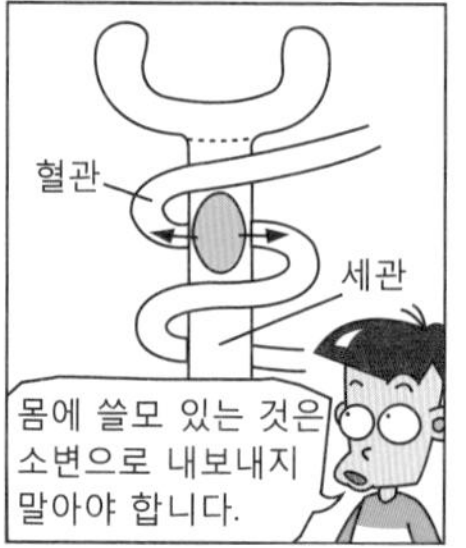
혈관
세관
몸에 쓸모 있는 것은
소변으로 내보내지
말아야 합니다.

혈관에 있는 혈액의 일부는 세관으로 분비된다.

혈관
세관
쓸모 없는
것은 소변으로
내보내야 합니다.

세관을 지난 소변은 콩팥술잔, 콩팥깔대기를 거쳐서 요관으로 간다.

세관
콩팥술잔
콩팥
깔대기
요관
콩팥
세관이 모여서
콩팥술잔이 되고,
콩팥술잔이 모여서...

양쪽 콩팥에서 소변은 1분에 1 ml 만들어진다.

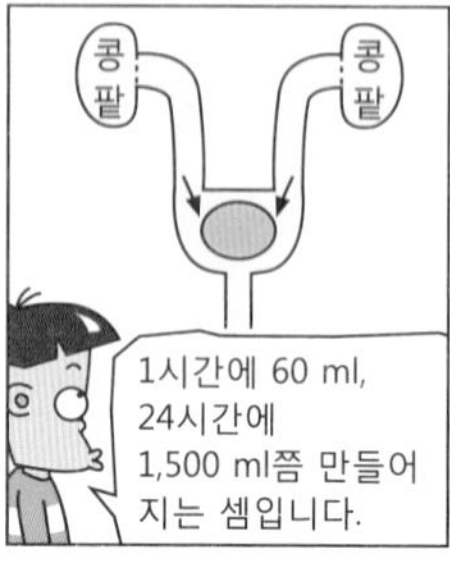
콩팥
콩팥
1시간에 60 ml,
24시간에
1,500 ml쯤 만들어
지는 셈입니다.

콩팥에 병이 생겨서 소변을 만들지 못할 때에는

몸이 붓고, 노폐물질이
쌓여서 몸 상태가
좋지 않습니다.

혈액투석을 하거나,

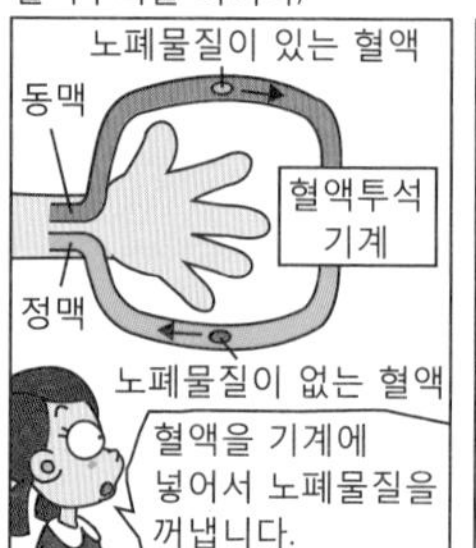
노폐물질이 있는 혈액
동맥
혈액투석
기계
정맥
노폐물질이 없는 혈액
혈액을 기계에
넣어서 노폐물질을
꺼냅니다.

복막투석을 한다.

노폐
물질이
없는 물
노폐물질이
있는 물
복막안에 물을 넣어서
노폐물질을 꺼냅니다.
복막에 혈관이 많기 때문에
쓸 수 있는 방법입니다.

혈액투석이나 복막투석은 끊임없이 해야 하므로 튼튼한 콩팥을 이식하는 것이 바람직하다.

혈액투석
복막투석
혈액투석이나 복막투석은
몸 상태가 좋지 않을
때마다 해야 합니다.

콩팥을 기증한 사람은 나머지 한 개의 콩팥만 가지고도 건강하게 산다.

기증한
사람도
건강하고,
기증받은
사람도
건강합니다.

이식한 콩팥을 병원균으로 착각해서 거부하는 경우가 있다.

거부
반응
이식
한
콩팥
거부 반응을
막기 위해서 조직이
적합한 사람의
콩팥을 이식합니다.

요관은 콩팥에서 만들어진 소변을 방광으로 보내는 길이다.

콩
팥
요관
방광
요관이 막히거나
찢어지면
큰일납니다.

요관은 연동운동해서 소변을 방광으로 보낸다.

물구나무
서기를
오래 해도
소변은
방광으로
흐릅니다.

요관은 시작, 중간, 끝이 잘록하며, 콩팥에 생긴 돌은 소변과 함께 흐르다가 잘록한 곳에서 잘 걸린다.

콩
팥
요관
돌
방광
물을 많이 마시면
작은 돌이 소변과
함께 나갑니다.

사람 몸에서 돌이 잘 생기는 기관은 콩팥과 쓸개이다.

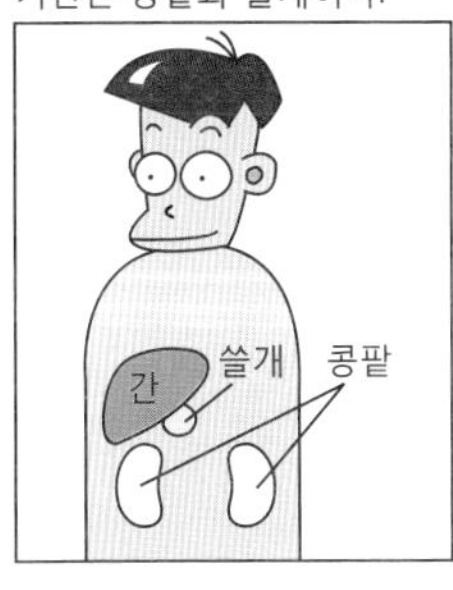
쓸개
콩팥
간

방광은 소변을 보관하고 있다가 요도로 내보내는 기관이다.

방광
요도
방광에 소변이
가득 차면 화장실을
찾게 됩니다.

소변을 참을 때에는 방광에 있는 조임근(민무늬근육)과 요도에 있는 조임근(뼈대근육)이 수축한다.

방광
조임근은
요도를
둘러싸고
있습니다.
요도
조임근
요도

소변을 지나치게 참으면 방광에 있는 소변이 요관으로 흐를 수 있다.

요관
방광
조임근
오래 참는 것은
미련한 짓입니다.

소변을 내보낼 때에는 방광에 있는 배뇨근(민무늬근육)과 배벽에 있는 근육(뼈대근육)이 수축한다.

배뇨근
방광
요도
배벽에 있는
근육이 수축
하면 배안의
압력이 높아
집니다.

이처럼 소변을 참거나 내보내려면 민무늬근육과 뼈대근육이 어울려서 수축해야 한다.

자율신경이
알아서 하는
민무늬근육과
내 맘대로
하는
뼈대근육이
함께
수축해야
합니다.

소변과 관련된 근육이 제대로 수축하지 않으면 아무 데서나 소변을 내보내거나,

호호.
웃기만
했는데
소변이
왜
나오지?
찔끔

화장실에서 소변을 내보내지 못한다.

마려운 소변이
왜 안 나오지?
더 흔한 까닭:
전립샘비대

남성은 요도로 소변도
내보내고, 정액도 내보낸다.

따라서
남성의
요도는
비뇨계통에도
속하고,
생식계통에도
속합니다.

남성의 요도는
전립샘으로 둘러싸인 부분,
조임근으로 둘러싸인 부분,
음경으로 둘러싸인 부분으로
나눌 수 있다.

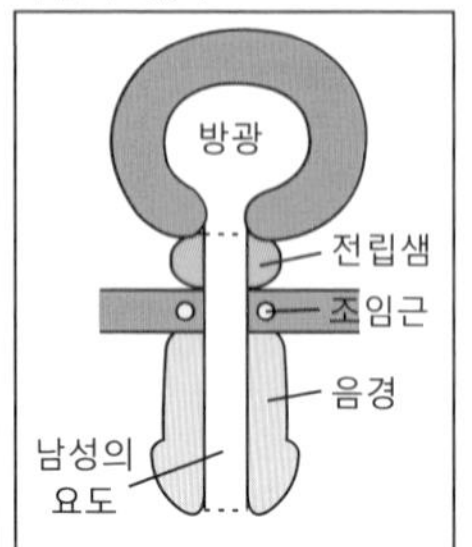
방광
전립샘
조임근
음경
남성의
요도

남성의 요도는 음경으로
둘러싸인 부분이 있기
때문에 일어서서
소변을 내보낼 수 있다.

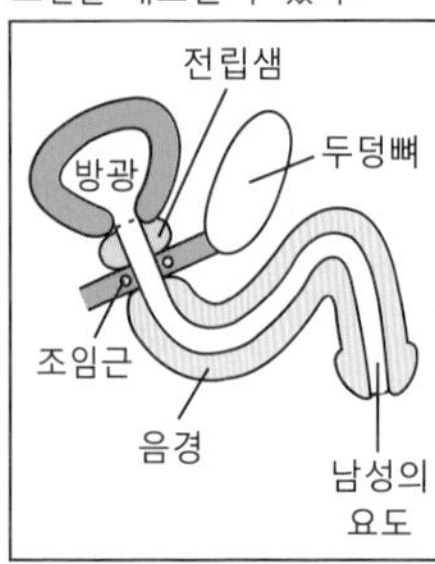
전립샘
두덩뼈
방광
조임근
음경
남성의
요도

여성의 요도는 전립샘으로
둘러싸인 부분과 음경으로
둘러싸인 부분이 없기
때문에 짧다.

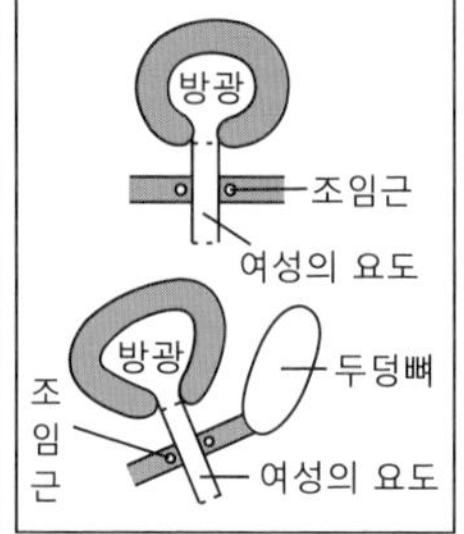
방광
조임근
여성의 요도
방광
두덩뼈
조
임
근
여성의 요도

여성의 요도는 짧고, 질과
항문에서 가깝기 때문에

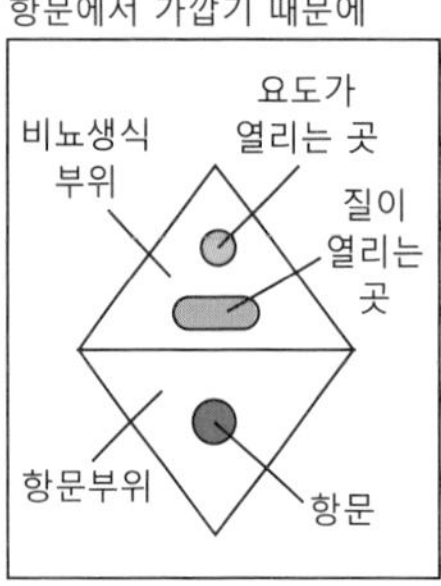
요도가
열리는 곳
비뇨생식
부위
질이
열리는
곳
항문부위
항문

질과 항문에 있는 병원균이
방광으로 퍼지기 쉽다.

방광
병원균
여성의
요도
따라서 여성은
질과 항문을 깨끗
이 해야 합니다.

병원균이 여성의 요도와
방광으로 퍼지면
산부인과로 갈까?
비뇨기과로 갈까?

산부인과
비뇨기과

정답은 비뇨기과이다.
비뇨기과는 남성, 여성의
비뇨계통과 남성의
생식계통을 다루기 때문이다.

	비뇨계통	생식계통
남성	비뇨기과	비뇨기과
여성	비뇨기과	산부인과

여성의 요도와
방광은 비뇨계통
에 속합니다.

해랑이와 말랑이의 몸 이야기 ⑧

생식계통

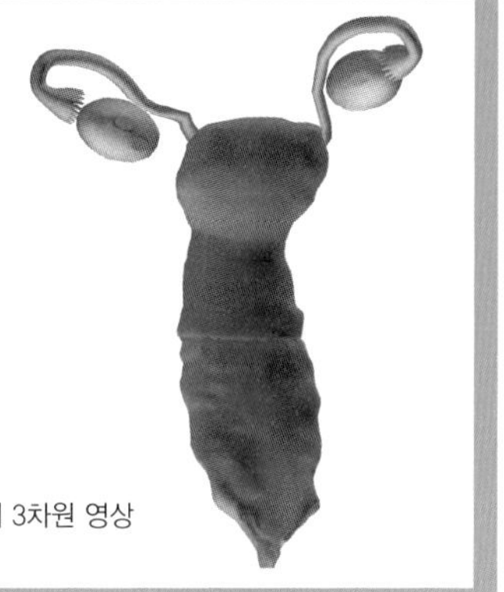

비저블 코리안으로 만든 여성 생식계통의 3차원 영상

모든 생물은 끝없이 살고 싶어한다. 그러나 언젠가 죽는다.

나는 죽기 싫어요.
꽥!
죽지 않는 생물은 없습니다.

따라서 모든 생물은 자신과 닮은 자식을 만드는 것으로 끝없이 사는 것을 대신한다.

네가 나 대신 사는 거야.
예.
붕어빵처럼 닮은 자식

남성의 생식계통은 고환, 부고환, 정관, 정낭, 전립샘, 요도, 음경으로 이루어져 있다.

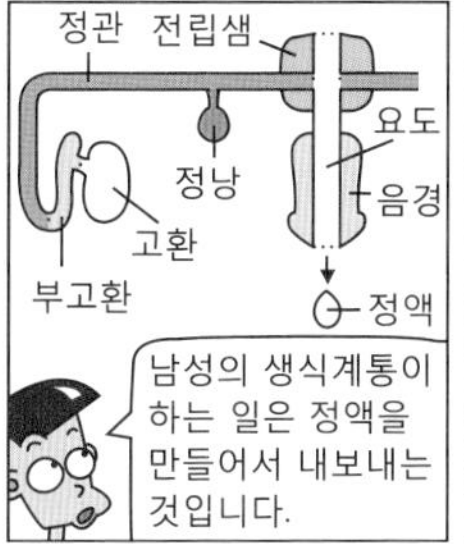

정관
전립샘
요도
정낭
음경
고환
부고환
정액
남성의 생식계통이 하는 일은 정액을 만들어서 내보내는 것입니다.

고환은 남성 호르몬과 정자를 만든다.

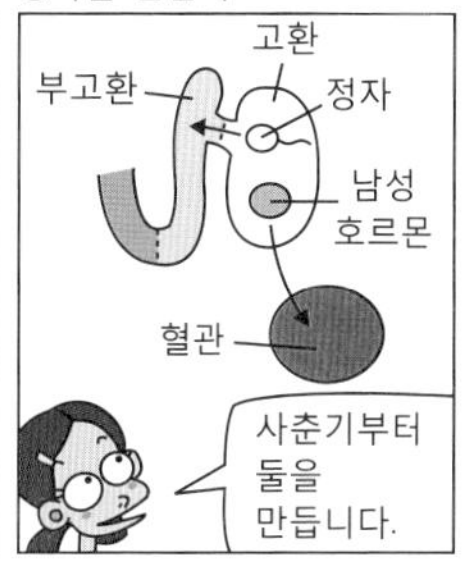

고환
부고환
정자
남성 호르몬
혈관
사춘기부터 둘을 만듭니다.

자신과 닮은 자식을 만들기 위해서는 생식을 해야 한다.

생식을 부지런히 하지 않았으면 옛날에 멸종되었습니다.

사람의 생식은 남성과 여성이 만나야 이루어지는 유성생식이므로, 남성과 여성의 생식계통이 다르게 생겼고 다르게 일한다.

남성의 생식계통부터 성지순례를 하겠습니다.
나는 여성의 생식계통부터 알고 싶은데...

고환이 없으면 남성 호르몬을 만들지 못하기 때문에 남자답지 못하다.

누가 내 얘기를 하고 있니?
내시

고환은 원래 배안에 있다가 고샅굴을 겨쳐서 음낭으로 내려온다.

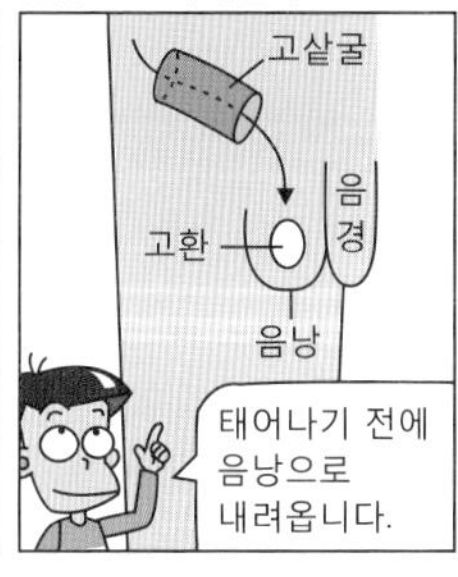

고샅굴
음경
고환
음낭
태어나기 전에 음낭으로 내려옵니다.

정관도 고환과 함께 내려오기 때문에 정관은 고샅굴을 지나게 된다.

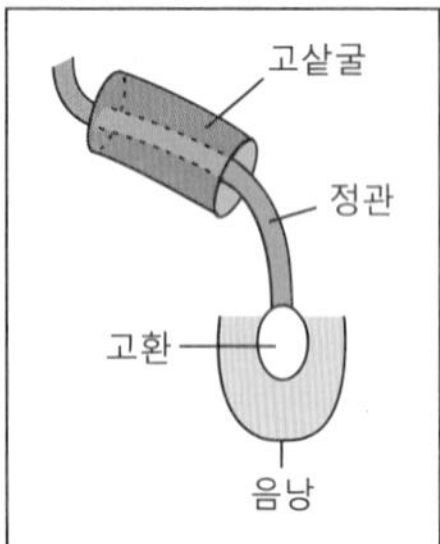
고샅굴
정관
고환
음낭

정관은 고환에서 곧장 요도로 들어가는 것이 아니다.

정관
고환
요도
지름길로 가지 않고,
정관
먼길로 갑니다.

사춘기부터 죽을 때까지 고환은 아주 많은 정자를 만든다.

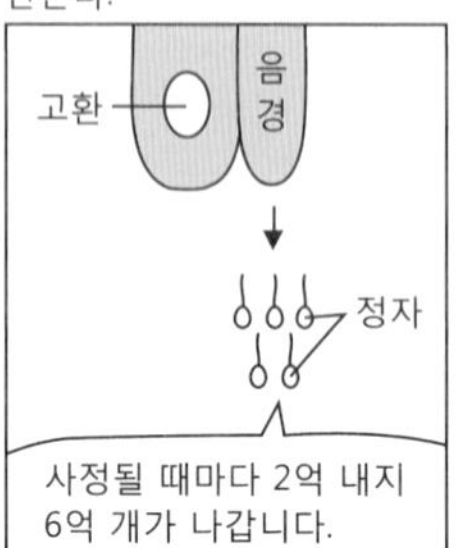
고환
음경
정자
사정될 때마다 2억 내지 6억 개가 나갑니다.

고환에서 만든 정자는 부고환에서 머물렀다가,

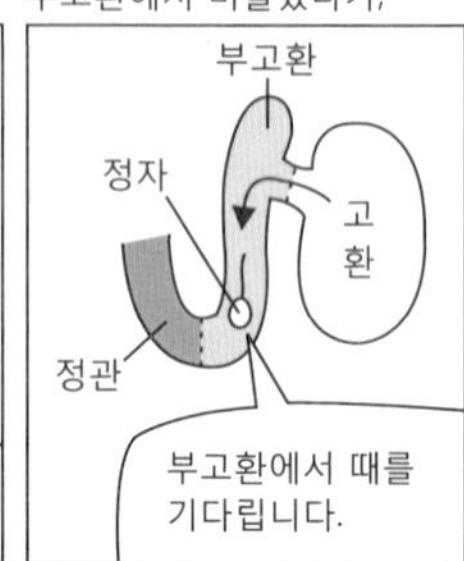
부고환
정자
고환
정관
부고환에서 때를 기다립니다.

고환이 배안에서 음낭으로 내려오지 않으면,

고샅굴
고환
음낭
음낭에서 만져지는 것이 없네.

고환은 정자를 만들지 못한다.

고환
시원
나는 시원해야 정자를 만들 수 있는데, 배안은 너무 덥습니다.

사정될 때 정관과 요도를 거쳐서 나간다.

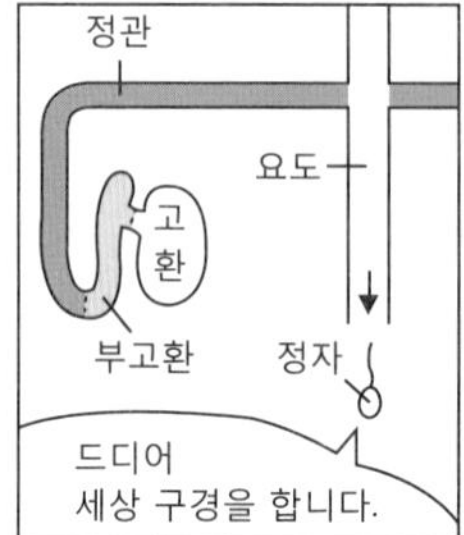
정관
요도
고환
부고환
정자
드디어 세상 구경을 합니다.

정자가 나가는 것은 정관에 있는 민무늬근육이 연동운동을 하기 때문이다.

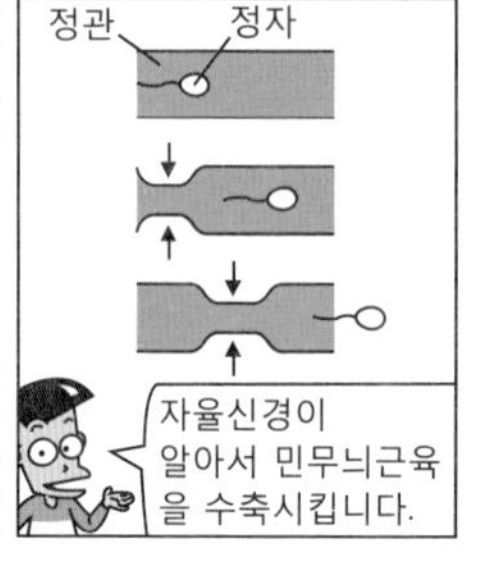
정관
정자
자율신경이 알아서 민무늬근육을 수축시킵니다.

따라서 고환이 음낭으로 내려오지 않으면 수술해야 한다.

고환
고샅굴
음낭
고환을 음낭으로 내리는 수술입니다.

거꾸로 고환은 너무 차가워도 안 되기 때문에 추운 곳으로 가면 고환올림근이 수축해서 고환이 올라간다.

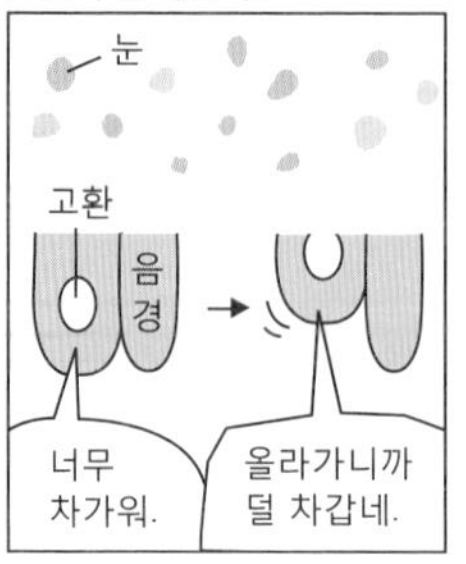
눈
고환
음경
너무 차가워.
올라가니까 덜 차갑네.

정자가 나갈 때에는 방광에 있는 조임근이 수축하고, 요도에 있는 조임근이 이완하며,

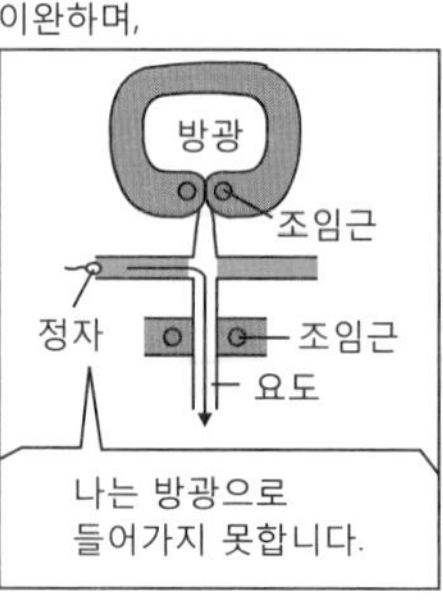
방광
조임근
정자
조임근
요도
나는 방광으로 들어가지 못합니다.

소변이 나갈 때에는 방광에 있는 조임근과 요도에 있는 조임근이 함께 이완한다.

소변
조임근
조임근
통로를 조이지 않으니까 나가는 것이 마땅합니다.

사정될 때 정자뿐 아니라 정낭, 전립샘에서 만든 물질도 함께 나간다.

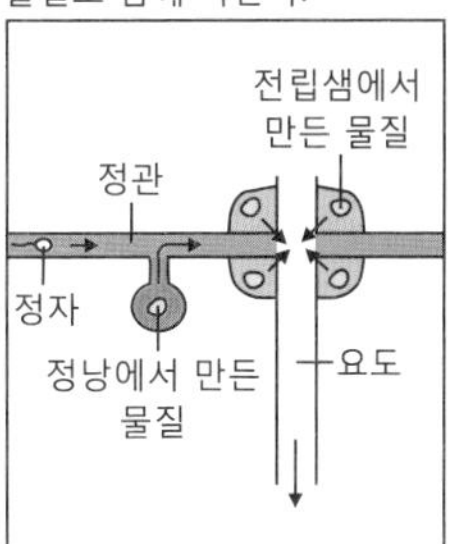

전립샘에서 만든 물질
정관
정자
정낭에서 만든 물질
요도

정낭, 전립샘에서 만든 물질은 정자가 난자와 만나는 것을 돕는다.

난자
정자
정낭, 전립샘에서 만든 물질
내가 팍팍 밀어 주마.

남성의 요도는 전립샘으로 둘러싸인 부분, 조임근으로 둘러싸인 부분, 음경으로 둘러싸인 부분으로 나눌 수 있다.

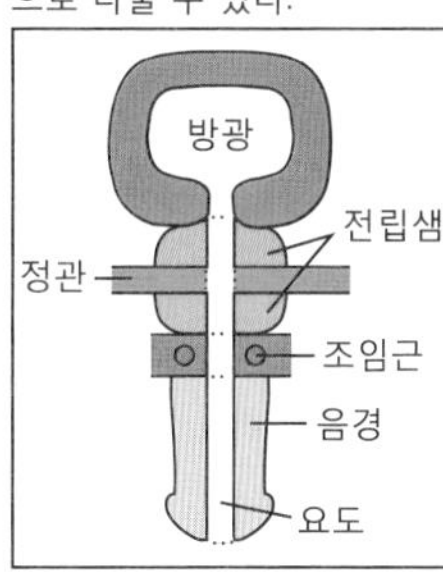

방광
전립샘
정관
조임근
음경
요도

나이 든 남성 중에는 전립샘이 커져서 요도가 좁아진 사람이 많다.

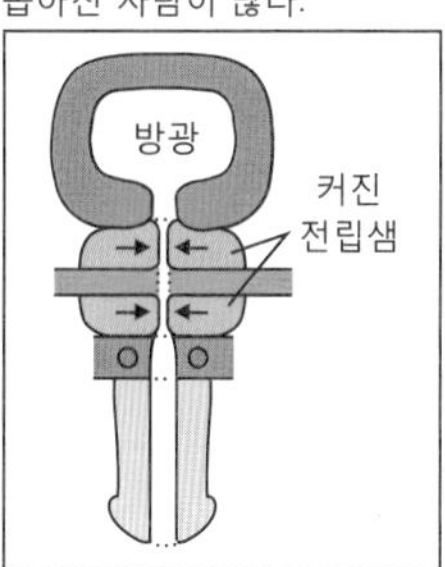

방광
커진 전립샘

정자와 정낭, 전립샘에서 만든 물질을 합쳐서 정액이라고 한다.

정자
정낭, 전립샘에서 만든 물질
나는 주인공이고,
나는 들러리입니다.

사정될 때마다 2 ml 내지 6 ml의 정액이 나간다.

요도
정액
1 ml의 정액마다 1억 개의 정자가 있습니다.

이런 경우에는 소변이 잘 나가지 못하기 때문에 요도를 뚫는 수술을 한다.

전립샘 비대
소변이 잘 나가지 않으니까 미치겠구나.

음경을 잘라서 보면 3개의 해면체로 이루어진 것을 알 수 있다.

음경의 피부
해면체
요도
아래에 있는 해면체에 요도가 있습니다.

정관수술은 정자가 나가지 못하도록 양쪽 정관을 잘라서 묶는 것이다.

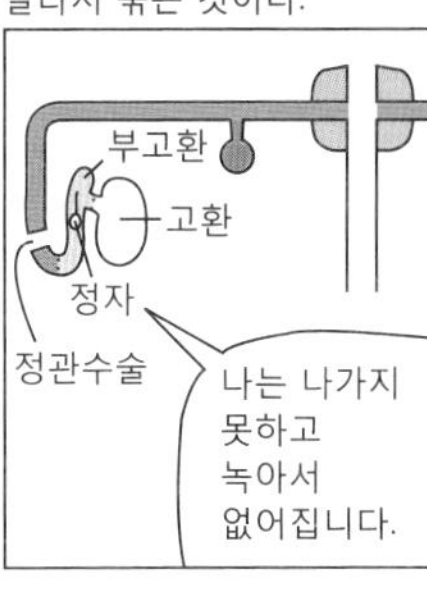

부고환
고환
정자
정관수술
나는 나가지 못하고 녹아서 없어집니다.

정관수술하면 정낭, 전립샘에서 만든 물질만 사정될 뿐이다.

전립샘
정낭
정자가 빠진 정액은 씨 없는 수박이라고 할 수 있습니다.

음경에 있는 해면체에 혈액이 차는 것이 발기이다.

해면체
발기
요도
피부
남성이 흥분하면 해면체에 혈액이 차서 음경이 커지고, 따라서 성교할 수 있습니다.

해면체에 혈액이 차는 것은 해면체로 들어가는 동맥이 굵어지고, 해면체에서 나가는 정맥이 가늘어지기 때문이다.

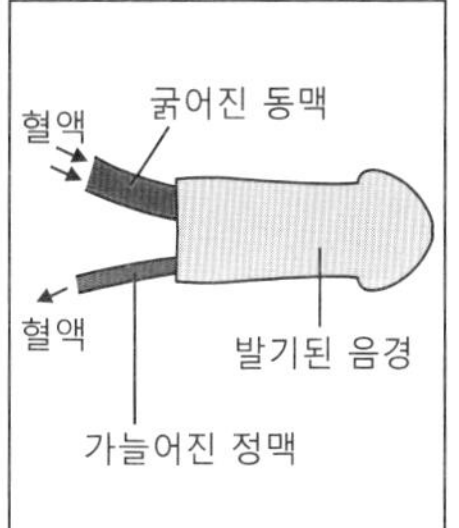

혈액
굵어진 동맥
혈액
발기된 음경
가늘어진 정맥

음경 끝의 뭉툭한 부분을
음경귀두라고 하고,
음경귀두를 덮는 피부를
음경꺼풀이라고 한다.

음경꺼풀
음경 귀두
요도가 열리는 곳
음경꺼풀을 떼어 내는 것이 포경수술입니다.

여성의 생식계통은 난소,
자궁관, 자궁, 질,
바깥생식기관, 젖으로
이루어져 있다.

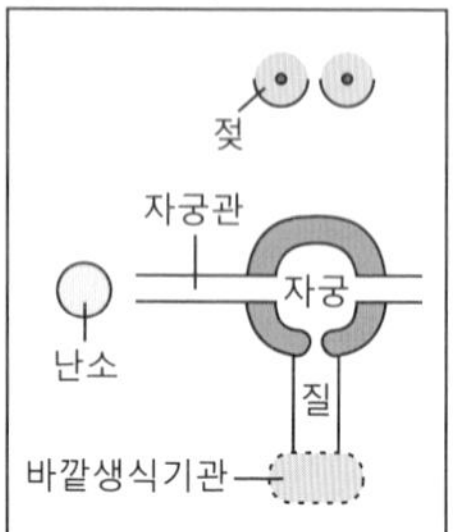
젖
자궁관
자궁
난소
질
바깥생식기관

난소는 고환과 달리
배안에서 내려오지 않는다.

난소
나는 더운 데에서도 난자를 잘 만듭니다.

난소는 여성 호르몬과
난자를 만든다.

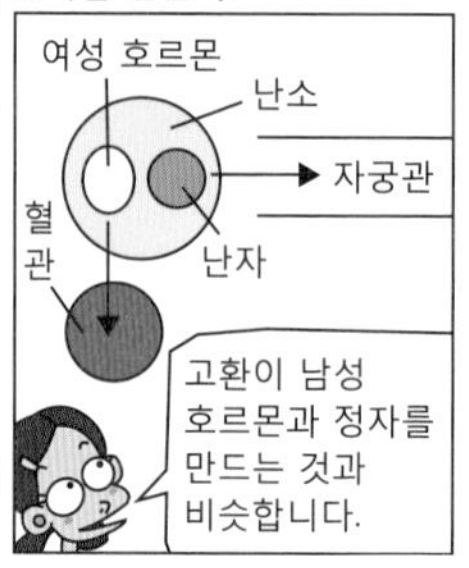
여성 호르몬
난소
자궁관
혈관
난자
고환이 남성 호르몬과 정자를 만드는 것과 비슷합니다.

난소에서 난자를 만드는
때는 초경부터
폐경까지이다.

초경 (처음 월경)
폐경 (마지막 월경)
임신할 수 있는 때도 초경부터 폐경까지입니다.

고환은 아주 많은 정자를
만들지만, 난소는 1달에
1개의 난자만 만든다.

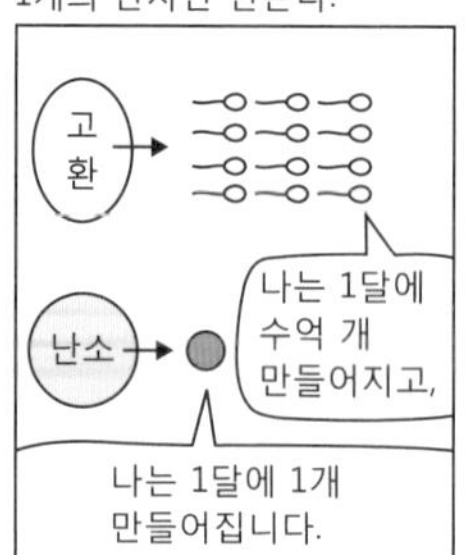
고환
나는 1달에 수억 개 만들어지고,
난소
나는 1달에 1개 만들어집니다.

오른쪽 난소가 홀수 달에
난자를 만든다면
왼쪽 난소는 짝수 달에
난자를 만든다.

	오른쪽 난소	왼쪽 난소
1월	난자	
2월		난자
3월	난자	
4월		난자

합쳐서 1달에
난자 1개를
만드는 셈입니다.

난자는 난포에 쌓여서
만들어지다가 배란된다.

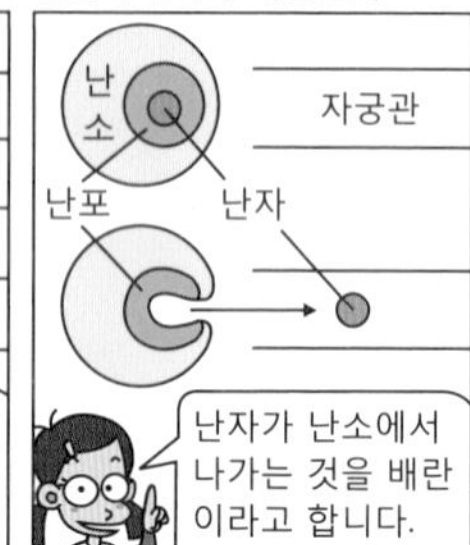
난소
자궁관
난포
난자
난자가 난소에서 나가는 것을 배란이라고 합니다.

난자가 배란되면
난포는 황체로 바뀐다.

난포
황체
난소에서 여성 호르몬을 만드는 곳이 난포와 황체입니다.

배란된 난자는 자궁관으로
들어가서 정자를 기다린다.

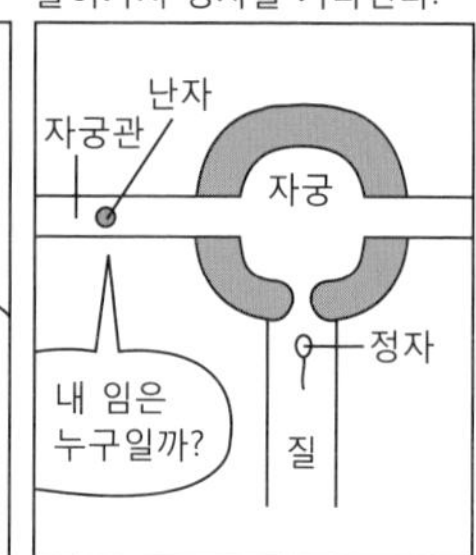
난자
자궁관
자궁
정자
내 임은 누구일까?
질

배란된 난자가 정자와
만나지 못하면 자궁벽에서
탈락한 조직, 혈액과
함께 몸 바깥으로 나간다.

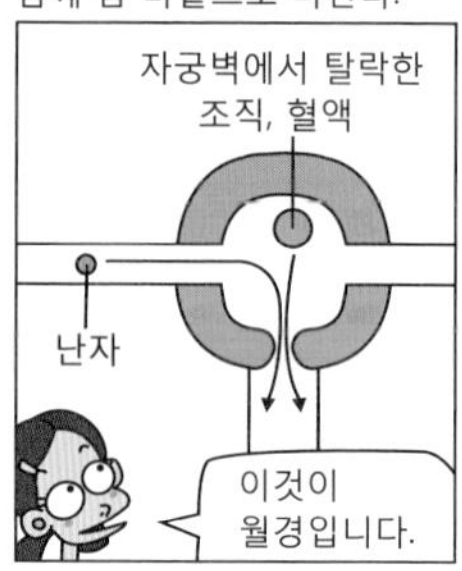
자궁벽에서 탈락한 조직, 혈액
난자
이것이 월경입니다.

자궁벽은 월경주기에
따라 두꺼워지고 얇아지는
것을 되풀이한다.

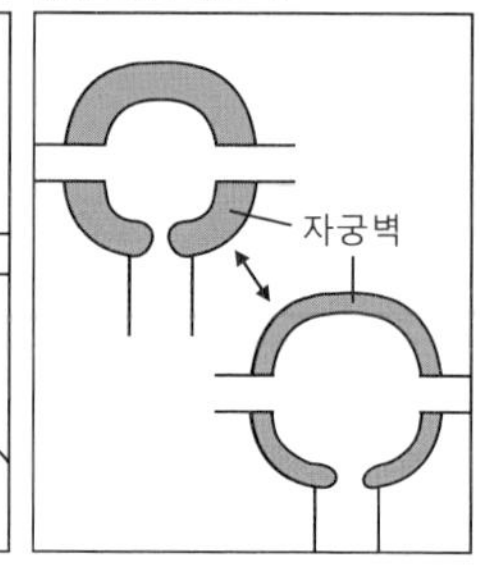
자궁벽

월경주기는 월경기, 난포기, 황체기로 나뉜다.

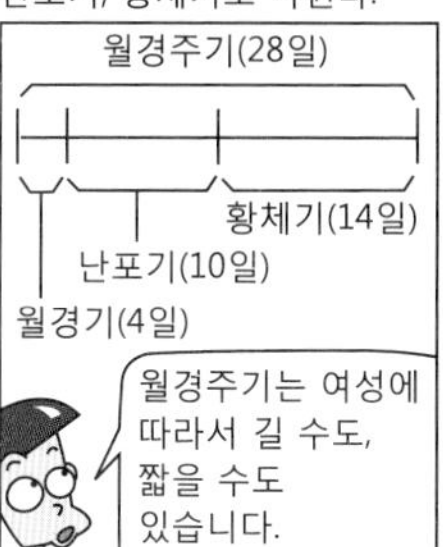
월경주기(28일)
황체기(14일)
난포기(10일)
월경기(4일)
월경주기는 여성에 따라서 길 수도, 짧을 수도 있습니다.

난포기에는 난포가 만든 호르몬 때문에 자궁벽이 두꺼워진다.

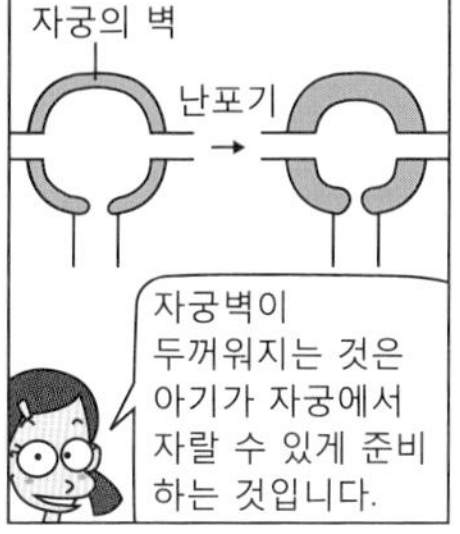
자궁의 벽
난포기
자궁벽이 두꺼워지는 것은 아기가 자궁에서 자랄 수 있게 준비하는 것입니다.

자궁은 자궁바닥, 자궁몸통, 자궁목으로 나뉜다.

자궁바닥
자궁관
자궁몸통
자궁목
질
임신하지 않으면 자궁 크기가 주먹 크기와 비슷합니다.

자궁에 생긴 암 중에선 자궁목에 생긴 암이 흔하다.

자궁목
암
후진국일수록 자궁목암에 걸리는 여성이 많습니다.

난포기 끝에 난자가 배란되며, 배란된 난자가 정자와 만나면 임신한다.

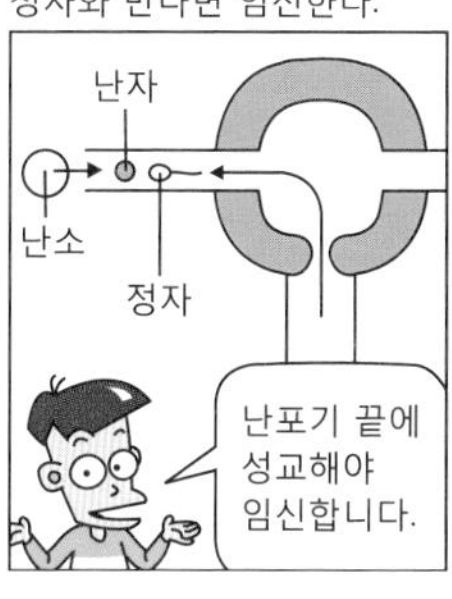
난자
난소
정자
난포기 끝에 성교해야 임신합니다.

황체기에는 황체가 만든 호르몬 때문에 자궁벽이 얇아진다.

자궁벽에서 탈락한 조직, 혈액
황체기
자궁벽
자궁벽이 얇아지면서 탈락한 조직, 혈액이 자궁 안에 쌓입니다.

자궁목암은 이르게 찾는 것이 중요하다.

성인 여성은 정기적으로 자궁목암 검사를 받아야 합니다.
간단한 세포 검사입니다.

질은 성교할 때 쓰는 길이기도 하고, 자궁에 있던 월경 물질 또는 아기가 나가는 길이기도 하다.

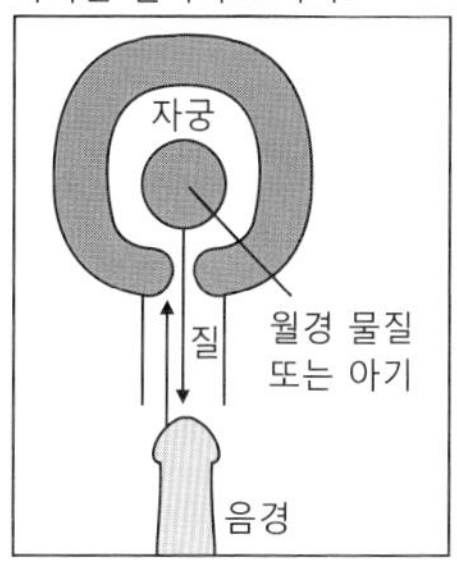
자궁
질
월경 물질 또는 아기
음경

이미 이야기한 대로, 월경기에는 난자와 자궁벽에서 탈락한 조직, 혈액이 몸 바깥으로 나간다.

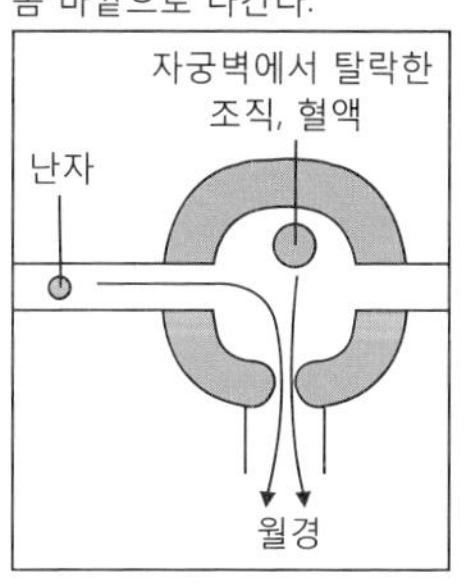
자궁벽에서 탈락한 조직, 혈액
난자
월경

월경기에는 여성의 몸 상태가 좋지 않습니다.

짜증
몸의 일부가 떨어져 나가므로 짜증내는 것이 마땅합니다.

질의 바깥에 있는 처녀막은 여성이 처음 성교할 때 찢어진다.

질
처녀막
음경
처녀막
처녀막흔적
처녀막이 찢어질 때 출혈될 수도 있고, 출혈되지 않을 수도 있습니다.

질의 바깥에 있는 질어귀샘은 성교할 때 물질을 분비해서 질을 촉촉하게 만든다.

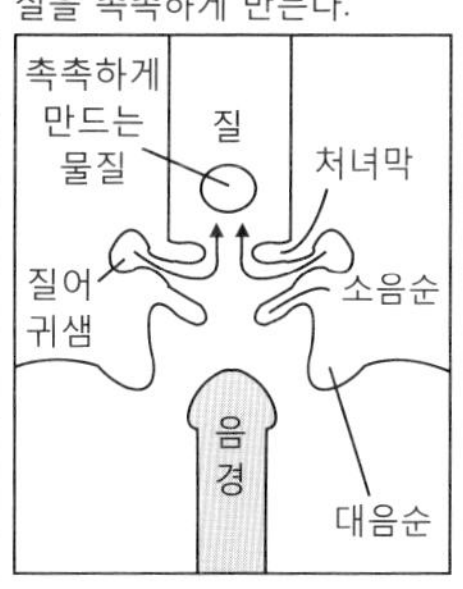
촉촉하게 만드는 물질
질
처녀막
질어귀샘
소음순
음경
대음순

여성의 바깥생식기관은 대음순, 소음순, 음핵으로 이루어져 있다.

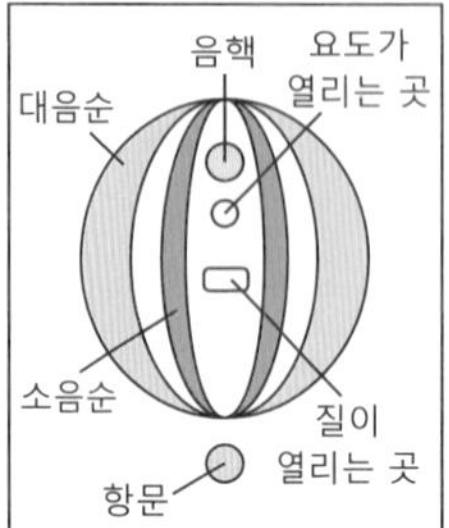
음핵
요도가 열리는 곳
대음순
소음순
질이 열리는 곳
항문

대음순은 지방조직이 있어서 크고, 소음순은 지방조직이 없어서 작다.

처녀막
질
소음순
대음순
지방조직
대음순은 피부이고, 소음순은 점막입니다.

음핵은 음경처럼 해면체로 이루어져 있어서 흥분하면 커진다.

또한 음핵은 음경처럼 중요한 성감대입니다.

생식계통에서 한 구조물로부터 남성은 '가'가 만들어지고 여성은 '나'가 만들어지는 경우, '가'와 '나'를 상동기관이라 한다.

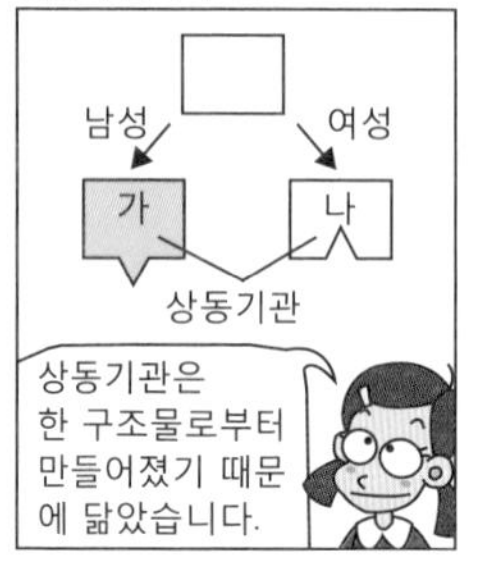

남성
여성
가
나
상동기관
상동기관은 한 구조물로부터 만들어졌기 때문에 닮았습니다.

이를테면 남성의 음낭과 여성의 대음순이 상동기관이고,

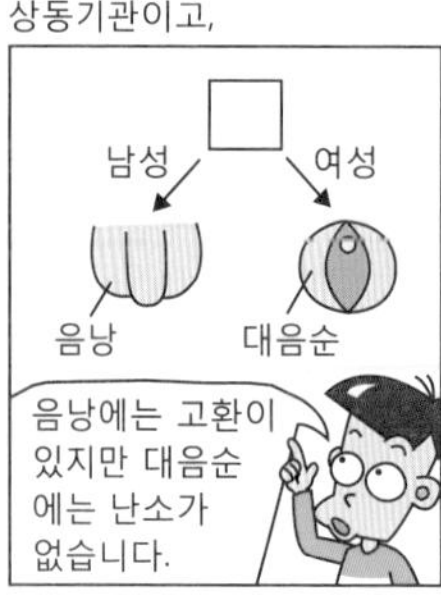
남성
여성
음낭
대음순
음낭에는 고환이 있지만 대음순에는 난소가 없습니다.

남성의 음경과 여성의 음핵이 상동기관이다.

남성
여성
음경
음핵
음경에는 요도가 있지만 음핵에는 요도가 없습니다. 이처럼 상동기관은 다르기도 합니다.

여성의 젖은 피부와 피부밑조직이 남달리 바뀐 것이다.

젖
여성의 젖을 생식계통이 아닌 피부에 넣기도 합니다.

여성의 젖은 사춘기부터 여성 호르몬 때문에 커진다.

남성의 젖도 여성 호르몬 주사를 맞으면 커집니다.

젖 속에는 젖샘과 피부밑조직이 있는데, 아기가 먹을 젖을 만드는 것은 젖샘이다.

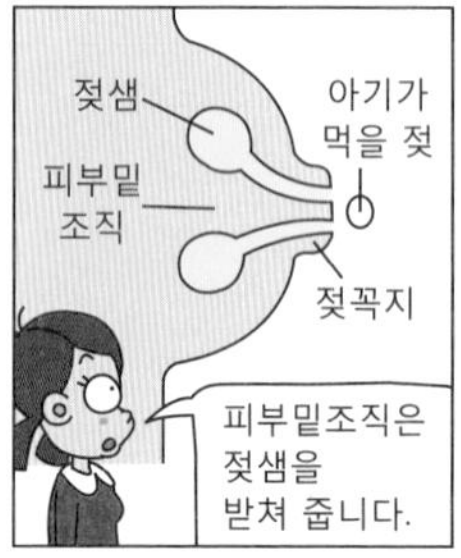
젖샘
아기가 먹을 젖
피부밑 조직
젖꼭지
피부밑조직은 젖샘을 받쳐 줍니다.

젖의 크기를 결정하는 것은 피부밑조직이다.

나처럼 젖이 작은 여성도 젖샘은 필요한 만큼 있습니다. 피부밑조직이 작을 뿐입니다.

따라서 젖이 크다고 젖을 잘 만든다고 할 수는 없다.

가방이 크다고 공부를 잘 한다고 할 수 없는 것과 마찬가지입니다.
도시락만 들어 있는 큰 가방

젖샘은 임신하면 커지다가 아기를 낳으면 더 커진다.

초콜릿 젖은 없나?
아기가 먹을 젖을 만들어 놔야 합니다.

젖샘에서 만든 젖은 젖샘관
끝에 있는 젖샘관팽대에
머물렀다가, 아기가
젖꼭지를 빨면 나간다.

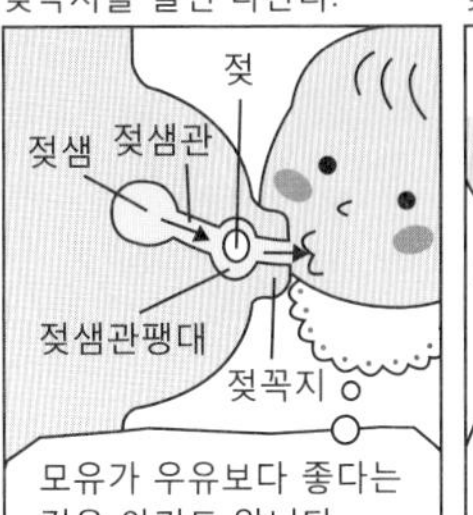
젖
젖샘
젖샘관
젖샘관팽대
젖꼭지
모유가 우유보다 좋다는
것은 아기도 압니다.

젖꼭지 둘레에 있는
젖꽃판에서는 기름을
분비하며, 이 기름 덕분에
아기는 편하게
젖꼭지를 빨 수 있다

젖꼭지
젖꽃판
젖꽃판에서 분비한 기름
덕분에 부드럽습니다.

개 같은 포유류는 새끼를
여러 마리 낳기 때문에
젖도 여러 개 있다.

젖
겨드랑이와 사타구니를
잇는 선에
젖이 여러 개 있습니다.

남성과 여성의 생식계통에서
일어나는 일은
부끄러운 것이 아니므로,

자기의 성
문제를 자기만
알고 있는 것은
미련한 짓입니다.

고민이 생기면 경험 있는
사람과 이야기하는 것이
바람직하다.

내 고민
내 병
고민과 병을 자랑하라는
말이 있습니다.

해부학 만화를 외국 사람도 볼 수 있게 영작하였다.

산 사람은 나를 괴롭힐 수
있지 않습니까?
열심히
일해!
– 학장
돈 벌어와!
– 마누라
술값 내!
– 마담

because the living persons
might definitely harass me.
Work
hard!
- Dean
Make money!
- Family
Pay debts!
- Saloon keeper

영어 해부학 만화를 모아서 책을 펴냈다. (Chung MS: *Anatomy Comic Strips.* Hanmi Medical Publishing Co., Seoul, 2013)

ANATOMY COMIC STRIPS

해랑이와 말랑이의 몸 이야기 ⑨

발생

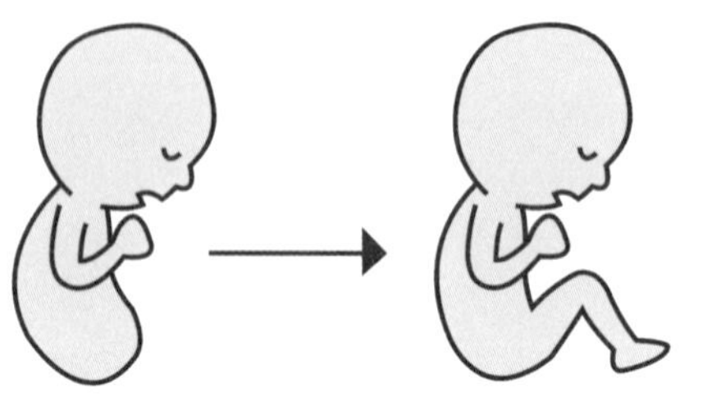

사람의 생명은 정자와 난자가 합쳐져서 한 세포가 된 순간에 시작한다.

여러분도 세포 1개에서 시작하였습니다.
세포

한 세포가 세포분열을 수없이 하면 아기가 되어서 태어나는데, 이 과정을 발생이라고 한다.

물론 발생은 엄마의 배안에서 일어납니다.
발생
세포
태어날 아기

유사분열로 만들어진 세포는 염색체 개수가 바뀌지 않으나,

46개 염색체
유사분열
46개 염색체
46개 염색체
사람 세포의 염색체는 46개입니다.

정자, 난자처럼 감수분열로 만들어진 세포는 염색체 개수가 절반으로 준다.

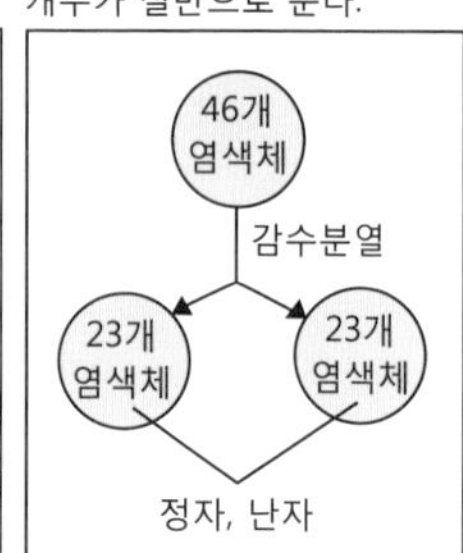
46개 염색체
감수분열
23개 염색체
23개 염색체
정자, 난자

해부학 만화에서 발생을 다루는 것은 발생을 알면 해부학의 많은 것을 깨달을 수 있기 때문이다.

발생 : 해부학
= 원인 : 결과
원인을 알면 결과를 깨달을 수 있습니다.

세포분열은 유사분열과 감수분열로 나눌 수 있다.

세포
세포분열
세포
세포
한 세포가 둘로 나뉘는 것이 세포분열입니다.

따라서 정자와 난자가 합쳐진 세포는 염색체가 46개이다. 정자와 난자가 합쳐지는 것을 수정이라고 한다.

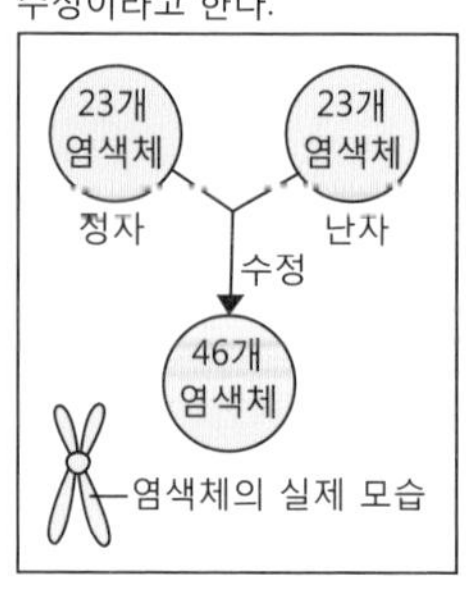
23개 염색체
23개 염색체
정자
난자
수정
46개 염색체
염색체의 실제 모습

사정될 때 나오는 2억 내지 6억 개의 정자 중에서 수정하는 것은 오직 1개이다.

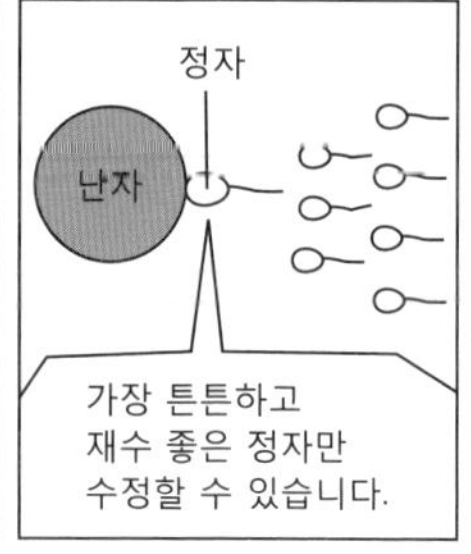
정자
난자
가장 튼튼하고 재수 좋은 정자만 수정할 수 있습니다.

수정한 정자가 Y염색체를 갖고 있으면 남성이 되고, X염색체를 갖고 있으면 여성이 된다.

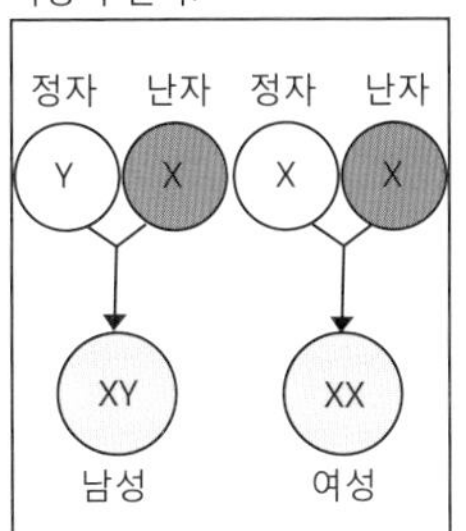
정자
난자
정자
난자
Y
X
X
X
XY
XX
남성
여성

사정된 정자와 배란된 난자는 각각 24시간 동안 살 수 있다.

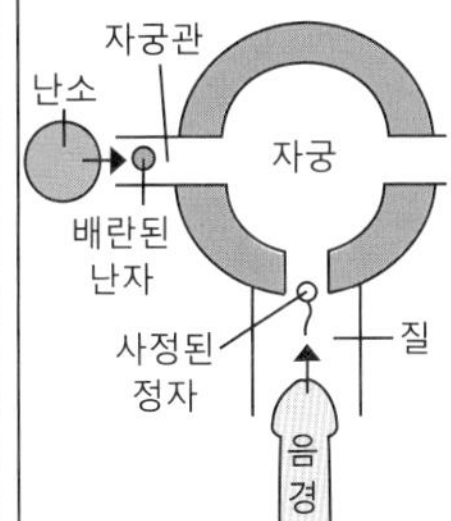
자궁관
난소
자궁
배란된 난자
사정된 정자
질
음경

따라서 난자가 배란된 때에서 앞, 뒤 24시간 안에 정자가 사정되어야 수정할 수 있다.

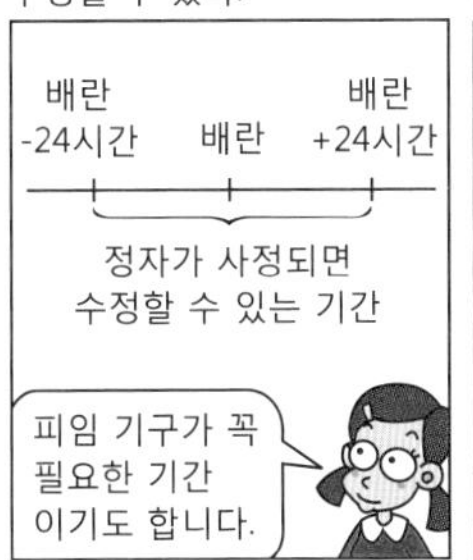
배란 -24시간
배란
배란 +24시간
정자가 사정되면 수정할 수 있는 기간
피임 기구가 꼭 필요한 기간 이기도 합니다.

난자가 배란된 때는 여성마다 다른데, 월경을 시작한 날짜에 월경기와 난포기를 더하면 된다.

배란
월경기 (4일)
난포기 (10일)
황체기 (14일)
배란된 때에서 먼 날짜에 사정되면 수정하기 어렵습니다.

수정하는 곳은 자궁관이고, 수정한 다음부터는 배아라고 부른다.

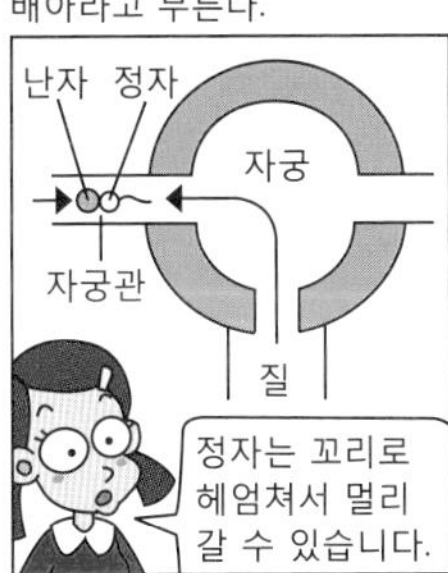
난자
정자
자궁
자궁관
질
정자는 꼬리로 헤엄쳐서 멀리 갈 수 있습니다.

배아가 자궁에 가서 붙는 것을 착상이라고 한다.

자궁관
배아
자궁
자궁은 자식이 자라는 궁전입니다.

배아가 자궁 바깥에서 착상하면 자궁바깥임신이 된다.

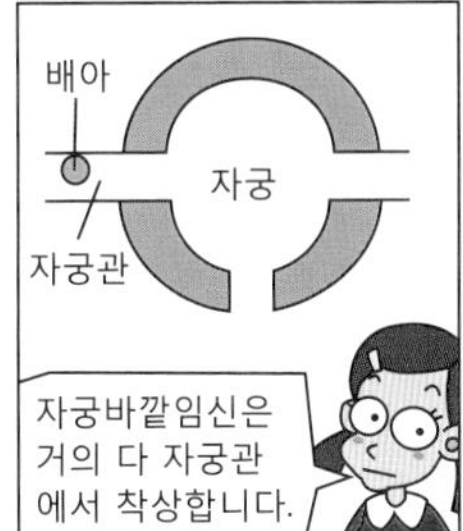
배아
자궁
자궁관
자궁바깥임신은 거의 다 자궁관에서 착상합니다.

수정하지 않으면 자궁벽이 탈락되어서 월경하지만,

자궁벽에서 탈락한 조직, 혈액
생식계통에서 2번 나온 그림이 또 나왔습니다.

수정하면 자궁벽이 잇달아 두꺼워져서 태반의 절반이 된다.

태반의 절반
배아
임신하면 월경하지 않습니다.

태반의 나머지 절반은 배아가 세포분열해서 만든다.

태반의 절반
태반의 나머지 절반
배아
태반의 절반은 엄마가 만들고, 나머지 절반은 배아가 만드는 셈입니다.

태반은 엄마와 배아 사이에서 물질을 교환하는 곳이다.

자궁벽
태반
탯줄
배아
태반은 엄마와 배아가 만나는 곳이라고 할 수 있습니다.

엄마는 배아한테 산소와 영양물질을 주고, 배아로부터 이산화탄소와 노폐물질을 받는다.

산소, 영양물질
이산화탄소, 노폐물질
엄마는 배아가 먹을 것도 함께 먹어야 합니다.

수정한 첫째 주를 발생 1주라고 하고, 둘째 주를 발생 2주, 셋째 주를 발생 3주라고 한다.

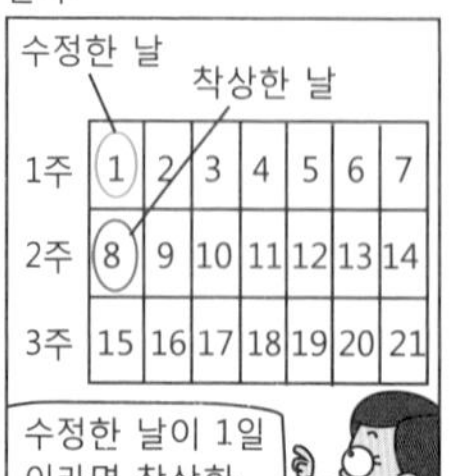

수정한 날
착상한 날
1주 1 2 3 4 5 6 7
2주 8 9 10 11 12 13 14
3주 15 16 17 18 19 20 21
수정한 날이 1일이라면 착상한 날은 8일입니다.

배아는 발생 2주에 외배엽과 내배엽으로 나뉘고, 발생 3주에 외배엽, 중배엽, 내배엽으로 나뉜다.

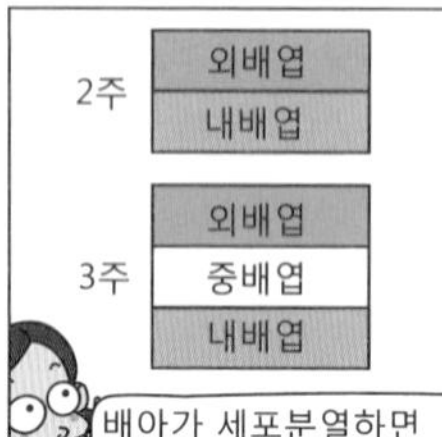

2주
외배엽
내배엽
3주
외배엽
중배엽
내배엽
배아가 세포분열하면 비슷한 세포끼리 모여서 배엽을 이룹니다.

외배엽은 나중에 신경계통이 되고,

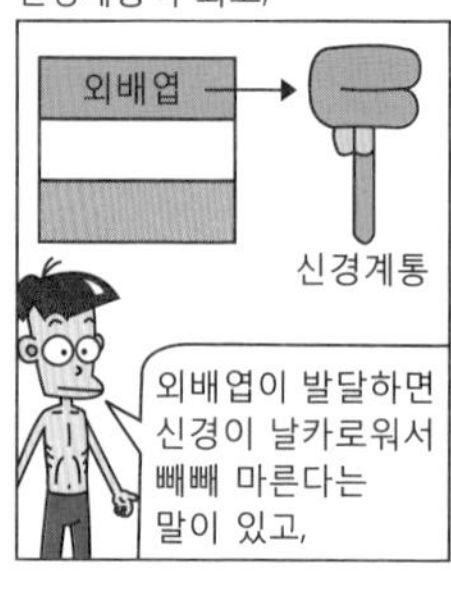

외배엽
신경계통
외배엽이 발달하면 신경이 날카로워서 빼빼 마른다는 말이 있고,

중배엽은 나중에 뼈대계통과 근육계통이 되고,

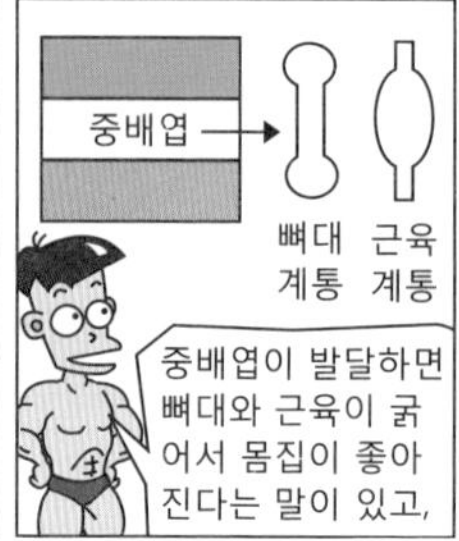

중배엽
뼈대 계통
근육 계통
중배엽이 발달하면 뼈대와 근육이 굵어서 몸집이 좋아진다는 말이 있고,

내배엽은 나중에 소화계통이 된다.

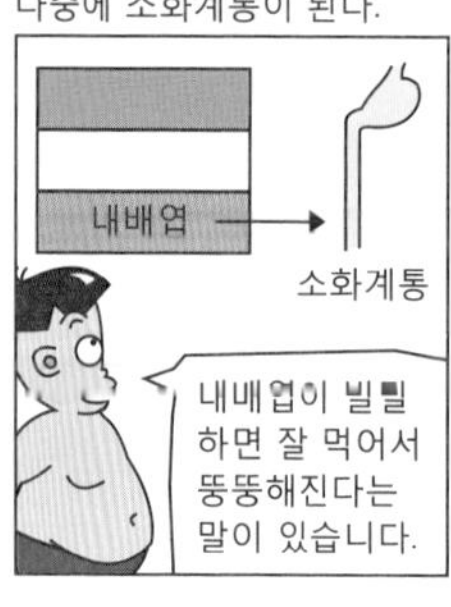

내배엽
소화계통
내배엽이 빌빌하면 잘 먹어서 뚱뚱해진다는 말이 있습니다.

발생 4주부터 8주까지 배아의 기관이 만들어진다.

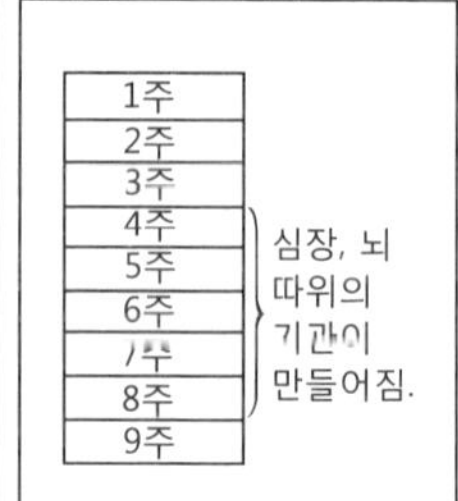

1주
2주
3주
4주
5주
6주
7주
8주
9주
심장, 뇌 따위의 기관이 만들어짐.

발생 4주부터 8주까지 엄마는 입덧을 한다.

저는 나쁜 냄새를 맡기만 해도 구역질을 합니다.
기관이 만들어지는 것은 어려운 일이기 때문입니다.

발생 4주부터 8주까지 엄마가 약을 잘못 먹거나 방사선을 잘못 쬐면 기형아를 낳기 쉽다.

약
방사선
약이나 방사선 때문에 기관이 잘못 만들어지기 때문입니다.

배아의 기관은 머리쪽이 먼저, 꼬리쪽이 나중에 만들어진다.

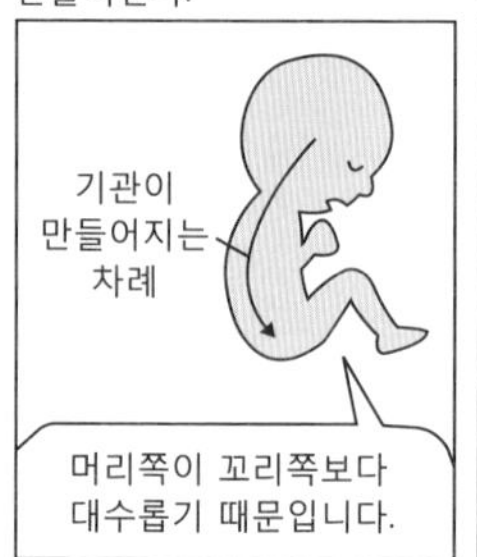

기관이 만들어지는 차례
머리쪽이 꼬리쪽보다 대수롭기 때문입니다.

보기를 들면, 팔이 먼저 만들어지고 다리가 나중에 만들어진다.

그러나 개구리는 이렇게 헤엄치므로 뒷다리가 먼저 만들어집니다.

배아의 기관이 만들어지는 과정을 보면 사람이 어떻게 진화했는지 짐작할 수 있다.

배아
옛날 사람
=
배아의 모습은 옛날 사람의 모습이라고 할 수 있습니다.

발생 9주부터 38주까지는 만들어진 기관이 커지기만 한다. 이 때에는 배아 대신 태아라는 말을 쓴다.

9주
38주
발생 38주가 되면 태아가 태어납니다.

발생 20주가 되면 태아의 앉은키가 20 cm이기 때문에 임신한 것을 감추기 어렵다.

태아는 물구나무 서고 있습니다.
발생 20주의 태아
20 cm

발생 20주가 지나기 전에 태어나면 살릴 수 없고, 발생 20주가 지난 다음에 태어나면 살릴 수 있다.

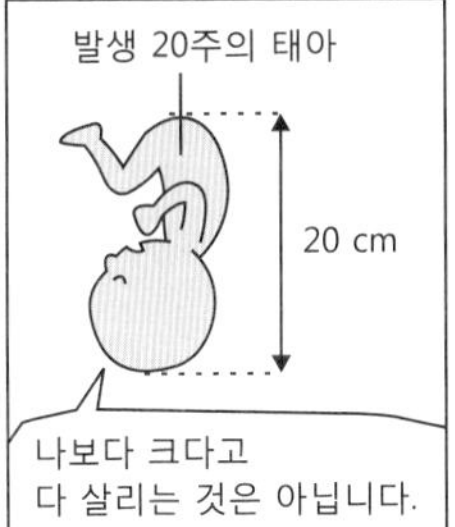

발생 20주의 태아
20 cm
나보다 크다고 다 살리는 것은 아닙니다.

발생 38주가 되면 자궁이 수축한다.

발생 38주의 태아
질
자궁이 수축하면 엄마가 아픕니다.

태아는 늘어난 질을 거쳐서 나온다.

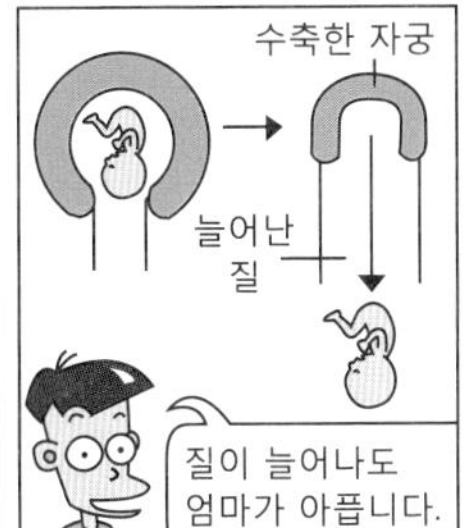

수축한 자궁
늘어난 질
질이 늘어나도 엄마가 아픕니다.

태아가 질을 거쳐 나오기 어려우면, 배의 앞벽과 자궁벽을 잘라서 태아를 꺼내는 제왕절개수술을 한다.

제왕절개수술을 할 때에는 전신마취를 합니다.

태아가 나온 다음에 탯줄을 당기면 태반이 떨어져 나온다.

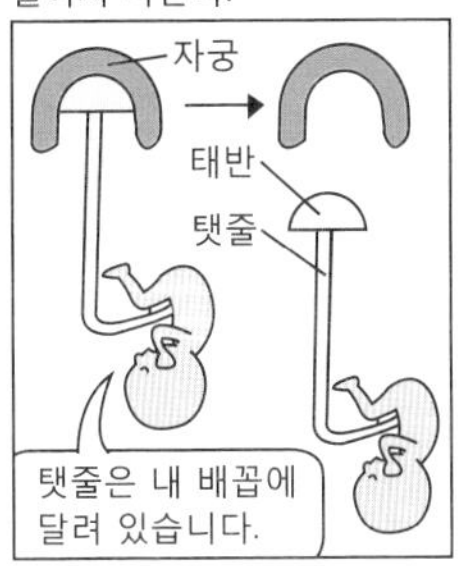

자궁
태반
탯줄
탯줄은 내 배꼽에 달려 있습니다.

의사는 탯줄을 자른다.

탯줄
배꼽
탯줄의 이 부분은 저절로 썩어서 없어집니다.

발생 38주가 되어서 태어난 태아는 앉은키가 36 cm이고, 몸무게가 3.4 kg이다.

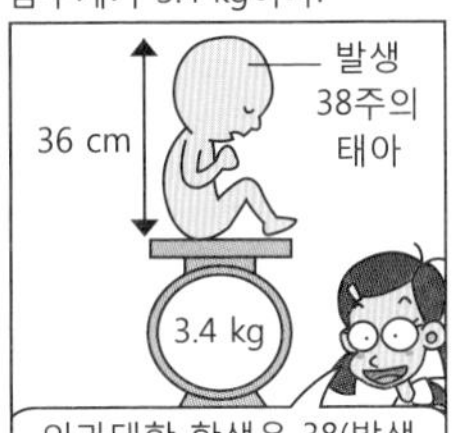

발생 38주의 태아
36 cm
3.4 kg
의과대학 학생은 38(발생 기간), 36(앉은키), 3.4 (몸무게)라고 외웁니다.

태아는 이르게 태어나거나 늦게 태어날 수 있다.

미숙아 집중 치료실
너무 이르게 태어나면 제대로 보살펴야 합니다.

결혼한 다음에 임신하였는지 알고 싶은 여성이 있다.

2월
이번 달에는 월경하지 않네!
임신하면 월경 하지 않습니다.

이 여성은 소변 검사로 임신한 것을 확인한다.

축하!
임신하면 소변에 호르몬이 나타납니다.

분만예정일을 알고 싶은데, 임신하기 전 마지막 월경을 시작한 날짜가 1월 1일이다.

수정한 날짜를 모르지만 마지막 월경 날짜는 압니다.

2주를 더하면
수정한 날짜이고, 38주를
또 더하면 분만예정일이므로
1월 1일에
40주를 더하면 된다.

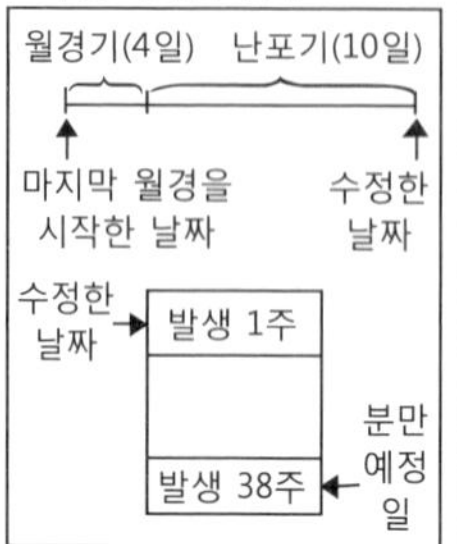
월경기(4일)
난포기(10일)
마지막 월경을 시작한 날짜
수정한 날짜
수정한 날짜
발생 1주
발생 38주
분만 예정 일

40주를 달력에서 세어보면
9달 7일이다.
따라서 분만예정일은
10월 8일이다.

마지막 월경을 시작한 날짜: 1월 1일
+ 9월 7일
분만예정일: 10월 8일
10월 8일에 아기가 태어날 예정입니다.

일란성쌍둥이는 1개의
정자와 1개의 난자가
수정해서 1개의 배아가 된
다음에 2개의 배아로
갈라지는 것이라서

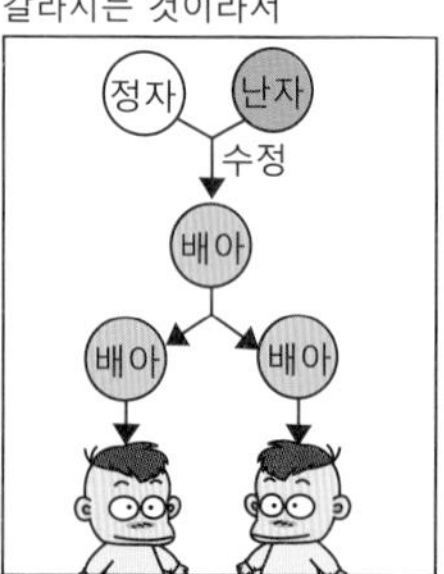
정자
난자
수정
배아
배아
배아

유전자가 같다.

일란성쌍둥이
구별하기 어렵습니다.

이란성쌍둥이는 2개의
정자와 2개의 난자가
수정해서 2개의 배아가
되는 것이라서

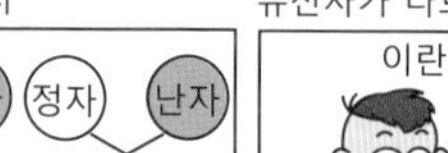

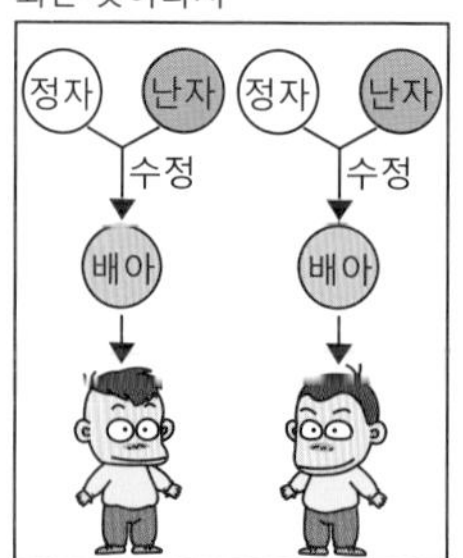
정자
난자
정자
난자
수정
수정
배아
배아

유전자가 다르다.

이란성쌍둥이
닮았을 뿐이지 쉽게 구별할 수 있습니다. 남매일 수도 있습니다.

시험관 아기란
정자와 난자를 시험관에서
수정시킨 다음에
엄마의 자궁에 넣어서
착상시키는 것이다.

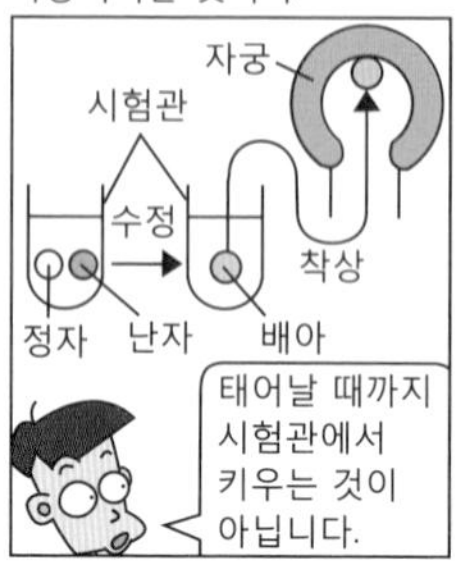
자궁
시험관
수정
착상
정자
난자
배아
태어날 때까지 시험관에서 키우는 것이 아닙니다.

수정 확률을 높이기 위해서
많은 수의 난자를
쓰기 때문에 쌍둥이가
태어날 확률이 높다.

난자 2개가 모두 수정되면 우리처럼 이란성쌍둥이가 태어납니다.

수정하기 전에 결정되는
것이 유전이고,
수정한 다음에 결정되는
것이 환경이다.

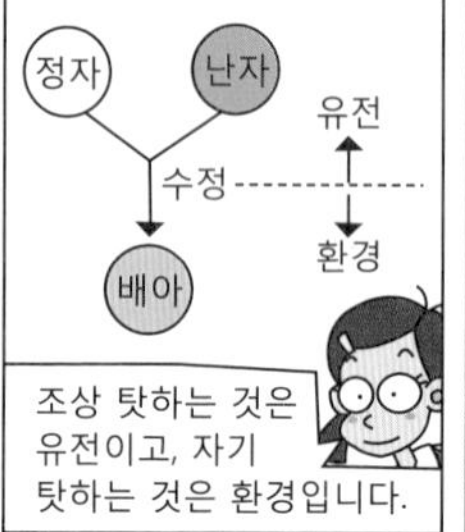
정자
난자
유전
수정
환경
배아
조상 탓하는 것은 유전이고, 자기 탓하는 것은 환경입니다.

이를테면 아빠, 엄마가
운동을 많이 해서 튼튼한
정자, 난자를 만드는 것은
유전이고,

정자
난자
태어난 아기는 아빠, 엄마 덕분에 튼튼합니다.

아기가 태어난 다음에
운동을 많이 해서
튼튼해지는 것은 환경이다.

배아
태어난 아기는 자기 덕분에 튼튼합니다.

사람의 몸과 마음은 유전과
환경의 영향을 함께 받는다.

공부를 잘하는 것은 조상 덕이기도 하고 자기 덕이기도 합니다.

해랑이와 말랑이의 몸 이야기 ⑩

내분비계통

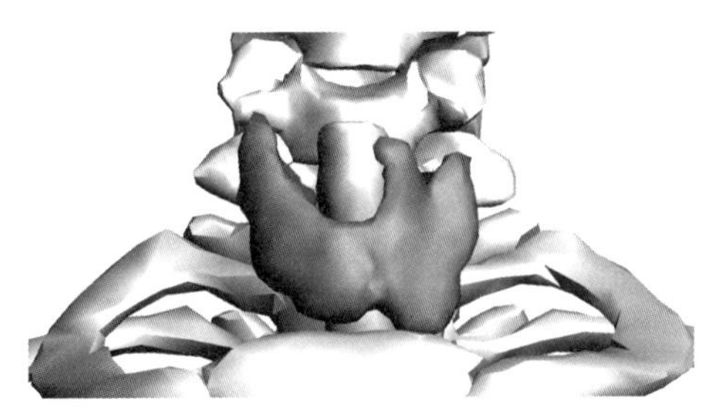

비저블 코리안으로 만든 갑상샘의 3차원 영상

사람 몸에 필요한
물질을 분비하는 기관을
샘이라고 한다.

물질
샘
분비는 어떤
물질을 만들어서
내보내는 것입니다.

샘은 외분비샘과
내분비샘으로 나뉜다.

병원의
내분비내과는
내분비샘과
관계 있겠지?
내분비
내과

내분비샘에서 만든 물질은
혈관을 거쳐서 나가며,
이 물질을
호르몬이라고 한다.

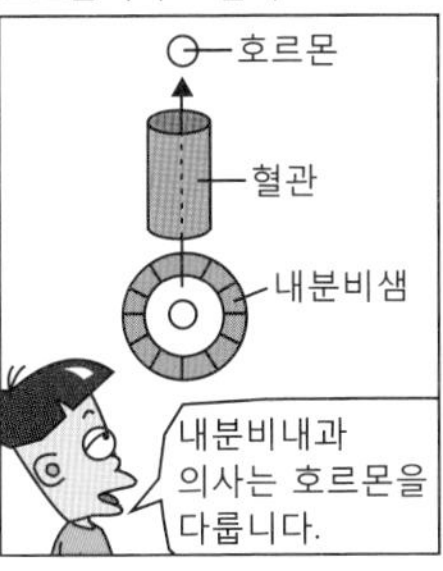

호르몬
혈관
내분비샘
내분비내과
의사는 호르몬을
다룹니다.

호르몬은 혈관을 거쳐서
나가기 때문에
멀리 있는 기관에
영향을 끼칠 수 있다.

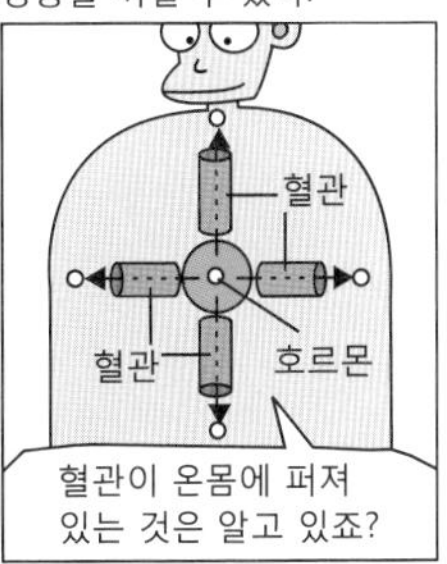

혈관
혈관
호르몬
혈관이 온몸에 퍼져
있는 것은 알고 있죠?

외분비샘에서 만든 물질은
분비관을 거쳐서 나가는데,

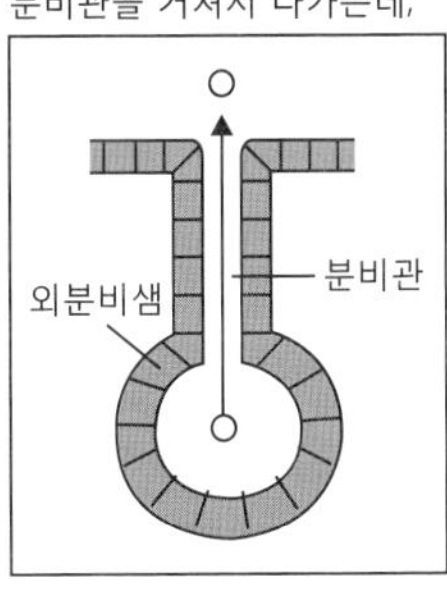

분비관
외분비샘

보기를 들면 침샘이다.

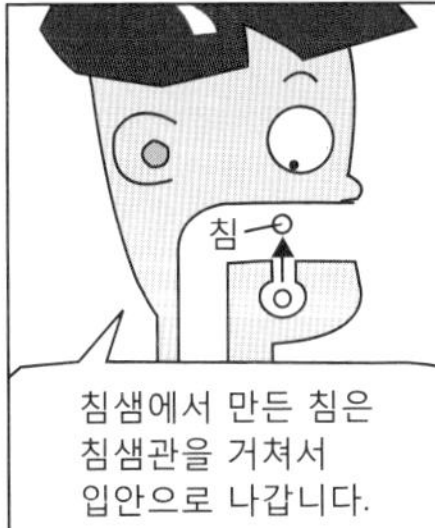

침
침샘에서 만든 침은
침샘관을 거쳐서
입안으로 나갑니다.

사람 몸에 있는 내분비샘은
뇌하수체, 솔방울샘, 갑상샘,
부갑상샘, 이자, 부신, 난소,
고환이며,

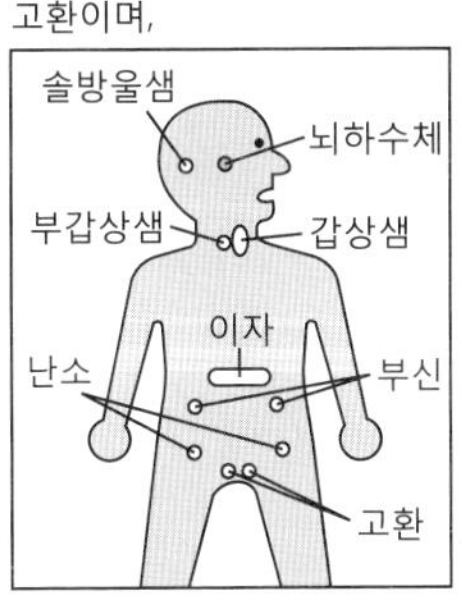

솔방울샘
뇌하수체
부갑상샘
갑상샘
이자
난소
부신
고환

이 내분비샘을 묶어서
내분비계통이라고 한다.

내분비계통은
다른 계통과
달리 기관이
서로 떨어져
있습니다.

뇌하수체는 뇌의 아래에 매달려 있으며, 샘뇌하수체와 신경뇌하수체로 나눌 수 있다.

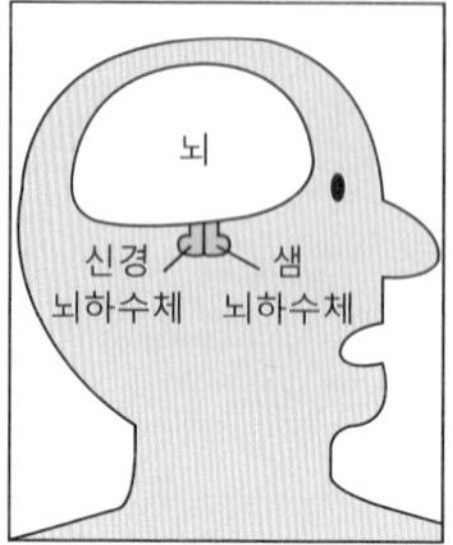

뇌
신경
뇌하수체
샘
뇌하수체

샘뇌하수체에서 분비하는 호르몬은 갑상샘, 부신, 난소, 고환에서 호르몬을 분비하게 한다.

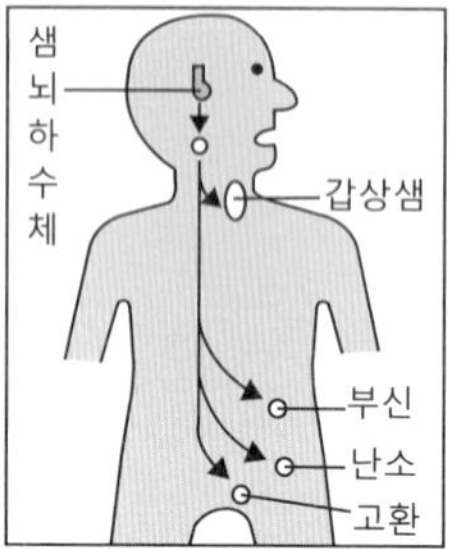

샘뇌하수체
갑상샘
부신
난소
고환

솔방울샘은 뇌의 뒤에 매달려 있으며, 고환 또는 난소에 관여하는 호르몬을 분비한다.

솔방울샘
뇌
이름 그대로 솔방울처럼 생겼습니다.
고환
난소

갑상샘은 후두의 앞에 있으며,

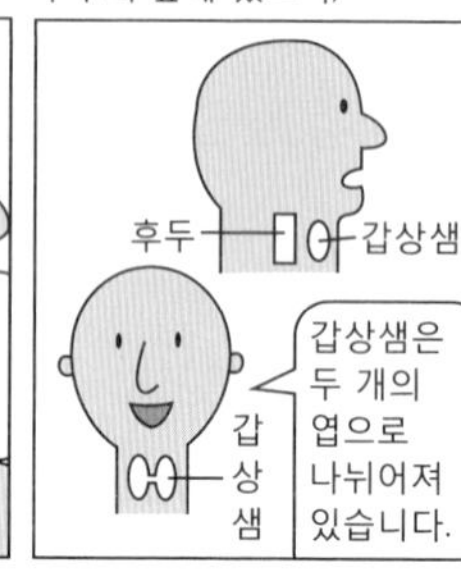

후두
갑상샘
갑상샘은 두 개의 엽으로 나뉘어져 있습니다.
갑상샘

즉 샘뇌하수체는 다른 내분비샘을 다스리는 내분비샘이다.

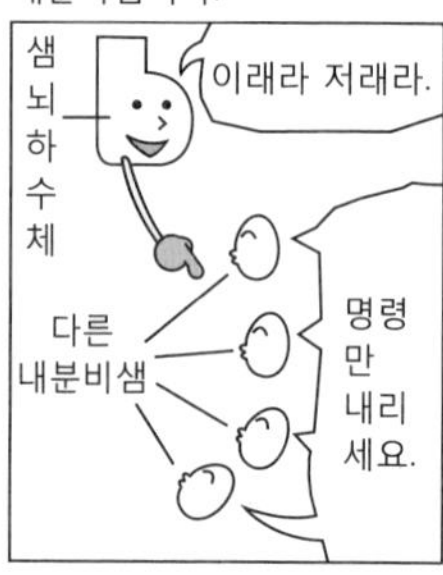

샘뇌하수체
이래라 저래라.
다른 내분비샘
명령만 내리세요.

또한 샘뇌하수체에서는 젖샘자극호르몬과 성장자극호르몬을 분비한다.

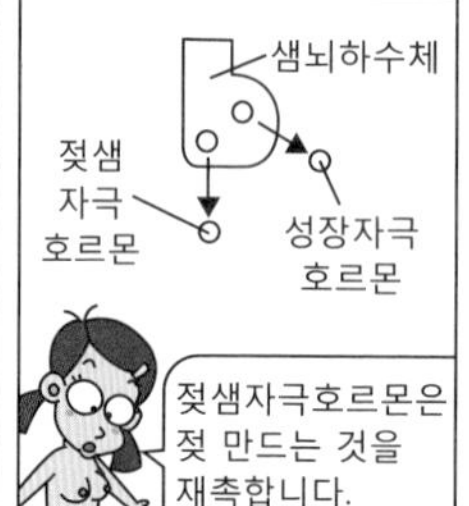

샘뇌하수체
젖샘자극호르몬
성장자극호르몬
젖샘자극호르몬은 젖 만드는 것을 재촉합니다.

몸의 대사활동을 조절하는 호르몬을 분비한다.

부릉~ 부릉~
갑상샘 호르몬은 자동차의 가속기, 감속기와 비슷합니다.

부갑상샘은 갑상샘의 뒤에 붙어 있는 4개의 샘이며,

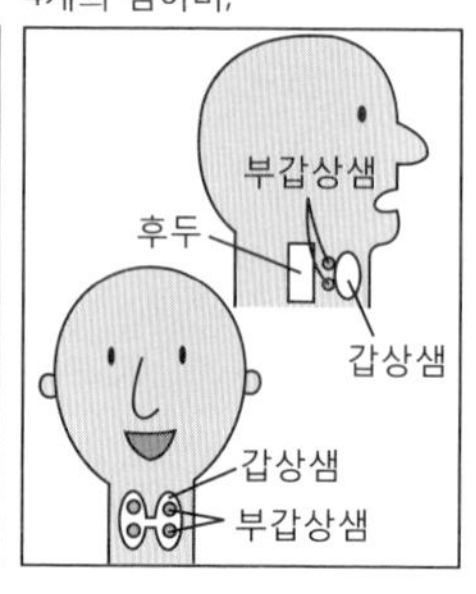

부갑상샘
후두
갑상샘
갑상샘
부갑상샘

성장자극호르몬을 너무 많이 분비하면 거인이 되고, 너무 적게 분비하면 난쟁이가 된다.

나도 어른인데...
거인
난쟁이

신경뇌하수체에서는 자궁을 수축하게 하는 호르몬과 소변을 못 만들게 하는 호르몬을 분비한다.

자궁을 수축하게 하는 호르몬
소변을 못 만들게 하는 호르몬
애를 낳을 때에는 자궁을 수축하게 하는 호르몬을 많이 분비합니다.

혈액에 칼슘이 많아지게 하는 호르몬을 분비한다.

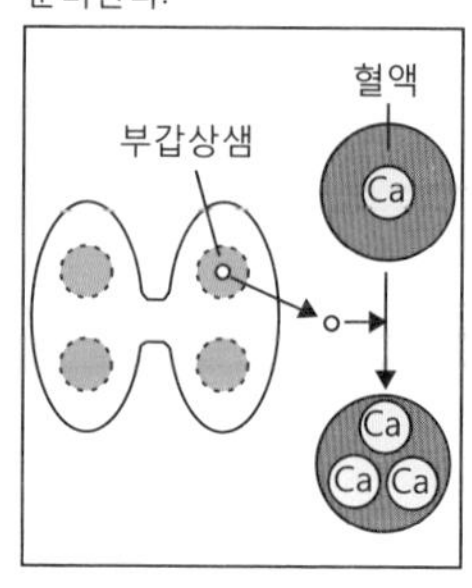

혈액
부갑상샘
Ca
Ca
Ca Ca

이자에는 소화액을 분비하는 외분비샘도 있고, 호르몬을 분비하는 내분비샘도 있다.

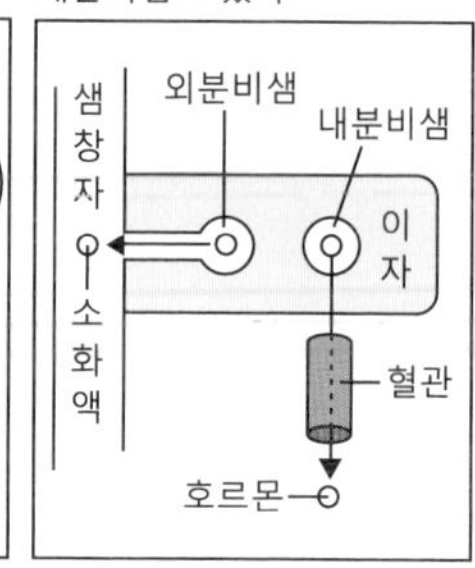

샘창자
외분비샘
내분비샘
이자
소화액
혈관
호르몬

이자에서 분비하는 호르몬 중에서 인슐린은 혈액에 포도당이 적어지게, 글루카곤은 혈액에 포도당이 많아지게 한다.

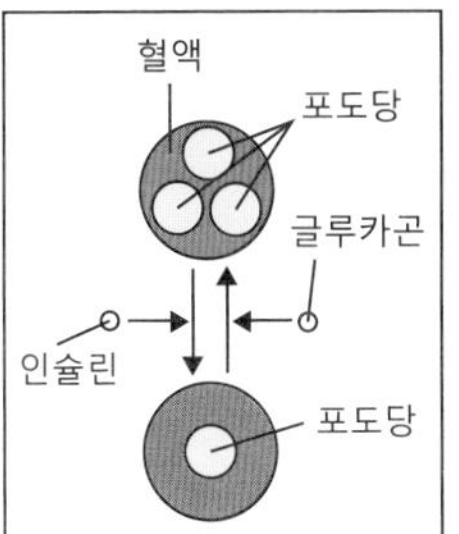

혈액
포도당
글루카곤
인슐린
포도당

이자에서 인슐린을 분비하지 못하면 혈액에 포도당이 많아지는데, 이것을 당뇨병이라고 한다.

당뇨병은 성인병이지만
젊은 사람한테도 생길 수 있습니다.

혈액에 포도당이 많아지면 소변에도 포도당이 많아지기 때문에 당뇨병이라는 이름이 붙었다.

소변에서 단맛이 납니다.

혈액에 포도당이 많아지면 혈관에 문제가 생기기 때문에 고혈압, 콩팥병 따위의 합병증이 생긴다.

불편한 곳이 많습니다.
당뇨병의 합병증이 여러 기관에 나타나기 때문입니다.

당뇨병을 치료하기 위해서 인슐린 주사를 맞기도 하고, 음식을 골라서 먹기도 한다.

인슐린 주사
당뇨병 환자를 위한 음식
몸을 잘 관리해야 합니다.

부신은 콩팥의 위에 붙어 있는 고깔 모양의 내분비샘이며, 겉질과 속질로 나눌 수 있다.

부신
콩팥
부신겉질
부신속질
콩팥

부신겉질에서는 콩팥 기능을 조절하는 호르몬과 대사활동을 재촉하는 호르몬을 분비한다.

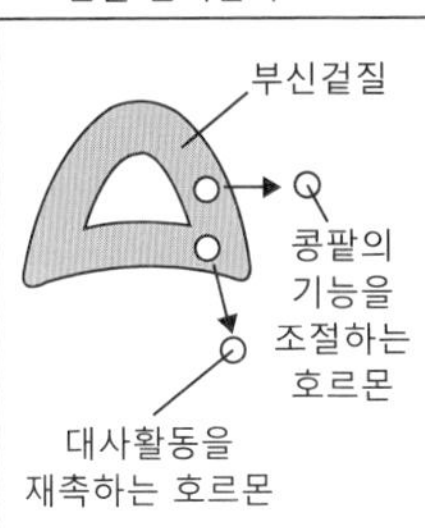

부신겉질
콩팥의 기능을 조절하는 호르몬
대사활동을 재촉하는 호르몬

대사활동을 재촉하는 호르몬과 비슷한 것이 스테로이드이다.

약
스테로이드는 만병통치약입니다.

그런데 스테로이드를 많이 먹으면 부작용의 고통을 겪게 된다.

약은 무서운 독이기도 합니다.

부신속질에서는 심장을 빨리 뛰게 하는 호르몬을 분비한다.

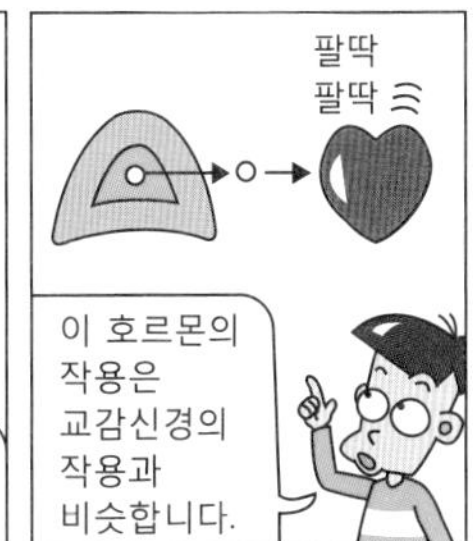

팔딱 팔딱
이 호르몬의 작용은 교감신경의 작용과 비슷합니다.

고환과 난소에서는 각각 남성 호르몬과 여성 호르몬을 분비한다.

남성 호르몬
여성 호르몬
고환과 난소에서는 정자와 난자가 만들어지기도 합니다.

내분비계통은 자율신경계통과 함께 시상하부의 지배를 받으면서 사람 몸의 여러 기관을 묶어서 다룬다.

내분비계통
자율신경계통
내분비계통과 자율신경계통은 사람이 환경에 적응하게 합니다.

해랑이와 말랑이의 몸 이야기 ⑪

심장혈관계통

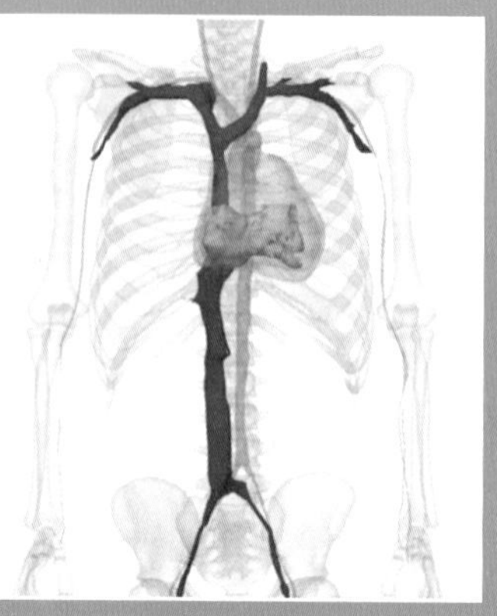

비저블 코리안으로 만든
심장과 혈관의 3차원 영상

심장혈관계통은 심장, 심장에서 혈액이 나가는 동맥, 심장으로 혈액이 들어가는 정맥,

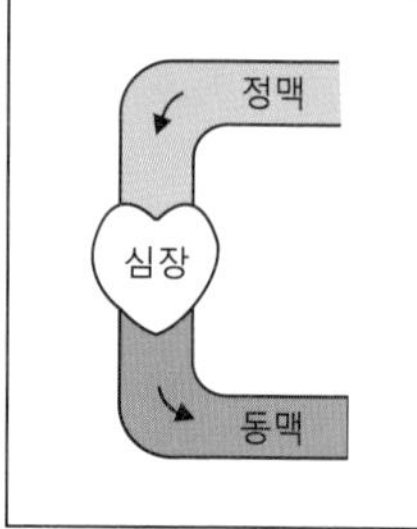

정맥
심장
동맥

동맥과 정맥의 사이에 있는 모세혈관으로 이루어져 있다.

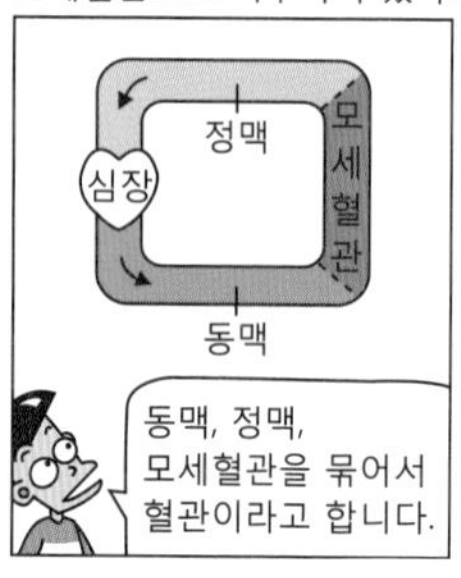

정맥
심장
모세혈관
동맥
동맥, 정맥, 모세혈관을 묶어서 혈관이라고 합니다.

심장은 두 손을 움켜쥔 것만큼 크며,

심장

가슴의 가운데와 왼쪽에 걸쳐 있다.

팔딱 팔딱
심장끝
왼쪽 아래에 있는 심장끝이 뛰는 것을 쉽게 만질 수 있습니다.

심장이 하는 일은 혈액을 뿜어내는 것이다.

심장근육은 쉬지 않고 수축, 이완을 되풀이합니다.

심장은 심장막이라는 풍선에 싸여 있어서 잘 움직인다.

심장막
윤활액
심장막의 속에 윤활액이 있습니다.

심장이 뛰지 않을 때에는 심장을 눌러서 혈액을 뇌로 짜 주어야 하며,

꽉
꽉
심장마비일 때에는 심장을 1초에 2번씩 누릅니다.

이것을 위해서 복장뼈를 세게 누르면 된다.

심장은 복장뼈의 뒤에 있기 때문입니다.
심장
복장뼈

심장은
2개의 심방과 2개의 심실로
이루어져 있다.

오른
심방
왼심방
오른
심실
왼
심
실
2심방 2심실은
포유류의 특징입니다.

허파에서
산소가 많아진 혈액은
허파정맥을 거쳐서
왼심방으로 들어간다.

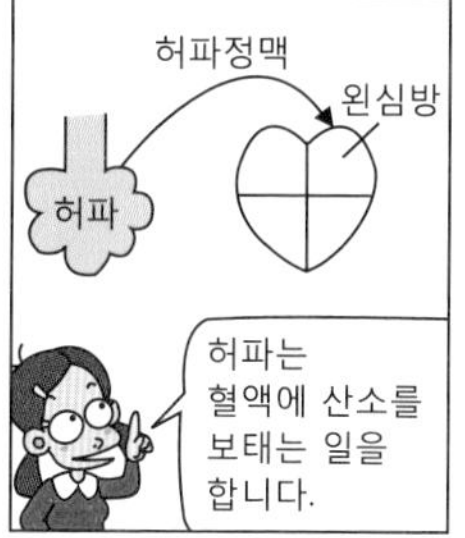
허파정맥
왼심방
허파
허파는
혈액에 산소를
보태는 일을
합니다.

왼심방의 혈액은
왼심실과 동맥을 거쳐서
온몸으로 흐른다.

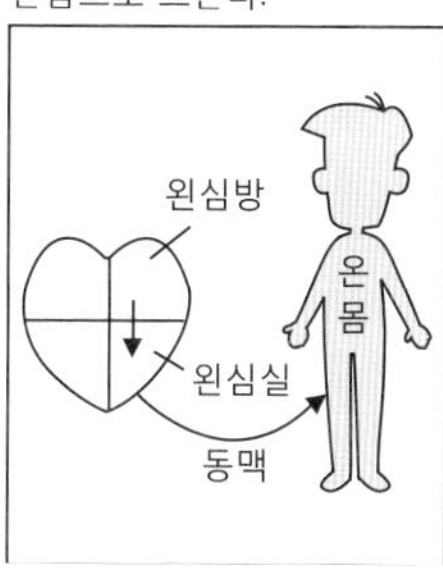
왼심방
온
몸
왼심실
동맥

온몸에서 산소가 적어진
혈액은 정맥을 거쳐서
오른심방으로 간다.

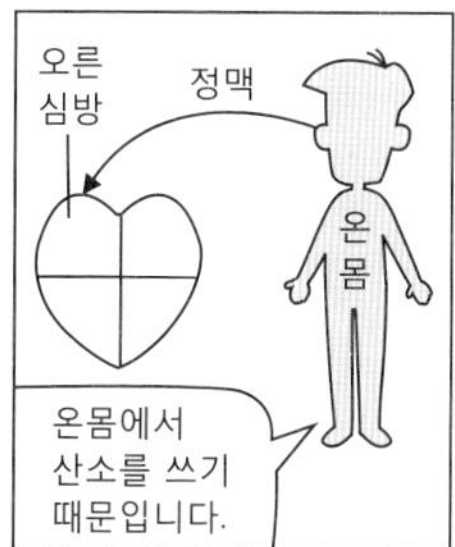
오른
심방
정맥
온
몸
온몸에서
산소를 쓰기
때문입니다.

오른심방의 혈액은
오른심실과 허파동맥을
거쳐서 허파로 흐른다.

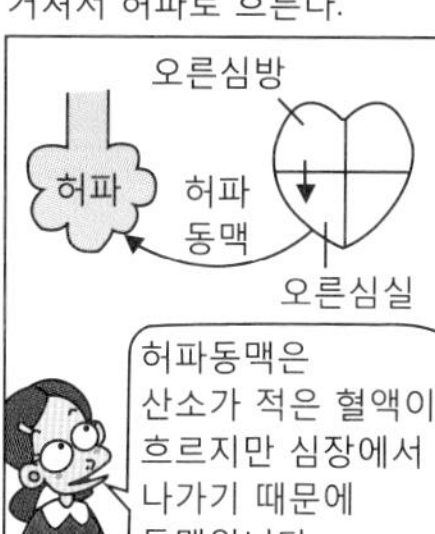
오른심방
허파
허파
동맥
오른심실
허파동맥은
산소가 적은 혈액이
흐르지만 심장에서
나가기 때문에
동맥입니다.

태어날 때 심방 사이에
또는 심실 사이에
구멍이 뚫린 경우가 있다.

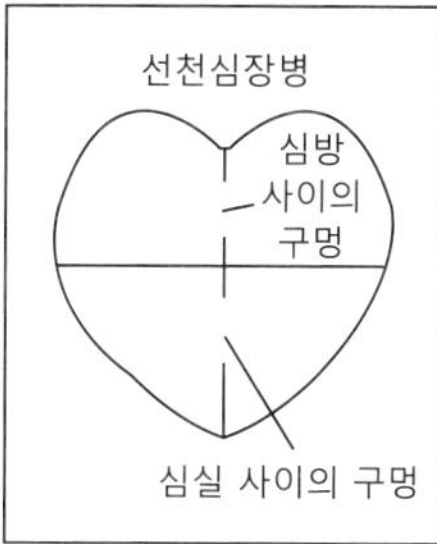
선천심장병
심방
사이의
구멍
심실 사이의 구멍

이 경우에는
산소가 많은 혈액을
온몸으로 넉넉히
보낼 수 없다.

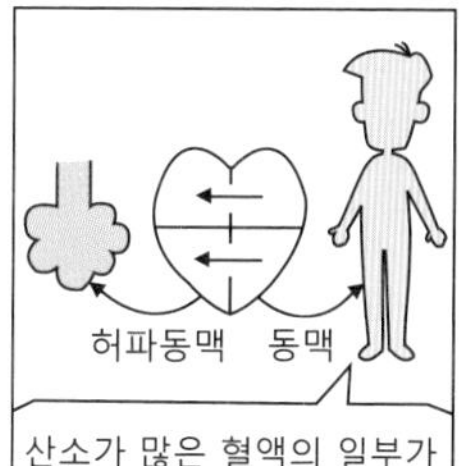
허파동맥
동맥
산소가 많은 혈액의 일부가
쓸데없이 허파로 흐릅니다.

온몸으로 산소를
넉넉히 보내지 못하면,
공부하거나 운동하기
나쁘다.

공부와 운동은
산소가 많이 필요합니다.

심방 사이에
또는 심실 사이에
구멍이 뚫린 경우에는
구멍을 막아야 한다.

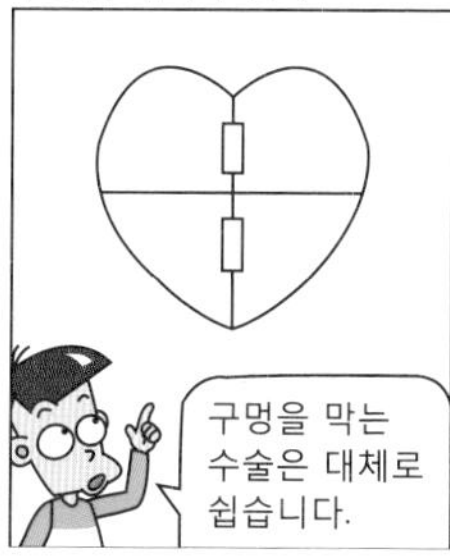
구멍을 막는
수술은 대체로
쉽습니다.

심방은 가까운 심실로
혈액을 뿜어내지만
심실은 멀리 혈액을
뿜어내기 때문에,

심방
심실
중력을 거슬러
머리까지 혈액을
뿜어내야 합니다.

심방의 벽보다
심실의 벽이 훨씬 두껍다.

심방의
벽
심실의 벽
근육이 두꺼워야
힘이 센 것과
마찬가지입니다.

또한 오른심실은
가까운 허파로
혈액을 뿜어내지만
왼심실은 온몸으로 혈액을
뿜어내기 때문에,

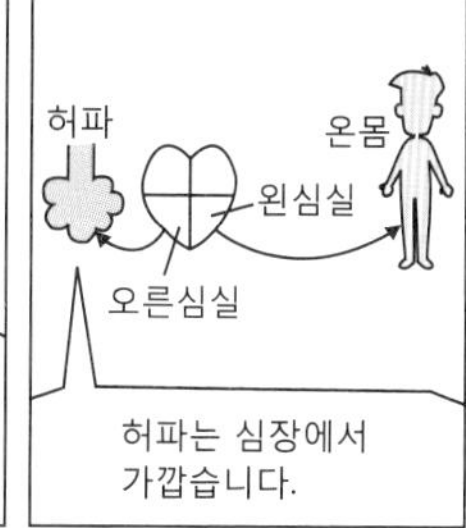
허파
온몸
왼심실
오른심실
허파는 심장에서
가깝습니다.

오른심실의 벽보다
왼심실의 벽이 두껍다.

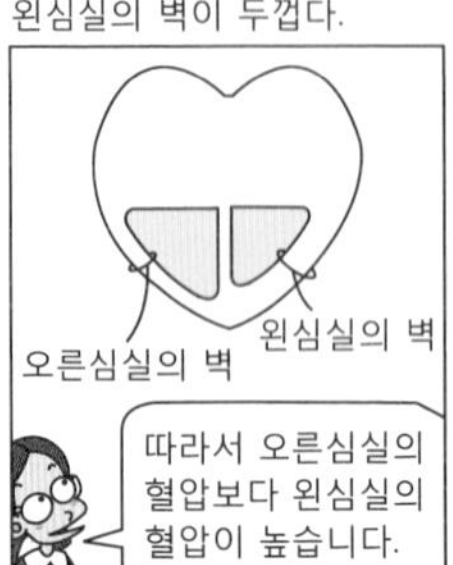
오른심실의 벽
왼심실의 벽
따라서 오른심실의 혈압보다 왼심실의 혈압이 높습니다.

심장에서 혈액이
한쪽으로 흐르는 것은
판막 덕분이다.

판막이 열림.
판막이 닫힘.
심방과 심실은 교대로 수축, 이완할 뿐이므로 판막이 필요합니다.

판막이 닫히는 소리를
청진기로 들을 수 있다.

조용
쾅
문도 열리는 소리보다 닫히는 소리가 잘 들리죠.

의사는 청진기로
판막이 닫히는 소리를 듣고
많은 심장병을
진단할 수 있다.

심장 판막이 닫히는 소리를 꼭 들어야 합니다.

두 개의 판막은
심실의 입구에 있고,
두 개의 판막은
심실의 출구에 있다.

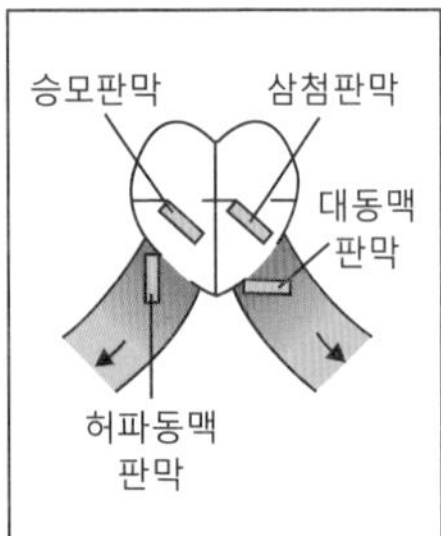
승모판막
삼첨판막
대동맥
판막
허파동맥
판막

판막이
제대로 열리지 않으면
혈액이 잘 흐르지 않게 되고,

판막이 제대로
열리지 않음.

심장도 혈액 공급을
받아야 하기 때문에
동맥이 필요하며, 이 동맥을
관상동맥이라고 한다.

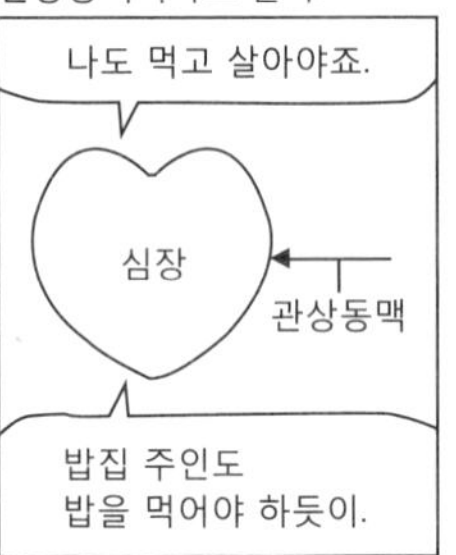
나도 먹고 살아야죠.
심장
관상동맥
밥집 주인도 밥을 먹어야 하듯이.

관상동맥은 동맥의
첫째 가지이다.

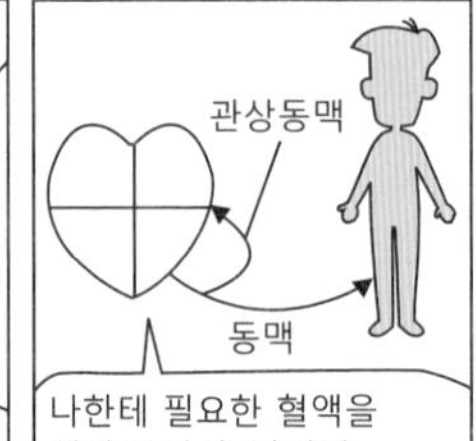
관상동맥
동맥
나한테 필요한 혈액을 챙기고 나서, 나머지 혈액을 온몸으로 보냅니다.

판막이 제대로
닫히지 않으면 혈액이
거꾸로 흐르게 된다.

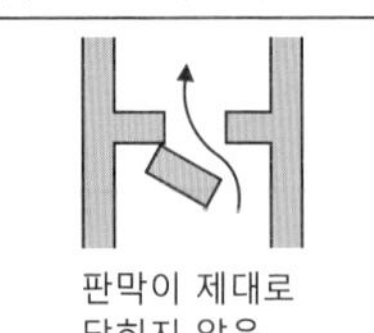
판막이 제대로
닫히지 않음.
따라서 판막은 제대로 열리고 닫혀야 합니다.

판막이 제대로 열리거나
닫히지 않으면
인공판막으로 바꾸는
수술을 한다.

특수한 소재로 만든 인공판막을 넣겠습니다.

관상동맥은 중요한 줄기가
왕관처럼 생겼기 때문에
붙인 이름이다.

관상동맥
=심장동맥
심장이 왕관을 쓴 것 같습니다.

관상동맥이 막히면
그 관상동맥이 맡고 있는
심장근육이 죽는다.

관상동맥
죽은 심장근육
동맥경화증 때문에 관상동맥이 잘 막힙니다.

심장근육이 죽었다가 살아나는 것이 협심증이고, 심장근육이 완전히 죽는 것이 심근경색증이다.

욱!
뚱뚱하거나 담배를 피우면 심근경색증 때문에 죽기 쉽습니다.

관상동맥을 거쳐서 심장에 퍼진 혈액은 심장정맥으로 모인다.

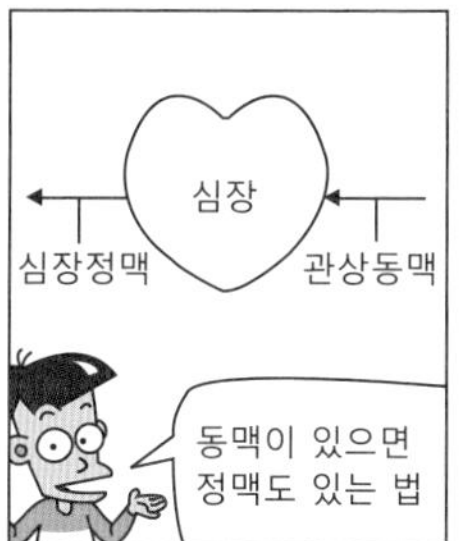

심장
심장정맥
관상동맥
동맥이 있으면 정맥도 있는 법

심실 수축을 일으키는 신경이 방실결절과 방실다발이다.

방실 결절
방실 다발
팔딱 (오른심실)
팔딱 (왼심실)
심실은 심방보다 벽이 두껍기 때문에 신경이 많습니다.

굴심방결절은 교감신경과 부교감신경의 영향을 받는다.

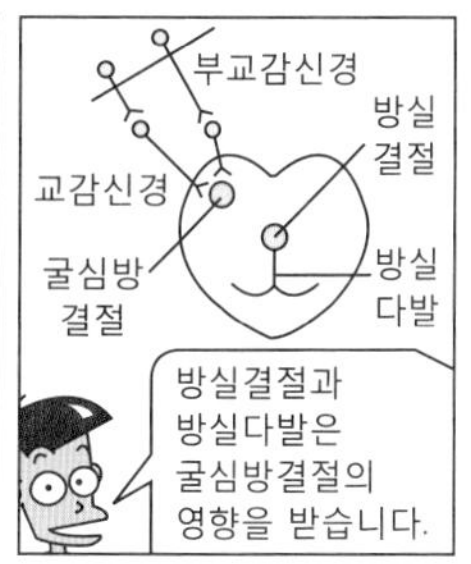

부교감신경
방실 결절
교감신경
굴심방 결절
방실 다발
방실결절과 방실다발은 굴심방결절의 영향을 받습니다.

심장정맥의 혈액은 오른심방을 거쳐서 결국에는 허파로 간다.

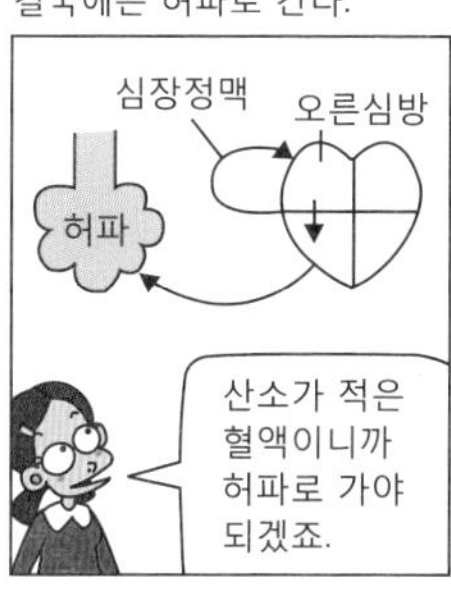

심장정맥
오른심방
허파
산소가 적은 혈액이니까 허파로 가야 되겠죠.

만약에 심장을 꺼내서 산소와 영양물질을 제대로 공급하면 심장이 한결같이 뛰는데,

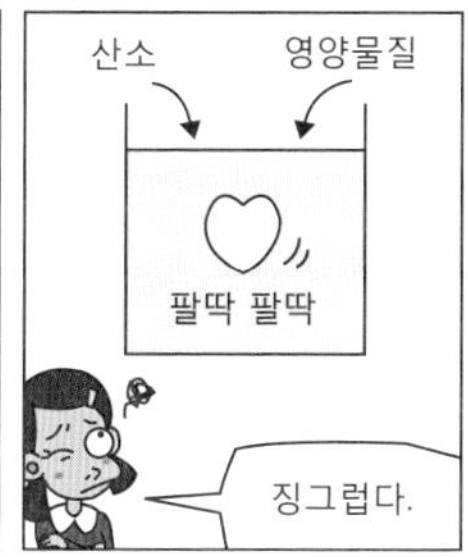

산소
영양물질
팔딱 팔딱
징그럽다.

예컨대 운동하면 혈액 공급이 더 필요하기 때문에 교감신경이 심장을 빨리 뛰게 한다.

헥헥
팔딱 팔딱

심장은 1분에 80번 뛰는데, 교감신경이 자극하면 더 빨리 뛴다.

?
나는 멋있는 남자를 봐도 심장이 빨리 뜁니다.
팔딱 팔딱

이것은 심장 속에 신경이 있기 때문이다.

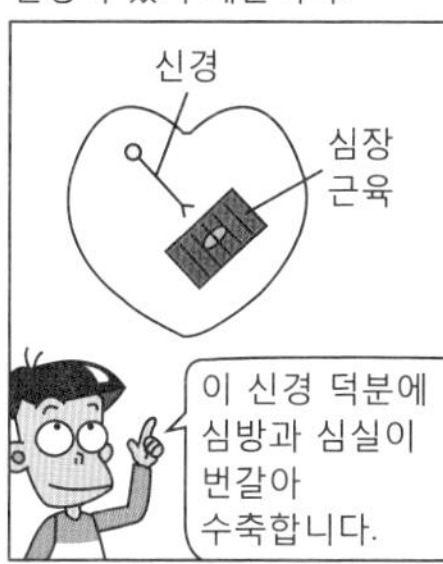

신경
심장 근육
이 신경 덕분에 심방과 심실이 번갈아 수축합니다.

심방 수축을 일으키는 신경이 굴심방결절이고,

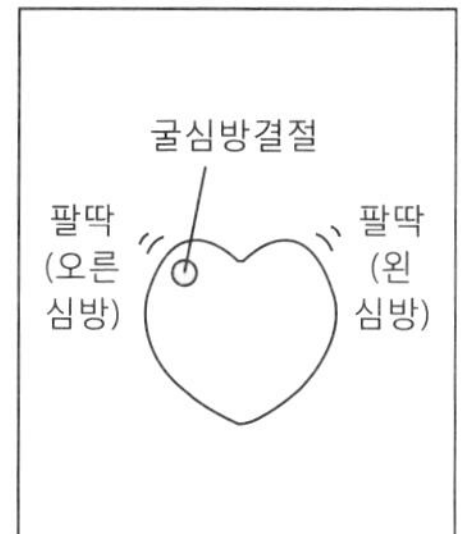

굴심방결절
팔딱 (오른 심방)
팔딱 (왼 심방)

심장 속에 있는 신경으로 전기가 흐르며,

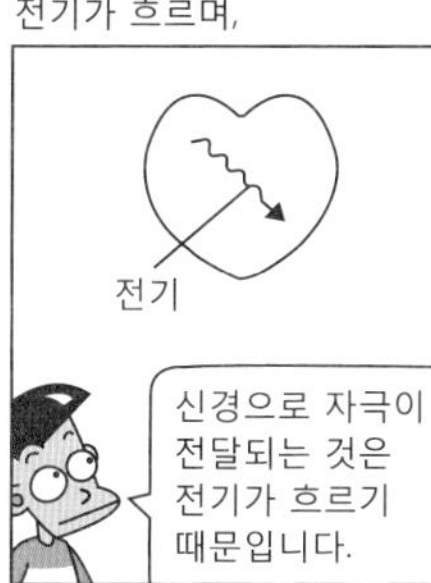

전기
신경으로 자극이 전달되는 것은 전기가 흐르기 때문입니다.

전기를 그림(=심전도)으로 나타낼 수 있다.

심전도를 찍는 기계

심전도에서 P파동은
굴심방결절에서 흐르는
전기를 나타낸 것이고,

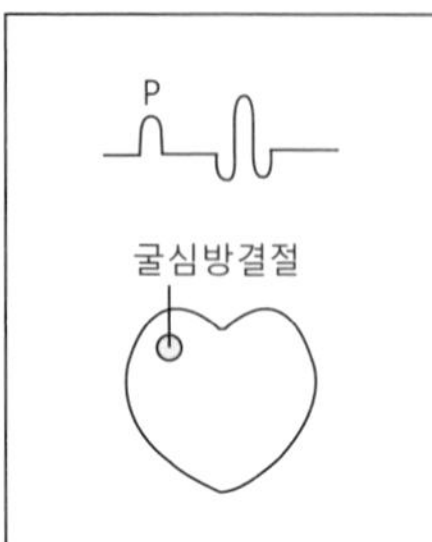
P
굴심방결절

Q R S파동은 방실결절과
방실다발에서 흐르는 전기를
나타낸 것이다.

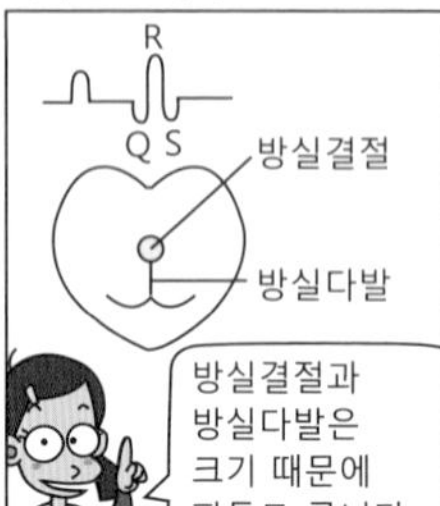
R
Q S
방실결절
방실다발
방실결절과 방실다발은 크기 때문에 파동도 큽니다.

의사는 심전도를 보고
많은 심장병을
진단할 수 있다.

심장 속에서 전기가 흐르는 것만 봐도 심장이 잘 뛰는지 알 수 있습니다.

심장에서 나간 동맥은
잇달아 갈라지면서
가는 동맥이 된다.

동맥
나뭇가지가 갈라지듯이 동맥도 갈라진다.

심장에서 나간 첫 동맥은
엄지손가락만큼 굵지만,
모세혈관은 맨눈으로
보이지 않을 정도로 가늘다.

모세혈관 굵기 = 적혈구 크기
모세혈관과 적혈구는 현미경으로 봐야 합니다.

그러나 가는 동맥은
굵은 동맥보다
훨씬 많기 때문에
가는 동맥을 합치면
굵은 동맥보다 굵다.

동맥
갈라진 동맥을 합치면 이 그림처럼 됩니다.

따라서 가는 동맥은
굵은 동맥보다 혈압이 낮다.

혈압이 낮음.
혈압이 높음.
혈관이 굵으면 혈압이 낮습니다.

혈압은
위팔동맥의 혈압을 뜻한다.

위팔동맥
위팔동맥의 혈압을 재기 편해서 이렇게 정한 것입니다.

왼심실이 수축했을 때의
혈압이 최고혈압이고,
왼심실이 이완했을 때의
혈압이 최저혈압이다.

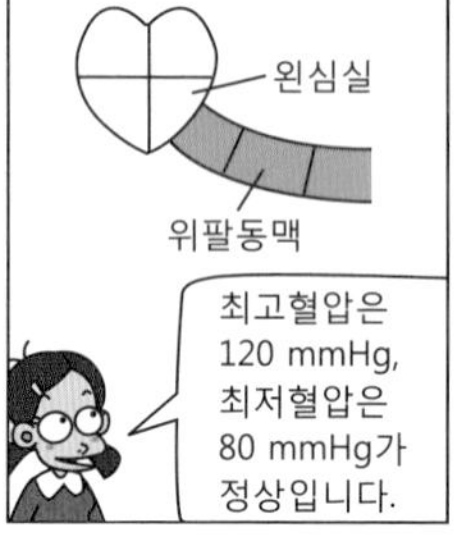
왼심실
위팔동맥
최고혈압은 120 mmHg, 최저혈압은 80 mmHg가 정상입니다.

최고혈압을 재는 원리는
다음과 같다.
위팔에 풍선을 감고,

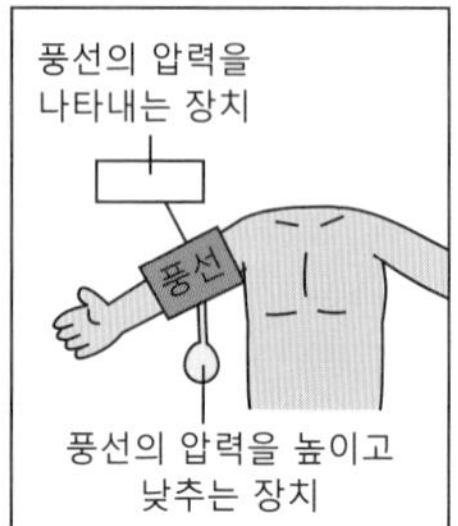
풍선의 압력을 나타내는 장치
풍선
풍선의 압력을 높이고 낮추는 장치

풍선의 압력을
200 mmHg까지 높이면
위팔동맥으로
혈액이 흐르지 않는다.

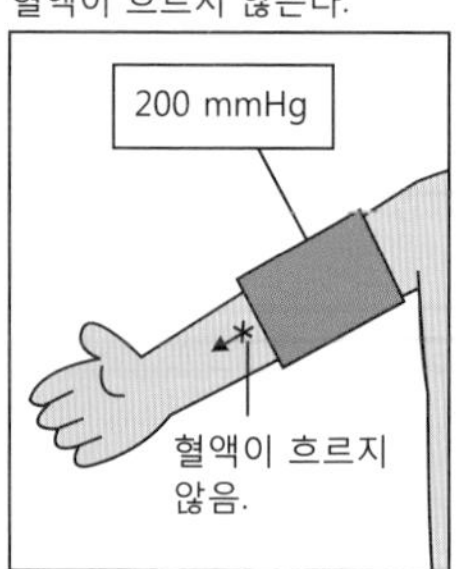
200 mmHg
혈액이 흐르지 않음.

풍선의 압력을 낮추면
위팔동맥으로 혈액이
흐르기 시작하는데, 이 때
풍선의 압력이 최고혈압이다.

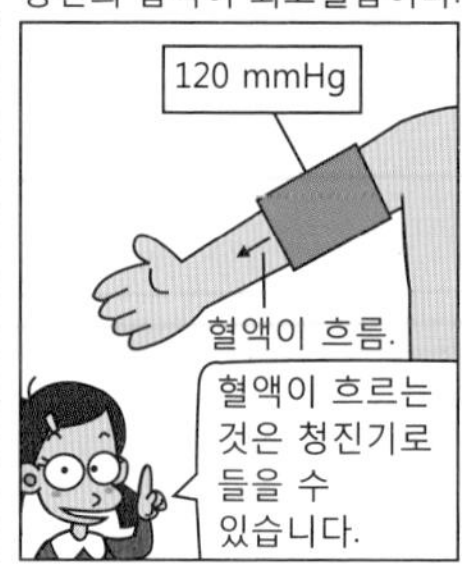
120 mmHg
혈액이 흐름.
혈액이 흐르는 것은 청진기로 들을 수 있습니다.

몸 표면에 가까운 동맥은 뛰는 것을 만질 수 있다.

깊이 있는 동맥은 만져지지 않습니다.
만져지는 동맥
만져지지 않는 동맥

보기를 들면 귓바퀴 앞에서 만져지는 얕은관자동맥, 목에서 만져지는 온목동맥,

얕은관자 동맥
온목 동맥
자기의 동맥도 뛰는지 만져 보십시오.

팔목에서 만져지는 노동맥과 자동맥, 넓적다리에서 만져지는 넙다리동맥이 있다.

노동맥
넙다리동맥
자동맥

노동맥과 자동맥은 서로 이어져 있어서,

노동맥
자동맥
이어져 있는 것을 해부하면 볼 수 있습니다.

노동맥이 막혔을 때 이어진 동맥을 거쳐서 혈액이 흐르는데, 이것을 곁순환이라고 한다.

노동맥
막힘.
자동맥
곁순환
곁순환이 없으면 노동맥이 막혔을 때 엄지손가락 쪽의 조직이 죽습니다.

곁순환은 정맥에도 있는데, 보기를 들면 손등에 있는 피부정맥이다.

피부정맥
해부하지 않고도 볼 수 있습니다.

동맥과 정맥을 잇는 동정맥연결은 닫힐 때도 있고 열릴 때도 있다.

정맥
동정맥 연결
모세 혈관
동맥
여느 때에는 동정맥 연결이 닫혀서 혈액이 모세혈관을 거칩니다.

동정맥연결이 열리면 혈액이 모세혈관을 거치지 않는다.

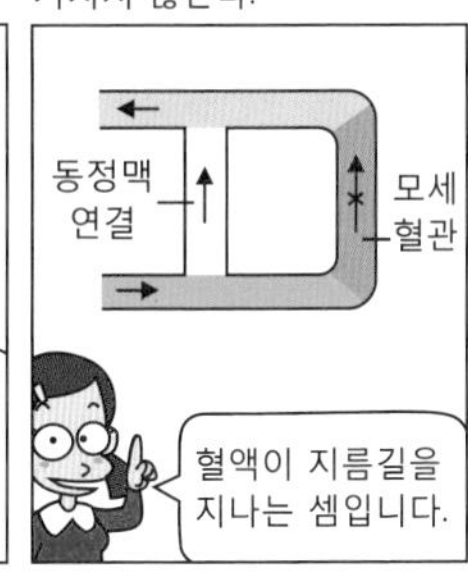
동정맥 연결
모세 혈관
혈액이 지름길을 지나는 셈입니다.

추우면 피부에 있는 동정맥연결이 열려서 혈액이 모세혈관에 머무르지 않으며,

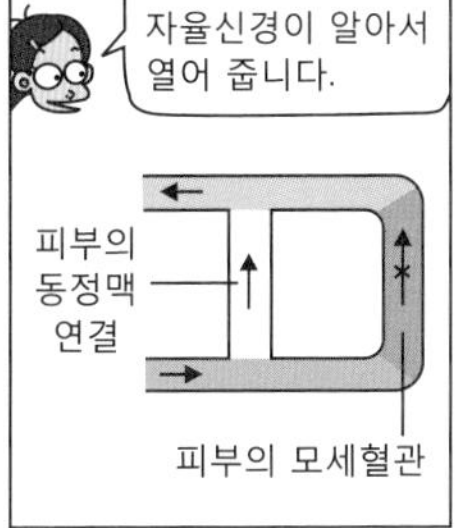
자율신경이 알아서 열어 줍니다.
피부의 동정맥 연결
피부의 모세혈관

따라서 체온을 빼앗기지 않게 된다.

추우면 혈액이 피부의 모세혈관에 머무르지 않아서 피부 감각이 이상해집니다.

밥을 먹으면 뇌에 있는 동정맥연결이 열려서 혈액이 뇌의 모세혈관에 머무르지 않으며,

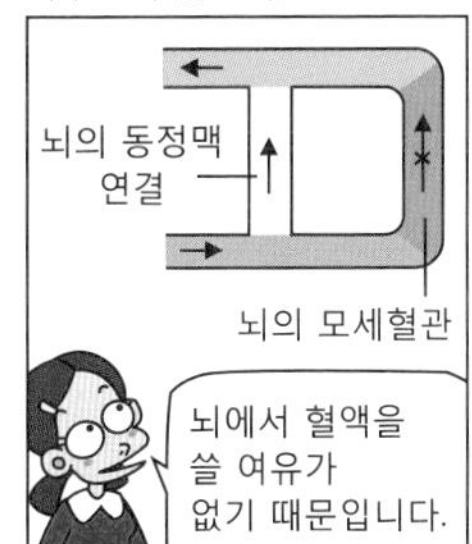
뇌의 동정맥 연결
뇌의 모세혈관
뇌에서 혈액을 쓸 여유가 없기 때문입니다.

그 대신 혈액이 소화계통으로 많이 가서 음식의 소화, 흡수를 재촉한다.

ZZ
밥을 먹으면 혈액이 뇌의 모세혈관에 머무르지 않아서 졸립니다.

모세혈관의 절단면적을
모두 합치면
매우 굵기 때문에
모세혈관에서는
혈액이 천천히 흐른다.

모세혈관

모세혈관이
엄청나게 많기
때문입니다.

혈액이 천천히 흐르면
주위의 조직과 산소,
이산화탄소, 영양물질,
노폐물질을 교환하기 좋다.

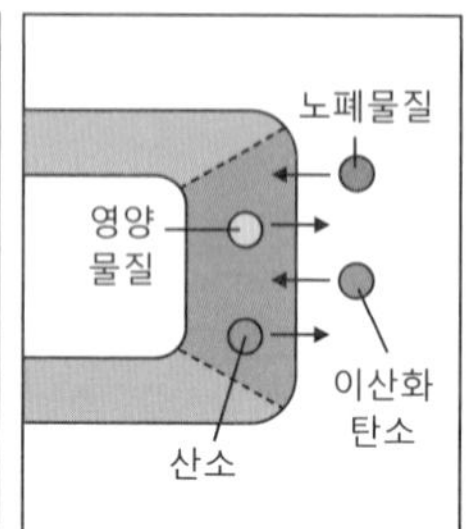
노폐물질
영양물질
이산화탄소
산소

정맥은 동맥보다
굵기 때문에 혈압이 낮다.

정맥
동맥
따라서 정맥이
찢어지면
출혈이
덜 생깁니다.

찢어지면 출혈이 많이
생기는 동맥은 정맥보다
깊은 안전한 곳에 있다.

정맥
동맥
수술하다가
동맥이 찢어지면 혈액이
분수처럼 솟습니다.

따라서 피부밑조직에는
피부정맥만 있고
피부동맥이 없다.

동맥은 안전한 곳에
있어야 하므로 얕은 피부
밑조직에 없는 것입니다.
피부정맥

혈액을 뽑거나 혈액에
약을 넣을 때에는 주로
팔에 있는 피부정맥을 쓴다.

팔오금에
있는
피부정맥
피부정맥의 몸쪽을
고무줄로 조이면
피부정맥이 잘 보입니다.

팔과 다리의 피부정맥에는
판막이 있는데,
이것은 중력 때문에
혈액이 거꾸로 흐르는 것을
막기 위한 것이다.

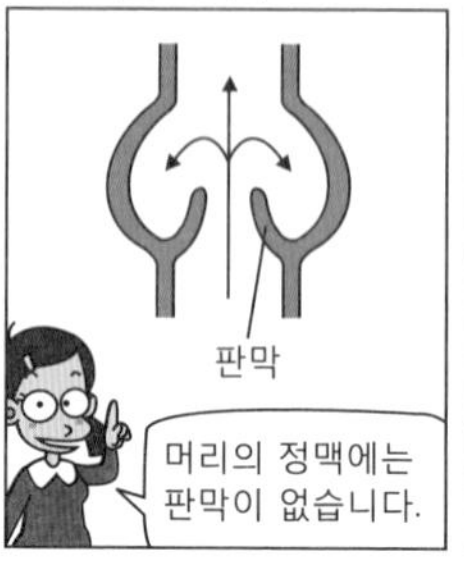
판막
머리의 정맥에는
판막이 없습니다.

팔에 있는 피부정맥에서
부푼 곳은 판막 때문에
생긴 것이다.

판막
때문에
부푼 곳
자기의 피부정맥에서
찾아보십시오.

모세혈관과 모세혈관 사이에
굵은 혈관이 있을 수 있는데,
이것을 문맥이라고 한다.

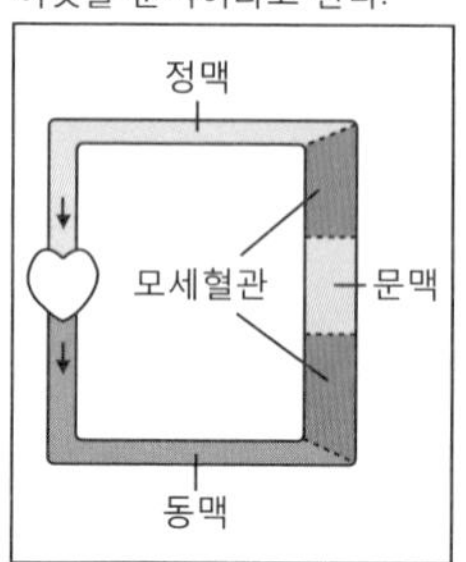
정맥
모세혈관
문맥
동맥

위창자관의 모세혈관과
간의 모세혈관 사이에
문맥이 있다.

정맥
간
문맥
위창자관
동맥
이런 문맥은
시상하부와 뇌하
수체 사이에도
있습니다.

문맥은 위창자관에서
흡수한 영양물질을
간으로 보낸다.

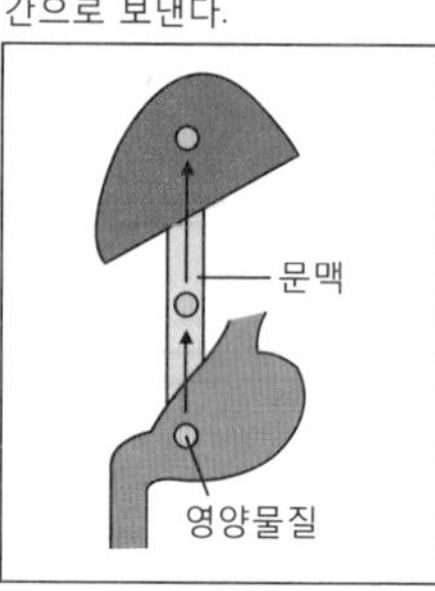
문맥
영양물질

심장혈관계통은
물질을 옮기는 데 필요한
길이라고 볼 수 있다.

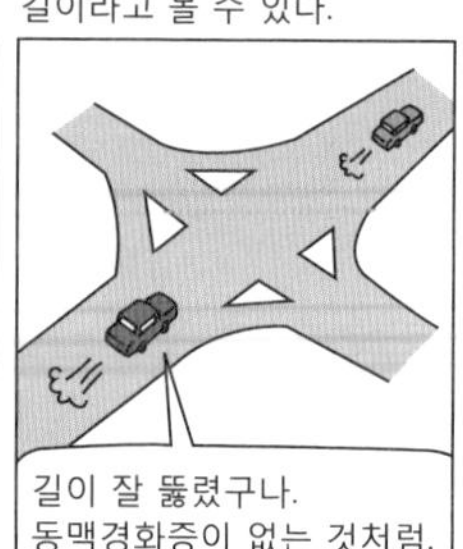
길이 잘 뚫렸구나.
동맥경화증이 없는 것처럼.

해랑이와 말랑이의 몸 이야기 ⑫

혈액

혈액은 산소, 이산화탄소, 영양물질, 노폐물질을 싣고 나르는 일을 한다.

이산화탄소
노폐물질
산소
영양물질
혈액

심장혈관계통을 길이라고 보면, 혈액은 길을 달리는 자동차라고 볼 수 있다.

혈액
혈관

혈액은 세포인 적혈구, 백혈구, 혈소판과 액체인 혈장으로 이루어져 있다.

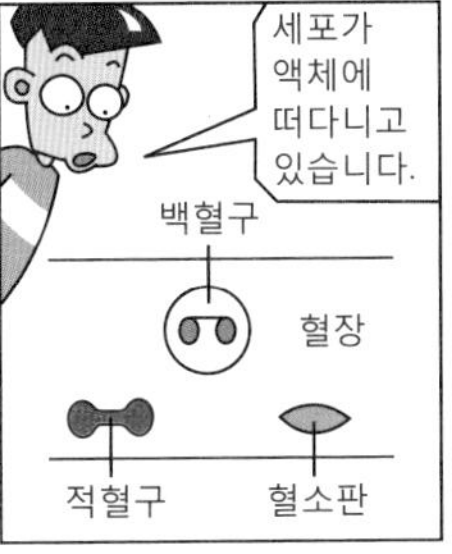

세포가 액체에 떠다니고 있습니다.
백혈구
혈장
적혈구
혈소판

적혈구는 산소와 이산화탄소를 옮기고, 혈장은 영양물질과 노폐물질을 옮긴다.

산소
이산화탄소
적혈구
영양물질
노폐물질
혈장

성인 혈액의 양은 5리터이고, 심장에서 1분에 뿜어내는 혈액의 양도 5리터이다.

심장
혈액 (5리터)
출혈되어서 혈액이 모자라면 수혈해야 합니다.

심장에서 나간 혈액이 심장으로 다시 들어오는 데 걸리는 시간이 1분이라고 볼 수 있다.

1분
심장
논리적이다.

적혈구는 핵이 없으며, 양쪽 면이 오목한 원반 모양이다.

적혈구
잘라서 보면 아령 모양입니다.

적혈구에는 혈색소(헤모글로빈)가 있으며, 혈액소는 산소를 잘 붙잡는다.

혈색소
산소
혈색소가 빨개서 적혈구가 빨갛고, 적혈구가 빨개서 혈액이 빨간 것입니다.

빈혈은 혈색소가
모자란 병이다.

혈색소가 모자라니까
산소도 모자라고,
따라서 어지러워요.

빈혈일 때에는
혈색소의 주된 성분인
철을 먹어야 한다.

그렇다고 눈에 보이는 철을
먹으라는 뜻이 아닙니다.

따라서 백혈구는
혈관벽을
지날 필요가 있다.

백혈구
병원균
적혈구와 혈소판은
혈관벽을
지나지 못합니다.

혈관 바깥의 조직으로
나간 백혈구는
그 조직을 지킨다.

나는 혈관 속에서도
경찰이고, 혈관 바깥에서도
경찰입니다.

백혈구는 사람 몸을
지키는 데 필요한 세포이다.

경찰
백혈구
나는 동그랗고
핵이 있으며,
이름 그대로 흰색입니다.

병원균이 몸 속에 들어오면
어떤 백혈구는
병원균을 잡아먹고,

병원균

백혈구는 과립이 있는 것과
과립이 없는 것으로 나뉘고,

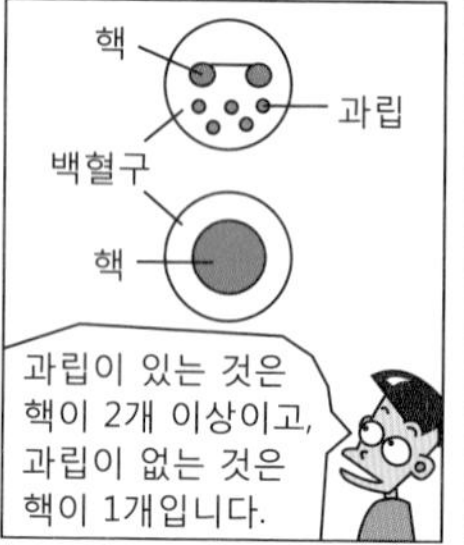
핵
과립
백혈구
핵
과립이 있는 것은
핵이 2개 이상이고,
과립이 없는 것은
핵이 1개입니다.

과립이 있는 것은
염색되는 상태에 따라
나뉘고,

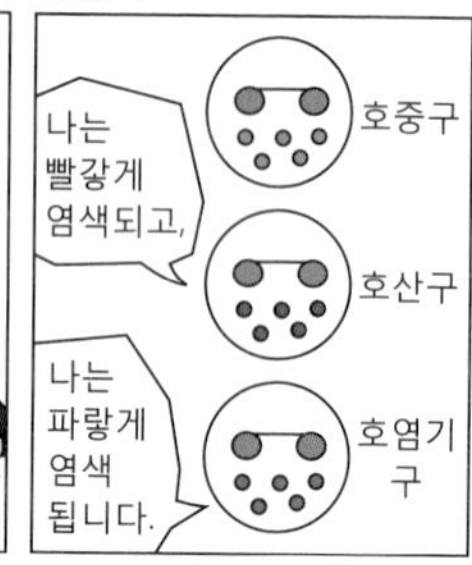
나는
빨갛게
염색되고,
호중구
호산구
나는
파랗게
염색
됩니다.
호염기
구

어떤 백혈구는
항체를 만들어서
병원균을 녹인다.

병원균
항체

백혈구의 방어 작용은
혈관 속에서는 물론이고
혈관 바깥에서도
일어나야 한다.

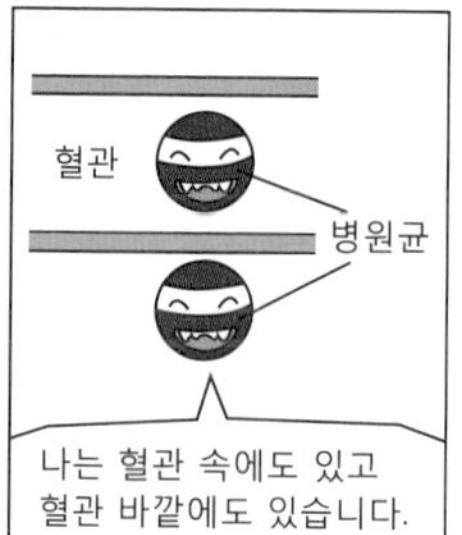
혈관
병원균
나는 혈관 속에도 있고
혈관 바깥에도 있습니다.

과립이 없는 것은
핵의 생김새에 따라 나뉜다.

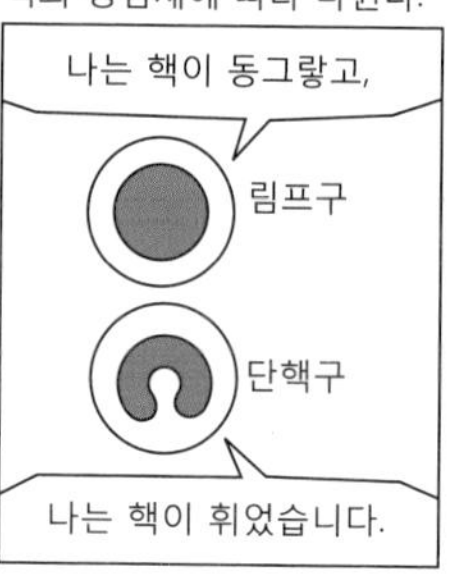
나는 핵이 동그랗고,
림프구
단핵구
나는 핵이 휘었습니다.

혈소판은 적혈구와
마찬가지로 핵이 없으며,
양쪽 면이 볼록한
원반 모양이다.

혈소판
적혈구는
양쪽 면이 오목한데.

혈관이 찢어지면
빨리 막아야 한다.

혈관
혈액
막지 않으면 출혈이
멈추지 않습니다.

찢어진 혈관을
막기 위해서는
혈액이 응고되어야 한다.

응고된 혈액
혈우병은 혈액이
응고되지 않는 병입니다.

혈액이 응고되는 과정의
첫째는 혈소판이
모이는 것이고,

혈소판
혈소판은
응급구조사와
비슷합니다.

둘째는 혈장에 있는
섬유소가 혈소판을
단단히 묶는 것이다.

섬유소
이 때 주변에 있는
적혈구와 백혈구도
함께 묶습니다.

혈장에서 섬유소를 뺀
나머지를 혈청이라고 한다.

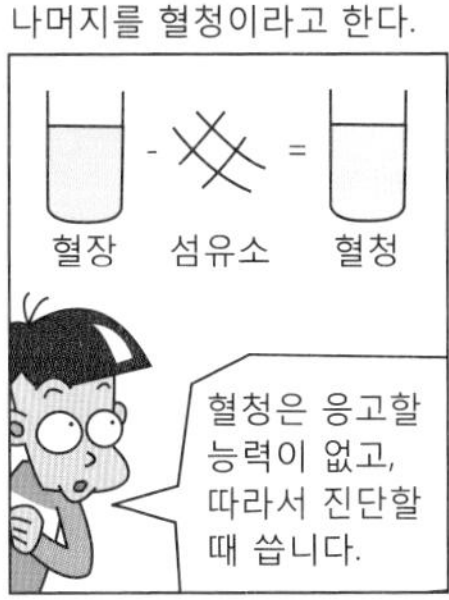
혈장
섬유소
혈청
혈청은 응고할
능력이 없고,
따라서 진단할
때 씁니다.

혈액은 공기 중에 놓아도
응고된다.

해장국 전문
소의 응고된 혈액을
선지라고 합니다. 선지
해장국을 먹어봤습니까?

혈액은 응고되지 않아도
곤란하고,

남성한테만
생기는
유전병인
혈우병
응고되지 않으면
코피도 멈추지 않습니다.

너무 잘 응고되어서
동맥을 막아도 곤란하다.

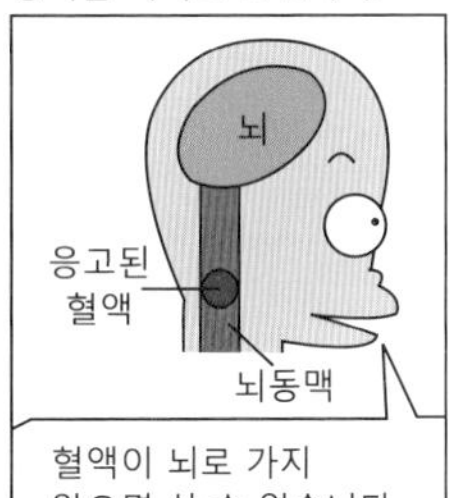
뇌
응고된
혈액
뇌동맥
혈액이 뇌로 가지
않으면 살 수 없습니다.

혈액에도 암이 생기는가?
생긴다.

혈액종양내과
백혈병
환자
혈액에 생긴 암이
백혈병입니다.

백혈병 환자의 혈액에는
이상하게 생긴 백혈구가
가득 차 있습니다.

이 백혈구가 암세포입니다.

혈액세포인 적혈구,
백혈구, 혈소판은
골수에서 만들어진다.

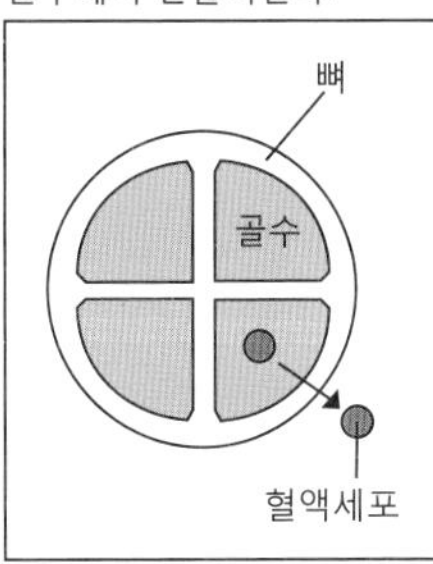
뼈
골수
혈액세포

주로 몸통 뼈에 있는
골수에서 혈액세포를
만들기 때문에,

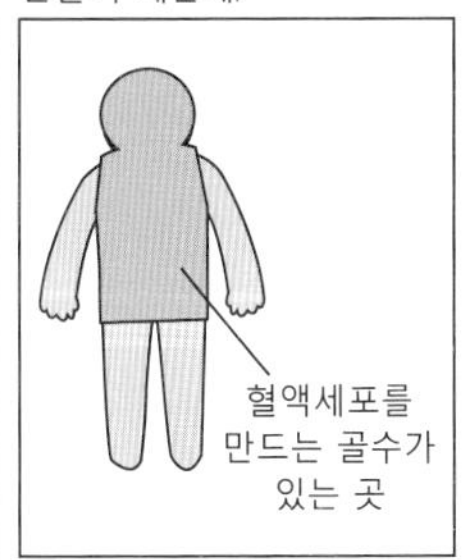
혈액세포를
만드는 골수가
있는 곳

진단하기 위해서
골수를 뽑을 때에는
몸통 뼈에 구멍을
뚫어야 한다.

아파요!
참아야 합니다.

거꾸로 혈액세포가
죽는 곳은 지라이다.

지라
혈액세포가 많이 죽으면
지라가 커집니다.

혈장에는 영양물질, 노폐물질
뿐 아니라 항체, 섬유소,
호르몬 따위도 있어서
많은 일을 할 수 있다.

항체
섬유소
호르몬
영양
물질
노폐
물질
혈장

의사는 혈장에 있는
여러 물질을 조사해서
어떤 병이 있는지 진단한다.

혈장
(실제로는
혈청)
혈장에 포도당이
많으니까 당뇨병이구나.

혈액은 충분히 만들어지기
때문에 헌혈을 해도
몸에 지장이 없다.

헌혈은 사랑의 실천

영어 해부학 만화를 소개하는 영어 논문을 썼으며, 이 논문은 SCIE 학술지(Anatomical Sciences Education)에 실렸다. (Park JS, Kim DH, Chung MS: ***Anatomy comic strips***. Anat Sci Educ 4: 275–279, 2011)

DESCRIPTIVE ARTICLE

ASE

Anatomy Comic Strips

Jin Seo Park,[1] Dae Hyun Kim,[2] Min Suk Chung[3*]
[1]Department of Anatomy, Dongguk University College of Medicine, Gyeongju, Republic of Korea
[2]The Lawrenceville School, Lawrenceville, New Jersey
[3]Department of Anatomy, Ajou University School of Medicine, Suwon, Republic of Korea

만화가 해부학 교육에 어떻게 도움되는지 조사해서 논문으로 발표하였다. 국제 학술지의 표지 논문이 되는 영광을 누렸다. (Shin DS, Kim DH, Park JS, Jang HG, Chung MS: ***Evaluation of anatomy comic strips for further production and applications***. Anat Cell Biol 46: 210–216, 2013)

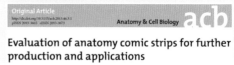

Original Article

Anatomy & Cell Biology acb

Evaluation of anatomy comic strips for further production and applications

Dong Sun Shin[1], Dae Hyun Kim[1], Jin Seo Park[2], Hae Gwon Jang[3], Min Suk Chung[1]

acb
Anatomy & Cell Biology
Vol. 46 • No. 3 • September 2013

해랑이와 말랑이의 몸 이야기 ⑬

림프계통

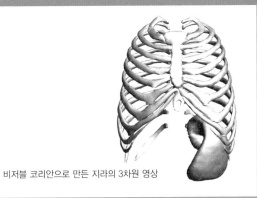

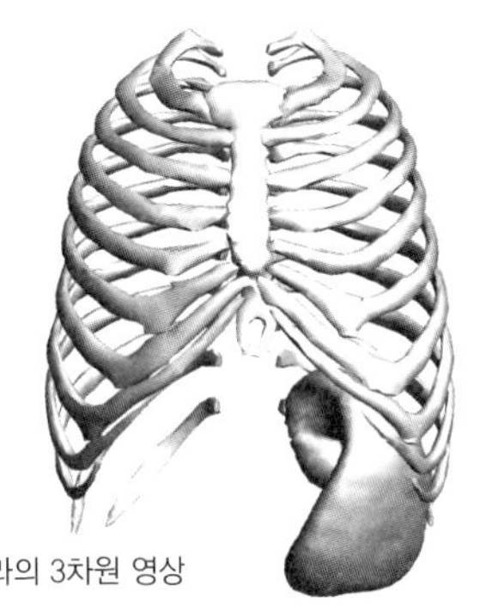
비저블 코리안으로 만든 지라의 3차원 영상

혈관에 있는 혈액 중에서
백혈구와 혈장은
모세혈관 바깥으로 나갔다가
다시 들어온다.

모세
혈관
백혈구,
혈장
적혈구와 혈소판은
바깥으로 나가지 못합니다.

모세혈관 바깥으로 나간
림프구와 혈장의 일부는
림프관으로 들어간다.

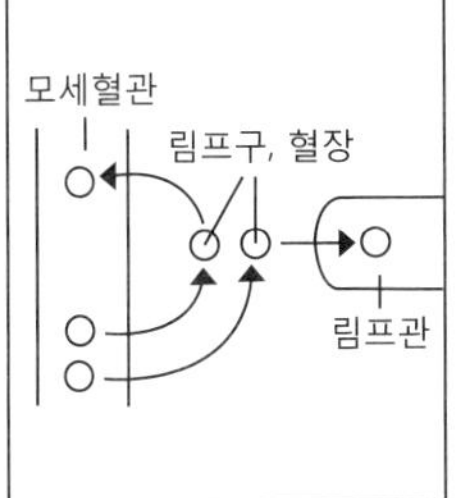
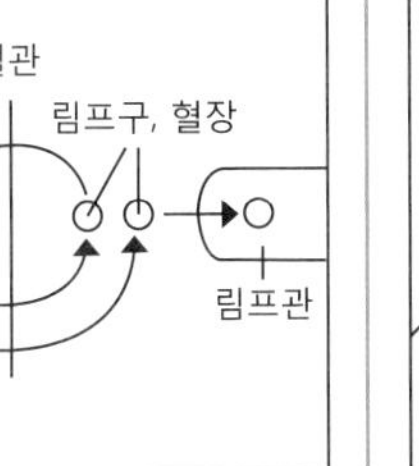
모세혈관
림프구, 혈장
림프관

림프는 림프관을 거쳐서
정맥으로 들어간다.

림프관
정맥
혈관에서 나간 림프가
다시 혈관으로
들어가는 셈입니다.

따라서 림프관은 정맥과
비슷하다고 볼 수 있다.

림프관
정맥
헤어진 가족을 다시
만나는 것과 비슷합니다.

림프관으로 들어간
림프구와 혈장을
림프라고 한다.

림프(lymph)는
들온말이라서
두음법칙
(임프)을 따르지
않습니다.
림프의
일본 한자
:임파
림프관
림프

림프는 적혈구가 없어서
빨갛지 않고,
백혈구의 하나인 림프구가
있어서 희다.

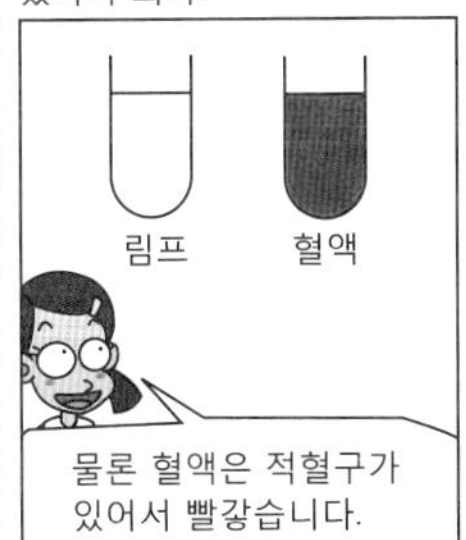
림프
혈액
물론 혈액은 적혈구가
있어서 빨갛습니다.

대부분의 림프관은
가늘기 때문에
맨눈으로 보이지 않으나,

림프관
동맥
정맥
림프관은 동맥이나
정맥보다 가늡니다.

정맥으로 들어가는 림프관은
여러 개의 림프관이
모인 것이므로
맨눈으로 보인다.

가슴림프관
정맥
가장 굵은 림프관은
가슴에 있어서
가슴림프관이라고 합니다.

혈관 밖으로 나간 림프구는 모여서 기관을 이루기도 하는데, 이것을 림프기관이라고 한다.

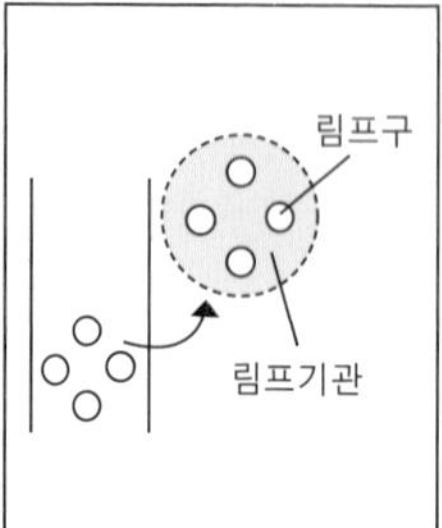
림프구
림프기관

림프계통은 림프관과 림프기관을 합친 말이다.

림프관
림프기관
림프구
림프구
림프계통의 주된 세포는
림프구입니다.

림프계통에 있는 림프구는 침입한 병원균을 죽여서 사람 몸을 지킨다.

림프구
병원균
병원균뿐 아니라
사람 몸에 해로운 세포나
물질도 물리칩니다.

림프구가 중심이 되어서 병원균을 죽이는 것을 면역반응이라고 한다.

나는 도둑을 잡는
우리 집의 림프구이다.

면역반응의 하나는 림프구가 다른 백혈구를 시켜서 병원균을 잡아먹게 하는 것이고,

림프구
백혈구
병원균
세포매개
면역반응이라고 하고,

다른 하나는 림프구가 항체를 만들어서 병원균을 녹이는 것이다.

림프구
병원균
항체
체액면역반응이라고
합니다.

면역반응이 제대로 이루어지지 않으면 병원균으로부터 사람 몸을 지킬 수 없는데,

내 세상이다.
병원균

보기를 들면 후천면역결핍증후군(에이즈)이다

병원균을 물리치지 못해서
피부병 따위가 생깁니다.

거꾸로 면역반응이 지나치게 이루어져서 문제가 생기기도 한다.

면역반응은 필요한
것이지만 지나치면
문제가 됩니다.

보기를 들면 멀쩡한 자기 몸을 병원균으로 착각해서 죽이는 경우도 있고,

림프구
멀쩡한 나를
왜 때리지?
자가면역병입니다.

사소한 이물질을 병원균으로 착각해서 지나치게 면역반응하는 경우도 있고,

나처럼 하찮은
것은 때릴
필요가 없는데.
과민반응(알레르기)
이라고 합니다.

이식한 기관을 병원균으로 착각해서 죽이는 경우도 있다.

애써서 이식한
것을 왜 때려?
이런 거부반응은
기관을 이식할 때
큰 문제가 됩니다.

림프기관에는 림프절, 지라, 편도, 가슴샘이 있다.

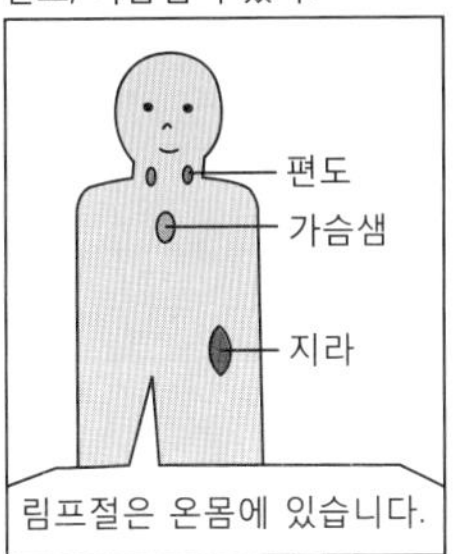
편도
가슴샘
지라
림프절은 온몸에 있습니다.

림프절은 림프관의 중간에 달려 있기 때문에, 림프관에서 흐르는 림프가 림프절을 거친다.

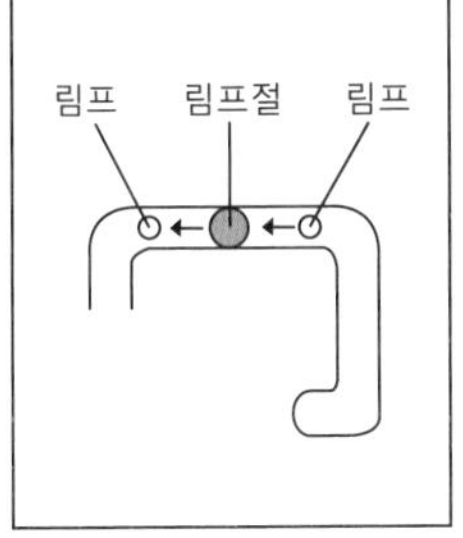
림프
림프절
림프

림프에 있는 병원균은 림프절로 들어가서 죽는다.

림프절
병원균
림프절은 림프를 깨끗하게 만드는 기관입니다.

조직에 있던 염증세포, 암세포가 림프관을 거쳐서 림프절로 들어가면 림프절에서 죽거나 자란다.

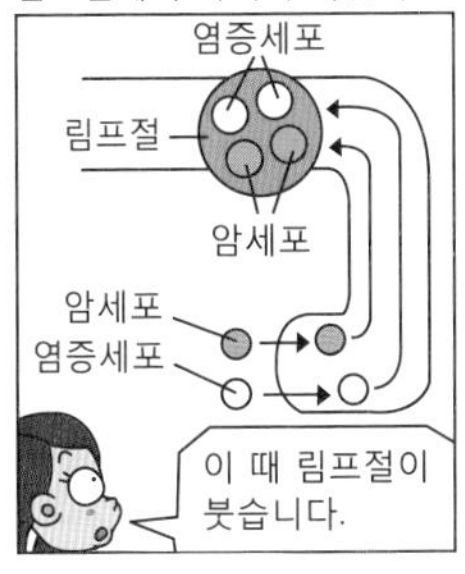
염증세포
림프절
암세포
암세포
염증세포
이 때 림프절이 붓습니다.

림프절이 부으면 어느 조직에 있던 염증세포, 암세포가 그 림프절로 갔는지 진단받아야 한다.

목의 림프절이 부었으니까 병원에 가자.

암세포를 떼어 내는 수술을 할 때에는 암세포가 들어가서 자란 림프절도 함께 떼어 내야 한다.

림프절의 암세포
조직의 암세포
암세포를 조금 이라도 남겨서는 안 됩니다.

지라는 이자의 끝에 달려 있는 림프기관이다.

이자
지라
지라도 림프구가 모여서 이룬 기관입니다.

지라는 혈액에 있는 병원균을 죽이는 기관이다.

정맥
지라
병원균
동맥
림프절이 림프에 있는 병원균을 죽이는 것과 마찬가지입니다.

지라는 늙거나 이상하게 생긴 혈액세포를 죽이는 곳이기도 하다.

늙은 혈액세포
이상한 혈액세포

지라가 일을 많이 하면 커져서 만져지기도 한다.

커진 지라
죽인 병원균이나 혈액세포가 지라에 쌓이기 때문입니다.

림프기관의 다른 하나인 편도는 목구멍 주변에 있다.

악!
목구멍
목구멍편도, 인두편도, 혀편도가 있습니다.

입을 크게 벌렸을 때 보이는 편도는 목구멍편도이다.

활
목젖
목구멍
목구멍편도
목구멍편도는 두 개의 활 사이에 있습니다.

편도는 목구멍에 쳐들어온 병원균(주로 감기 바이러스)을 삼켜서 죽이는 기관이다.

죽인 병원균이
편도에 쌓이면
편도가 커집니다.
병원균
편도

편도가 너무 커지면 불편하기 때문에 편도를 떼어 내는 수술을 한다.

편도
편도는 몸을 지키는
고마운 기관이지만
없어도 됩니다.

이처럼 림프계통은 사람 몸을 지키는 중요한 일을 맡고 있다.

림프구
예방주사는
림프계통을
부지런히
만드는
것이라고
보십시오.

림프기관의 마지막 하나인 가슴샘은 복장뼈 뒤에 있다.

따라서 가슴샘은
만질 수 없습니다.
가슴샘
복장뼈

가슴샘은 T림프구를 완전히 만드는 기관이다.

T는 thymus(가슴샘)의
머리글자입니다.
T림프구

가슴샘에서 완전히 만든 T림프구는 온몸으로 퍼져서 병원균을 잡아먹는 세포매개 면역반응을 책임진다.

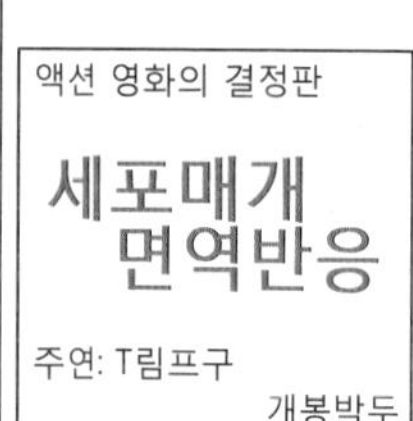
액션 영화의 결정판
세포매개
면역반응
주연: T림프구
개봉박두

림프구에는 T림프구말고 B림프구도 있는데, B림프구는 항체를 만들어서 병원균을 녹이는 체액면역반응을 책임진다.

폭력이 난무하는 영화

체액
면역반응

주연: B림프구

기대하시라.

해랑이와 말랑이의 몸 이야기 ⑭

신경계통

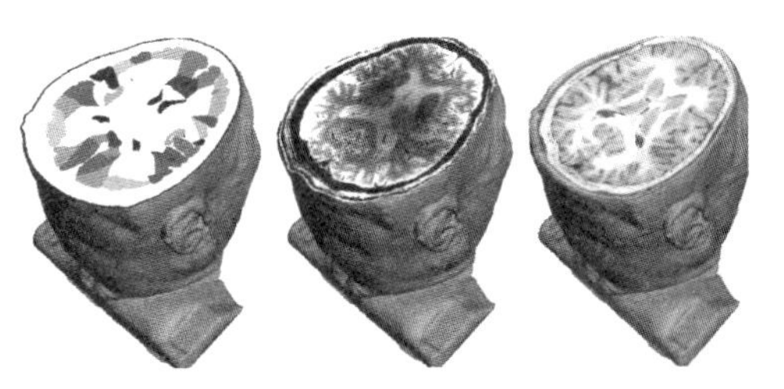

비저블 코리안으로 만든 뇌의 절단면영상

신경계통에는 뇌, 척수로 이루어진 중추신경과

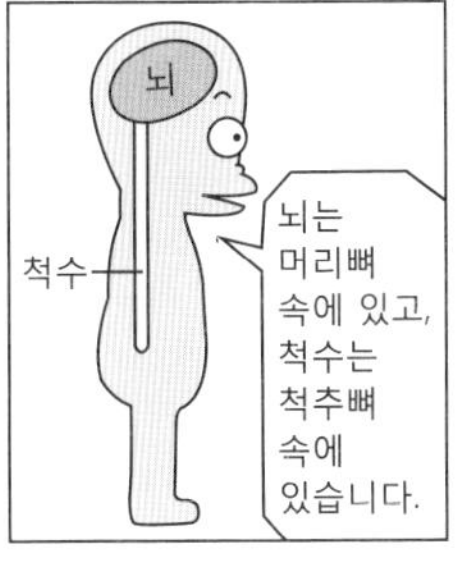
뇌
척수
뇌는 머리뼈 속에 있고, 척수는 척추뼈 속에 있습니다.

뇌신경, 척수신경으로 이루어진 말초신경이 있다.

뇌
뇌신경
척수
척수신경
뇌신경은 뇌에 달려 있고, 척수신경은 척수에 달려 있습니다.

대뇌의 겉 부분을 대뇌겉질이라고 하고, 속 부분을 대뇌속질이라고 한다.

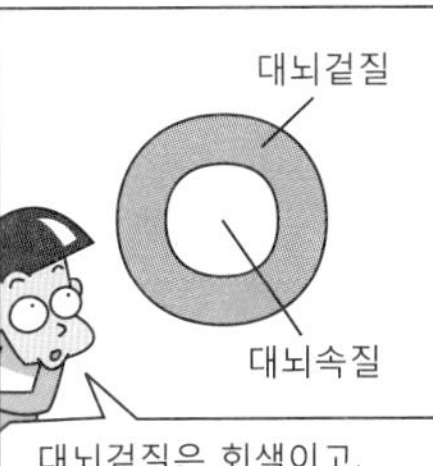
대뇌겉질
대뇌속질
대뇌겉질은 회색이고, 대뇌속질은 흰색입니다.

대뇌의 주인공은 대뇌겉질이다.

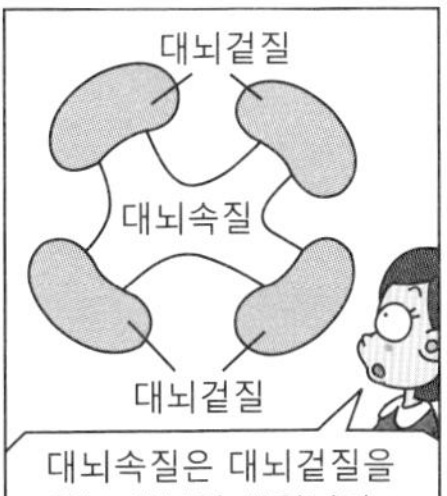
대뇌겉질
대뇌속질
대뇌겉질
대뇌속질은 대뇌겉질을 잇는 부분일 뿐입니다.

뇌는 대뇌, 소뇌, 뇌줄기로 나눌 수 있다.

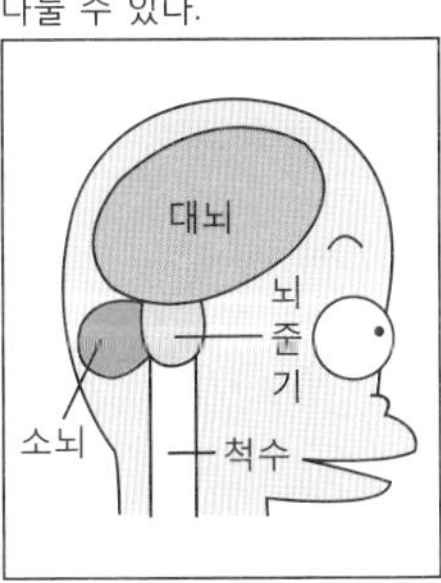
대뇌
뇌줄기
소뇌
척수

대뇌는 말 그대로 큰 뇌이며, 한 쌍의 대뇌반구로 이루어져 있다.

대뇌반구
양쪽 대뇌반구는 서로 이어져 있습니다.

대뇌겉질은 감각을 느끼고,

누가 내 손을 만지는데.

감각을 분석하고,

엉큼
나는 저 사람이 만지는 것을 싫어해.

운동을 시키는 곳이다.

꽥
다시 못 만지게 때려야지.

다른 말로 대뇌겉질은 느낀 감각을 이제까지의 경험에 비추어서 분석한 다음에 알맞은 운동을 시키는 곳이다.

대뇌겉질은
컴퓨터의 으뜸기판이라고
볼 수 있습니다.

사람의 대뇌겉질은 짐승보다 크기 때문에 더 많은 일을 할 수 있다.

사람은 대뇌겉질이
발달해서 지구를
다스릴 수 있었습니다.

사람의 대뇌겉질이 크다는 것은 몸집에 비해서 크다는 뜻이다.

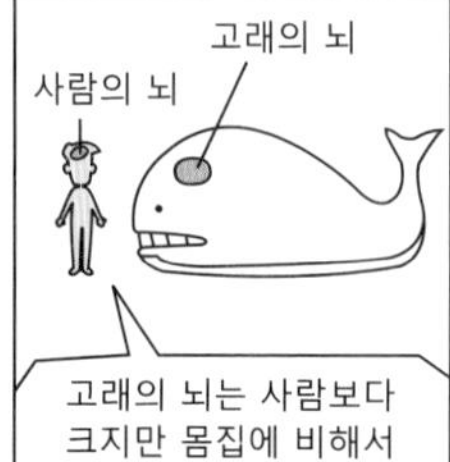
고래의 뇌
사람의 뇌
고래의 뇌는 사람보다
크지만 몸집에 비해서
작습니다.

뿐만 아니라 사람의 대뇌에는 주름이 있다.

주름이 있으면
표면적이 넓기
때문에
대뇌겉질도
넓습니다.
대뇌속질
대뇌겉질

주름의 골짜기를 고랑이라고 하고, 주름의 능선을 이랑이라고 한다.

고랑
이랑
밭에서도 고랑, 이랑이란
말을 씁니다.

대뇌겉질의 고랑 중에서 가장 뚜렷한 것은 가쪽고랑이다.

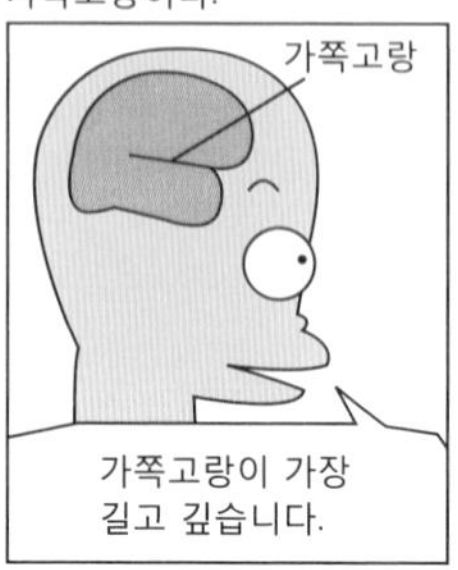
가쪽고랑
가쪽고랑이 가장
길고 깊습니다.

대뇌겉질에는 많은 이랑이 있으며, 각 이랑마다 다른 일을 맡아서 한다.

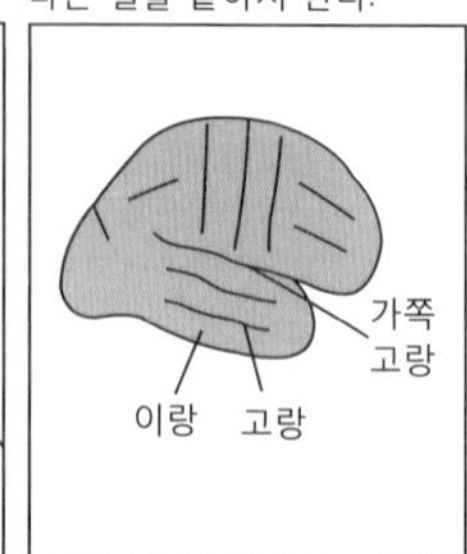
가쪽
고랑
이랑
고랑

보기를 들어서 중심뒤이랑이 맡은 일은 감각을 느끼는 것이고, 중심앞이랑이 맡은 일은 운동을 시키는 것이다.

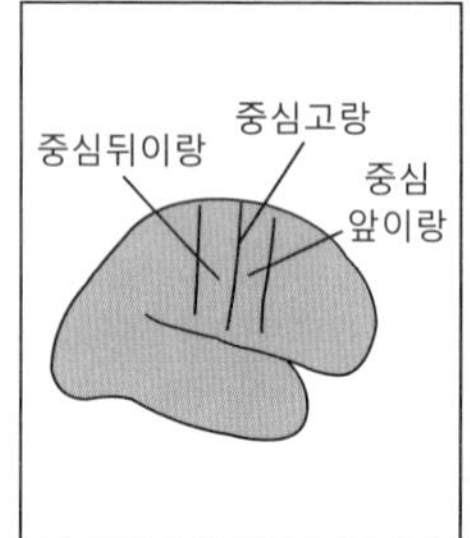
중심뒤이랑
중심고랑
중심
앞이랑

따라서 어떤 이랑이 다치면 그 이랑이 맡은 일을 못하게 된다.

다친 이랑
다치지 않은
이랑은 맡은 일을
할 수 있습니다.

다른 보기를 들어서 가로관자이랑이 다치면 소리를 들을 수 없다.

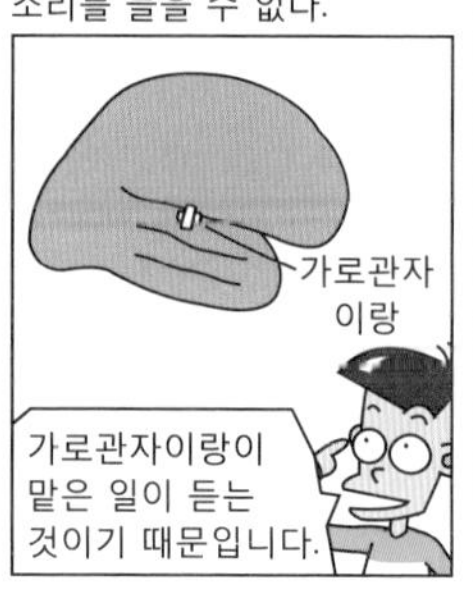
가로관자
이랑
가로관자이랑이
맡은 일이 듣는
것이기 때문입니다.

머리, 손에는 감각신경과 운동신경이 많기 때문에 머리, 손의 감각과 운동을 맡은 이랑이 넓다.

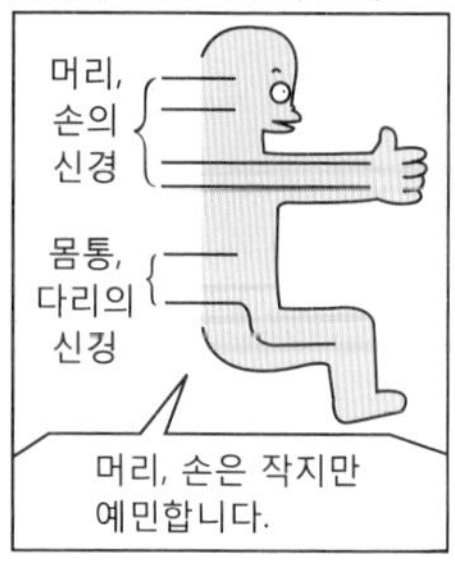
머리,
손의
신경
몸통,
다리의
신경
머리, 손은 작지만
예민합니다.

따라서 머리, 손은
감각이 예민하고,
섬세한 운동을 할 수 있다.

입에 있는 근육을
섬세하게 움직이기 때문에
말할 수 있는 것입니다.
쏼라
쏼라

대뇌겉질 전체가 다치면
감각, 생각, 운동을
모두 할 수 없는
혼수 상태가 된다.

혼수 상태는
의식이 없는 상태입니다.
혼수 상태

낱낱이 말해서
소뇌는 균형을 잡게 하고,

평균대에서 떨어지지
않고 걸을 수 있습니다.

알맞은 힘으로
근육을 수축하게 하고,

달걀
깨진 달걀
살살 잡을 수도 있고
세게 잡을 수도 있습니다.

대뇌겉질은
일을 많이 하기 때문에

먹고,
말하고,
생각하고...
깨어 있는 동안에 대뇌겉질
은 쉬지 않고 일합니다.

하루에 한 번씩 잠을 자면서
쉴 필요가 있다.

잠은
얕은 혼수 상태입니다.
Z
Z
자는 상태

정교한 운동을 하게 한다.

글씨를 쓸 수 있습니다.
바보
글씨 쓰는 것은
어려운 운동입니다.

사람의 소뇌는 짐승보다
큰데, 이것은 사람만
정교한 운동을 할 수 있기
때문이다.

바보
글씨 쓰는 원숭이를
본 적 있습니까?

대뇌가 생각하는 곳이라면
소뇌는 운동하는 곳이다.

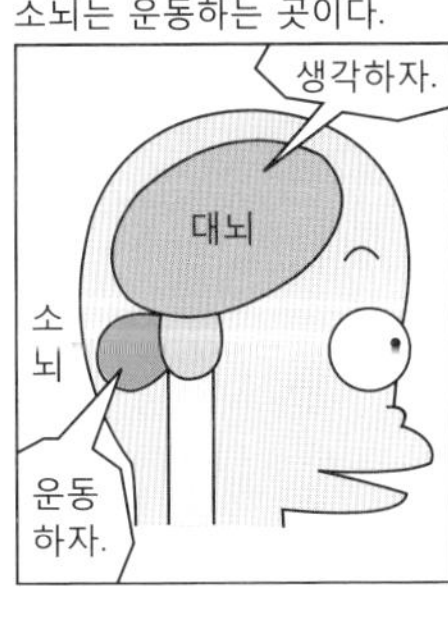
생각하자.
대뇌
소뇌
운동
하자.

소뇌는 대뇌에서 시킨
운동이 제대로
이루어지도록 돕는다.

운동을 잘하고 기술이
뛰어난 사람은 소뇌가
발달한 사람입니다.

뇌줄기는 대뇌, 소뇌, 척수를
잇는 부분이기 때문에
감각신경과 운동신경이
뇌줄기를 지나간다.

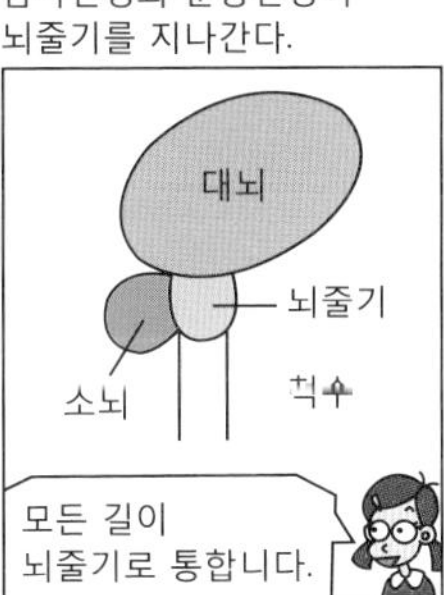
대뇌
뇌줄기
소뇌
척수
모든 길이
뇌줄기로 통합니다.

따라서 뇌줄기가 다치면
감각을 느낄 수 없고
운동을 할 수 없게 된다.

뇌줄기가 없으면
대뇌, 소뇌는
쓸모 없습니다.

또한 뇌줄기에는 호흡 운동과 심장혈관 운동의 중추가 있기 때문에 뇌줄기가 다치면 죽는다.

숨을 쉬지 못하고
심장이 뛰지 않으면
죽을 수밖에...

쉬운 말로 뇌는 주먹만큼이나 잘라 내도 살 수 있으나,

대신에 바보가 됩니다.

특히 뇌는 혈액에 있는 산소와 포도당을 충분히 공급받아야 일할 수 있다.

깨끗한 공기를
마시고,
밥(=포도당)을 잘 먹어야
머리가 좋아지는 셈입니다.

뇌에 분포하는 동맥이 막히거나 터지면 뇌의 일부분이 죽는다.

뇌
뇌동맥
뇌
뇌에
졸지에 생긴
중풍
뇌졸중이라고 하는데,
아주 흔한 사망원인입니다.

뇌줄기는 손톱만큼만 잘라 내도 죽는다.

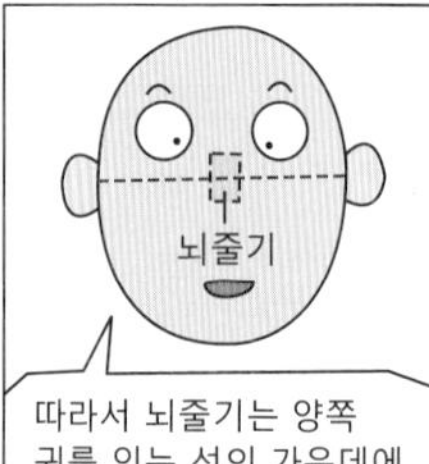
뇌줄기
따라서 뇌줄기는 양쪽
귀를 잇는 선의 가운데에
꽁꽁 숨어 있습니다.

뇌줄기는 사는 데 꼭 필요한 것이라서 사람의 뇌줄기 크기는 짐승과 비슷하다.

사람의 심장 크기가
돼지와 비슷한 것과
마찬가지입니다.

특히 뇌줄기가 죽어서 회복되지 않는 상태를 뇌사라고 한다.

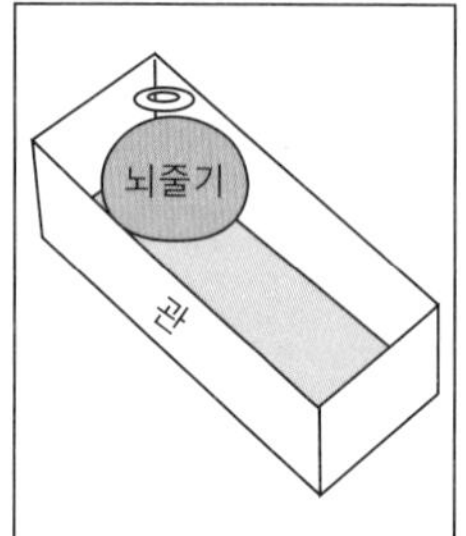
뇌줄기
관

뇌사일 때에는 의식이 없고, 인공호흡기 따위의 도움을 받아야 생명을 간직할 수 있다.

인공호흡기
뇌사
병원에서 보살피지
않으면 죽습니다.

간추리면 사람은 짐승에 비해서 대뇌와 소뇌는 훨씬 크지만 뇌줄기는 비슷하다.

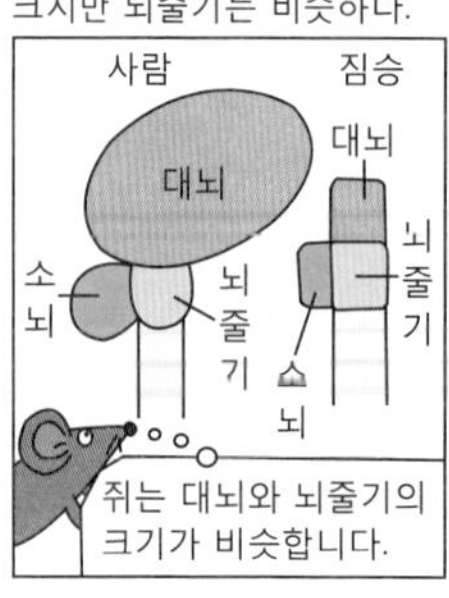
사람
짐승
대뇌
대뇌
소뇌
뇌줄기
뇌줄기
소뇌
쥐는 대뇌와 뇌줄기의
크기가 비슷합니다.

대뇌, 소뇌, 뇌줄기를 포함한 뇌는 몸무게의 2%일 뿐이나 혈액의 20%를 차지한다.

뇌동맥
뇌
동맥
다른
기관
그래서 뇌에 분포하는
동맥이 굵습니다.

뇌사일 때 심장과 다른 기관은 살아 있는 경우가 많으며,

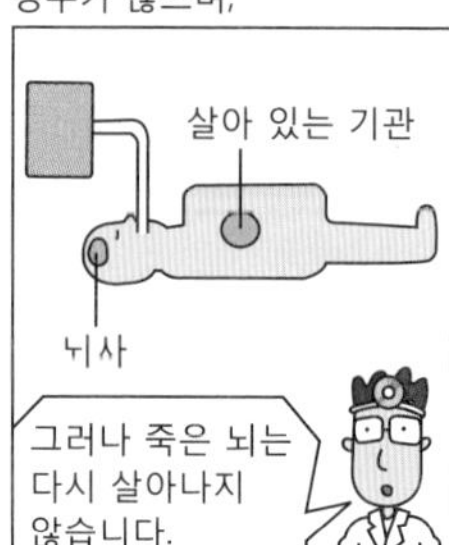
살아 있는 기관
뇌사
그러나 죽은 뇌는
다시 살아나지
않습니다.

이 경우에는 살아 있는 기관을 다른 사람한테 이식할 수 있다.

살아 있는 기관
뇌사
어차피 죽을 사람의
기관을 값지게
쓰는 방법입니다.

뇌 속에 뇌실에 있으며,
뇌실에는 뇌척수액이 있다.

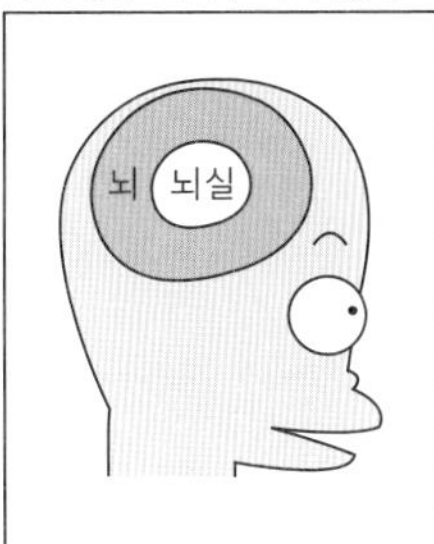

뇌
뇌실

뇌와 척수의 바깥에 연막,
거미막, 경막이 있으며,

뇌
척
수
연막
거미막
경막
셋을 묶어서
뇌척수막이라고 하며,
여기에 염증이 잘 생깁니다.

연막과 거미막 사이의
공간에 뇌척수액이 있다.

뇌
연막
뇌실
거미막
뇌실에서 이 공간으로
흐른 것입니다.

진단하기 위해서 뇌척수액을
꺼낼 때가 있는데,
이 때에는 주삿바늘을
척수 아래에 찌른다.

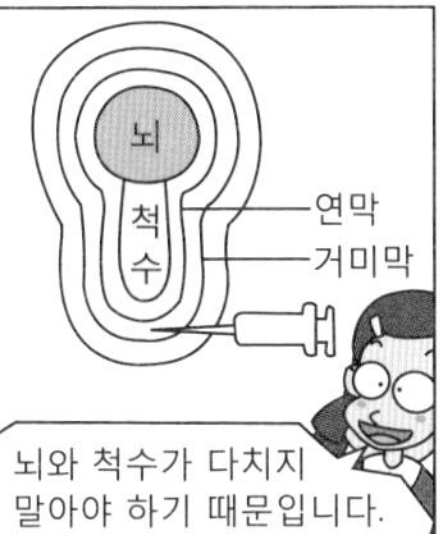

뇌
척
수
연막
거미막
뇌와 척수가 다치지
말아야 하기 때문입니다.

척수는 뇌와 척수신경을
잇는다. 보기를 들어 손에서
느낀 감각 자극은 척수신경
⇒ 척수 ⇒ 뇌로 전달되고,

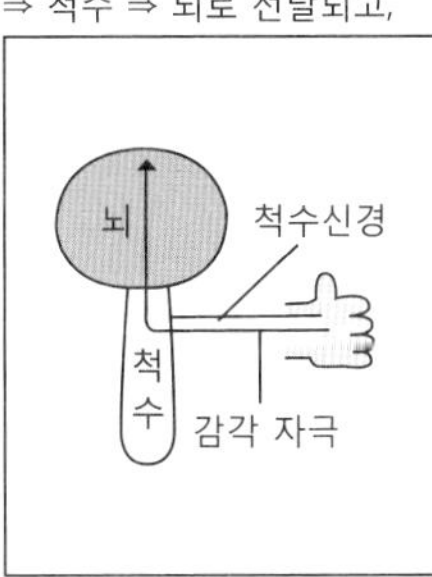

뇌
척수신경
척
수
감각 자극

손을 움직이기 위한
운동 자극은 뇌 ⇒ 척수 ⇒
척수신경으로 전달된다.

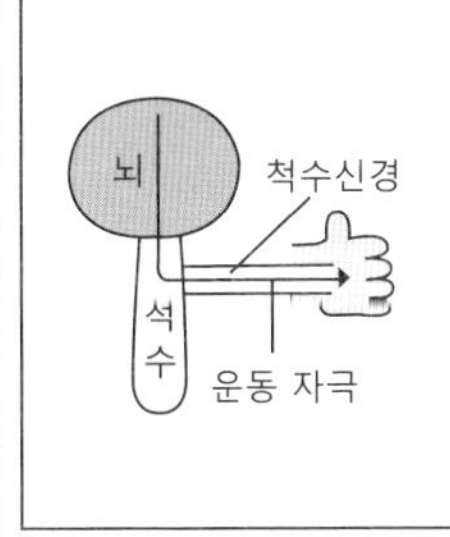

뇌
척수신경
척
수
운동 자극

척수가 끊어지면
끊어진 곳의 아래에서는
감각 자극과 운동 자극이
전달되지 않는다.

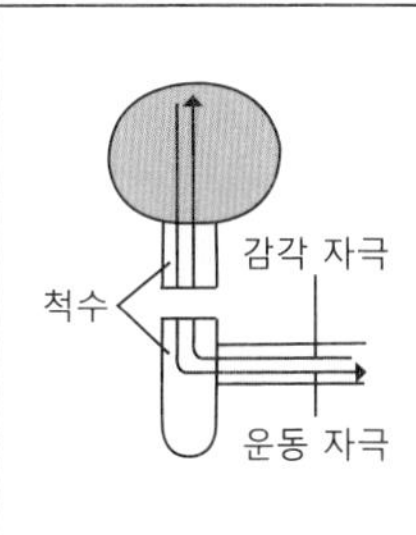

감각 자극
척수
운동 자극

척수가 끊어지면 재생되지
않으므로 조심해야 한다.

척
재생
안 됨.
수
척수
신경
재생됨.
그러나 척수신경은
재생될 수 있습니다.

다른 사람이 걸상에 앉을 때
몰래 걸상을 빼는
장난을 치는데,

앉자.
재미있겠다.

재수 없으면
척수가 끊어져서
평생 못 걷는다.

내 척수가 끊어졌다!
이런 장난을 치지 마세요.

척수는 두 군데
팽대되어 있는데,
각각 목팽대와
허리엉치팽대라고 한다.

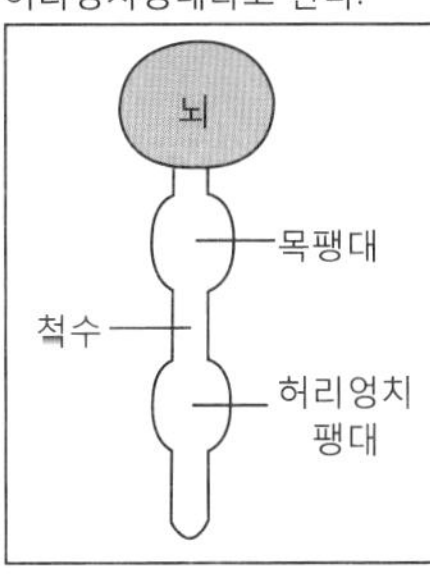

뇌
목팽대
척수
허리엉치
팽대

목팽대에서는 팔로 가는
척수신경이 일어나고,
허리엉치팽대에서는
다리로 가는 척수신경이
일어난다.

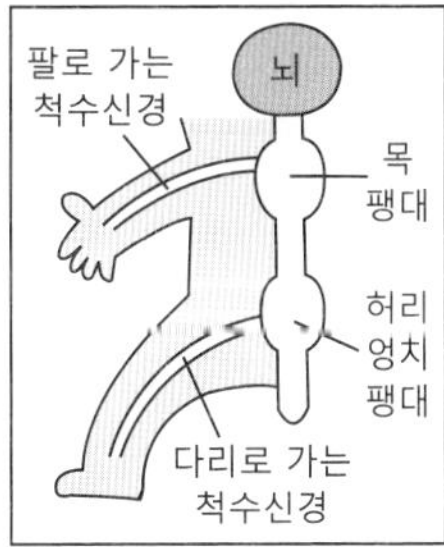

팔로 가는
척수신경
뇌
목
팽대
허리
엉치
팽대
다리로 가는
척수신경

즉 사람은 팔다리가
있기 때문에 목팽대와
허리엉치팽대가 있는
것이다.

팔다리로 드나드는
감각신경과 운동신경이
많기 때문입니다.

고래는 팔다리가 퇴화되었기
때문에 목팽대와
허리엉치팽대가 없다.

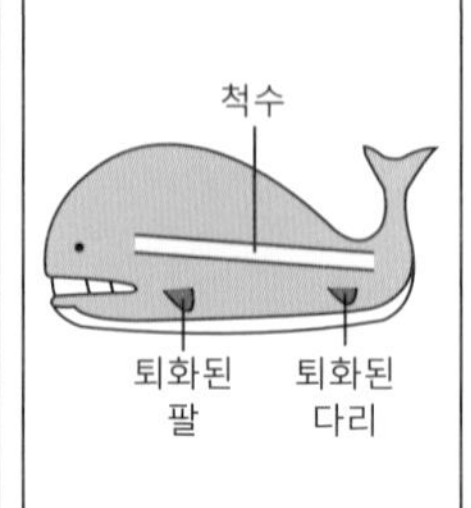
척수
퇴화된
팔
퇴화된
다리

말초신경 중에서
뇌신경은 머리에 분포하고,
척수신경은
몸통, 팔다리에 분포한다.

뇌신경이
분포함.
척수신경이
분포함.

뇌신경(12쌍)은 머리뼈의
여러 구멍을 지나고,

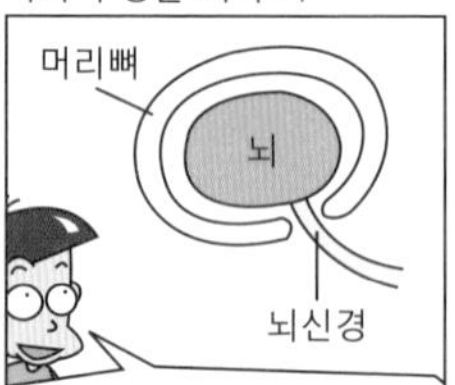
머리뼈
뇌
뇌신경
뇌는 머리뼈에 들어 있기
때문에 뇌신경은 머리뼈를
뚫고 나와야 합니다.

척수신경(31쌍)은
척추뼈 사이를 지난다.

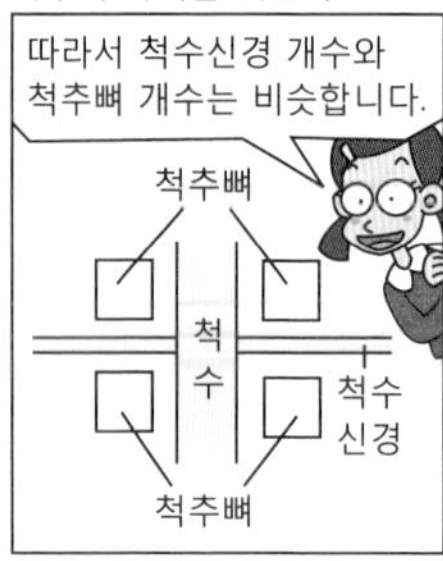
따라서 척수신경 개수와
척추뼈 개수는 비슷합니다.
척추뼈
척
수
척수
신경
척추뼈

신경계통을 현미경으로 보면,
자극을 전달하는 신경세포와

신경세포
신경세포를 영어로 뉴런
(neuron)이라고 합니다.

신경세포를 받쳐 주는
신경아교세포가 있다.

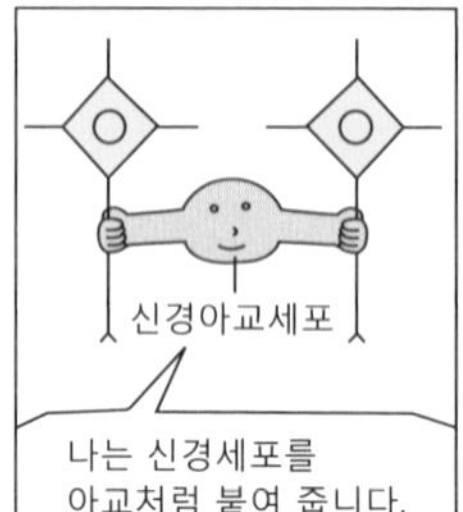
신경아교세포
나는 신경세포를
아교처럼 붙여 줍니다.

신경세포는 핵을 포함한
신경세포체와 가지돌기,
축삭으로 이루어져 있으며,

가지돌기
신경
세포체
축삭
가지돌기는 개수가
한결같지 않지만, 축삭은
언제나 1개입니다.

자극은 가지돌기,
신경세포체, 축삭의
방향으로 전달된다.

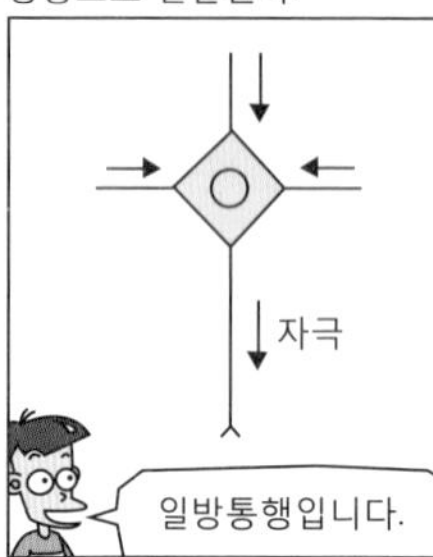
자극
일방통행입니다.

신경세포와 신경세포가
만나는 곳을 연접이라고
한다.

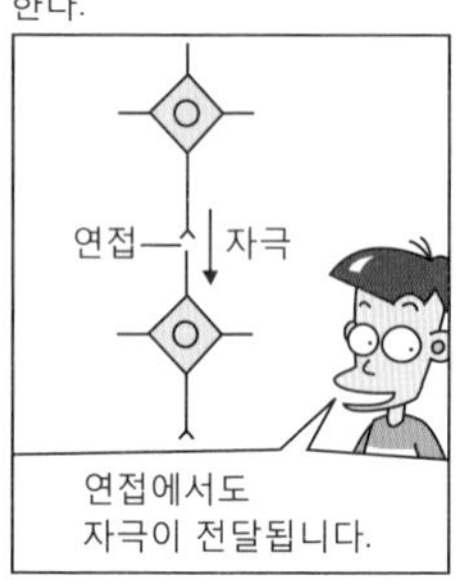
연접
자극
연접에서도
자극이 전달됩니다.

신경세포에서
자극이 전달되는 것은
전기가 흐르기 때문이고,

전기
전화선에서 전기
가 흐르는 것과
마찬가지입니다.

연접에서 자극이 전달되는
것은 신경전달물질이
흐르기 때문이다.

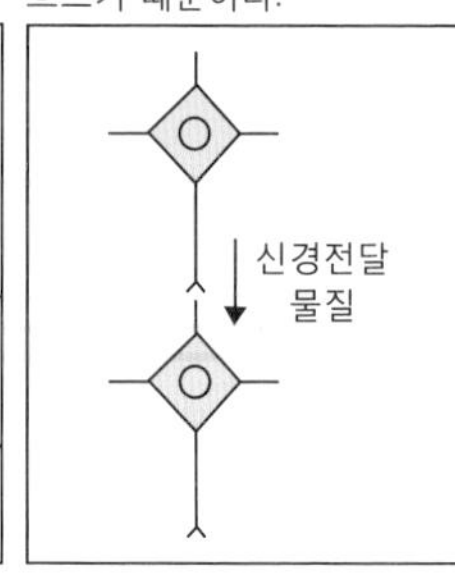
신경전달
물질

신경계통의 병이 있을 때
신경전달물질을
약으로 쓰기도 한다.

신경전달물질은
신경계통의 신비를 밝히는
열쇠이기도 합니다.
신경전달물질

신경세포를 간단히 그리면
아래와 같다.

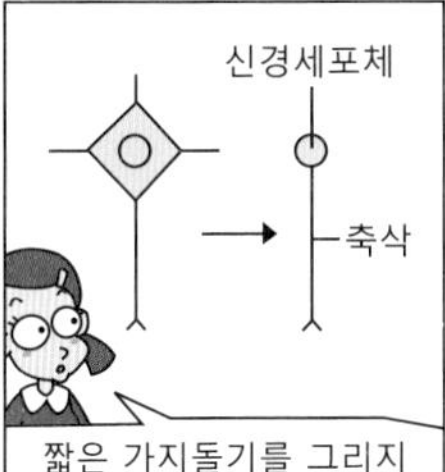
신경세포체
축삭
짧은 가지돌기를 그리지
않을 때가 많습니다.

감각신경은 3개의
신경세포로 이루어져 있다.

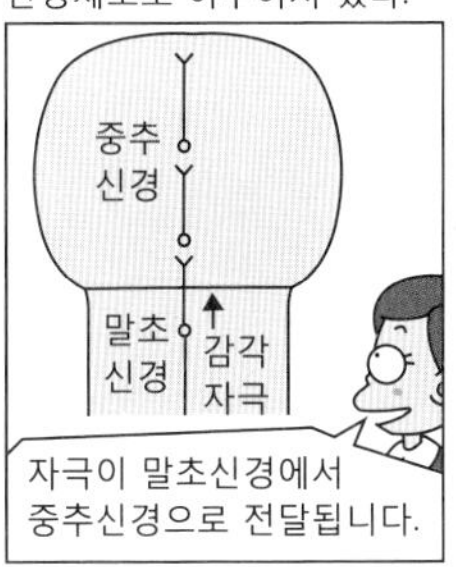
중추
신경
말초
신경
감각
자극
자극이 말초신경에서
중추신경으로 전달됩니다.

첫째 신경세포의 시작에는
외부 자극을 감각하는
수용기가 달려 있다.

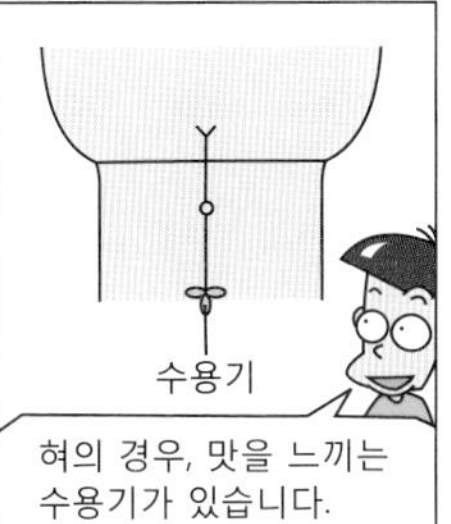
수용기
혀의 경우, 맛을 느끼는
수용기가 있습니다.

첫째 신경세포는
말초신경에서 중추신경으로
들어간 다음에
둘째 신경세포와 연접한다.

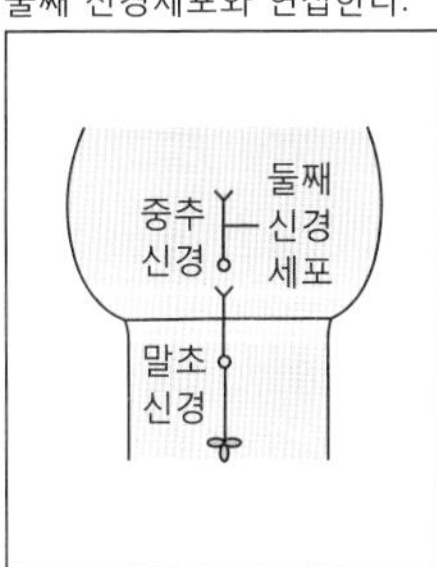
둘째
신경
세포
중추
신경
말초
신경

둘째 신경세포는
셋째 신경세포와 연접하고,
셋째 신경세포는
대뇌겉질로 간다.

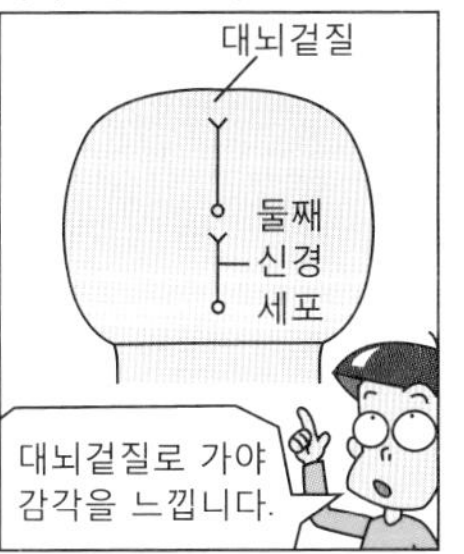
대뇌겉질
둘째
신경
세포
대뇌겉질로 가야
감각을 느낍니다.

운동신경은 2개의
신경세포로 이루어져 있다.
첫째 신경세포는
대뇌겉질에서 일어나서
둘째 신경세포와 만나고,

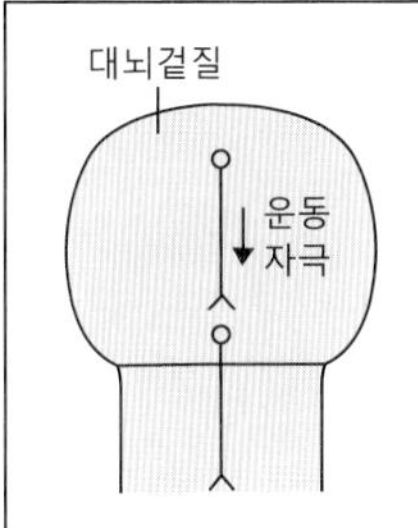
대뇌겉질
운동
자극

둘째 신경세포는
말초신경으로 나간 다음에
뼈대근육을 다스린다.

중추
신경
말초
신경
뼈대근육
뼈대근육을
맘대로 수축합니다.

감각신경과 운동신경이
바로 이어진 것을
반사활이라고 한다.

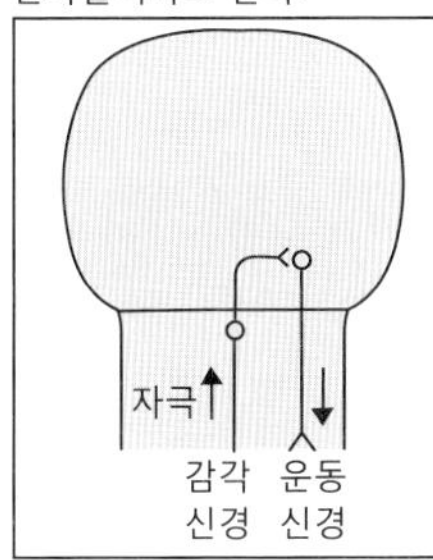
자극
감각
신경
운동
신경

반사활이 있기 때문에
무릎뼈 아래에 있는 힘줄을
때리면 넙다리네갈래근이
수축해서 종아리가 올라간다.

이것을
무릎반사라고 합니다.

반사활이 대뇌겉질을
거치지 않기 때문에
무릎반사는 사람의 뜻과
관계 없이 일어난다.

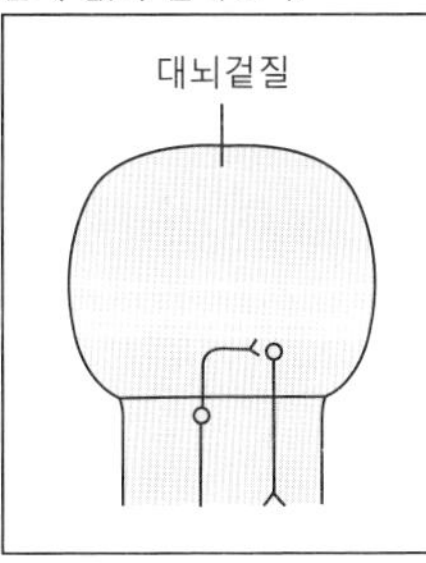
대뇌겉질

무릎반사를 확인하면
신경계통에 이상이 있는지
알 수 있다.

감각신경이나 운동
신경이 끊어지면
무릎반사가
일어나지 않습니다.

자율신경은 민무늬근육과 심장근육에 분포하는 운동신경이다.

자율신경
민무늬근육,
심장근육

민무늬근육과 심장근육은 사람이 맘대로 움직일 수 없으므로 자율신경이 알아서 움직여야 한다.

스스로 알아서 한다고 자율신경이란 이름을 붙였습니다.

즉 교감신경은 사람 몸을 전쟁 상태로 만들고, 부교감신경은 사람 몸을 평화 상태로 만든다.

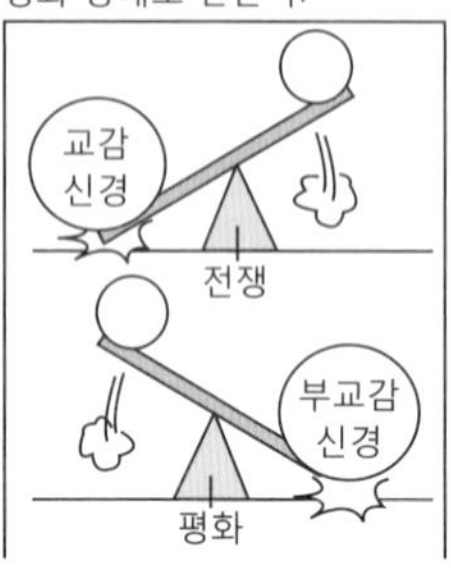
교감
신경
전쟁
부교감
신경
평화

몸에서 교감신경과 부교감신경이 조화를 이루는 것이 중요하다.

교감
신경
부교감
신경
지나친 전쟁도 문제 있고, 지나친 평화도 문제 있기 때문입니다.

자율신경은 교감신경과 부교감신경으로 이루어져 있다.

교감신경과 부교감 신경의 작용은 서로 거꾸로입니다.

고등학생이 학교 화장실에서 담배를 피우다가 교감 선생님한테 들키면,

교감
선생님
저를 교감신경이라고 생각하십시오.

사람 몸의 신경계통은 아직도 밝혀지지 않은 것이 많으며,

?
다른 계통에 비해서 모르는 것이 많습니다.

특히 대뇌는 밝혀진 것이 별로 없다고 볼 수 있다.

주인님 숙제를 대신 할게요.
인공지능 로봇을 못 만드는 것만 봐도 알 수 있습니다.

이 학생은 심장이 빨리 뛰고, 소화가 잘 되지 않고,

심장이
빨리 뜀.
소화가 안 됨.

눈(동공)이 커지고, 침이 마른다.

동공이
커짐.
침이
마름.
교감신경이 민무늬근육과 심장근육을 자극하기 때문입니다.

해랑이와 말랑이의 몸 이야기 ⑮

감각계통

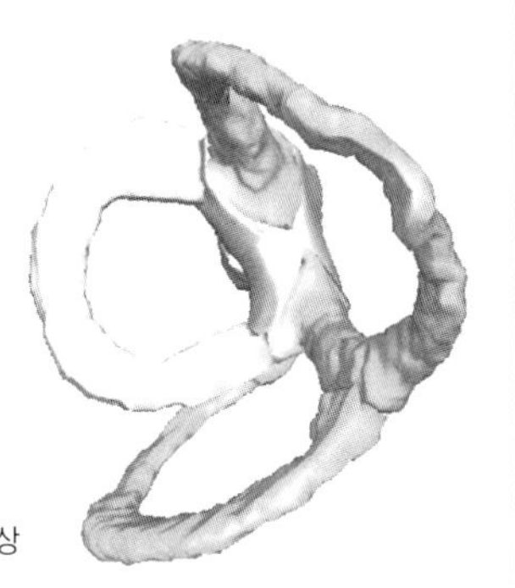
비저블 코리안으로 만든 반고리관의 3차원 영상

외부 자극을 감각하는 것을 수용기라고 하고,

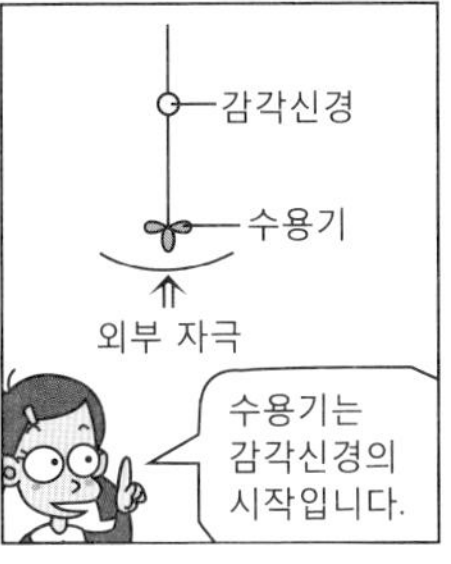
감각신경
수용기
외부 자극
수용기는 감각신경의 시작입니다.

수용기는 피부를 포함한 온몸에 있기 때문에 온몸이 감각계통이라고 말할 수 있다.

털, 손톱 등을 뺀 온몸에서 자극을 감각할 수 있습니다.

그러나 보통은 눈과 귀만 감각계통이라고 말한다.

눈과 귀는 감각하는 일만 하기 때문입니다.

안구는 눈꺼풀의 보호를 받는다.

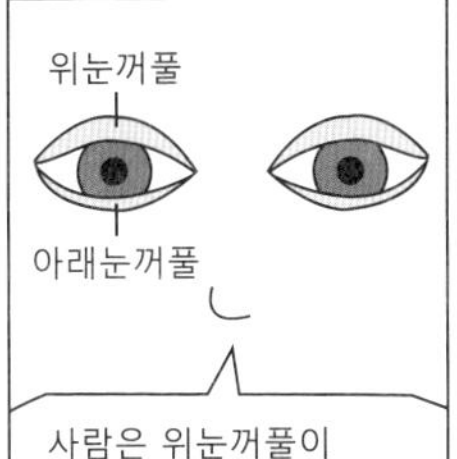
위눈꺼풀
아래눈꺼풀
사람은 위눈꺼풀이 아래눈꺼풀보다 큽니다.

눈을 뜨고 감을 수 있는 것은 눈꺼풀에 근육이 있기 때문이다.

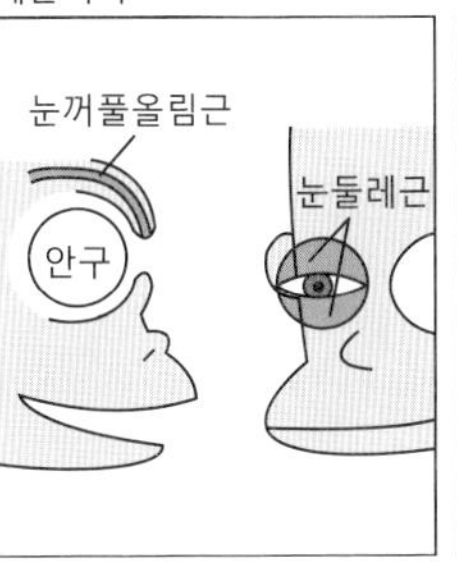
눈꺼풀올림근
눈둘레근
안구

눈꺼풀의 속에는 결막이 있다.

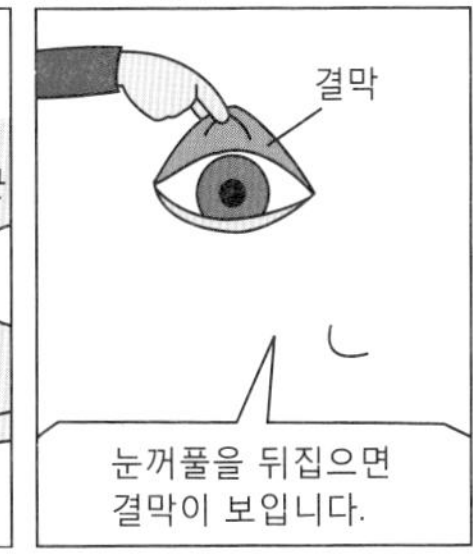
결막
눈꺼풀을 뒤집으면 결막이 보입니다.

결막은 혈관이 있어서 빨간데, 빈혈일 때에는 덜 빨갛다.

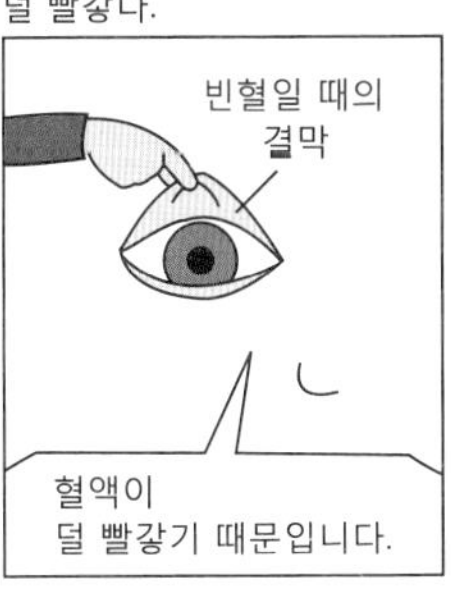
빈혈일 때의 결막
혈액이 덜 빨갛기 때문입니다.

결막은 눈꺼풀뿐 아니라 안구의 공막(흰 자위)에도 있다.

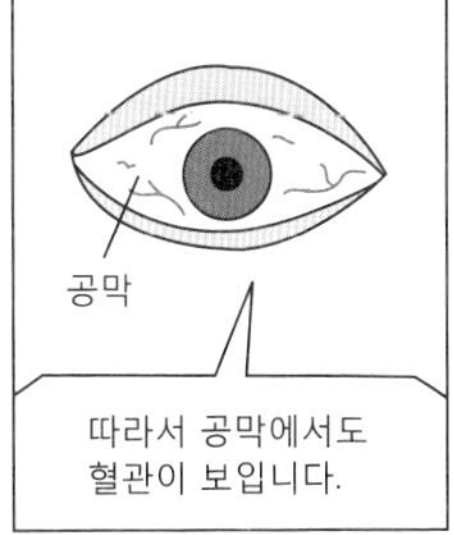
공막
따라서 공막에서도 혈관이 보입니다.

눈물은 눈물샘에서
만들어져서 안구를
촉촉하게 적신 다음에,

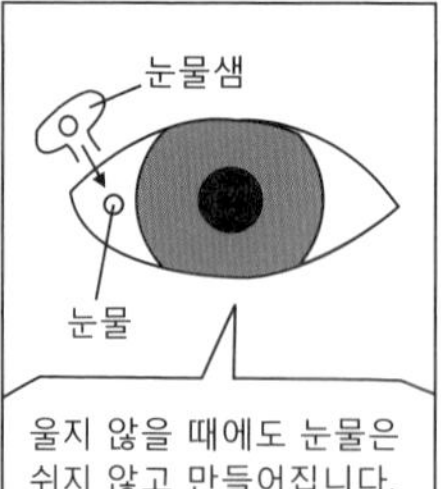
눈물샘
눈물
울지 않을 때에도 눈물은
쉬지 않고 만들어집니다.

코눈물관을 거쳐서
코안으로 들어간다.

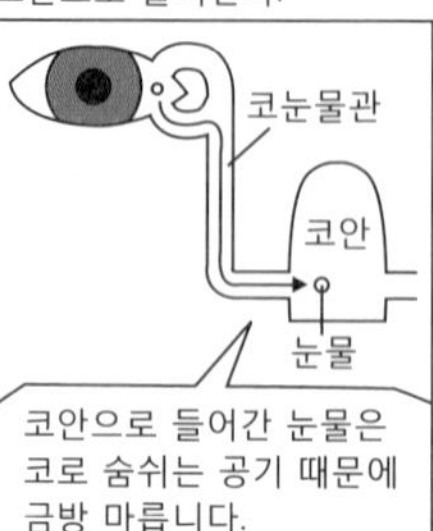
코눈물관
코안
눈물
코안으로 들어간 눈물은
코로 숨쉬는 공기 때문에
금방 마릅니다.

안구를 움직이는 것은
안구에 붙은 근육이다.

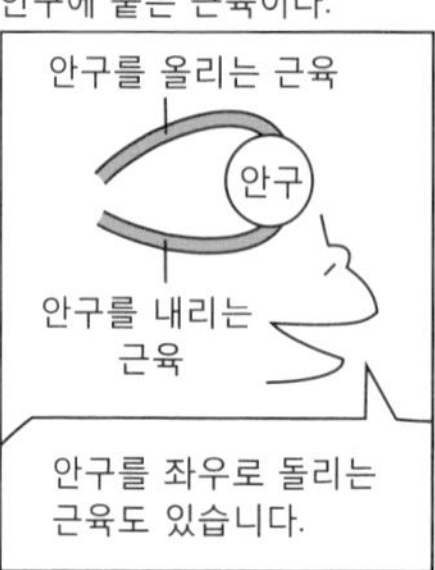
안구를 올리는 근육
안구
안구를 내리는
근육
안구를 좌우로 돌리는
근육도 있습니다.

안구의 벽은 세 층의 막으로
이루어져 있으며, 그 중에서
가장 속에 있는 막이
망막이다.

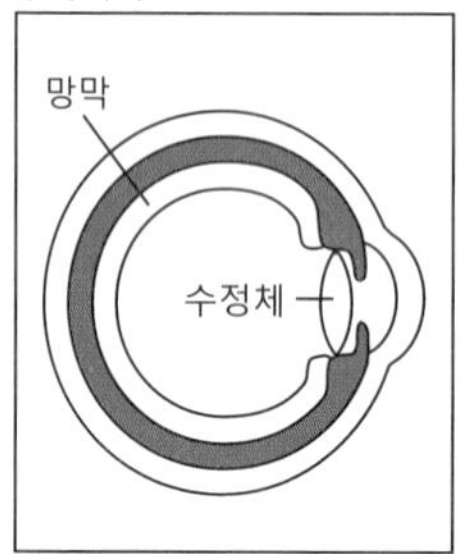
망막
수정체

별을 보고 있으면,
망막에 별의 상이 생기는데,
이것은 수정체라는
볼록렌즈가 있기 때문이다.

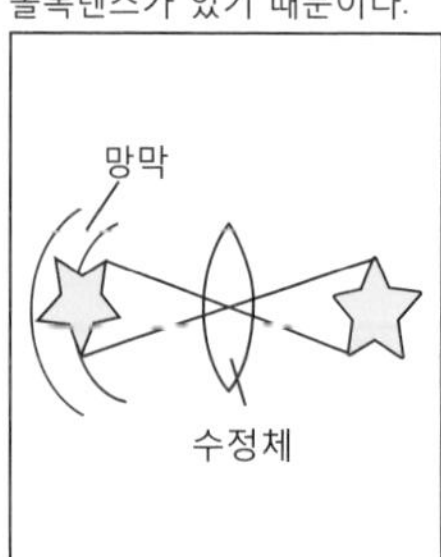
망막
수정체

볼록렌즈가 있으면
상이 생기는 것을
실험할 수 있다.

방바닥에 형광등의 상이
생겼다.

망막에 생긴 상은 망막에
있는 수용기를 자극하고,
이 자극은 뇌신경을 거쳐서
대뇌겉질로 간다.

대뇌겉질
망막
뇌신경
수용기
자극이 대뇌겉질로
가면 별을
보고 있는 것을
알게 됩니다.

망막에 생긴 상이 반사되면
곤란하기 때문에
투명한 망막의 바깥에 있는
맥락막이 검다.

맥락막
사진기의 속이
검은 것과
마찬가지입니다.

안구의 벽 중간에 있는 막이
조리개, 섬모체, 맥락막이다.

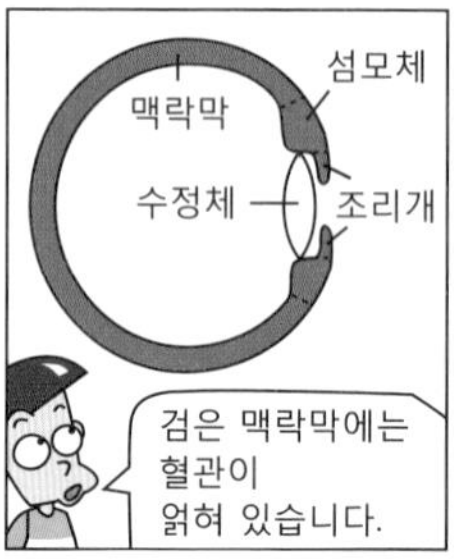

섬모체
맥락막
수정체
조리개
검은 맥락막에는
혈관이
얽혀 있습니다.

조리개는 들어오는
빛의 양을 조절한다.

수
정
체
동공
동공
조리개가
열렸음.
조리개가
닫혔음.
조리개 사이의
구멍(=동공)으로
빛이 들어옵니다.

눈에 빛을 비추면
동공이 작아지는 것을
거울로 확인할 수 있다.

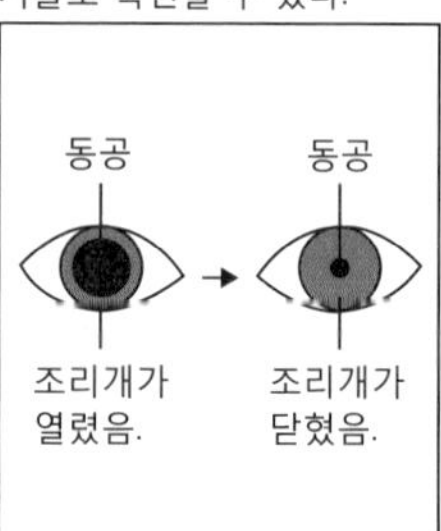
동공
동공
조리개가
열렸음.
조리개가
닫혔음.

어두운 영화관에
들어가면 동공이 커진다.

동공이 커져도
처음에 잘 안 보이다가,
망막이 적응하면
나중에 잘 보입니다.

섬모체는 수정체에 붙어
있는데, 섬모체가 수정체를
눌러서 두껍게 만들면
가까운 것을 볼 수 있고,

섬모체
두꺼워진 수정체
이것이 안 되면 원시이고,

섬모체가 수정체를 당겨서
얇게 만들면
먼 것을 볼 수 있다.

섬모체
얇아진 수정체
이것이 안 되면 근시입니다.

원시는 수정체를 두껍게
만들지 못하기 때문에
볼록렌즈 안경을 써야 한다.

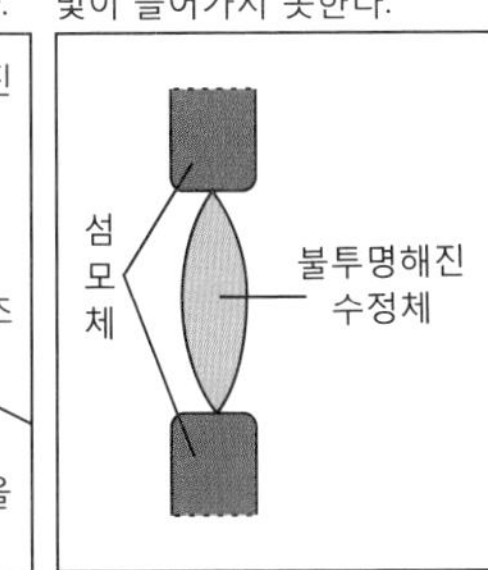
정상:
두꺼워진 수정체
원시:
두꺼워지지 않은 수정체
볼록렌즈
거꾸로 근시는 오목렌즈 안경을 써야 합니다.

백내장은 수정체가
불투명해지는 병이다.
불투명해진 만큼
빛이 들어가지 못한다.

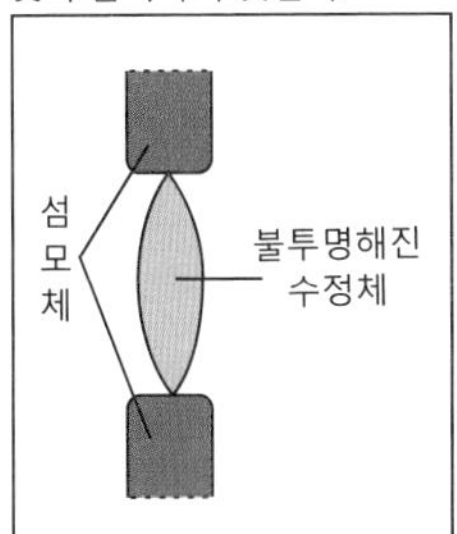
섬모체
불투명해진 수정체

안구의 벽 중에서
가장 바깥에 있는 막이
각막과 공막이다.

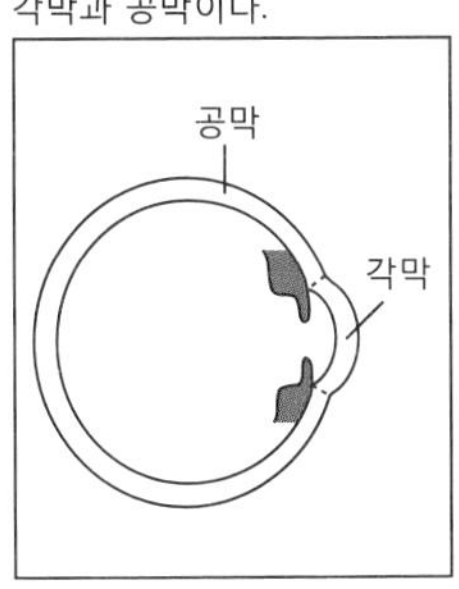
공막
각막

각막은 투명하기 때문에
조리개와 동공을
바깥에서 볼 수 있다.

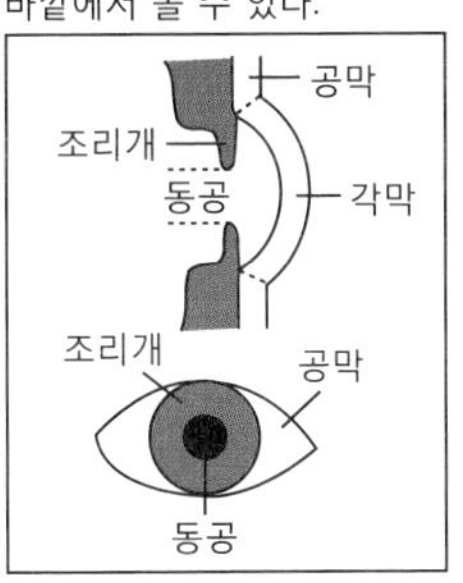
공막
조리개
동공
각막
조리개
공막
동공

조리개는 민족마다
색깔이 다르다.

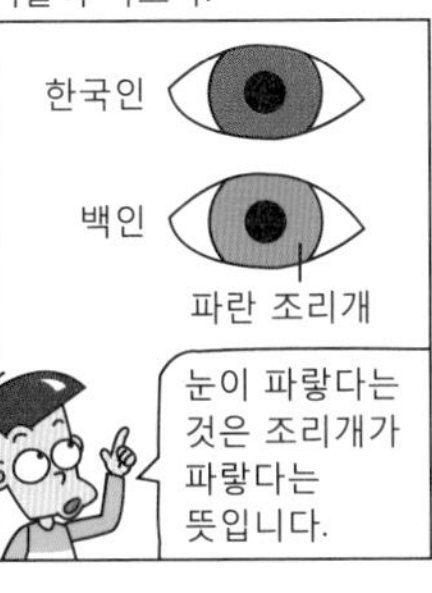
한국인
백인
파란 조리개
눈이 파랗다는 것은 조리개가 파랗다는 뜻입니다.

동공은 안구의 속을 보는
것이기 때문에 누구나 검다.

동공
맥락막
동공은 민족과 관계 없이 검습니다.

근시인 사람의 각막을
레이저로 깎아서
오목렌즈를 만들 수 있다.

각막
오목한 각막
오목렌즈 안경을 쓸 필요가 없습니다.

공막은 불투명하기 때문에
섬모체와 맥락막을
바깥에서 볼 수 없다.

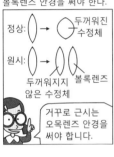

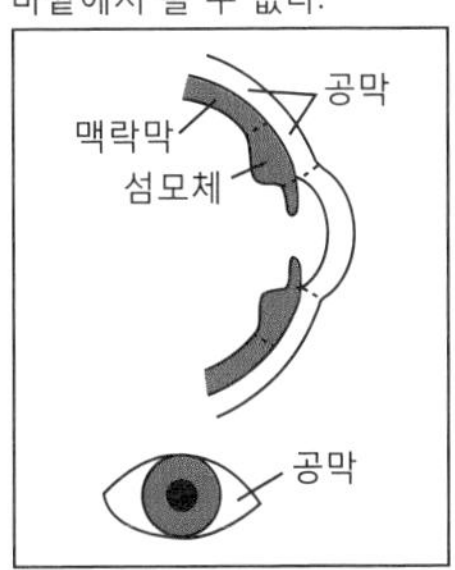
공막
맥락막
섬모체
공막

공막이 노란색이면
황달을 의심해야 한다.

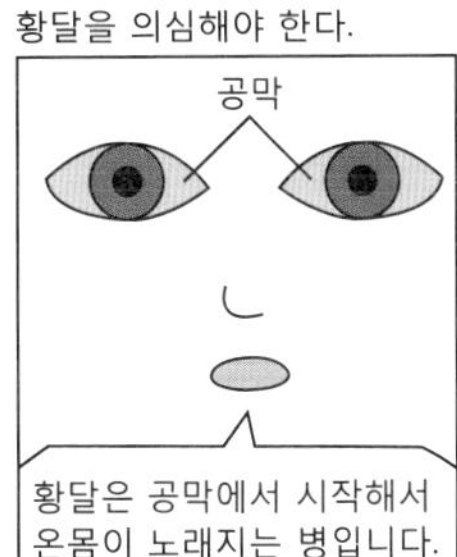
공막
황달은 공막에서 시작해서 온몸이 노래지는 병입니다.

각막과 수정체 사이의
공간에는 방수라는
물이 있다.

섬모체
조리개
수정체
방수
각막
방수는 투명한 물입니다.

방수의 압력이 높은 병을 녹내장이라고 한다. 이 압력이 뒤에 있는 망막을 눌러서 해치기도 한다.

녹내장과 백내장은 이름이 비슷하지만 많이 다른 병입니다.

내장탕과 관계 없음.

수정체 뒤에는 유리체라는 물이 있으며, 유리체에는 먼지가 떠다닌다.

망막
먼지
유리체
수정체
방수
유리체도 방수처럼 투명한 물입니다.

밝은 곳을 쳐다보면 뿌연 것이 떠다니는데, 이것이 유리체에 있는 먼지이다.

유리체의 먼지
해랑이가 보는 장면

귀는 바깥귀, 가운데귀, 속귀로 이루어져 있고, 바깥귀는 귓바퀴와 바깥귀길로 이루어져 있다.

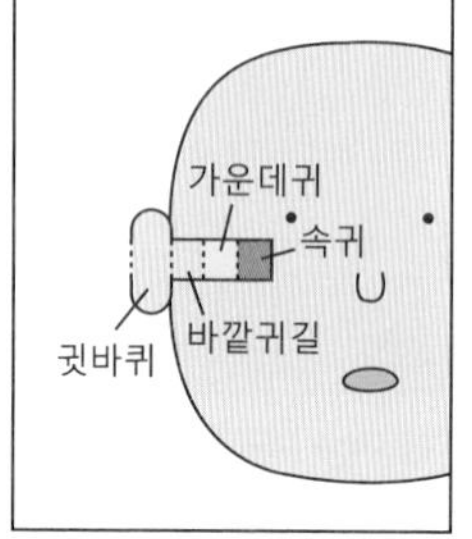

가운데귀
속귀
귓바퀴
바깥귀길

귓바퀴는 소리 모으는 일을 한다.

소리의 방향에 따라 귓바퀴를 움직이는 짐승이 많습니다.

귓바퀴와 바깥귀길의 바깥 부분에는 연골이 있고,

연골
귓바퀴
바깥귀길
연골
귓바퀴를 만지면 연골이 있는 것을 알 수 있습니다.

바깥귀길의 속 부분과 가운데귀, 속귀에는 뼈가 있다.

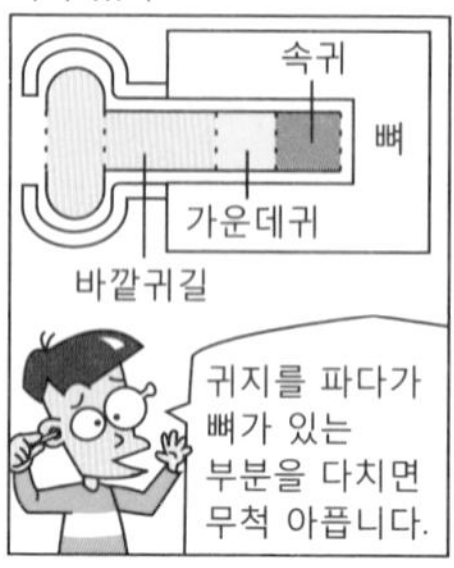

속귀
뼈
가운데귀
바깥귀길
귀지를 파다가 뼈가 있는 부분을 다치면 무척 아픕니다.

바깥귀길은 뒤쪽, 위쪽으로 볼록하기 때문에 귓바퀴를 뒤쪽, 위쪽으로 당기면 바깥귀길이 직선에 가까워진다.

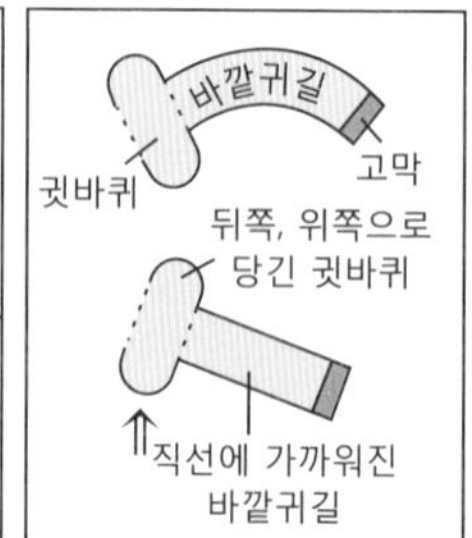

바깥귀길
고막
귓바퀴
뒤쪽, 위쪽으로 당긴 귓바퀴
직선에 가까워진 바깥귀길

이렇게 귓바퀴를 당긴 다음에 기구를 쓰면 고막이 잘 보인다.

말랑이의 고막은 어떻게 생겼나?

고막의 속에 있는 가운데귀는 귀관을 거쳐서 코인두와 이어져 있다.

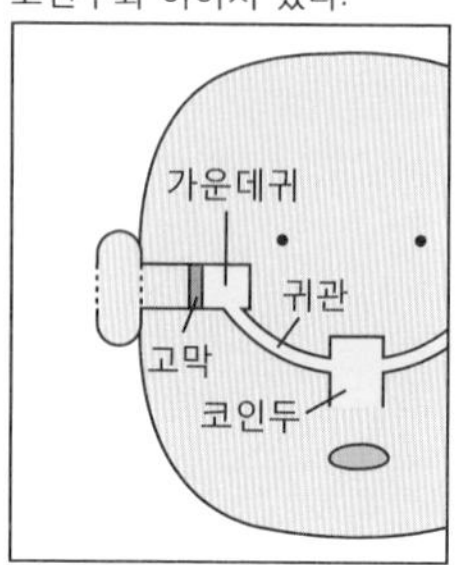

가운데귀
귀관
고막
코인두

침을 삼키거나 하품을 하면 귀관이 열린다.

가운데귀
열린 귀관
닫힌 귀관
코인두
귀관이 열리면 가운데귀의 압력이 대기압과 같아집니다.

귀의 주된 일은 소리를 듣는 것이며, 소리는 공기의 압력이다.

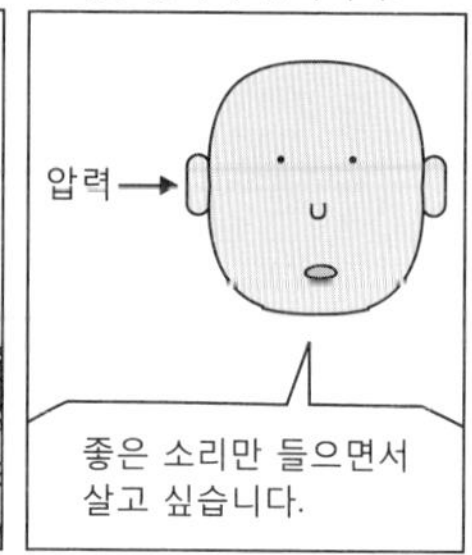

압력
좋은 소리만 들으면서 살고 싶습니다.

공기의 압력이 고막을 누르면 고막에 붙어 있는 귓속뼈가 움직여서 안뜰창을 누른다.

바깥귀
가운데귀
속귀
압력
고막
귓속뼈
압력
안뜰창
물론 귓속뼈는 가운데귀에 들어 있습니다.

안뜰창을 눌려서 생긴 압력은 안뜰계단과 고실계단에 있는 물을 출렁이게 하고, 덩달아 달팽이관에 있는 물도 출렁이게 한다.

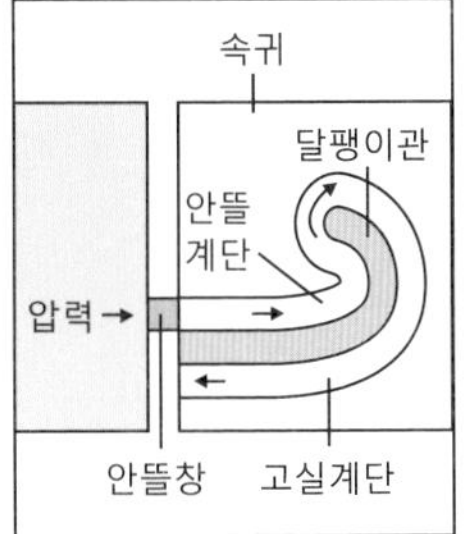
속귀
달팽이관
안뜰
계단
압력
안뜰창
고실계단

달팽이관에서 출렁이는 물이 수용기를 자극하면,

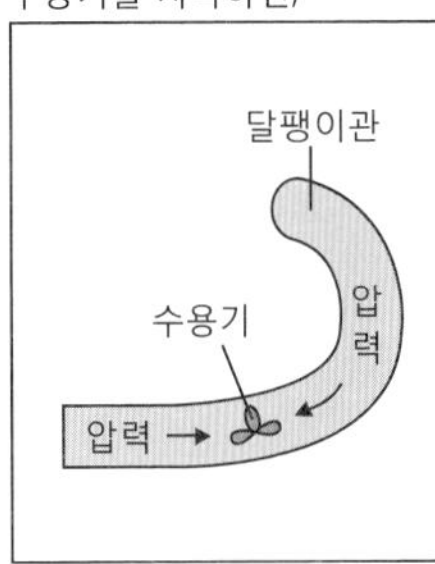
달팽이관
수용기
압력
압력

이 자극은 뇌신경을 거쳐서 대뇌겉질로 간다.

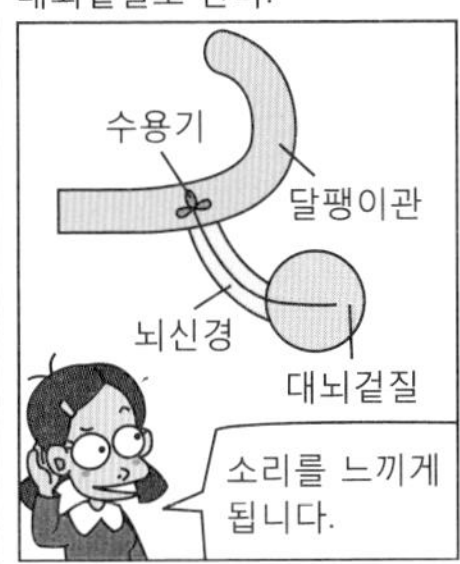
수용기
달팽이관
뇌신경
대뇌겉질
소리를 느끼게 됩니다.

속귀에는 달팽이관뿐 아니라 안뜰과 반고리관도 있다.

속귀
반고리관
안뜰
옛 용어는 내이, 와우관, 전정, 반규관입니다. 어렵죠?

안뜰과 반고리관은 몸이 움직이는 것을 느낀다.

반고리관
안뜰
몸이 어떻게 움직이는지 지켜보자.

보기를 들어서 차가 갑자기 출발하면 안뜰에 있는 물이 뒤로 간다.

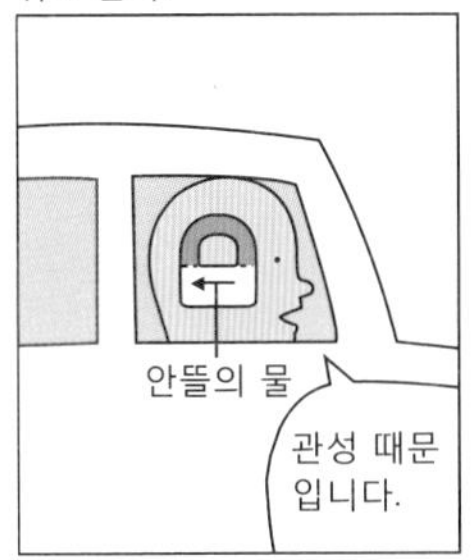
안뜰의 물
관성 때문입니다.

안뜰에 있는 물이 뒤로 가면서 수용기를 자극하면, 이 자극은 뇌신경을 거쳐서 대뇌겉질로 간다.

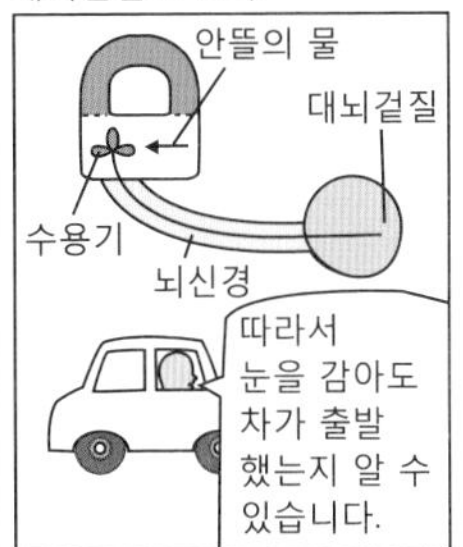
안뜰의 물
대뇌겉질
수용기
뇌신경
따라서 눈을 감아도 차가 출발했는지 알 수 있습니다.

몸이 돌면 반고리관에 있는 물이 거꾸로 돌며,

반고리관의 물
역시 관성 때문입니다.

이 물은 수용기를 자극하기 때문에 몸이 도는 것을 느끼게 된다.

반고리관의 물
수용기
어지럽다.

간추리면 안뜰은 몸이 직선으로 움직이는 것을 느끼고, 반고리관은 몸이 도는 것을 느낀다.

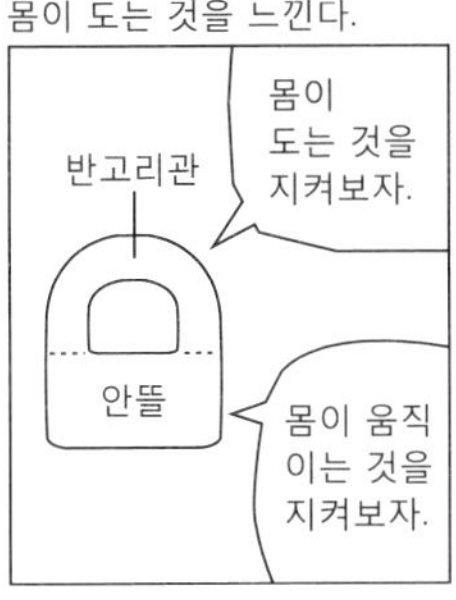
반고리관
몸이 도는 것을 지켜보자.
안뜰
몸이 움직이는 것을 지켜보자.

이처럼 몸이 움직이는 것을 느껴야 그에 알맞게 반응해서 몸의 평형을 지킬 수 있다.

평형은 소뇌와 관계 있습니다.

해랑이와 말랑이의 몸 이야기 ⑯

피부

비저블 코리안으로 만든 팔의 3차원 영상

사람 몸의 바깥은
피부로 덮여 있다.

사람 몸의 속은
점막으로 덮여 있습니다.
피부
점막

피부는 나쁜 물질이나
병원균이 몸 속으로
들어오지 못하게 하고,

피부
피부는 몸의
바깥을 덮기
때문에 점막보다
튼튼합니다.

몸 속에 있는 물기가
빠져 나가지 못하게 하고,
노폐물질은 땀으로
만들어서 내보내고,

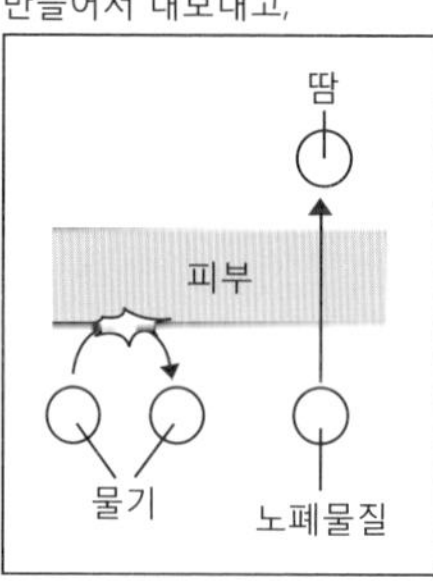

땀
피부
물기
노폐물질

수용기가 있으므로
감각을 받아들인다.

피부
수용기
앗! 뜨거워.

피부는 표피와 진피로
이루어져 있고, 표피는 여러
층의 세포로 이루어져 있다.

피부
표피
진피
표피가 진피보다
더 표면에 있습니다.

표피의 가장 속에 있는
세포가 세포분열하면
만들어진 세포가
바깥으로 밀려 나간다.

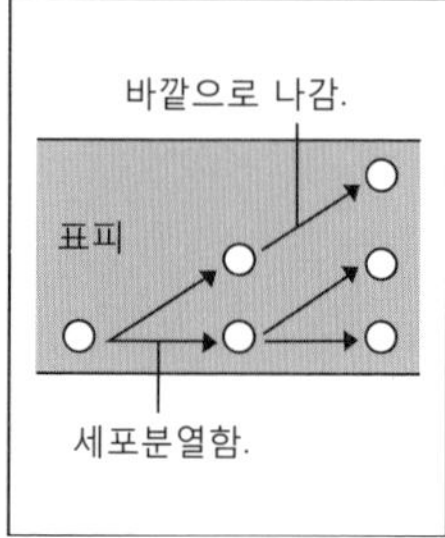

바깥으로 나감.
표피
세포분열함.

바깥으로 밀려 나간
세포는 죽어서 각질이 되며,
목욕할 때 각질의 일부가
떨어진다.

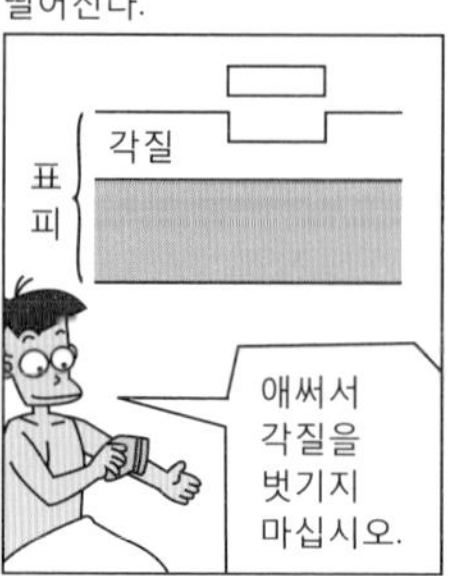

표
피
각질
애써서
각질을
벗기지
마십시오.

표피의 가장 속에서는
멜라닌이라는 색소를 만들며,
멜라닌은
햇볕의 자외선으로부터
몸을 지킨다.

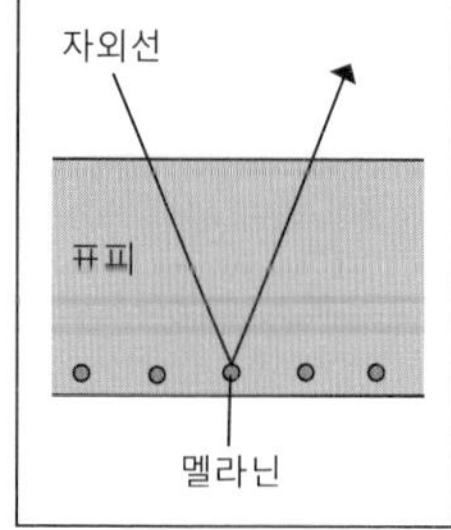

자외선
표피
멜라닌

자외선을 많이 쬐면
멜라닌을 많이 만든다.

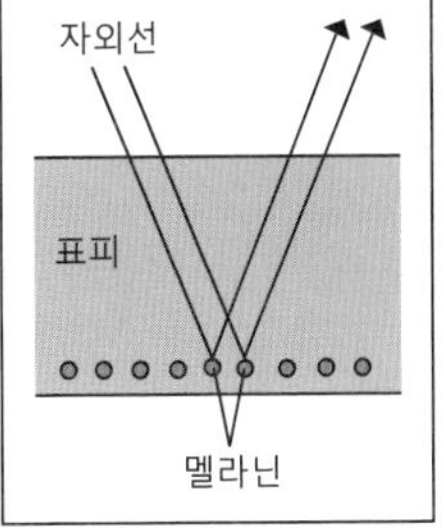
자외선
표피
멜라닌

흑인은 옛 조상부터
자외선을 많이 쬐었기
때문에 태어날 때부터
멜라닌이 많다.

백인은 거꾸로입니다.

피부의 밑에는 피부밑조직이
있고, 피부밑조직의 밑에는
근육이 있다.

피부
피부밑조직
근육
푸줏간에서
세 층을 다
볼 수 있습니다.

피부밑조직은 지방으로
이루어져 있고,
뚱뚱한 정도를 결정한다.

피부밑
조직
근육
보통
사람
육체미
운동 선수
육체미 운동을
하면
피부밑조직이
얇아집니다.

피부를 꼬집을 수 있는 것은
피부밑조직이 있기
때문이다.

피부
피부밑조직
근육
피부밑조직은 지방으로
이루어져서 잘 움직입니다.

사람 몸에서 피부가 가장
두꺼운 곳은 발바닥이고,

발바닥은 피부뿐만 아니라
피부밑조직도 두꺼워서
몸무게의 충격을
잘 견딥니다.

그 다음은 손바닥이다.

기어다니는 짐승은
손바닥과 발바닥의
차이가 없습니다.

피부가 가장 얇은 곳은
눈꺼풀이다.

눈짓
눈꺼풀은 피부밑
조직도 얇아서
눈을 쉽게 감고
뜰 수 있습니다.

지문은
피부가 주름진 것이다.

손바닥과 발바닥의
피부도 지문처럼
주름진 것을 보십시오.

지문은 손가락으로
물건을 집을 때
미끄러지지 않게 한다.

신발 바닥이
울퉁불퉁한 것과
마찬가지입니다.

지문은 사람마다
다르게 생겼기 때문에
개인을 가려낼 때 쓴다.

주민등록증
변 경 내 용
지문

손금에서는 피부와
속에 있는 근육이 붙어 있다.

손금
피부
피부밑조직
근육
피부밑조직이
없기 때문에 바깥에서
보면 움푹 파여 있습니다.

손금은 손가락을 움직일 때
두꺼운 손바닥 피부가
잘 접히게 한다.

손바닥
피부가
잘 접혀야
손가락을
움직이기
좋습니다.

땀샘은 노폐물질을
땀으로 만들어서
바깥으로 내보낸다.

땀
피부
땀샘
땀샘은 외분비샘의
하나입니다.

내보낸 땀은
기체로 바뀌면서
체온을 떨어뜨린다.

그래서 여름에는
땀을 많이 흘리죠.

겨울에는 땀을 조금 흘리는
만큼 소변이 많아진다.

화장실에
자주 가는 것이 귀찮네.

털은 손바닥과 발바닥을
뺀 나머지 온몸에 있다.

물론 털이 많은 곳도 있고,
적은 곳도 있습니다.

털도 필요하니까 있는
것이다. 보기를 들어
눈썹이 없으면 이마의 땀이
눈으로 들어가서 불편하다.

보나리사?

털은 털주머니에서 자란다.

피부
털주머니
털을 뽑으면
털주머니의
일부가 함께
뽑힙니다.

털은 저절로 뽑히고,
뽑힌 만큼 새로 생긴다.
그러나 새로 생기지 않는
경우가 많다.

남자 어른 중에서 절반은
대머리 때문에 고민합니다.

털에는 기름샘이 달려
있으며, 기름샘에서 만들어진
기름은 털을 따라서
바깥으로 나간다.

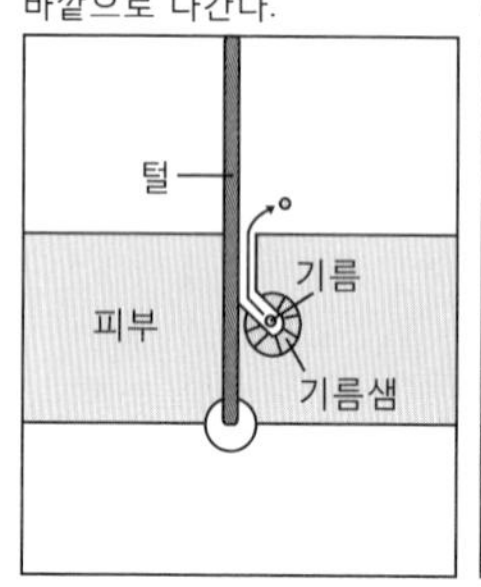
털
기름
피부
기름샘

기름이 나가는 관이 막히면
기름이 기름샘에 쌓이는데,
이것이 여드름이다.

기름샘에
쌓인 기름
여드름 때문에
고민하는
여학생이
아주 많습니다.

해랑이와 말랑이의 몸 이야기 ⑰

세포와 조직

사람 몸의 기본 단위는 세포이다.

세포
사람뿐만 아니라 모든 동물과 식물은 세포로 이루어져 있습니다.

세포의 크기는 보통 0.02 mm라서 현미경이 있어야 볼 수 있다.

0.02 mm
그러나 볼펜의 볼만큼 큰 세포 (난자)도 있습니다.

세포는 핵과 세포질로 이루어져 있다.

핵
세포질
원자에서 가운데에 있는 것도 핵이라고 부릅니다.

핵에는 46개의 염색체가 있으며,

핵
염색체
칸이 좁아서 6개만 그렸습니다.

염색체에는 수많은 유전자가 들어 있다.

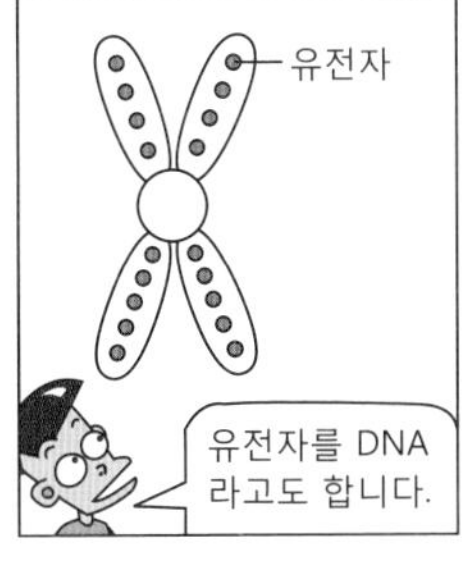
유전자
유전자를 DNA 라고도 합니다.

유전자는 사람의 특징을 결정하는데, 보기를 들어서 사람마다 얼굴이 다른 것은 유전자가 다르기 때문이다.

유전자
일란성쌍둥이의 얼굴이 똑같은 것은 유전자가 똑같기 때문입니다.

다른 보기를 들어서 수박의 유전자를 토마토에 넣으면 수박만한 토마토를 만들 수 있다.

수박의 유전자
토마토의 세포

유전자는 부모한테 물려받은 것이며, 자식한테 물려줄 것이다.

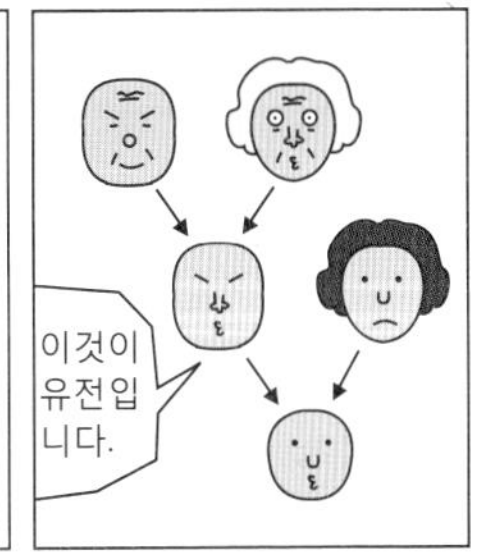
이것이 유전입니다.

핵에 있는 유전자가
세포질로 나가면 세포질에서
유전자에 걸맞은 단백질이
만들어진다.

세포질
핵
유전자
단백질
유전자에 따라서 만들어지는 단백질이 다릅니다.

이 단백질은
그 사람의 특징을 결정한다.

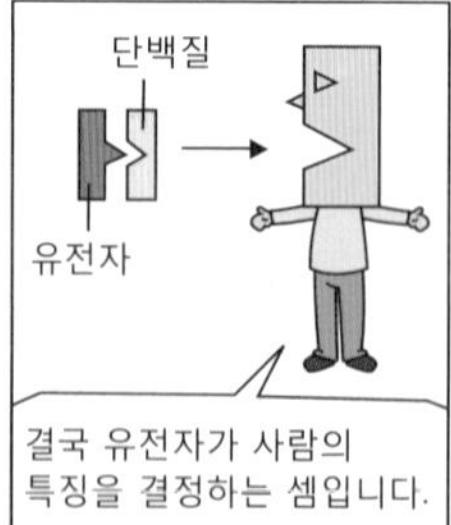
단백질
유전자
결국 유전자가 사람의 특징을 결정하는 셈입니다.

용해소체는 나쁜 물질을
녹여 버리는 일을 한다.

용해소체
용해소체는 용광로와 같습니다.

보기를 들어서 백혈구가
병원균을 삼키면, 백혈구의
세포질에 있는 용해소체가
병원균을 녹여 버린다.

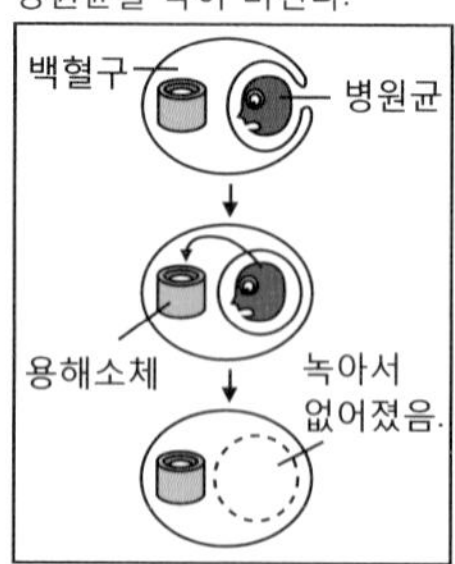
백혈구
병원균
용해소체
녹아서 없어졌음.

핵에는 염색체뿐 아니라
핵소체도 있는데,
핵소체는 유전자가 세포질로
나가는 것을 돕는다.

세포질
핵
핵소체
유전자
안녕히 가세요.

세포질은 리보소체,
골지복합체, 용해소체,
사립체 따위를 담고 있으며,
세포막에 싸여 있다.

리보소체
골지복합체
사립체
용해소체
세포막

사립체는 에너지
만드는 일을 한다.

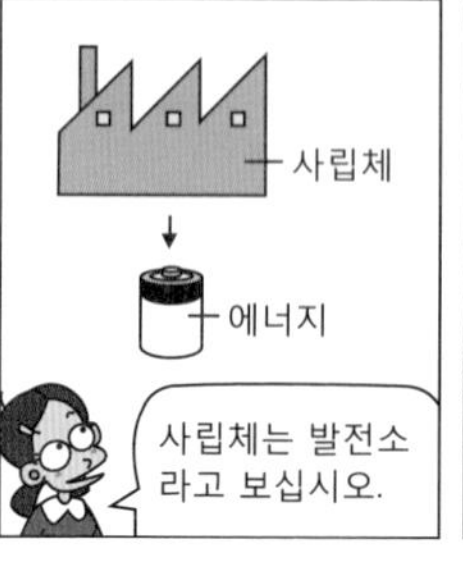
사립체
에너지
사립체는 발전소라고 보십시오.

물론 사립체는
영양물질이 있어야
에너지를 만들 수 있다.

영양물질
근육세포는 에너지가 많이 필요하기 때문에 사립체가 많습니다.

리보소체는 세포질에서
단백질이 만들어질 때
아미노산
모으는 일을 한다.

아미노산
유전자
리보소체
아미노산
아미노산을 모으면 단백질이 됩니다.

골지복합체는 세포질에서
단백질을 저장하고
옮기는 일을 한다.

단백질
골지복합체
골지복합체는 화물차라고 보십시오.

세포막은 세포를 지키는
울타리이며,
필요한 물질만 통과시킨다.

세포질
핵
세포막
통과해야 되는 물질
세포막은 국경이라고 보십시오.

세포의 종류는
수없이 많으며, 대개는
비슷한 세포끼리 모여 있다.

세포
생김새와 쓰임새가 비슷한 세포끼리 모여 있는 것이 효율적입니다.

비슷한 세포끼리 모여 있는 것을 조직이라고 한다.

조직 이름: 배고파
비슷한 사람끼리 모여서 조직을 만드는 것처럼.

조직은 크게 상피조직, 결합조직, 근육조직, 신경조직으로 나눌 수 있다.

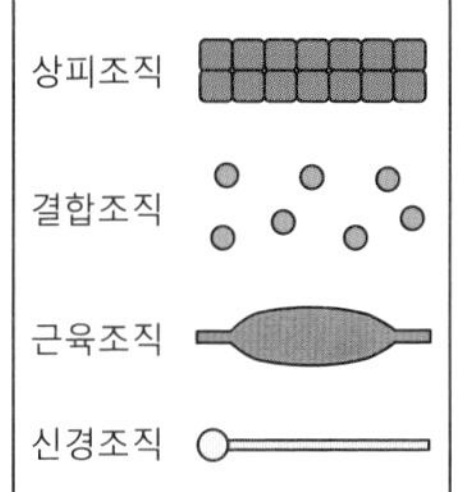

상피조직
결합조직
근육조직
신경조직

결합조직은 사람 몸의 생김새를 유지하는 조직이다.

결합조직은 건물의 철근과 콘크리트라고 보십시오.

결합조직은 연골, 뼈, 혈액도 포함한다.

결합조직 인증서
연골, 뼈, 혈액은 몸의 생김새를 유지하는 데 이바지하므로 결합조직으로 인정함.
OOOO년 O월 O일

상피조직은 사람 몸을 안팎에서 둘러싸는 조직이다.

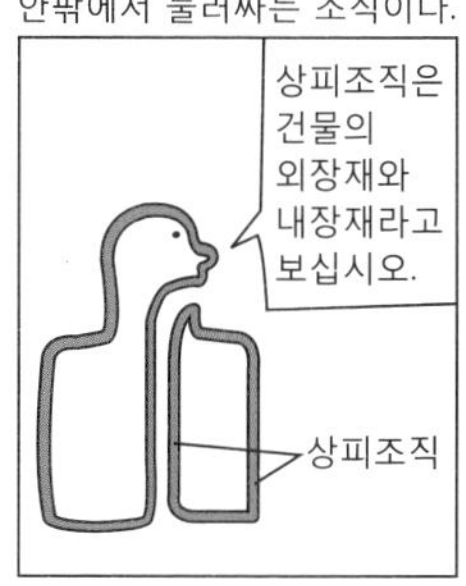

상피조직은 건물의 외장재와 내장재라고 보십시오.
상피조직

상피조직은 속에 있는 구조물을 지켜야 하기 때문에 세포가 빽빽하게 차 있고, 세포끼리 단단하게 붙어 있다.

세포
상피조직
조직이 저렇게 생겨야 튼튼합니다.

근육조직은 사람 몸을 움직이는 조직이다.

근육
수축
근육조직은 건물에서 움직이는 승강기라고 보십시오.

끝으로 신경조직은 자극을 전달하는 조직이다.

운동신경
자극
자극
감각신경
신경조직은 건물에서 전화선입니다.

상피조직은 속으로 들어가서 샘을 이루기도 한다.

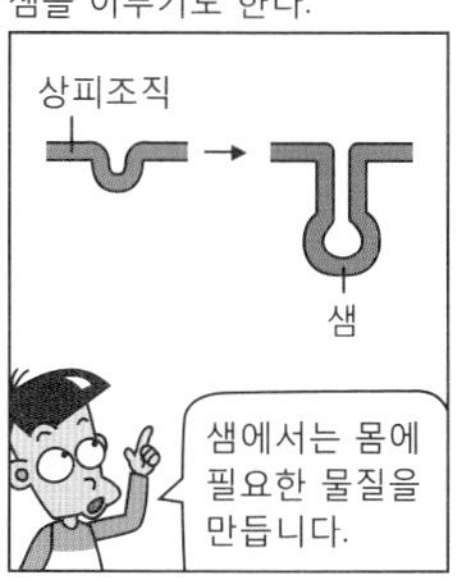

상피조직
샘
샘에서는 몸에 필요한 물질을 만듭니다.

결합조직은 상피조직을 받쳐 준다.

상피조직
결합조직
결합조직의 세포는 덜 빽빽하게 차 있고, 세포끼리 덜 단단하게 붙어 있습니다.

이러한 네 가지 조직은 알맞게 섞여서 기관을 이룬다.

상피조직
근육조직
결합조직
신경조직
보기를 들어서 심장에는 네 가지 조직이 모두 있습니다.

간추리면 세포가 모여서 조직을 이루고, 조직이 모여서 기관을 이룬다.

세포는 전자현미경으로 보고,
조직은 광학현미경으로 보고,
기관은 맨눈으로 봅니다.

해랑이와 말랑이의 몸 이야기 ⑱

시신 기증

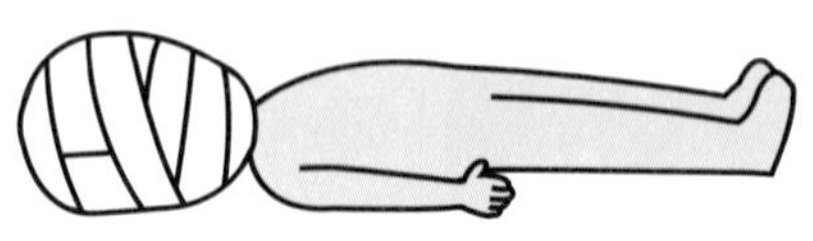

의과대학에
들어간 학생은 가장 먼저
해부학을 공부한다.

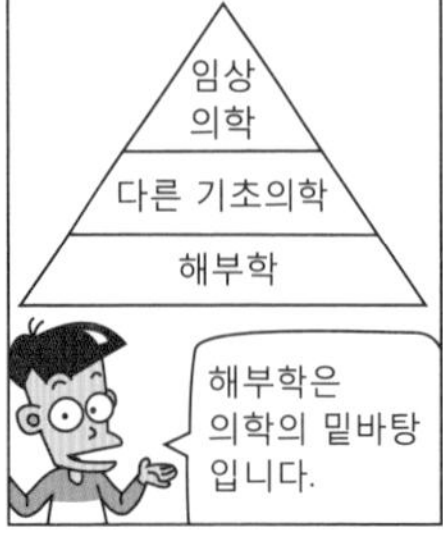
임상
의학
다른 기초의학
해부학
해부학은
의학의 밑바탕
입니다.

해부학 지식의 대부분은
시신을 해부하면서 깨닫는다.

의과대학 학생은
많은 시간 동안
해부학 실습을 합니다.

실력 있는 의사가
되기 위해서 반드시
해부학 실습을 해야 한다.

돌팔매질
나는 해부학 실습을 한 적이
없는 돌팔이 의사랍니다.

그리고 의과대학 학생은
해부학 실습을 하면서
사람의 존엄성을 깨닫는다.

목숨이 없는 시신을 보면서
목숨이 값지다는 것을
깨닫습니다.

의과대학에 시신이
없으면, 그것은 자동차 없는
운전학원과 다를 바 없다.

강의만 운전학원
강의만 하고
실습을 하지 않습니다.

안전 운전을 위해서
운전 연습을 하듯이

연수
시내 연수를
적어도 10시간
동안 합니다.

외과 의사는
시신을 가지고 더 좋은
수술 방법을 개발하고,

외과 의사는 손으로
느끼고 익혀야 합니다.

영상의학과 의사는 시신을
가지고 올바르게 진단하는
기준을 마련한다.

시신과
방사선사진의
같은 점,
다른 점을
연구합니다.

의과대학에서
4명의 학생이 1구의 시신을
해부하는 것이 바람직한데,

한쪽에 2명씩 붙어서
해부합시다.

턱없게 시신이
모자란 적이 있었다.

우리 의과대학에서는
40명이 1구를 해부합니다.

다른 말로, 돌아가신 분이
후손의 짐을 덜어 주는
사회가 아니라,

조상님.
고맙습니다.

후손의 짐을 더하는
사회였다.

이것이
정말로
나를
위하는
것일까?

의과대학에
시신이 모자랐던 것은
터무니없는 관행을
버리지 않았기 때문이다.

오래 된 관행이니까
무턱대고 지킵니다.

즉, 장례와 관련된
비용을 마땅하게 생각하였고,

이용해 주어서
고맙습니다.
무덤공원
10000원
조의금이 다 나가는구나.

한 알의 씨앗이 썩어서
많은 열매를 맺듯이

나 혼자 많은 목숨을
구할 수 있다.
소중한 목숨

자기 몸을 조건 없이
기증하는 것은 후손을 위한
뜻깊은 결심이며,

아무 조건 없이
내 몸을 기증하겠다.
감동

늘어나는 무덤 때문에
땅이 좁아지는데
별다른 대책이 없었으며,

우리 나라는 무덤
공화국입니다.

의과대학에서
해부하는 것을 두 번
죽이는 것이라고 꺼렸다.

돌아가신 분한테
칼을 대다니...

죽은 다음에
대접받아야 한다는
잘못된 인식을 깨우치는
앞선이의 각오이다.

앞선이의 망치
꽥!
잘못된
인식

다행히 요즘에는

이롭게
죽자.
시신기증

시신 기증을 유언하고
실천하는 분이 부쩍 늘었다.

시신
기증
유언서
고맙습니다.

시신 기증을 유언하는 절차는
간단하다.

가까운
의과대학
유언하자.
나도.

시신 기증을 하는 분의
생각도 간단하다.

행복하게 살다가 행복하게
죽고 싶을 뿐입니다.